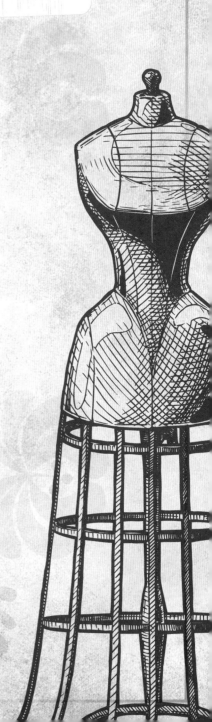

LA CASA DE MODAS

Hijas de la libertad

Julia Kröhn

LA CASA DE MODAS

Hijas de la libertad

Traducción de
Marta Mabres Vicens

Papel certificado por el Forest Stewardship Council®

Título original: *Das Modehaus-Töchter der Freiheit* by Julia Kröhn

Primera edición: enero de 2020

© 2019 Blanvalet Taschenbuch Verlag, una división de Verlagsgruppe
Random House GmbH, Múnich, Alemania
www.randomhouse.de
Este libro fue negociado a través de
Ute Körner Literary Agent-www.uklitag.com
© 2020, Penguin Random House Grupo Editorial, S. A. U.
Travessera de Gràcia, 47-49. 08021 Barcelona
© 2020, Marta Mabres Vicens, por la traducción

Printed in Spain – Impreso en España

ISBN: 978-84-9129-328-6
Depósito legal: B-22395-2019

Compuesto en Punktokomo S. L.
Impreso en Rodesa, Villatuerta (Navarra)

SL 9 3 2 8 6

Penguin
Random House
Grupo Editorial

Septiembre de 2000

Querida Judy:

No sé si existe una palabra que defina lo que somos la una para la otra. Decir amigas, cuñadas o primas no es exacto. Tal vez, compañeras de destino, pero eso resulta grandilocuente y suena además como si el destino nos hubiera desafiado especialmente a nosotras, cuando, en realidad, a quien puso a prueba fue a nuestros padres, cuyas vidas ahora penden como una sombra sobre nosotras. Aunque desconozco el grado de oscuridad de esa sombra, estoy convencida de que también bajo ella puede florecer alguna cosa.

No importa. Usted me ha pedido que le cuente más cosas sobre el gran amor de mi madre. Yo estoy dispuesta a hacerlo, pero para hablarle de ese amor antes debo contarle su vida y, si le hablo de esta, entonces debo referirme también a la de mi abuela y a la de mi madre tanto como a la mía. En vez de comparar el destino con un monstruo siniestro, es mejor que lo veamos como un vestido cuyos hilos se tejieron mucho antes de nacer mi madre. Pero, mientras en un vestido es imposible saber qué costura fue la primera en coserse, me resulta fácil determinar el momento en el que empezó la historia de mi abuela.

Mi abuela se llamaba Fanny y cuando empezó el año 1900 ya tenía seis años. Sin embargo, más tarde ella afirmaría que el inicio del nuevo siglo había sido, en cierto modo, su segundo nacimiento. «El nuevo siglo estuvo a punto de matarme», solía decir. Eso a mí me parecía muy raro. A fin de cuentas, un siglo —ya sea nuevo e inmaculado, o avejentado precozmente por las muchas guerras— carece de manos para estrangular a alguien, hundirle un puñal en el pecho o envenenarlo. Sin embargo, si la contradecía, Fanny se limitaba a encogerse de hombros y se reafirmaba en sus palabras.

En todo caso, la Nochevieja de 1899 fue la primera vez que a Fanny le dejaron permanecer despierta hasta medianoche y sentarse con las mujeres de la familia, que esperaban siempre el año nuevo haciendo lo mismo: beber y coser. Bueno, en realidad, Elise, la abuela de Fanny, se limitaba a beber y no cosía. Ella sostenía que la vista ya no le permitía dar puntadas uniformes. Con todo, no estaba tan ciega como para no poder destilar aguardiente de frutas y hierbas. Para su brebaje especial empleaba doce ingredientes: hierba centáurea y cerezas, milenrama y pasas no sulfuradas, hipérico y grosellas... Después de su muerte, nadie fue capaz de recordar los otros seis. Sea como fuera, aquel aguardiente no solo era capaz de resucitar a los muertos, sino también de hacerlos sollozar y gemir ante el espanto de verse de nuevo con vida. En esos tiempos, Fanny no sabía nada de los muertos, pero, cuando se inclinó sobre su vaso, tuvo la impresión de que ya solo el olor le abrasaba los pelillos de la nariz.

Por su parte, Hilde, la madre de Fanny, cosía con empeño —enaguas, por lo general, pues solía llevar seis por lo menos, una sobre la otra—; desde la muerte del padre de Fanny no *había vuelto a tomar ni un solo trago. Hilde decía que había sido un buen hombre; Elise, en cambio, lo llamaba el «borrachín bobo». Aunque entendía perfectamente que él a menudo bebiera más de la cuenta, no comprendía que en plena borrachera se hubiera podido tomar un vaso de hidróxido de potasio, una sustancia que usaban para teñir el caucho, abrasándose así la garganta y la cara. «¡Qué difícil fue componerlo para el entierro!», había murmurado Hilde en más de una ocasión. Era la única concesión a esa muerte tan mediocre; por lo demás, nunca habló de las circunstancias exactas.*

La tercera del grupo era Alma, la tía de Fanny, que, aquella Nochevieja, en lugar de coser y beber, se dedicaba a su nuevo entretenimiento favorito, conocido con el nombre de pirograbado. Soy incapaz de explicarle exactamente en qué consistía aquello, querida Judy. En todo caso se utilizaban un aparato con llama de alcohol, un fuelle y un tubito de goma con el que se calentaba una varilla hasta volverla candente. Luego esa varilla se empleaba para dibujar arabescos, paisajes y figuras en la madera de cofres, armarios y sillas de cuero o, como esa noche, el escudo de la asociación de mujeres en la tapa de una cajita de madera. El escudo consistía en una cruz, una corona de laurel y una rosa con espinas, aunque, después de tomar un buen trago de su vasito de aguardiente, Elise afirmó con tono seco:

—Esa rosa tuya parece más bien una margarita. Y, si Cristo hubiera estado colgado de esa cruz, esta se habría venido abajo antes de que Él pudiera exhalar Su último suspiro. Imaginaos, el madero habría podido matar de golpe a María Magdalena y a la Madre de Dios.

Hilde tomó aire enfadada y eso la hizo toser. Elise, por su parte, soltó una carcajada y luego también empezó a toser hasta que Hilde tuvo que darle unos golpecitos en la espalda.

—Deja que tosa, a ver si hay suerte y me ahogo por fin.

—¡Qué tonterías dices!

—¡Pega más fuerte a ver si se me revientan los huesos!

—Hay que dar gracias por estar vivo, por mayor que uno sea —dijo Hilde con el mismo tono con el que obligaba a Fanny a comerse la col rizada—. Debemos apurar el vaso hasta la última gota. Es la voluntad de Dios.

—Bueno, si es cuestión de apurar vasos, que así sea —replicó Elise. Acto seguido, levantó el vaso y se tomó todo el contenido.

Entonces de su boca ya no salió tos, sino algo parecido a un balbuceo. Hilde trató de no volver a tomar aire, pero arrugó la nariz con disgusto, provocando así la carcajada de Alma.

—No entiendo cómo sois capaces de reíros en un día como hoy. —Hilde daba unas puntadas de forma rápida y con enojo; más de una vez la aguja dio contra el dedal.

—Hoy empieza un nuevo siglo —exclamó Alma—, eso no puede más que alegrarnos.

Hilde se detuvo un instante.

—¿Acaso has olvidado que hace poco que perdimos a nuestra querida prima?

Fanny dio un respingo. Para escapar del olor insoportable de la llama de alcohol se había refugiado bajo la mesa, donde jugaba con el costurero de su madre. Utilizaba los dedales como tacitas para la muñeca; el alfiletero, de cojín, y el hilo de coser, como si fuera un collar. La muñeca se llamaba Augusta Victoria en honor a la emperatriz, pero Elise había pasado a llamarla Espantajo después de que perdiera un ojo de cristal. Por motivos incomprensibles, la extraña cinta de tela que Hilde llevaba todas las noches en torno a la cabeza para evitar la papada también había ido a parar al costurero y, como era demasiado grande para ser el parche que habría convertido a Espantajo en una pirata, Fanny había decidido utilizarla como hamaca para la muñeca.

Ahora de pronto el juego se le había fastidiado porque la historia del trágico final de la prima segunda Martha le daba miedo y además contenía palabras que Fanny no entendía, como «burdel» y «embaucador». Así, por lo menos, era cómo Hilde llamaba siempre al hombre responsable de esa muerte. Alma lo veía de otro modo. Ella y Hilde contaban dos versiones muy distintas de la historia de Martha, como esa misma noche.

—Ella era joven y tenía sed de aventuras —dijo Alma.

—No se contentaba con el lugar que Dios le había asignado en la vida —criticó Hilde.

—Soñaba con una nueva vida en América —replicó Alma.

—¿Cómo puede alguien ser tan tonto como para querer vivir en un país sin emperador? —gruñó Hilde.

—Ella se enamoró de un hombre que la convenció para que emigrara con él —adujo Alma.

—¡Bobadas! —exclamó Hilde—. Se dejó encandilar por un hombre que convirtió sus sueños en su mortaja.

Alma bajó el quemador de alcohol.

—¿Desde cuándo te has vuelto tan poética?

—La poesía no tiene culpa de que él la engatusara hasta Génova y que allí, en lugar de subirla a un barco, la metiera en una taberna de puerto que resultó ser un burdel. Ella saltó por la ventana para escapar del destino atroz que la amenazaba y al hacerlo se rompió las dos piernas.

—¿Y murió por eso? —preguntó Elise. Aunque conocía la historia, seguramente había vuelto a olvidar los detalles.

Primero Fanny escuchó inmóvil y luego salió de debajo de la mesa arrastrándose y se deslizó hasta la puerta a toda prisa. La cháchara sobre América no la inquietaba especialmente, pero sí, en cambio, la mención a tabernas siniestras. La primera vez que oyó hablar de piernas rotas había sufrido pesadillas durante dos noches. De ningún modo estaba dispuesta a volver a oír el final de la historia de Martha, que, tras ser ingre-

sada en un hospital con las piernas rotas, acabó muriendo de tifus. Fanny no sabía si, como afirmaba una amiga, con el tifus la cara se te ponía primero azul y luego negra; o si, como sostenía una criada, se te pudrían las manos y los pies, o si, como decía la abuela Elise, se cagaba hasta el alma; fuera lo que fuera, era una enfermedad muy grave. Y ni ella ni Espantajo querían oír más detalles.

Ya había salido de la estancia cuando reparó en que había olvidado debajo de la mesa la cinta de cuello de su madre —de hecho, la hamaca de la muñeca—; entonces decidió que acostaría a Espantajo en una cama que ella misma le haría. Utilizaría de colchón las fibras de coco que servían de relleno de los maniquíes de la tienda de su madre. Precisamente en el dormitorio de esta había uno que se había descosido y que Hilde aún no había tenido tiempo de reparar.

Fanny se apretó a Espantajo contra el pecho, entró en aquella estancia no caldeada y miró a su alrededor tiritando de frío. Allí estaba la cama con dosel —en una de cuyas mitades, donde antaño dormía su padre, reposaba un rosario—, y allí, una cómoda que tenía encima un lavamanos de esmalte y una jarra de estaño. Como hacía siempre el último día del año, aquella mañana Hilde se había lavado el pelo ahí aplicándose primero la espuma de diez yemas de huevo y medio vaso de coñac y luego enjuagándolo todo.

Pero Fanny no vio el maniquí en ningún sitio. Cuando se disponía a salir del cuarto, reparó en algo que le llamó la atención: el arcón de madera de roble oscura y pesada. Para su asombro tenía la tapa de madera tallada abierta. El sagrado arcón de la ropa de su madre. Tal vez ahí dentro hubiera algo con lo que hacer, si no una cama para Espantajo, sí un vestido.

Fanny se acercó, se inclinó sobre el arcón y observó que estaba vacío. En realidad, no del todo: en el fondo había un chal de seda rojo. Ella al menos habría jurado que era rojo porque la escasa luz que venía del pasillo lo bañaba todo en tonos grisáceos. Sin embargo, aunque el chal no fuera de ese color, seguro que sería suave y, además, lo bastante ancho como para hacerle a Espantajo un vestido de baile.

Fanny se inclinó aún más sobre el arcón. No tenía la certeza de que pudiera quedarse el chal y utilizarlo para hacer un vestido de muñeca. Sin embargo, Elise siempre insistía en que para comerse una manzana había que hacerlo con tantas ganas que los dientes llegaran de inmediato al corazón. «Si quieres tenerlo todo y ya, al final lo consigues todo», solía decir.

Mientras con una mano sostenía la muñeca, con la otra intentó sacar el chal. Sin embargo, no logró hacerse con él porque ella era demasiado menuda y el arcón, demasiado grande. Dejó a Espantajo sobre la cama —por seguridad bastante lejos del rosario— y volvió a inclinarse para alcanzar el chal con las dos manos. Tampoco lo consiguió. Fanny tomó aire, se puso de puntillas y lo intentó de nuevo... Luego todo ocurrió muy rápido: ella cayó de bruces dentro del arcón, justo a tiempo para girar la cabeza y solo lastimarse el hombro, pero oyó el estallido de la tapa al cerrarse. Y de pronto desaparecieron los tonos grisáceos y todo se volvió negro.

No era una oscuridad normal, penetrada por las estrellas o las farolas de gas, sino una oscuridad profunda, infinita, asfixiante. Una oscuridad sin altura ni fondo, sin principio ni final. Una oscuridad que la engulló a ella y a todos sus deseos y anhelos. Que solo le dejó el miedo, un miedo que luego se convirtió en pánico. Fanny gritó, la oscuridad persistió. Palpó a su alrededor hasta encontrar la tapa del arcón para levantarla, pero era demasiado pesada. Se tumbó boca arriba y empujó con los pies contra ella..., pero tampoco lo consiguió.

Volvió a coger aire, empezó a gritar, esta vez con tanta fuerza que seguro que alguien la habría oído en la sala de estar... de no ser porque en ese preciso instante empezaron a tañer las campanas de todas las iglesias de Fráncfort anunciando el nuevo siglo.

—¡Auxilio! ¡Que alguien me ayude! —gritó. Pero no obtuvo respuesta.

Tras la sexta campanada, pareció que el aire empezara a escasear; a la octava, se mareó, y con la décima campanada ella empezó a ver estrellitas. Nada de puntitos brillantes y relucientes, no. Solo unos agujeros anodinos que se extendían en la nada. Con la duodécima campanada llegó la medianoche, pero las campanas no dejaron de repicar y saludar con fuerza el nuevo siglo, mientras Fanny se despedía en silencio de la vida.

«Esto no es un arcón para la ropa», se dijo. «Es un ataúd». Le dolían los latidos del corazón, le dolía la respiración. ¿Qué pasaría cuando no quedara más aire, cuando se ahogara, cuando su cabeza se pusiera primero azulada y luego negra? ¡Todo era oscuro, incluso el chal!

¡El chal!

Bajó las manos y palpó la tela debajo de ella, tan magníficamente suave y lisa. En realidad, Fanny no quería hacerle un vestido de fiesta a Espantajo..., quería ponerse el chal sobre los hombros y bailar con él y comerse la manzana con todas sus semillas.

Aquel pensamiento le dio una fuerza inesperada para empujar de nuevo con los dos pies contra la tapa, que en esta ocasión se entreabrió. Rápidamente metió en la abertura la mano con la que agarraba con fuerza el chal de seda rojo, apretó la cara contra la rendija, volvió a gritar con la esperanza de que alguien la oyera, metió la otra mano en la abertura, empujó con la cabeza contra la tapa con las fuerzas que le quedaban hasta que por fin cedió. Fanny deslizó el tronco fuera del arcón mientras inspiraba ávidamente el aire fresco y frío. Espantajo la miraba desde la cama con su único ojo.

Cuando regresó a la sala de estar, tenía la cara pálida y cubierta de manchas rojas, pero las mujeres no se fijaron. Ni tampoco repararon en que se había envuelto los hombros con un chal rojo. En cuanto terminó el repique de campanas que saludaba el nuevo año, reemprendieron o continuaron su discusión sobre Martha.

—La propia vida es un precio demasiado alto por la honra —decía Alma en ese momento con tono serio.

—Nuestra prima sentía ansias de amor y sufrió una decepción tremenda al verse engañada —explicó Hilde secándose unas lagrimitas. Fanny no podía saber si eran por la prima o por el borrachín. Observó fascinada cómo su madre se apartaba las lágrimas de la mejilla con el dedal.

—¡Tonterías! —dijo Alma—. Martha sentía ansias de libertad.

—Bueno —intervino la abuela Elise llenándose el vaso—, es posible alcanzar una de las dos sin poner en peligro el estómago o el alma. Pero alcanzar la libertad y el amor..., eso es un arte imposible.

Fanny se volvió a arrastrar debajo de la mesa y tosió suavemente. Tenía poco que decir del amor, pero alcanzar la libertad debía de ser algo así como lograr salir de un arcón oscuro.

—Sírveme un poco —pidió Alma a su madre. Tras tomar un sorbo de aguardiente declaró—: Aunque las ansias de amor y de libertad conduzcan a la desgracia, que al menos sea llevando un vestido bonito.

O un chal, añadió Fanny en silencio.

Así, querida Judy, empieza esta historia, que en realidad es la de Fanny y, como influyó de forma tan marcada en nosotras, también la de mi madre y la mía.

Pienso que para Fanny la libertad siempre fue más importante que el amor. Mi madre, en cambio, no siempre ha tenido la libertad de vivir su amor. Yo, por mi parte, intento, de todos los modos posibles, lograr ambas cosas. Solo en un aspecto las tres mujeres nos parecemos: tanto cuando logramos lo que quisimos, cuando perdimos lo que ni siquiera llegamos a desear, como cuando se nos rompió el corazón, o se recompuso, o cuando nos dimos con la cabeza contra arcones visibles o invisibles..., siempre quisimos ir bien vestidas.

Fanny

1914

El día 28 de junio de 1914 Francisco Fernando, el príncipe heredero al trono austrohúngaro, murió asesinado de un disparo; entretanto, el perro salchicha de Theobald Theodor von Bethmann Hollweg sufría de flatulencias.

Bueno, lo de las flatulencias del perro Fanny se lo inventó con el tiempo; ella no sabía siquiera si Theobald Thedor von Bethmann Hollweg tenía un perro salchicha. Con todo, creía que era preciso aderezar los acontecimientos atroces de la historia mundial con anécdotas divertidas, del mismo modo que ella mitigaba la severidad del color negro con un collar de perlas. El mero hecho de que alguien pudiera tener como nombre de pila la combinación de Theobald y Theodor ya le parecía un chiste.

En otro orden de cosas, aquel mismo día, Fanny, que a la sazón contaba veinte años, se enamoró y no solo una vez, sino dos: primero, de un vestido de color rosa encarnado que, a sus ojos, combinaba a la perfección con su chal rojo —aunque no lo llevaba mucho—, y, luego, de un joven con el que más adelante se casaría.

—Ojalá hubiera ocurrido al revés —afirmaría Fanny con el tiempo—. Ojalá hubiera llevado ese vestido hasta que se me cayera a jirones y no hubiera consentido jamás una alianza en el dedo.

Se había hecho el vestido en el taller que formaba parte de la tienda de corpiños de su madre en la que, además de esa prenda, también se hacían corsés. La solución de hidróxido de potasio que había acabado con la vida del borrachín se empleaba para teñir de azul el caucho que formaba parte de esas prendas. Había muchos tipos de corsés: para cantantes y damas muy corpulentas, para mujeres con dolor de espalda, para las que sufrían problemas digestivos y, claro está, para las embarazadas, aunque Hilde hablaba tan poco de embarazos como de la causa de la muerte de su buen marido.

Sea como fuere, los corsés tenían algo en común: comprimían el cuerpo y dificultaban la respiración, algo que Fanny, que ya era una señorita, acababa de descubrir recientemente. De pequeña, el nombre del oficio de su madre, *corsetière,* le evocaba el salón de baile dorado donde Cenicienta bailaba con el príncipe. La abuela Elise le había leído ese cuento a menudo y, como la vista le fallaba y a menudo tenía los sentidos embotados por el aguardiente, no siempre se lo había contado bien. Al final, al parecer, no eran las hermanastras de Cenicienta las que se cortaban los dedos de los pies y el talón, sino el príncipe, por ser tan tonto como para no reconocer a Cenicienta más que por el estúpido zapato.

No importaba. Aunque *corsetière* sonaba a luz, perfumes y música, un corsé no prometía nada de eso, y tampoco era posible encontrar nada semejante en la corsetería de Hilde Seidel, situada cerca de la plaza Hauptwache de Fráncfort. El salón de ventas ocupaba la planta baja y el taller de confección se encontraba en la buhardilla. Esta no estaba bien iluminada porque los tragaluces eran demasiado pequeños. Además, era una estancia diminuta en donde las mujeres altas no podían permanecer completamente erguidas y mucho menos, por lo tanto, bailar como Cenicienta y el príncipe, y no olía tampoco a perfume, sino a planchas calientes, vapor y almidón.

Por eso Fanny había cosido el vestido mencionado en un cuarto situado al fondo del salón de ventas que se utilizaba como probador, y además no había utilizado ni huesos de ballena, ni acero, ni ropa pesada, sino que había usado lino ligero. Fanny aún no se había probado el vestido, sino que lo tenía colocado en un maniquí de costurera sin parte baja. Algo esto último que, para Hilde, era mejor que no tuvieran las mujeres de carne y hueso, igual que tampoco ningún anhelo creativo.

—Pero ¿qué... es... esto? —reprendió a Fanny en cuanto descubrió la prenda. En realidad, no gritó. A menos que fuera Nochevieja, ella siempre llevaba alfileres en los labios—. ¿Qué... es... esto? —repitió.

—Un vestido.

—No, esto no es un vestido. Es nuestra ruina. ¡Por Dios, muchacha! Bastantes problemas he tenido desde que tu padre murió. Con tantas fábricas de corsés estamos con el agua al cuello. —Fanny se imaginó la cabeza de su madre con los alfileres en los labios elevándose en una charca oscura y se rio—. ¿Qué te hace tanta gracia? —la increpó; bueno, en realidad, Hilde masculló entre dientes—. Tal vez logremos resistir por un tiempo a la competencia. Pero si estos vestidos se ponen de moda, vamos a tener que cerrar el negocio y nos moriremos de hambre. Tu buen padre se removería en la tumba.

Hilde dirigió una mirada sombría a ese vestido que no podía existir. Caía recto sobre el cuerpo, sin resaltar pecho, cintura ni cadera. Presentaba algo de fruncido en los hombros, creando así unos elegantes pliegues semejantes a los de las togas de las estatuas antiguas.

—He oído que el lino es especialmente adecuado para la ropa de deporte —se apresuró a explicar Fanny.

—¿Deporte?

Hilde no parecía saber qué era eso. Fanny, por su parte, apenas sabía gran cosa. En todo caso, había oído decir que a la gente rica le gustaba jugar al tenis, y que ese juego consistía en golpear una pelota grande como un huevo con un objeto parecido a una sartén. No entendía qué sentido podía tener aquello, pero sabía que al jugar la gente sudaba mucho.

Como en el mundo de Hilde era inconcebible que las mujeres sudaran, Fanny prefirió no mencionar eso y en su lugar dijo:

—Vi un vestido así en la revista *Modewelt*. Aunque yo preferiría leer revistas de moda francesas, aquí, en Fráncfort, son muy difíciles de conseguir. Este tipo de vestido se llama vestido reforma y con él también se puede ganar dinero.

—¿Acaso más que con un corsé? ¡Tu pobre madre sacrificándose por ti para que olvides la ausencia de tu pobre padre! ¿Así me lo pagas? —Fanny no sabía qué era peor: que Hilde tildara a alguien de bueno o de pobre. Fuera como fuera, a sus ojos, ella no era ni una cosa ni la otra—. ¡Has sido siempre una rebelde! —continuó su madre regañándola—. Apenas me doy la vuelta y ya estás tú perdiendo el tiempo y malgastando tela. Al menos podrías haber hecho una camisa de dormir, u otra cinta para la papada.

Esa misma papada tembló y los labios, no menos, cuando Hilde empezó a tirar violentamente, en realidad, a arrancar el vestido del maniquí de costura. ¡Cómo dolía ver ese vestido roto!

—¡Lo he hecho para llevarlo! —gritó Fanny con ese furor del que la abuela Elise decía que, aunque ardiera tanto como las llamas al acercarse a la madera de abeto, no duraba lo bastante como para calentar como una hoguera de madera de haya.

Fanny no sabía nada de madera, pero tenía una idea clara de lo que les quedaba bien a las mujeres... y de lo que le podría quedar bien a ella, sobre todo si no se limitaba a arroparse los hombros con su chal de seda rojo, sino que se lo drapeaba a la cabeza tal y como había visto en una revista de moda. Intentó arrebatarle el vestido a su madre antes de que lo arruinara por completo, pero ella lo agarraba de un modo tan despiadado que finalmente sufrió otra gran rasgadura. Un alfiler cayó de la boca de Hilde: el único indicio de que las fuerzas la abandonaban.

Con todo, Fanny no podía medirse con ella. Ya sintiera un furor ardiente o solo templado, ya ardiera por poco tiempo o por mucho, su madre siempre conseguía arrojar sobre él un cubo de agua fría.

Fanny soltó el vestido, se dio la vuelta y salió corriendo a toda prisa con el chal de seda rojo sobre los hombros hacia un lugar en el que al menos podía ser un poco libre.

—Además, la división de tareas que exige la naturaleza y el Evangelio entre los hombres y las mujeres consiste en que el hombre está hecho para luchar y trabajar, y la mujer, en cambio, para el cultivo de sentimientos puros, cálidos e íntimos. Al hombre le corresponde la lucha y el trabajo, y a la mujer, limpiarle el sudor de la frente.

Cuando Fanny entró en el piso de su tía Alma, esta estaba leyendo precisamente esas palabras en voz alta. Aunque ella nunca llevaba alfileres en los labios, en ese instante parecía como si al menos uno se le estuviera clavando en la lengua. Y es que aquello que estaba leyendo era absolutamente contrario a lo que pensaba.

Alma había abandonado su pasatiempo del pirograbado en cuero o madera después de que en una ocasión se hubiera quemado el pulgar. En cambio, dos cosas no habían cambiado: seguía luchando de forma enconada a favor de los derechos de las mujeres y seguía luciendo, como siempre, un bonito sombrero. Para ella ambas cosas no eran contradictorias, al contrario. De hecho, estaba convencida de que las mujeres tenían que hacer valer siempre sus puntos fuertes y si eso para unas era un trasero bonito y para otras, una cintura de avispa, para Alma era la cabeza. Preferentemente la realzaba con figuras de chifón, rosas de muselina, perlas de vidrio y encaje inglés.

Desde que recientemente un catedrático de anatomía de Fráncfort había afirmado que el cráneo y el cerebro de las mujeres era básicamente de menor tamaño que el de los hombres y que por ello el hombre tenía una mayor firmeza de carácter y era valiente, audaz y decidido, y la mujer tenía un humor caprichoso, era charlatana, asustadiza y transigente, Alma llevaba sombrero incluso en su casa a modo de protesta. Cuando ese mismo catedrático declaró que a las mujeres no se les debía permitir estudiar medicina ya no por el menor tamaño de su cerebro, sino por su gran pudor —según él no se les podía poner en el apuro de dar una explicación sobre los órganos sexuales—, Alma llegó a considerar la posibilidad de presentarse a una de sus clases vestida con sombrero y nada más. «A ese le contaría un par de cosas de los órganos sexuales que él no ha oído decir en la vida», había proclamado con tono belicoso.

Fanny no tenía una idea exacta de lo que eran los órganos sexuales. De todos modos, gracias a las explicaciones de su tía Alma, sabía que incluso las mujeres como su madre debajo de la cintura también eran de carne y hueso, y no de madera. «Tú pregunta lo que quieras, pequeña», la había animado Alma a una edad muy temprana, llegando incluso a contarle cosas que Fanny no había querido saber para nada.

Ese día Alma no reparó en la presencia de su sobrina, y no solo porque estaba inmersa en su lectura en voz alta. Una media docena de señoras congregadas en el salón impedía que Fanny pudiera distinguir a su tía. Solo le podía ver el sombrero.

—La reclamación del derecho activo a votar se encuentra en contradicción con instituciones milenarias de todos los Estados y pueblos —seguía leyendo Alma—, así como con la naturaleza y el destino de la mujer y las leyes eternas del orden mundial divino.

A Alma la voz le temblaba igual que las rosas de tela que llevaba prendidas en su sombrero.

En cuanto Fanny fue abriéndose paso entre las otras mujeres vio más partes de Alma aparte del sombrero. Estaba sentada, en realidad señoreaba, frente a su escritorio, que se encontraba en el lugar que en otros tiempos —cuando esa sala era el comedor y no la sala de estar— había ocupado la gran mesa del comedor. Cinco años atrás Alma había anunciado que el espíritu de la mujer tenía que ser más voraz que su estómago y había hecho cambiar las mesas. Aquella fue la primera decisión que tomó tras la muerte de su marido.

Ella, igual que su hermana Hilde, también llamaba buen hombre a su difunto marido. Sin embargo, en el caso de Alma, aquello no era tanto una idealización como un modo de agradecimiento; él, que tantas cosas había hecho mal en su matrimonio, por lo menos había conseguido hacer algo bueno: morir pronto. Además de aquel piso de tres grandes habitaciones delante de la iglesia Katharinenkirche, le había legado un patrimonio considerable y un negocio de papelería en la calle Hasengasse. Alma se había desembarazado de todo el género y había instalado ahí una prensa con la que a partir de entonces hacía imprimir escritos polémicos a favor de la jornada laboral de ocho horas, las escuelas de educación básica y la formación de las muchachas, así como el acceso de las mujeres a las universidades.

Fanny entretanto había alcanzado el escritorio y se puso delante de su tía, que seguía inmersa en la lectura.

—Tía Alma, necesito tu ayuda.

Alma levantó la cabeza, pero, en vez de mirar a Fanny, contempló a las otras mujeres. Unas llevaban los anchos delantales de color azul de las mujeres obreras; otras, prendas hechas con la misma tela delicada que las rosas del sombrero de la tía Alma. Del mismo modo en que Alma animaba a las mujeres a ganarse la vida por su cuenta mientras ella vivía con toda naturalidad de la herencia de su marido, había conseguido también conciliar otra contradicción y reunir en su salón a las representantes del movimiento feminista burgués y a las del proletariado. Eso en sí era todo un arte. No obstante, aún era mayor el desafío de que sus invitadas no discutieran entre ellas. En una ocasión, una disputa oral derivó en una refriega en la que una de las mujeres llegó a morder el guante de seda de otra, la cual, a su vez, le arrancó un mechón de pelo. «También por eso siempre llevo sombrero», había dicho entonces Alma con tono solemne para luego añadir que, sin lucha, no había ardor y sin ardor era imposible irritar a esos señores que sostenían que el cerebro de la mujer era demasiado pequeño.

Por fin, la mirada de Alma se posó en su sobrina; sin embargo, antes de que Fanny tuviera ocasión de repetir su ruego, alguien entró apresuradamente en el piso cuya puerta permanecía entreabierta cuando las mujeres se reunían.

—¡Escuchad! —exclamó una jovencita—. ¡Han detenido a Klara Hartmann!

De pronto se hizo un silencio y la muchacha siguió con la historia. Por lo que pudo comprender Fanny de aquellas palabras agitadas, Klara Hartmann militaba en el movimiento pacifista y, en señal de protesta contra el militarismo en general y contra la amenaza de la guerra inminente en particular, se había encadenado a la puerta de hierro forjado de la prefectura de policía.

—¿Y luego? —preguntó Alma.

—Le han ordenado que se desencadenara.

—¿Y luego? —preguntaron entonces todas las mujeres a la vez.

—Parece ser que se ha tragado la llave para abrir el candado de la cadena.

—Excelente —dijo Alma—. ¿Y qué ha ocurrido luego?

—Han mandado llamar a un herrero y él ha fundido la cadena.

—Ojalá se haya quemado el pulgar como yo con el quemador de alcohol —intervino Alma con tono de burla.

—El caso es que, en cuanto le han quitado la cadena, han detenido a Klara Hartmann por agitadora —concluyó la joven.

Mientras las mujeres de delantales azules y guantes de seda discutían acaloradamente sobre si la conducta de Klara Hartmann era una provocación tremenda o una protesta justificada, Fanny se preguntaba qué tamaño tendría la llave que se había tragado y se decía que aquello debía de dar unos dolores de barriga tremendos.

De todos modos, no le dio muchas vueltas y aprovechó la ocasión para inclinarse hacia Alma y susurrarle:

—Mi madre no me deja llevar un vestido sin corsé. ¿Qué hago?

Las damas presentes continuaban discutiendo acaloradamente sobre cómo ayudar a Klara Hartmann. Alma, en cambio, se puso de pie y con un gesto de cabeza ordenó a Fanny que la acompañara. La muchacha la siguió fuera de la estancia, aunque no para ir a la habitación de al lado, donde ahora estaba la antigua mesa de comedor con el tablero vuelto sobre el suelo para ahorrar sitio y aprovechar las patas de la mesa para colgar los sombreros, sino fuera del piso.

La tía ya había abandonado el edificio a paso ligero cuando Fanny logró alcanzarla.

—¿Vas a hablar con mi madre? —le preguntó jadeando.

—Voy a hablar con un abogado para que saque a Klara Hartmann de la cárcel. Tú, si quieres, puedes acompañarme y así aprender alguna cosa.

—¿Aprender qué?

—Bueno —Alma se detuvo y miró a su sobrina con severidad—, que da igual si lo que quieres es llevar un vestido en especial, estudiar medicina o proclamar que la paz es mejor para la humanidad que la guerra; cuando alguien le dice a una mujer: «No se puede», ella replica con firmeza: «Sí, se puede».

Alma se había detenido el tiempo suficiente para acabar esa frase y luego siguió su marcha apresurada. Con el calzado firme que llevaba le resultaba fácil ir rápido, pero Fanny a duras penas podía seguirla.

—¡Por Dios! —exclamó su tía con sorna—. ¿Qué son esos pasitos de princesita?

—Mi madre quiere que lleve cintas de goma en las rodillas para que no dé zancadas grandes. Una mujer debe caminar siempre a pasos cortos.

Alma se echó a reír.

—Tachín, tachín... ¡Hete aquí la falda trabada! —dijo burlona—. Bueno, si te gusta llevarla, adelante. Pero ¿no te parece algo curioso que quieras eliminar el corsé y en cambio uses cintas de goma para andar?

Soltó una carcajada y siguió andando a buen paso.

—¡Tía Alma, espera, por favor!

—¡Quítate esas bobadas!

Fanny suspiró y decidió hacerle caso, pero no iba a ser precisamente fácil. El organillero con el macaco chillón al hombro no debía verle las piernas desnudas. Y, en cuanto hubo dejado ese hombre atrás, una mujer que llevaba un gran cochecito de bebé le pidió paso. Y luego apareció el lechero anunciando a voces su leche, a lo que alguien de pronto respondió a gritos: «¡Seguro que la has vuelto a mezclar con agua de cal!». El macaco chilló aún con más fuerza.

Al final, Fanny dio con un rincón oscuro y se quitó las cintas de las piernas, pero entonces se encontró con otro problema: no podía comparecer ante un abogado con unas gomas en la mano. Por otra parte, todavía estaba por ver si llegaría a conocerlo. Alma, cómo no, había desaparecido.

—¡Tía Alma!

El lechero gritaba más fuerte que ella para hacerse oír por encima de los tonos desafinados del organillo, y a Fanny no le quedó otro remedio que echarse a correr.

No sabía a ciencia cierta dónde se encontraba el bufete del abogado, aunque sospechaba que Alma se dirigía hacia el Römer, la sede del ayuntamiento en el casco antiguo de Fráncfort. No era precisamente fácil encontrar a alguien en ese laberinto de callejuelas en las que apenas penetraba el sol. Las casas de paredes entramadas estaban muy juntas entre sí, a menudo incluso se inclinaban hacia adelante, y, una vez a la altura de los puestos de venta de la calle donde se ofrecían hierbas para la típica salsa verde y carne fresca de buey, sería preciso abrirse paso a la fuerza.

—¡Tía Alma! ¡Tía Alma!

Poco después de que Fanny dejara atrás las hierbas y la carne de buey, percibió el aroma de las velas de cera de abeja que hacía una mujer de la que se rumoreaba que no hablaba y que solo zumbaba como las abejas. Con todo, Fanny quiso preguntarle si había visto pasar a Alma —a fin de cuentas, su sombrero era muy llamativo—. Entonces ocurrió. Con la vista clavada en las velas de cera de abeja chocó primero con la cabeza contra un hombre y luego, tal vez al tropezar por la fuerza del impacto, dio con las rodillas en los adoquines. Lo primero no le dolió mucho porque la frente topó con una barba mullida, pero se hizo una herida en una de las rodillas y empezó a sangrar.

«Si hubieras llevado las cintas de goma», oyó rezongar a su madre.

Fanny levantó la cabeza; por un momento, no se percató de nada y se sumergió en la visión que se le ofrecía. Un bigote rubio y recortado, una sonrisa agradable que atenuaba la severidad de la barba, un cabello que caía en ondas suaves sobre la frente alta y que, lejos de darle a ese joven un aspecto femenino, lo hacía elegante. El traje oscuro le hizo pensar a Fanny en el abogado hacia el que Alma se dirigía; las manos finas, en un músico.

¡Y ella en las suyas seguía sosteniendo esas estúpidas cintas de goma! ¡Maldita fuera!

Con todo, aquel joven no parecía haber reparado en ello porque tenía la mirada tan clavada en la cara de Fanny como ella en la de él, posiblemente absorto en las mejillas sonrosadas y los ojos azules, y sobre todo en los rizos de color castaño rojizo que no se alisaban ni con la plancha más caliente y que cuando la madre de Fanny los cepillaba una y otra vez le gustaba decir que eran como una aureola, aunque no divina, sino del diablo.

—¡Oh, no era mi intención!

La mirada del desconocido bajó y se posó entonces en la rodilla ensangrentada... y desnuda. De hecho, un hombre no debía verle esa parte del cuerpo, ni desde luego tocarla, pero él, en un gesto involuntario, acercó la mano hacia la herida.

En una ocasión, una amiga de Fanny de la escuela había afirmado que una mujer podía tener un niño si un hombre le rozaba la piel desnuda.

«¡Menuda tontería! —había respondido Fanny—. Eso es si ella se sienta después de él en la misma silla mientras aún está caliente».

Con el tiempo, ella ya no tenía la certeza de que aquello fuera así. Posiblemente no solo había que sentarse en la misma silla, sino que además había que estar desnudo. Pero ¿quién se sentaba en una silla sin ropa? ¿Y por qué, pese a eso, había tantos niños en el mundo?

Cuando las yemas de los dedos del hombre le recorrieron la rodilla desnuda, ella sintió un cosquilleo, y eso le hizo olvidar el dolor intenso, aunque no la confusión. Ahora el cosquilleo también estaba en el estómago de Fanny, como si se hubiera tragado algo suave y blando.

—¿Debería llamar a un médico? —preguntó ese hombre joven.

—Eso... no será necesario.

Él apartó la mano, pero el cosquilleo se mantuvo. Fanny metió discretamente las cintas de goma en el bolsillo del vestido y se quitó el chal rojo de los hombros para envolver con él la herida. Aunque las manos aún le temblaban, logró hacer un nudo.

—¿Puede levantarse? —preguntó el joven. Antes de que ella pudiera responderle afirmativamente, él le tendió el brazo y ella se apoyó en él—. ¿Me permite que la acompañe a su casa?

Fanny vaciló.

—En realidad, debería esperar a mi tía. Hace un rato nos hemos perdido...

—En tal caso, estaré encantado de acompañarla mientras la espera, aunque es algo que también se puede hacer en una cafetería, ¿no le parece? ¿Me permite que la invite a un chocolate caliente?

En cuanto lo hubo dicho, al joven la propuesta le pareció un poco osada y se sonrojó. Fanny también sintió que le ardían las mejillas. Iba a decir: «¡Eso no es posible!», pero pensó en Alma y en la lección que le había dado: que una mujer no debería llevar nunca cintas de goma, pero siempre debería gritarle a la vida: «¡Sí, se puede!».

—Sí, si a usted le parece... —balbuceó.

Ella no se soltó de su brazo mientras pasaban por delante de los puestos de carne de buey y de hierbas para salsa verde hasta llegar a una cafetería de Liebfrauenberg.

El propietario de la cafetería de Liebfrauenberg decía ser de Viena; el camarero que los servía se hacía pasar por francés. Si era cierto, ellos no podían saberlo. Bastante tenían con averiguar lo que se escondía bajo los nombres de todas las especialidades de café de la carta. Fanny se sintió aliviada al poder sumergirse en ella pues hasta entonces su conversación había sido bastante monosilábica.

—Soy Georg König.

El joven se acababa de presentar.

—Y yo, Franziska Prinz*—respondió Fanny con una risita. Al advertir su expresión de asombro añadió—: ¡Es broma! En realidad, mi nombre es Franziska, pero todo el mundo me llama Fanny. Y mi apellido es Seidel.

—Fanny —dijo él sin más.

Ella soltó otra risita que le sonó aún más ridícula que la anterior, y seguramente a él también. ¡Oh, Dios! ¿Estaría lamentando haberla invitado?

—¿Qué..., qué es un café Biedermeier?

—Si no ando confundido, es un café con un chorrito de licor de albaricoque.

—¿Y qué es un albaricoque?

George se encogió de hombros. Seguramente Elise, la abuela de Fanny, lo habría sabido, pero hacía varios años que había muerto. Por otra parte, ella no habría tomado café con un poquito de licor, sino que habría preferido mucho licor sin café.

---

* *König* significa «rey» en alemán, y *Prinz*, «príncipe». *[N. de la T.]*

—También hay Schale Braun, que se prepara con mitad de café y mitad de leche —se apresuró a decir Georg.

—¿Y de verdad se sirve en un cuenco?

Él volvió a encogerse de hombros y sonrió.

—Sea lo que sea, seguro que no en un plato de sopa.

Ella se rio con más soltura.

—¿Y el Fiaker está pensado para emborracharme montando en un coche de caballos?*

—Es un café moca servido en vaso, con mucho azúcar y una copita de Slivovitz.

—¡Slivovitz! —Entonces ella soltó una carcajada—. ¿Y qué es eso?

—Ni idea. ¿Sopa de tortuga, quizá? ¿Gulash de cocodrilo? ¿Gratinado de serpiente?

—Antes he visto a un organillero con un macaco. Espero que el cocinero no haya visto ese animalito.

Él se echó a reír con ella, y el camarero francés les dirigió una mirada de enojo.

—Da la impresión como si fuera a ofrecerle a usted el café de las resacas, el Katerkaffee —dijo Georg—. Un moca fuerte con ralladuras de limón.

—¡Líbreme Dios! —exclamó Fanny.

—*Monsieur, mademoiselle.* —El camarero se les acercó. Georg, en vez de hacer la comanda, se inclinó hacia Fanny en un gesto de complicidad y ella percibió su aliento cálido—. Seguro que no es francés. Debe de ser de Fráncfort, o de Eschborn.

—¿El caballero tendría la amabilidad de decirme qué desea? —preguntó el hombre con voz nasal.

Georg levantó la mirada y adoptó una expresión fría e impersonal.

---

* *Schale* significa «cuenco» y *Fiaker* «carruaje». *[N. de la T.]*

—*Si Monsieur avait l'amabilité de nous servir deux choco-lats chauds.*

Si fuera tan amable de servirnos dos chocolates calientes.

El camarero palideció ligeramente, aunque Fanny no sabía decir si era de vergüenza, orgullo o rabia. Pero tampoco era capaz de describir su propio estado de ánimo. ¡Francés! ¡Georg hablaba francés! El idioma de la moda. El idioma de sus sueños.

Algo entre las costillas y la cadera dio un salto doloroso en su interior. Fanny no estaba segura de qué podía ser eso. Tal vez fuera el motivo por el que mujeres como su madre les ponían corsés apretados a sus hijas. Lo único que sabía es que en aquel instante él había conquistado por completo su corazón.

—¿De verdad habla usted francés? —preguntó entusiasmada en cuanto el camarero se hubo retirado de la mesa.

—*Mais oui!*

—¡Oh! Tiene que enseñarme sin falta. He intentado aprenderlo con un viejo diccionario de mi tía. Pero es muy difícil acordarse de las palabras. Para decir algo tan simple como prenda interior de seda hay que decir *sous-vêtements en soie.*

No supo morderse la lengua a tiempo; desde luego, no era propio de una dama hablar con un hombre de ropa interior, fuera o no de seda.

—¿Por qué le interesa saber cómo se llama a la ropa interior de seda? —respondió él con seriedad y sin volver a sonrojarse.

—Bueno, es que quiero hablar de moda. Algún día seré una modista famosa. Diseñaré vestidos y...

En cuanto él le indicó con un asentimiento de cabeza que siguiera hablando, ella no se contuvo. Empezó a hablarle del vestido rosa encarnado y de la reacción de Hilde, en un tono cada vez más rápido, como si quisiera huir de su propia torpeza, de la voz pertinaz de su madre que aún le resonaba en el oído, de todos sus miedos y dudas de no lograr aprender suficientes palabras en francés como para no acabar un día como *corsetière* y quitarles a las mujeres el aire para respirar y sus sueños.

—Para mí es importante que una mujer se pueda mover libremente —concluyó a toda prisa—, en cualquier cosa que haga, como ese deporte al que llaman tenis. Tal vez usted lo conoce... Consiste en golpear una pelota con algo parecido a una sartén.

Georg se echó a reír.

—Por cierto, en francés sartén se llama *poêle à frire.*

—Como sea. El caso es que se suda y por eso se deberían llevar prendas de un tejido ligero que no se adhiera al cuerpo y que...

Se interrumpió. No porque hablar de sudor femenino posiblemente fuera aún más íntimo y, por lo tanto, más ilícito que de ropa interior de seda, sino porque acababa de ver a su madre y a su tía Alma en la plaza Liebfrauenberg. Se habría escondido de su madre, de ser preciso detrás del camarero que en ese instante traía las tazas de chocolate caliente. Pero no quería inquietar a su tía Alma.

—Lo siento, tengo que... —empezó a decir. Se levantó como movida por un resorte y estuvo a punto de chocar con el camarero.

—*Mademoiselle!* —exclamó este, indignado.

—¡No se marche así! —exclamó Georg levantándose—. Si alguien blandiera una sartén contra su cabeza, yo me interpondría valerosamente.

Fanny se detuvo, pero para entonces su madre ya la había visto y cuando Hilde entró como una exhalación en la cafetería la valerosa actuación de Georg solo consistió en dar un paso al frente y dirigirle una tímida reverencia.

Excepcionalmente en esta ocasión Hilde no llevaba ni un solo alfiler en los labios, de modo que su voz fue aún más cortante cuando empezó a reprenderla sobre dónde había estado, cómo podía haberse marchado de ese modo, y que aquel no era el comportamiento de una muchacha. Luego su mirada se volvió hacia Georg y quedó clavada en él. Abrió los ojos con sorpresa y dibujó una gran O con los labios.

Él volvió a hacerle una reverencia.

—Permítame que me presente. Me llamo Georg König y desde luego es imperdonable por mi parte haber retenido a su hija. Sin embargo, ella ha sufrido un pequeño percance, me temo que por mi culpa y sin graves consecuencias. Aun así, he creído que era mi obligación compensar mi imprudencia con una taza de chocolate. ¿Me permite convencerla a usted para que nos haga compañía, señora? ¿Quizá con una taza de café con Slivovitz?

Fanny estaba convencida de que su madre iba a replicarle que ella nunca tomaba alcohol. Pero, cuando esta por fin logró recuperar el habla, solo logró decir:

—¿Georg König?

Él asintió perplejo, y Hilde abrió aún más los ojos. La tía Alma, en cambio, se le adelantó.

—Yo tomaré encantada ese café con Slivovitz, aunque no sé bien qué es. En cualquier caso, suena interesante. Por cierto, Klara Hartmann ha sido justamente liberada de prisión, aunque deberá pagar una sanción.

Fanny se dio cuenta de que Georg se hacía miles de preguntas. Ella, por su parte, también tenía una en la punta de la lengua, en concreto, cómo decir en francés: «Sí, se puede». Pero, en caso de necesidad, ella ya se lo diría a su madre en alemán si le prohibía volver a ver a ese joven desconocido cuya conducta tenía algo en común con su vestido de color rosa encarnado, esto es, el ir en contra de todas las convenciones.

Hilde no hizo nada de eso. En cambio, agradeció a George haber cuidado de su querida Fanny con un tono muy dulce, como si, en lugar de un alfiler, se hubiera tragado un bombón cubierto de chocolate.

—Por desgracia ahora tenemos algo de prisa, pero estaré encantada de poder recibirle en nuestra humilde casa el próximo domingo por la tarde para tomar el té.

Fanny sabía que la gente acomodada de Fráncfort seguía el ejemplo de los ingleses y solía tomar el té, pero no recordaba que en casa se hubiera hecho alguna vez fuera de la hora del desayuno. Como era de esperar, antes de que ella pudiera decir nada, Hilde la asió por el brazo y Fanny, para no tropezar y caer de nuevo sobre la rodilla ensangrentada, la siguió fuera de mala gana.

«¡Se puede! ¡Se puede! ¡Se puede!». Aquellas palabras le martilleaban la cabeza. Con todo, su madre, ya en la calle, seguía sonriendo, y su sonrisa era encantadora.

—¡Qué suerte que cayeras justo a los pies de ese hombre! —dijo entusiasmada.

Fanny se quedó confusa.

—No me he caído a sus pies, solo he tropezado con él.

—¡Qué suerte que lo hayas encandilado de ese modo! —siguió diciendo Hilde.

Fanny miró a su madre sin entender nada, pero, mientras esta la soltaba, Alma, que había renunciado al café con Slivovitz y las había seguido, explicó:

—Georg König es el propietario de una de las casas de moda más importantes de Fráncfort. Su padre debió de ser inmensamente rico... En su tiempo compró el negocio por quince mil marcos de oro. Georg König padre murió hace dos años y creo que poco tiempo después de su mujer. Georg König hijo es su único heredero.

—¡Es la tienda más moderna que uno se pueda imaginar! —comentó Hilde entusiasmada—. ¡Imagínate! No solo el espacio de tienda está iluminado con electricidad sino también los escaparates.

Fanny tenía el recuerdo vago de haber permanecido con la nariz apretada contra el escaparate para contemplar los vestidos franceses del interior. En ese momento al menos ella había creído que eran franceses porque eran elegantes, refinados y originales. *Extraordinaire.*

¡Oh, Dios mío! ¡Georg sabía hablar francés!

—¿Me dejarás llevar el vestido de color rosa encarnado? —preguntó Fanny.

—Preferiría que llevaras muy pronto un vestido blanco —contestó su madre con un guiño de complicidad.

Fanny estaba desconcertada.

—Actualmente lo moderno es casarse de blanco —intervino Alma—, incluso para los comunes mortales. Es una idea que no me acaba de convencer. En su tiempo, nuestra madre se vistió de rojo para su boda, porque siempre fue algo excéntrica. Me parece que ese chal rojo que llevas fue el velo. Y yo, en cambio, opté por ir de negro en solidaridad con las mujeres granjeras.

—Parecías una viuda —comentó Hilde implacable.

—Ya que lo dices, fue un buen augurio —repuso Alma con tono seco.

Hilde la miró con rabia, pero al parecer prefirió no optar por una confrontación en la que solía perder siempre. Hizo un gesto hacia Fanny para que la acompañara por fin al taller de costura, y esta la siguió de mala gana, aunque no sin antes darse la vuelta y buscar a Georg con la mirada. Tras la ventana de la cafetería lo vio tomándose una taza de chocolate y luego otra: tal vez no quería desperdiciar la comida o tal vez ese camarero tan severo le obligaba.

—¿Te gusta? —preguntó Alma con expresión misteriosa mientras Hilde se adelantaba con paso impaciente.

—Él... habla francés —respondió Fanny.

—¿Y desde cuándo ese es un motivo para que alguien te guste o no? —Fanny se encogió de hombros—. No temas

—añadió Alma con una sonrisa cómplice—. No seré yo quien te diga qué debes hacer ni sentir. Tú decides sobre tu vida. Tu madre y yo en eso no nos vamos a meter. Y realmente el francés es un idioma muy musical. De todos modos, creo que una mujer no debería casarse con alguien que se apellida König, rey, para convertirse en reina.

Fanny volvió a encogerse de hombros.

—¿Y quién piensa en casarse?

—La guerra acelera las cosas, también el amor.

Aunque Fanny no sabía gran cosa de la guerra, sí sabía lo bastante como para replicar a su tía:

—El amor y la guerra no tienen nada que ver.

—Y la libertad y el amor, tampoco —dijo Alma. Por un breve instante adoptó una actitud seria y luego añadió con tono pícaro—: Y, ahora, cuéntame, ¿cómo has logrado quitarte esas espantosas cintas de goma?

En ese instante, Fanny recordó que se había envuelto la rodilla ensangrentada con el chal. Consciente ahora de lo importante que aquella prenda había sido en su momento para la abuela Elise, lamentó haber tenido esa falta de consideración.

Deseó que las manchas de sangre se pudieran quitar y prefirió no contarle nada de eso a Alma.

Lisbeth

1944-1945

Cuando empezó la historia de amor de Fanny, ella no tenía ni la más remota idea de lo que significaría la guerra a la que el mundo estaba a punto de enfrentarse. Cuando empezó la historia de amor de mi madre, Lisbeth, ella lo sabía todo de la guerra que había hecho pedazos su mundo, especialmente que, aunque hubiera terminado, persistía, sobre todo en los sueños. Por la noche la guerra volvía a empezar y proseguía, como si la vida fuera un gramófono y las personas, un disco de pizarra rayado por una aguja detenida siempre en el mismo punto. Para Lisbeth ese punto era el 22 de marzo de 1944, la fecha que partió su vida por la mitad con un antes y un después.

Ese día —a más de uno le pareció una fatalidad que precisamente coincidiera con el 112 aniversario de la muerte de Johann Wolfgang von Goethe, uno de los hijos predilectos de la ciudad— el casco antiguo de Fráncfort dejó de existir. Antes de ser testigo de ese final, Lisbeth oyó reír a un payaso. Se había dejado convencer para ir al cine y ver la película de circo *Charlie, el acróbata*, que no solo giraba en torno a un payaso interpretado por Charlie Rivel, sino también a una bailarina que iba de camino al éxito. En alguna ocasión Lisbeth le había oído decir a su madre, Fanny, que los payasos eran malos, pero poco después ella se había esfumado de su vida, y eso significaba que la mala era Fanny y no los payasos.

En cualquier caso, Lisbeth disfrutó de lo lindo y luego quiso hablarles del payaso a sus hijos, pero cuando llegó a casa los dos dormían y Frieda, la criada, que había estado al cuidado de ambos, tenía tan inclinada la cabeza sobre la radio que parecía como si quisiera meterse dentro.

—Kasel —se limitó a decir cuando Lisbeth entró. Y su voz parecía aliviada.

—Kasel —repitió Lisbeth. Y su voz dejó entreoír un sentimiento de culpabilidad. Porque se había reído en el cine. Porque afectaría a otra ciudad, a otras personas.

—A Fráncfort no la tocarán. Quieren vivir en Fráncfort —añadió Frieda hablando, como siempre, en dialecto hessiano.

No era la primera vez que Lisbeth oía esas palabras, y ya no la estremecían, aunque creer que la guerra estaba perdida se seguía considerando delito de alta traición. Frieda se volvió a inclinar sobre la radio.

—Ya verás como todo irá bien.

Lisbeth echó un vistazo al dormitorio donde dormían Martin y Rieke, que se agarraban firmemente de las manos. Era muy posible, se dijo, que cuando les hablara del payaso no se rieran, sino que le tuvieran miedo.

También ella se asustó cuando Frieda de pronto soltó un grito.

—¿Vienen hacia Fráncfort? —preguntó Lisbeth.

—¡Frau Käthe ha desaparecido!

Frau Käthe era la gata gris moteada de Frieda. Hubo un tiempo en que se había llamado como todos los otros gatos que Frieda había tenido, es decir, Schnurrli, pero con gestos como los de apropiarse con petulancia de la silla más grande de la mesa del comedor, o de quitar comida del plato de Frieda, la gata había dejado claro de forma inequívoca que se consideraba una persona y que quería ser tratada y llamada como tal.

En la silla mencionada ahora solo quedaban unos pelos blancos; por lo demás, estaba vacía. Era una de las primeras noches templadas del año y Frieda había entreabierto la ventana un palmo. Frau Käthe no había dejado pasar la oportunidad para colarse por ahí.

—Si vuelve a robar huesos de sopa como la última vez, la moleré a palos —exclamó Frieda desesperada.

—Iré a buscarla —dijo Lisbeth.

La enorme retención de líquidos que Frieda sufría en las piernas era un impedimento para ella, aunque todavía lo era más su miedo a la oscuridad que en ese momento se abatía sobre la ciudad, no sin que antes el sol abrasara las aguas del cercano Meno tiñéndolas de rojo. Aunque difícilmente la gata estaría por esa zona, el efecto del atardecer llevó a Lisbeth a ir primero del casco antiguo cercano a la orilla del río. Permaneció ahí un rato, disfrutando de la luz y el calor, ajena a que con el tiempo ese río de color sangre se consideraría el estremecedor presagio del gran incendio. Entonces la risa de un payaso aún era para ella una señal de su alegría, y no de su tremendo pesar.

—¡Frau Käthe! —empezó por fin a gritar Lisbeth—. ¡Frau Käthe!

La gata de manchas grises no se veía en ningún sitio. De hecho, con la llegada de la noche era imposible ver nada pues había orden de oscuridad absoluta. Tan solo los bordillos, las escaleras y las esquinas de las casas estaban marcados con pintura fosforescente. Con todo, Lisbeth no desistió y media hora más tarde, de vuelta a su casa de la calle Römerberg, oyó un maullido. Y sirenas de alarma.

No era Kasel, era Fráncfort, se dijo mientras la gata corría hacia ella. Por lo general, en Frau Käthe permitir caricias era una señal de gran deferencia; sin embargo, esta vez la gata dejó incluso que la cogiera en brazos. El animal pesaba casi tanto como Martin, en todo caso más que Rieke, y Lisbeth la oyó ronronear. O tal vez no, tal vez no la oyera, porque las sirenas sonaban con mucha fuerza y ella solo lo intuyó. Tal vez Frau Käthe ni siquiera ronroneaba y solo temblaba. Ella misma temblaba también, y apenas era capaz de dar un paso adelante.

—Todo irá bien —le susurró al oído al animal porque, salvo la gata, no había nadie más a quien convencer de ello, ni siquiera los niños.

¡Cielos! ¡Los niños! ¡Debía ir a casa con ellos! Frieda, con su retención de líquidos en las piernas, tardaría mucho en llevarlos al refugio antiaéreo. Aunque temblaba, Lisbeth se echó a correr, pero apenas había dado unos pasos cuando alguien la asió del brazo.

—¡Abajo! —gritó un soldado y la arrastró a ella y a otra mujer que agarraba con la otra mano al interior de una casa para evitar que los habitantes del casco antiguo huyeran hacia el Zeil, la calle comercial, cuyos grandes almacenes tenían refugios mejores. Lisbeth se resistió a la presa del soldado, y Frau Käthe a la de ella. Lisbeth notaba las garras, el soldado no parecía notar nada—. ¡Quédense aquí! —voceó él.

Aflojó un poco la presa, pero solo porque él la arrastró hacia abajo por una escalera empinada. Lisbeth se encontró en un agujero frío y húmedo debajo de las casas del casco antiguo, un lugar que ni siquiera merecía el nombre de sótano y, menos aún, de refugio antiaéreo. Una puerta se cerró. En algún lugar un bebé lloraba.

Lisbeth nunca logró recordar en el orden correcto todo lo que ocurrió a continuación. En su memoria se abrieron unos agujeros siniestros, como si las bombas no solo hubieran destrozado edificios enteros, sino también sus recuerdos y ahí en medio centellearan unas escasas imágenes vívidas. Ella agarrando por la cola a Frau Käthe cuando el animal intentó huir, y la gata que no dejaba de arañarla, y ella, que, pese a todo, no la soltaba. La mujer que tenía sentada delante, que hacía calceta y no dejaba de murmurar: «Punto del derecho, punto del revés». Otra mujer aferrándose desesperada a un frasco de pepinillos en conserva, y estos cubiertos con una gruesa capa de moho. Un hombre gimiendo con un vendaje en la cabeza mientras la mujer del bebé le metía un pulgar en la boca al pequeño y el otro, al hombre. Lisbeth dejó de notar ronroneos y temblores. Solo sentía las ondas expansivas de los impactos que parecían romper los tímpanos. Rieke, Martin... Tenía que ir con ellos... No podía ir con ellos... El soldado no dejaba salir a nadie de ese sótano. No ahora, cuando todo empezaba, solo cuando terminara. No, no había terminado, aunque de pronto el aire dejó de ser húmedo y frío y se volvió muy caliente.

—¡Fuera! —gritó alguien—. ¡Fuera! ¡Vamos a morir de asfixia!

No sabía cómo logró subir la escalera, solo vio que el soldado había desaparecido y que ella seguía sosteniendo a Frau Käthe. Ya no se oían impactos, pero sí en cambio el crepitar y el bramido del fuego, el ruido de la madera al romperse y el estallido de las vigas. Lisbeth no se movió, Frau Käthe no se movió, alguien le dio un empujón y ella salió trastabillando al aire libre; no, al aire libre no, salió a un mar de llamas. El cielo era de color rojo sangre, el mismo del río en el atardecer; las chispas danzaban con más fulgor que las estrellas; de los techos de los edificios de entramado de madera las llamas se extendían hacia lo alto, agolpándose entre ellas, formando una llamarada gigantesca. Incluso el suelo, aunque adoquinado, parecía arder. El bramido fue en aumento, como si se aproximara una tempestad.

—¡Una tormenta de fuego! —gritó alguien—. ¡Al Meno!

Pero en ese mundo no había Meno, ni sol de atardecer con rayos incidiendo en él, ni luna. De nuevo, alguien la agarró, esta vez la mujer del frasco de pepinillos. De nuevo, fue arrojada a un sótano, aunque esta vez no era un lugar estrecho y oscuro, sino que le habían echado abajo las paredes para integrarlo en el sistema de túneles subterráneos que desembocaba en la fuente de la Justicia. Justo al lado había unas piletas enormes de agua de extinción y mucha gente saltó dentro. Lisbeth no lo hizo: Frau Käthe odiaba el agua. Con todo, no consiguió que se librara. Se vio arrastrada en dirección hacia el Meno, pues a fin de cuentas el río seguía aún ahí, y también los bomberos que aguardaban junto a él y rociaban a la gente.

Cuando el agua fría dio contra Frau Käthe, la gata empezó a retorcerse. No puedo soltarla, se decía Lisbeth. No puedo soltarla. Mientras yo proteja la gata, Frieda protege a Martin y a Rieke.

Aquel era el único pensamiento que le ocupaba la mente, más potente que las crepitaciones, que los gritos, que los últimos estertores de una ciudad agónica.

«No puedo soltarla, no puedo soltarla, no puedo...».

No la soltó. Pero llegó un momento en que ya no bastaba con salvar a la gata. Entonces, Lisbeth agarró el animal con una sola mano y con la otra le arrebató a la mujer el frasco de los pepinillos y se deshizo del contenido mohoso.

—Pero ¿qué haces? —gritó la mujer y empezó a llorar.

Tal vez ese frasco de pepinillos era para ella lo que Frau Käthe era para Lisbeth: un indigno sucedáneo de lo más querido del mundo. Pero Lisbeth no estaba en condiciones de permitirse esas consideraciones.

—Esos pepinillos están en mal estado y no se pueden comer —dijo—, pero el frasco aún puede servir de algo.

Acto seguido, empezó a recoger con él agua de los charcos que se habían formado y a arrojarla a las otras personas que escapaban de las llamas del casco antiguo. Era mucha gente, y en sus rostros había mucho horror, y el agua era tan poca. Era como escupir contra el fuego, como hacer un dique con solo un grano de arena para contener una inundación. Pero Lisbeth no podía parar de hacerlo. Quería hacer algo, tenía que hacer algo, no podía soltar a Frau Käthe, ni tampoco el frasco de pepinillos.

No fue hasta el amanecer que lo dejó caer; no estalló en muchos cristales, solo se partió en dos trozos. «Tal vez se pueda recomponer», pensó mirándolo fijamente. «Tal vez incluso Fráncfort se pueda recomponer, tal vez mi vida. Solo hay que ir con cuidado y no cortarse con los cristales».

Iba a agacharse para recoger las dos mitades del frasco cuando vio llegar corriendo a Frieda y a los niños. También habían pasado la mitad de la noche en un refugio antiaéreo, habían escapado en cuanto el ambiente se había vuelto asfixiante y se habían puesto a salvo en la orilla del Meno.

Lisbeth se olvidó del frasco de cristal, se olvidó de sostener a Frau Käthe y se abalanzó hacia Rieke y Martin, apretándolos contra ella, sin querer soltarlos nunca más. La piel de los niños, por lo común tan suave, estaba pegajosa de sudor, y el cabello les olía a humo.

Frau Käthe desapareció entre las masas ardientes de escombros. Frieda se echó a llorar.

—Sobrevivirá —dijo Lisbeth sin soltar a los niños, aunque Martin empezó a revolverse y ella tenía las manos entumecidas.

Frieda seguía llorando.

—No queda ni una casa. Fráncfort ha muerto —balbuceó en su peculiar dialecto—. Fráncfort ha muerto.

Lisbeth alzó la vista. Se había pasado la noche arrojando un poco de agua a la gente que había conseguido salvarse del casco antiguo; en ese momento se sintió invadida por una enorme ola de desesperación.

El agua puede apagar el fuego, se dijo, pero la desesperación no sirve para nada. Es tan inútil como unos pepinillos podridos

que hay que tirar para que su recipiente, el alma, se pueda llenar con algo de utilidad. Con la voluntad de salir adelante.
Aunque solo sea por obstinación.

—Fráncfort no ha muerto —dijo Lisbeth. Soltó a los niños y miró a su alrededor para ver dónde podía ayudar: extinguiendo el fuego, desenterrando supervivientes, curando heridas—. Solo se ha roto. Y de algo roto siempre se puede hacer
algo nuevo.

Año y medio más tarde, cuando la guerra ya había pasado, pero
aún no había terminado, Lisbeth aún soñaba a menudo con esa
noche, despertándose siempre con las manos agarrotadas por
la fuerza con que agarraba la manta, que en el sueño confundía
con Frau Käthe y el frasco de pepinillos. Se levantaba con un
sobresalto, con el camisón empapado de sudor, la garganta seca
como si el humo aún la abrasara, y solo lograba soltar la manta cuando posaba la mirada en el cubo lleno de agua que tenía
junto a la cama: un vestigio de ese tiempo ya que, semanas
después del impacto de las bombas, el fósforo aún se inflamaba
y era preciso combatir los focos de incendio.

Yo puedo hacer algo, ese era el mensaje que representaba
el cubo. Puedo apagar un incendio, puedo sobrevivir a la guerra. No fue hasta una noche de noviembre de 1945 cuando le
pareció que iba a necesitar el cubo de verdad: un crujido alarmante la despertó de su sueño con un sobresalto. Un sudor frío
le recorrió la espalda hasta que reparó en que no era un crujido,
que solo era un tintineo. Tal vez Frau Käthe había roto una de
las últimas tazas de té que seguían intactas. La gata, en efecto,
había logrado sobrevivir al incendio y había regresado con la
cola chamuscada; cuando la cola terminó de caer, solo le quedó
un cabo. A su vez, del edificio donde ahora vivían solo había
quedado la planta baja, y de esta solo había tres paredes en pie.

Las otras las habían reemplazado con chapa ondulada y una viga, aunque, de todos modos, el tintineo no procedía de ahí, sino de los fogones y del reloj de cuco que había encima. En una ocasión Frau Käthe había confundido por un ratón el cuco que en su tiempo salía cada hora de un ventanuco verde y se lo había tragado; con todo, ese trasto seguía haciendo ruido, aunque en ese momento Martin era el que había provocado el tintineo. Se había encaramado a una silla e intentaba colgar algo en la pared.

—¿Qué haces ahí? —preguntó Lisbeth.

—Se ha caído el cuadro.

Lisbeth se acercó y vio el cuadro del Führer que en su momento Frieda había colgado junto al reloj. Tenía el marco roto, pero la imagen seguía intacta.

Martin intentaba volver a colgarlo del clavo, pero era demasiado pequeño para alcanzarlo y se echó a llorar.

—Chsss, chsss... —le dijo Lisbeth—. No es para tanto.

—El cuadro se ha roto.

—De cualquier cosa se puede hacer algo, incluso de los escombros. Fíjate en nuestro colador: antes era un casco de acero. O en nuestra tetera, que antes era un cartucho de granada.

—¿Y qué haremos entonces con el marco? —preguntó Martin llorando con todavía más amargura.

—Tal vez un avión —se apresuró a responder Lisbeth—. Siempre has querido tener uno.

Las lágrimas seguían brotándole de los ojos.

—¿Y cómo haremos las alas?

—Mmm, ¿tal vez con el lazo para el pelo de Rieke?

Martin no dejaba de sollozar, así que Lisbeth le secó las lágrimas con un gesto enérgico.

—Vamos a hacer un avión con el marco roto de madera y el lazo de Rieke —dijo con tono resuelto—. Y usaremos el cuadro para calentarnos. Pero tus lágrimas no nos sirven de nada, así que deja de llorar.

Martin, en efecto, paró, pero solo por asombro.

—¿Vas a quemar el cuadro? ¿El retrato del Führer? —preguntó.

En su tiempo Richard, el marido de Lisbeth, ni siquiera había querido colgarlo. «Voy a ir a la guerra», había dicho. «Con eso basta. Nada me obliga encima a creer en él como si fuera Dios Nuestro Señor». Lisbeth nunca había creído en Dios Nuestro Señor y hacía tiempo que no creía tampoco en el Führer. Bastante difícil le resultaba creer que Richard fuera a regresar a casa.

—Ahora vas a volver a la cama. Si no, te resfriarás —le ordenó a su hijo.

Para bajar de la silla Martin apoyó el pie en la maleta que había al lado. Tenía aún el equipaje para el refugio: manta, almohada, linterna, termo y papel. También allí dentro estaba la muñeca de Rieke, un regalo heredado de su abuela con la que Lisbeth había jugado en su tiempo y que solo tenía un ojo. «La muñeca tiene que dormir», había explicado Lisbeth al preparar la maleta; de igual modo les había explicado a los niños que su padre aún tenía que dormir un tiempo fuera de Fráncfort.

Acompañó a Martin de vuelta a la cama y lo arropó con la manta.

—Tengo hambre —se quejó el pequeño.

El día anterior había molido los últimos granos de cereal con el molinillo de café y había hecho sopa de cereales.

—Iré a buscar algo para que podamos comer, pero ahora tú tienes que dormir. Cuando te despiertes, yo ya estaré de vuelta, y, si no, que Alma te cuente un cuento.

Alma, que tras perder su piso cerca de la iglesia Katharinenkirche la noche del bombardeo se había mudado con ellos, explicaba historias fantásticas. No estaba muy bien de la cabeza; hacía poco había llegado a afirmar que, como entonces ya reinaba la paz, pronto una mujer llegaría a ser canciller. «A fin de cuentas, los hombres lo han arruinado todo», había dicho.

«¡Yo no quiero una mujer canciller! —había exclamado Rieke—. Yo quiero una reina».

«Pero si tú, con ese apellido, ya lo eres, Rieke König», había replicado Alma a pesar de que los niños llevaban los apellidos de Richard.

En ese instante Alma aún dormía —compartía el colchón con Frieda—, y al poco rato a Martin también se le cerraron los ojos. Solo Frau Käthe estaba despierta cuando Lisbeth encendió el fuego para calentar los restos del café de achicoria del día anterior. El animal le acarició las piernas. El cabo de su cola chamuscada le hizo cosquillas.

Ese día Lisbeth vio a Conrad por primera vez. De hecho, no lo vio propiamente; solo notó su presencia cuando se encaramó por la ventana —la puerta de la casa estaba atrancada— y se dispuso a bajar por un tablón de madera que había clavado al antepecho. Esa noche había llovido y el frío matutino había helado el agua, convirtiéndola en una fina capa de hielo que, aunque presentaba ya unas grietas finas, como de telaraña, aún era lo bastante lisa para hacerla caer.

«No puedo resbalar», se dijo Lisbeth. Acto seguido, se resbaló. «No me puedo permitir caer, ni romperme nada», se dijo y se cayó, aunque no sobre el suelo adoquinado sino sobre algo blando. Ese algo blando era una persona y lo que la sostuvo eran unas manos fuertes.

Nada roto. Gracias a Dios.

El alivio se agotó con ese pensamiento; no bastó para dar las gracias.

«Hambre, hambre. Los niños tienen hambre».

—Debería usted echar sal; pronto vendrá el invierno —dijo el desconocido.

Ella se soltó con un gesto brusco; del hombre no vio más que unos pantalones grises, de una elegancia y una limpieza desacostumbradas, sin remiendos, y siguió sin dar las gracias.

«Invierno, invierno. Los niños van a pasar frío».

—No tengo sal —repuso Lisbeth, y como tampoco tenía comida, ni nada para calentarse, dejó plantado al desconocido, sin pensar más en pantalones limpios y elegantes ni en manos fuertes, y se apresuró por entre las ruinas de Fráncfort.

La ciudad era un esqueleto, y las personas que sobrevivían en ella, ladrones de cadáveres. Al igual que un perro no suelta el hueso hasta después de roer la última hebra de carne, ellos no podían dejar de luchar. Por el último pedazo de madera, el último trozo de carbón, el último mendrugo de pan, el último retal de ropa intacta. En cambio, ya nadie luchaba por sus ideales, ni por la esperanza de que al final, después de tantas víctimas, se produciría una victoria triunfal y no se habría perdido la guerra.

Como siempre, respirar dolía, ya que sobre la ciudad pendía una nube de polvo más densa que la niebla de noviembre. Y, como siempre, dolía que los ojos no pudieran posarse en nada conocido. No veían nada de lo que era de esperar, esto es, un mundo intacto; solo veían algo que desde ahí no habían podido ver antes por los muros que había habido de por medio: el Meno. A Lisbeth los recuerdos se le agolparon en la mente al verse ante el montón de escombros de lo que en su tiempo había sido la casa de Goethe; recordó el *Fausto* del festival de Römerberg de 1939. Había asistido a la representación con Richard y habían discutido sobre si el actor que hacía de Mefistófeles era el acertado.

«No parece un demonio, más bien se parece a esa muñeca vieja tuya», se había burlado él.

«Pero mi muñeca solo tiene un ojo; Mefistófeles, en cambio, conserva los dos», había rebatido ella.

Ambos conservaban los dos ojos y, sin embargo, habían estado ciegos. Al mal hay que temerlo y no burlarse nunca de él, había replicado Richard. Como si él ya supiera qué era el mal; como si él ya supiera lo que era que todo se viniera abajo.

Ella inclinó la cabeza para taparse la boca y la nariz con el cuello del vestido; por eso se dio cuenta tarde de que una de esas personas que, de hecho, solo luchan por su propia causa se le acercaba, mejor dicho, venía hacia ella arrastrando el pie. En vez de la pierna derecha, solo le quedaba un muñón supurante.

—Date prisa —le susurró a Lisbeth—. En la plaza Hauptwache hay un carro con leche.

Lisbeth no conocía a ese hombre, pero daba igual. De hecho, tampoco conocía esa Fráncfort, aunque llevaba viviendo en ella una eternidad.

—¿Leche? —preguntó atónita. Aquella palabra era demasiado blanca para un mundo tan gris.

—¡Date prisa! —repitió el hombre—. Tal vez aún consigas algo.

Él siguió cojeando, no sin antes dirigirle una sonrisa animosa. Aquella sonrisa le recordó el sabor de la leche, la dulzura de la leche. La calentaría en su vieja cocina. Para Rieke, para Martin; tal vez incluso Frau Käthe podría tener un poco. Apresuró el paso, abandonó a toda prisa sus recuerdos y se dejó llevar por su deseo, no para sentirse saciada, sino para saciar a sus hijos. Cuando llegó, jadeaba. Demasiada prisa para tan poca fuerza. Demasiada desesperación para tan poca esperanza.

Debería haberlo imaginado. El deseo era como ese polvo que se levantaba y hacía saltar las lágrimas solo porque antes uno había tosido.

—Le..., leche —farfulló buscando el carro de la leche. Solo vio una mujer—. Creía que aquí habría leche.

El rostro de la mujer era como una ruina.

—No hay leche.

—Sí. Un hombre... Él me ha prometido...

—¿Y qué? El ayuntamiento también ha prometido abastecimiento de gas y comedores populares. ¿Y tú has visto algo de eso? Lo único que hay a mansalva es polvo de piedra y hedor de alcantarillas.

Lisbeth ya no tosía, sentía arcadas. Estaba segura de que si vomitaba no le saldría nada y solo escupiría un grumo duro y frío. Agotada, se apoyó contra una casa o lo que quedaba de ella. Tenía las numerosas grietas tapadas con trozos de tela. Sacó uno y se lo puso ante la nariz, dispuesta a seguir andando, aunque sin saber hacia dónde. Antes de que pudiera dar un paso, la mujer que le había dicho que no había leche se interpuso en su camino.

—Te lo puedes quedar.

El polvo no solo parecía pesarle en los pulmones sino también en el pensamiento.

¿Cómo? ¿Qué? ¿Me estoy volviendo loca? ¿Estoy soñando? Tengo una mujer aquí delante... que me ofrece un saco de harina...

La mujer no se entretuvo, y al punto desapareció entre aquella bruma grisácea, pero antes dejó ahí el saco. Los labios de Lisbeth formularon el agradecimiento que antes no había dado a su salvador, se arrodilló y abrió el saco.

El agradecimiento dio paso a la maldición. Se debía de haber vuelto loca..., solo un loco podía soñar con leche..., solo un loco confiaba en un desconocido. Sí, en efecto, era un saco de harina, pero no contenía harina, sino arena, que estaba cubierta por una fina capa de cal. Por cosas así los tontos intercambiaban sus últimas joyas. Por una falsa esperanza los tontos intercambiaban su conocimiento de que en esa ciudad no quedaba nadie bueno.

Pero ella era incapaz de abandonar la esperanza y el saco, y rebuscó en la arena hasta el fondo. Tal vez hubiera alguna espiga de cereal. Y, aunque no fuera así, ¡esa arena tenía que servir para algo! No podía ser tan inútil como la desesperación que sentía, ni como las lágrimas que acudieron a sus ojos. Ni una sola le recorrió las mejillas.

¡Arena, arena! Ya se le ocurriría algo que hacer con eso.

Aunque no sabía qué, se levantó y arrastró el saco por la ciudad devastada de Fráncfort. Diez pasos después, apenas había avanzado, pero recorrió veinte más y luego inspiró profundamente. Treinta pasos después, dejó caer el saco de arena en el suelo y cayó de rodillas.

No lo conseguiré.

Jamás su pensamiento se había atrevido a ir tan lejos. Había abandonado su fe en la victoria y su fe en el Führer, pero no su convencimiento de que era una persona con suficiente fuerza e inventiva como para sacar adelante a sí misma, a los niños, a su tía Alma, a Frieda y a Frau Käthe.

No conseguiré hacer algo útil con la arena.

Aun así, no soltó el saco; incluso se aferró más a él y no fue hasta al cabo de un rato que se obligó a levantar la vista y comprobar a dónde la casualidad o una vaga nostalgia la habían conducido, precisamente a la calle Neue Kräme, donde se hallaba el edificio que en otros tiempos había sido su orgullo o, mejor dicho, el de su padre. La Casa de Modas König.

Antes de la guerra aquel establecimiento había sido uno de los principales puntos de referencia en el buen vestir de la ciudad. Ella misma no solo solía estar detrás de los mostradores aconsejando a las clientas, sino que también seleccionaba las prendas que encargar a los proveedores, realizaba algunos retoques aquí y allá, y decidía cómo decorar el escaparate.

De ese escaparate únicamente quedaba un mar de cristales cubierto de escombros. Con todo, solo se había desmoronado una de las paredes del salón de ventas, las otras seguían intactas, como la puerta, aunque la mitad de esta colgaba de la bisagra. Encima seguía el letrero con el nombre, o lo que quedaba de él: tan solo la s y la D de CASA DE MODAS y la ö de KÖNIG.

Con el saco en la mano se abrió paso por encima de los escombros procurando que las rodillas no le sangraran y empujó la puerta, que cedió al momento. Justo detrás había una pierna..., la de un maniquí del escaparate.

Al menos con eso sí se podría hacer algo, pensó Lisbeth: una muleta, un perchero. Pero en el salón de ventas en el que acababa de entrar ya no había vestidos ni telas. El salón estaba descarnado. Sus recuerdos también.

«¿Y ahora qué...? ¿Qué voy a hacer?», le había preguntado su padre después de que su madre...

No. Ella a Fanny no la llamaba madre, nunca más después de que hubiera abandonado a su padre una segunda vez.

«Pues es muy fácil —le había respondido Lisbeth—. Vamos a convertir la Casa de Modas König en la tienda de ropa más grande de Fráncfort».

Una empresa ambiciosa. Y temeraria. Pero ella contagió de su ambición a su padre o, por lo menos, él no se interpuso en la suya. Además entonces, a principio de los años treinta, todo parecía posible, aunque no para todos. A los competidores judíos se les acusaba de vender mercancías de pacotilla y barata, de forma que sus negocios fueron desapareciendo uno tras otro. En cambio, la Casa de Modas König se expandía. Lisbeth convenció a su padre de alquilar unos almacenes adicionales en la calle Hasengasse para así disponer de más superficie de venta. Sus prendas eran sinónimo de calidad y de la elegancia más novedosa. Ningún otro establecimiento puso antes a la venta los pantalones con trabilla, los vestidos con escotes de espalda en V, las chaquetas de cintura estrecha y grandes hombreras.

Todo entonces tenía forma triangular; en aquellos años no había cabida para lo blando. Somos angulosos, somos valientes, desfilamos, estamos listos para el combate, nuestra ropa evoca los uniformes.

«¿Y si vuelve a haber guerra?», había preguntado su padre preocupado.

«La gente siempre necesitará ir vestida», le había respondido Lisbeth con tono solemne.

Ella era tan joven, estaba tan ciega. Aún no había visto a la gente despojar de ropa a los cadáveres en lugar de comprarla en una tienda. Su padre, que había perdido la juventud y esa ceguera en las trincheras de la Primera Guerra Mundial, sí lo sabía, pero calló. De hecho, tampoco se había quejado en voz alta del suplemento del cincuenta por ciento en el impuesto de la renta, ni de que los trabajadores más jóvenes tuvieran que irse al frente, ni de que las vendedoras ahora tuvieran que trabajar como cobradoras de tranvía o enfermeras de la Cruz Roja, ni de que en algún momento no pudieran vender moda triangular por más tiempo sino vestimenta laboral, ropa interior para soldados, trajes de dril.

¡Qué feo!, había pensado Lisbeth. Pero ella también había aprendido a guardar silencio. No había dicho nada cuando su padre dejó de llevar el elegante traje negro de antes para llevar solo uno gris, ni cuando él anunció que únicamente volvería a vestirse con ropa elegante cuando la guerra terminara.

Cuando la guerra terminó, hacía tiempo que su padre había fallecido. No murió durante un bombardeo, sino que una noche se acostó y no despertó más. La propia Lisbeth le quitó el pijama y le puso el elegante traje negro.

Siguió abriéndose paso. Aunque en el salón de ventas todo estuviera roto o saqueado, tal vez encontraría algo en la parte del fondo, en la zona de los probadores y de los arreglos, algo que fuera de utilidad, aunque solo fuera una de las cortinas de los probadores. Se acordaba de que la tela era de color rosa palo. Pero no sabía si era un tejido grueso o muy fino. ¿Cómo era posible que nunca hubiera reparado en ello? ¿Por qué ni siquiera había intuido que en algún momento las cortinas podrían servir de mantas?

No encontró cortinas. En su lugar solo se balanceaban las barras vacías sobre una montaña de escombros. La pared que separaba el salón de ventas de los probadores estaba completamente derruida; en cambio, la que llevaba al taller de costura donde se hacían los arreglos aún se mantenía en pie. Lisbeth arrastró el saco de arena por encima del montón de escombros; observó que la pared tenía un agujero, pero alguien había clavado delante unos tableros.

Lo primero en que se fijó fue en una máquina de coser Dürkopp, que permanecía oculta debajo de una espesa capa de polvo y que parecía intacta.

—Una máquina de coser —dijo con tono reverencial antes de oír un gemido.

Al principio le costó saber si la mujer que estaba agazapada en el suelo no muy lejos de la máquina de coser era realmente una persona de carne y hueso, o simplemente su imagen reflejada en el espejo orientable de cuerpo entero. Estaba tan delgada como ella e igual de pálida, y tenía las manos rojas. Pero el espejo orientable, como el escaparate, estaba hecho añicos, y el pelo de la mujer no era rubio como el suyo, sino castaño, ni tampoco le caía en mechones finos sobre los hombros porque lo llevaba encrespado.

—¿Quién es usted?

La pregunta surgió a la vez de la boca de ambas. Lisbeth no sabía quién tenía más derecho a formularla: si ella, que había heredado la casa de modas, o la mujer, que la había hecho suya y que no solo había tapado el agujero de la pared con tableros de madera, sino que había cogido una de las cortinas de color rosa palo de los probadores y la había convertido en dos mantas: en una se tumbaba y con la otra se tapaba. Además, había rellenado los huecos de la madera con las corbatas que habían sobrevivido y tenía colgadas de un gancho sus pertenencias: una escudilla de hojalata y una lata vacía de *corned beef*, carne de ternera en salmuera. No había colgada ninguna prenda de muda; además de una corbata, en una grieta había metido un chal de seda rojo, un color que resultaba estridente en ese mundo devastado. Lisbeth tuvo la vaga sensación de haber visto antes ese chal, aunque podía jurar que nunca lo habían tenido a la venta. De todos modos, un chal de seda rojo no servía de nada, como tampoco preguntar de dónde lo había sacado o quién era esa mujer. Ella ya sabía la respuesta. Era alguien que lo había perdido todo y, sin embargo, seguía con vida.

Lisbeth se acercó en silencio a la máquina de coser, le sopló con fuerza encima para levantar el polvo, tosió y vio que aún tenía un hilo prendido. De forma incontenible asomó el recuerdo de los tiempos en que había permanecido ahí sentada, estrechando o acortando vestidos, o poniendo y quitando mangas. Pero lo apartó de sí y orientó todo su pensamiento hacia el futuro. Con ese hilo podría hacerle a Rieke una camiseta interior siempre y cuando encontrara tela..., tela que no fuera esa cortina de color rosa palo ni el chal de seda rojo. Ambas cosas se las tendría que quitar a la desconocida.

Sopló otra vez para retirar la capa de polvo, y otra vez la envolvió una nube gris. Dio rápidamente un paso hacia atrás para no estornudar y estuvo a punto de tropezar con el saco de arena que, por fin, había soltado. ¡El saco! La cortina y el chal de seda no eran las únicas telas que había ahí. ¡Qué tonta había sido, pensando todo el tiempo en lo que podía hacer con la arena! Era mucho más importante lo que la contenía..., esa tela burda de yute... Eso sí era útil. No había malgastado sus fuerzas arrastrando el saco para nada. Y no era absurdo seguir luchando por sobrevivir. Lo conseguiría. Por todos los medios. A cualquier precio.

—¿Dónde ha encontrado las corbatas? —preguntó Lisbeth impaciente, en lugar de presentarse.

La desconocida la miró desconcertada, pero luego se encogió de hombros y dijo:

—Por ahí atrás.

—Antes eso era la oficina. ¿Queda alguna cortina intacta?

De nuevo la otra se encogió de hombros.

—Solo jirones. No me podía abrigar con eso.

Lisbeth no permitió que el desánimo la volviera a vencer.

—Los jirones se pueden coser entre sí —dijo con tono enérgico—. Con cualquier cosa se puede coser algo. Con un saco de yute, con gabardinas viejas, con abrigos del ejército, con mantas para caballos. ¡Ah! Ya encontraré bastantes. Debo sacar adelante a mis hijos y a mí misma, y lo único que sé hacer es coser y vender ropa. A eso es a lo que me dedicaba antes aquí mismo.

La desconocida se encogió incómoda.

—¿Usted es Lisbeth König? —preguntó.

Ella asintió.

—Esta es mi casa de modas. Volveré a abrirla. La gente siempre necesitará ir vestida.

—Pero ¿me puedo quedar aquí? —balbuceó la mujer—. Me llamo Eva, y no sé a dónde...

Lisbeth reflexionó un instante y llegó a la conclusión de que, a fin de cuentas, no necesitaba todo el espacio.

—Si luego me ayuda a sacar escombros y a coser, por mí puede usted quedarse a vivir aquí. Pero antes le haré una camiseta interior a Rieke y luego...

Se interrumpió. Antes de terminar la frase, se dio cuenta de que para usar la tela de yute iba a tener que vaciar el saco.

Y entonces se le ocurrió dónde hacerlo para que la arena no resultara completamente inútil.

Dejó de prestar atención a Eva y se marchó rápidamente del salón de moda hacia su casa acarreando el saco de arena. El camino de vuelta fue duro; de nuevo las piernas amenazaron con ceder y las manos se le entumecieron. Pero solo soltó el saco cuando se hubo encaramado al tablón de madera que conducía a la ventana; entonces lo volcó y dejó que la arena cayera lentamente.

—Usar arena en vez de sal también sirve —oyó decir a una voz.

Lisbeth se sobresaltó y levantó la mirada, esta vez algo más arriba que por la mañana. No se quedó en los pantalones de color gris, ni en la chaqueta gris que llevaba encima, pero sí en una cara que no tenía absolutamente nada de gris. Era un rostro joven, joven como ella nunca sería o, tal vez, como nunca había sido; joven como solo se puede ser en esa época en que parece que el mundo le pertenece a uno. A ella le habían dicho que el mundo le pertenecía, a ella y a su pueblo, pero no como una promesa, no como una invitación, sino como una orden de luchar por el mundo, conquistarlo y expulsar a otros de él. Ese hombre, en cambio, con su sonrisa pícara, ajena a la desconfianza de ella, con el remolino desenfadado de color rubio rojizo que le caía sobre la cara y con esos pómulos pronunciados no presentaba ninguna marca de guerra.

Lisbeth se sintió inundada por una sensación de calidez, aunque en su cuerpo aterido no parecía quedar nada capaz de provocar chispa alguna. Una sensación de voracidad, que no se satisfacía solo con pan y carbón, sino que anhelaba una belleza sin fisuras. Una sensación de alegría, que se deleitaba de conocer a una persona que vivía, que no sobrevivía.

Sin embargo, ninguna de esas emociones desatinadas servía de nada. Ni tampoco preguntar por la razón por la que él volvía a estar o seguía estando allí y si eso tenía algo que ver con ella.

Bajó rápidamente la mirada; entretanto el saco se había vaciado y todo el tablón había quedado cubierto por una fina capa de arena. Entró el saco ya vacío en el interior de su casa. Cuando miró por la ventana, el joven ya había desaparecido.

Rieke

1971

La pequeña Rieke que en el invierno entre 1945 y 1946 llevaba una camiseta interior hecha de un saco de yute soy yo. El picor que producía es uno de los primeros recuerdos que tengo; de la guerra y de los años de hambre que la siguieron apenas tengo alguno. Mi hermana pequeña, con la que me llevo más de diez años, ni siquiera vivió ninguna de ambas cosas; aun así, eso no le bastaba para creer que había crecido en tiempos de paz.

—La guerra no ha terminado —declaró cuando fui a visitarla a París—. Ahora también estamos en guerra.

Yo miré alrededor, observé el pisito de la rue Guisarde, cerca de la iglesia de Saint-Sulpice, donde Vera vivía desde hacía varios meses. La dirección parecía más distinguida de lo que era, pero en francés incluso la palabra para designar el cubo de basura, *poubelle*, sonaba casi como si aludiera a una especie exótica de mariposa. En realidad, no se podía decir que fuera un piso. El alojamiento parisino de Vera era un garaje adaptado, con una puerta que de día permanecía entornada para dejar pasar al menos un poco de luz natural ya que carecía de ventanas. Al cerrar la puerta por completo, el chirrido y el estrépito eran tales que hacían temer que en cualquier momento se soltarían las bisagras y alguien saldría malherido. En todo caso, las numerosas alfombras, superpuestas en parte, creaban un ambiente acogedor, así como el amplio sofá que servía a la vez de cama. Y también había un escritorio de color blanco sobre el que reposaba la máquina de escribir portátil de color verde de Vera.

—En efecto —dije—, así es como vive una víctima de la guerra.

—No seas cínica. Ya sé que no soy una víctima de la guerra, pero piensa en la gente de Vietnam.

—No digo que no haya guerra en ningún sitio, pero desde luego no donde vivimos, ni en Francia, ni en Alemania.

—Por supuesto que aquí también hay guerra. ¿De qué otro modo se puede llamar lo ocurrido en los grandes almacenes Schneider?

Desde los años cincuenta, que fue cuando se reinauguraron, en los grandes almacenes Schneider del Zeil de Fráncfort se podía comprar ropa de mujer, encargar la limpieza de los plumones de los rellenos y comerse medio pollo en el restaurante de la planta superior. Sin embargo, para mí lo más importante había sido siempre el servicio de coger puntos del departamento de medias. En su tiempo, antes de empezar en la escuela de baile, había ido ahí a toda prisa al menos dos veces para que me arreglaran un pequeño percance, y precisamente por eso no podía dejar de pensar en las medias de nailon cada vez que se mencionaba el atentado que habían cometido tres años atrás Andreas Baader, Gudrun Ensslin y compañía.

—Lo que esos idiotas hicieron no fue una guerra. Provocaron tres incendios, lo cual, de no haber tenido un desenlace mortal, no habría pasado de ser una chiquillada.

—¡Dios mío, Rieke, eres tan *bourgeois!*

—¿Es en la Sorbona donde se aprende a hablar así?

Vera bajó la mirada mientras la mía se dirigía sin querer hacia la máquina de escribir portátil. En Fráncfort Vera escribía con regularidad artículos para la revista de la escuela y había partido a París decidida a convertirse en periodista. Excepto por esa máquina de escribir de color verde, cuya letra E rechinaba tanto como la puerta de garaje, la mesa estaba vacía. No había las carpetas, cuadernos o libros que cabía esperar de una estudiante de periodismo.

—¿Y qué tal te van los estudios? ¿Ya entiendes bien el francés? —pregunté.

—¡Oh, Dios mío! —gimió ella con tono melodramático—. Lo que entiendo es de la vida. Eso es lo importante. Pero parece que voy a tener que enseñarte a volver a disfrutar de ella. Así que ¡en marcha!

Me volví hacia la puerta de garaje contando con la visita guiada por la ciudad que Vera me había anunciado dándose mucho tono cuando me había venido a recoger a la Gare du Nord. Sin embargo, ella se limitó a inclinarse sobre mi maleta abierta, que, de hecho, era excesivamente grande para una estancia de tres días en París.

—Deshacer la maleta antes de disfrutar de París, claro está, no es nada *bourgeois* —me burlé.

—No quiero que deshagas la maleta; solo miro si has traído algo decente para la fiesta.

—¿Qué fiesta? —pregunté. De pronto me sentí muy cansada. Me había puesto el despertador a las cinco de la madrugada, pero a las tres Marlene se había despertado quejándose de dolor de garganta. «Todo va bien», me había dicho Joachim, mi marido, mientras me quitaba de la mano el termómetro que yo había mirado por todos los lados. «De verdad, solo son 36,6 grados. Puedes marcharte tranquila».

Cuando Vera empezó a vaciar mi maleta, lamenté de pronto haberme ido.

—¿Qué es esto? —preguntó mientras contemplaba mi falda de vuelo roja con lunares—. ¿Una enagua? —Era la prenda que en mi época llevaba en la escuela de baile con las medias de nailon y que, para mi gran satisfacción, seguía cabiéndome incluso tras dar a luz a Marlene—. ¿Acaso pretendes marcarte un *rock and roll* con esto al ritmo de Elvis Presley? —añadió Vera.

—Lo dices como si te hubiera propuesto ir a Versalles a bailar la gavota.

—¿Y qué es una gavota? Suena casi como una guillotina. —Vera echó al suelo la falda y sacó un vestido negro de tirantes muy finos—. ¿Es así como se llama esta pieza?

—La gavota era un baile rococó. Y esto es un vestido de cóctel y es muy moderno.

—No. Es espantosamente burgués.

También el vestido con tirantes finos acabó en el suelo. Me alivió que hubiera alfombras y logré reprimir el impulso de recogerlo al instante. Irritada, me desplomé en el sofá. Los muelles, cómo no, chirriaron.

—Pues no tengo nada más que sea elegante.

—Entonces te prestaré algo.

Recorrí a Vera con la mirada. Ella era mucho más alta y bastante más delgada que yo.

—Créeme, no pienso llevar una de esas cosas blancas que apenas tapan el culo.

—No hace falta —dijo Vera hurgando su ropero. Si es que tal cosa merecía ese nombre. Era, de hecho, un armario empotrado, en realidad una cosa torcida tapada por una cortina de ducha vieja—. Pero esto valdrá. —Sostuvo ante mí un pantalón tejano acampanado y una túnica de flores. Suspiré—. Esto, claro está, va con una diadema de color rosa.

—¡Olvídalo!

Por desgracia, ella solo relacionó esa palabra con la diadema, no con lo demás.

—Bueno, vale, pues sin diadema. A fin de cuentas, tu peinado no tiene remedio. Es una verdadera catástrofe.

Sin quererlo me llevé la mano al cabello. Hacía un momento me había aliviado comprobar que el peinado con secador que me había hecho el día antes en el salón de peluquería Füllbert de la calle Kaiserstraße, y que solo me permitía en ocasiones especiales, hubiera resistido el trayecto en tren.

—¿Qué tienes en contra de mi peinado?

—¿No te das cuenta de lo imperialista que resulta ese pelo?

Bajé la mano. Llevaba el pelo con raya en medio, muy cardado y peinado hacia atrás.

—¿Imperialista? ¿Me puedes decir qué tiene que ver mi pelo con la política?

Vera bufó.

—¿Me podrías decir tú qué tiene que ver Farah Diba, que no deja de ser la primera que llevó un peinado así, con el expolio del pueblo persa durante el régimen del sah? Bastante, ¿no te parece?

No estaba muy segura de cuánto podía saber ella del sah Reza Pahleví. En cualquier caso, mi conocimiento era demasiado escaso como para encontrar argumentos adecuados. De todos modos, aunque así fuera, al final todo acabaría como antes cuando éramos niñas. Ella siempre había sabido pasar como la hermana pequeña y descarada, y yo, como una institutriz obstinada y amargada.

Esta vez no será así, me dije, y no contesté nada.

Vera dejó de hurgar en el armario empotrado y sacó de debajo del sofá la maleta con la que había partido hacia París. Todavía la tenía medio llena, posiblemente porque en el armario no había mucho espacio. Al cabo de un rato me mostró una sombra de ojos de color violeta y unas pestañas postizas.

—Por lo menos te maquillaré como es debido —anunció. Yo me resigné a mi destino.

Por «maquillar como es debido» Vera entendía dibujarme una raya bajo los ojos que le habría parecido excesiva incluso a la mismísima Cleopatra. Como las pestañas postizas se me caían todo el rato al final Vera las pegó con un líquido blanco indefinible. Fue una suerte que después de aquello yo pudiera abrir los ojos. De todos modos, hay que decir que tampoco era aconsejable abrirlos demasiado pues entonces las pestañas se me habrían pegado a las cejas.

—¿Por qué no te has depilado bien las cejas? —preguntó Vera implacable.

—¿Y por qué me has embadurnado con ese puré blanco por todas partes y ahora no puedo abrir bien los ojos? —repliqué.

—No hace falta que los abras mucho. La mirada adormecida *à la* Marilyn Monroe aún está de moda.

Desistí de advertirle que apenas podía ver. Pero, con todo lo que estaba por venir, tal vez incluso fuera lo mejor.

En torno a las ocho de la tarde el garaje empezó a llenarse. Hacia las nueve prácticamente ya no había sitio para nadie y a las diez habían llegado todos los invitados. Los ojos me escocían de forma endiablada y seguramente debían mostrar venitas rojas; al menos eso desviaba la atención de los tejanos, que me iban demasiado estrechos, y de la túnica floreada, que continuamente se me corría.

«Pásatelo bien en París», me había dicho Joachim al despedirnos en la estación de tren, y luego me había besado en un punto sensible de detrás de la oreja que me provocaba a la vez cosquilleos y escalofríos, algo que, por otra parte, yo no deseaba compartir en público.

«No voy a París a pasármelo bien. Voy a visitar a mi hermana», le había respondido yo, y luego me había apartado.

Eso era cierto en parte. Evidentemente, quería disfrutar de la ciudad, subir al Sacré Cœur, pasear junto al Sena, visitar el Louvre e ir a comer a un bistró elegante, aunque no fuera La

Coupole. En vez de eso estaba condenada a permanecer sentada en ese garaje con los ojos escociéndome. No sabía si temer o desear que las pestañas dejaran pronto de clavárseme en los párpados y se me hundieran en las mejillas. Hay que decir que las lágrimas no solo tenían que ver con eso, sino también con el humo de un puro grueso que Vera llevaba pendido en la comisura de los labios. Seguramente con esa guisa ella creía ser todo lo contrario a *bourgeois,* imperialista y estrecha de miras. A mí simplemente me parecía ridícula.

Pronto se echará a toser, me dije con satisfacción, pero, claro está, no fue así. De hecho, contra todo pronóstico, ella tampoco había llorado esa vez en que, tras encaramarse al reloj de cuco de Frieda para ver si el pajarito tal vez se había escondido por ahí, se había caído de la silla y se había golpeado la rodilla.

No, Vera no tosía. Ella reía. Y los demás también reían y la llamaban Vero, algo que a mi hermana le parecía original y que, a mí, en cambio, me parecía incluso más ridículo que lo del puro.

Era la única que fumaba algo así. La mayoría preferían unos cigarrillos largos y finos. No sabría decir qué había podido fumar el tipo que poco antes de medianoche se me acercó sigilosamente; solo reparé en que tenía los ojos tan rojos como los míos y que además su mirada era vidriosa. Lo esquivé para luego darme cuenta de que él no quería abrazarme a mí sino a la máquina de escribir de Vera. Como era verde, al parecer la había confundido con un sapo.

—¿Me convertiré en príncipe si me besas? —preguntó él.

Solo lo reconocí porque habló en alemán y no en francés como los demás. Era Uwe Peters, un primo muy lejano nuestro que había empezado una carrera en París mucho antes que Vera y que —esa era la esperanza de nuestra madre— cuidaba de ella de vez en cuando.

Esto va de fábula, me dije cuando él empezó a besuquear la máquina de escribir. Fui incapaz de contenerme y me incliné y pulsé la tecla de la E, que al punto chirrió de forma desagradable.

—¡Música! —exclamó Uwe entusiasmado—. ¡Qué música tan fabulosa!

—Pues baila una gavota con ella —le propuse y me alejé rápidamente.

Miré a mi alrededor y aunque no vi a ningún hombre en éxtasis a causa de alguna droga o LSD, sí vi a varios con el pelo largo y descuidado. Como seguramente olían igual de mal que su aspecto, di una vuelta para esquivarlos, algo que en aquel pequeño garaje no era precisamente una empresa fácil. Al poco recibí un codazo y fui a parar al sofá donde había sentadas varias mujeres de semblante serio que mantenían una discusión igualmente seria.

Aunque antes mi francés siempre había sido mejor que el de Vera, solo entendí de forma fragmentaria la explicación sobre el patriarcado y el capital y el derecho sobre el propio cuerpo. En un momento dado una de las mujeres proclamó con indignación: «*L'orgasme vaginal est un mythe*». El orgasmo vaginal es un mito.

Por un breve instante, en el garaje se hizo el silencio; solo Uwe seguía desvariando sobre sapos, príncipes y besos.

—¿Y bien? —Oí la voz de Vera muy cerca de mi oído—. ¿No te sonrojas, hermanita? —Señaló con la barbilla a esas mujeres tan severas—. Se reúnen cada quince días, los miércoles por la tarde, en el comedor universitario de la École des Beaux-Arts y hablan de Simone de Beauvoir, de la píldora y, claro está, de sexo.

Levantó una ceja con un ademán significativo, un gesto que también me habría gustado imitar, pero que no me atreví a hacer por culpa de las pestañas postizas.

—Entonces, son estudiantes —dije—. ¿Vas a muchas clases con ellas?

La ceja bajó.

—Ven, te presentaré a Antoine, seguro que te gusta. Es un auténtico intelectual; no habla alemán, pero es capaz de citar a Nietzsche en versión original.

—Dios ha muerto —dije imitando el acento francés.

—Evidentemente se sabe muchas más frases que esas tan banales. Ven.

Fuera como fuera, ese hombre llevaba el pelo más corto que sus compañeros del mismo sexo, llevaba unas gafas redondas de cristal azul que reflejaban mi cara, y no solo hablaba francés y nietzscheano sino también inglés, lo cual facilitó bastante la conversación.

—¿Por qué hablas tan bien inglés? —me preguntó.

Me encogí de hombros.

—Después de la guerra Fráncfort fue ocupada por los americanos.

Aunque eso no explicaba por qué hablaba tan bien ese idioma, Antoine, que en secreto se llamaba a sí mismo Zaratustra, no insistió, lo único que quería saber era si los americanos nos daban cajas de ayuda CARE.

—Sí —le dije—, con copos de maíz y chicle.

Yo a veces me metía ambas cosas a la vez en la boca y cuando escupía el chicle había en él tantas migas que parecía un erizo. Recordaba perfectamente su sabor. De pronto recordé también a Conrad, que nos traía las cajas de ayuda CARE y me hablaba en inglés.

—Ven, bailemos —dijo Zaratustra, y esos recuerdos volvieron de nuevo a ser como habían sido todos esos años: nebulosos, insignificantes.

—¿Con esta música? —pregunté.

En el tocadiscos destartalado de mi hermana se oía sobre todo ruido, y, tras él, amortiguada, una voz poco definida. No se podía apreciar si era de hombre o de mujer, ni en qué idioma cantaba.

—Para bailar no hace falta buena música —anunció mientras me atraía hacia él. Yo me resistí a su agarre; él era tan delgaducho que incluso lo conseguí.

—¿Por qué eres tan obstinada? —preguntó con una sonrisa.

—Estoy casada.

La sonrisa se amplió.

—El amor es libre; si no, no es amor, es una convención. No se le puede enjaular como si fuera un pajarito de colores. Se moriría de hambre y de sed.

—Además de marido, también tengo una hija —repliqué en tono rotundo—. Es decir, soy de esos pájaros que prefiere buscar gusanos que ocuparse de su plumaje colorido.

—*Touché.* —Él me pasó la mano por el cabello y acabó de arruinar lo que quedaba del peinado Farah Diba que había sobrevivido a ese día.

—Déjalo —le ordené.

—Tú has construido un nidito y yo solo te he quitado la ramita que se te había quedado enredada en el pelo. —Hizo como si de verdad sostuviera esa ramita en los dedos.

—Si de verdad quieres librarme de algo, yo empezaría por las pestañas postizas —repuse.

Zaratustra me miró desconcertado porque esas últimas palabras no las dije en inglés sino en alemán. Conrad nunca me había hablado de pestañas postizas y Nietzsche en su obra posiblemente no dedicó nunca una palabra a ese asunto. Antes de que Zaratustra pudiera hablar, me aparté y escapé por la puerta del garaje. Como era de esperar, cuando la abrí el chirrido fue espantoso.

—¡Oh, sí! —gritaba Uwe—. Mick, ¡cántanos *Sympathy for the Devil!*

Antes de que yo pusiera un pie fuera, Vera se interpuso.

—¿No te gusta Antoine?

—Me habría gustado si, en lugar de Nietzsche, hubiera citado a Marx.

Me dirigió una mirada de reproche; aunque tal vez es posible que su expresión fuera solo una variante de la mirada seductora. Aún llevaba el puro en la comisura de los labios. Es demasiado grande, me dije, la vida es demasiado grande para ti. Solo tu vestido es demasiado corto.

Los pantalones tejanos eran demasiado estrechos para mí y el garaje, también.

Me apresuré a salir a la calle, inspiré profundamente y me tiré de las pestañas, aunque tuve la sensación de estar arrancándome los párpados. No sentí aire fresco en la garganta, sino un aire putrefacto que olía a pescado podrido. Justo al lado del garaje había unos cubos de basura. Uno estaba abierto.

Pásatelo bien en París. Genial.

A fin de cuentas, en francés al cubo de la basura lo llamaban *poubelle*.

De algún modo logré librarme de las pestañas, pero no de la sombra de ojos. Una mirada en el espejo a la mañana siguiente me anunció que tenía las mejillas emborronadas en un tono verde azulado. Con buena voluntad alguien podría ver en mí a una sirena, y con mala fe, un pedazo de pan enmohecido. Abrí el grifo, primero en ese baño improvisado y luego en el de la zona de la cocina, pero de ninguno salió agua, solo un chirrido, en realidad un gemido. Seguramente al otro lado de la pared había otra sirena; eso, al menos, es lo que Uwe habría creído.

Recordé vagamente que él había tenido la intención de quedarse a dormir allí, pero Vera lo había echado y él se había golpeado la cabeza contra la puerta del garaje cuando por fin salió a tientas a la calle. Zaratustra se había marchado antes y, en lugar de despedirse de mí como de los demás con un «*¡Salut!*», había emitido un trino sonoro.

Ese, por tanto, y no una canción de Edith Piaf, había sido mi particular *sound of Paris*.

Solo salió una gota de la cañería; muy poco para apagar mi sed y muy poco también para lavarme la cara. Decidí ordenar por lo menos el garaje mientras Vera seguía durmiendo como si estuviera muerta, embutida en su vestido blanco, que se le había levantado hasta por encima del trasero. Por un instante pensé que no llevaba bragas, pero luego observé que llevaba entre las nalgas una fina tira de tela. La tapé con una manta, miré a mi alrededor, inspiré profundamente e intenté, con la escasa luz de la lámpara de techo, ignorar el olor dulzón a porro mientras barría colillas de cigarrillos, metía copas de vino medio llenas en el fregadero y vaciaba ceniceros, solo por hacer algo ya que no podía limpiar los platos sucios.

Al terminar, recogí un abrigo del suelo sin saber si era de Vera o se lo había olvidado algún invitado. Lo fui a colgar; fue al descorrer la cortina de ducha de delante del armario empotrado cuando caí en la cuenta de que ya el día anterior había buscado sin éxito un colgador. Doblé el abrigo y me dispuse a colocarlo en el piso del armario, pero vi que allí no había sitio. En él había zapatos, muchos y de todo tipo: sandalias, zapatos brillantes plateados con plataforma, un par de botas blancas de cuero arrugado. Encima, debajo y al lado, un montón de medias estrujadas de todos los colores, algunas estampadas. Y también cinco pares de gafas de sol con cristales tornasolados refulgentes en todos los colores del arcoíris. Bueno, sí, unas gafas eran plateadas con cristales de espejo. De habérmelas puesto, habría dejado de parecer una sirena y me habría convertido en extraterrestre.

—André Courrèges quiere liberar a las mujeres de sus corazas —dijo la voz adormilada de Vera—, por eso en su desfile de moda prácticamente nos envió al espacio, a un lugar más allá del patriarcado.

—¿André Courrèges? —pregunté desconcertada.

—Es un famoso modisto. Aunque es evidente que nunca has oído hablar de él.

Vera se levantó trabajosamente y se bajó el vestido blanco sobre el trasero. Desapareció en el baño y abrió el grifo. De nuevo se oyó el gemido de la tubería... y, acto seguido, una imprecación por parte de ella.

—¿De dónde has sacado todos esos zapatos, medias y gafas? —le pregunté en voz alta.

Tardó un rato en regresar. Había decidido cepillarse los dientes incluso sin agua y se frotaba el cepillo con fuerza por la boca hasta sacar espuma con la pasta dentífrica.

—Los robo —farfulló entre dientes.

—¿Bromeas?

Escupió la pasta dentífrica en el fregadero, donde aún seguían las copas de vino.

—Claro que no —dijo—. Son regalos.

—¿De quién?

—Pues de quién van a ser. De Courrèges, claro. Es de esos que no paga nada a las modelos, pero siempre les regala alguna cosa. No está mal.

—¿Modelos?

Vera tomó una copa de vino medio llena, hizo gárgaras con su contenido y volvió a escupir en el fregadero pasta dentífrica, aunque esta vez teñida de rojo. Aparté la vista con repugnancia y mis ojos se posaron de nuevo en aún más vestidos y accesorios. Busqué en vano libros, manuscritos, textos periodísticos.

—¡Estás aquí para estudiar! —exclamé con tono de reproche.

—¿Y quién dice que no lo vaya a hacer algún día? Trabajar de modelo es una oportunidad para mí. Dorian Leigh dijo que me parezco a Twiggy. Plana de pecho, piernas como pali-llos, frente despejada, ojos grandes...

Me vino el recuerdo vago de que Joachim en una ocasión se había mofado de Twiggy. *Twig*, ramita. Salta a la vista, había comentado Joachim.

—Venga ya. —Vera aún tenía pasta dentífrica adherida en la comisura de los labios, pero, en lugar de retirarla, me quitó las gafas plateadas y se las puso—. Puedo ganar mucho dinero.

—Creía que los modistos no pagaban...

—No, esos no, y la tarifa por fotografías en periódicos es muy baja. Pero, en cambio, un anuncio de laca para el pe-lo, eso sí da mucho dinero. Imagínate, alguien como Veruschka gana doscientos cuarenta marcos la hora, imagínate. ¡A lo mejor voy a Nueva York!

—¡Nueva York! Eso está aún más lejos que París. Ahí no conoces a nadie.

—Pues claro que conozco gente ahí... Fanny. ¿Te he contado ya que le escribo con regularidad? Incluso me ha enviado dinero para que me compre ropa nueva.

—Fanny.

Mi boca estaba demasiado seca para pronunciar ese nombre en voz alta, apenas lo musité. En todo caso, no evocaba ninguna imagen en mí. Ese nombre estaba aún más sepultado en mi memoria que la noche del bombardeo. La muñeca de un solo ojo, el reloj de cuco sin cuco, la camiseta interior de yute..., todo aquello podía recordarlo sin problemas. Pero a Fanny, no. La madre de Lisbeth, nuestra abuela, no había tenido nin-gún peso ni en la vida de ella, ni tampoco en la nuestra.

¿Cómo era posible que Vera supiera de Fanny? ¿Quién le había contado lo que decía, esto es, que a Fanny el corazón le latía por la moda, y por Francia, y que llevaba ya muchos años viviendo en Nueva York?

—¿Tú? ¿Estás en contacto con la abuela y ella te envía dinero? —farfullé mientras intentaba calcular mentalmente cuántos años debía de tener entonces Fanny König. Probablemente más de setenta; era, por lo tanto, una mujer mayor. Vera, en cambio, volvía a ser la niña de antes, la hermanita que yo quería proteger y, a la vez, educar. Algo que ella siempre me había puesto difícil. A veces, de pequeñas, mi impotencia se transformaba en rabia y entonces le tiraba de las trenzas que llevaba. A veces, tuve que admitir también que esa rabia que sentía era, en realidad, envidia.

En ese instante yo no sentía ganas de tirarle de las trenzas, solo quería arrancarle de golpe las gafas de la cara para que al menos me mirara a los ojos, pero Vera se volvió, rebuscó un rato entre su ropa y sacó un chal de seda rojo con el que se cubrió el cuello con un gesto teatral.

—No solo me ha enviado dinero, sino también este chal. Me dice en su carta que es demasiado vieja para llevarlo. ¿No te parece que me sienta bien? —Se lo quedó mirando en silencio—. A Fanny también le sentaba bien. Ya debes de haber visto fotos antiguas de ella, ¿verdad?

Vera se me acercó agitando el extremo del chal rojo ante mis ojos.

—¿Qué fotos antiguas? —pregunté desconcertada.

—Bueno, esas, las que mamá tiene guardadas —explicó Vera—. De antes. No entiendo por qué nunca nos las enseñó. El caso es que antes de ir a París encontré algunas. ¿Tú sabías que una tía bisabuela nuestra era feminista? Aunque llevaba unos sombreros extravagantes, tenía unas ideas geniales.

Claro que me acordaba de la tía Alma, pero esa no era la cuestión en ese momento.

—¿Te escribes con la abuela y dejas que te regale un chal rojo sin hablar de ello con mamá?

—Ahora no te pongas así, que tampoco es culpa mía que nunca te hayas interesado por el pasado. Tú has aceptado sin rechistar todo lo que la generación anterior ha impuesto: faldas hasta las rodillas, respeto a la autoridad, una vida rutinaria en la que solo cuenta tener la casa bien atendida. El dinero lo es todo, ¿no? No basta con que la mujer sea esclava del hombre, sino que todos, hombres o mujeres, tenemos que ser esclavos del capitalismo.

—Es a ti a quien Fanny ha enviado dinero, no a mí.

Vera soltó una risita.

—Y por eso estás enfadada, ¿verdad?

—¡Qué tontería! No necesito dinero. Joachim se gana bien la vida.

—Por supuesto, la señora de su casa no necesita dinero porque su maridito se lo da.

—Pero Martin sí necesita dinero. La tienda va mal. No tengo ni idea de cuánto tiempo más logrará sacar adelante la Casa de Modas König.

—No me extraña que se arruine. Con esa ropa aburrida que vende.

—Sí, claro, ¿acaso crees que solo porque debajo de ese vestidito corto se te puede ver el culo tú sabes mucho del negocio?

La risita de Vera se convirtió en una carcajada sonora.

—¡Qué bonitas palabras, hermanita! Sea como sea, si alguna vez voy a Nueva York, Fanny me ha ofrecido que viva en su casa.

En ese momento me dio por pensar que nadie llamaba Fanny a su propia abuela. Pero mi madre nunca la había llamado de otro modo.

—Fue una egoísta —murmuré—. Dejó plantado al abuelo. Y, además, dos veces.

—¡Tenía todo el derecho a pensar en ella! ¡Y fíjate lo que ha conseguido en Nueva York! Pero, claro, eso a ti no te importa; de hecho, tú quieres ser en todo como mamá. Solo cuenta lo que de algún modo es útil, no lo que es divertido.

—¡Tú no tienes ni idea de cómo eran las cosas después de la guerra!

—Tú tampoco.

—¡Sé perfectamente que mamá no solo luchaba por sobrevivir, trabajaba de forma incansable y convertía en útil lo inservible! Ella también anhelaba la belleza, la ligereza, el amor y...

—¿Y qué más?

Apreté los labios, no podía continuar porque las palabras eran poca cosa comparadas con el gran secreto de mi madre. Y porque en su momento ella me había rogado que le guardara ese secreto.

«Prométeme que no se lo contarás a nadie».

—No importa —respondí con tono que se suponía duro.

Me volví rápidamente, recogí de debajo del sofá el vestido de tirantes finos que acababa de ver ahí y lo metí en la maleta.

—¿No te irás a largar ahora? —preguntó Vera desconcertada. No le contesté—. Has venido a París para vivir por fin algo, para aspirar el aroma del gran mundo.

En París no se percibía ningún aroma de nada, solo apestaba a basura.

—Fráncfort no es precisamente un pueblo —repliqué sin más.

—Pero con Joachim a tu lado no irás a ningún sitio excitante.

—Quiero a Joachim desde los dieciséis años.

—¡Es lo que digo! ¡Menudo aburrimiento!

Me alegré de poder agarrar el vestido. Así no tenía ninguna mano desocupada para propinarle el bofetón que hacía años se estaba buscando. Tú no tienes ni idea de la vida, ni de la guerra, ni de lo que es asumir una responsabilidad. No sabes nada de Lisbeth y Conrad. Ni de lo fuerte que puede ser un amor surgido de los escombros. Cuando tú naciste, los escombros ya habían desaparecido, y cuando un amor se desmorona, ya sea por culpa ajena, por culpa propia o, tal vez, por culpa de nadie, es imposible ver la polvareda que deja atrás.

—Me traje esas fotos antiguas conmigo a París —dijo Vera en tono conciliador—. Hay algunas en las que sale la tía Alma, la feminista. ¿Quieres verlas?

Detrás de nosotras, de pronto el agua empezó a gotear de dos tuberías de agua. Tal vez fuera cosa de la imaginación, pero pareció que todo olía aún peor.

—¡Lo único que quiero es que me acompañes a la estación!

Fanny

1914≠1920

El día 1 de agosto de 1914 el emperador Guillermo II declaró la guerra a Rusia y el gato del jefe del Estado Mayor Helmuth von Moltke tuvo diarrea.

Lo primero era cierto; lo del gato, evidentemente, Fanny se lo había inventado, según ella misma admitiría mucho tiempo después. El inicio de una guerra le parecía algo muy grave y por eso había querido añadir un detalle gracioso imaginario.

—¿Y qué gracia tiene que un gato sufra diarrea? —le había preguntado entonces. A mí no me habría gustado que la gata con la que yo había crecido, Frau Käthe, sufriera algo así.

Fanny se encogió de hombros.

—Tal vez Helmuth von Moltke no tenía un gato, sino un canario —aventuró.

Lo que no era mentira es que Fanny ese día soñaba con Francia y se prometió con Georg König, que se había enamorado repentinamente y no quería vivir sin ella ni un solo día más. Con esa ocasión, su madre había pagado un anuncio en el *Frankfurter Zeitung*. «Me complace anunciar el compromiso de mi hija Franziska Maria Seidel con el señor Georg

König», decía; debajo del texto, escrito en letras muy grandes, figuraba el nombre del padre de Fanny, a pesar de que hacía muchos años que había muerto, y, en letra diminuta, el de Hilde.

En las familias burguesas un compromiso solía extenderse durante un año, pero en ese caso se redujo a un mes. Alma había tenido razón al afirmar que la guerra lo aceleraba todo; tal vez por esto quienes sobreviven a una se sienten luego como ancianos. En cualquier caso, Georg llegó al altar siendo aún un joven con las mejillas sonrosadas y sus rizos rubios, y Fanny, con un magnífico velo de novia. Debajo de él lo veía todo borroso; posiblemente se sentía como yo en París con esas pestañas postizas. Con todo, sí oyó discutir de forma clara y contundente a Hilde y Alma durante el banquete de boda en el momento en que la conversación giró en torno a la guerra. La una soñaba con una gran victoria y la otra, con la paz; a los ojos de Alma eso convertía a Hilde en una cretina, y a los ojos de Hilde eso hacía de Alma una traidora.

Fanny no tenía ninguna opinión formada al respecto, solo deseaba que Georg no fuera un cretino ni traicionara nunca su amor. Cuando a la mañana siguiente se despertaron entre sábanas revueltas, él no solo la sorprendió con un regalo tras la noche de bodas —un broche de ámbar que, según él, le iba bien con su color de pelo—, sino que además le dijo que quería alistarse como voluntario. Según él, su trabajo en la casa de modas, a diferencia del de un maquinista, no era importante para la guerra. Además, añadió, para Navidad ya habrían vencido al enemigo así que pronto regresaría a casa.

Fanny no sabía con certeza si lo que había ocurrido durante la noche había sido la cosa más turbadora o más excitante que había vivido. En todo caso, ahora sabía que nadie se podía quedar embarazada por sentarse en una silla que aún estuviera caliente, ni cuando un hombre rozaba la rodilla desnuda de una mujer. Y que no estaba dispuesta a renunciar a la cercanía que se sentía al compartir la cama con otra persona. ¿Por qué no serás un maquinista de tren? Aquello fue lo primero que le vino a la cabeza. Sin embargo, antes de claudicar ante el temor que Georg le había despertado, también le vino otra cosa a la cabeza que dijo en voz alta:

—Cuando veas a las francesas, cuéntame cómo visten.

—Me temo que solo veré soldados y todos ellos llevan los mismos uniformes grises.

Hasta entonces la guerra no había sido más que una palabra vacía. Cuando Fanny se imaginó esas hordas de hombres grises, se convirtió en algo detestable. Se echó a llorar en los brazos de Georg, luego se volvieron a amar, y ya no resultó turbador, aunque tampoco excitante, porque él ya tenía el frente en la cabeza y ella seguía pensando en el modo de vestir de las francesas.

A partir de entonces la Casa de Modas König pasó a ser administrada por Gustav Heinemann, que era el apoderado desde hacía muchos años y a quien Hilde dejó muy claro que ella, como suegra de Georg, tenía derecho a tomar decisiones comerciales. A Gustav Heinemann lo había contratado el padre de Georg en persona y ya había empezado a tener dificultades para cumplir las disposiciones del hijo. Al momento tomó aire y se le encendió el rostro de enojo, pero cuando consiguió decir algo se dio cuenta, para su alivio, de que las decisiones comerciales de Hilde se reducirían a decorar los escaparates con banderas negras, blancas y rojas y con un retrato del emperador enmarcado en hojas de roble.

Hilde no se dio por satisfecha con eso. Colocó una fotografía de Georg en el lugar que este ocupaba en la mesa del comedor y, al otro lado, donde antes se sentaba el difunto padre de él, la imagen de un soldado despidiéndose de su esposa que lloraba. «No llores, déjame que parta, que debo luchar por la honra, que debo luchar por la patria», se leía al pie en una caligrafía pomposa.

Además, Hilde, que sin que Fanny se lo pidiera se había mudado a la casa de Georg en la calle Kornmarkt, dispuso que se tomara la sopa en un plato en cuyo fondo destacaban una cruz de hierro y un soldado empuñando el arma en posición de tiro. Durante los primeros meses de guerra, la sopa siguió siendo tan espesa que tenían que tomar varias cucharadas antes de que se pudiera ver todo; con el tiempo, sin embargo, se volvió tan clara que las siluetas se distinguían de inmediato. Fanny removía los trozos de zanahoria y los fideos de la sopa en el plato hasta dar forma de estrella a la cruz de hierro y convertir el arma del soldado en cayado. Al menos así se lo parecía.

Cuando Hilde no comía sopa, tendía un mapa de Europa sobre la mesa del comedor. Con unas banderitas de colores marcaba dónde estaba la avanzadilla de los alemanes, dónde se libraban las grandes batallas—: la del Marne, el Aisne, Reims. A Fanny esos nombres le parecían muy musicales. Era imposible que Georg ahí solo viera soldados grises y no coincidiera con mujeres francesas elegantes. Bueno, ya se lo preguntaría en Navidad. En Navidad, todo el mundo lo decía, los soldados ya estarían de vuelta en casa.

La guerra no acabó tan pronto como se esperaba; Georg regresó a Fráncfort mucho más tarde de lo que ella esperaba y solo fue para un breve permiso de tres días en casa. Fanny corrió hacia él, lo abrazó y se asustó de encontrarlo tan delgado.

Los rizos, los ojos brillantes, la sonrisa tímida..., todo aquello había desaparecido. El hombre del que se había enamorado, el que se mofaba de los camareros circunspectos y bromeaba sobre el Slivovitz había desaparecido. No decía nada divertido, ni tampoco nada triste. Hilde, por su parte, hablaba de héroes que luchaban por la patria y decía que él era uno de ellos. «¡Todo el mundo está en nuestra contra, pero no vamos a abandonar!», exclamó y abrazó a Georg. Fanny se preguntaba en secreto qué era peor: que ella apenas reconociera a Georg, o que, como estaba comprendiendo, nunca lo hubiera conocido de verdad.

Hilde le sirvió un plato de sopa. El líquido rebosaba y algunas gotas cayeron deslizándose a la mesa; Georg se llevaba la cuchara a la boca tan lentamente que tardó mucho tiempo en acabarse el plato. A Fanny le costaba verlo así. Y también le costó mucho, cuando por fin él rompió el silencio, oírle contar que en las trincheras no había sopa, solo carne enlatada, biscotes y patatas. Y dos cigarrillos al día.

Fanny no sabía que Georg fumaba, pero Hilde se levantó solícita para traerle un cigarrillo. ¿Cómo podía saber que quería fumar? Y, si era así, ¿por qué entonces tosía de ese modo tan atroz? Luego, ya con la voz más ronca, él preguntó si podía tomar también una taza de café recién molido. En las trincheras el café sabía a agua y, sobre todo, siempre estaba frío. Hilde se marchó para prepararle la bebida. Fanny no supo qué decir, Georg fumó sin tampoco decir nada.

Cuando, al cabo de un rato, él tomó el café, Hilde ya no estaba sentada a la mesa, sino que se encontraba en el sofá y cosía, como solía hacer, una enagua. Aunque a las mujeres se les había ordenado ahorrar tela y Hilde había donado voluntariamente las mantelerías de damasco al hospital militar, era incapaz de prescindir de sus enaguas. Para ella bastante malo era ya que en los últimos meses los vestidos se hubieran ido acortando puesto que cada vez más mujeres trabajaban en el frente interior y para eso era mejor que la ropa no se ciñera al cuerpo.

—¿Cómo se supone que hemos de dar nuevos ánimos a los hombres si ya no nos mantenemos femeninas? —se había lamentado.

Fanny no sabía si ella sería capaz de dar ánimos a Georg, ya fuera con o sin crinolina de guerra, que era como se conocían unos vestidos que llegaban a las pantorrillas, pero más anchos. Tampoco sabía cómo era una trinchera y por eso preguntó.

—¡No le hagas hablar de esas cosas! —se entrometió Hilde.

Georg tomó café, siguió tosiendo y, en lugar de frases enteras, masculló algunas palabras sobre frío y ataques sorpresa, sobre fango y oscuridad. Fanny intentó imaginarse lo que él le explicaba de forma tan tortuosa, pero lo único que le venía a la cabeza era la imagen de un prado repleto de toperas en la cordillera de Taunus. En una ocasión había hecho un pícnic ahí con la tía Alma y la abuela Elise, mientras un campesino sudado iba de topera en topera con un hacha con la esperanza de atrapar a ese maldito animal.

«Jamás atrapará al topo —se había burlado Elise—. Son animales que viven a mucha profundidad bajo tierra».

Además, había continuado explicando, en aquel prado no vivía un topo, sino un topo rey, y este no solo cavaba muchos túneles, sino también salones para bailar, alojar a la corte y tomar el té. Fanny se había imaginado las camas diminutas donde dormía el topo rey, los pequeños armarios en los que colgaba su ropa, y su tetera de porcelana, más pequeña incluso que la de la vajilla de su muñeca.

«¿Y en ese palacio subterráneo hay también lámparas de araña?», había preguntado.

«Por supuesto que no —había respondido Elise con una risa desenvuelta—. Los topos también ven en la oscuridad».

En ese momento, en la oscuridad que envolvía a Georg, ella era incapaz de ver nada, sobre todo a ese hombre despreocupado y adorable de otros tiempos. Ni siquiera era capaz de entender lo que decía, porque sus palabras eran cada vez más confusas y su tos, más ronca. Hilde se levantó y le golpeó en la espalda.

Fanny no le golpeó. Solo dijo:

—Te voy a hacer una cubretetera. Así a partir de ahora al menos podrás tomar café caliente.

Cuando terminó el permiso de Georg, ella se puso manos a la obra de inmediato. No quería usar tela gris, porque en el mundo de él ya había suficiente gris. En su lugar, utilizó la funda de felpa roja de un cojín de plumas. Aquel rojo carecía de la intensidad del rojo de su chal, que con solo verlo era inevitable pensar en bailar; era un rojo burdeos agradable, muy apropiado para un cojín de *chaise longue* en el que comer galletas. Tomó las medidas de su propia tetera, cosió la cubretetera y la decoró con los volantes, pliegues, encajes y ribetes que ella quería quitar de su ropa. Aunque se sintió satisfecha del resultado, no sabía cómo hacérsela llegar a Georg. Al final le pidió consejo a Lina von Schauroth, una viuda y artista de Fráncfort que, cuando no pintaba carteles de guerra, se paseaba en carruaje por las calles vestida no con una crinolina de guerra, sino con un vestido muy ajustado. Además, llevaba el pelo tan corto que casi era una ofensa a Dios, aunque Hilde solo lo criticaba en voz muy baja. Al fin y al cabo, Lina von Schauroth estaba decidida a levantar la moral de la tropa y lo hacía recogiendo donativos y enviándolos luego al frente: objetos como una mantita con un corazón bordado, por ejemplo, o a veces un guardapelo con los rizos de la amada.

—En realidad —le contó a Fanny, que no salía de su asombro cuando la fue a visitar a su piso y supo de aquello—, el mechón es de una cola de caballo porque la novia se ha casado con otro. Pero mientras el pobre está luchando por la patria no hace falta que lo sepa.

Fanny se quedó un rato pensando, sin acabar de saber si aquella mentira era piadosa o vil.

—Dime, ¿qué quieres enviarle a tu amado? ¿También un mechón? —preguntó Lina.

Fanny hurgó en su bolso.

—No. Es esta cubretetera... —murmuró con timidez.

Lina von Schauroth sonrió encantada.

—Bueno, bueno, eso sin duda es algo distinto a una flor seca o un pañuelo empapado de perfume —dijo con tono elogioso—. Te doy mi palabra solemne y sagrada de que en algún momento y de algún modo esta cubretetera llegará a las manos de Georg König.

En cuanto Fanny se la hubo entregado se notó las manos vacías y decidió que cosería otra cuanto antes. No había vuelto a coser desde que su madre le desgarrara el vestido de color rosa encarnado; a fin de cuentas, esos no eran tiempos para malgastar tela. Cuando regresó a casa después de visitar a Lina von Schauroth, constató que ahí no había falta de tela. Sobre el sofá de la sala de estar se amontonaban muchísimas prendas: vestidos de noche y saltos de cama, chaquetas y abrigos, guantes y fajines anchos. Y, encima de todo, su chal de seda rojo.

Fanny se precipitó hacia él y lo cogió. Desde que había comenzado la guerra pocas veces lo llevaba en público, y lo tenía guardado en su armario.

—Pero si no necesitas el chal —le dijo Hilde con severidad—. Todos debemos sacrificarnos.

—¿Piensas cortar el chal y todos esos vestidos en pedazos para hacer vendas con ellos? —preguntó Fanny horrorizada.

—No, vamos a dar estas cosas a los pobres —le explicó su madre y añadió de forma escueta que Heinemann, el apoderado, había decidido liquidar existencias de la Casa de Modas König, y que esa era también una ocasión para examinar los propios armarios. En casa tenían también varios vestidos cortados según la moda de París y abrigos gruesos de lana inglesa. El chal rojo, por su parte, era de seda de Lyon.

—La moda alemana tiene que volver a ser alemana —acabó diciendo Hilde—. No debemos copiar al enemigo, ni llevar sus tejidos y prendas.

Y entonces empezó a meterlo todo en cajas menos el chal rojo, que Fanny se escondió rápidamente a la espalda y que Hilde olvidó hasta que terminó con el embalaje.

Para que no volviera a acordarse de él, Fanny preguntó:

—¿No me habías dicho tú que en 1910 la Casa de Modas König llegó a facturar dos millones de marcos? ¿Y que esas ventas tan elevadas se debían solo a que las mujeres adoran la moda francesa?

—Ahora Francia es nuestro enemigo; si tú no lo ves así, eres una traidora.

Fanny iba a decir que moda y política no tenían nada que ver, pero sospechó que su madre no pensaba igual y que era mejor tener la boca cerrada y esperar que la guerra terminara pronto. Luego Georg regresaría, tomaría otra vez las riendas del negocio y ella le cosería cosas que no serían una cubretetera. Cosas como, por ejemplo, un pañuelo o una corbata. Lo importante era que le confortaran el corazón; y el de ella también.

Cuando la guerra no solo terminó, sino que además se perdió, la frialdad se apoderó del corazón de Georg, y no fue el único. Llevaba un uniforme raído y se apoyaba en una muleta, eso al menos fue lo que esa cosa le pareció a Fanny. Cuando la contempló con más detenimiento cayó en la cuenta de que eran dos patas de una vieja cama de campaña que alguien había unido con una cuerda. Era un milagro que aguantaran su peso, y eso que él estaba aún más delgado. Y resultaba aún más desconocido para ella. Esta vez, Fanny no se atrevió a lanzarse a su cuello; tuvo miedo de que se rompiera la muleta... o tal vez todos sus huesos.

—¿Recibiste mi cubretetera? —se limitó a preguntar.

—Sí —dijo él.

Y de pronto en su cabeza ella vio las trincheras. Estas no eran los palacios subterráneos de un rey topo, sino cementerios de almas de soldados.

—Entonces, ¿has podido tomar siempre el café caliente? —preguntó.

—Sí —respondió él sin más.

La guerra había terminado, ya no había emperador, pero los escaparates de la Casa de Modas König estaban relucientes, se volvían a vender vestidos y abrigos, y el apoderado Heinemann hablaba con entusiasmo de una gran cúpula de cristal que había admirado en una casa de modas de Berlín. Construir algo así era excesivamente caro, pero para compensar se encargó de aumentar el número de luces, sobre todo en la zona de los probadores. De todos modos, ahí terminó su afán de cambios.

La guerra había terminado, ya no había emperador, pero las mujeres, cómo no, se suponía que debían volver a vestirse como antes, con corsés y demás zarandajas; a fin de cuentas, ahora ya no tenían que atender a los heridos en los hospitales militares, ni servir sopa en los grandes comedores, ni tampoco hacer de cobradoras en tranvías repletos.

Hilde secundaba al apoderado Heinemann en sus proyectos, pero Fanny no le tomaba en serio. La guerra había terminado, ya no había emperador, y Georg por fin retomaría las riendas del negocio y pondría fin a todas las decisiones absurdas. Solo tenía que recuperar fuerzas y, para que tal cosa ocurriera, ella, por una vez, había hecho caso a Hilde y cada día preparaba para él un huevo crudo batido con vino tinto y miel. Vigilaba que Georg se tomara la taza hasta el último trago, se alegraba cuando luego él le dirigía una sonrisa tímida y esperaba con ansia el día en que, cuando ella le preguntara cuándo iba a volver a ocuparse del negocio, en lugar de «mañana» él le respondiera con un: «¡Hoy mismo!».

Al menos un día él intentó vestirse solo. Al ponerse los calzoncillos largos la pierna le temblaba y, cuando fue a abrochárselos, las manos también.

—¡Ya te ayudo!

Fanny se ofreció como siempre, pero él, a diferencia de lo habitual, le apartó la mano con un gesto enérgico.

—Ya lo haré solo —dijo con un gruñido.

Ella fue de un lado a otro, inquieta; a duras penas podía ver cómo se abrochaba. Cuando lo logró, ya no tenía fuerzas para ponerse el traje oscuro; en vez de ello, quiso arreglarse la barba. Antes de la guerra él tenía unos rizos largos y rubios, y llevaba un bigote bien cuidado. Ahora llevaba los rizos rapados y la barba le crecía desordenada. Se aplicó espuma e intentó afeitarse, pero el temblor de las manos le provocaba cortes en la barbilla una y otra vez.

—¡Ya te ayudo! —se ofreció Fanny de nuevo.

—¡Déjame en paz!

Bajo la lástima que sentía por él, empezaron a agitarse la impaciencia y la impotencia. Ella salió del baño y empezó de nuevo a ir de un lado a otro. Cuando él salió, aún tenía la barba sin arreglar y los calzoncillos largos le temblaban.

—¡Llama a un barbero, por favor! —le pidió sin mirarla a los ojos.

Cuando llegó, ya era mediodía. El hombre afeitó buena parte de la barba de Georg, le aplicó una venda sobre el bigote que quedaba para que se mantuviera en ángulo recto y luego dobló los extremos con gomina para ponerlos de punta.

«Como si con eso fuera a pinchar a alguien», pensó Fanny.

El barbero también ayudó a Georg a ponerse el traje negro; este, ya con el traje puesto, se volvió a desplomar en la cama y se quedó tumbado ahí. Fanny se sentó a su lado, fue a cogerle la mano y él se la apartó. Solo de noche, de vez en cuando, él la abrazaba.

—Mira —dijo ella y sacó del cajón su tesoro secreto: una revista de moda francesa.

Conseguirla había sido una tarea tan complicada como abolir la monarquía. Eso, por lo menos, era lo que afirmaba Alma, que había ayudado a ello valiéndose de los contactos que tenía en la Renania ocupada por los franceses. «Habría sido más fácil conseguir comida y carbón», había afirmado. Luego se había apresurado a añadir: «Pero tienes razón en esperar de la vida algo más que un poco de calor y el estómago lleno».

—Mira —repitió Fanny—, así es como visten las francesas. El famoso modisto Paul Poiret por fin ha liberado a las mujeres del corsé. Dice que su cuerpo es tan bonito que no necesitan nada más, que basta con el sujetador y la faja. Él se ha inspirado en Oriente y ha diseñado pantalones bombachos y túnicas que caen de forma suave y fluida por el cuerpo, y todos ellos en colores muy vivos.

La revista estaba gastada por el gran número de veces que ella la había ojeado, y además estaba repleta de lamparones de mantequilla y de tizne que había sufrido en el arduo camino hasta Fráncfort; con todo, aún se podía apreciar con claridad que Poiret no escatimaba en nada: ni en tela, ni en imaginación, ni en el placer por el colorido. Georg ni siquiera levantó la vista.

—Desde luego —siguió diciendo Fanny—, la época de Paul Poiret ya ha pasado. Ahora las francesas necesitan ropa que no solo sea bonita, sino también práctica y nadie mejor que quien la lleva para combinar ambas cosas; por eso cada día hay más mujeres modistas de alta costura. Como las hermanas Callot, o Jeanne Paquin. ¡Fíjate en este vestido! Llega hasta los tobillos y es de una elegante sarga azul. Eso es lo que quieren las mujeres. Y no eso que tu apoderado cuelga en vuestros escaparates. ¡Por muy limpios y relucientes que estén, el olor a rancio y a polvo viene de otro lugar, en concreto de su cabeza!

Georg inclinó la cabeza a un lado y la miró desde abajo en diagonal; tenía una expresión juvenil que le recordó al hombre que en otro tiempo le había acariciado la rodilla ensangrentada y que había querido aliviarle el dolor. Entonces él lo había intentado con un chocolate caliente..., ahora no podía ofrecerle más que unas palabras glaciales.

—Nunca más voy a vender moda francesa —musitó.

Fanny se levantó de un modo tan súbito que la revista le cayó de las manos. Pataleó contra el suelo, incapaz de comprender que solo porque él tuviera derecho a decir eso ella estaba equivocada.

—¡La guerra ya ha terminado! —gritó.

—La guerra no ha terminado. Alemania sigue sometida. Nos lo han quitado todo, nuestra dignidad, nuestro orgullo.

—¿Y de qué sirven la dignidad y el orgullo? ¿No te parece que son como las enaguas de mi madre, que no hacen sino ocultar el cuerpo y crujir al andar a pasos rápidos? ¿O como un corsé que impide respirar bien y se clava en las vísceras? Creo que estas son cosas que cuando se dejan de lado hacen que uno se sienta más libre.

Georg inspiró de forma larga y profunda; de pronto, ella sintió la necesidad ridícula de tirarle del bigote hasta arrancárselo o, por lo menos, hasta que sus puntas dejaran de ser puntiagudas.

—Tampoco voy a volver a hablar francés —dijo él con pesar.

Aquellas palabras fueron como alfileres afilados clavándose dolorosamente en los recuerdos de Fanny: en el de su primer encuentro y ese delicioso hormigueo en el estómago. Al principio ella no había sabido interpretarlo; no, por lo menos, cuando se encontró postrada ante él. Había sido un poco más tarde, en la cafetería de Liebfrauenberg, cuando se dio cuenta de que se acababa de enamorar: porque fue ahí precisamente donde él habló en francés por primera vez. Ya antes ella estaba convencida de que no había otro idioma más hermoso porque el francés era el idioma de la moda. Sin embargo, en ese instante, el francés pasó a ser el idioma del amor, de *su* amor. No volver a oírlo de los labios de él le pareció que era como tener que renunciar para siempre a sus: «¡Te quiero!». Y, peor aún, darse cuenta de que tal vez ella lo había dejado de amar, de que tal vez nunca lo había amado.

Se frotó las manos desesperada.

—Tampoco hace falta que tengas que comprar moda francesa en persona ya mismo —dijo con tono implorante—. Ni es preciso que hables francés en breve. De momento, quédate en cama, déjame que lleve yo la casa de modas, que compre patrones de París y aprenda el idioma, y...

Él extendió la mano hacia ella, pero no la alcanzó.

—Lo siento —murmuró—. El café se mantenía caliente, pero no lo podía beber.

—¿Cómo dices?

—Me hiciste una cubretetera.

En ese instante, al ver el rostro inexpresivo de Georg, su cuerpo debilitado, la pierna temblorosa, comprendió que en las trincheras una cubretetera de felpa roja no elevaba los ánimos, sino que, como si fuera el recuerdo burlón de un hogar inalcanzable, acentuaba la soledad.

—¿Dónde está? —preguntó ella consternada.

Él se encogió de hombros.

—Era inútil. Era demasiado pequeña. Cuando cubría la jarra de lata con ella guardaba el calor, pero entonces no me podía servir el café.

De nuevo, él tendió la mano hacia ella; esta vez logró agarrarla y la atrajo hacia sí. Ella dejó que la abrazara, pero de pronto pensó desanimada que ellos eran como la jarra demasiado grande y la cubretetera demasiado pequeña. Por mucho que aguantaran, a él siempre le faltaría algo y ella se ahogaría por exceso.

—Siento que no pudieras servirte café caliente —dijo ella de corazón.

—Siento que no vayas a tener moda francesa —dijo él con igual lástima.

El piso de Alma estaba extrañamente vacío y, a la vez, extrañamente lleno. Vacío porque ya apenas entraban ni salían feministas, ya fueran burguesas u obreras. Lleno porque Alma, a causa de la inflación, había perdido el patrimonio heredado y no solo había tenido que deshacerse de la prensa que tenía en la pequeña tienda de su marido para así poder alquilarla, sino que además se había visto forzada a compartir con otras personas varias estancias de su piso, entre ellas, el salón.

La tía de Fanny habitaba entonces la sala con la mesa de comedor vuelta al revés. En las patas aún tenía los sombreros colgados, pero entre ellas ya no había montones de libros, sino su colchón. Los libros, en cambio, ocupaban todos los rincones libres alrededor y no dejaban sitio para una silla, solo para un saco de carbón.

Fanny se desplomó encima con un suspiro cuando fue a visitar a Alma de nuevo. Había pasado ya un año y medio desde el final de la guerra y durante todo ese tiempo ella había esperado a que Georg se afeitara por fin las puntas del bigote, a que el traje le volviera a servir y a que él recuperara las fuerzas y no necesitara a diario los huevos crudos con vino tinto y miel. Cada mañana él los sorbía ruidosamente; cada mañana Fanny sentía repugnancia, y Hilde, aunque no por la mañana, sí se pasaba el día diciéndole lo agradecida que debía estar por tener aún marido y que debía besar los pies de todos los santos por mantenerse a salvo de las preocupaciones del trabajo, no como ella, que todavía tenía que llevar la tienda de corpiños.

Aunque a Fanny le hubiera gustado más pisotear los pies de los santos que tener que besárselos, no replicaba a su madre.

Cuando se convenció de que Georg, en efecto, nunca más volvería a hablar francés, desempolvó el diccionario y empezó a memorizar palabras con la esperanza de aguantar esa vida hasta llegar a la Z.

—Apenas he llegado a la F —le contó a su tía—, pero ya no soporto ni a mi marido, ni a mi madre.

F de Fanny.

¡Y la L, de libertad, quedaba aún tan lejos!

Alma señaló la cesta que Fanny llevaba consigo.

—Pero ahí dentro no hay ningún diccionario de francés, ¿verdad? —preguntó.

Fanny negó con la cabeza.

—He ido al mercado a comprar huevos —le explicó a Alma y apartó un poco el chal de seda rojo que había en el cesto para mostrárselos—. Pero me siento incapaz de batir más huevos, ni tan siquiera uno. Me siento incapaz incluso de regresar a casa.

—Mmm —se limitó a decir Alma.

Desde el final de la guerra ella ya no llevaba sombreros con flores de tela, sino otros más sencillos, de paja, y, desde que en enero de 1919 las mujeres pudieron participar por primera vez en las elecciones, luchaba por un nuevo objetivo, que las mujeres también pudieran presentarse como candidatas, preferentemente a canciller.

—¿Qué voy a hacer? —preguntó Fanny.

—Mmm —repitió Alma.

Fanny se quedó mirando el saco de carbón sobre el que se había sentado. Seguramente, cuando se pusiera de pie, tendría el vestido negro.

—Ese bigote acabado en punta de Georg me recuerda los alfileres de mamá. No soporto verlo. ¿Te parece que soy demasiado egoísta?

Antes de que Alma pudiera repetir «Mmm», se oyó un chillido afuera y la tía de Fanny puso los ojos en blanco. Había alquilado las otras estancias a tres madres de hijos ilegítimos; en su opinión esos pequeños debían tener los mismos derechos que los nacidos dentro del matrimonio. Por desgracia, no había tenido en cuenta el ruido que hacían los niños, fueran o no legítimos.

—Espera —dijo. Se levantó y salió de la habitación. Al cabo de un rato, cuando volvió, ya no se oía ningún chillido.

—Le he dado al pequeño unas frambuesas —explicó—. En concreto, esas que antes había bañado en el aguardiente de Elise.

—¿Das alcohol a los niños? —preguntó Fanny horrorizada.

Alma suspiró.

—Por desgracia esa era la última botella de aguardiente; pronto voy a tener que pensar en otra cosa. Tú, por cierto, también deberías empezar a pensar en algo, en cómo librarte de tu marido y de tu madre.

—¿Y qué me aconsejas?

—Mmm —volvió a decir Alma y calló un rato—. De hecho, yo no soy quien para aconsejarte nada. Yo en su momento tampoco hice nada. Me limité a esperar a que mi marido muriera. Por desgracia, yo no era tan fuerte como tu madre.

Con frecuencia Fanny había oído a otros decir que a Alma la cabeza no le andaba bien, pero como esa misma gente también la tachaba de solterona, estéril o judía, jamás lo había considerado en serio. En ese momento, por primera vez, tuvo el convencimiento de que su tía había perdido la cabeza.

—¿Llamas a mi madre fuerte? No deja de decir que debería inferir todos los deseos de Georg con solo mirarle a los ojos, que no debo pensar más en coser, que es mejor que aprenda a hacer punto raso o de cruz y que me dedique a pintar flores en abanicos para pasar el tiempo.

La sonrisa de Alma se desmoronó y entre sus escombros asomó la tristeza.

—Lo que tu madre dice y lo que tu madre hace son cosas distintas. Y me temo que eso mismo se podría decir de mí. Le gusta hacerse la mujercita que se arrima a su protector, pero después de casarse con el borrachín y darse cuenta al poco tiempo de que ese buen hombre bebía más que trabajaba, procuró que él ampliara la tienda de corpiños y empleara a más costureras. Ella era la mujer de acción, la ambiciosa, y tras la muerte de él se hizo cargo del negocio con absoluta naturalidad. Yo, en cambio, que he reclamado en miles de artículos que las mujeres deben ganarse su propio sueldo y que además este debería ser el mismo que el de los hombres y que deben poder estudiar cualquier carrera universitaria y aprender cualquier oficio, en realidad nunca he trabajado. Sí, Hilde es la más fuerte de las dos. La cuestión es saber hasta qué punto eres fuerte. —Fanny había escuchado con un asombro que iba en aumento, pero, antes de que pudiera decir algo, Alma prosiguió sin más—: En el fondo, solo tienes tres opciones. La primera es seguir los consejos de tu madre, aprender a bordar y... ¿qué era lo otro? ¿Pintar abanicos? Bueno, sea lo que sea, no te dediques al pirograbado, que a punto estuvo de costarme este dedo. —Lo levantó, aunque no presentaba el menor indicio de herida, ni siquiera la cicatriz de la ampolla que le salió en su momento—. La segunda opción es la del orinal.

—¿Crees que debería pintar orinales con flores?

—No, cocinar la comida en él. —Fanny arrugó el ceño—. Cuando mi marido me fastidiaba, para castigarle yo preparaba la salsa verde en el orinal donde él hacía sus cosas cada mañana. Y cuando luego él se la comía con huevos y patatas quejándose de que los huevos estaban demasiado blancos y las patatas, demasiado duras, yo en silencio le regalaba una sonrisa amable.

—¿Le dijiste luego que habías preparado la salsa verde en el orinal?

Alma negó con la cabeza.

—Fui demasiado cobarde... y por eso mismo fue totalmente inútil. Habría sido mejor que un día le hubiera echado hidróxido de potasio a la salsa verde.

—¡Tía Alma!

—¿Y qué? ¿Y qué? Si al final no lo hice..., y en cualquier caso él se murió solito. Pero la mayoría de las cosas no ocurren sin más.

—¿Y cuál es la tercera posibilidad?

Alma hizo una pausa larga, se puso de pie y se acercó al armario en el que no solo guardaba la última botella de aguardiente de su madre Elise, sino también la joya de la familia que había heredado de ella. En silencio la sacó del estuche, se acercó a Fanny y dejó la joya en la cesta donde llevaba los huevos recién comprados bajo el chal rojo.

—La tercera es convertir esta joya en dinero y de momento ir a vivir a París.

—¿P... P... París? —balbuceó Fanny.

—Me acabas de decir que con el diccionario has llegado hasta las palabras que empiezan por F. Pero un idioma no se domina aprendiéndose de memoria el diccionario, sino hablando con la gente. Y la moda se hace trabajando para grandes modistos y no solo soñando con ellos.

—¿Y cómo..., cómo voy a ir a París? —preguntó Fanny mientras se avergonzaba por estar más preocupada por la ejecución del plan que por el hecho de que llevarlo a cabo sería algo absolutamente indecoroso y que ella debía desestimar de inmediato.

—Bueno, a fin de cuentas, te conseguí la revista de moda. Y eso fue posible con la ayuda de Klara Hartmann... Seguro que te acuerdas de la historia de esa llave que se tragó. Durante la guerra, en un acto de mera protesta contra el emperador alemán, se casó con un francés. Si me preguntas, creo que fue una mala decisión. Nadie se casa para protestar, nadie se casa por comodidad, y nadie se casa tampoco porque el marido habla francés. Uno se casa por amor, aunque ese amor, claro está, según cómo vayan las cosas, puede acabar con una salsa verde preparada en un orinal. ¡Ah! Es mejor que no hagas caso a tu tía Alma, no al menos cuando hablo de amor, porque de esas cosas no sé nada. Toma esa joya y ve con ella a ver al francés de Klara. ¿He dicho que viven en Höchst? Bueno, a veces resulta muy práctico que los franceses hayan ocupado Renania y también, por lo tanto, un par de ciudades cercanas a Fráncfort. Ahora mismo Francia empieza prácticamente delante de casa; si llegas a Höchst, seguro que llegas también a París.

Fanny cogió la cesta.

—¿Y qué se supone que debo hacer con estos huevos frescos? —preguntó avergonzándose de nuevo por hablar de asuntos prácticos y no de la culpa que debería estar sintiendo por abandonar a su marido.

Al otro lado se oyeron nuevos chillidos.

—¡Oh! Déjalos aquí. Así haré ponche de huevo para los niños. Pero tal vez es mejor que te los lleves a París. Cuando llegues, te subes a la torre Eiffel y te tomas un huevo crudo de un sorbo para celebrar el comienzo de tu nueva vida. Así te ahorras el champán.

En algún momento, se juró Fanny, ella no solo tomaría champán, sino que se bañaría en él. Sin embargo, antes se embriagó con su propio valor para correr a ciegas hacia esa nueva vida, con el profundo alivio de no tener que batir nunca más vino tinto con huevo y miel.

Cuando, unos días después, llegó a París, estaba oscuro, hacía frío y el aire olía de forma muy desagradable. Un perro ladraba en algún lugar, pero, aunque en París las farolas de gas siempre estaban encendidas, fue incapaz de verlo, igual que la torre Eiffel. Temblaba de frío y contempló la fachada derruida de una casa cerca de la Gare du Nord; entonces se ató el chal rojo a la cabeza con un gesto decidido y cascó un huevo para tomárselo: no solo lo hizo por hambre, sino porque vio que tenía una grieta fina en la cáscara; iba a romperse pronto y no quería malgastarlo.

Lisbeth

1946

Lisbeth miró recelosa a su alrededor. Como siempre, en la parte posterior de la estación central reinaba una gran actividad. Todo el mundo parecía ir con prisas, como si los unos acabaran de llegar de un viaje, como si los otros fueran a partir. Sin embargo, ahí el único objetivo de la gente era dejar de tener hambre.

Un hombre con una barriga insólitamente grande y unas patillas anticuadas —tenía la apariencia de haber servido en persona al emperador Guillermo— no solo quería comer hasta hartarse sino, sobre todo, ser rico. Y, en cierto modo, lo era: nadie tenía tantos cigarrillos Chesterfield, la divisa de esos días, como él. Su barriga prominente era en realidad un gran saco de lino que él había rellenado con esos cigarrillos y también, para no llamar la atención, con plumas de pato; Lisbeth no pudo evitar imaginarse que un día los americanos lo cachearían y que entonces las plumas caerían sobre él como si fuera nieve. Pero no quería que lo descubrieran, no... A pesar de todo, iban todos en el mismo barco. A causa de los cigarrillos, a ese hombre entonces se le conocía como Chesty, pero su apodo original era «dentista». Antes se dedicaba a extraerle a la gente los rellenos de oro de los dientes para cambiarlos por comida y siempre que lo veía Lisbeth sentía un tremendo dolor en las muelas. Por eso no hacía negocios con él.

Era mejor abrirse paso hacia esa mujer que, no solo por su sombrero negro de punta y el vestido negro remendado, sino también por su figura escuálida, recordaba a un espantapájaros. Aunque, bien mirada, se parecía más a un cuervo que revoloteara en torno a él.

—¿Qué me dices? —gritaba en ese instante a un transeúnte—. ¿Te apetece divertirte un poco con una chica guapa?

Tendió las manos en torno al cuello del hombre para atraerlo hacia sí, pero él se apartó con repugnancia.

—¿Y dónde está esa chica guapa?

—Bueno, nadie es guapo en una ciudad bombardeada como Fráncfort. Pero siempre puedes cerrar los ojos. Y tampoco soy una chica, pues paso de largo los cuarenta. Pero tengo los pechos duros como manzanitas. ¿Quieres que te los muestre? ¿O tal vez incluso mi higo?

Con una mano ella se levantó el vestido negro y con la otra hurgó en la chaqueta del hombre y le robó la cartera. Él estaba demasiado desconcertado para darse cuenta. Se la sacó de encima y se marchó a toda prisa; la mujer se echó a reír burlona, mostrando las numerosas mellas que tenía en la dentadura desde hacía mucho tiempo, antes de que la gente intercambiara los rellenos de oro por comida.

Esa mujer era Klara Hartmann y Lisbeth en secreto la llamaba Klara Cuervo. Era una vieja amiga de Alma; en su tiempo se había hecho llamar feminista y ahora, artista de la supervivencia. Según contaba Alma, en una ocasión se había tragado una llave. Ante Klara Cuervo, Lisbeth siempre se tragaba su rabia. La que sentía desde que había sabido que en su momento esa mujer había ayudado a Fanny a abandonar a su padre por primera vez. Con todo, la rabia en esa época era inútil y no podía intercambiarse por nada, no como la mercancía que Lisbeth traía consigo ese día y con la que se presentó a Klara Cuervo.

—¿Acaso ahora te dedicas a robar en lugar de al mercado negro? —preguntó.

Klara Cuervo dibujó una amplia sonrisa.

—Ese se lo tenía bien merecido. Fue un auténtico cerdo nazi; en realidad, los americanos deberían haberlo echado de inmediato. Pero, para que las centrales eléctricas vuelvan a funcionar, necesitan la ayuda de los alemanes, con independencia de lo que hicieran durante la guerra. A falta de pan, buenos son bichos.

—Tortas —la corrigió Lisbeth.

—¿Qué?

—Que se dice «A falta de pan, buenas son tortas».

—Bueno, ¿y qué más da? Tortas, bichos... Hace poco me comí una araña. Un bicho bastante gordo, de patas largas. La asé al fuego. Una comida deliciosa. —Dobló la cabeza sobre la nuca y soltó una carcajada—. ¿Te lo has creído? —añadió en cuanto recuperó la seriedad.

Lisbeth no solo ocultaba su rabia y su repugnancia, también le resultaba imposible no sentir en secreto un gran respeto por ella. No era mucho más joven que Alma y, sin embargo, tenía la energía de una mujer joven. El hecho de que, en lugar de destinarla a la retirada de escombros, se le hubiera concedido la cartilla de racionamiento de clase V, asignada a la población no trabajadora y conocida popularmente como la cartilla del hambre —a fin de cuentas, nadie podía quedar saciado con mil ciento treinta calorías—, lejos de desalentarla, solo había despertado en ella las ganas de ocuparse por sí misma de sobrevivir.

—Tal vez llegue el día en que los americanos nos asignen incluso seis arañas al día, cien gramos de excremento de rata, cincuenta gramos de piel de serpiente, quinientos gramos de...

—Ya es suficiente.

—¿Suficiente? —Klara Cuervo volvió a soltar una risotada. Su humor era tan negro como los dientes que le quedaban—. Esa palabra ya no existe en nuestra lengua. No tenemos suficiente de nada, solo tenemos demasiado poco de todo.

—Bueno —dijo Lisbeth inclinándose de mala gana hacia ella para susurrarle—, puede que yo tenga tela suficiente para coserte un abrigo de verdad.

Klara Cuervo levantó las cejas en un gesto de admiración.

—¿Has robado la tela? —exclamó entusiasmada.

Lisbeth frunció el ceño.

—No. Es la cortina de la sala de estar de Frieda.

—¿Y dónde está?

Lisbeth dejó en el suelo el saco cuyo contenido estaba cubierto por una capa de carbón.

—La tela es demasiado grande y pesada para arrastrarla por Fráncfort. En cambio, tengo esto —dijo y tiró de la punta de color azul oscuro que destacaba entre los trozos de carbón.

—¿También es una antigua cortina?

—No. He hecho una falda con una chaqueta de oficial y la he teñido de azul. Y también he cosido dos blusas con las sábanas de cuadros del hospital militar. Además, también puedo ofrecer un vestido hecho con la tela de un antiguo paracaídas con una falda de tul hecha de una vieja tela mosquitera.

Klara Cuervo chasqueó la lengua en señal de aprobación.

—¿Y tienes ahí el vestido?

—No. Lo llevo puesto.

Antes de que ella pudiera desabrocharse, la otra ya le hurgaba el abrigo para verle el vestido. El cinturón era el cordón negro de terciopelo con el que Frieda recogía las cortinas.

—*Oh, là là! Quelle beauté!* —exclamó.

Lisbeth recordaba vagamente que en algún momento Klara Cuervo había estado casada con un francés, aunque no había sido por amor, sino como protesta contra esa guerra que la gente de entonces llamaba la Gran Guerra pese a que, comparada con la que acababan de sufrir, había sido muy poca cosa. Si no le fallaba la memoria, ese matrimonio no había sobrevivido mucho más que el imperio alemán.

—¿Y cómo has teñido esa tela con un color tan rojo? —quiso saber Klara Cuervo.

Lisbeth reprimió un suspiro al pensar en todo el trabajo de los últimos meses. Aún no había conseguido llevar a cabo su plan de volver a inaugurar la Casa de Modas König. Sin el permiso de los americanos ningún alemán podía abrir un negocio y, en lugar de hacer colas infinitas, ella prefería quedarse en casa o en lo que quedaba de la casa de modas y coser vestidos y venderlos en el mercado negro. Eva, la joven mujer del chal de seda rojo, cuyas pertenencias cabían en una lata de conservas, había demostrado ser una ayudante habilidosa y deshacía sin cesar jerséis viejos para utilizar la lana y hacer algo nuevo con ella. La pequeña Rieke estaba a menudo en la tienda, ovillaba la lana y hacía a Eva todas las preguntas que Lisbeth evitaba.

—¿Dónde vivías antes? —preguntó la pequeña un día.

—En un palacio precioso con paredes y techos de paja —respondió Eva.

—¡Pero si los palacios no tienen paredes ni techos de paja!

—Rumpelstiltskin, el enano saltarín, convertía la paja en oro.

—Rumpelstiltskin es malo.

Eva adoptó una mirada reflexiva.

—¿Estás segura de eso? No deberías creerte todo lo que te digan.

—Rumpelstiltskin tiene la nariz ganchuda y mira de forma rara.

—Pues conmigo siempre fue muy amable y su nariz era muy bonita. De hecho, fue su hermana la que me regaló el chal de seda rojo.

—¿Rumpelstiltskin tenía una hermana? —preguntó Rieke con excitación.

—Basta ya —intervino Lisbeth entonces.

Rieke dormía mal y hablar de Rumpelstiltskin no mejoraría las cosas. Además, el pasado carecía de valor, tanto el de ella como el de Eva. Lo único que contaba era el futuro y para tener un futuro ella debía coser tantos vestidos como pudiera.

Incluso la anciana Frieda ayudaba. En la revista para mujeres *Der Regenbogen* había leído cómo teñir una tela de color rojo carmín.

—Hay que sumergirla en una decocción de remolacha —le había explicado a Lisbeth.

—¿Y de dónde vamos a sacar remolacha? —le había preguntado Lisbeth.

Frieda se había encogido de hombros y había proseguido con su peculiar acento hessiano:

—Pero tenemos espinacas. Eso dará un verde bonito.

Más adelante, al ver ese líquido, Alma había comentado con escepticismo:

—Ese verde no es bonito, parece diarrea de Frau Käthe.

—Pues si no quieres meter la tela ahí, mejor te bebes la decocción tú misma —había contestado Frieda ofendida—. Entonces veremos quién tendrá diarrea.

De hecho, lo difícil no era teñir, sino lograr que el tinte no se fuera con el lavado. Para ello la tela teñida tenía que permanecer por lo menos una hora en un mordiente de alumbre, y no era precisamente un desafío fácil lograr que durante ese rato Rieke y Martin no cayeran en el mordiente ni se les ocurriera bañar en él a la muñeca de un ojo. De hecho, Alma era la encargada de vigilar que tal cosa no ocurriera, pero ella prefería filosofar sobre el matriarcado como requisito para la paz mundial.

—Mira, ahora seré yo quien te cuente una cosa —le replicó Frieda un día con acritud—. Cuando yo era pequeña se decía que había que ser fiel al emperador. Y, entonces, el imperio cayó y todo el mundo dijo que había que ser un republicano orgulloso. Entonces, la república cayó y todo el mundo dijo que había que honrar al Führer. Ahora soy vieja y no estoy dispuesta a cambiar de opinión otra vez, con o sin matriarcatados, o como se llame.

Alma la miró indignada y se volvió hacia Lisbeth:

—Di algo.

—Solo si prometes que vigilarás a los niños mientras salgo a vender ropa.

Aquello, por lo demás, no era tan fácil como se podía pensar. Ella había creído que la gente siempre necesitaría algo para vestirse, pero había constatado que, en caso de dudas, la gente en Fráncfort prefería helarse a pasar hambre. Solo cuando se empezó a servir sopa en los primeros comedores sociales, aumentó la necesidad de abrigos calientes para el invierno. Lisbeth había vendido los primeros demasiado baratos y desde entonces había encargado la venta de ropa a Klara Cuervo.

Esta seguía con la vista clavada en el vestido. Lisbeth se apresuró a cubrirlo con el abrigo porque no quería cedérselo sin pensar.

—¿Qué tienes para pagarme? —preguntó impaciente.

—Información —le dijo Klara Cuervo con picardía—. En la vieja tienda del zapatero Pröll, en Holzgraben, hay una gran cantidad de cuero.

—No compro lo que no veo.

La risa se volvió incluso más maliciosa.

—Cerca de la plaza Konstablerwache hay una vieja sastrería, pero ya hay sastre. Por lo menos hay dos máquinas a pedal que se podrían arreglar.

—No compro lo que no veo —repitió Lisbeth.

Klara Cuervo le dio una palmadita en el hombro muy contenta.

—¡Qué bien que por fin hayas aprendido a no creer todo lo que te digo!

Al principio Lisbeth caía a menudo en esas trampas; entretanto sabía que la información apenas tenía valor como tampoco lo tenía la solidaridad entre mujeres.

—Bien —dijo entonces Klara Cuervo y sacó algo que le hizo brillar los ojos a Lisbeth: dos cintas de goma y varios broches de presión. Con todo, se esforzó por adoptar una expresión de indiferencia, volvió a cerrar el saco y se dio la vuelta sin decir nada.

—¡Aguarda! —exclamó Klara Cuervo a sus espaldas.

—En la central de intercambio norteamericana de la Kaiserstraße me dan grasa y panceta a cambio de la ropa.

—¡Aguarda! —volvió a exclamar la otra—. Esas botas del ejército que te conseguí la última vez. Te van bien, ¿verdad?

Las botas del ejército le iban tan grandes que Lisbeth solo las podía llevar con zapatillas de fieltro.

—No necesito otro par —dijo con frialdad.

—¿Y qué me dices de esto? —preguntó Klara Cuervo mostrándole dos paquetes de cigarrillos.

—¿Desde cuándo traficas con Chesterfield? —preguntó Lisbeth con asombro.

—No son Chesterfield, solo lo parecen. He cultivado tabaco en el parque Rothschild.

—¿Y de dónde has sacado el papel para liar los cigarrillos?

—Oh, vaya, robé un libro de cantos en la Liebfrauenkirche. Es decir, puedes fumarte uno y cantar a la vez el himno *Großer Gott wir loben dich.*

Lisbeth no fumaba y solo había ido a la iglesia cuando a Richard le había apetecido. Pero con los cigarrillos podría conseguir algunas hogazas de pan. Dudó en quedarse uno de los paquetes y lo olisqueó con desconfianza.

—¿Es tabaco de verdad? ¿No es estiércol de caballo?

—¿Acaso crees que te mentiría?

—Sí —afirmó Lisbeth con rotundidad.

—Bueno...

Klara Cuervo sacó uno de los cigarrillos del paquete y lo partió en dos. Lo que asomó del papel del libro de cantos tenía un aspecto... no como el de estiércol de caballo, pero sí el de ratón. Con todo, olía a tabaco.

—¿Cuántos cigarrillos de estos tienes?

—Depende de si vas a ofrecerme algo más que no sean vestidos y abrigos.

—¿Qué te parecerían unos guantes? La semana próxima estarán listos.

Klara Cuervo dejó escapar un silbido de admiración. En una ciudad donde lo único que sobraba eran cascotes y con muy pocos caballos para tirar de los carros cargados de escombros, los guantes eran tan preciados como los cigarrillos. Las mujeres que llevaban los carros a las hondonadas y a los cráteres de bomba a veces se peleaban por ellos; era mejor tener un ojo morado a tener siempre las manos laceradas.

—Sesenta cigarrillos a cambio de cinco pares de guantes.

—Cuatro pares.

—Si pasado mañana los tienes listos.

Lisbeth asintió, miró a su alrededor, sacó la mercancía del saco y le dijo a Klara Cuervo que le daría el vestido junto con los guantes. Sopesó ocultar los cigarrillos bajo los trozos de carbón, pero cambió de idea y se inclinó para esconderlos entre las zapatillas de fieltro y las botas militares. Eso le llevó un rato e, incluso cuando hubo terminado, se quedó agachada contemplando ese calzado aparatoso.

Los recuerdos se precipitaron sobre ella como aves carroñeras, como si quisieran aprovecharse de su postura inclinada para embestirla. Y el instante preciso para defenderse de ellos ya había pasado.

Andar con botas militares era casi tan difícil como deslizarse con patines. Esos patines que había llevado en su primera cita con Richard. Él era el hijo de un proveedor de telas; alto, piel oscura, culto. Reservado, pero no tímido. Seguro de sí mismo, pero no arrogante. Atractivo, pero no de una belleza relamida. Iba a la Casa de Modas König con más asiduidad de la necesaria, y las vendedoras soltaban risitas y le daban golpecitos a Lisbeth. A ella no le parecía que fuera nada para reírse, ni para cuchichear en secreto, ni para sonrojarse. Para ella era natural sonreírle a Richard, hablar con él y finalmente aceptar una invitación para ir juntos a la pista de patinaje Mosler. Se encontraba entre los puentes de Untermain y Friedensbrücke, en un jardín que olía como en ningún otro sitio de Fráncfort: a cedro, a laurel, a limoneros y a higueras.

Lisbeth no tenía patines propios y tuvo que alquilar unos a cambio de una prenda.

—Es que... yo no llevo nada de valor —había dicho.

Nunca le había gustado llevar joyas, ni siquiera llevaba en el pelo la peineta con forma de mariposa que hacía tiempo le había regalado Frieda, la cual entonces aún no era su criada sino la gobernanta de la casa de Georg König.

—Entonces quítese alguna prenda —recibió como respuesta.

Richard frunció sus cejas espesas.

—¿Se supone que la señora debería desnudarse? —preguntó él.

Lisbeth se había echado a reír, no por lo de desnudarse, sino porque él la hubiera llamado señora.

—¿Aceptarían esto? —se había apresurado a decir—. No lo necesito para patinar.

Y entonces se quitó el pañuelo negro con nudo de cuero que llevaba a diario al cuello durante los años en que había formado parte de la BDM, la Liga de Muchachas Alemanas. Richard lo miró pensativo y musitó:

—Tampoco te queda muy bien.

Fue la primera vez que hablaron de política. De hecho, después de aquella observación por parte de él, en vez de hablar callaron, y ella pensó que tal vez él no fuera un nazi convencido y, algo aún más inquietante, que tal vez la BDM no fuera realmente tan importante para ella como creía.

Cuando al cabo de un rato empezaron a patinar Lisbeth aparcó esas cavilaciones y se centró en cada paso que daba. En rigor, el único que patinó fue Richard; ella solo dio una sucesión de tropiezos patosos. Él la sostenía para que no se cayera con fuerza sobre el trasero; un mechón de pelo oscuro le caía sobre la frente.

—Vamos, yo te enseño. Algún día incluso lograrás hacer el ángel.

—¡Nunca en la vida!

—Yo te aguanto.

—Pero me da miedo.

—¡Cuidado, que vienen las ranas!

Lisbeth dio un respingo. La voz que advertía de las ranas no era parte de sus recuerdos. Se incorporó y las imágenes del pasado se desvanecieron. En su lugar vio cómo un hombre pasaba raudo a su lado: era Chesty, el dentista. Klara Cuervo hacía rato que había desaparecido, y también los demás vendedores del mercado negro se desvanecieron cuando a lo lejos asomó una tropa de americanos enfundados en sus uniformes.

«¿Por qué los llamarán ranas?», pensó Lisbeth. Los uniformes no eran verdes, sino más bien marrones. Al ver que, a esa hora, en el crepúsculo, parecían incluso grises, cayó en la cuenta de que la noche pronto caería y que en la ciudad volvería a haber toque de queda. De todos modos, aunque estuviera permitido deambular por las calles en la oscuridad, lo que sí era delito era traficar en el mercado negro.

Lisbeth dio un paso; después de haber permanecido un buen rato agachada, le sobrevino un mareo. Esa maldita hambre. Dio un segundo paso, y el mundo pareció girar como entonces en la pista de patinaje Mosler, cuando se había atrevido a hacer sus primeras piruetas. A pesar del firme apoyo de Richard, más de una vez había caído al suelo y también en esa ocasión cayó de rodillas, pero se levantó sin hacer caso del intenso dolor.

—*Is this yours, frollein?*

Aquella voz no podía ignorarla. Ni tampoco al americano que le mostraba un cigarrillo delante de las narices. ¿Sería uno de los que Klara Cuervo había liado con la hoja del libro de himnos religiosos? Fuera como fuese, a Lisbeth en ese instante le habría gustado entonar aquel que decía: «*Hilf uns, Herr, aus aller Not*», para pedir ayuda a Dios.

—*N..., n..., no* —farfulló en cambio—. No es mío. *Not mine.*

Esas palabras las sabía por un librito que se había repartido por Fráncfort al final de la guerra. Contenía cien palabras en inglés. Con ese papel también se podían liar cigarrillos, se dijo, aunque en ese momento lo único que se estaba liando era en perjuicio suyo.

—*Sure?* —preguntó el hombre.

Ella asintió.

—*Your name?*

—Lisbeth Werder, König de soltera.

Fue a abrirse paso y zafarse del soldado americano cuando volvió la vista al suelo y vio lo que él posiblemente llevaba viendo todo el rato. En un pie ella solo llevaba la zapatilla de fieltro. La bota militar de la que se había escapado se había ladeado y los cigarrillos estaban esparcidos por la calle.

No son auténticos, quiso decir. Son de estiércol de caballo. Pero en ese librito no figuraba la palabra para designar el estiércol de caballo en inglés y sabía que las mentiras no mejorarían su situación. Huir tampoco la arreglaría, pero no podía hacer otra cosa y se echó a correr.

Por desgracia, ahí demostró ser tan torpe como en esa pista de patinaje. Aunque no vio contra qué exactamente había tropezado, al caer notó que las piernas se elevaban por el aire.

«Esta podría ser también una variante de la figura del ángel», se dijo.

La casa IG-Farben, que estaba ocupada por la administración militar estadounidense, había sido construida diez años antes del estallido de la guerra y sin embargo parecía haber anticipado que un día el mundo se convertiría en un montón de escombros. Aunque tenía las paredes intactas, la fachada era del mismo color gris mortecino que la nube de polvo que pendía sobre Fráncfort.

Aunque lo parezca, no es una cárcel, se intentaba convencer Lisbeth. Sin embargo, la maraña de letreros con numerosas abreviaturas militares por los que pasaba reforzaba su pánico a desaparecer para siempre en un calabozo subterráneo.

Tonterías. Los americanos no hacían desaparecer a la gente sin más. Y no, desde luego, a una mujer joven por un par de cigarrillos. Ni la Gestapo en sus tiempos había hecho desaparecer a Alma, y eso que era una odiada socialista y feminista. Apenas la habían retenido unos días, aunque fueron suficientes para quebrarla.

—Por lo menos solo lograron romperme en dos y no en mil pedazos —solía afirmar con tono lapidario. Sus ojos, entretanto, permitían entrever lo que su boca no admitía—. Ahora solo una parte de mí sueña con un mundo mejor; la otra, tiene pesadillas de un mundo aún peor.

Lisbeth nunca se había atrevido a preguntarle lo ocurrido durante esos días. En realidad, se dijo a sí misma mientras contemplaba el edificio gris fundiéndose con el cielo grisáceo, nunca había querido preguntar. Porque aquellos días no solo habían cambiado la vida de Alma, sino la de Fanny, la de su padre... y la suya.

Reprimió los recuerdos y lo consiguió. En cambio, el miedo vago seguía latiendo en su interior.

—¿Tú qué has hecho? —oyó que preguntaba una mujer en voz baja.

Ella se sentía la garganta demasiado oprimida como para articular más de una palabra.

—Cigarrillos —murmuró.

Antes de que la otra pudiera decir algo al respecto, la camioneta descubierta que las había llevado al edificio de la administración militar se detuvo. Una voz les ordenó que bajaran una por una, y Lisbeth sintió el intenso hedor del humo de escape. Buscaba a su alrededor a la mujer que le había preguntado cuando otra le recomendó con desparpajo:

—Haz todo lo que te digan. Inclina la cabeza, muéstrate arrepentida, responde amablemente a sus preguntas y todo irá bien.

—Para nada. —La voz suave susurró de nuevo. Era de una mujer mayor cuyo rostro prácticamente quedaba escondido tras una mata de pelo gris—. En Hamburgo una mujer a la que pillaron con cuarenta cigarrillos estuvo tres semanas en la cárcel.

¡Tres semanas! Eso sería una eternidad para Martin y Rieke.

—Yo... tengo niños pequeños...

Nadie le hizo caso.

—Hamburgo depende de los británicos —explicó la otra mujer con una voz más aguda, pero con un mensaje esperanzador—. Los británicos son más estrictos.

—Para nada —replicó la anciana de nuevo—. Los americanos quieren dar ejemplo. A mí me han detenido por un simple saco de patatas.

—A mí, por una bicicleta. Pero, por mí, que me encarcelen. Mientras no dejen morir de hambre a los detenidos y luego me devuelvan la bicicleta...

—Sigue soñando. Sin el permiso de la administración militar no puedes tener ninguna, ni siquiera cambiar de casa.

Lisbeth era incapaz de recuperar el habla y aportar algo a la conversación, pero cuando alguien la tentó para buscarle la mano, ella la apretó con fuerza, sin saber si era la de la mujer de voz aguda o la de la voz suave. Lo importante era no tener que avanzar sola a trompicones por el pasillo, bajar luego unos escalones y, en algún momento, ir a parar a una estancia sobria de paredes desnudas. Solo levantó la cabeza al llegar, pero la volvió a bajar de inmediato al ver al soldado americano que esperaba ahí. «Un negro», se dijo. No era el primero que veía, pero sí el primero al que podía observar de cerca.

«Te vienen ganas de pasarles el cepillo hasta que cojan de nuevo el tono blanco», había dicho en una ocasión Frieda.

«¡Menuda tontería! —había replicado Alma—. Tampoco se te ocurriría restregar el cabo de cola de Frau Käthe para que se volviera blanco».

Hacía poco Rieke había intentado hacer un sombrerito para ese cabo de cola; con solo pensarlo, Lisbeth sintió un amargo nudo en la garganta. Aunque de nuevo las piernas le amenazaban con fallar, se acercó con un traspié al soldado negro.

—Tengo que volver a casa con los niños... Solo me tienen a mí. Su padre... Su padre se...

Se ha ido, quiso decir, pero no era cierto. Richard no se había ido. Había desaparecido. Ni siquiera había podido enviar una postal de veinticinco palabras, como sí había hecho Michael, un amigo de él, con la ayuda de la Cruz Roja desde un campo ruso. Lisbeth envidiaba a la esposa de Michael esas veinticinco palabras.

El soldado mostró los dientes. Tal vez eso era una sonrisa.

—*Frollein* guapa.

Lisbeth había oído historias de mujeres que se arrojaban en brazos de los soldados americanos y bailaban con ellos en unos locales de música donde, según decía Alma, se tocaba jazz. Frieda lo veía de otro modo.

«¿Sabéis lo que es esa música? —preguntó en su peculiar dialecto—. Música de monos. Y esas mujeres, guste o no, son putas».

Lisbeth no había dicho nada. Ni siquiera sabía si había pensado algo. En ese momento, de forma involuntaria, se desabrochó el abrigo para mostrar el vestido..., el vestido de tela sedosa de paracaídas con una falda de tul hecha de tela de mosquitera.

—*Frollein* guapa —repitió el hombre.

—Lo que quiere decir es que te sientes —dijo una de las dos mujeres con las que había entrado—. Pero él solo sabe decir estas dos palabras de alemán.

Entre las escasas palabras en inglés que ella sabía pronunciar, inculcadas a la población en los últimos días de la guerra, estaban: *ai surrender*. Me rindo.

Las susurró mientras se sentaba; al rato notó de nuevo una mano, aunque esta vez no era de alguna de las mujeres, sino del soldado. No volvió a llamarla «chica guapa» por tercera vez, pero la hizo levantar, la sacó al pasillo y finalmente la llevó a una habitación oscura en la que ella no habría podido ver la expresión de su cara ni aunque él hubiera tenido la piel blanca.

—¿Q..., qué? —farfulló ella.

De pronto una luz intensa se encendió ante sus ojos y la deslumbró. Ella parpadeó y el foco de luz pasó de su cara a su pecho. Sin embargo, durante un rato ella solo distinguió siluetas, no solo la del soldado negro, sino la de otro hombre que estaba sentado detrás de una mesa estrecha y que le ordenó que se sentara con un gesto de la mano. Al hacerlo, ella volvió a quedar deslumbrada, y el hombre movió la lámpara. Su mirada se posó entonces en las manos de él: no estaban laceradas, ni enrojecidas; eran lisas, bien proporcionadas, cuidadas. Unas manos sin marca de guerra. Unas manos que ella reconoció.

Lisbeth levantó la mirada y se encontró con un rostro que, pese a ser de pómulos acentuados, no era huesudo como el de los ciudadanos de Fráncfort. Era una cara que tampoco tenía marca de guerra. Ella también reconoció ese semblante.

Él no llevaba uniforme, llevaba un traje gris. El mismo o, por lo menos, muy similar al de la última vez que lo había visto, cuando él la había sostenido para que no cayera. ¿Había sido casualidad? ¿Había sido adrede? ¿Era casual, o era adrede que él ahora estuviera ante ella? Solo podía ser casualidad porque, de no ser así, no habría pasado medio año entre ambos encuentros.

Ella se restregó intranquila los nudillos entre sí. Le costaba tragar saliva.

—No tema.

Su voz era aterciopelada y, aunque también la otra vez él se había dirigido a ella —diciéndole que debía echar sal y luego que la arena en vez de sal también servía—, no la reconoció. Solo sabía que aquella voz le provocaba una profunda ira.

«No tema». Decir eso era tan estúpido como decir: «No tenga frío», o: «No pase hambre». Ella seguiría teniendo frío, seguiría pasando hambre y seguiría sintiendo miedo incluso entonces, mientras le sostenía la mirada.

Él se inclinó hacia adelante; un mechón de pelo, que bajo la luz de neón parecía carecer de color, pero que iluminado por el sol seguramente era rubio, le cayó en la frente. Él se lo apartó. La rabia de ella fue en aumento. Aquel gesto le pareció insultante, no menos que la mesa estrecha que había entre ellos: era como si la separación entre ellos fuera mínima, y no el abismo profundo entre quienes aún vivían y los que apenas podían sobrevivir.

—No tema... —repitió el hombre con la voz de quien nunca ha gritado, ni ha gemido, ni ha tenido que jurar fidelidad en falso ni maldecido de verdad. Con una voz capaz aún de cantar, que no necesitaba saber que las hojas de los cantorales podían servir como papel para liar cigarrillos.

—¡Por supuesto que tengo que temer! —se quejó Lisbeth—. He traficado en el mercado negro y eso está prohibido.

Aquella rabia suya no solo era inútil, era idiota. ¡Apenas había empezado el interrogatorio y ella ya había admitido el delito!

—Pero esos cigarrillos no eran Chesterfield —añadió con pesar, sin saber si eso podía mejorar o empeorar su situación.

—Sí. Estos de aquí sí son Chesterfield —dijo el hombre. Sacó un cigarrillo del paquete que estaba sobre la mesa y se lo pasó—. Vamos. Puede fumarse uno.

Su boca dibujó esa sonrisa torcida que ella ya conocía de su primer encuentro. Aunque le hizo parecer más despreocupado y juvenil, esta vez no provocó ninguna nostalgia en ella. La nostalgia era tan inútil como la ira; tal vez solo la burla podía resquebrajar ese semblante.

—Me han quitado ustedes cuarenta cigarrillos y ahora me regalan uno. ¿Y les sorprende que trafiquemos en el mercado negro?

De nuevo había hablado sin pensar. ¿Por qué había dicho cuarenta cigarrillos y no treinta, o veinte?

—¿Y qué ha dado usted a cambio de cuarenta cigarrillos? —preguntó él mientras se encendía el cigarrillo y le daba una calada, sin toser, sin esa ansiedad con que la gente de Fráncfort se arrojaba a los cigarrillos como si los quisiera devorar.

En lugar de responder de inmediato, Lisbeth se soltó el cinturón del abrigo, se inclinó, notó que la mirada de él descendía un poco y sintió otra emoción inútil y, de hecho, ridícula: la complacencia en el mal ajeno. Porque estaba demasiado delgada para tener pechos y él, por tanto, no podía admirarlos con lascivia.

No se puede tener todo, pequeño.

—Yo coso —dijo sin más.

—¿Es usted modista?

—Mi familia es propietaria de una casa de modas, bueno, en realidad es mía. Mi padre ha muerto y mi marido está desaparecido. Pero aún no tengo...

Esta vez se interrumpió antes de precipitarse y añadir que no tenía el permiso oficial para llevar un negocio; que no estaba dispuesta a hacer colas infinitas ni quería exponerse a las vejaciones de los americanos; que en todas partes se rumoreaba de profesores, policías, empleados de banca que habían perdido su trabajo por haber sido nazis, mientras que las centrales eléctricas aceptaban como empleados incluso a criminales de guerra. Pero la electricidad era necesaria. Más que las casas de moda. Aunque la gente no podía ir desnuda por la calle, y ella no había sido nazi, no, al menos, una nazi de verdad. En su tiempo había dejado la pañoleta de color negro en la pista de patinaje Mosler y lo que años antes, en el fragor de una discusión, le había dicho a Fanny no contaba de verdad. Y tampoco contaba lo que luego había hecho de pura rabia contra su madre. No lo había hecho para complacer al Führer, solo para hacerle daño a Fanny. Con todo, la sombra oscura que desde entonces le oscurecía el alma era pequeña en comparación con la decepción por esa madre infiel y egoísta que...

¡Cielos, su libertad estaba en juego y ella pensaba en Fanny!

—¿Cuándo voy a poder marcharme? —preguntó sin más.

De la boca de él salieron unos aros de humo, perfectos, como él.

—Depende de cuándo termine yo el interrogatorio.

—¿Por qué habla tan bien alemán?

—No me ha entendido. Yo soy quien hace las preguntas, no usted. —Su tono de voz era más de burla que de reprimenda; otra demostración, por lo tanto, de que jugaba a un juego del que se sabía vencedor mientras que ella ni siquiera conocía las normas. Lisbeth apartó la mirada de los aros de humo y la posó en las manos de él. Una sostenía el cigarrillo; la otra abrió una libretita cuya cubierta de piel era casi obscenamente lisa y sin manchas. En ese instante cayó en la cuenta de que en los últimos meses no solo no había visto a nadie completamente ileso, sino que tampoco había visto ningún libro entero tal y como le gustaban a Richard. Intentó descifrar alguna de las palabras que contenía, aunque no le sirvió de nada: habría jurado que no había nada sobre veinte, treinta o cuarenta cigarrillos. Por lo tanto, supuso que a él le interesaba algo que no era culparla por vender en el mercado negro.

—De todos modos —siguió diciendo él—, aunque yo haga las preguntas eso no significa que no quiera granjearme su confianza. Debería presentarme. Me llamo Conrad Wilkes, soy periodista, y trabajo para el *New York Times*. Hablo tan bien el alemán porque mi abuelo era de la Selva Negra, y esta, a su vez, es la razón por la que fui escogido como corresponsal del periódico.

—Entiendo —dijo Lisbeth. En realidad, no entendía nada.

De pronto lamentó haber rechazado el cigarrillo. Ese humo caliente tal vez habría podido retirar la niebla en la que repentinamente su mente parecía estar sumida.

—De hecho, me enviaron a Núremberg —siguió diciendo él—. Pero desde que empezó el proceso allí todo el mundo quiere ir a esa ciudad. Yo, en cambio, me dije: ¿por qué escribir solo de los alemanes que están sentados en el banquillo de los acusados y a los que todo el mundo señala con el dedo? ¿Por qué no hablar sobre el hombre normal y corriente? Sobre lo que hizo en la guerra, lo que creía y lo que piensa ahora al respecto. Esto da abundantes historias sensacionales.

Abundantes.

Así pues, ese periodista americano creía que, además de los escombros, había algo que también era abundante; aunque de los escombros se podía levantar una ciudad nueva, mientras que de la culpa, que a pesar de que no lastimaba las manos sí hería el alma, no se podía levantar nada.

Y sensacionales.

Como si lo ocurrido fuera una de las películas que se exhibían en los cines que ella no había vuelto a pisar desde que había visto *Charlie, el acróbata* en la noche del bombardeo.

—¿Así que usted quiere escribir sobre el hombre normal y corriente? —preguntó con voz ronca, aunque no agónica—. Yo solo soy una mujer normal y corriente.

—Me sirve lo mismo —respondió él con el mismo tono de voz solícito con que Martin le había propuesto a Rieke lavar a Espantajo en el mordiente. Martin no sabía lo peligroso que era el mordiente, que quemaba, que abrasaba; igualmente ese hombre no parecía saber lo peligrosa que era la vida después de la guerra, que atormentaba, que aniquilaba.

—En cuanto llegué a Fráncfort le pedí a la camarera del hotel donde me alojo que me abriera la maleta —siguió diciendo Conrad Wilkes con tono jovial—. Se negó en redondo, pero no, al menos, a hablar conmigo. Admitió con sinceridad que ella me considera su enemigo y que no piensa arreglar nunca mi habitación. Claro que yo me habría podido quejar, pero temí que, de hacerlo, ella habría escupido en el vaso con el que me lavo los dientes y no quedan muchos vasos que no estén rotos. Cuando salgo de noche con mis colegas, a menudo ellos se sirven el whisky en latas vacías o incluso en un jarrón.

Su voz parecía aún más despreocupada, como si la habilidad en la que ella había alcanzado la maestría, esto es, la de transformar objetos viejos y darles un nuevo uso, fuera solo una competición y no formara parte de la lucha por sobrevivir.

—Creía que todos sus colegas estaban en Núremberg —dijo Lisbeth con tono glacial—. ¿Cómo puede usted tomar whisky aquí?

—Bueno —admitió él—, hay excepciones. Hace poco uno de mis colegas regresó de Weimar. Informó de que allí a la población se la hizo ir al campo de concentración y se la obligó a contemplar los montones de cadáveres. Después de aquello la gente estaba indignada. No por los campos de concentración, sino por la crueldad de los americanos.

Entonces su voz ya no parecía divertida, sino incrédula, como si la falta de compasión de la gente fuera un animal exótico que uno contempla con asombro en el zoo después de haber creído durante años que solo existía en los cuentos.

Lisbeth no quería ser ningún animal de zoo.

—Yo no sé nada de esas cosas —se limitó a decir.

—¿De los campos de concentración, o de por qué se obligó a la gente de Weimar a contemplar los cadáveres?

Lisbeth se encogió de hombros y le sostuvo la mirada, contenta por no haber satisfecho su curiosidad indisimulada.

—Hace poco hablé con un hombre al que le faltan el brazo y la pierna derechos —siguió Conrad Wilkes, otra vez con cierto tono sensacionalista, como si estuviera describiendo una cebra con trompa o una jirafa con cuernos en la frente—. Sin embargo, él me contó que los alemanes nunca han sido un pueblo tan feliz como con Hitler. Ese hombre eliminó la afrenta del Tratado de Versalles y, si se lo hubieran permitido, habría doblegado a los bolcheviques, habría exterminado a la plaga judía y habría conseguido la paz eterna. ¿Qué opina usted?

«Nada que puedas escribir con esa bonita caligrafía en tu cuadernito», pensaba Lisbeth mientras guardaba un silencio obstinado.

—Volverá un tiempo en el que Alemania será temida, me dijo el hombre. Él, por cierto, estaba encargado de vigilar a las mujeres que retiran escombros. Al faltarle la pierna y el brazo, no podía hacer nada, pero aun así daba órdenes a las mujeres con tono autoritario y las reprendía cada vez que se interrumpían las cadenas humanas. ¿No le parece injusto que alguien como ese tipo pueda seguir dando órdenes?

Esta vez ella no calló.

—¿Y qué parte de la justicia, de existir, me serviría para cocinar y que mis hijos pudieran comer? ¿O para coser y que no pasaran frío? Si tuviera que escoger entre un saco de carbón y la justicia, yo me quedaría con el saco. —No sabía lo que le había provocado ese arrebato. Solo sabía que era una sensación agradable hablar de carbón a la vista de ese traje de color gris claro, la libretita fina y los rizos rubios rojizos—. El carbón no solo sirve para calentar —siguió diciendo—. Antes mi tía Alma usaba un saco de carbón como silla porque no le quedaba ninguna entera e invitaba a sus visitas a sentarse en él.

De nuevo no sabía por qué las palabras le brotaban de los labios con tantas ganas, pero sabía que era una sensación agradable hablar de mujeres como Alma, de mujeres como Klara Hartmann y también de aquellas que eran como ella: escuálidas, laceradas, humilladas y enfrentadas a la nada. Unas mujeres que, aun así, eran capaces de escarbar en la nada hasta hacerse con unas migajas.

—Entiendo —dijo Conrad Wilkes. El cigarrillo se le había apagado porque llevaba rato sin darle ninguna calada—. Bueno, en realidad, me gustaría entenderlo —añadió en voz baja.

De pronto de su voz había desaparecido la curiosidad, el sensacionalismo y la arrogancia; parecía sincero y, además —y tal vez eso fuera lo más difícil de entender—, quería escuchar, no temía echarle un vistazo al abismo donde yacían putrefactos mucho más que cebras con trompa y jirafas con cuernos—. Me gustaría entender por qué unas mujeres fuertes y orgullosas estuvieron dispuestas a limitar todas sus aspiraciones al deseo de darle al Führer carne de cañón —añadió.

De pronto Lisbeth se sintió tremendamente cansada.

—Siempre he sabido más de moda que de política. Soy capaz de hacerle un traje nuevo, pero no puedo explicarle qué ocurrió ni por qué.

—¿Un traje nuevo? —preguntó—. Bueno, tal vez le tome la palabra.

Ella no estaba tan cansada como para no recordar lo que había aprendido con Klara Cuervo: negociar, regatear, engañar.

—¿Qué obtendría yo a cambio del traje nuevo? —preguntó expectante.

—¿Cornflakes y chicles para sus dos hijos?

Lisbeth se quedó atónita. ¿Por qué sabía que tenía dos? Antes solo había mencionado que tenía hijos, pero no cuántos. ¿Había sido realmente casual que en otro momento él hubiera estado rondando por su casa y que ahora se hubieran vuelto a encontrar?

Aunque su desconfianza iba en aumento, no cejó.

—¿Y qué son *cornflakes* y chicles? —quiso saber.

—Los *cornflakes* son copos de maíz; se mezclan con la leche y se toman para desayunar. Y los chicles... Mmm, ¿cómo se lo explico? Es una masa de sabor dulce que solo se masca, no se traga.

Por lo tanto, algo parecido a nuestra vida. Aunque esta tiene un sabor amargo y, por mucho que te esfuerces, nunca llegas a estar contento con ella.

—¿De qué sirve algo que no llena?

—¡Oh! A sus hijos los chicles les encantarán. ¿Y si pudiera conseguirle además el permiso para volver a abrir la casa de modas? Eso, claro está, siempre y cuando usted esté dispuesta a encontrarse más a menudo conmigo y a contestar varias preguntas.

Con solo pensar en no tener que vender su ropa en la estación, se sintió muy contenta, pero no lo dejó entrever.

«Por mí, masca chicles —se dijo—, pero conmigo vas a pinchar en hueso. Antes de que descubras lo que le dije entonces a Fanny y lo que hice después para castigarla, yo ya habré averiguado qué quieres exactamente de mí».

Rieke

1971

*S*ilke, mi cuñada, me soltó el humo del cigarrillo en la cara. Saltaba a la vista que lo había hecho adrede mientras yo discretamente abría en batiente la ventana de la cocina.

—Hay corriente —dijo ella y sonrió.

O, al menos, eso parecía cuando curvaba los labios. Al hacerlo, el resto de la cara se mantenía inmutable, por lo que nunca se podía tener la certeza de si se divertía o estaba enojada. Era una mujer menuda y delgada, pelirroja, con pecas. Joachim, mi marido, decía que le recordaba a un elfo. Nunca le contradije, pero yo en secreto la comparaba con un reptil sigiloso que, aunque mudara a menudo la piel, siempre conservaba la sangre bien fría.

—Hay corriente —repitió.

No hice ademán alguno de cerrar la ventana. Ella tampoco. No obstante, apagó el cigarrillo con actitud desafiante en una de las tazas de desayuno que ya tenía preparadas para la mañana siguiente. Aunque Joachim siempre ponía la mesa por la mañana mientras yo me ocupaba de Marlene, por la noche me encargaba de sacar la vajilla para que él, en lugar de poner el juego de café de la marca Auersperg que nos habían regalado cuando nos casamos, utilizara el barato de la casa Melitta. Resistí la tentación de limpiar la taza de inmediato.

—Pero, claro, seguro que tú no piensas lo mismo —añadió Silke con cierto tono desdeñoso.

—¿De la corriente? —pregunté con inocencia.

—No. De lo que te acabo de decir. De que nosotras, las mujeres, debemos apoyarnos.

—¿Por qué habría de tener una opinión distinta? Incluso he encubierto a Vera. Ni mamá, ni Joachim, ni Martin saben que ha dejado los estudios y que, en lugar de eso, quiere ser modelo.

Aunque ya habían pasado algunos meses del malogrado viaje a París, se me notó en la voz que seguía dolida.

—Sí, pero no lo haces porque sea mujer, sino porque es tu hermana. Martin, en cambio, es tu hermano mayor, tu héroe, el que siempre te protegía y al que no le ves más que las virtudes.

Lentamente empecé a intuir el sentido que iba a tomar esa conversación y sospeché que al final me vería en un terreno resbaladizo, uno tan delicado que no solo podría caerme en él sino hacerme daño de verdad. Silke llevaba para entonces cuatro años casada con mi hermano; en todas las charlas que manteníamos yo siempre tenía la sensación de estar cumplimentando un cuestionario de aptitud cuyas respuestas, tras ser analizadas, arrojarían un notable margen de mejora a los ojos de esa maldita cuñada porque nunca tomaba partido por completo a su favor.

—En realidad, él nunca me protegió, yo era quien lo hacía —la corregí—. Después de la guerra mamá se pasaba el día tiñendo ropa. Se suponía que la tía Alma debía vigilar que no cayésemos en el mordiente, pero la que impidió que Martin lo hiciera fui yo.

Con todo, no pude evitar que en una ocasión probara la decocción de remolacha. Se le puso la boca roja como si fuera un payaso y yo grité aterrada porque desde siempre los payasos me habían dado miedo, aunque no sé por qué.

A Silke no le interesaba la posguerra en general, ni la decocción de remolacha en particular.

—¿Y ahora tienes que protegerle de mí, de su malvada esposa?

De su cigarrillo se elevó un hilillo finísimo de humo. Me pregunté cómo podría yo desvanecerme del mismo modo.

Silke y Martin venían a casa de visita una vez al mes, siempre el primer martes; era una fecha realmente fácil de recordar, pero Joachim insistía en anotarla en el calendario familiar. Lo teníamos colgado sobre el teléfono y la cajita con papelitos para mensajes urgentes. Joachim, sin embargo, nunca apuntaba nada: en esos papelitos le dibujaba perritos a Marlene, o algo que pretendía ser un perro, pero que, en realidad, era más bien un camello agonizante.

En todo caso, yo agasajaba a mi hermano y a mi cuñada con regularidad. En esa ocasión había preparado un bufé frío: huevos rellenos, porque a Martin le gustaban mucho; rollitos de espárragos de lata con jamón, porque a Silke le gustaban mucho; una ensalada de lacitos de pasta con maíz y atún, porque a Joachim le gustaba mucho. Marlene quería salchichas en hojaldre, pero me había quedado sin masa y había hecho un *Mettigel,* carne recién picada en forma de erizo, con unas aceitunas que hacían de ojos y tiras de cebolla a modo de púas. Según Marlene, el erizo me había salido muy bonito, pero debía de estar asqueroso.

En algún momento, ella se había aburrido y había salido a jugar fuera. Yo la vigilaba de vez en cuando desde la ventana entreabierta. Vivíamos en Nordend, cerca del parque Günthersburg. El edificio antiguo donde teníamos nuestro piso de tres habitaciones estaba recién rehabilitado, algo que no podía decirse de la casa de al lado. Su aspecto era cada vez de mayor abandono. Delante de las ventanas había clavados unos tableros astillados, y la verja que rodeaba el terreno, que estaba invadido de cardos y ortigas, parecía un esqueleto.

«Es como si los rusos acabaran de marcharse», solía decir Joachim, quien, a diferencia de mí, había crecido en un pueblecito del Taunus que salió indemne de la guerra.

«Los rusos no ocuparon Fráncfort; fueron los americanos», le corregía yo siempre.

«Lo sé, mi querida niña de la guerra», respondía él cada vez mientras me besaba en ese punto delicado de detrás de la oreja.

Para Marlene y las hijas gemelas de los vecinos, que ya iban a primaria y cuidaban de ella a menudo, ese terreno también era el lugar ideal para jugar a aventuras. Como Marlene era demasiado pequeña para saltar a la goma, las niñas jugaban a las canicas. Me aliviaba poder confiar en las gemelas. Cuando Joachim cuidaba de Marlene a menudo la pequeña comía tanto arroz inflado de caja que luego le dolía la barriga.

Mientras yo me ocupaba de la comida, Joachim había puesto un disco, algo atroz, del tipo *Das Leben ist ein Karussell*, de Paola, o *Und die Sonne ist heiß*, de Costa Cordalis. No es que él quisiera escuchar eso de forma voluntaria, pero era su reacción a esa ocasión en que Martin se había burlado de sus gustos musicales tachándolos de conservadores.

«Con esto quedará bien servido», me había dicho Joachim con un brillo malicioso en los ojos, aunque nosotros también tuviésemos que soportar esas canciones de moda.

Joachim no tenía un gusto musical conservador. Carecía de él. No tenía ni gusto, ni, sobre todo, sentido del ritmo. En la escuela de baile de la plaza Hauptwache donde nos conocimos, él solía pisarme; por eso me pareció muy bien que en lugar de invitarme a ir a la cafetería con sala de baile para alumnos aventajados al cabo de un tiempo me llevara a fiestas más tranquilas, como las que organizaba la parroquia católica Liebfrauen, donde holgazaneábamos en los sofás y charlábamos durante horas. A Vera aquello le habría parecido aburrido porque, como tanta otra gente, ella confundía aburrimiento con tranquilidad.

Pero Joachim no era un hombre que llevara escrito: «¡Hola! ¡Aquí estoy!», en la frente, ni que llamara de inmediato la atención. Era un jovencito tímido, que me había pedido el primer baile con las manos sudorosas y que luego apenas había sido capaz de mirarme a los ojos. En medio de un chachachá con música de Hazy Osterwald se había inclinado hacia mí y me había susurrado: «¿Sabes que la profesora de baile no es francesa, ni se llama Girard, sino que es de Hesse y se llama Gerlinde Schoißwohl?». Eso me hizo soltar una carcajada muy sonora y la señora Schoißwohl nos dirigió una mirada severa que nos hizo reír a los dos...

Martin y Silke habían llegado con retraso; Martin estaba irritado y Silke, bastante nerviosa.

—¡Aquí es imposible encontrar aparcamiento! —se había lamentado Martin a Joachim.

—Se pasa el rato diciendo eso. ¡Como si yo tuviera la culpa! —se había quejado Silke—. ¿Acaso debería haber traído la podadora para acabar con las ortigas del terreno de vuestro vecino?

—De haber salido antes, habría encontrado sitio —había gruñido Martin.

—¿Y quién es el que llega tarde a casa del trabajo? —había replicado Silke. Ella, a diferencia de él, hablaba siempre en voz baja cuando se enfadaba.

—¡No os podéis figurar el lío que hay en la casa de modas!

En ese momento él había reparado en mi presencia. Había forzado una sonrisa y me había dado un beso sudoroso en la mejilla. Mi hermanito escuálido se había convertido en un hombre muy alto. El pelo oscuro, que había heredado de nuestro padre, se le había vuelto ralo y la mirada, inquieta; las mejillas, siempre las tenía rojas, porque la vida lo acuciaba... No, lo que le acuciaba eran las catástrofes... Y todas ellas siempre tenían algo que ver con la casa de modas.

—Si has aparcado en una zona de estacionamiento prohibido, puedo ir contigo y ayudarte a encontrar un sitio mejor —se había ofrecido Joachim para evitarle a Martin que la grúa se llevara su adorado Audi.

Con los dos hombres fuera, y Costa Cordalis cantando en un tono asombrosamente suave, Silke me había seguido a la cocina. Solo me quedaba preparar el ponche con macedonia de fruta de lata y una botella de Lambrusco.

—Ya debes de saber que en la planta baja de la galería Kaufhof se venden piñas frescas —había dicho. Luego había encendido el cigarrillo.

—¿Y tú sabes lo que cuestan?

—En todo caso, son más saludables.

—Piña con cigarrillo y fruta de lata sin cigarrillo viene a ser lo mismo.

—Bueno, vale, no te pongas tan respondona —había murmurado—. Las mujeres debemos apoyarnos entre nosotras.

E inmediatamente había soltado el reproche de que había corriente y de que yo siempre estaba a favor de Martin.

—¿Me ayudas a llevar las cosas al salón? —le pregunté para evitar la disputa y abreviar la charla.

Silke miró con desconfianza el erizo de carne y no hizo ademán alguno de coger el plato.

—¿Qué bicho es este?

—Un erizo de carne picada.

—Pues como poco parece que le hubiera atropellado un coche.

¿Quizá el Audi de Martin?, estuve a punto de decir. Pero me callé y me limité a llevar los huevos rellenos y los rollitos de espárrago al salón. Cuando regresé a la cocina, Silke seguía mirando el erizo.

—Tú y Joachim prácticamente nunca discutís —murmuró.

Si hubiera hablado con envidia, no habría dicho nada, pero percibí un deje triste, desconcertado, como si yo supiera cómo convertir ese marido que se quejaba de la falta de plazas de aparcamiento a veces, de la mala consistencia de la yema de un huevo frito a menudo, y de la Casa de Modas König casi siempre, en ese joven apasionado de otros tiempos que en alguna ocasión había anunciado: «Alguna vez daremos la vuelta al mundo en ochocientos días».

—Claro que discutimos —admití vacilante.

—No me lo imagino. Vosotros sois... —buscó un rato la palabra exacta—... una pareja muy armónica.

¿Silke conocía la diferencia entre aburrimiento y tranquilidad?

Me encogí de hombros.

—No nos ponemos de acuerdo en tener otro hijo. Y a veces eso es motivo de discusiones.

—Ya lo entiendo. Joachim quiere uno, y tú, no. —Era una constatación, no una pregunta, y, aunque tenía razón, me molestó. Podría haber sido justo al revés—. ¿Y por qué no? Tenéis un piso tan bonito.

De nuevo me encogí de hombros, pero esta vez cogí la taza de café, le quité la ceniza y la lavé de forma mecánica. No fue hasta que la empecé a secar con el trapo que dije:

—Marlene no tiene ni cuatro años.

—¡Por favor! ¡Si es la diferencia perfecta!

—¿Desde cuándo eres experta en esos temas?

Mi voz sonó más aguda de lo que pretendía, igual que en esa ocasión en que Silke me había preguntado cuándo iba a volver a trabajar. Sus palabras no habían sido ningún ataque, y tampoco esta vez les siguió ninguno.

—No sé si quiero tener hijos —dijo ella en voz baja—. Por eso hace poco tuve un aborto.

Guardé la taza de café en la estantería. Entonces caí en la cuenta de que era una tontería; de hecho, ya la había sacado para la mañana siguiente. Por eso la volví a sacar de la estantería. Silke tenía la vista clavada en el erizo de carne.

—Pero eso..., eso está prohibido, ¿no? —observé yo.

Tensó la comisura de los labios, que no llegaron a dibujar una sonrisa.

—¿Sabías que en este asunto aún rigen las leyes de la República de Weimar? ¿Que existe pena de cárcel de hasta cinco años?

No. No lo sabía. Y no sabía tampoco por qué Silke, pese a llevar años casada y a que Martin, por mucho que se quejara, ganaba lo suficiente para que ella se pudiera dedicar a pintar pañuelos de seda y a venderlos entre las amistades a precios irrisorios, no quería hijos.

—Bueno —siguió diciendo—. De hecho, el párrafo 218 es una espada de Damocles de filo romo. Hace tiempo que los socialistas lo quieren reformar. Pero ya se sabe que la política como siempre se inclina bajo la presión de la Iglesia. Lo que cuenta es que los sacerdotes estén contentos. ¿Qué importan las mujeres?

Su tono de voz suave no encajaba con su elección de palabras.

—Puede que finalmente haya algún cambio en el asunto —prosiguió—. ¿Has leído el artículo del *Stern*?

Negué con la cabeza.

—Casi cuatrocientas mujeres famosas han reconocido haber abortado.

—Como si eso fuera algo de lo que sentirse orgullosa —dije casi sin pensar.

—Era de esperar que, a ti, metida en ese pequeño mundo tan inexpugnable en el que vives, te pareciera también que el aborto es un asesinato.

—¿«También»? ¿Martin lo sabe?

—¿Por qué crees que últimamente no dejamos de discutir?

En ese momento en su voz no había agresividad; parecía profundamente afligida. Y entonces pensé en una serpiente, no por sus dientes ponzoñosos, sino porque resultaba difícil de asir y porque no se podía tener la certeza de que la piel que uno acariciaba no fuera la que había mudado hacía tiempo.

Sin embargo, le pasé la mano por el hombro.

—Todo se arreglará —dije a falta de mejor ocurrencia y a pesar de que una frase tan hueca no podría llenar un envoltorio vacío.

Al cabo de un rato saqué el erizo de carne al salón, y los hombres regresaron. Joachim elogió a Martin sobremanera por haberse podido meter en un sitio diminuto y, como siempre, Martin no notó su tono burlón. Por una vez, no tenía las mejillas arreboladas por el estrés sino por el halago.

Durante un rato, los hombres hablaron de coches y luego de decoración. Recientemente habíamos cambiado los muebles del salón; entre otras cosas, habíamos sustituido la alfombra persa por una de lana de pelo largo. «El tono marfil que combina de forma fabulosa con el papel pintado de tonos naranja y marrón», había elogiado el vendedor. A mí el tono marfil me parecía beis suave, pero lo importante era que había logrado quitar a Joachim de la cabeza la idea del papel pintado fotográfico. Me gustaba la idea de unas vacaciones con vistas al lago de Garda de verdad, pero no la idea de almorzar viendo uno de mentira. Con todo, no estaba segura de si la idea del papel pintado fotográfico con la imagen del lago de Garda —entretanto también se había hablado de un témpano de hielo del Antártico con pingüinos— no había sido una broma de Joachim.

Martin, cómo no, cuando salió el tema se lo tomó en serio.

—El papel pintado fotográfico no me va —declaró y, por el modo en que contemplaba el puf de color rojo del rincón, tampoco eso era de su agrado. Marlene, a la que entretanto yo había hecho entrar en casa, estaba arrellanada en el puf y jugaba a hacer de gato empujando continuamente un ovillo de lana con la nariz—. No, no me va —repitió Martin con la mirada clavada en el amasijo de hilos que hacía que un nudo gordiano fuera una simple carrera de medias.

También había anunciado que el ponche no le iba, pero aquello no le había impedido repetir tres veces. Ya casi había apurado la copa cuando por fin se lanzó sobre los huevos rellenos. Después de los coches y la decoración, la política pasó a ser el nuevo tema. Con cada huevo fue indicando un motivo de irritación.

Lo primero fueron las ocupaciones de pisos en el lado oeste de la ciudad y los enfrentamientos callejeros que los estudiantes —en palabras de Martin, delincuentes— habían protagonizado con la policía cuando se produjo el desalojo.

—Son todos iguales —dijo Martin con restos de yema pegados en la comisura de la boca—: Puros terroristas.

Estaba esperando una protesta por nuestra parte, pero con el tiempo Joachim había aprendido que con Martin se podía bromear sobre papel pintado fotográfico, pero no sobre política. Con el huevo siguiente su enojo se centró en que últimamente los rascacielos surgían como setas.

—¿Habéis pensado alguna vez lo que eso significa para el tráfico?

—Y para el aparcamiento —apuntó Joachim con una sonrisa inocente—. Es buena cosa que sepas aparcar el coche incluso en los sitios más pequeños.

Esta vez incluso Martin reparó en que eso no era un cumplido.

—Tú lee las estadísticas —dijo con tono sombrío—: delitos violentos, consumo de drogas..., todo sube. Yo, por mi parte, no quiero vivir en medio de traficantes y drogadictos.

Aunque yo no veía la relación que podía haber entre traficantes de drogas y rascacielos, preferí no preguntar.

Antes de que él atacara el tercer huevo, Silke, que hasta entonces no había comido nada, tomó el tenedor y pinchó las aceitunas del erizo de carne dejándolo ciego.

Con el cuarto huevo, Martin se quejó de los planes de la CEE para introducir una moneda única europea.

—¿Y cuál será la consecuencia? ¡La inflación! Y yo, como empresario, tengo todas las de perder.

Miré a Joachim, que contaba en silencio los huevos reprochándome, también en silencio, haber hecho tantos. En voz alta, se limitó a decir:

—Pero la conferencia se celebró el año pasado.

—¿Y qué? —intervino Silke mientras se lanzaba a por las púas del erizo—. Eso no le importa a Martin. Si hace falta, él se enfada porque perdimos la guerra.

Ni siquiera se comió la cebolla; la dejó en el plato.

—¡No hables como si yo fuera un nazi! —se rebeló Martin.

En su boca, después de las tres copas de ponche, la palabra «nazi» sonaba a «nashi»; Joachim se apresuró a servir agua.

—¿Quién se enfadó entonces no hace mucho porque los hijos legítimos e ilegítimos puedan disfrutar de iguales derechos? —preguntó Silke con tono mordaz.

—Pero eso no me convierte en un nazi. Yo soy un conservador íntegro. Y eso es todo.

Joachim tenía la vista clavada en el papel pintado y seguramente no solo añoraba poder ver ahí el lago de Garda sino incluso el Antártico. Yo, en cambio, pensaba con desesperación en el modo de cambiar de tema y pasar a hablar de nuestro nuevo televisor en color y, tal vez, del capítulo de la serie policíaca *Tatort* del domingo anterior. Pero Silke no tenía ningún interés en pasar página.

—Bueno —dijo—, estás en tu derecho de ser conservador. Pero, si solo ofreces moda conservadora, que no te extrañe luego que la gente ya no vaya a comprar a tu tienda.

El ovillo de lana de Marlene había caído debajo del sofá; aproveché la ocasión para levantarme, recogerlo e intentar volver a enrollarlo.

No había desenredado aún el primer nudo, cuando Martin puso el grito en el cielo:

—Que tú te dediques a pintar pañuelos de seda no significa que conozcas el negocio.

—Es verdad. Pero yo, a diferencia de ti, sí sé de mujeres. Y hoy en día ya no se llevan prendas de mohair con cuello pequeño de visón zafiro. Ni tampoco abrigos grises de piel de ocelote.

—¿Sabéis que no tengo ni idea de cómo es un ocelote? —se apresuró a intervenir Joachim antes de que Martin volviera a estallar—. ¿Es como un tigre, o como un guepardo?

—¿Es como un oso polar? —preguntó Marlene riendo.

Ni Silke ni Martin le hicieron caso.

—Puede que yo no haya estudiado Empresariales como tú, Martin —dijo Silke—, pero sé lo que es moderno. Tú, en cambio, has ignorado todas las tendencias de los últimos años. El *look* Zhivago, el safari, la moda mexicana, la tendencia india... En la Casa de Modas König no se podía encontrar nada de eso. Por no hablar de tejanos, camisetas ni chaquetas de piel cortas.

Yo había dejado de enredar el ovillo y estaba concentrada en el pañuelo de seda de Silke, cuya apariencia no era precisamente moderna. En ese sentido, resultaba más elegante el chal rojo que Vera había recibido de nuestra abuela Fanny.

—La Casa de Modas König representa tradición y calidad —replicó Martin con tono glacial.

—No, la Casa de Modas König está al borde de la bancarrota —repuso Silke con tono malicioso—. Los trajes de chaqueta hasta las pantorrillas con pañuelito de bolsillo que combina con el azul claro del tejido escocés a cuadros se pueden encontrar en las boutiques pequeñas. Vosotros tenéis que ser más baratos, atraer a más gente, sobre todo a la gente joven. Rieke, di algo. La casa de modas también es tuya, aunque actúes como si todo esto no fuera contigo.

Yo me aferraba desesperada al ovillo de lana, pero Marlene me lo cogió de las manos y se puso a jugar a hacer de cría de ocelote caminando sigilosamente hacia él.

—No me pareció mal que Martin en su momento asumiera la dirección del negocio —dije en voz baja mientras me maldecía por no haber preparado ningún postre.

Un tiramisú, o algo parecido. En el tiempo de sacarlo de la cocina y poner los tazones, Joachim por fin habría podido sacar el tema de nuestro nuevo televisor a color. Pero ya no tenía escapatoria. Sin saber qué hacer, tuve que escuchar cómo Silke añadía:

—¡Y pensar que antes la casa de modas la llevaban las mujeres!

—¡Tonterías! —gritó Martin y dio un golpe tan fuerte a la mesa que en la ponchera se desató un maremoto de intensidad media.

—Pero ¿no me dijiste que vuestra abuela Fanny era diseñadora? —preguntó Silke.

—Pero nunca dirigió la casa de modas. En algún momento después de la guerra, ella se largó —replicó Martin.

—Entonces fue vuestra madre la que...

—Mamá cosía muy bien. Y eso es todo —la interrumpió Martin de forma brusca—. Pero no tenía ni idea de cómo llevar un negocio.

No supe de qué rincón del alma me salió la indignación, pero fue una emoción muy intensa, superior a lo habitual en mí.

—Mamá era la que tenía más inventiva —intervine—. Era capaz de convertir en útiles las cosas más increíbles. ¿Te acuerdas del avión de madera que te hizo poco después de la guerra con el marco roto de un cuadro? Para hacer las alas usó mi lazo de pelo. Me sentó bastante mal que me lo quitara, pero nunca se lo dije.

La sonrisa de Silke era como una resquebrajadura finísima en una copa.

—Parece que de pequeña ya se lo tolerabas todo.

Mi indignación fue todavía mayor..., más airada.

—¿Qué quieres decir? —grité.

—Bueno, hace un momento has admitido que no te importa que Martin haya tomado para sí solo la dirección del negocio. En cambio, la Casa de Modas König os pertenece a ti, a Vera y a Martin a partes iguales. Al menos sobre el papel.

Noté que unas manchas rojas se me extendían por la cara. El semblante de Martin era de un intenso color rojo. Con todo, se acercó la ponchera para volver a servirse y musitar algo incomprensible en lugar de reiterar que él, por supuesto, dirigía la empresa no solo en su nombre sino en el mío y en el de Vera.

—Me parece que ya has tomado suficiente ponche —dije con voz aguda.

—Vaya, vaya —replicó Martin en tono cínico—. Así que no solo eres una experta en moda, sino que además sabes exactamente la cantidad de alcohol que puedo tomar.

—Yo no he dicho que sea una experta en moda.

Él se levantó, se tambaleó y se apoyó en el borde de la mesa.

—¿Y cómo podrías? A fin de cuentas, abandonaste la escuela de moda para casarte y convertirte en una señora de su casa.

El veneno que brotaba de su boca no le alcanzaba la mirada. Tenía los ojos tan húmedos como cuando lloraba de pequeño; solo lo hacía ante mí, muy pocas veces delante de nuestra madre. Las lágrimas no sirven de nada, solía decir ella. Aunque hubo un día en que ella también lloró, de forma larga y desesperada, pero solo yo lo vi. Martin, no.

—Terminé los estudios de corte y confección —afirmé con determinación—. Y de la escuela de moda solo me queda por acabar el último año y...

No se me ocurrió nada para justificarme. Y no se me ocurrió tampoco por qué debía justificarme.

—Si eres tan conservador como dices, este plan de vida debería gustarte —intervino Joachim, mi marido, que no era un noble caballero, ni desde luego uno capaz de blandir lanzas, pero en cuyo escudo yo siempre podía confiar.

Bueno, casi siempre. Cuando Martin asumió las riendas del negocio sin hablarlo mucho conmigo, Joachim fue el primero en decir que yo no dependía de mi parte de la empresa porque él ya ganaba un buen sueldo como empleado fijo de una gran aseguradora.

—Pero no estamos hablando de mí —me apresuré a decir mientras me refrescaba las mejillas calientes con las manos—. Mamá tenía un enorme talento. ¡Era capaz de hacer ropa de cualquier cosa! Con la tela de un paracaídas y con una mosquitera y...

—Entonces ella ya era, ante todo, una princesa de hielo que consideraba los sentimientos como algo superfluo —me interrumpió Martin con brusquedad—. Lo cual no es precisamente el terreno más óptimo para la creatividad.

De nuevo me vino el recuerdo de aquel único estallido de emoción de nuestra madre. Por fuera ella era Lisbeth Werder, König de soltera, una mujer fría, también respecto a Martin. Pero su alma era como una cebolla, a la que bastaba con cortar a cierta profundidad para hacer salir las lágrimas. Hasta que llegó el amor, tan profundo, tan auténtico..., tan imposible. Un amor que debía mantenerse en secreto y sobre el que yo no podía hablar con nadie.

Naturalmente cumplí mi palabra, y no hablé tampoco con nadie de las lágrimas de Martin. Ni siquiera a Joachim le conté jamás nada sobre el amor de Lisbeth porque él aspiraba al mismo amor que yo: nada de imposibles. Un amor natural, tranquilo, reposado. Un amor mullido como una alfombra de lana de pelo largo; idílico como un papel pintado fotográfico del lago de Garda. Con ese sol que caía sobre la Villa Bettoni de Gargnano, que no deslumbraba ni hacía sudar. Joachim me pisaba cuando bailábamos, pero por otra parte no daba pasos en falso en dirección al abismo.

Yo, sin embargo, me precipitaba hacia ahí, hacia esa mancha oscura en el pasado de Lisbeth, hacia esa verja que yo había ayudado a levantar en torno a ella.

—Tú no lo sabes todo de mamá —dije sin casi pensar.

Silke arqueó las cejas con curiosidad, pero antes de que ella, con ese olfato infalible que tenía para localizar los puntos en que las sombras eran más alargadas, tuviera ocasión de preguntar, Martin estalló.

—¡Y tú sí! ¡Claro! ¡Si tú eras la niñita de sus ojos! ¿No te parece que precisamente por eso es ridículo que sigas lamentándote por ese estúpido lacito?

—No me lamento. Solo pienso que no deberíais haberlo cogido sin más para hacer un avión.

Martin inspiró profundamente; por lo menos logró soltar una mano del borde de la mesa.

—No me apetece hablar de lazos de pelo viejos. Venga, vámonos.

Silke cruzó los brazos.

—Me iré cuando me dé la gana.

—¡Nos vamos! —atronó él.

—Mmm —se limitó a contestar Silke.

Ese sonido bastó para que Martin adelantara la mano rápidamente. La asió por la muñeca, la hizo levantar y, cuando ella opuso resistencia, le giró el brazo.

—¡Martin! —grité.

—Calma, calma —dijo Joachim.

Silke emitió un gritito. No supe si interpretarlo como una queja o como una risita burlona. En todo caso, cuando Martin la liberó, ella soltó una carcajada, a pesar de que su mirada estaba tan húmeda como la de él.

El silencio que se hizo a continuación fue tan pegajoso como si alguien nos hubiera arrojado encima una botella de Lambrusco. A continuación, Martin salió en tromba y cerró de un portazo. Silke se desplomó en su asiento por un momento. Parecía estar contando por dentro hasta diez antes de levantarse con gesto soberano y seguir a su marido sin despedirse de nosotros. Cuando la puerta se cerró detrás de ella, solo chirrió.

—¡Santo Dios! —exclamó Joachim meneando la cabeza. Le llevó un rato recuperarse. Luego se inclinó y me posó la mano en el hombro—. Esos dos volverán a hacer las paces. Siempre lo han hecho. Martin debe de estar realmente sometido a mucha presión. Es posible que el negocio no ande bien. ¡Qué suerte que no dependas de él!

Qué bien sentir su mano en mi hombro. Qué superfluas sus palabras.

Las que yo tenía en la punta de la lengua (¿así que me debería dar igual que la Casa de Modas König, que pertenece a mi familia desde hace varias generaciones, se venga abajo?) también lo eran. Por eso me contuve.

Durante un rato nos quedamos sentados en silencio. Ese silencio ya no era pegajoso, era tranquilizador..., cálido. ¿Quién necesitaba un papel pintado fotográfico del lago de Garda bajo un sol falso?

En algún momento, Joachim apartó la mano, se levantó y cogió la ponchera.

—Creo que voy a tirar esto.

—Espera —le dije en voz baja—, usaré la fruta para hacer un puré.

Yo también me levanté. Aliviada, constaté que Marlene no había prestado la menor atención a nuestra pelea y que seguía ensimismada jugando con el ovillo de lana.

—Mi pequeño ocelote —dijo Joachim sonriendo.

Yo tampoco sabía qué aspecto tenía un ocelote. Pero sabía que nosotros parecíamos una familia feliz, y que posiblemente lo éramos y que esos pensamientos traidores que de pronto me venían a la cabeza —¿Por qué cedí tan fácilmente la casa de modas a Martin? ¿Por qué nuestra abuela desconocida enviaba chales rojos a Vera y no a mí? ¿Por qué no quería tener otro hijo cuando no había nada en contra?— carecían de importancia.

Fanny

1920

Fanny había anhelado libertad y tenía libertad; sin embargo, la libertad resultó ser un amante caprichoso. A veces la besaba y otras la abandonaba en pleno aguacero para luego llamarla de lejos con un gesto para que se acercara a toda prisa, atravesando charcos que le llegaban a los tobillos, y apenas ella rozaba el menor asomo de felicidad le volvía la espalda con frialdad.

Por lo menos al principio no pasaba frío a todas horas. En su primer verano en París la gente se quejaba de la *canicule*, el bochorno. El sol bailaba todos los días sobre los tejados grises inclinados de la ciudad; mientras sudaba por todos los poros, Fanny se decía: ¡Qué suerte tienes, sol! Fundirás los tejados antes de que se te quemen las plantas de los pies.

Su diminuta habitación en el hotel Napoléon Bonaparte, que no estaba muy lejos del palacio de Luxemburgo, era como un crisol, pero por lo menos se la podía permitir, puesto que la venta de la joya de Alma le había dado algo de dinero. La cama era tan corta que alguien de cierta altura solo habría cabido encogida, así que le alegraba ser menuda. Y el armario

estaba tan destartalado que posiblemente se habría venido abajo si lo hubiera abierto demasiado a menudo; por eso nunca lo
hacía. En él solo había metido el chal de seda rojo, una prenda
que no le hacía falta durante ese período de calor. En el cuarto
no había espacio para un lavamanos. Los huéspedes compartían
el baño, que estaba situado junto a la habitación número 20.

El alojamiento costaba un dólar por noche. Era una suerte que al preguntar el precio se soliera indicar en la divisa estadounidense. Eso demostraba la cantidad de americanos que
vivían en esa ciudad. Y también que los franceses se habían
habituado a su francés, que sonaba peor que el chirrido de los
neumáticos de sus coches, tan atrozmente caros. Eso permitía a Fanny pasar por americana, y no ser vista como una odio-
sa alemana.

A diferencia de los americanos de verdad, en ella sus
ganas de mejorar su francés eran notablemente superiores.
Había dejado su diccionario en Alemania, pero por fortuna
estaba Fleure, la camarera del hotel Napoléon Bonaparte, que
le había jurado amor y fidelidad eternos cuando el primer
día le dijo que en lugar de limpiarle el cuarto prefería que
charlara con ella de forma regular. Fleure, aunque se llamaba
flor, no olía como tal, sino más bien a pastís, ya que debajo
de su enorme delantal llevaba siempre una botella de esa bebida. El lugar donde la llevaba colgada siempre sería un mis-
terio; en cualquier caso, apenas vertía unas pocas gotas de ese
licor en un vaso para lavarse los dientes y luego lo acababa
de llenar con agua helada.

—Así el pastís está más bueno —dijo e inmediatamente
volvió a jurar amor y fidelidad eternos a Fanny porque esta
fingió creerla en vez de señalar la verdad, esto es, que Fleure
escatimaba el pastís.

Mientras tomaban pastís con agua, Fleure se lamentaba
de todos los males de amor que había sufrido en la vida, y eran

muchos, porque Fleure estaba bien entrada en los cuarenta. Por lo menos, esa era su apariencia, ya que ella sostenía que recién había cumplido los treinta. También Fanny callaba la verdad sobre este asunto y se limitaba a interesarse con curiosidad por los antiguos amantes de Fleure; así averiguó que básicamente la mujer perdía el corazón por hombres que eran la mitad de viejos y la mitad de gordos que ella.

—A día de hoy aún no sé bien cuál de ambas cosas es el mayor problema —dijo con un fuerte suspiro.

Fuera como fuese, esos muchachos flacuchos habían resultado ser unos auténticos desagradecidos, pagándole su amistad con burlas y pisoteándole el corazón. Para ilustrar aquello, Fleure apartó el vaso a un lado y dio patadas contra el suelo hasta que las paredes temblaron y pareció que el armario se venía abajo. Por suerte, antes de que tal cosa ocurriera, resolló agotada, se tumbó en la cama corta y le enseñó a Fanny todas las palabrotas que ella había dedicado mentalmente a esos jovencitos infieles. Según ella, más importante que saber hablar francés era renegar en francés.

Al cabo de cuatro meses Fanny sabía ya lo que significaba *trou du cul, cochon impuissant, malotru* o *goujat*, pero no cómo iba a pagar la habitación cuando el dinero se le acabara. Por eso, en cuanto logró entender una de las historias de Fleure del principio al fin sin tener que interpretar sus gestos, decidió que su carrera como *couturière*, como costurera, no podía esperar más.

Fleure escuchó impresionada sus planes y, excepcionalmente, sirvió unas gotas más de pastís en el vaso de lavarse los dientes para brindar por el futuro.

—¡Los vestidos de los grandes diseñadores de moda de París llegan a costar hasta tres mil francos!

—Y casi cada modisto tiene a su cargo unas sesenta costureras —añadió Fanny—. Yo quiero ser una de ellas.

A partir de entonces todos los días iba del hotel a la rue de la Paix, donde estaban las grandes casas de moda. En lugar de la media hora necesaria para llegar, a menudo necesitaba una hora porque se demoraba en el Pont des Arts, un puente que había sido destruido por una bomba durante la guerra. Aunque los mayores desperfectos ya se habían arreglado, ahí donde aún faltaba piedra había solo una estrecha pasarela de madera. Fanny se agarraba con fuerza a la barandilla, pero siempre le parecía que el suelo iba a ceder y que ella se precipitaría al Sena. Con todo, se negaba a pasar por otro puente. Se decía que, si lograba dominar su temor el tiempo suficiente y no caía a las frías aguas, encontraría en las rutas de sus sueños y anhelos una base sólida firme, cálida y seca..., y que alguna vez daría con alguien que vería en ella su talento como diseñadora de modas.

Desde luego, ese alguien no se encontraba en la Casa de Modas Lewis. Una vendedora le impidió la entrada; por su expresión, era como si la mera presencia de Fanny fuera una auténtica afrenta, como si un orinal hubiera sido vaciado sobre la cabeza de alguien.

«A fin de cuentas, las mujeres de nuestra familia hacen la salsa verde en orinales», se dijo Fanny con obstinación. Tras repetirle lo que quería dos veces, la vendedora le pidió que aguardara y regresó al rato acompañada de un hombre vestido con un traje de terciopelo rojo. Nunca supo si se trataba del gerente de la tienda o de un mero ayudante. Con todo, ella repitió por tercera vez sus palabras y, tras oírlas, él dobló la mano en un puño y lo levantó con gesto amenazador. Ella salió corriendo rápidamente.

Más tarde, al hablar de ello con Fleure, resultó que, en el fragor de la batalla, ella se había expresado de forma incorrecta: en lugar de decir *je veux coudre* para ofrecer sus habilidades costureras, había dicho *va te faire foutre*, una expresión que, según Fleure, era uno de los peores insultos, solo superado por el de tachar de homosexual a un hombre.

—Por muy enfadada que estuviera jamás le habría dicho algo así a ninguno de mis jovencitos enclenques —añadió—. Aunque mi amigo homosexual Gustave es el único hombre que nunca me ha decepcionado.

Fleure se secó algunas lágrimas y, aunque Fanny no tenía ni idea de lo que era un homosexual, también se echó a llorar. Fleure la atrajo hacia sí y de ese modo la enorme soledad de esos dos corazones pasó a ser algo más pequeña.

En la siguiente incursión aventurada por el Pont des Arts tuvo lugar el encuentro con un caballo, no uno de carne y hueso como esos que tiraban de los carruajes por calles y callejuelas, sino uno de tamaño real, pero de madera. Se encontraba en la llamada zona de desfile de un salón de moda y servía para que las mujeres se sentaran en él a la hora de probarse la ropa de montar. La cola y las crines eran de pelo auténtico, o al menos eso fue lo que Fanny sospechó al acariciarlo. Estuvo mucho rato con ese caballo ya que la dama que la había recibido en esa ocasión le había pedido que esperara ahí a la *directrice;* en un momento dado Fanny se sintió tan aburrida que incluso consideró la posibilidad de hacer una trenza con la cola. No llegó a hacerlo, pero, cuando en lugar de la *directrice* apareció un caballero altanero, ella se había encaramado al caballo. Y cuando el caballero, que se tomó ese comportamiento prácticamente como una injuria, empezó a proferir contra ella una retahíla completa de improperios, Fanny estuvo a punto de caerse del susto.

—Por lo menos, yo creo que eran palabrotas —le explicó a Fleure por la noche—. No entendí nada.

—¿Y no recuerdas ninguna? —preguntó Fleure—. ¡Qué lástima!

Durante las semanas que siguieron, el pastís apenas se podía percibir en el agua y Fanny seguía sin encontrar empleo.

—Tal vez no deberías presentarte para costurera, sino de vendedora de uno de los *grands magasins de nouveautés* —le propuso Fleure.

Esos grandes almacenes que agrupaban a muchas tiendas pequeñas hacían pensar a Fanny en Versalles. No es que ella hubiera visitado ese palacio situado a las afueras de París, pero se lo imaginaba exactamente así: una sucesión de grandes salones, paredes con espejos y grandes lámparas de techo bañándolo todo en una suave luz. Aunque, bueno, posiblemente en Versalles no había ascensores eléctricos y, desde luego, ningún departamento de moda deportiva.

Fanny se dirigió precisamente hacia ahí en primer lugar; no pudo evitar coger una de las raquetas de tenis que se ofrecían a la venta.

«Desde luego pesa menos que una sartén», se dijo, y de pronto pensó en Georg y en cómo la había hecho reír ese día en la cafetería.

Cuando por la noche le hizo a Fleure el relato de la jornada, no había nada que resultara divertido.

—¿Y bien? —preguntó Fleure—. ¿Has atizado a alguien con la raqueta?

—No. Solo he preguntado cómo ser vendedora.

—¿Y cómo se consigue?

—Hay que ser vieja y gris.

—¿Las vendedoras de los grandes almacenes tienen el pelo cano? —preguntó Fleure con asombro.

Ella se teñía el pelo con una sustancia roja que decía que venía de Arabia.

—No. La señora con la que he hablado tenía el pelo negro —admitió Fanny—. Pero para llegar a ser como ella hay que trabajar duro durante años. Primero hay que ser aprendiz, que son las chicas que llevan una bata gris y se dedican a planchar vestidos o a barrer el suelo. Luego eres *aide-seconde*, auxiliar; estas van constantemente de probador en probador con la cajita de los alfileres para coger los vestidos de las clientas altaneras. Y luego, dos años más tarde, finalmente pasas a ser *petite-première:* entonces puedes asistir en silencio a la ceremonia de prueba del vestido. No sé si en ese momento puedes dar tu opinión sobre la prenda. Es posible que para llegar a ello tengan que pasar aún cinco años más.

Fleure suspiró, pero no ofreció a Fanny ninguna otra copa de pastís. Solo le presentó a una joven que había ocupado una habitación en la misma planta y que todas las mañanas bloqueaba el baño, malgastaba agua caliente y por la noche presentaba vestidos en fiestas privadas.

—¿No podría yo hacer eso? —preguntó Fanny.

—Pero si tú eres alemana —le explicó esa joven con cierta irritación, como si una cosa impidiera la otra—. Aunque, bueno, durante la temporada de carreras las tiendas de ropa de confección femenina reciben muchos encargos y hacen falta muchas manos.

—¿Y cuánto falta exactamente para la temporada de carreras?

—Medio año.

A Fanny el dinero que le quedaba no le alcanzaba para medio año, no, desde luego, si durante ese tiempo quería comer con cierta regularidad. Aunque no tenía mucho apetito. Se le hizo un nudo en la garganta cuando un día abrió el armario destartalado de la habitación, sacó lo único que guardaba en su interior —su chal de seda rojo— y se envolvió con él los hombros. Podía permitirse quedarse ahí aún un tiempo, pero se dijo que abandonar el hotel Napoléon Bonaparte con algo de dinero en la bolsa no sería un fracaso completo. Lo hizo sin despedirse de Fleure: prefería que la recordara maldiciéndola con todas las palabrotas de este mundo en cuanto se encontrara con la habitación vacía y un vaso de agua repleto, que volver a llorar juntas otra vez.

Fanny deambuló por París con la pequeña cesta que a su llegada llevaba llena de huevos frescos y que ahora estaba vacía. Era uno de los últimos días cálidos del año. A la orilla del Sena los pescadores cantaban canciones; detrás de sus puestos los libreros recitaban poemas y los niños hacían dar vueltas en las fuentes a unos veleros de madera. Todos ellos prometían más felicidad que la que Fanny estaba dispuesta a soportar. Prefirió seguir el ruido de una pelea en un callejón oscuro cerca de la fuente de Saint-Michel; aunque no encontró ningún hombre peleándose, sí dio con unos escalones sucios de excrementos de paloma situados bajo la sombra de unas paredes venidas a menos. Cuando se disponía a sentarse ahí a riesgo de que se le manchara el chal de seda rojo oyó una voz:

—Tú aquí no puedes quedarte, *petit moineau*. Es mi casa.

El hombre que la acababa de llamar «gorrioncillo» y que la quería expulsar de ahí tenía el pelo largo y gris, llevaba una barba igualmente larga y gris, ambas cosas sucias, pero artísticamente peinadas. Venía con un carro sobre el que había algunos harapos y del que tiraba no un asno, sino un caniche gris. Mientras el hombre la miraba con recelo, el perro se acercó a ella y le lamió la cara.

—¿Acaso vives en estos escalones? —preguntó Fanny.

Él asintió.

—Lo he perdido todo. Solo este trocito de aquí me pertenece.

El perro se apartó de ella y el viejo empezó a extender los harapos.

—Podría coserte la ropa —se apresuró a ofrecerse Fanny.

—No obtendrás nada a cambio. Es mejor que pidas dinero a la gente a la que aún le queda algo.

—¿Es eso lo que haces?

—Yo no soy un mendigo. Mi perro sí lo es. Como tienes el pelo tan rizado como él tal vez tengas la misma suerte.

Fanny ya se había levantado de los escalones, pero entonces se dejó caer sobre uno y se echó a llorar.

El perrito le secó las lágrimas, el hombre suspiró en lugar de echarla.

—Ay, Señor —dijo—, París es una bestia, ¿verdad? Te atrae hacia sí como si fuera una muchacha coqueta de boquita de cereza y ojos azules, pero, en cuanto te abandonas a su abrazo, se levanta las faldas y te muestra el culo sucio de una vieja gruñona. En ningún sitio la belleza apesta tanto como aquí.

—Es que no sé qué hacer.

—Tú eres alemana, ¿verdad? Oh, no, no temas, yo odio a todo el mundo. No solo a los alemanes. Solo me fastidia de verdad que alguien diga que el perro es de una raza alemana cuando todo el mundo sabe que es francesa. Yo tampoco sé lo que tienes que hacer. Aquí hay demasiada gente buscando fortuna. Pero, por desgracia, la fortuna es como las piernas desnudas de una bailarina de cancán. Se mueve demasiado rápido como para que la puedas atrapar.

A Fanny se le secaron las lágrimas. De pronto se sintió muy cansada, apenas se dio cuenta de que el hombre había dejado de hablar de las bailarinas de cancán y había pasado a hablar de las pescaderas.

—Sí, sí. La vida te abre la panza por el medio, te destripa y luego te quedas hecho un ovillo en un rincón oscuro, incapaz de volver a erguirte. Pero tú aún eres joven. Así que ¡arriba! ¡Largo, largo! He dicho que esta es mi casa, y así es. En estos escalones uno se rinde, no se lucha por ellos, y tú..., tú eres demasiado joven, lozana y fuerte como para abandonar la lucha.

Aunque Fanny estaba cansada, se levantó. Contra todo pronóstico, su chal de seda rojo no se había manchado y las palabras del hombre atizaron ese furor del cual su abuela Elise decía que era tanto una maldición como una bendición. Por lo menos por una noche le serviría para calentarse.

Las noches fueron cada vez más frías y la esperanza fue atemperándose. Fanny alquiló una habitación más barata, que compartía con otras tres mujeres, y se pasaba el día persiguiendo el sol. Ahí donde caía un rayo, por escaso que fuera, allí se dejaba caer, sacaba la libretita que se había comprado y dibujaba vestidos. Asía el lápiz como si fuera una ramita que creciera entre dos grietas y ella pendiera agarrada a ella sobre el abismo. Se decía obstinada que estar colgada de algo era como volar y decidió abandonar solo cuando tuviera la libreta llena de bocetos hasta la última página.

Una paloma de plumaje de color gris claro, casi blanco, y una pata tullida le hacía compañía. El primer día, Fanny temió que le manchara el papel con sus excrementos; el segundo, le dio un nombre, *petit moineau,* y el tercero compartió con ella una baguete dura que había comprado en una panadería. Apenas la paloma había tomado una migaja cuando apareció otra para disputársela.

Fanny se levantó para apartarlas, y, como la simple patada en el suelo no fue suficiente, gritó con enojo:

—*Trou du cul, cochon impuissant, malotru, goujat!*

Logró espantar a las palomas, pero no a los dos hombres, o, mejor dicho, a los dos jóvenes harapientos que aparecieron de repente, le cogieron la libreta y la sostuvieron en alto entre risas burlonas.

—¡Eh! —gritó Fanny abalanzándose hacia ellos—. *Trou du cul, cochon impuissant, malotru, goujat!*

En vez de devolverle el cuaderno, esos hombres lo agitaron un rato por el aire y soltaron grandes risotadas mientras ella intentaba arrebatárselo en vano; finalmente desaparecieron por un laberinto de calles oscuras. En más de una ocasión temió haberles perdido el rastro, pero al final logró agarrar a uno por el cuello. Por desgracia, no era el que tenía la libreta. Y, por desgracia, este no toleró que ella lo zarandeara por mucho tiempo. De pronto algo pesado se abalanzó silbando sobre ella y le golpeó la frente. Tal vez fue una piedra, o tal vez solo un puño. En cualquier caso, ella se quedó petrificada, se desplomó, y, cuando cayó sonoramente sobre los adoquines, ya no sentía nada.

Cuando volvió en sí, estaba oscuro y notó el sabor de la sangre. Y había además otra cosa: un olor demasiado dulzón para formar parte de ese callejón oscuro. No quiso engañarse, recordó las palabras de ese mendigo cuando decía que incluso una chica con labios de cereza podía tener el culo mugriento. De todos modos, no pudo detenerse a especular durante mucho rato sobre quién o qué desprendía ese olor porque de pronto todo volvió a oscurecerse a su alrededor.

Cuando despertó por segunda vez, la sangre que le caía de la nariz a la boca se le había coagulado, el cielo tenía un tono ceniciento y ese perfume persistía. Se dio cuenta entonces de que no estaba tumbada sobre el suelo duro de adoquines, sino sobre un regazo blando. ¿Acaso Fleure la había encontrado y había logrado meterla en el hotel? Pero Fleure olía a pastís, y también un poco a antipolillas, y no de ese modo tan dulzón, y tenía el pelo teñido de rojo, y no, desde luego, unos mechones tan espesos como los que ahora le cosquilleaban el rostro.

Fanny quiso levantar la mano, pero no lo logró. El dolor que sentía en la cabeza era muy intenso, y su mano, muy débil.

—Buenas noticias, *ma chérie*. Aunque la nariz aún te sangra, no la tienes rota. Y, además, conservas ambos ojos.

La desconocida tenía una voz grave y pronunciaba la erre de forma muy gutural.

—Mi..., mi libreta...

—También la he salvado.

La mujer la alzó para que la viera. Fanny observó que por lo menos llevaba dos anillos en cada dedo, y uno más en el pulgar.

Fanny cerró los ojos un momento, o, al menos, eso creyó, que solo sería un momento. Cuando los volvió a abrir, el cielo seguía de color ceniciento, pero estaba repleto de bandas de color herrumbroso.

En la cara de la mujer no había nada gris. Tenía los ojos negros, realzados con lápiz, cejas espesas y dos pequeños lunares oscuros. Fanny no podía saber si estos tenían forma de estrella o de corazón.

En cualquier caso, los labios los llevaba maquillados con polvos y carmín de color carmesí, de modo que su boca tenía la forma de un corazón.

—Ahora vas a tener que levantarte, *ma chérie* —dijo la desconocida.

Si la mujer le hubiera preguntado si se veía capaz, Fanny habría negado con la cabeza y se habría desmayado de nuevo. Pero como simplemente la ayudó a levantarse, ella no se resistió y, al cabo de un rato, se vio de pie temblorosa, apoyada en la pared y luchando contra el impulso de vomitar. Es posible que no lo hiciera porque esa desconocida la miraba con mucho asombro. Era una mujer alta, tremendamente alta para ser mujer, superaba a Fanny en casi dos cabezas. En cambio, el vestido de color verde oscuro que llevaba, adornado con un ribete de piel tanto en las mangas acampanadas como en el dobladillo y el cuello, le arrastraba por el suelo.

—Este vestido es muy largo... —murmuró Fanny.

—A los hombres les encanta levantarme la falda. —Las erres sonaron aún más graves—. Y ahora, acompáñame, *ma chérie*.

La desconocida era capaz de andar sin tropezar con el dobladillo; Fanny en cambio sí tropezaba, pero de algún modo consiguió mantenerse erguida. Al cabo de un rato, llegaron a la fuente junto a la que el día anterior ella había espantado a la paloma. Las palomas aún dormían.

—¿Quién..., quién es usted?

—Theodora —dijo la otra—. Soy una gran duquesa rusa.

De la enorme manga acampanada se sacó un pañuelo con el que se secó las lágrimas que se le deslizaban por las mejillas. Los lunares adquirieron forma de araña.

—Soy pariente de los Romanof, una familia que prácticamente ha sido exterminada. Tuve que escapar de los bolcheviques. ¡Ah, esas bellas hijas del zar! ¡Todas fusiladas! María, Olga, Anastasia y...

Se sonó la nariz con estrépito mientras Fanny la escuchaba desconcertada. Nunca antes había oído hablar de las hijas muertas del zar, solo tenía el vago recuerdo de que Alma había tachado a los Romanof de saqueadores.

—¿Por..., por qué me ha ayudado?

—Antes de verte ahí tumbada, *ma chérie,* he visto tu libreta de bocetos. Dibujas unos vestidos fabulosos. Y yo me he dicho que tal vez podrías ayudarme con mi guardarropa. ¿Me acompañas?

De nuevo se cogió la falda del vestido y avanzó con aire majestuoso; mientras Fanny la seguía, pensó que había ido a parar a uno de los cuentos que Elise le contaba, repletos de reinas encantadas y palacios dorados. Sin embargo, en las historias de Elise siempre había algo que no acababa de cuadrar porque al final el príncipe y la princesa no vivían felices hasta su muerte, sino que se cortaban los talones, se precipitaban en pozos o se transformaban en cuervos, incluso en asnos. Presentía que, también en esta ocasión, había algo que no acababa de encajar. Evidentemente, Theodora no iba a convertirse en

un asno, pero tenía la impresión de que era una imagen enga-
ñosa y que se desvanecería en la nada.

Sin embargo, a Theodora se la distinguía claramente y,
por desgracia, la casa hacia la que se encaminaba no era un palacio dorado, sino una casa de pisos alquilados. Para abrir la
puerta carcomida de madera, Theodora tuvo que golpear tres
veces el cuerpo contra ella; al ayudarla, Fanny vio estrellitas ante
los ojos. A pesar de ellas, al rato distinguió claramente una escalera venida a menos, con escalones sucios y una barandilla
pringosa e inestable.

—No te apoyes ahí, *ma chérie*. Podrías caerte —le advirtió Theodora.

En la sexta planta llegaron a su destino. Theodora abrió
la última puerta de un pasillo oscuro; la puerta era tan diminuta que tuvo que inclinar la cabeza para pasar. Y minúsculo
era también el cuarto, no, el agujero que aguardaba detrás. Apenas cabía ahí más que una cama de hierro y una mesa con un
infiernillo de alcohol encima. Tenía las paredes negras de hollín,
a pesar de que no había ningún horno.

—¿Vive usted aquí? —preguntó Fanny con espanto.

Theodora señaló la ventana con un gesto ampuloso.

—Por lo menos tengo la ventana tapada con seda opaca
—dijo con orgullo.

Fanny acarició la seda, pero sospechó que en realidad se
trataba de intestino de cerdo, que los carniceros de ahí usaban
para las salchichas de carnero. Cuando se dio la vuelta, Theodora había salido del cuarto o, por lo menos, eso es lo que Fanny
pensó antes de darse cuenta de que lo que le había parecido una
pared era, en realidad, un biombo de madera. Estaba decorado
con unos pájaros extraños con unos picos más largos que las alas.

—Mi guardarropa —dijo Theodora.

Fanny miró detrás del biombo y se quedó paralizada. Ahí
había media docena de vestidos amontonados; en ese momen-

to cayó encima el vestido verde con ribetes de piel y mangas acampanadas. Y debajo de ese vestido no asomó el cuerpo bien formado de una gran duquesa rusa sino el de un hombre escuálido cuyas costillas y huesos de la pelvis se podían apreciar tan claramente como el bulto de su sexo debajo de unos calzoncillos de color carne.

—¡Por todos los cielos! —exclamó Fanny sin poder contenerse. En cuanto la peluca cayó sobre el vestido, Theodora, o como fuera que se llamara esa persona, se quitó el maquillaje con un paño. Lo último que se sacó fueron unas botas de cuero recias, que eran claramente masculinas—. ¡Por todos los cielos! —repitió Fanny—. ¡Pero si usted no es una gran duquesa rusa!

—¿Y cómo lo sabes?

—Pero...

—En cualquier caso, podría ser un gran duque ruso. —La voz fue un poco más aguda.

—Usted es francés —constató Fanny con tono de reproche.

—¿Y cómo lo sabes? —volvió a preguntar el hombre—. Podría ser de Andorra. O de Arabia. O de Uruguay. Se puede ser lo que se quiera, solo se necesita ropa y maquillaje adecuados.

Fanny se apoyó con fuerza contra la pared para contener su mareo.

—No tengo ni idea de cómo se maquillan o visten las uruguayas.

Theodora o, tal vez mejor, Théodore torció la boca y dibujó una sonrisa tan delicada como triste.

—Lo admito. Yo tampoco.

Se inclinó sobre el vestido y señaló un rasgón en la espalda.

—¿Me podrías coser esto, *ma chérie*? —preguntó él.

—¿Y a cambio me dejaría vivir aquí?

Théodore miró a su alrededor dubitativo, como si observara por primera vez su alojamiento.

—A cambio te dejaré dormir en mi cama, o, por lo menos, la mitad de ti. Tu tronco lo ponemos al pie de la cama y colocas las piernas sobre la silla.

Con gesto resuelto sacó algo de debajo de la mesa. No era una silla, solo un taburete, y tenía una pata más corta que las otras tres.

Fanny reprimió un suspiro. Media cama siempre era mejor que ninguna, se dijo. Su mirada fue del taburete al infiernillo de alcohol que, igual que la mesa, estaba cubierto de una capa de polvo.

—¿Y qué vamos a comer?

—Mmm —musitó Théodore mientras se ponía una bata, igualmente estampada con pájaros, o puede que fueran flores exóticas—. Me temo que no hay nada. Yo prácticamente no como.

—¿Pasa hambre?

—Bueno, eso tampoco.

Théodore se desplomó en el taburete, abrió el cajón de debajo de la mesa y sacó un saquito de cuero. Con la mano desnuda, apartó el polvo de la superficie de la mesa y vació el contenido del saquito, un polvillo blanco que Fanny creyó que era azúcar o harina. Sin embargo, en lugar de tomar una pizca con las yemas de los dedos, como ella esperaba, formó una raya fina con él, enrolló un trocito de papel, se puso un extremo del mismo en la nariz y se inclinó sobre el polvo para aspirarlo.

—¿Qué...? —empezó a decir ella. Entonces se dio cuenta de dónde había sacado el papel—. ¡Ha arrancado una hoja de mi libreta! —exclamó enfadada.

Esta vez, la sonrisa ocupó una mitad de la boca, y no solo pareció triste sino además pícara.

—Un precio muy bajo por haberte salvado. ¿Te apetece?

En la mesa aún quedaba una fina raya de polvo.

—¿Qué? ¿Qué es?

—Cocos machacados de Uruguay —dijo y al ver que ella fruncía el ceño con recelo, añadió con una sonrisa—: La verdad es que no tengo ni idea de si en Uruguay hay cocos. Solo sé que en el siglo pasado un farmacéutico hizo una bebida a partir de la planta de la coca. Y que otro farmacéutico, aunque de este siglo, ha logrado de algún modo convertir la bebida en polvo.

Aspiró otra parte del polvillo por la nariz. Los ojos oscuros —lo único que quedaba de la gran duquesa Theodora— estaban húmedos y grandes.

—¿Y eso llena? —preguntó Fanny.

—No, pero permite olvidar el hambre. Y olvidar quién es uno.

—Creía que para eso bastaban los vestidos y el maquillaje.

Théodore se encogió de hombros.

—Me temo que no bastan por completo.

—Bueno, pues yo no quiero olvidar quién soy y lo que quiero ser. Quiero ser *couturière*, costurera.

—Si quieres tener algo que echarte a la boca y no quieres esperar un año para ello, tal vez deberías escoger otra ocupación. Yo trabajo de lavaplatos en un restaurante... Tú también podrías hacerlo.

Théodore se tumbó en la cama de hierro; saltaba a la vista que era demasiado pequeña incluso solo para él. Era imposible que Fanny pudiera recostar el tronco a los pies. La única posibilidad era tumbarse junto a él y recostar la cabeza dolorida en su pecho desnudo, y eso fue lo que hizo.

—Así que es usted lavaplatos —dijo ella.

—Solo hasta que llega la noche. La noche me pertenece.

Fanny estaba tan agotada que no pensaba más que en dormir. De pronto, Théodore soltó un grito de alegría.

—¡Mira, un arcoíris! —exclamó ilusionado.

Fanny era incapaz de distinguir un arcoíris detrás de la seda, en realidad la piel de cerdo, y, a diferencia de Théodore, no estaba dispuesta a inventarse ninguno. Aunque el cielo se adornara con un cinturón hecho con todos los colores, de nada serviría mientras sus sueños fueran pálidos y grises. Cuando se durmió, aquel gris se convirtió de pronto en una oscuridad vacía de sueños.

Lisbeth

1947

La gente tiene que aprender a soñar de nuevo —afirmó Eva mientras ajustaba con alfileres el dobladillo del último vestido, que todavía no estaba terminado.

Aunque antes se había dedicado sobre todo a deshacer jerséis y a cortar tela, hacía medio año que prefería coser a mano. La máquina de coser le daba demasiado miedo. Y todavía la aterrorizaba más salir de la casa de modas y buscar en la ciudad cosas que pudieran ser de utilidad. Incluso el canjeo de la cartilla de racionamiento lo demoraba tanto que pasaba hambre por lo menos un día. Lisbeth nunca le preguntó el motivo de aquello. Ni tampoco entonces preguntó qué sueños tenía Eva.

—No hace falta que las chicas que hoy participarán en nuestro primer desfile de ropa sepan soñar —contestó—. Me basta con que sepan andar. En el último ensayo hubo dos que tropezaron, y no me digas que fue por el hambre. Eso es algo que todos pasamos. Es porque prefieren mirar al cielo que vigilar el siguiente paso.

—¿Y a dónde se supone que deberían mirar para vislumbrar algo bonito? —replicó Eva.

Lisbeth calló, pero en silencio le dio la razón. Aunque Fráncfort seguía pareciendo un esqueleto, ya no daba la sensación de que fuera a desintegrarse con el primer soplo de aire. De hecho, ya no había tanto polvo suspendido desde que el nuevo alcalde Walter Kolb —que curiosamente no era un esqueleto, sino tan rollizo como querido— había llamado a eliminar los escombros y él mismo, para dar ejemplo, había tomado un martillo mecánico y una pala. Aún había cráteres de bombas que los escombros no habían tapado, pero, de camino a la casa de modas, Lisbeth había reparado en que en el borde de uno de ellos crecían unas margaritas. En otro, el agua se había acumulado; excepcionalmente, las mujeres no habían acudido a limpiar los cacharros de lata, y un niño practicaba natación en él. O al menos eso era lo que decía, aunque a Lisbeth le había dado la impresión de que sus gestos se parecían más al batir de las alas de una mariposa cuyos días como oruga no quedaban muy atrás.

Con todo, aunque el agua era demasiado poco profunda para nadar de verdad, aunque la destrucción estaba demasiado presente para vivir de verdad, el niño pataleaba, se mojaba y se reía, al parecer ajeno a la sarna de su cabeza y a sus huesos raquíticos.

—Bueno —dijo Eva sosteniendo ante sí el vestido en el que trabajaba—, por lo menos este vestido es bonito.

Lisbeth levantó la mirada y lo contempló. Habían cosido la parte superior con la tela desgastada de un paraguas, y la falda, con el tejido de un albornoz viejo, así que abrigaría un poco en las noches, aún frías, de abril; sin embargo, no se podía decir que realmente fuera bonito.

Antes de que ella pudiera decir algo, la pequeña Rieke, que jugaba en el suelo delante de la silla de Eva, se entrometió en la conversación.

—¿Es un vestido de princesa? —preguntó entusiasmada.

Eva se echó a reír.

—Pero ¿cómo se te ocurre? Es un vestido de giganta.

—No es cierto —replicó Rieke—. Es demasiado pequeño.

—Entonces es un vestido de niña gigante.

—Tampoco le valdría.

—En eso te doy la razón —admitió Eva—. Viví un tiempo en el palacio de una giganta que era incluso más grande que las demás. Siempre se daba con la cabeza en las lámparas de araña.

Rieke soltó una risita, pero Eva adoptó una expresión seria.

—No es cosa de risa. La giganta no podía saber que yo estaba ahí y tuve que esconderme de ella metiéndome en un arcón.

—¿Y eso por qué?

—Porque a las gigantas les gusta comer niñas pequeñas. Iba de una sala a otra murmurando: «Huelo, huelo carne humana». —Rieke se rio aún más—. No te figuras el miedo que pasé metida en ese arcón.

—Pero en un arcón te puedes asfixiar.

A Lisbeth le vino a la cabeza el recuerdo fugaz de una historia que Fanny había contado una vez. Al parecer, de pequeña había estado a punto de morir asfixiada dentro de un arcón. Alguna vez ella había soñado con eso.

«Elisabetta, prométeme que nunca te meterás en un arcón».

A Lisbeth le pareció oír la voz de su madre.

En efecto. En esa época ella no se llamaba Lisbeth, sino Elisabetta, y aún no vivía en Fráncfort, y tenía una madre que la quería y que se ocupaba de ella. Sintió la misma sensación agradable que esa mañana al ver las margaritas junto al cráter de la bomba. Pero las margaritas olían mal, y los recuerdos eran peligrosos. Y mientras que el agua del cráter era demasiado poco profunda para poder nadar en ella, los recuerdos eran tan insondables que ella se hundiría si se dejaba llevar por ellos.

—El arcón de una giganta es tan grande como la casa de una persona —estaba diciendo Eva—. Yo podía andar erguida dentro de él sin golpearme la cabeza con las lámparas de araña.

—¡Pero si en el arcón no había lámparas de araña!

—Sea como fuera, ni se me ocurrió encender la luz. Cuando la giganta pasaba cerca creyendo oler carne humana, yo incluso contenía la respiración. Así, mira. —Eva tomó aire y lo retuvo por lo menos medio minuto.

—Bueno, ya basta con esa tontería —la reprendió Lisbeth, imaginándose a qué podía dar pie aquello.

Rieke apostaría con Martin a ver quién aguantaba más tiempo sin respirar y Martin, con sus ganas de ganar a cualquier precio, acabaría con la cabeza bien roja, o perdería. Ese chico o era muy irascible o muy eufórico; cuando alguna vez ella volviera a tener un poco más de tiempo, le quitaría esa costumbre. Pero el tiempo era como las cosas útiles, siempre era escaso, nunca bastaba para preguntarle a Eva por qué contaba esas historias tan raras. Por eso, se contentó con reprenderla. Eva cedió.

—Está bien, está bien. Aquí no hay ninguna giganta que nos pueda oír.

Sin decir palabra, Lisbeth le tomó el vestido y lo llevó con los otros, que ya estaban dispuestos en el salón de ventas; aunque los escaparates seguían reventados, ellas habían ido aislando las paredes con chapa ondulada y cartón. No todas las grietas estaban cerradas, pero el día era cálido y Lisbeth agradeció la luz que caía sobre el trabajo realizado durante los últimos meses: unos vestidos que no solo estaban hechos con tela de paraguas y albornoces, sino también, y siguiendo patrones de revistas de moda viejas y desgastadas, con mantas para caballos, sábanas, lonas y mantelerías. Además, habían hecho cinturones con piel de pescado y habían arreglado zapatos viejos con papel de periódico cuando presentaban agujeros en las suelas, o haciéndoles suelas nuevas de corcho.

Las mesas sobre las que se encontraban extendidas las prendas habían sido tan difíciles de conseguir como la tela. No solo eran de distinta altura, en algún caso habían reemplazado una pata con el palo de una escoba, después, claro está, de haber barrido con ella los escombros de los escaparates. Cualquier cosa útil que les llegaba a las manos siempre tenía que servir para más de una cosa, una lección de las muchas que Lisbeth había aprendido de la mujer que acababa de entrar en el salón de ventas.

—En realidad, espero a las chicas jóvenes que hoy van a presentar mi ropa —dijo Lisbeth sin pensar con tono malhumorado.

Klara Hartmann se echó a reír. Aunque en el último año y medio había cambiado mucha ropa de Lisbeth por comida y carbón, ella seguía llevando su atuendo de espantapájaros o, mejor dicho, de cuervo.

—Ya lo sé —contestó—. Y como las jovencitas quieren tener la piel sonrosada y las manos finas, he traído algo que también recomienda la revista *Frau von heute:* un pequeño tarro de ungüento de polvo de piedra pómez que permite librarse de las uñas negras en un periquete. Solo hay que humedecer el polvo con agua, meter las uñas, limpiarlas luego con un palito, y ya está.

Saltaba a la vista que las uñas de Klara Cuervo aún no habían sido sometidas a ese tratamiento. Las de Lisbeth tampoco.

—Hoy las chicas trabajan para mí —dijo con tono severo—. No se te ocurra darles gato por liebre.

—¿Me crees capaz de eso?

—Te creo capaz incluso de cortarte una oreja y venderla si eso pudiera representar una ganancia para ti.

—Nadie quiere mi oreja; pero tal vez alguna de las muchachas querrá este espejo de bolsillo.

Con gesto triunfante sacó de su vestido de retazos su tesoro más reciente.

En esos días, con los espejos intactos ocurría lo mismo que con las paredes intactas: escaseaban mucho.

—¿De dónde has sacado el espejo? —preguntó Lisbeth.

—Ah, bueno, de una antigua peluquería. Por cierto, ahí también hay un casco secador abollado, si es que alguna vez quieres volver a llevar permanente.

Lisbeth llevaba el pelo recogido en una trenza severa. Con lo que le costaba malgastar agua para quitarse de encima la capa de mugre que parecía que pesaba medio kilo, ahora no iba a perder el tiempo haciéndose la permanente.

—A mi ese casco secador me parece tan inútil como tu oreja.

—Puede que tus modelos no piensen igual.

—Lo dicho: no voy a consentir que las engañes, ni con orejas, ni narices, ni nada. Por fin hoy la Casa de Modas König vuelve a abrir y lo único que se vende aquí es ropa.

Klara Cuervo desplegó una amplia sonrisa.

—Está bien, vale, pero quiero sentarme en primera fila.

—Pues estás de mala suerte —replicó Lisbeth con tono brusco—. No hay primera fila porque, de hecho, no hay sillas. No me importa nada dónde te coloques.

—Pues yo no me pienso quedar de pie plantada —dijo Klara Cuervo. Entonces se quitó el sombrero puntiagudo de la cabeza y se sentó encima.

Media hora más tarde seguía sentada tranquilamente mientras Lisbeth iba nerviosa de un lado a otro.

Casi todas las jovencitas, hijas de vecinos o conocidos, o estudiantes que había reclutado en el patio de escuela de un instituto cercano recientemente abierto, habían llegado, y ahora no solo había que indicarles el vestido que les correspondía, sino ajustárselo de nuevo, pues muchas habían adelgazado desde el último ensayo. Como si eso no fuera suficiente, Lisbeth reparó en que faltaba una de las chicas, Helga Reinhardt, la ahijada de Richard, tan remotamente emparentada que ni siquiera podía decirse que fueran de la misma sangre. Con todo, los Reinhardt, junto con la tía Alma, eran lo más parecido a una familia; además, en su momento, Richard había partido hacia el frente ruso con Michael Reinhardt. De todas las chicas, la hija de Michael, Helga, era la que desfilaba con más elegancia y era capaz de adoptar una expresión indiferente o dibujar una sonrisa resplandeciente al momento. Esto último era algo que prácticamente no conseguía nadie.

—Maldita sea, ¿dónde se puede haber metido? —se lamentó Lisbeth en silencio mientras sopesaba si ir a la barraca donde vivían los Reinhardt. Al final, sin embargo, decidió que era demasiado tarde para ello ya que algunas antiguas clientas de la casa de modas que ella había invitado para las tres entraban en ese momento en el establecimiento.

—¿Quieres que desfile yo en lugar de Helga? —preguntó Klara Cuervo mostrando su boca mellada y alzando sus uñas negras con un gesto desafiante.

—No, lo haré yo misma —decidió Lisbeth con tono resuelto.

Mientras Eva se ocupaba de que las muchachas se colocaran en fila en el orden adecuado, Lisbeth se apresuró hacia la sala de costura para cambiarse. El vestido que había previsto para Helga era de terciopelo rojo, una tela que Klara Cuervo decía haber robado de una funeraria. En la época en que la gente aún se podía permitir ataúdes estos estaban recubiertos por ese tipo de tejido. Lisbeth no creía capaz de tal cosa a Klara Cuervo. De hecho, aquel terciopelo recordaba más a un perro sarnoso que a una ceremonia de entierro digna, pero Rieke, que la vio vestirse, se mostró entusiasmada y aplaudió con las manos. Por desgracia, la pequeña no la podía ayudar a ponérselo. Seguían faltando cremalleras, cinta adhesiva y botones, así que primero se lo tenía que subir hasta las caderas, luego abrochar el cinturón y después embutirse en la parte superior. El cinturón era de un viejo uniforme y era tan ancho que le había tenido que hacer más agujeros; con todo, incluso ciñéndolo al máximo le iba tan suelto que se le seguía deslizando por las caderas. Lisbeth buscó con la vista un objeto puntiagudo con el que hacer otro agujero en el cuero quebradizo.

Entonces Rieke soltó un grito de alegría:

—¡Conrad!

Lisbeth se dio la vuelta asustada, vio a Conrad Wilkes bajo el umbral, y se dio cuenta demasiado tarde de que tenía la parte superior del cuerpo completamente desnuda.

En efecto. Él también estaba invitado al desfile de moda, aunque hasta ese momento ella no había sabido con certeza si iba a asistir. De hecho, tampoco sabía qué era lo que Conrad quería de ella exactamente. Durante el año anterior se había dejado caer por su casa de forma regular, con su traje gris elegante, los rizos graciosos que le caían sobre la frente, su sonrisa amable y su mirada curiosa. Le había preguntado acerca de su pasado, había tomado notas y la había ayudado a obtener la aprobación por parte de las autoridades para la supresión del nacionalsocialismo y el militarismo, y finalmente a recuperar el pleno dominio de la casa de modas que había heredado de su padre.

Ella le estaba agradecida por ambas cosas, pero no se lo demostraba porque, de todos modos, se decía, ella se lo pagaba con su franqueza: sí, su marido había desaparecido durante la guerra; no, no era un nacionalsocialista convencido, aunque sí un católico ferviente. Ella, por su parte, nunca había sido creyente, pero, cuando lo conoció, sí era una chica boba que se había apuntado entusiasmada a la BDM, la Liga de Muchachas Alemanas. ¿Y quién no lo hubiera hecho? Sea como fuera, cuando ella fue primero a patinar con Richard y luego a la ópera o al teatro, dejó de tener tiempo que perder con el Führer, el pueblo y la patria.

Ella dudaba que todo eso fuera suficiente para que Conrad pudiera escribir un artículo en el *New York Times*. De todos modos, él nunca insistía en los aspectos más incómodos, y había llegado un momento en que ella había dejado de sentirse tensa y recelosa en presencia de él. Sin embargo, en ese momento, ella no pudo sino tensarse íntimamente.

Él la contemplaba doblemente desnuda: sin una prenda sobre la piel y con apenas carne sobre los huesos. Su primera reacción fue cubrirse el pecho con las manos. Sin embargo, ella ya había perdido la rabia hacia él por su modo de ser despreocupado, así como la envidia por que él fuera capaz de —se permitiera— serlo. ¿Por qué ceder ahora ante el pudor?

¿Quieres escribir sobre las mujeres alemanas y cómo han sobrevivido a la guerra? ¡Entonces, mira! ¡Mira a las mujeres alemanas o lo que queda de ellas! Alzó la barbilla, se puso en jarras e irguió la espalda. Tal vez se le hubieran encogido los pechos, pero seguían siendo firmes.

Conrad se sonrojó ligeramente. Y, por un instante, ella también notó que se ruborizaba, otra vez como mujer, no como esqueleto. Notó un estremecimiento en la espalda como no sentía desde hacía una eternidad... Fue un poco como si unas margaritas le hicieran cosquillas. Si esas flores eran capaces de crecer en el borde de los cráteres de las bombas a pesar de carecer de un suelo fértil, ¿por qué entonces no podía haber algo en ella que no fuera indiferente, o calculado, algo que se percibiera como joven y deseable y que floreciera bajo la mirada de él?

—¡Conrad! —exclamó de nuevo Rieke rompiendo el hechizo.

Conrad bajó la cabeza y rápidamente sacó un paquete de cacahuetes del bolsillo del pecho, mientras Lisbeth cogía rápidamente el vestido y se embutía la parte superior.

—Los cacahuetes se llaman *peanuts* —explicó Conrad mientras hacía que Rieke repitiera esa palabra antes de darle algunos.

Ella había aprendido muchas palabras de él, sobre todo durante aquel último invierno de frío intenso, cuando Conrad no solo les había traído a los niños cacahuetes, *cornflakes* y chicles y, a veces, chocolate y zumo de fruta, sino que los había invitado a la fiesta de Navidad que los americanos habían organizado para los niños alemanes en el Palmengarten, el jardín de palmeras. Tanto Martin como Rieke habían vuelto a casa cada uno con una de esas cajas de ayuda CARE que se repartían con regularidad desde el pasado verano, y que contenían carne enlatada, grasa en lata, galletas y mermelada.

Rieke también conocía la palabra para decir carbón, *coal*, porque, cuando el enero anterior Lisbeth iba a diario a la estación de tren para abordar de un salto los vagones de carbón en las curvas y llenarse los bolsillos del abrigo con el escaso combustible, Conrad un día había dejado un saco de carbón delante de la puerta de su casa.

A cambio, ella había decidido contarle una historia especialmente larga de su vida, pero al final solo había logrado articular una frase que, sin embargo, le había permitido a él vislumbrar lo más profundo de su alma: «A veces tengo la impresión de que el invierno no va a terminar nunca».

Lisbeth se abrochó el corchete del cuello del vestido, se acercó a Rieke y le cogió el paquete de cacahuetes.

—No te los comas todos de una vez, deja algunos para tu hermano. Vendrá en un momento con la tía Alma.

Como era de esperar, en vez de protestar, Rieke asintió obediente. Podía confiar en su hija pequeña, cosa que no podía decir sin más de Alma. Lisbeth no estaba segura de si tal vez se había desorientado en el breve trayecto que separaba su piso del casco antiguo de la casa de modas en la calle Neue Kräme, y lamentó de nuevo que Frieda, que se orientaba mejor, pero tenía las piernas peor que Alma, se hubiera quedado en casa. Sin embargo, preocuparse era inútil, igual que tampoco importaba que ella y Conrad acabaran de sonrojarse.

Se volvió hacia él con expresión indiferente y musitó un breve «gracias».

—Hoy es el día —dijo él con la sonrisa que ella se reprimía y con el orgullo que ella no demostraba—. La Casa de Modas König celebra su reapertura con un desfile de moda.

Tal vez él pretendía que le halagara por su contribución a la reapertura, pero Lisbeth no le hizo ese favor.

—Hay mucha gente que considera una gran burla que vuelva a haber revistas de moda y desfiles —dijo en tono frío.

—Bueno, de ser así, entonces la orquesta de la ópera no debería actuar en la carpa del circo Holzmüller, ni se deberían abrir cines, ni se podrían celebrar conciertos de música clásica en el salón de la Bolsa. ¿Por qué la gente no debería soñar, ni disfrutar con la belleza?

Era curioso: él, como Eva, hablaba de sueños.

—Los vestidos que hoy se presentan aquí no son bonitos, solo evitan que vayamos desnudos —repuso ella sin ninguna emoción.

—Pero este collar es bonito.

Se refería al collar que debía llevarse con el vestido para ocultar los puntos en que el terciopelo rojo estaba especialmente raído.

—No lo he hecho con piedras auténticas, solo son vidrios del escaparate —se apresuró a decir Lisbeth.

—Es posible —repuso él—, pero no por eso deja de ser bonito.

De pronto la voz de él volvía a tener ese tono aterciopelado que dejaba entrever que a él los escombros no le alteraban porque nunca había visto el mundo haciéndose añicos; ni había tenido que tragarse los escombros porque nunca había estado en el lado de los perdedores, ni había perseguido un sueño equivocado. Sin embargo, por una vez, eso no la irritó. Seguramente lo que él quería decir era que, pese al hambre, pese a la lucha por sobrevivir, también la consideraba bonita a ella, a Lisbeth, y ese cumplido resultó tan extraño, tan desacostumbrado y, a la vez, tan fascinante como el escalofrío que le había recorrido la espalda.

Contra todo pronóstico, Alma llegó a tiempo para el desfile en la casa de modas acompañada de Martin. Sin embargo, cuando Lisbeth se dio cuenta del motivo de ese interés, muy a su pesar, tuvo que decepcionarla.

—No, tía Alma, no tenemos sombreros; solo hemos hecho vestidos y reparado algunos zapatos.

—Me podrías hacer uno con esos periódicos que tienes ahí. Si luego le pegamos algunos ribetes y restos de tul saldría una creación bien elegante.

Lisbeth suspiró.

—Esos periódicos son revistas de moda. Las necesito.

Alma cogió una. Era la revista *Welt der Frau.* La abrió y leyó:

—«Eva sigue siendo Eva, pero el Paraíso no da más de sí». —Soltó una risita—. Es lo que digo: las mujeres deben coger las manzanas por su cuenta y no esperar a que Adán se las baje del árbol.

—Pero la Biblia ya dice que fue Eva, y no Adán, quien cogió la manzana —objetó Lisbeth.

—¿Es eso lo que te enseñó ese marido tuyo tan piadoso?

—Hablando de manzanas —se entrometió Klara Cuervo, que seguía sentada sobre su extraño sombrero, posiblemente ahora también por temor a que Alma se lo quitara—, después del desfile habrá comida y bebida, ¿verdad? Esta mañana solo he comido *knäckebröd* hecho con peladura de patata.

Lisbeth frunció el ceño; no podía imaginarse, ni con la mejor de las voluntades, que Klara Cuervo en persona hubiera rayado piel de una patata para hacer pan, como sí hacían muchas amas de casa avispadas. Lo más probable era que se lo hubiera robado a alguien.

—Aquí no se regala nada —le hizo saber a la anciana de forma escueta.

—¡Oh, vaya! —Alma se sentó pesadamente junto a Klara Cuervo—. Lisbeth, Frieda me ha pedido que te dé esta botella de vino de manzana porque ella no ha podido venir. No tengo ni la menor idea de cómo ha logrado ocultármela. De haber sabido que en casa aún nos quedaba alcohol, se lo habría dado a los niños en cuanto se hubieran puesto a chillar.

Lisbeth miró horrorizada la botella que Alma agitaba.

—¿Habrías sido capaz de dar vino de manzana a los niños?

—¡Eso habría sido un despilfarro tremendo! —exclamó Klara Cuervo. Le arrebató la botella a Alma, tomó un gran sorbo y luego lo escupió de inmediato—. ¡Qué asco! Si en el Fichtekränzi o en el Lorsbacher Thal de la calle Sachsenhäuser Ufer sirvieran algo así, molerían a palos al dueño. Eso no es vino de manzana. Es vinagre.

—Te está bien empleado —dijo Lisbeth con tono severo.

Alma le quitó la botella a Klara Cuervo y se la puso en los labios.

—Solo hay que convencerse bien de que es vino de manzana y entonces sabe igual.

Aunque arrugó la frente después de tomar un sorbo, no lo escupió.

Lisbeth se alejó negando con la cabeza y vio a Martin y Rieke junto a Eva, que, posiblemente para celebrar la ocasión, se había puesto su chal rojo. Conrad se había retirado a un rincón en el que apenas había luz, tal vez porque desde allí podía observar tranquilamente a los ciudadanos de Fráncfort, o tal vez porque no quería ser visto ni que la gente se sintiera incomodada por la presencia de un americano. Ojalá ella pudiera averiguar lo que pensaba y saber si era verdad que él la visitaba tan a menudo para luego escribir un artículo para su periódico.

Sin embargo, al rato estuvo absolutamente ocupada con las chicas, que ya llevaban las respectivas prendas, y les explicaba de nuevo cómo cambiarse de ropa lo más rápido posible para poder presentar a continuación la segunda prenda. Entretanto, saludaba a sus invitadas: eran vecinas, conocidas, parientes lejanas, que a su vez habían traído a otras mujeres. El salón de ventas se llenó en poco tiempo.

Lisbeth constató con alivio que muchas traían una cesta vieja o una bolsa; eso era señal de que querrían cambiar lo que llevaban ahí por ropa. Deseó que hubiera algo de panceta y no solo *knäckebröd* hecho con mondas de patata o similares.

Reparó de nuevo en la presencia de Conrad cuando intentó hacer sonar el viejo gramófono, pues estaba previsto que las chicas desfilaran sobre la pasarela de mesas al son de *Lili Marleen.* En opinión de Alma, esa canción era una mala elección: jamás una muchacha debería esperar a su amado apoyada en una farola; era mejor, ya puestos, que se encargara en persona de ahorcarlo en ella, pues eran escasas las ocasiones en las que el hombre amado se mantenía amoroso. Sin embargo, no quedaba ningún otro disco en condiciones. En este, la aguja también se resbalaba de vez en cuando y hacía un ruido como si Lili Marleen no hubiera ahorcado a su amado en la farola y sí, en cambio, colgara de ella la propia cantante, Lale Andersen.

Conrad se acercó.

—Será un placer ayudarla —dijo y, mientras se encargaba del gramófono, le dijo que, dado el caso, él podía hacerse con algunos discos de la American Forces Network, la cadena de información y entretenimiento de las Fuerzas Estadounidenses.

Lisbeth recordó vagamente que los estadounidenses tenían una emisora de radio en Oberursel, cerca de Fráncfort, y que esa emisora emitía música moderna, jazz y swing, precisamente eso que Frieda consideraba «música de monos o de negros».

Se encogió de hombros sin saber qué hacer. En ese momento Lale Andersen empezó a cantar y la primera muchacha se encaramó a la fila de mesas para desfilar sobre ella con solemnidad. Por lo menos, ese era el plan. Sin embargo, al tercer paso, se detuvo vacilante. ¡Santo cielo! ¿Era posible que esa boba volviera ahora con su temor a que se rompiera una de las mesas, tal y como no había parado de decir durante el ensayo?

Cuando la voz de Lale Andersen fue acallada no por un crujido, sino por un cuchicheo, y las miradas no se clavaron en la chica, sino que se dirigieron a la puerta, Lisbeth se giró. Ahí estaba Helga Reinhardt, la ahijada de Richard, cuyo vestido llevaba Lisbeth porque no había aparecido a tiempo. Por fin había llegado, aunque con perlas de sudor en la frente, las trenzas sueltas y resollando con fuerza mientras trataba de decir algo.

Lisbeth hizo una señal a Eva, que se apresuró a tomar el mando de la situación y se encargó de que la chica que estaba sobre las mesas siguiera desfilando. Ella, por su parte, asió a Helga por el brazo y la sacó a la calle.

—Has llegado demasiado tarde, ahora ya no te necesito para nada.

Helga seguía jadeando mientras intentaba, sin éxito, hablar. Entonces Lisbeth cayó en la cuenta de que Mechthild, la madre de Helga, no estaba entre los invitados a pesar de que había confirmado su asistencia en firme. Y había además algo en la mirada de la chica que no se podía interpretar solo como mala conciencia por el retraso.

—Mi padre... —empezó a decir Helga. Michael, el padre de Helga, había partido con Richard, había partido con él al frente ruso, había desaparecido con él—. Mi padre... —repitió Helga. Lisbeth se notó la boca seca.

«*Unsre beiden Schatten sahen wie einer aus. Dass wir so lieb uns hatten, das sah man gleich daraus*». «Nuestras dos sombras eran como una sola; saltaba a la vista cuánto nos queríamos». La canción de *Lili Marleen* seguía sonando en la casa de modas.

—Mi padre... ha vuelto a c..., casa —farfulló Helga—. Y tiene noticias del tío Richard.

—Richard —repitió Lisbeth.

Hacía una eternidad que sus dos sombras ya no eran una. Hacía tiempo que a ella le resultaba imposible creer que a ambos les daba el mismo sol, la misma luna. Y, aunque así fuera, entre ella y el cielo solía haber una nube de polvo demasiado espesa que impedía cualquier sombra. Excepto ese día. Aquel era un día cálido y bonito.

Lisbeth logró dar un paso. Fue incluso capaz de correr.

—¡Espera! —gritó Helga tras ella al ver que corría hacia Konstabler Wache, que era donde vivían los Reinhardt—. Mi padre aún está en la estación. Está demasiado débil para andar. Mamá ha enviado a Fritz a buscar un carro para llevarlo a casa.

La idea de que se pudiera llevar a un hombre en carro por Fráncfort provocó una risa histérica en Lisbeth. Cuando ese sonido espantoso se apagó, gritó, igualmente histérica:

—¿Richard sigue vivo?

—No lo sé. Mi padre quiere decírtelo en persona. Vamos, ven.

Lisbeth se había detenido un instante. En cuanto reemprendió la carrera, se dio cuenta de que Conrad Wilkes la había seguido fuera y no se apartaba de su lado. Ella no podía huir de él, ni tampoco del temor ante la noticia que la aguardaba en la estación.

En otro tiempo solía ir a menudo a la estación, cuando se anunciaba la llegada de nuevos trenes con soldados que regresaban a casa. Nada podría haber hecho desvanecer la esperanza de que Richard se apeara de uno de ellos. Pero un día había presenciado cómo una joven mujer, al ver que se le acercaba arrastrándose un hombre de uno de esos grupos de seres grises, escuálidos y llenos de piojos, le gritaba desesperada: «¡Yo a usted no le conozco! ¡Déjeme en paz!».

Desde entonces dudaba de si Richard, de seguir con vida, volvería con ella o solo lo haría su sombra, y de si la suya era lo bastante ancha como para que él pudiera refugiarse en ella. Cuando soñaba con él, a veces no tenía brazos para abrazarla o, en lugar de cara, solo presentaba un orificio oscuro. Lo único que nunca había soñado era que no tuviera piernas. Igual que Michael. Aunque este conservaba las piernas, era incapaz de sostenerse en ellas y permanecía postrado junto a la vía.

Mechthild, la esposa de Michael, a la que Lisbeth tanto había envidiado por esa postal de veinticinco palabras que Michael le había escrito en 1945 desde un campo de trabajo ruso, se encontraba de pie frente a él sin saber qué hacer. Era una mujer menuda y delicada, con unas arrugas profundas en la comisura de la boca y un enorme moño en el cogote del que, como siempre, le salían algunos mechones, sobre todo entonces, porque no dejaba de sacudir la cabeza y gritar:

—¿Dónde se ha metido Fritz? ¡No se puede tardar tanto en traer un carro hasta aquí!

Lisbeth la miró fijamente. Pensó que Fritz podía darse por satisfecho si no le robaban o requisaban el carro; los carros seguían siendo un bien muy escaso.

Tuvo la impresión de que ese pensamiento se le adhería a la mente como la capa de suciedad que cubría el rostro de Michael. En el caso de él era imposible saber si escondía un semblante de piel sonrosada o gris. En el caso de ella también era imposible saber si escondía una esperanza renovada o podrida.

—¿Por... qué? ¿Por... qué llevas la cara tan negra? —farfulló Lisbeth; porque era más fácil hacer esa pregunta que la realmente importante.

—Han quitado estopa aceitosa de los acoplamientos del vagón y se han untado con ella. Para resguardarse del frío y de los bichos —musitó Mechthild—. ¡Por todos los cielos! ¿Dónde andará Fritz?

Mechthild guardaba una distancia obstinada respecto a su marido. Conrad, en cambio, no lo hizo respecto a Lisbeth. Estaba muy cerca de ella, tanto que le sentía el aliento. Era cálido, demasiado cálido.

A Lisbeth las rodillas le empezaron a temblar cuando dejó de mirar solo la cara de Michael y bajó la mirada hacia sus manos... o lo que quedaba de ellas. Solo tenía dos dedos en la mano derecha; uno, en la izquierda.

—¿Por qué no tiene dedos? —preguntó; porque también era más fácil preguntar eso que tener agarrarse a la nada.

—Algunos se le congelaron y se los cortaron con una sierra de calar —dijo Mechthild, que seguía dando vueltas en torno a su marido—. Los otros se los cortó él mismo porque, como inválido, podía regresar antes a casa. ¿Dónde se habrá metido Fritz con el carro?

«¿Cómo pretende subirlo al carro, si no se atreve a acercarse a él?», pensó Lisbeth; luego se inclinó hacia Michael y, sin apartar la mirada de esas manos mutiladas, sacó el valor para admitir que también su esperanza hacía tiempo que estaba mutilada. Un último corte y habría acabado con ella.

—¡Dímelo! —le pidió.

Ya mucho antes de que Michael pudiera levantar la mirada, ella vio la verdad en sus ojos.

—Sub..., subimos al tren en Breslau-Hundsfeld —musitó él con voz ronca—. Desde ahí fuimos a Azerbaiyán. Viajamos durante cinco semanas.

Ella no conocía ninguno de esos lugares, pero siempre había sospechado que Richard estaría viendo otro sol, otra luna. De todos modos, durante esas cinco semanas en tren los prisioneros no atisbaron jamás el cielo. En el vagón se hacinaban más de cien hombres. Se abría una vez al día, se arrojaba pan mohoso y se retiraban los muertos. No había nada para beber; lamían la lluvia en los cabezales de los tornillos de las paredes de madera.

—Se retiraban los muertos —repitió Lisbeth contrayendo las manos hasta apenas sentirlas. Tal vez a ella también se le caerían los dedos; tal vez alguien también se los tendría que cortar con una sierra de calar.

—¿Cuándo? —se limitó a preguntar.

Ojalá muriera pronto, pensó, el primer día, el segundo, o el tercero. Ojalá que todo hubiera acabado pronto para él.

—Richard murió poco antes de que llegásemos al campo —dijo Michael—. Enterraban los cadáveres junto a las vías. O los dejaban ahí sin más.

Se oyó un chirrido a sus espaldas. Fritz aparecía por fin con el carro; en su interior, un puchero.

—He traído algo para comer —dijo guardando la distancia—. Sopa de patatas.

—Fíjate la cantidad que has derramado —se lamentó Mechthild—. No nos podemos permitir desperdiciar nada. ¿Cómo se supone que lo que tenemos va a alcanzar para cuatro personas, si ni siquiera sacia a tres?

«Esa cuarta persona ha dejado de serlo», pensó Lisbeth.

Cuando se incorporó, sintió un mareo. Conrad la sujetó y luego preguntó a Fritz si había traído una cuchara consigo. ¿Cómo si no podrían darle la sopa de patatas a Michael? Fritz se echó a llorar y negó con la cabeza; Helga no lloró, pero dijo que iría a buscar la cuchara. Mechthild cogió el puchero y dijo que Michael ya se tomaría la sopa en casa; que ella se encargaría de llevarlo hasta ahí.

A Lisbeth le llevó un rato comprender que Mechthild se refería al puchero, no a ese hombre. Conrad la soltó y, con la ayuda de Fritz, subió a Michael al carro. Él se acurrucó. Parecía más pequeño que Frau Käthe.

Con los escombros podemos levantar paredes nuevas, le pasó a Lisbeth por la cabeza, pero ¿cómo convertir a ese individuo en una persona nueva?

—Yo..., yo lo llevaré a casa —dijo Conrad.

—¡No! —gritó Mechthild con tono agudo. Ella juzgaba a Conrad igual que Lisbeth lo había hecho a menudo, con cierto desprecio y gran envidia por el traje gris, la sonrisa amable y, sobre todo, por esas manos cuidadas. Él conservaba aún los diez dedos, con sus diez uñas. Él tenía la cara limpia.

—No. Fritz se encargará.

No es culpa de Conrad no estar mutilado, se decía Lisbeth, aturdida. También de las cosas mutiladas se puede obtener algo.

De todos modos, ¿qué hacer con una mano a la que le faltaban casi todos los dedos? ¿Qué hacer con ese agujero oscuro que se abría en su interior engulléndolo todo? Incredulidad, discordia y desesperación. No es posible. ¿Por qué Richard sobrevivió a aquel largo trayecto para morir al final? ¿Cómo se supone que debo seguir yo sola?

En realidad, no estaba sola. Conrad estaba ahí, sosteniéndola de nuevo antes de que ella se diera cuenta de que había estado a punto de desvanecerse.

—La Casa de Modas König. El desfile... Debo regresar.

—No se preocupe por ello. Puede usted llorar.

En ese agujero oscuro también se perdían todas las lágrimas.

—Eso no sirve de nada —repuso ella casi con indiferencia—. Yo... tengo que vender ropa.

Rieke

1972

No te contengas por mí —dije—. Tú llora tranquila.
Nunca antes había oído llorar a mi cuñada Silke; de
hecho, sus carcajadas siempre habían sido medias risas. En ese
momento no emitía ningún ruido, solo se había hundido en
nuestro sofá del salón. Le había traído ropa de cama limpia,
pero, en vez de poner una funda de almohada, me senté a su
lado. Procuré guardar una distancia de un palmo por lo menos
ya que antes, cuando le había pasado el brazo por el hombro,
ella había dado un respingo. Joachim permanecía bajo el marco de la puerta, y en su mirada yo veía la pregunta que minutos
atrás ya me había susurrado con voz ronca:

—¿De verdad te parece que debemos meternos?

—Tampoco podemos dejarla plantada delante de la puerta después de que Martin le haya pegado —respondí.

—¿Pegado? ¿No te parece exagerado? Si solo ha sido un
bofetón...

Silke aún tenía la mejilla roja.

—¿Es que eso a ti no te parece lo bastante grave? —había
exclamado yo.

Sabía que Joachim no merecía ese bufido. Él estaba tan desconcertado como yo, eso era todo. Aun así, en ese momento se libró de la parálisis y preguntó si quería su ayuda para preparar las sábanas. Siempre que lo hacía, las costuras interiores quedaban a la vista, pero seguramente Silke no repararía en ello. Por el modo en que clavaba la vista al frente, tampoco parecía notar nuestra presencia.

—Tal vez la deberíamos dejar a solas un instante —propuso Joachim; aunque yo no compartía su opinión, me apresuré a levantarme.

—¿Te parece que le ofrezcamos alguna cosa? —pregunté en voz baja.

—No creo que le apetezca un erizo de carne —dijo Joachim con esa sonrisa que, aunque torcida, era capaz de enderezar un poco ese mundo mío que se tambaleaba.

Cuando, apenas un año antes, Silke se había dedicado a trocear el erizo de carne en lugar de comerlo, yo había creído que la tensión entre ella y su marido había alcanzado el punto más alto. Sin embargo, ese día me di cuenta de que aún había un nivel superior.

—Le traeré un vaso de agua —dije.

—Solo espero que no fume en el salón.

Eché un vistazo a Silke; dejando de lado la mejilla enrojecida, tenía la cara blanca como el papel. Su pelo rojizo le caía sobre la frente.

—No creo que tenga cigarrillos —murmuré.

De hecho, no se había traído nada, ni siquiera una chaqueta de abrigo a pesar de que entonces —era marzo— aún hacía bastante frío. Esperaba encontrar en casa un cepillo de dientes sin usar y me dije que debía buscarle también un camisón o un pijama.

Cuando Joachim dijo que él se podía encargar de eso, me di cuenta de que había estado hablando en voz alta.

—Difícilmente le podemos ofrecer un delantal para barbacoas —añadió él aún con una sonrisa torcida; con la risa que me entró descargué mi tensión.

En efecto, el delantal para barbacoas. Se suponía que aquella tarde normal de jueves debía haber acabado con eso. O, mejor dicho, con un corzo. Aunque con eso no quiero decir que se tratara de asar un corzo a la barbacoa.

No. Horas antes yo había estado contemplando ese corzo en una revista francesa que Vera me había enviado. En rigor, no era un corzo auténtico. Vera, embutida en esa ropa de color verde parduzco (con puntitos blancos) y con los ojos abiertos con expresión aterrorizada mirando a un hombre con un atuendo similar (sin puntitos blancos), me había hecho pensar en ese animal. Podría ser también que yo hubiera malinterpretado la puesta en escena, y que no se pretendiera representar con ella a un corzo y a un cazador, sino a Caperucita y el lobo feroz. Fuera como fuese, alguien parecía estar convencido de que de ese modo se podía anunciar un perfume o —tal vez yo había traducido mal el eslogan— un champú.

A pesar de sus ojos tan abiertos, lo que realmente le daba una apariencia extraña a Vera era la peluca oscura que lucía. En cambio, lo que sí resultaba muy propio de ella era que, excepto por la revista, no me hubiera enviado ninguna carta y que, en su lugar, me hubiera hecho saber en una nota escrita en una página arrancada de un cuaderno que la habían escogido para una gran campaña. Aunque no aparecía en negro sobre blanco, ese «¡Toma ya!» triunfante, que me convertía a mí en una provinciana a pesar de que ella hacía de corzo, o de Caperucita, me llegaba de forma alta y clara.

—¿Qué haces? —me había preguntado Joachim mientras se metía en la cama conmigo.

Sin saber muy bien por qué, escondí rápidamente la revista debajo de un catálogo de Quelle.

—Mira —me apresuré a decirle—, ahora en el catálogo se anuncian incluso motocicletas y patinetes.

Joachim miró atentamente la página.

—¡Y delantales para barbacoas para hombres! —exclamó, señalando una prenda verde con un tomate enorme.

—Te quedaría de maravilla —contesté y me eché a reír de manera que la revista se desplazó y mostró a Caperucita Roja.

—¿Esa es Vera?

«Está como una cabra, ¿no te parece?», estuve a punto de decir. Sin embargo, me limité a asentir.

—Además de estudiar, hace de modelo.

—¿Además? ¿Ha hecho algún examen en la Sorbona?

—No es asunto nuestro. Tampoco ella te pregunta cuántos seguros del hogar conseguiste el semestre pasado.

—Porque ella solo se interesa por sí misma. Pero esta no es la cuestión. Yo soy responsable de mi vida. Mantengo una familia y...

—Ella también se mantiene —repliqué con tozudez. Mi tono sonó más obstinado de lo que pretendía.

—¿Como hada del bosque? —preguntó Joachim vacilante.

—¿Y por qué no?

Desde luego un hada del bosque era otro modo de verlo. La pregunta entonces era a quién representaba el hombre. ¿Quizá a Rumpelstiltskin, el enano saltarín? Era demasiado alto para eso, pero Eva en su tiempo decía que Rumpelstiltskin era un gigante. ¿O acaso estaba yo confundida y ese gigante aparecía en otro cuento que ella había contado? Fuera como fuera, ese gigante decía siempre: «Huelo, huelo carne humana» y se daba con la cabeza contra las lámparas de araña. Me dije que debería volver a escribir a Eva. Me sabía mal que ella hubiera desaparecido completamente de mi vida...

Joachim me quitó de la mano la revista francesa y el catálogo de Quelle.

—No vamos a pelearnos por Vera —murmuró—. Al menos no hace anuncios de delantales para barbacoas.

Volví a reír, pero mi risa se desvaneció en cuanto él se inclinó sobre mí y quiso besarme. Me puse rígida.

—¿No quieres?

Deslizó la mano hacia abajo y la metió entre mis muslos.

—No, no es eso —musité entre dos besos—. Pero antes tengo que calcular cuáles son mis días fértiles y...

—¡Dejemos que sea lo que Dios quiera!

De pronto, lamenté no estar discutiendo aún sobre Vera y habernos metido en un tema mucho más peligroso que la vida de mi hermana como modelo: el de sus ganas de tener otro hijo, que yo no compartía a pesar de que ni siquiera sabía decir por qué.

Acercó su mano a mi ombligo, y busqué a tientas con la mía el calendario que tenía en la mesilla de noche. Antes de que ninguno de los dos hubiese alcanzado su objetivo, sonó el timbre de la puerta.

—¡Cielos! ¡Marlene va a despertarse! —dije, pero mi voz no fue de enojo, sino de alivio. Joachim apartó la mano con un suspiro y se puso la bata. Cuando él estuvo listo por fin, yo ya había salido en camisón al pasillo y había abierto la puerta. Silke estaba ahí delante, con una mejilla roja, los ojos llorosos y la comisura de los labios temblorosa.

—¡Por Dios! ¿Qué ha ocurrido?

—Martin... —farfulló—. Martin es lo que ha ocurrido.

Silke no contó el motivo de la discusión y, la verdad, yo no lo quería saber. Como tampoco había querido saber que Martin no solo le había pegado un bofetón, sino que, según afirmaba ella, también la había violado.

—Pero ¿cómo la va a violar, si están casados? —preguntó Joachim tras ir a buscar un camisón para Silke. No había acudido con él al salón sino a la cocina. Ahí estaba yo, con un vaso de agua en la mano, quieta, en lugar de dárselo por fin a Silke.

—Aunque se esté casado, puede ocurrir que uno no tenga ganas —señalé—. Eso a él no le da derecho a abalanzarse sobre ella.

—Bueno —dijo Joachim.

—Bueno, ¿qué? ¿Bueno, ella exagera? ¿Bueno, tal vez ella lo ha provocado?

—Bueno, Martin no es precisamente un tipo que rebose fuerza física.

—¿Y si ella no se pudiera mover por estar aterrorizada, por tener miedo?

—¿Del propio marido? —preguntó Joachim con escepticismo.

Avanzábamos en círculo, pero era mejor balancearse en los bordes de un círculo que ir hacia el centro, donde ya no se trataba de la relación de Martin y Silke, sino de la nuestra.

—Voy a ver cómo está Marlene —dijo Joachim.

Yo, por mi parte, se suponía que debía ir a ver cómo estaba Silke, pero me quedé quieta en la cocina, con el vaso de agua en la mano, contemplando el pastel de negritos de merengue, en realidad, una parte del mismo, en concreto, la base que había preparado a última hora de la tarde y que al día siguiente quería decorar con nata, queso Quark y negritos de merengue. La madre de Joachim había anunciado su visita y me pregunté cómo le explicaría la presencia de Silke. Siempre y cuando, claro está, ella siguiera ahí.

Con un suspiro entré por fin en el salón, donde Silke seguía encogida en el sofá.

—¿Y qué se supone que va a pasar ahora? —pregunté.

Pensé que no me había oído, pero de pronto levantó la vista. Ya no tenía la mejilla enrojecida.

—No pensarás contarle a Martin que estoy aquí, ¿verdad?

Yo, incómoda, me balanceé sobre los pies. No recordaba haberle ocultado nunca nada a mi hermano. De hecho, incluso le revelé un secreto, después de la guerra, después del primer desfile en la Casa de Modas König, cuando mi madre supo que nuestro padre había muerto siendo prisionero de guerra. El desfile de moda no se interrumpió y, al terminar, fuimos a casa con la tía Alma ajenos aún a esa terrible noticia. Si no recuerdo mal, Klara Hartmann también estaba ahí porque Alma no solía acordarse del camino. Sea como fuera, yo supe de la muerte de mi padre cuando, ya entrada la noche, me desperté y oí hablar a mamá con Alma y Frieda. «Siempre mueren los mejores», había dicho Frieda en su típico dialecto del sur de Hesse.

Mamá no lloró. Yo solo la vi llorar en una ocasión, pero fue por otro hombre.

Yo tampoco lloré. Había oído tantas historias sobre los que volvían de la guerra —que regresaban sin brazos, o sin piernas, que se golpeaban creyendo que los insectos los devoraban, que gritaban, que lloraban o que permanecían postrados en la cama temblando—, que sentía una aprensión tremenda ante el regreso de mi padre.

Zarandeé a Martin hasta que se despertó y le anuncié emocionada: «¡Imagínate! Papá está muerto. Ahora ya no tenemos nada que temer».

Martin se me quedó mirando y entonces empezó a gritar, de forma aguda y estridente, como hacía siempre cuando lo que quería era llorar. Mamá siempre le decía que no podía llorar, que un niño no hacía esas cosas, que las lágrimas eran inútiles.

Gritar también era inútil, pero en esa ocasión, cuando vino a nuestra cama y supo lo ocurrido, no lo dijo.

«Vamos, cálmate, vamos», susurró. Y su voz sonaba fina y desorientada como nunca.

Luego vino Frieda —ella siempre tardaba un rato en levantarse a causa de la retención de líquidos— y comentó: «Por lo menos, aún nos queda un hombre en la casa».

Ya entonces me pregunté cómo era posible llamar hombre a ese niño tan chillón.

«¿Me podrías explicar —se apresuró a decir Alma— para qué necesitamos un hombre si no es para llevarnos a la guerra, convertir las ciudades en ruinas y matar a la gente?».

Entonces pensé que Martin eso no lo haría nunca.

En cambio, ese día, el día en que Silke vino a nuestra casa, yo le vi capaz de pegar y violar a su mujer. Decidí que era mejor cerrar la boca y guardar el secreto.

—No le diré nada, pero seguro que este será el primer lugar donde vendrá a buscarte —murmuré—. Y entonces no lo podré ahuyentar tan fácilmente.

—Me quedaré hasta mañana. Luego iré a casa de una amiga.

Suspiré aliviada, aunque a la vez me sentí avergonzada de pensar que la tarde con mi suegra y la tarta de merengue estaba salvada.

Después de haberle preparado las sábanas y dejado un camisón, le traje un montón de periódicos porque tenía la certeza de que le costaría conciliar el sueño. También estaba ahí el catálogo de Quelle con el delantal para barbacoas. Ella no hizo caso al anuncio, pero sí se interesó por la revista francesa.

—¿Esa no es Vera? —preguntó—. ¿Por qué va disfrazada de leñadora?

—Trabaja de modelo —dije en voz baja.

—¿Y por qué se hace llamar Vero Reine?

—Reine en francés significa reina, y, König, rey, es el apellido de soltera de nuestra madre.

De nuevo asomó el recuerdo de la tía Alma.

«Estás hecha una pequeña reina, Rieke...».

Silke siguió hojeando. En la página siguiente no se veía un bosque, sino un desierto donde varias mujeres, posando con gesto aburrido y ataviadas con vestidos largos de ganchillo y zapatos de plataforma brillantes de color rosa, parecían estar esperando el autobús.

—No tendríamos problemas si Martin no se empecinara en esa moda tan conservadora. Ni tampoco si tú no te hubieras desentendido tan fácilmente del negocio. ¡Tienes olfato para la moda! ¡Soñabas con ser una diseñadora como tu abuela!

Yo no recordaba haber hablado con ella ni de mi abuela, ni de mis sueños.

—Yo no conozco de nada a Fanny König.

—Pero fuiste a la escuela de moda, solo te faltaba terminar el último curso y...

Su tono de voz se iba volviendo cada vez más lastimero y le quité la revista rápidamente.

—Deberías dormir. Mañana..., mañana ya veremos.

Esa frase era como un negrito de merengue. Al comer uno, la boca se ensuciaba de chocolate sin haber podido disfrutar de verdad del sabor, y el estómago se llenaba de esa masa dulce y pegajosa sin quedar verdaderamente saciado.

Silke cogió un cojín y lo apretó contra su cuerpo.

—Cuando nos conocimos, Martin era totalmente distinto. Añoraba la libertad, quería viajar.

—Sí, lo sé. Quería dar la vuelta al mundo en ochocientos días.

—¿Y por qué no vivís vuestros sueños?

—¡Vera sí lo hace! —exclamé. Al instante siguiente lamenté haberlo dicho.

Vera no vivía ningún sueño, perseguía una ilusión a la que uno solo podía asirse mientras se era joven, irresponsable y atrevido. Pronto se llevaría un chasco. Yo, en cambio, llevaba la vida que siempre había deseado.

Antes de que pudiera aclararlo, Silke anunció:

—Voy a divorciarme. ¿Me acompañarás al abogado?

Levantó la mirada y me miró con sus grandes ojos brillantes y húmedos. ¡Cielos! ¿Por qué todos hacían de corzo, o de Caperucita, o de hada del bosque, y me pedían precisamente a mí que los sacara de la maleza? Como cuando mi madre me había pedido que siempre cuidara de Martin. «Tú eres más joven que él..., pero eres más fuerte», había dicho.

No rechacé la petición de Silke de forma inmediata.

—¿Quieres comer alguna cosa más? —pregunté sin responder—. Tengo pastel de negritos de merengue. En realidad, solo tengo la base, aunque sin el queso Quark, la nata ni los negritos de merengue también estará bueno, ¿no?

Dos semanas más tarde me encontraba sentada esperando en el despacho de un abogado especializado en divorcios. Exacto: yo. No nosotras. Silke se retrasó, así que durante un rato había aguardado bajo la lluvia delante del despacho del doctor Rechenberger en la calle Guiollettstraße. Al final, quien se me acercó no fue Silke, sino un hombre con el aspecto que cabría esperar del propio doctor Rechenberger, con traje negro bien cortado, bigote anticuado y un pelo engominado y tan bien recortado que parecía haber usado una regla.

—No creo que quiera usted esperar aquí, bajo la lluvia —dijo él mientras me hacía señas para que entrara en ese edificio antiguo de escaleras que crujían y paredes revestidas con paneles de madera.

Por lo menos, así era como estaba decorada la caja de la escalera. En el despacho se había conseguido eliminar a conciencia todo cuanto pudiera sugerir color y estética. Incluso el teléfono de dial era gris; detrás de él estaba sentada una secretaria que me miraba con expresión severa. Igualmente, la amabilidad del señor doctor en Derecho terminó cuando me señaló con la barbilla una butaca diminuta que posiblemente se habría venido abajo bajo el peso de alguien más robusto. Puede que fuera preferible sentirse lo más diminuto posible cuando alguien osaba emprender un divorcio.

Durante el siguiente cuarto de hora dirigí la vista alternativamente al reloj y a la silla, pero Silke no apareció. A última hora del día anterior habíamos incluso hablado por teléfono: ella me había llamado desde la casa de su amiga en Hunsrück donde se había refugiado. Yo no entendía por qué seguía insistiendo en que la acompañara a la cita con el abogado de divorcios. Joachim tampoco. Tal vez al final acepté porque él intentó de forma muy vehemente que me mantuviera al margen.

«Es mi familia —dije—. Y todo esto lo hago también por Martin. Si asisto a esta primera reunión, al menos podré hacerme a la idea de lo que le espera. Incluso es posible que logre hacer cambiar de opinión a Silke o, por lo menos, procurar que todo siga un cauce civilizado».

En realidad, yo no tenía ni idea de lo que era un divorcio civilizado. Ni tampoco tenía ni idea de por qué Silke aún no había llegado. Y aún me molestaba más que, contra todo pronóstico, en las dos últimas semanas, Martin no se hubiera puesto en contacto conmigo.

«Es posible que se sienta avergonzado», era la explicación de Joachim. «Si habla con nosotros, va a tener que admitir lo ocurrido. De ahí que prefiera que le olvidemos».

De nuevo miré el reloj. La cita debería haber empezado hacía diez minutos. La secretaria me contempló detenidamente, levantando la vista por encima de los cristales de las gafas, y, de algún modo, consiguió no quitarme los ojos de encima ni siquiera cuando se levantó, se sirvió una taza de café, se la llevó a los labios y tomó un sorbo. La taza era, cómo no, gris, y su contenido seguramente no era café, sino sopa de piedra. (Cuando le leía a Marlene el cuento de la sopa de piedra, nunca sabía si para hacerla solo se tenían que hervir las piedras, o si además había que tragarlas).

Aparté la vista de ella y contemplé el retrato de Konrad Adenauer que colgaba junto al reloj. Aunque no sabía desde cuándo no era canciller, estaba segura de que eran ya décadas, y no unos pocos años. Sin embargo, una secretaria capaz de tomar café sin apartar la vista de mí seguramente era capaz de contravenir las normas políticas con la misma habilidad que las físicas.

—¡Es una suerte haberme podido librar de colgar a Willy Brandt! —dijo la secretaria que me había seguido la mirada.

Ante esas palabras, no pude evitar imaginarme a Willy Brandt colgando del patíbulo, y tal vez ella también, ya que torció la boca dibujando una sonrisa que era tan cálida como el café o la sopa de piedras de la taza, es decir, en absoluto. Recordé vagamente que, además de nuestras rencillas familiares, entonces se estaba librando una contienda política, ya que para ese día se había fijado la moción de censura contra Willy Brandt, que pretendía convertir a Rainer Barzel en el nuevo canciller.

Por fin la secretaria apartó la mirada y entonces quien parecía observarme con recelo era Konrad Adenauer. Para entonces, Silke llevaba un retraso de veinte minutos. De todos modos, a decir verdad, tampoco iba a llegar muy tarde ya que el doctor Rechenberger aún no nos había llamado. ¿Y si yo había entendido mal la hora?

Carraspeé.

—El doctor Rechenberger necesita aún unos instantes —explicó la secretaria. Su voz era tan abiertamente hostil como antes lo había sido su mirada. Alguien que quería que Konrad Adenauer volviera a ser canciller seguramente no tenía una alta opinión de una mujer que quería pedir el divorcio.

—No hay prisa. A fin de cuentas, estoy esperando a mi cuñada, que en realidad es la que...

Me interrumpí porque esa frase, acabara como acabara, parecía una justificación desesperada del tipo: «¡Yo no soy la mala!».

La secretaria se reclinó en el asiento, e hizo una breve pausa.

—¿Está usted segura de verdad? —preguntó alargando las vocales.

De nuevo estuve a punto de aclararle que en este caso la cuestión no iba conmigo, pero al final me limité a asentir.

—Yo aquí veo de todo —dijo—. Un divorcio es, entre otras cosas, la disputa más dura en la vida de una persona.

¿Sabría el doctor Rechenberger que ella lo boicoteaba de ese modo?

—A mí me parece que hay cosas peores... —me oí replicar sin querer.

—Mmm... —murmuró ella con desdén—. Yo soy de la opinión de que el matrimonio, como la institución más sagrada y suprema de la sociedad humana, debería adoptar de nuevo el rango de la inviolabilidad y la validez.

¡Por todos los cielos! ¿Dónde enseñaban esas frases?

Aquella butaca, ya de por sí diminuta, me pareció que se encogía aún más y yo con ella. Pero entonces me levanté. Para no sentirme todavía más insegura. Para no ahogarme en el gris de las paredes, en el gris de las cosas no dichas.

Era demasiado. No le había contado a Martin que, después de su pelea, Silke había buscado refugio en casa. Y mucho antes tampoco le había dicho que me habría gustado asumir un poco de responsabilidad en la casa de modas. Igual que no le había dicho a Joachim que no quería tener otro hijo tan pronto, ni le había dicho que a mí no me bastaba con hacer pasteles de negritos de merengue y erizos de carne picada. De hecho, eso ni siquiera me lo había dicho a mí misma, y no durante semanas, ni meses, sino durante años. Con todo, ese silencio no era más que una imitación barata, una sombra delicada, en comparación con un silencio aún mayor: el de mi madre. Ella solo había compartido su gran secreto conmigo, y yo lo había guardado muy bien, tal vez porque era embarazoso para mí, o por remordimiento, por no haber sabido cerrar la boca cuando conocí la muerte de nuestro padre. ¡Se suponía que Martin no iba a gritar de un modo tan desesperado!

¿Acaso ahora no se echaría a gritar si me viera ahí sentada? Aunque, de hecho, ya no lo estaba, sino que me encontraba de pie delante de la secretaria.

—No haga como si el matrimonio fuera la máxima felicidad en la tierra —dije sin pensar—. Evidentemente, puede serlo, pero para eso hace falta luchar a diario por ello. De la misma manera, el matrimonio puede convertirse en una prisión en la que todos los sueños se marchiten.

Yo no sabía a qué sueños exactamente me refería.

De pronto, la mirada de la secretaria dejó de ser incisiva y pasó a ser compasiva.

—Sea como sea, debe usted saber que su nivel de vida cambiará de forma drástica, sobre todo si no se puede demostrar sin dudas la culpabilidad del marido en la ruptura del matrimonio.

Eso exactamente era lo que le había advertido a Silke. «Él no te ha engañado. ¿De qué piensas vivir? ¿De tus pañuelos de seda?».

Pero entonces dije:

—Eso es decisión mía.

La secretaria se encogió de hombros.

—¿Sabe? —contestó—. Después de la primera reunión con el abogado, muchas mujeres cambian de idea.

Tal vez no fuera tan nociva para el negocio como parecía. Tal vez el doctor Rechenberger quería tener la certeza de que sus clientes iban en serio y la misión de ese dragón en la antesala fuera separar la paja del grano. Tal vez Silke se había replanteado la cuestión no después, sino antes de hablar con el abogado, y tal vez, en lugar de ir allí, había vuelto a su piso para aclarar las cosas con Martin.

De nuevo dirigí la mirada hacia el reloj. Ahora el retraso era de media hora; de pronto me pareció simplemente ridículo que yo, con el rostro encendido y las manos en alto, insistiera en un divorcio que no era el mío.

—En cualquier caso, no estamos hablando aquí de mí, sino de mi cuñada —musité antes de darme la vuelta sin más y salir del despacho.

La escalera volvió a crujir, pero ya no llovía. El aire estaba impregnado del olor al asfalto mojado cuando la puerta de entrada se cerró detrás de mí. Inspiré profundamente.

¡Qué tontería entrometerme en ese asunto! ¡Qué tontería mezclar en la misma olla el matrimonio de Silke y de Martin, el mío y el de Joachim y el destino de Lisbeth! Si insistía en seguir mezclándolo todo, no obtendría más que algo insípido, aunque no comparable a una sopa de piedras. En cualquier caso, yo no debía confundir mi felicidad con la desdicha de Silke o de mi madre solo porque una secretaria me hubiera tomado por una esposa con ganas de divorciarse.

Volví a casa en tranvía y autobús; tenía muchas ganas de llegar y poner verde a esa bruja y a su retrato de Adenauer.

Pero Joachim no estaba para risas. Como acumulaba las horas extra, curiosamente esa tarde estaba en casa, aunque quien cuidaba de Marlene no era él sino la madre de las gemelas vecinas. Joachim estaba sentado delante del televisor, que en ese momento emitía una edición especial de las noticias. La moción de censura contra Brandt había fracasado; tal vez ahora en el despacho de Rechenberger Brandt reemplazaría a Adenauer.

Mi mirada se posó en Joachim, que se levantó de un salto y me miró tremendamente agobiado:

—¡Por fin has llegado!

¡Era imposible que le hubiera afectado tanto que Rainer Barzel no fuera canciller!

—¿Acaso Willy Brandt...? —empecé a decir.

Él me interrumpió.

—¡Es Martin! ¡Tengo noticias de Martin!

Me sobresalté; por primera vez mi pensamiento se precipitó a toda velocidad hacia una dirección que hasta el momento yo no me había permitido considerar. ¿Y si él, completamente desesperado, le había hecho algo a Silke, o se había hecho algo a sí mismo? ¿Y si ella había intentado hablar con él y él...?

—¿Qué? ¿Qué ha hecho? —pregunté a duras penas. Sentía como si tuviera la lengua clavada en la boca.

—Una locura absoluta —dijo Joachim.

No, pensé. No...

—Martin no habrá...

Joachim asintió con gesto sombrío.

—Se ha comprado una furgoneta Volkswagen.

—¿Cómo dices? —farfullé sin pensar.

—Le ha comprado un cacharro viejo a uno de esos *hippies*. Con ese trasto no va a poder recorrer más de trescientos kilómetros, y menos aún tres mil. Se vendrá al suelo en cuanto se siente. Pero él ni siquiera me ha escuchado. Han decidido partir hoy mismo.

—¿Cómo dices? —repetí. Nada de eso tenía sentido para mí.

Joachim se retorcía las manos sin saber qué hacer.

—Me ha dicho que está harto de todo y que por fin se ha decidido a dar la vuelta al mundo. ¡Bah! ¡Es incapaz de encontrar un sitio para aparcar por esta zona, y en cambio pretende irse al desierto y recorrer las montañas de Afganistán!

—Bueno, ahí seguro que encontrará sitio para aparcar —murmuré mientras me desplomaba sobre el puf rojo al sentir que las rodillas me temblaban.

—Y Silke se va con él. Ayer por la noche se reconciliaron. Dice que por fin ha recuperado a su antiguo Martin, el que aún es capaz de soñar. Es evidente que a esa egoísta no se le ha ocurrido avisarte con tiempo. No entiendo cómo esos dos han podido hacerte algo así.

Mi hermano en Afganistán. Y Silke con esa piel pálida que tenía y su propensión a quemarse con el sol.

—Eso siempre es mejor que un divorcio —musité.

Joachim apagó el televisor.

—Que Silke te haya dejado plantada es una grosería. Pero lo que Martin te ha endosado, eso es..., bueno, es...

—¿Qué me ha endosado? —pregunté sin entender—. Él no me ha obligado a acompañarle en esa tartana.

—No, eso no —repuso Joachim con tono sombrío—. Pero ha saqueado la caja de la Casa de Modas König y, además, no les ha dicho ni pío a sus colaboradores. Y ahora te va a tocar a ti informarles de que la casa de modas se va a cerrar para siempre. Al menos debería haber tenido el valor de disculparse contigo por eso.

Por un instante se hizo el silencio. Yo me quedé mirando el puf rojo, sin verle el color. De nuevo todo se había vuelto gris, el gris de las cosas no dichas.

El silencio de Martin, el silencio de nuestra madre y, finalmente, el mío, pues al fin y al cabo yo siempre había contribuido a él. Yo había ayudado a callar a mi madre, a Silke, y, en cierto modo, también a Vera.

Pero había un secreto que no podía guardar. Uno en el que apenas me había atrevido a pensar. Entonces lo proclamé en voz alta.

—No puedo permitir que la Casa de Modas König cierre —me oí decir—. Voy a asumir la dirección del negocio.

Fanny

1921

*F*anny llevaba muchos meses trabajando como lavaplatos en el Coq d'or, un pequeño restaurante del Barrio Latino, que debía su nombre al gallo dorado que había en la placa de la puerta. En lugar de cresta, aquel gallo lucía una larga pluma de cola, por lo que cuando Fanny lo veía pensaba en un pavo real. A su vez, cuando contemplaba las montañas de platos sucios que bajo sus manos pasaban a ser pilas de platos de cerámica de color blanco impoluto con borde dorado, ella pensaba en sus sueños, todos igual de sucios y pegajosos, pero, por lo menos, indemnes.

Pues, al igual que no se le escurrían de las manos platos blancos de cerámica y estallaban en el suelo, como le ocurría a menudo a Théodore, Fanny por las noches se dedicaba con empeño a dibujar vestidos en un cuaderno nuevo. Por desgracia, el cansancio la vencía a menudo. No pocas veces se quedaba dormida sobre su libreta y, en lugar de dibujar los vestidos, los soñaba, y ya no los lucían damas hermosas de fino pelo dorado, ojos brillantes y mejillas como de albaricoque, sino unas siluetas escuálidas, que más que a una persona se parecían a los hilillos de humo que se levantaban de los fogones del Coq d'or cuando Gérard, el cocinero, utilizaba demasiado brandi para flambear.

Siempre que se despertaba con la nuca dolorida renegaba, la mayor parte de las veces sin que Théo la oyera, ya que estaba en algún sitio celebrando fiestas desenfrenadas con mujeres que, en realidad, eran hombres y con hombres que, en realidad, eran mujeres. La música que acompañaba esas veladas no era la normal, porque el segundo tono no armonizaba con el primero; era como un vestido con una manga de terciopelo rojo y otra de seda verde.

Como Fanny no quería diseñar ese tipo de vestidos no malgastaba nunca en fiestas nocturnas la fuerza que necesitaba para dibujar. Por desgracia, esos diseños nunca se convertían en vestidos porque, aunque Théo la había acogido para ampliar su guardarropa, él prefería gastar el poco dinero que tenía en polvos blancos en lugar de en ropa, y los favores con que ella le compensaba el tener un techo sobre la cabeza se limitaban a remendar agujeros, recoser un dobladillo roto o, cuando él volvía a adelgazar, estrechar de nuevo la cintura de un vestido. Cuando no se quedaba dormida sobre sus bocetos, lo hacía con la aguja en la mano y no eran pocas las veces en que se había pinchado cuando, al cabo de varias horas, se despertaba sobresaltada.

A las noches, que siempre eran demasiado cortas, les seguían días de vapor de agua caliente; para sobrellevarlos Fanny se imaginaba cómo vestían los comensales de cada plato.

Quien ante unos *oeufs en gelée* solo comía los huevos y dejaba la gelatina tenía que ser uno de esos hombres severos que se apoyaban en un bastón con cabeza de león o de lobo y que luego, de vez en cuando, hacían que una cortesana les pegara con ese mismo bastón. Aunque, tal vez, las cortesanas se contentaran con quitarle la yema del bigote y montarse en el bastón como si fuera la escoba de una bruja.

—Tienes demasiada imaginación —le decía Théo cuando ella le contaba historias como esa.

Eso no la detenía. Sin duda, los caracoles a la Borgoña los comían esas mujeres que se llamaban a sí mismas emancipadas. Vestían pantalones y llevaban el pelo cortado en una melena bob con la nuca rapada. Con las carterillas de cerillas y los cigarrillos, que sostenían en unas boquillas largas y finas, se manejaban con la misma habilidad con la que los artistas de Montmartre hacían malabarismos con antorchas encendidas y cuchillos afilados. Por lo demás, fumaban más que comían y por eso los caracoles a la Borgoña solían volver casi intactos.

Por su parte, la *fougasse* con espárragos y tomillo seguramente se tomaba para coger fuerzas para los *bals musettes,* donde artistas y gánsteres bailaban juntos, haciendo que estos últimos se sintieran como auténticos artistas. Una cantante ya entrada en años se llenaba el estómago con jamón al Madeira mientras se lamentaba de que en el bar de los fauvistas de Montmartre había ahora una caja de música y que ya nadie necesitaba de sus servicios como cantante. Ella, por su parte, nunca había logrado aprender a bailar el charlestón como esas criaturas de vestidos muy cortos y flecos demasiado largos.

—Pues si no tiene contrato, no se puede permitir tomar jamón en el Coq d'or —comentó Théo.

Fanny suspiró.

—Eso es verdad —dijo—, yo tampoco me puedo permitir comer jamón. De hecho, prácticamente no me puedo permitir nada, y eso que no paro de trabajar.

—Tu problema es que necesitas dormir mucho —replicó Théo— y que encima disfrutas poco de la vida.

Una vez más le ofreció aspirar su polvo blanco, pero ella recelaba mucho de sus efectos; tenía la impresión de que eso era para la cabeza como el aguardiente, o como el fuego para la sartén de flambear de Gérard: solo conseguía aumentar la costra de hollín.

En todo caso, un día, después del trabajo, Fanny siguió elaborando la historia de esa cantante (según ella, en otros tiempos había vivido en España y tocaba la mandolina junto a los molinos de viento) mientras ayudaba a Théo a maquillarse; se desconcentró y le pintó demasiados lunares.

—Parezco un dálmata —dijo él riéndose.

Ella recordaba vagamente que en una ocasión un invitado de él había llevado un perro de esa raza y que había bebido agua en un plato blanco.

—¿Quieres que te los quite? —preguntó ella.

—Oh, no, déjalos. Hoy seré un dálmata.

Desde la noche en que él la había acogido en su casa, Théo había repetido muchas veces que uno podía ser lo que quisiera; la risa insolente que seguía a esa afirmación era un alfiler ardiente que se hundía en el amasijo de envidia que habitaba el corazón de Fanny. ¿Cómo podía él vivir sin descanso tantas vidas cuando ella se agotaba solo con una?

—No puedes serlo todo —le replicó con tono mordaz—. ¿No me contaste hace poco que en una fiesta una cantante de ópera se disfrazó de Marianne, la personificación de Francia, y enseñó el pecho desnudo a todo el mundo? Tú nunca pasarás por Marianne porque no tienes pecho.

En cuanto hubo dicho eso, le supo muy mal haber soltado tanto veneno. Théo, afligido, se quitó la bata que se ponía para maquillarse, se puso de pie desnudo ante el espejo y empezó a lamentarse por ese cuerpo escuálido y delgado, como Fanny le había visto hacer en otras ocasiones.

Ella entonces sacó rápidamente su cuaderno, dibujó a Théo con unos grandes pechos y le mostró el retrato.

—Tú no puedes serlo todo, pero yo puedo dibujarlo todo —dijo para consolarle, y él hundió la cabeza en su cuello y se aferró a sus pechos, grandes y firmes como manzanas.

Ese gesto, que, de haber venido de otro hombre, le habría parecido una grosería, le pareció a Fanny una caricia tierna y agradable. Más tarde dibujó más cosas: ningún otro Théo con pecho, pero vestidos de tirantes, sencillos y elegantes a la vez, que ocultaban el cuerpo y sus formas. Y Théo volvió a reír, y ella le pintó incluso algunos lunares más.

Mientras ella trabajaba de lavaplatos, el Coq d'or se amplió con una terraza cerrada y contrataron a otro lavaplatos, un americano de nombre Orlando, que tenía una piel negra como la noche. Fanny pensó que esa negrura era suciedad y que desaparecería con el vapor caliente del agua. Cuando comprobó que Orlando era y seguía siendo negro, ella ya había trabado amistad con él y su presencia había dejado de intimidarla.

Él le contó que venía de una ciudad llamada Chicago, que había trabajado de cochero de carruajes y que solía acompañar al colegio a la hijita de un abogado en uno de esos vehículos.

—¿Y luego? —preguntó Fanny.

—Luego le pedí la mano. Su padre estuvo muy feliz, me dio la bienvenida a la familia y se encargó de que yo tuviera estudios antes de casarnos.

Fanny escuchaba con la boca abierta.

—¿De verdad?

Él le dirigió una amplia sonrisa.

—Es broma. Si su padre hubiera llegado a descubrir nuestro amor, nos hubiera matado. Y los demás hombres blancos de la ciudad, también. Por eso huimos a París.

—¿Y luego?

—Luego nos casamos en Notre-Dame, dimos al mundo un montón de niños y nos mudamos a un piso grande situado en un ático de Île Saint-Louis.

Los dientes le brillaban.

—¿De verdad? —volvió a preguntar Fanny.

—¡No seas tan inocente! Nos amamos sin parar durante un mes y luego discutimos sin parar un mes entero. Al final ella escribió a su padre y le pidió dinero para volver a casa. Yo me quedé aquí.

Mientras él hablaba, apilaba una gran cantidad de platos en una torre inmensa.

—Si se te rompe alguno, aunque sea uno solo, en lugar de las frambuesas te flambearé a ti —advirtió Gérard.

—Esa es una advertencia seria —dijo Orlando, guiñándole un ojo a Fanny—. Pero jamás debes permitir que las amenazas te amedrenten. Yo no lo hice.

—Pero perdiste a tu amada.

—Nadie me podrá arrebatar ese mes de felicidad con ella.

Orlando no solo le dio valor a Fanny para volver a luchar por sus sueños con esas palabras, sino que un día la llevó a un trastero que había tras la bodega junto a la cocina. La pared de madera del trastero presentaba un resquicio a través del cual se podía ver el comedor.

Fanny apretó la cara contra ese agujero. Hasta entonces ella solo había visto platos vacíos, o medio vacíos, y nunca a los comensales del restaurante. También en esa ocasión en el primer momento solo vio terciopelo y seda amarilla, ninguna persona.

—A esos dos los he visto bastante a menudo —dijo Orlando—. Son clientes habituales. La mayoría de las veces piden cordero con puré de judías y pollo al calvados.

Fanny apretó más la cara contra el resquicio hasta ver bien a los comensales. La mujer llevaba el pelo oscuro y espeso recogido en forma de turbante en torno a la cabeza y unos pendientes de aro enormes, cuyo tintineo se podía oír hasta incluso en ese trastero. Su risa era sonora y muy grave, oscura. Como oscuro era también su vestido. Solo las mangas eran de seda amarilla.

«No le queda bien», pensó Fanny de inmediato. «Es como si un águila real quisiera emprender el vuelo con las alas de una mariposa limonera».

Aunque oyeron a Gérard rezongando a lo lejos, Orlando permaneció en el sitio.

—Es Alice di Benedetto, una famosa actriz italiana que, según parece, ha venido a filmar una película aquí, a Francia. Por lo que sé, su acompañante es su agente.

El hombre estaba sentado de espaldas a ella; aunque no le podía ver el rostro, Fanny sabía qué estaba comiendo.

—Él siempre se toma el cordero y no deja nada; ella, en cambio, devuelve el pollo al calvados casi intacto. Tal vez cuida su figura, aunque debería vigilar el modo de vestirse. ¿Qué te imaginas cuando la oyes reír? Seguramente lo mismo que yo: una fuente de mármol oscuro de la que se levanta hacia lo alto un chorro plateado.

—La verdad es que no me imagino nada.

—Una fuente está prácticamente siempre en movimiento, y su ropa no debería ser menos. Sin embargo, ese vestido oscuro parece una coraza.

Gérard refunfuñó con más fuerza, y Orlando suspiró y tiró de ella de vuelta a la cocina. Al rato, como era de esperar, el pollo al calvados regresó casi intacto a la cocina; del cordero incluso la salsa había desaparecido con el pan. Fanny se lo quedó mirando.

—¿Y bien? —se burló Orlando—. ¿Aún ves ahí esa fuente con el chorro de agua?

—No —dijo Fanny y el plato blanco le hizo pensar en su vida vacía, en la que los sueños se escurrían una y otra vez por el desagüe. Pero eso iba a cambiar: en su opinión, era mejor que un plato se rompiera después de una comida excelente a que permaneciera vacío.

—Tengo una idea.

Théo soltó un chillido cuando le contó esa idea. Sin embargo, no fue por el atrevimiento que exigía llevarla a cabo, sino porque Fanny le estaba depilando las cejas. Él le había pedido que no dejara ni un solo pelillo, porque eso le permitiría dibujar una ceja nueva más arriba con el lápiz de maquillaje. Cuando llegaron a la mitad de la primera ceja, él dijo que era incapaz de resistir tanto dolor por más tiempo.

—¿Y vas a ir así? ¿Con una ceja entera y otra a la mitad? —preguntó Fanny.

—¿Y tú pretendes ofrecerte a Alice di Benedetto como doncella? —replicó Théo mientras se miraba en el espejo y sacaba el lápiz de maquillaje. Fanny supuso que se iba a maquillar la parte de ceja que le faltaba, pero, en lugar de eso, en el área irritada de la piel él dibujó algo que parecía una araña.

—¿Qué te parece?

Fanny se encogió de hombros.

—He sabido que en Italia Alice di Benedetto es una gran estrella del cine. Saltó a la fama por el papel de Esmeralda, una *femme fatale* que vuelve locos a tres hombres a la vez. Al final ellos mueren, ya sea porque ella los mata o porque se matan entre sí.

—¿Y quieres acercarte a una mujer así?

—¡Pero si solo era una película!

—Si la película tuvo tanto éxito, ¿qué hace esa italiana en Francia?

—Orlando dice que las películas americanas y las francesas son mejores que las italianas. Quien quiere mantener la fama ha de rodar en París, y no en Milán o Turín. ¿Crees..., crees que me he vuelto loca?

—Yo lo que creo es que esta araña es horrible —dijo él—. Bórrala y sigue depilando.

—Pero...

—Sigue depilando. ¡Aaah! Y además creo..., ¡aaah!, que deberías hacer lo que sea para ser diseñadora de moda... ¡Aaah! Yo, por mi parte, quiero serlo todo, pero no quedarme desnudo.

La ceja desapareció por completo.

—Ahora, basta —dijo él con voz temblorosa.

—Y la otra, ¿qué?

—Me pondré un parche de pirata.

Aunque Théo estaba de acuerdo con el plan, en aquella misión su cómplice no sería él sino Orlando. Cada día él se escapaba a hurtadillas al trastero de detrás de la bodega; una noche informó de que Alice di Benedetto y su acompañante habían vuelto al Coq d'or, la actriz vestida de nuevo de amarillo y negro, y su agente, en cambio, de azul añil. Sin embargo, lo extraordinario era que aquel día, en lugar de cordero y pollo, habían pedido sopa de tortuga y pata de ternera en madeira.

La sopa de tortuga hizo que Fanny se acordara de Georg, de cuando habían intentado averiguar qué era el Slivovitz, y la nostalgia le partió el alma con una intensidad inesperada. ¿Seguiría llevando ese bigote de punta? ¿El traje negro aún le quedaría grande a su cuerpo escuálido? ¿Quién le prepararía todas las mañanas el huevo con vino tino?

—Vamos, espabila. —Orlando la sacó de su ensimismamiento—. Vamos a hacer lo que planeamos.

Fanny recobró la compostura. Un poco más tarde, en lugar del camarero estirado, entraba ella en el comedor con la pata de ternera y la sopa de tortuga después de que Orlando hubiera logrado distraer a Gérard el tiempo suficiente. Para ello, él se había dedicado a hacer unos malabarismos muy atrevidos con los platos. Fanny deseó intensamente que no se rompiera nada, y que Orlando no fuera flambeado ni despedido. Sin embargo, al instante siguiente, dejó de pensar en nada y clavó la mirada en el azul añil y después en el amarillo, que esta vez no le recordó a una mariposa limonera sino a una abeja. Seguro que uno de esos insectos habría zumbado encantado en torno a Alice di Benedetto porque la actriz estaba bañada en un perfume intenso que olía a bergamota, naranja y un toque de vainilla.

Cuando Fanny alcanzó la mesa, vaciló un instante.

—¿Y bien? —oyó entonces la voz de Alice di Benedetto—. ¿A qué espera?

De hecho, solo la vacilación había despertado su desconfianza, y no, en cambio, su delantal blanco de cocina ni las manos enrojecidas.

—Aquí tiene, señora —dijo Fanny.

Su intención era servir la sopa de tortuga a Alice di Benedetto y hacer que le cayera un poco en el vestido negro, pero no había contado con dos cosas.

Por un lado, de pronto, el hombre del traje de color añil dijo:

—La sopa es para mí.

Por otro, que no solo su traje era de color añil, sino que tenía los ojos prácticamente del mismo color que Georg, y que incluso sus rizos rubios se parecían a los de aquel. Y, fuera porque el recuerdo de su marido fue más intenso que nunca o porque se desvaneció de golpe, ella sintió como si de pronto el estómago le diera un vuelco y con él, no solo el trozo de baguete que había comido antes, sino un enjambre..., sí, ¿de qué? ¿De abejas?

En el instante preciso en que Fanny llegó a la conclusión de que sentir abejas en el estómago era algo atrozmente incómodo, Alice di Benedetto se levantó y extendió ansiosa las manos hacia el plato con la pata de ternera. A pesar de que ese gesto dejó a Fanny completamente perpleja, por lo menos sirvió para ejecutar una parte del plan: agarró con fuerza el plato, Alice tiró de él con descaro y, aunque la salsa no fue a parar sobre el vestido negro, sí le cayó un poco en la manga amarilla.

—*Mon Dieu!* —exclamó Fanny.

Alice le siguió la mirada y soltó una carcajada grave y atronadora.

—Nada grave.

Finalmente se acercó el plato y se sentó dispuesta a comérselo. Entretanto, Fanny la asió por el brazo y la levantó.

—Sí, sí lo es. El vestido le ha quedado casi inservible. Si nos damos prisa, tal vez pueda salvarlo.

Por un instante temió que Alice se resistiera porque sus ganas de degustar la pata de ternera eran mayores que su preocupación por el vestido, pero al final se dejó llevar y el hombre de añil, lejos de protestar airado, soltó una risa más clara que la de Alice.

Instantes después, Fanny había acompañado a la actriz a la antesala del baño en cuyo espejo las señoras se empolvaban la nariz y se retocaban los labios. Ahí había además una *chaise longue* y, aunque Fanny no sabía qué podía hacer eso ahí, se alegró de que Alice se mostrara dispuesta a sentarse en ella. Acto seguido, Fanny sacó la tijerita que había traído consigo y empezó a quitarle a toda velocidad las costuras de las mangas. Hacía rato que había abandonado el plan inicial, esto es, aprovechar la tela amarilla para tapar en lo posible toda la parte negra y quitarle severidad al vestido; en su lugar, decidió conservar precisamente esa severidad, aunque limitándola un poco, así que, después de las mangas, se aplicó con el dobladillo para acortar el vestido.

—Debería usted llevar el vestido en un solo color. Y no llevarlo ni siquiera a la altura de la rodilla —le explicó Fanny.

—¿Ni a la altura de la rodilla? —repitió Alice con asombro.

Con todo, permaneció inmóvil, dejándose hacer, y mientras Fanny no solo se dedicaba a su trabajo, sino que contemplaba por vez primera el rostro de Alice —tenía la piel de un tono oliva oscuro, los ojos en forma de almendra, y el pelo moreno le caía en rizos hasta los hombros—, la actriz volvió a echarse a reír, no de forma oscura y grave como antes, no, sino de manera realmente histérica. Una mujer que no dejaba ni una miga en el plato, ni siquiera una gota de salsa, tampoco era capaz de escatimar en emociones ni de moderar el volumen con el que las expresaba.

Durante un rato, su risa fue tan intensa que Fanny apenas pudo decir nada. Cuando por fin Alice se limpió las lágrimas de los ojos, ella insistió:

—Un vestido negro sencillo a usted le quedaría muy bien.

—¿De veras?

Alice se levantó en un instante, se echó un vistazo en el espejo y se dejó caer en la *chaise longue* con un suspiro teatral.

—Soy incapaz de saber lo que me queda bien. Me aconsejaron llevar dos colores de contraste: blanco y negro, rosa y negro o incluso negro y amarillo. Al parecer, es moderno. Pero la verdad es que el negro nunca me ha gustado.

—Bueno —admitió Fanny—. Ese tampoco sería el color que yo le aconsejaría en primer lugar, pero en todo caso realza su belleza. Los juegos de contrastes no son para usted. Yo en su caso aplicaría la máxima de o todo, o nada.

—¿Y el negro no es la gran nada?

—Precisamente por eso la mujer que lo lleva lo es todo, ¿no le parece?

La ceja derecha de Alice se levantó. Ante la inusitada distancia respecto del ojo, Fanny pensó que solo podía tratarse de una ceja maquillada; debía de haberse depilado la auténtica. Posiblemente Alice había gritado incluso más fuerte que Théo, aunque en ese momento Fanny deseó que no se echara a reír, ni a gritar, sino que asintiera complacida cuando le mostrara el cuaderno de dibujo que se sacó del bolsillo del delantal.

—Este de aquí también le quedaría muy bien —dijo—. Un vestido de color verde oscuro, adornado con piel de liebre de las nieves.

—No veo nada en verde oscuro, es gris.

—Eso es porque he dibujado los bocetos a lápiz. De todos modos, me parece que usted se lo puede imaginar perfectamente. Yo, por mi parte, me figuro que una actriz famosa como usted necesita una doncella que la ayude a escoger el vestido adecuado, que le modifique alguno o que incluso le diseñe otro. Y yo soy la persona adecuada para eso.

No hubo gritos, ni risas, pero tampoco asentimientos. Alice le quitó de las manos el cuaderno, recostó la cabeza en el reposabrazos de la *chaise longue* y lo sostuvo sobre ella mientras lo hojeaba de tal manera que Fanny no podía ver en qué página detenía su mirada.

—Esto —dijo finalmente—. Esto me gusta.

Fanny se puso de cuclillas junto a la *chaise longue* e inclinó la cabeza. En la página que Alice había señalado no se veía el boceto de un vestido, sino a Théo desnudo con los pechos que ella le había dibujado.

—Es precioso —comentó admirada en voz baja—. Y, a la vez, resulta muy triste. ¿Cómo consigue captar tan bien los deseos de la gente?

Los deseos de la gente a Fanny no le interesaban especialmente, más cuando los propios se mantenían inalcanzables como nunca antes. Y a su talento para dibujar personas nunca le había dado mucha importancia si no se le valoraba el de diseñar vestidos. ¿Y por qué? De nada servía reproducir de forma fiel los rasgos de Théo si ella era incapaz de adivinar el rostro del futuro.

—Así pues, ¿necesita usted una doncella? —preguntó Fanny, incapaz de reprimir la impaciencia en su voz.

A Alice no le ofendió esa inquietud. Soltó otro suspiro teatral y se incorporó de nuevo.

—Si me pudiera permitir una doncella, buscaría a alguien como usted. Pero me temo que soy demasiado pobre.

—¡Pero si usted es una actriz famosa! Seguro que ha ganado una fortuna.

—Eso es lo que piensa la gente. Y también piensan que es un oficio bonito. Sin embargo, no hay trabajo peor. Sepa usted que no provoca más que agotamiento en las extremidades, tensión nerviosa hasta más no poder y ojos irritados. Los focos de los estudios son tan intensos que la luz resulta casi cegadora. Las prisas son continuas, la cámara zumba, el director grita órdenes por el megáfono hasta dejarte sorda. El cámara, los operadores, los iluminadores, el ayudante de dirección... Se pasan el rato cotilleando, maldiciendo, contándose chistes verdes o dando órdenes. Para ellos yo no soy una estrella, soy una esclava. Por desgracia, no tengo más talento que este y, además, no estoy especialmente bien dotada. Desde luego no tengo, ni por asomo, el de usted para retratar personas.

—¡Yo no quiero dibujar personas sino su manera de vestir!

—Está bien. De todos modos, yo creo que lo único auténtico son las personas, y que su modo de vestir es una falsedad. Por mi apariencia, usted me consideró una mujer rica, ¿verdad?

—Sí, pero un vestido negro de línea simple nunca miente. No oprime ni el cuerpo ni el alma.

Alice se levantó y se volvió a mirar en el espejo, esta vez sin demostrar ninguna expresión.

—En ese caso, llevaré este vestido solo durante un día, aunque, de hecho, el negro no me gusta. Si lo desea, puede coserme el dobladillo; sin embargo, usted no puede ser mi doncella.

Todas y cada una de las puntadas que Fanny dio a continuación le parecieron las de su propia mortaja. Aun así, siguió pensando febrilmente cómo alcanzar su objetivo. Antes de dar la última puntada, se oyó un enorme chillido.

En los instantes siguientes tuvo la impresión de haberse encerrado, no en una mortaja, sino en un capullo. Oyó como de lejos que alguien entraba en tromba en la sala, pedía disculpas a Alice y, en cuanto la actriz hubo salido, la reprendía de forma grosera. Era Gérard, tan generoso en insultos como en brandi para flambear; al final la echó para siempre del restaurante. En cuanto hubo callado, el silencio reinó por un momento, antes de que, de forma mucho más suave y compasiva, se oyera la voz de Orlando:

—Lo siento mucho.

¿O fue Théo quien la asió con cuidado por el brazo, la sacó a la calle y la dejó ahí sola? Fanny no lo sabía, la única certeza que tenía era que era incapaz de dar un paso más. ¿Cómo hacerlo? Seguía metida en el capullo, sin piernas y sin alas.

Solo le quedaban las manos. Y con ellas asió el cuaderno de bocetos. Lo había olvidado en el restaurante, pero de pronto apareció el hombre vestido de añil y se lo tendió.

Momentos atrás sus ojos y su pelo le habían recordado a Georg, y entonces lo hicieron sus manos y su sonrisa. El capullo se resquebrajó, aunque eso no significaba que ella por fin fuera capaz de alzar el vuelo o de marcharse. No podía ni siquiera hablar a ese hombre, solo lo miraba.

—Esa sopa de tortuga era repugnante —dijo él.

—¿C..., cómo dice?

—Eso, que la sopa que me ha servido... —Pues claro, era Alice quien había pedido pata de ternera—. Era repugnante —repitió el hombre—. La sopa de cebolla que venden en Les Halles, el mercado central de París, está mucho más buena. Por su cara, me parece que un buen plato le sentaría bien.

—Pero...

Él la cogió del brazo.

—¿Me permite que la invite? No ahora mismo, sino de aquí a un rato. Con tantos nervios a Alice seguramente no le bastará con la pata de ternera. Si quisiera esperarme aquí...

La acompañó hasta un banco situado debajo de un tilo.

—Es... Claro, lo haré encantada —balbuceó Fanny.

—Espero que no le importe que haya echado un vistazo a su cuaderno. Debo decir que es usted una verdadera artista.

—¡Si solo dibujo vestidos!

—¿Y qué? Todo puede ser arte: la comida, la ropa, la casa, el amor. Bueno, casi todo. El odio nunca puede ser arte, y la guerra tampoco.

—¿Y por qué no? —preguntó ella distraída.

—Porque en una guerra se trata siempre de fijar límites. Y el arte quiere traspasarlos.

Durante un rato él se quedó delante del banco sonriéndole.

Más tarde, mientras lo esperaba, Fanny cogió el cuaderno y dibujó primero a Alice en un vestido de color añil y luego al hombre en un traje negro; de nuevo volvió a pensar de forma tan intensa en Georg que al final no supo si había pintado su cara o la de ese hombre desconocido.

Se llamaba Aristide Goudin y, antes de invitarla a una sopa de cebolla, le mostró la noche de París o, por lo menos, la parte que a él le gustaba y que ella aún no conocía.

Según le contó a Fanny, la sopa de cebolla se disfrutaba mejor a primera hora de la mañana tras una noche de diversión, y para divertirse lo mejor era ir al Bricktop's, donde tocaban jazz de Estados Unidos, se bebía Pernod y se fumaban puros.

Aristide se abstenía de eso último. No solo tenía el estómago más delicado que el de Alice di Benedetto, sino que sus pulmones no aguantaban nada que no fueran los cigarrillos finos de la marca Prince de Monaco, que él guardaba en una cajita de latón dorado decorada con dos palmeras con la que no dejaba de juguetear.

Apenas se había acabado de fumar el primer cigarrillo, cuando Fanny se dijo que él era como esa pitillera. No era un hombre de hierro, ni tampoco, desde luego, de oro auténtico y, si alguien le pidiera hacer una hoguera con madera de palmera, seguramente no conseguiría hallar un hacha para cortar una rama. De todos modos, las palmeras eran propias de paisajes sureños, y ahí las hogueras no hacían ninguna falta. Igualmente el furor que tan a menudo ardía en Fanny alimentado por la rabia y la impotencia se desvanecía para convertirse en una brasa suave y cálida. Cuando dos hombres empezaron a pelearse cerca de ellos y Aristide, lejos de intervenir en defensa de ella, corrió a esconderse a sus espaldas, Fanny no pensó que fuera un cobarde, sino un esteta. ¿Por qué, si no, había considerado arte sus bocetos?

Conversaron toda la noche. Las respuestas de ella se volvieron monosilábicas en cuanto las preguntas de él amenazaron con ahondar demasiado en su pasado —no quería hablarle ni de la ciudad de la que venía, ni del hombre que había abandonado en ella— pero cuando Fanny, por su parte, quiso saber más de él, Aristide no dudó en enseñarle los rincones más oscuros de su alma o aquello que él consideraba como tal. De todos modos, al principio, en lugar de contar sin miramientos su propio destino describió el de su padre, un hombre que siempre había sufrido en la vida y que por eso un día había decidido ponerle fin arrojándose desde lo alto de la torre Eiffel.

—¿Y lo hizo?

—No llegó ni siquiera al segundo piso porque sufrió una taquicardia tremenda. Se detuvo resoplando y, cuando un hombre le preguntó si necesitaba ayuda, él le dijo: «Deme un buen empujón, así caeré por los escalones y tal vez me romperé la crisma». El hombre meneó la cabeza y adoptó una expresión severa, y mi padre se enfadó tanto que al instante sufrió un infarto y murió por ello.

La risa de Aristide era como si la boca y la garganta fueran del mismo latón que su pitillera.

—¿Es eso cierto? —preguntó Fanny con escepticismo. Orlando y Théo le habían tomado tantas veces el pelo que no quería volver a caer en un engaño.

Él negó con la cabeza.

—¿No he dicho que todo en la vida puede ser arte, excepto la guerra, y que el arte supera todos los límites? ¿Por qué no también los que hay entre ficción y verdad?

Más tarde él le habló de la vida y la muerte de su madre, pero entonces Fanny estaba demasiado bebida como para acordarse de la historia y preguntar si él había o no exagerado.

Cuando salieron del bar, Fanny se balanceaba, pero él la sujetó: tuviera o no delicado el estómago, o los pulmones, al menos su agarre era firme. La primera luz de la mañana bañaba la ciudad, sus muchos rincones oscuros y sus calles sucias y repletas de excrementos de caballo, de un intenso color rosa, como si los edificios no fueran de ladrillo ni los tejados de pizarra, sino que estuvieran hechos de la misma pasta dulce y azucarada de los *macarons*.

Sin embargo, la zona en torno a Les Halles no era un lugar dulce en absoluto. De día en los puestos de pescado y de carne regateaban las esforzadas amas de casa, mientras que, de noche, en el Au Père Tranquille, gánsteres, prostitutas y americanos bebían el famoso coñac que hacía que las mujeres se desnudaran y que hombres de apariencia siniestra cantaran como castrados. Eso era, por lo menos, lo que decía Aristide.

—No me creo nada de lo que me cuentas —dijo Fanny. Hacía rato que habían pasado a hablarse de tú con confianza.

—Sí, ¿acaso no oyes la canción?

Quien cantaba ahí no era un gánster con voz de castrado, sino un *chansonnier* cuya canción no podía salvar ni siquiera añadiéndole coñac, ni a él, ni a su público. No cantaba ni una nota que no estuviera desafinada. El tema de la canción era grotesco: trataba de una sirena que quería seguir a su príncipe, pero que acababa limpiada por una pescadera como si fuera un lucio.

—¿Por qué precisamente un lucio? —quiso saber Fanny—. ¿Por qué no un pececito dorado?

—¿Y a quién le gusta comer pececitos dorados? —dijo Aristide—. De todos modos, con su cola de pescado ella no habría podido llegar del Sena a aquí.

Entraron en una tabernucha donde la luz ya no era rosada, sino de color herrumbroso, y por fin pidieron la sopa de cebolla, que se servía en una gran olla de la que apenas se podía ver el contenido, tan solo el que cubría el suelo. Fanny no estaba segura de si lo que ella creía que eran cebollas resbaladizas no eran, en realidad, gusanos, pero estaba tan hambrienta que al final llegó incluso a raspar la olla hasta la última gota para no desperdiciar nada.

—¿Y ahora?

Se acababan de abrir los primeros puestos del mercado y en algún lugar las pescaderas empezaban a afilar los cuchillos.

—Por lo general, esta es la mejor hora para ir en coche al Ritz y beber champán con zumo de naranja.

Ella era incapaz de tomar más alcohol, pero no quería que esa noche terminara, así que asintió y Aristide llamó con un gesto a un campesino que estuvo dispuesto a llevarlos al Ritz en su carro de verduras. Fanny descansó la cabeza pesadamente sobre las zanahorias y los repollos. Durante un rato, solo vio el cielo, en ese momento de un profundo color violeta, pero, antes de que se le cayeran los párpados, Aristide se inclinó sobre ella y la besó. Sabía a cigarrillos y cebollas y, de algún modo, también a arcoíris, al cual hasta entonces no le conocía sabor y que, ahora que ya lo conocía, era incapaz de describir.

Cuando el carro se detuvo, no se hallaron ante el Ritz sino ante un edificio de varias plantas y decorado con estuco, con ventanas altas enrejadas y una fachada recién enlucida, lo que indicaba que ahí vivía gente mucho más rica que en los pisos del vecindario de Théo.

—Esto no es el Ritz —constató ella.

—Pero aquí también se puede beber champán —le explicó él y la acompañó hasta un piso que, en lugar de mitigarle el dolor de cabeza, más bien lo acentuó. La visión del mármol, el carey y la malaquita, de todo ese brillo verde o dorado, la aturdió.

—Feo, ¿verdad? —bromeó Aristide—. Este piso era propiedad de un ruso. Mi padre se lo compró antes de arrojarse por la torre Eiffel.

—Creía que tu padre había sufrido un infarto al intentar hacerlo.

—¿No es lo mismo? Muerto es muerto. Eso significa que ahora este piso me pertenece.

Fanny cerró los ojos hasta que Aristide descorchó una botella de champán con un leve plop. No le sirvió una copa, sino que le acercó la botella a los labios. Mientras ella bebía, él le quitó una hoja de repollo del pelo y otra después, cuando la besó.

Con la botella de champán en la mano, él se tumbó en una cama grande del dormitorio y la atrajo hacia sí. Puede que esa habitación también fuera fea, pero estaba oscurecida por unas cortinas gruesas de terciopelo de modo que ella apenas podía ver, solo notar, que estaban tumbados sobre unas pieles de animal.

El champán los animó. De nuevo charlaron durante mucho rato. Hablaron de moda, dijeron que esta no desnudaba a la persona, pero tampoco la ocultaba, que lo que enseñaba era el alma desnuda, no el cuerpo.

—A Alice no le queda bien el negro —murmuró ella—, pero hay mujeres a las que no hay nada que les quede mejor que un vestido negro corto.

Aristide se sacó la pitillera del bolsillo de la chaqueta, pero la tenía vacía. De nuevo jugueteó inquieto con ella en las manos.

—¿Querrías trabajar para mí? —preguntó él de forma instintiva.

—Pero si yo no soy actriz.

—¿Y de qué me sirve a mí una actriz?

—¡Orlando dice que eres el agente de Alice!

—¡Menuda tontería! Soy amigo suyo. Y espero que me permitan vestirla en su próxima película. A fin de cuentas, es un gran honor para un diseñador de modas.

—¿Eres diseñador de modas? ¿Y lo dices ahora?

Estaba demasiado oscuro para poder verle la cara.

—En realidad, no soy diseñador, pero mi padre sí lo era antes de arrojarse de la torre del campanario de Notre-Dame, y yo me voy a ocupar de su negocio.

—¿Del campanario de Notre-Dame? Pero ¿no habías dicho que él...?

Él la acalló con un beso, y este ya no sabía a cebollas ni a arcoíris, sino a champán, y un poco de esta bebida se derramó en la piel de animal donde reposaban.

La piel pinchaba cuando se amaron. Y estaba pegajosa.

Lisbeth

1947

*A*unque había decidido apresurarse a volver a la casa de modas donde, a pesar de todo, se seguía celebrando el desfile, Lisbeth permanecía inmóvil junto a las vías. De nuevo Conrad la invitó a llorar, pero ella no podía, no tenía obligación, no debía. En fin, daba igual por qué no. Tal vez ella ya había superado el momento de llorar por Richard, tal vez incluso había superado el momento de seguir viviendo y ahora estaba obligada a permanecer inmóvil para siempre en la estación, en un reino intermedio entre un ayer tan desdibujado como el futuro y un hoy muy negro.

No negro del todo. Le pareció ver nítidamente ante sí aquel librito con tapas de color rojo burdeos que Richard llevaba consigo cuando se habían despedido. El librito con los poemas de Rilke.

«Quédatelo —le había dicho él poniéndoselo en la mano—. Yo me los sé todos de memoria».

«No». Ella se había negado a quedarse con ese ejemplar y se lo había metido en algún bolsillo del uniforme. «Estés donde estés me lo leerás en voz alta. Y esté donde esté, yo oiré tu voz».

Nunca había oído su voz. Ni antes, ni ahora. No sabía recitar ni un solo poema de Rilke y, cuando abrió la boca, no logró expresar tampoco ni un lamento por haber perdido ese poemario de Rilke.

—Él no..., no llevaba un traje negro —se limitó a decir.

Conrad la sostuvo durante un rato, pero luego la soltó. No estaba segura... Tal vez fue ella la que se soltó, y tal vez él se sintió aliviado en secreto porque el rostro pétreo de ella le daba miedo. Sin embargo, las palabras de ella no daban miedo, solo provocaban perplejidad.

—¿Un traje negro?

—Georg König..., mi padre..., cuando murió, yo misma le quité el pijama y le puse el traje negro que siempre había llevado en la casa de modas. Fue difícil, a pesar de que su cuerpo, en realidad, era muy liviano. Nunca llegó a recuperarse del todo de la Gran Guerra, y el traje siempre le vino grande. —Daba un paso con cada palabra y cuando hubo terminado ya habían abandonado la estación, atravesado la plaza que quedaba delante y se encaminaban hacia la Kaiserstraße. Conrad seguía a su lado, y se limitó a guardar cierta distancia mientras ella pronunciaba palabras por la boca. Ya que no podía llorar a Richard, al menos quería hablar de él, pero seguía sin pronunciar su nombre, solo hablaba de su padre:

—No solo le puse el traje negro. Cuando lo tuvo puesto y parecía tan feliz, como si durmiera, se lo cosí y arreglé para que no le quedara grande y se ajustara bien por fin.

¡Lo que llegó a malgastar de hilo negro! Y eso que entonces era muy escaso. Pero le había sido imposible escatimar en eso. Y en ese momento le era imposible escatimar en palabras, aunque parecían equivocadas, aunque aquello que le pesaba desde hacía más tiempo que la muerte de Richard no fuera asunto de Conrad.

—En realidad, Georg König ni siquiera era mi padre —musitó. Se detuvo por un instante. Esa afirmación parecía haberle quitado todas las fuerzas. De pronto, la mano de Conrad se posó en su hombro, más presente que esas preguntas que él no había formulado—. Mi padre era francés —prosiguió—. Se llamaba Aristide Goudin. Bueno, creo que así se llamaba. Mi madre nunca me habló de él. Solo supe su nombre porque Alice lo mencionó en una ocasión.

—¿Quién es Alice?

Ella había conseguido reprimir el llanto, pero no la risita que le trepó por la garganta. De todas las preguntas que él habría podido hacer, esa le parecía realmente la menos importante. ¿Qué importancia tenía Alice y que hubiera desaparecido de su vida mucho antes que Fanny? ¿Qué importancia tenía su padre, que no había desaparecido de su vida, sino que ni siquiera había aparecido en ella? ¿Qué importancia tenía que Fanny pensara que la persona es más auténtica cuando está desnuda y que la ropa más próxima a estar desnudo es un vestido negro sencillo?

De hecho, Fanny solo llevaba negro con mucha bisutería y Alice no lo hacía en absoluto. Seguramente sabía que la desnudez no era auténtica, solo patética. ¿Richard fue arrojado desnudo junto a la vía? Y, si no fue así..., ¿cuánto tiempo tardó en pudrirse el uniforme destrozado como el traje negro de su padre?

—Mi padre era Aristide Goudin —repitió—. No sé cómo se pronuncia ese nombre. Siempre he odiado el francés, nunca lo he querido aprender. Creo que era mi modo de castigar a mi padre biológico. Mi padrastro, Georg König, tampoco quiso volver a hablar francés después de la guerra, no para castigar a nadie, sino para protegerse a sí mismo... Tal vez en mi caso también fuera una cuestión de protección y no de castigo. Da igual. Mi madre abandonó a Georg König porque ya no hablaba francés, porque no quería vender moda francesa, porque él era demasiado débil para ella. Eso, al menos, es lo que Alma dijo siempre. ¡Da igual! Aristide Goudin era igual de débil. A su lado Fanny creyó haberse encaramado a un arcoíris. Pero eso es imposible. ¿Dónde se supone que uno puede sujetarse ahí arriba? ¿Dónde apoyar el pie? Lo único que se puede hacer en un arcoíris es resbalar. No tengo ni idea de cuándo mi madre por fin se dio cuenta. Durante mucho tiempo no quiso ver que Aristide era incapaz de conseguir nada por su cuenta, que todo lo que él era se lo debía al dinero de su padre. Bueno, Georg König también había heredado la casa de modas, pero, débil o no, supo mantenerla, luchó por ella hasta el último momento. ¿Cómo fue capaz mi madre de abandonarlo? Yo nunca habría dejado plantado a Richard, aunque hubiera vuelto sin dedos, aunque lo hubiera tenido que llevar a casa en carro, aunque él ya no recordara ningún poema de Rilke, aunque...

—Chsss... —dijo él.

Ella se interrumpió y entonces llegaron las lágrimas y estas eran tan espesas como si salieran mezcladas con polvo. Puede que así fuera: en algunos rincones de su alma la escoba no había pasado desde hacía tiempo. En todo caso, de pronto, la mano de Conrad dejó de estar sobre sus hombros, y ella tenía la cara contra su pecho y temblaba mientras lloraba y hablaba, pero no dejaba de hacer ninguna de ambas cosas.

—Si lo hubiera recuperado, Richard no sería débil como mi padre biológico, ni tan débil como mi padrastro. Richard sabía lo que quería, sabía en qué creía, me sujetaba cuando patinábamos. No me enseñó a hacer el ángel, pero sí evitó que cayera una y otra vez hacia atrás. Me salvó en el momento más oscuro de mi vida..., poco después de que yo creyera en algo malo, dijera algo malo e hiciera algo malo. Se pueden cambiar las creencias y enmendar lo dicho, pero no hay remedio para lo que se ha hecho, ¿verdad?

Se interrumpió, apartó la cara del hombro de Conrad y se percató de que seguían en la Kaiserstraße, a la altura de Frankfurter Hof, en otros tiempos el hotel de lujo de Fráncfort y ahora no más que un montón de escombros. Conrad debía de vivir en otro hotel con el miedo a que la camarera le escupiera en el vaso del cepillo de dientes porque lo consideraba el enemigo. Para ella, para Lisbeth, él no era el enemigo. Pero, ahora se daba cuenta, tampoco era un amigo.

—Pero ¿qué hiciste? —preguntó él.

Lisbeth se limpió las lágrimas para secarse las mejillas, para borrarse la tizne. Pero ¿por qué debería tener? Ella no llevaba las manos sucias, solo había marcado la tela con alfileres, ella no había tenido que tirar de un carro cargado con medio hombre por Fráncfort, ni había tocado a ese medio hombre con su cara negra. Solo había tocado a Conrad, de forma más íntima y prolongada que el día en que él había evitado que resbalara por un tablón de madera helado..., y lo lamentaba.

—Debo marcharme a la casa de modas —dijo con brusquedad y sin la certeza de saber si su alma estaba más limpia o más sucia que nunca—. Tengo que vender ropa. Y además le prometí coserle un traje cuando consiguiera el permiso de reapertura del negocio. Pues bien, hoy voy a cumplir mi palabra y le tomaré las medidas. Pero el traje no puede ser negro.

Cuando regresaron el desfile había terminado y la mayoría de los invitados había abandonado ya la casa de modas. Al final había bastado con poner tres veces *Lili Marleen* para presentar todos los vestidos. El *knäckebröd* se había acabado con la misma rapidez; lo único que había quedado prácticamente intacto era el vino de manzana o, mejor dicho, el vinagre. Eva no parecía haber tomado ni un sorbo de esa bebida porque su expresión no era en absoluto de amargura; exultante, explicó que el desfile había sido todo un éxito. Incluso ella se había puesto un vestido y lo había presentado; habían vendido casi todas las prendas, o las habían cambiado por comida.

«Solo lo que yo llevo no se ha podido presentar», se dijo Lisbeth, y bajó los ojos para mirarse, atontada. Terciopelo rojo... En realidad, debería vestir de negro. Pero ¿de dónde sacar ropa negra? No había cortinas negras, ni tampoco mantelerías negras y, desde la muerte de Georg, tampoco tenían un traje negro. Cierto. Tenía que hacerle un traje a Conrad.

—Incluso me he librado de Klara, que pretendía hacerse con el negocio de la ropa —explicó Eva con una sonrisa—. Al final la he echado sin más.

—¿Cómo lo has conseguido? —preguntó Lisbeth mientras pensaba: «Mi marido ha muerto».

—Bueno, le he dicho que debía acompañar a casa a Alma y a los niños porque, si no, nunca encontrarían el camino.

—Si Klara Cuervo entra en casa, robará algo: ya sea el reloj de cuco o incluso a Frau Käthe —dijo Lisbeth mientras pensaba: «Mi marido ha muerto. Tengo que decírselo a los niños».

—¿Y qué haría con un gato? —preguntó Eva con el ceño fruncido.

—¿Asarlo? —propuso Lisbeth.

«Huelo, huelo carne de gato...».

Bueno, Frau Käthe se defendería, arañaría a Klara Cuervo. Del mismo modo en que, en ese momento, el dolor desgarraba a Lisbeth. Pero ese dolor no tenía las garras afiladas, era como esa tijera roma con la que no tenía más remedio que cortar la ropa a duras penas, también para el futuro traje de Conrad.

Mientras ella hablaba con Eva, él había ido apartando las mesas y retirado el gramófono; ahora estaba detrás de ella, muy cerca.

—Acompáñame a la sala de costura para que pueda tomarte las medidas —dijo Lisbeth pasando a tratarlo de tú con toda naturalidad.

—No, no hace falta que sea ahora.

—¡Pues claro! ¡Tiene que ser ahora! —gritó ella con voz áspera, herida.

Eva levantó la mirada con asombro.

—¿Qué ha pasado? ¿Por qué te has tenido que marchar antes a toda prisa?

Lisbeth se aclaró la garganta.

—Mi marido ha muerto —dijo—. Murió poco antes del final de la guerra, de camino a un campo de prisioneros ruso. Voy a coser un traje para Conrad.

Pasó por delante de Eva sin mirarla y no pudo ver su reacción; hizo pasar a Conrad a la sala de costura donde había algunos restos de tela y prendas sin terminar por falta de tiempo o de tejido o de aquello que ella consideraba como tal, aunque no lo fuera en realidad. Igual que creía que algo le daba fuerzas para afrontar el duelo, aunque no lo hubiera en realidad.

Lisbeth buscó la cinta métrica con la mirada. Evidentemente, no existía tal cosa, solo un trozo grueso de hilo que ella había medido con una regla rota y al que habían hecho un nudo cada cinco centímetros.

—Vamos —dijo con voz ruda a Conrad—. ¡Quítate la ropa!

La mirada de él, en la que hasta el momento había habido compasión, azoramiento y respeto, mostró asombro:

—¿Del todo?

La risita que ella soltó sonó más áspera que cualquier palabra.

—¡Del todo no, claro! Lo último que quiero ver ahora es a un hombre desnudo.

Y pensar que Richard yacía en algún sitio, desnudo, con la piel al aire, con los huesos al aire... En cambio Conrad le había visto el pecho desnudo y ella no se había avergonzado, en realidad había sentido el hormigueo de algo emocionante, de algo que no se conformaba con sobrevivir.

Conrad se quitó la chaqueta.

—La verdad es que no hace falta que sea ahora mismo.

Lisbeth le midió con el hilo de nudos la distancia entre hombro y cuello.

—Por supuesto que sí —insistió.

—¿Y con qué tela piensas coser el traje? —se oyó de pronto la voz de Eva.

Su voz no era áspera, más bien cortante, como una tijera intacta y en absoluto roma. Y en su mirada no había compasión, ni azoramiento, ni respeto; ahí había frialdad.

—Ya la conseguiré de algún modo —musitó Lisbeth aturdida.

—¿Y no crees que sería mejor hacerlo antes de tomar medidas y no después? —preguntó Eva casi con desprecio.

Lisbeth bajó la cinta métrica. Las palabras que se le ocurrían —¿Acaso no tienes compasión? ¿No has oído que mi marido ha muerto?— parecían enredarse dentro de su cabeza, como un hilo. Era imposible desatarlas.

—Yo puedo conseguir la tela —se apresuró a decir Conrad.

—Por supuesto —replicó Eva con voz estridente—. Vosotros los americanos tenéis suficiente comida, suficiente tela y suficiente libertad. ¿Y por qué no nos las trajisteis antes?

Era el ruido de una tijera al dar contra una chapa. Era el ruido de las emociones al dar contra un alma de acero.

Lisbeth la miró en silencio, incapaz de seguir tomando medidas e incapaz también de marcharse. Y tampoco era capaz de preguntar por qué Eva se mostraba tan fría y dura, tan ruda y tan colérica.

Esta sabía lo que le ocurría.

—Os debéis de preguntar por qué no siento compasión, ¿verdad? —preguntó.

Lisbeth se quedó inmóvil, pero Conrad asintió.

—Bueno, cuando el pasado es un charco oscuro y uno apenas consigue mantener la cabeza por encima de las aguas cenagosas, se necesitan manos y pies para mantenerse a flote. No es posible asirse a algo que arrastre hacia abajo.

—Pero la compasión no es una rueda de molino —dijo Conrad.

Eva lo recorrió con la mirada de arriba abajo.

—Para usted es fácil decirlo. Para usted es fácil conseguir tela. A usted la compasión le cuesta mucho menos que a nosotros.

Lisbeth notó en Eva la envidia que a menudo ella también había sentido: no te han destruido, ni siquiera estás mutilado. ¡Qué arrogante, qué infame hacernos ver que aún existe gente ilesa! Ella ya no sentía esa envidia. Solo tenía la necesidad de proteger a Conrad, porque él no era responsable de lo que Eva había podido padecer.

—¡Por todos los cielos! ¿Quién eres? —preguntó.

Eva volvió la mirada hacia ella y adoptó una expresión sombría.

—Hace tiempo que lo sabes. O, por lo menos, hace tiempo que deberías saberlo. He dicho sobre mí todo lo que había que decir.

—¡Pero si no has contado nada!

—¡Y tanto que sí! —insistió Eva—. ¡A Rieke!

—¿Rieke sabe quién eres? —preguntó Lisbeth aturdida.

—Le he contado todos esos cuentos —susurró Eva.

Puede que su alma fuera de acero, pero el acero se podía fundir, siempre y cuando hubiera fuego, y el acero también se podía deformar siempre y cuando se dispusiera de yunque y martillo.

El cuento... Rumpelstiltskin, el enano saltarín, con su fea nariz ganchuda. Rumpelstiltskin, que no era tan malo como uno creía. Y la historia del arcón, que era tan grande como una sala..., y la giganta que merodeaba. «Huelo, huelo carne humana...».

Sin saber cómo Lisbeth se encontró de pronto en el dormitorio de Eva. Ella seguía abrigándose solo con una cortina de color rosa palo. Todavía guardaba sus cosas en latas de conserva vacías, entre ellas el chal de color rojo intenso.

—¿De dónde? ¿De dónde lo sacaste? —preguntó a pesar de que de todas las preguntas que habría podido hacer esa era la menos acuciante.

Con todo, Eva respondió:

—Me lo dio una mujer, a principios de los años treinta, no sé cuánto hacía de la toma de poder. En cualquier caso, Fráncfort ya no era la ciudad de los judíos y los demócratas, sino la ciudad de las artes y los oficios alemanes. Y yo experimenté el oficio que mejor se le daba a la gente de Fráncfort: ensuciar la tienda de mi padre escribiendo cosas como «cerdo judío» con una pintura difícil de quitar. ¡Cómo se esforzaba mi madre en borrar eso! En esa época ya no nos dejaban entrar en la cafetería de la plaza Hauptwache.

—¿Eres judía?

Eva asintió, se puso a su lado, cogió el chal rojo y lo estrujó. Su sonrisa era como un corte sangriento en una piel blanca que alguien hubiera trazado con un trozo de vidrio.

—En realidad, soy una *mischling*, es decir, que mi padre era judío y mi madre no. Durante toda mi infancia tuve que oír a la familia de mi padre diciéndome que yo era protestante, una *goi*. Y luego, de pronto, también fui judía, y mi parentela desapareció. Una parte logró escapar a tiempo, pero mi padre no quiso huir. ¿Para qué? A fin de cuentas, él estaba casado con una mujer que no era judía. Mi madre, claro, como aria, tampoco quería huir. Y yo tampoco quería, ya fuera judía completa, media, o no lo fuera en absoluto. Yo lo que quería ante todo era ser bailarina. —Había hecho una bola con el chal—. Mi padre me había prohibido bailar. Decía siempre que no era propio de una mujer decente. Pero él estaba muy ocupado borrando los insultos de la tienda y yo tenía mucho tiempo para bailar de un lado a otro. La mujer que me regaló el chal rojo me vio bailar y seguramente me lo dio porque al bailar ondearía en el aire de forma muy bella. ¡Cómo llegué a reírme! ¡Ahora..., ahora es mi hora!, me decía. Papá está demasiado distraído para prohibirme bailar. Y lo estaba cuando perdió el negocio, cuando se incendió la sinagoga del barrio de Westend, cuando reunieron a todos los hombres judíos. Algunos huyeron, pero a mi padre no le gustaba correr, como tampoco le gustaba bailar. No sé exactamente a dónde lo llevaron; solo sé que mi madre lloraba y que yo me decía: «Por fin soy libre. Ya nadie me dirá nunca más qué puedo y qué no puedo hacer». —Sollozó—. ¡Qué tonta! ¡Qué egoísta! Dos años después de que la guerra hubiera empezado yo, como judía mestiza, como *mischling*, también fui obligada a llevar la estrella de David. No queda bien con el chal rojo, me dije, no queda bien con el baile. Yo seguía sin poder pensar en otra cosa. En cambio, cuando empezaron las deportaciones mi madre sí pensó a tiempo en un lugar donde esconderse. Al principio viví en su buhardilla y, cuando murió, me fui a vivir al sótano de su hermana. Ahí abajo hacía mucho frío y humedad. No podía hacer ruido, no podía bailar. Tenía que permanecer sentada en silencio y solo podía bailar con la imaginación. Llegó un momento en que incluso mis pensamientos se detuvieron, pero entonces llegó la gran noche del bombardeo y salí a la calle, y lo primero que hice fue girar sobre mí misma. Tenía los pies tan agarrotados que tropecé y me caí. Es un milagro que no me quemara esa noche en el incendio. Me limité a arrojar la estrella de David a las llamas y, de algún modo, logré salvarme a mí misma y al chal. Por desgracia, eso no me sirve de gran cosa. Solo soy medio judía, solo soy medio bailarina. No soy nada por entero, no hay nada que sepa hacer bien.

Se calló y escondió la cara en el chal rojo, y Lisbeth la envidió por ello, porque a ella también le habría gustado esconderse: del desamparo que sentía por el dolor ajeno, del desamparo que sentía por el propio dolor. «Yo tampoco sé hacer nada bien», se dijo. «No sé llorar la muerte como es debido, no sé consolar como es debido. Solo supe hacer algo equivocado, sí, entonces, tras la toma de poder...».

Ella no había regalado a nadie un chal rojo. Ella había...

¿Qué importancia tenía lo que había hecho? Ninguna en el momento en que Conrad se mostró ante ella, le puso en la mano la botella de vino de manzana y ella tomó un sorbo. Eso la reconfortó, a pesar de que sabía a vinagre.

—El vinagre también quita la sed —murmuró— y de la mitad de algo se puede hacer algo entero. En los últimos meses nunca hemos tenido un fardo entero de tela, ni medio siquiera. Y por eso cosimos docenas de retales. No importa. Lo que cuenta es que al final nadie tiene que ir desnudo por la calle.

Eva bajó el chal y levantó la mirada.

—No hay ropa que pueda tapar lo que soy. Puede que sea una auténtica bailarina, pero, de serlo, soy una bailarina muerta que da vueltas sobre las tumbas de su familia, aunque en realidad ni siquiera existen tales tumbas y mi padre odiaba la danza. Yo a veces también le odiaba porque era muy estricto, pero ahora es demasiado tarde para quererle. Igual que entonces, cuando se lo llevaron, me sentí libre, ya nunca podré volver a serlo. Nunca podré volver a dar vueltas sobre un lugar de la tierra en el que no se pudran los muertos.

Lisbeth tomó otro sorbo de vinagre, aunque le escoció la garganta; pensaba en Richard, desnudo, con la piel expuesta, con los huesos al aire; un chal no bastaba para taparlo, no bastaba siquiera para tapar el alma desnuda de Eva. Tal vez no fuera malo estar desnudo; a fin de cuentas, a ella no le había avergonzado que Conrad le viera los pechos. ¿Por qué debería avergonzarse ahora?

—Yo... odiaba tanto ir al teatro.

Eva la miró con asombro.

—¿Qué dices? —se le escapó.

—Sí —admitió Lisbeth en voz baja—, yo odiaba ir al teatro. Odiaba ir a conciertos porque no sé nada de música clásica. Y nunca supe qué decir de los poemas de Rilke. Pero no se lo comenté nunca a Richard. —Inspiró profundamente—. Cuando él llegó a mi vida yo estaba muy perdida. Todo era oscuridad en mi interior... Me había aferrado a lo que decía el Führer y luego me apoyé en Richard, y no solo para patinar. Lo cierto es que me daba miedo patinar, pero era bonito pasar el rato con él. Y lo cierto es que no me importaba mucho lo que luego me leía en voz alta, pero era bonito oír su voz. Richard me llevaba con él a los festivales de teatro del Römerberg, pero yo habría preferido ir al cine, que él consideraba demasiado banal. Así que no me atreví a proponérselo. Él no sospechó la verdad hasta el final. Quiso dejarme un librito con poemas de Rilke, pero yo sabía que, de todos modos, no lo iba a leer. Le rechacé el último regalo que me quiso hacer en vida. Y ahora es demasiado tarde: Richard ha muerto, el libro de poemas se ha perdido y antes de la primera noche de bombardeos fui sola al cine y me lo pasé muy bien. Pienso desde entonces que esas bombas fueron un castigo. No puedo evitar sentirme culpable.

—Eso es una tontería —dijo Eva con brusquedad.

—También es una tontería que tu padre muriera porque tú quisieras bailar. Una cosa no tiene nada que ver con la otra. Él no te entendió de verdad y ahora está muerto, y Richard tampoco me entendió de verdad a mí y ahora está muerto. Ni puedo decirle la verdad, ni tampoco me puedo esforzar por encontrarle gusto al teatro, los conciertos o a Rilke. Tal vez no sea culpa mía, pero no voy a sacar algo útil de ello, no serían unos retales para hacer un vestido.

Lisbeth pasó la botella de vino de manzana a Eva y esta tomó un trago. Después de beber se dejó caer sobre la cortina de color rosa palo y Lisbeth se sentó a su lado. Solo Conrad permaneció de pie, sosteniendo la cinta métrica, o, mejor dicho, el trozo de hilo anudado que usaban como cinta métrica. Entonces él también habló.

—Mi hermano murió —dijo y se interrumpió un instante para corregirse—: Mi hermano cayó en combate. —Se volvió a detener—. Se podría pensar que no hay ninguna diferencia entre ambas cosas y que el resultado es el mismo. Pero para mi padre la diferencia es enorme. El hecho de que mi hermano muriera en la guerra lo convierte en un héroe. Siempre fue perfecto: era buen estudiante, estudió en la academia militar y se alistó voluntario. Incluso el hecho de que él cayera en combate, a los ojos de mi padre, es mejor a que yo siga con vida.

Lisbeth levantó la vista, vio dolor, desesperación y también una cierta obstinación en el semblante de Conrad. No bastaba para afearle el rostro. No bastaba para hacérselo añicos.

¡Qué disparate!, estuvo a punto de decir ella. Tú tienes muchas cosas buenas.

Pero seguramente era un error tremendo medir el dolor de él igual que le había medido los hombros y los brazos. Aunque el suyo fuera menor que el de ella y el dolor de ella fuera menor que el de Eva, ¿qué importancia tenía eso si en ese momento solo se trataba de hablar y escuchar, y no de lamentarse y consolar?

—Nunca fui un héroe, siempre fui el niño de mamá —siguió diciendo Conrad en voz baja—. No fui a la academia militar, ni siquiera quise ser abogado. En lugar de ello hice unas prácticas en el *Washington Post* por veinticinco dólares la hora. «¡Menuda ridiculez!», comentó mi padre, mientras que mi madre, en cambio, se sintió orgullosa de mí. «Tú puedes ser todo lo que te propongas», me decía ella, que en sus tiempos había sido alumna de la Madeira School de Virginia, donde la directora le había inculcado que Dios era mujer. Bueno, es posible que yo sea periodista, que Dios sea mujer o que cualquier mujer pueda ser Dios, pero hay algo que yo nunca podré ser: el hijo favorito de mi padre. A sus ojos soy un cobarde, capaz de sostener la pluma, pero no de empuñar un arma. Cuando alguien así muere en la guerra, no cae, se muere. Y yo ni siquiera me morí: yo regresé y eso es algo que Johnny no hizo. Y desde entonces mi padre calla. No es capaz de decirme: «¿Por qué él ha muerto y tú no?». No es capaz de decirle a mi madre: «¿Por qué tu preferido está vivo y el mío no?». Y mi madre calla porque no quiere empañar el dolor de él con su alivio. Viven en dos plantas de nuestra casa de Nueva York. En mi última visita me pasé el rato subiendo y bajando entre los dos pisos, callando con el uno y callando con la otra. Cuando por fin pude partir hacia Europa me sentí muy aliviado, aunque aquí apenas hay casas con dos pisos intactos donde la gente se pueda esconder. Porque aquí el delito de no saber empuñar bien un arma y de vivir es ridículo comparado con la culpa de quienes no solo empuñaron correctamente las armas, sino que también mataron con ellas. Porque a veces es más soportable ver y oír lo que está destrozado que intuirlo sin más detrás de lo que está en pie.

Se interrumpió de golpe y se dio la vuelta.

En ese momento Lisbeth pensó que no había anotado sus medidas. Sin embargo, de pronto tuvo la certeza de que, aun así, era capaz de coserle un traje que se le ajustara a la perfección. Conocía su cuerpo, conocía su alma, y el alma, dijera él lo que dijera, era pulida, no tanto como un chal de seda rojo inútil, ni tanto como un espejo en el que se refleja algo más bonito de lo que hay en realidad.

—Bueno —repuso Eva con tono seco—, si buscas gente que haya matado con sus armas, entonces no estás en el lugar adecuado. Si no hay aquí ni siquiera tela suficiente, cómo va a haber armas.

Todo puede convertirse en un arma, pensaba Lisbeth, también las palabras. Pero las palabras no solo podían herir, también podían sanar. Al menos, un poco.

—¿Y quién está en el lugar que le corresponde? —apuntó Lisbeth—. ¿Quién hace lo que quiere? Tú coses en vez de bailar, Conrad conseguirá tela para un traje y tal vez incluso para otros vestidos en lugar de escribir, y yo estoy aquí arrellanada y tomando medidas en lugar de ir a casa y decirles a mis hijos que su padre ha muerto y que nunca supo lo que me divertía. ¡No importa! Juntos haremos grande la Casa de Modas König, ¿verdad?

Conrad bajó la mano en que sostenía el hilo con nudos.

—Lo haremos —dijo en voz baja—, pero por hoy es suficiente.

—Hoy lo único que haremos será beber vinagre hasta terminarlo —dijo Eva y tomó otro trago antes de pasarle la botella a Conrad.

Rieke

1972

La Casa de Modas König estaba al borde de la ruina, pero nadie lo decía en voz alta. En mi primera visita ni siquiera se hizo mención a Martin y a su marcha precipitada, que en realidad debía considerarse como una huida. Lo único que delataba el nerviosismo de Walter Heinemann —cuyo abuelo ya había trabajado como apoderado de la Casa de Modas König— eran las diminutas perlas de sudor que tenía en la frente. Continuamente se sacaba el pañuelo de bolsillo para secarse, aunque eso, claro está, también le servía para ocultar su expresión cada vez que yo le hacía una pregunta. No empecé de inmediato con eso. Primero le seguí el juego como una buena chica: acabamos de chocar contra un iceberg, pero aún se escucha música y solo al final sonará *Más cerca, oh, Dios, de ti.*

«Yo, de haber sido músico en el *Titanic* —había bromeado Joachim en una ocasión—, en lugar de tocar el violín me hubiera tomado un whisky con hielo. Ese habría sido un gesto con estilo. Y gracia.

Con o sin *Titanic,* imaginar a Joachim tomándose un whisky con hielo en sí ya tenía su gracia. No bebía nada que fuera más fuerte que un vino tinto. Yo, valga decirlo, tampoco, aunque ese día eché de menos en secreto una copa de whisky, preferiblemente sin hielo, para exigir con más aplomo y sin esa vocecita aterrada:

—¿Me podría enseñar los libros?

Hasta ese instante Walter Heinemann y yo habíamos actuado como si yo estuviera haciendo una visita de cortesía a la casa de modas. En ese momento me esforzaba por adoptar el semblante inexpresivo con el que había hecho frente a las numerosas objeciones de Joachim (¿Tú pretendes llevar el negocio? Pero ¿qué te has pensado? ¡Si no tienes ni idea de llevar una empresa! ¿Y quién va a ocuparse de Marlene? ¿Cómo pretendes conseguirlo?). Sin embargo, con Walter Heinemann no obtuvo el efecto deseado. Mientras que Joachim al final de nuestra disputa calló agotado, Heinemann se limpió otra vez las perlas de sudor y luego preguntó con amabilidad:

—¿Qué le parecería dar primero una vuelta?

—Conozco la casa de modas desde que era una niña.

—No recuerdo que haya estado usted por aquí recientemente. Esto ha cambiado mucho.

Yo asentí vacilante porque, en realidad, ver demasiado pronto los balances me parecía un reto mayor que el de llegar a casa demasiado tarde. Había considerado la idea de dejar la comida hecha, pero al final en el carrito de la compra fue a parar algo que nunca antes había comprado: comida preparada. Bueno, aunque de vez en cuando preparaba el solomillo Wellington con hojaldre congelado, hasta el momento nunca había servido croquetas de patata de la marca Pfanni.

«Pero yo quiero *pasta asciutta*», había dicho Marlene.

«Esta noche, no. Además, seguro que Helga te dará pastel».

Helga Reinhardt, la ahijada de mi padre, Richard, la que en el primer desfile de la Casa de Modas König después de la guerra debería haber presentado algunas prendas, pero que había tenido que apresurarse a la estación para acompañar a casa a su padre, Michael, cuidaba de vez en cuando a Marlene. Estaba soltera y no tenía hijos. Su piso olía siempre a tabaco, aunque ella decía que no fumaba. También decía que le encantaba cuidar de Marlene, y, como no se me había ocurrido ninguna solución mejor, nunca había querido ir más al fondo de esta cuestión. Cuando le había dicho a Joachim que iba a necesitar algunas horas para hacerme una idea general de la situación, él me había contestado con disgusto: «¿Entonces voy a tener que tomarme una tarde libre? Porque, si no, ¿cómo lo hacemos?».

A Marlene Helga no le gustaba porque contaba cuentos de niños a los que se les cortaban los dedos: no solo el pulgar como a Konrad en *Pedro Melenas,* no, todos los dedos. En cualquier caso, prefería estar en casa de Helga a pasar la tarde en la guardería, de donde yo la solía recoger después del almuerzo. Los niños que se quedaban más tiempo ahí dormían la siesta en una sala aparte, sobre unos catres destartalados. La primera, y hasta el momento única, ocasión en que Joachim había ido a recoger a Marlene y había echado un vistazo ahí había afirmado: «Incluso en Stalingrado las camas eran más blandas».

Aunque no me parecía correcto hacer burlas sobre Stalingrado, ni tampoco sobre el hundimiento del *Titanic,* yo entendía que Marlene se sentía orgullosa de su estatus de «niña de mediodía».

Espero que hoy Helga no le cuente historias de dedos cortados, me dije mientras seguía a Walter Heinemann por la casa de modas. Y espero también que tampoco fume pipa delante de la pequeña.

Que yo estuviera tan desconcentrada no se debía solo a mi preocupación por Marlene, sino también a la larga disertación que Walter Heinemann hizo sobre su propia carrera profesional. Tras formarse en diseño textil había entrado a trabajar primero en el departamento de caballeros y, luego, en compras.

Poco a poco había ido pasando por todos los departamentos, mientras sus responsabilidades aumentaban. Que él apuntara con cierto tono obstinado que aún le quedaban tres años para su jubilación se podía interpretar de dos maneras: como una advertencia de que era preciso haber vivido toda la vida en la casa de modas antes de atreverse a dirigirla, o bien como un reproche hacia Martin, en el sentido de que habría podido esperar esos tres años para dar la vuelta al mundo.

Yo no me preguntaba por qué Martin no había postergado esa huida de su vida y sí, en cambio, qué le había llevado cinco años atrás a aumentar considerablemente el tamaño de la tienda, que hasta entonces había tenido un volumen fácilmente abarcable. Entonces se habían comprado cuatrocientos metros cuadrados adicionales de superficie, lo cual significaba una ampliación de cien metros cuadrados de la fachada de escaparates.

Walter Heinemann recitó los números con pericia y el esfuerzo realizado hizo que tuviera que volver a secarse la frente. No se lo podía reprochar, porque también yo, en el departamento para la mujer de la planta baja, empecé a sudar viendo la cantidad increíble de abrigos grises, azulados, y de un color indefinido que me recordaba el de las croquetas de patata Pfanni. Ningún abrigo llevaba piel de ocelote en el cuello, tan solo vi una capa adornada con una vuelta de algo que recordaba una cobaya muerta.

En ese preciso instante, una vendedora estaba endosándole esa capa a una clienta que, en cuanto se la colocó, recordó al más pequeño de los enanitos de Blancanieves. Aun así, la vendedora convencía a la pobre mujer con una voz fuerte y clara, un poco como si estuviera hablando con una niña pequeña, aunque había que admitir que las educadoras de la guardería de Marlene acostaban a los niños de un modo menos complaciente. Seguro que no decían diez veces «¡Por favor!» ni

«¡Muchas gracias!» para animar a los pequeños a echarse tranquilamente en esos catres destartalados. Solo en lo que a su mirada se refería, esa vendedora estaba al nivel de Stalingrado. De hecho, sus ojos sugerían poco menos que el rechazo de la capa prácticamente implicaba la condena a muerte.

—Todas nuestras vendedoras reciben una formación especial —explicó el señor Heinemann—. Aprenden a convencer, no a persuadir.

Bueno, pues qué suerte la mía de no tener que estar en posición de ser convencida de nada. Aunque ya entonces fui presa del pánico cuando me imaginé que llegaría un día en que yo debería convencer a esa vendedora de que tratara a las clientas de forma distinta, y no como si fueran menores de edad o tontas redomadas. Solo por eso de buena gana me habría escondido debajo de la capa y me habría hecho la enana; el hecho de que Walter Heinemann iniciara entonces un nuevo discurso no disminuyó en absoluto mi deseo de ocultarme en algún sitio. No solo se complacía de su propia experiencia, sino también de las ventajas que ofrecían los nuevos expositores giratorios para ofrecer los productos. Funcionaban con rodamientos, los cuales podían ser de una o dos líneas; en cualquier caso, estaban cromados y bruñidos y, por lo tanto, eran especialmente resistentes.

La palabra «bruñidos» era nueva para mí. Posiblemente las educadoras de Marlene matarían para que alguien afirmara tal cosa de los catres de su guardería.

—El gran número de espejos que tenemos proporcionan una gran profundidad espacial al mitigar las superficies de pared y de cortinas —seguía diciendo Heinemann—. Y no menos importante es la iluminación, convenientemente equilibrada. Los veinticinco probadores están equipados con unas lámparas de espejo especiales de Zeiss Ikon que procuran una luz clara, pero no demasiado intensa.

Yo me preguntaba cómo huir discretamente a uno de esos probadores —por mí, la lámpara de Zeiss Ikon podía permanecer apagada—, y también cómo podía arrebatarle el pañuelo al señor Heinemann, porque yo cada vez sudaba más, aunque no en la frente, sino en la nuca. En cualquier caso, él lo necesitaba también porque había llegado el momento de recorrer el camino hacia la primera planta, donde se encontraba el taller de arreglos, con los departamentos para señoras y caballeros estrictamente separados. Heinemann parecía muy orgulloso al explicarme que las señoras que trabajaban allí eran modistas especialmente formadas unas para ropa masculina y otras para femenina, esto es, que eran unas auténticas profesionales.

—A fin de cuentas —apuntó— las costureras que afirman dominar ambas cosas por igual no son de fiar.

No pude evitar imaginarme la mirada que mi madre le habría dirigido si lo hubiera oído. En sus tiempos ella no solo había cosido usando cualquier cosa —ya fueran petates viejos o tela de colchoneta— sino para cualquiera: hombre, mujer o niño. Pero entretanto Heinemann me estaba presentando a las modistas que en ese momento se dedicaban a hacer o deshacer costuras. No parecían tan severas como esa vendedora, e incluso evitaron repetir cien veces «¡Por favor!» y «¡Gracias!»; de hecho, ni siquiera me saludaron. Tal vez no estaba previsto que abrieran la boca y, si lo hacían, solo debía ser para hablar sobre las hombreras adecuadas. Tal vez tampoco estaba previsto que yo abriera la boca ya que, antes de que pudiera decir algo, Heinemann me llevó a la planta siguiente, donde estaba el taller de decoración de la tienda. Antes de decorar convenientemente un escaparate, el efecto general del proyecto se probaba en lo que se conocía como el escaparate de muestra; en ese instante se estaba envolviendo artísticamente una cortina en torno a una columna. Lo que se pretendía que al final pareciera arrojado ahí por descuido era, en realidad, una obra de arte planificada a conciencia que requería de un buen número de alfileres, los cuales, claro está, debían permanecer ocultos.

—Nuestros colaboradores aquí se encuentran sometidos a la enorme presión del tiempo —explicó Heinemann—. Nuestro cronograma prevé que los escaparates se cambien, se prueben y estén listos en ocho días.

Mientras una decoradora trabajaba en un drapeado que habría hecho palidecer de envidia a un senador romano, la otra no solo vestía a un maniquí de forma femenina, sino que además le ponía un cucharón en la mano.

—Pero ¿quién cocina vestida con un traje con estampado pepita? —exclamé sin poder contenerme—. ¿O es que el cucharón solo sirve para golpearle los dedos al marido?

Joachim se habría echado a reír; Heinemann en cambio me miró con asombro.

—Nuestra experiencia nos dice que los clientes valoran los escaparates que reproducen situaciones habituales.

Y por eso, claro está, las columnas se envolvían en tela, pensé. Sin embargo, me limité a decir en voz alta:

—¿Han probado alguna otra cosa?

—¿Por qué hacerlo si los clientes ya están satisfechos con esto?

—¿Y cómo se sabe que los clientes están satisfechos? El volumen de ventas ha bajado de forma considerable en los últimos meses.

Él me miró con reproche; seguro que en ese momento envidió el cucharón al maniquí de escaparate, de buena gana me habría golpeado con él esa boca tan descarada. Al no disponer de él, tuvo que contentarse con guiarme a la siguiente planta y detenerse un rato en la caja de la escalera para contarme las excelencias del aparato de circulación de aire de la planta sótano y de la instalación de ventilación de la planta baja.

—Pero seguramente usted no querrá ver eso, ¿verdad?

—No —dije—. Me gustaría ir a la zona de administración.

El pequeño amago de obstinación había desaparecido y por dentro sentí ganas de quedarme inmóvil en el escaparate y sostener un cucharón en lugar de conocer el funcionamiento del sistema neumático de tubos con el que se enviaba el correo entre la recepción de mercancías, la caja y la administración.

Saltaba a la vista que entre gestión de existencias y gerencia no había ningún tubo ya que los despachos eran contiguos. El del responsable de existencias era diminuto; en cambio, el despacho de gerencia, que había ocupado Martin hasta hacía poco y que ahora Heinemann había tomado como propio, era por lo menos la mitad de grande que el departamento de señoras. Presidía el centro de la estancia una mesa ancha con unas poderosas patas metálicas sobre la que descansaba un altavoz con varios botones, un teléfono de dial y varias carpetas y documentos.

—Disculpe el desorden, pero mi secretaria se va a casar —explicó Heinemann.

—¿Acaso eso significa que tiene más la cabeza en la decoración floral y en el menú de bodas que en el trabajo? —pregunté.

De nuevo me encontré con una mirada de asombro.

—Evidentemente, tras el compromiso, ha dejado de inmediato su puesto. Tengo que encontrar a alguien que la sustituya; por desgracia, la auxiliar no es muy de fiar. Por cierto, que la señora Behrens nos haya abandonado es una lástima en dos sentidos. Tenía una silueta perfecta.

—¿Acaso hace falta eso para ser secretaria?

—No, pero resultaba muy útil en nuestros desfiles. Las vendedoras son las encargadas de presentar la nueva colección y, cuando faltaba gente, la señora Behrens nos echaba una mano. Por desgracia, ahora ya no es posible.

Inspiré profundamente y, sin atender a que él se hubiera sentado con indiferencia detrás del escritorio y no me hubiera ofrecido asiento, dije con tono enérgico:

—Y ahora quiero ver los libros de contabilidad para poder hacerme una idea de la dificultad de la situación.

Por fin lo había dicho en voz alta. Sin embargo, el señor Heinemann no estaba dispuesto a tomar whisky con hielo ni a entonar *Más cerca, oh, Dios, de ti*. Saltaba a la vista que él estaba convencido de que había suficientes botes de salvamento.

—Sí, bueno, así es. En los últimos meses hemos flaqueado un poco..., pero la venta por catálogo nos ha perjudicado.

—La venta por catálogo existe desde hace más de veinte años.

—Bueno, pero es que además ahora tenemos la competencia de empresas especializadas en eso como Neckermann y...

—Pero Neckermann abrió una filial en Fráncfort hace quince años, ¿no?

Él se reclinó pesadamente en su asiento y este crujió. Tal vez las tareas de la señora Behrens incluían también la de darle aceite.

—¿No prefiere hablar de estos asuntos cuando su marido esté presente? —preguntó él alargando las vocales.

—Mi marido trabaja en una compañía de seguros. Carece de experiencia en la dirección de una casa de modas.

—Ah, ¿y usted sí la tiene?

—Yo... En las últimas semanas he pasado largo tiempo en la biblioteca municipal leyendo muchos libros de gestión de empresa y me he hecho una idea. Me gustaría tratar varios temas: sobre compras, colección, fijación de precios... —Tragué saliva, esperando que no se diera cuenta de las veces en que había llegado al límite de mis capacidades con esas lecturas y me había retrotraído a esos tiempos en que los exámenes de latín me desesperaban. No obstante, proseguí con tono enérgico—: Creo que no vamos a poder evitar una reestructuración. El taller de arreglos, por ejemplo: me parece que ahí falta personal mientras que en el de decoración sobra gente. Sí, ya sé, ya sé que hasta ahora se aplicaba el principio de que un buen escaparate ha de ser como un escenario. Pero ocupar a tantos grafistas y artistas cuesta mucho dinero.

—¡No hace mucho ganamos un premio al mejor escaparate de la Unión de Comercio Minorista!

—Pero eso no impedirá que caigamos en la bancarrota. —El párpado derecho de Heinemann empezó a temblar—. Por desgracia, no sé tampoco lo que nos puede salvar —seguí diciendo—. De todos modos, creo que sería bueno que valorásemos distintas opciones, como, por ejemplo, cerrar el departamento de moda para caballeros y abrir, en cambio, un departamento de ropa joven, u ofrecer en la entrada artículos pequeños, como ropa interior, chales y guantes. Tal vez no todas las ideas son buenas, pero me gustaría comentar cada una de ellas.

Y, para eso, me gustaría sentarme, añadí, aunque, por desgracia, solo mentalmente.

En cambio, el señor Heinemann no estaba dispuesto en absoluto a permanecer sentado por más tiempo. Se levantó, se puso delante de su escritorio y luego delante de mí.

—Por desgracia, su hermano está ilocalizable.

—Así es —dije mientras me odiaba por la voz aguda que me salió—. Mi hermana, por cierto, también, y mi madre tiene otras preocupaciones. Ahora mismo, yo soy la única responsable de la Casa de Modas König.

No sé muy bien cómo logré mantener la calma y soportar su mirada. Estaba dispuesta a llegar hasta el final, sin balbucear, pero estaba completamente extenuada. Cuando el señor Heinemann me comunicó, con tics no solo en los párpados sino también en la boca, su alegría ante nuestra futura colaboración; me dijo que tendría la documentación correspondiente lista para mi próxima visita, puesto que obviamente yo ya no tenía mucho tiempo pues, a fin de cuentas, era madre de una niña; y cuando me preguntó finalmente cuántos años tenía ya la pequeña Marlene, no pude hacer otra cosa más que ceder. La única réplica que se me ocurrió fue decirle que no, que yo no tenía más obligaciones, que las croquetas de patatas se hacían solas. Sin embargo, intuí que no impresionaría a Walter Heinemann con un eslogan de Pfanni. Tampoco ayudó el que en ese momento me imaginara a las croquetas de patata saltando a la olla con unas patitas muy finas y zambulléndose en el agua hirviendo. Marlene se habría muerto de risa con esa idea.

Ah, Marlene, me dije, no deberías estar en casa de Helga con esa pipa suya y yo... Bueno, de hecho, yo no debía estar ahí por más tiempo.

—Muy bien —farfullé—. Así pues, ya concretaremos los detalles en mi próxima visita.

A día de hoy todavía no sé si habría vuelto a pisar el despacho de gerencia ni asumido la lucha por la casa de modas de no haberme topado en la escalera con Ute Reinhardt. De hecho, tal cosa no habría ocurrido si el ambiente no hubiera sido tan sofocante. Imposible saber si es que el sistema de ventilación funcionaba demasiado bien o demasiado mal, pero ocurrió que a la altura del taller de arreglos me sentí mareada y me dejé caer en un escalón.

—¿Heinemann no te ha ofrecido asiento? —oí que decía una voz.

Levanté la mirada y vi a una mujer peculiar que se me acercaba. Por lo menos, los zapatos planos, el pantalón extraño y el peinado inusualmente corto le daban un aspecto peculiar. En cambio, la cara me resultaba conocida y la risa, todavía más.

—Créeme, es típico de él —me explicó—. Sobre todo, le gusta dejar a las mujeres de pie. E insiste aún en llamarnos «señorita» aunque oficialmente este tratamiento se abolió el año pasado.

—¡Ute! —exclamé—. ¿Qué haces aquí?

Ute era la hermana pequeña de Helga. A pesar de que fue preciso llevar en carro por Fráncfort a su padre, Michael, cuando volvió a casa tras haber sido prisionero de los rusos y su esposa, Mechthild, solía decir que después de eso él no había servido para nada —tras ese regreso, del moño que siempre llevaba en la coronilla se le soltaban más mechones que antes—, él logró engendrar otro hijo. Yo antes había cuidado a veces a Ute y, de no ser porque Vera también estaba y provocaba a Ute para que hiciera todo tipo de tonterías, incluso me habría gustado. De hecho, en una ocasión me había aprendido una obra de teatro con ella y Helga para la cual lo único que me interesaba era hacer el vestuario.

—¿Cómo? ¿Que qué estoy haciendo aquí? —preguntó—. Pero si tú ya sabías que yo trabajo en la Casa de Modas König, ¿no?

Negué con la cabeza. De jovencita, había seguido en contacto con Helga, y mi madre había mantenido una amistad superficial con Mechthild, pero a Ute yo le había perdido por completo el rastro.

Se sentó a mi lado en el escalón.

—Hace poco que trabajo aquí como planificadora de mercancías.

La miré de soslayo y, aunque ella era mucho más joven que yo, de pronto me sentí mucho más inexperta y desorientada.

—No tenía ni idea.

—¿Ni idea de qué? ¿De que Martin me contrató, o de lo que es una planificadora de mercancías?

Me encogí de hombros.

—Me temo que de ambas cosas.

—Martin solo me contrató porque mi madre se lo pidió a la tuya. Seguramente él no se acababa de creer que fuera buena en lo que hago. Una mujer que ha estudiado economía, como él, y, además, la primera de su promoción... Le parecía algo muy dudoso.

—Ah, ese hermano mío, tan conservador...

—Sea como sea, él ahora anda por Afganistán metido en un trasto —dijo Ute con una sonrisa irónica—. Yo me dedico a planificar la estructura del surtido y la selección de la mercancía. Todas esas monsergas como equilibrio del surtido, estructura de precios, estructura del producto, número de artículos, existencias, disponibilidad. ¿Te interesa?

—Me temo que tiene que interesarme —dije.

Me bastó una mirada fugaz de Ute para contarle lo que tenía dentro. Que yo, después de la huida precipitada de Martin de Fráncfort, había asumido la responsabilidad del negocio. Que Joachim no estaba del todo de acuerdo con eso, aunque no me lo reprochaba a mí, sino a Martin. Que Heinemann me había tratado como si yo fuera una visita de la que uno se libra al cabo de un par de horas. Que había comprado croquetas de patata de Pfanni. Que Helga estaba cuidando a Marlene.

—¡Oh, Dios mío!

—¿Qué te parece peor? ¿Que yo no tenga ni idea del negocio, o que haya descuidado a mi familia?

—Empecemos por lo simple. ¿Por qué Marlene está en casa de Helga y no en la guardería?

Quise abrir la boca para describirle el estado de los catres, pero intuí que con eso no lograría escandalizar a Ute. Cuando de pequeñas hacíamos representaciones de cuentos, ella nunca quería hacer de princesa, ni de príncipe, y sí, en cambio, del dragón que al final se los comía a todos. Sin duda, un dragón así era capaz de digerir sin problemas un catre.

—No se me ha ocurrido nadie mejor que Helga —respondí esquivando la pregunta—. Mamá ya tiene bastante con lo suyo, y Joachim no se ha tomado el día libre.

—Joachim no ha querido tomarse el día libre, ¿verdad? Suspiré.

—Creo que he sido una loca asumiendo esta responsabilidad.

—Creo que no deberíamos hablar de esto en la escalera. Vamos, te enseñaré mi bar preferido.

—Pero tengo que...

—Sí, lo sé, tienes que regresar junto a tus croquetas de patata. Pero si el viejo de Heinemann te hubiera enseñado las cuentas y el informe anual, seguirías aquí. Vamos, ven.

Mientras salíamos de la casa de modas de la calle Neue Kräme y tomábamos Liebfrauenberg en dirección a Eschenheimer Turm empezaron a surgir todo tipo de recuerdos de la infancia, como del padre de Ute, Michael, que mucho tiempo después de que él y Mechthild se hubieran separado venía de vez en cuando a casa a vernos y decía que quería llevarse a las niñas. «Mechthild me las ha traído, y solo a Mechthild se las devolveré», respondía siempre mi madre. Normalmente Michael se la quedaba mirando en silencio, pero en una ocasión se echó a llorar. Y aún fue peor cuando se llevó las manos a la cara y se vio claramente que apenas tenía dedos. Puede que Ute no temiera a los dragones, pero sin duda había tenido bastante miedo de su padre. Cuando él se marchaba de nuevo apesadumbrado, ella estaba escondida debajo de mi cama y durante horas se negaba a salir de ahí. Entonces yo creía que a ella le asustaban los dedos que le faltaban, pero luego supe de sus borracheras, las palizas, los llantos y las amenazas que, por desgracia, no terminaron tras la separación de Mechthild de Michael.

Ute tenía la cabeza en otro sitio.

—¿Tú sabías que en sus tiempos tu abuela Fanny también intentó enfrentarse a Heinemann? No, claro está, con Walter Heinemann, sino con su abuelo, Gustav. Solo se diferencian por sus nombres; por lo demás, los dos son igual de duros de mollera y conservadores.

Yo no recordaba haber oído decir algo así.

—¿Cómo lo sabes?

—Bueno, mi madre no solo era amiga de tu madre, también lo era de Alma y, claro está, ella había conocido a Fanny. Por lo menos la ayudó a sacar a Alma de la cárcel.

Aquello se volvía cada vez más disparatado.

—¿Alma estuvo en la cárcel? —pregunté con asombro.

—Fue detenida en el 33 o el 34, por la Gestapo. De hecho, no se debería hablar de cárcel en ese caso, sino de una cámara de tortura o algo parecido.

Aunque yo no sabía nada de todo eso, sí recordé al menos que Mechthild Reinhardt había estudiado Derecho y que, de hecho, incluso tenía un doctorado; sin embargo, tras la toma de poder, los nazis no le habían dado permiso para ejercer. Después de la guerra había querido volver a trabajar, pero había tenido algunas dificultades de otra índole.

—Mamá no habla mucho del pasado —musité.

—Y tú no has preguntado gran cosa, ¿verdad?

—No —repliqué, aunque ese tono despectivo me molestaba porque me recordaba a Vera. De todos modos, era difícil refutar eso.

Yo no tenía ni idea de quién era mi abuela ni de lo que Alma había pasado antes de que yo naciera. No tenía ni idea de cómo dirigir una casa de modas. Y, de hecho, tampoco tenía ni idea de por qué quería hacerlo después de que Martin hubiera puesto pies en polvorosa.

—Tu abuela debe de ser una mujer fantástica —comentó Ute con entusiasmo—. Según parece, le contó a Alma que ella había inventado el vestidito negro, y no Coco Chanel. Por cierto, parece que la llegó a conocer en la época que vivió en París, cuando ella estaba con tu abuelo.

—¿Georg König vivió en París? —pregunté con sorpresa.

—No, quiero decir tu abuelo biológico. Lisbeth le habló a mi madre de él. Se llamaba Albert, o Alexandre, bueno, un nombre de esos que con solo oírlo a las mujeres tontas les tiemblan las piernas.

—Creía que considerabas a Fanny una mujer fantástica, no una tonta —repliqué sin saber qué pensar de que Ute supiera más de mi familia que yo misma.

—Cuando se trata de hombres, todas somos tontas, ¿no? Coco Chanel, también. Solo era tremendamente inteligente y creativa como mujer de negocios y diseñadora de moda. No era especialmente simpática, pero eso no es algo que haga falta.

—¿Fanny conoció a Coco Chanel en persona?

—Por lo que sé, al menos coincidieron en una ocasión. ¿Nunca te lo habían contado?

Me encogí de hombros.

—No es tan importante lo que ocurrió en el pasado. Preferiría saber qué hacer ahora.

—Bueno, una cervecita puede ser un buen comienzo —dijo Ute empujándome suavemente por la puerta de un baño de estación venido a menos. Al menos, ese era el aspecto que tenía ese bar.

Tenía las paredes forradas con periódicos viejos. Muy viejos, de hecho. En dos, por lo menos, se veían aún cruces gamadas, que alguien había decorado con flores, símbolos de la paz o con un pene sobredimensionado. Las mesas desvencijadas tenían unas sillas aún más desvencijadas —y que curiosamente no se vinieron abajo cuando nos sentamos— y del techo colgaban tres bombillas de las cuales solo una tenía pantalla. Al observarla más detenidamente, vi que en realidad era un paraguas. Eso habría impresionado mucho a mi madre, aunque desde luego no le habría gustado nada que ahí la cerveza se tomara directamente de la botella.

—¡Salud! —dijo Ute después de saludar con un gesto a algunos conocidos. En realidad, conocidas, porque eran todas mujeres.

—¿Por qué aquí no hay hombres? —pregunté.

—Tienen el acceso prohibido —contestó Ute, me hizo un guiño y tomó un sorbo tan grande que la espuma le salió por la boca. Yo me limité a dar un sorbito porque, ya fuera en vaso o en botella, la cerveza no me gustaba.

Me pareció recordar que alguna vez Martin se había burlado de los bares y los cines que eran solo para mujeres.

—¿Cómo llevas eso de trabajar como planeadora de productos, o como sea que se diga, de la Casa de Modas König? No tienes pinta de querer llevar cuellos de piel de ocelote por voluntad propia. De hecho, ninguna mujer la tiene.

—Hace tiempo que quitamos el ocelote del surtido.

—Pero los vestiditos de color azul marino no, ¿verdad?

—Admite que una cosa así sí te la pondrías —dijo Ute poniendo los ojos en blanco—. Basta con ver lo que llevas.

Me miré la falda negra y la blusa blanca; esa misma mañana me había dicho que eso nunca desentonaba.

—Si de verdad mi abuela inventó el vestidito negro, ¿no debería yo dar en el blanco con esto? —pregunté en un intento de bromear.

Ute no correspondió a la broma.

—Antes ibas siempre tan elegante... Diseñabas y cosías tanto. ¿Sabes que siempre fuiste un ejemplo para mí?

—Y eso que nunca llevé un disfraz de dragón —dije de nuevo con un guiño que Ute se esforzó en pasar por alto.

—La moda no tiene nada que ver con disfrazarse —sentenció ella con seriedad—. Tampoco eso era del gusto de Fanny

König. Al parecer, en su opinión, la ropa debía contar la verdad de una persona y no ayudarla a representar un papel.

Tomé otro sorbo de cerveza y, aunque ese sabor amargo seguía sin gustarme, tuve la sensación de que sí lograba alejar una jaqueca inminente.

—¿Qué tal si dejamos de hablar de mi abuela y hablamos de ti? —propuse.

—¿Qué quieres saber exactamente? ¿Lo que siento? ¿Lo que pienso? ¿En qué dirección me gustaría desarrollarme? O lo que todo el mundo pregunta en vez de eso: ¿algún marido a la vista? ¿Cuándo piensas tener tu primer hijo?

Sentí que me había pillado.

—¿Y bien? —pregunté en cambio.

—Aunque yo tuviera familia, eso no sería lo que me definiría —replicó Ute de forma enérgica.

Yo di un respingo, lo cual, en una silla tan coja como esa, no era nada aconsejable ya que de pronto crujió.

La mujer que nos había traído la cerveza nos gritó desde la barra:

—¿Queréis algo para matar el hambre?

—No para mí —me apresuré a decir; Ute, gracias a Dios, estaba demasiado distraída para lanzar indirectas sobre las croquetas de patata que me esperaban en casa.

—No —prosiguió con tono enérgico—, no creo que alguna vez quiera tener marido e hijos. Para eso prefiero quedarme célibe, qué bonita palabra. Igual, por cierto, como sabes, que mi hermana. No es de extrañar, con un padre como el nuestro... El matrimonio es la última cosa que queremos. Quien se ha criado con un psicópata no puede tener una imagen normal de los hombres.

—¿Un psicópata? Creía que sufría un trauma a causa de la guerra.

—Eso es lo que dicen todas esas pobres víctimas inocentes. Pero, como acabas de decir, no hay que hablar del pasado.

En lo que se refiere al futuro próximo, yo pondría de patitas en la calle al viejo de Heinemann.

Abrí los ojos con asombro.

—¿De patitas en la calle?

Ute tamborileó los dedos en el tablero de la mesa.

—No hace falta usar esas palabras. Es mejor que hables de una jubilación anticipada. Mientras él se arrastre por ahí te querrá dar sopas con honda. ¿O tal vez sería mejor decir que da sopas con honda porque anda arrastrándose por ahí?

—La sopa y una casa de moda no tienen nada en común.

—En el fondo, sí. La moda que actualmente se vende en la Casa de Modas König es tan insípida como una sopa sin sal. Esto, por cierto, es la segunda cosa que deberás hacer: idear un perfil que haga de la casa de modas algo inconfundible. Si quieres saber mi opinión, la ampliación de la superficie de venta es lo que os..., la que ha estado a punto de descalabrarnos. Martin creyó que aumentando el tamaño de la tienda aumentarían también las ventas, pero los negocios de venta por catálogo y los grandes almacenes ya ofrecen artículos en masa, y no podemos seguirles el ritmo. Lo que sí podemos hacer es aprovecharnos de ellos. A fin de cuentas, establecimientos como Kaufhof, Karstadt, Hertie y otros han hecho que en las grandes ciudades ahora haya más aparcamientos. Y si la gente viene a comprar, también entra en las tiendas pequeñas, siempre y cuando tengan una oferta atractiva. Por desgracia, Martin no tenía ni idea de moda; tú, en cambio, sí. Por lo menos, antes la tenías.

—No terminé mis estudios en la escuela de moda —admití con voz apocada.

De nuevo ella puso los ojos en blanco.

—Yo no digo que ahora te pongas a diseñar la ropa. Tienes que ser una buena empresaria, no una diseñadora. Sin embargo, una buena empresaria necesita buenas ideas. Igual que tu abuela se inventó el vestidito negro, tú debes pensar en algo totalmente nuevo.

—¿De verdad Coco Chanel le robó la idea?

—Ni idea. Eso es lo que decía Alma. No importa. Yo no tengo intención de robarte, te ayudaré siempre y cuando tú lo quieras de verdad.

Se puso la botella de cerveza en la boca y la vació de un trago. A continuación, levantó la mano para pedir otra.

—Yo..., ahora debería marcharme.

—Marlene aguantará todavía un rato en casa de Helga. Ambas estamos un poco perturbadas, pero no somos tan irresponsables como nuestro padre.

—¿Crees que Helga fuma pipa delante de Marlene?

—Para mí, el mayor peligro es que le dé sus bombones de licor de pera. A tu tía bisabuela Alma también le gustaba tranquilizar a los niños con alcohol.

Otra historia que yo no sabía. Aunque al oír «licor de pera» me sobresalté por dentro, no mostré mi preocupación.

—Bueno, en ese caso tanto Marlene como yo esta noche estaremos bebidas —dije con un tono más despreocupado de como en realidad me sentía.

—¿Tan poca cerveza se te sube a la cabeza?

Me levanté y estuve a punto de golpearme la coronilla con el paraguas. En aquella obra de teatro de pequeños, se suponía que Martin debía matar con un paraguas al dragón, representado por Ute. Naturalmente, él no lo logró.

Pensé en cómo librarme de Heinemann, en cómo generar fuego, ya que era necesario saber arrojarlo por la boca, o no, para dirigir una casa de modas.

—Bueno, pues márchate —me criticó Ute—. Vuelve mañana a la casa de modas, pero ven directamente a mi departamento. Yo te enseñaré todo lo que necesitas saber o, por lo menos, una parte de ello; luego volveremos aquí y te tomarás la cerveza del todo.

Agarró mi botella y se la puso en la boca.

Mientras ella la apuraba, yo habría tenido tiempo suficiente para rechazar su oferta y dejarle claro que no era responsable de la mierda de Martin, y que había sido un error sentirme responsable de la casa de modas. Pero, de pronto, de algún modo, tomar una cerveza sin miedo a emborracharme y no conformarme con oler el perfume de los sueños, como Marlene hacía con el arroz inflado en cajas, dejó de darme miedo y, además, me pareció incluso tentador. Si alguien ya le había arrebatado a mi abuela Fanny la idea del vestidito negro, ahora yo no podía permitir que alguien me arrebatara la casa de modas.

Asentí.

—Ahora solo tengo que pensar qué quiero mañana para Marlene: licor de pera o catres.

Fanny

1921

*D*urante el tiempo que había vivido con Théo, Fanny nunca había tomado cocaína y, desde que vivía con Aristide, nunca había fumado ningún cigarrillo de los suyos. Sin embargo, en ese momento se encendió uno de esos *crapulos* tan finos, que tanto gustaban a las francesas.

Théo le ofreció fuego. Se había sentado directamente a su lado, a pesar de que al verlo muchos invitados habían creído que iba a desfilar a continuación en el pequeño escenario, esto es, que participaba en el pase de moda del día. No llevaba el vestido de condesa rusa, pero ataviado con ese riguroso traje de color azul noche, que había combinado con un turbante y una boa de plumas, ofrecía una imagen no poco excéntrica.

—¿Hoy eres hombre o mujer? —le preguntó Fanny con un susurro.

—¿Por qué no ambas cosas? —repuso él—. ¿Ves a ese hombre de allí?

Fanny le siguió la mirada y vio a un desconocido embutido en un abrigo de terciopelo rojo que le recordó el albornoz de Aristide, si bien este llevaba un ribete de piel. Lucía una barba imponente gris como esa misma piel.

—¿Qué pasa con él?

—En realidad es una mujer. Una emancipada.

Después de ese año había pocas cosas que pudieran sorprender a Fanny, pero, aun así, abrió los ojos con asombro.

—¿Y la barba?

—Es pelo de cabra. Se rumorea que él, bueno, ella, se acuesta con la cabra. Pero no me lo creo porque, si fuera así, su amiga se volvería loca de celos. De hecho, de vez en cuando amenaza con suicidarse.

—Entonces, ¿el suicidio estaría justificado? Bueno, yo no estaría celosa de una cabra.

—Pues menos lo estarías de uno de esos gigolós que, en una ocasión, durante un desfile de moda de Paul Poiret en la residencia privada de los Rothschild, sedujeron a todas las modelos.

Fanny tosió. No estaba acostumbrada al tabaco.

—Paul Poiret es agua pasada. Imagínate: tiene tan poco éxito con su moda que ahora ha creado una empresa de perfumes. Sin embargo, eso le ha exigido demasiado esfuerzo y ahora se enfrenta a la bancarrota.

Ya no quedaba nada de la admiración que en otros tiempos había sentido por los diseños coloridos de Paul Poiret.

Con un gesto teatral Théo sacudió la boa de plumas que a ojos de Fanny guardaba cierta semejanza con una serpiente verde. También la voz de él sonó algo ponzoñosa cuando dijo burlón:

—Y ahora esperas que Aristide Goudin llene el vacío que Poiret ha dejado, ¿verdad?

Fanny asintió, aunque en secreto deseaba que no fuera Aristide, sino ella, quien ocupara ese vacío. Sin embargo, para lograrlo, la condición era que Aristide tuviera éxito, y la condición para ese éxito era el desfile de ese día con el que iba a presentar por vez primera al público sus diseños.

El salón de ventas de la casa de modas que, con el piso, él había heredado de su padre había permanecido vacío durante mucho tiempo tras su muerte. Aunque hacía tiempo que Aristide había anunciado su voluntad de celebrar pronto la reinauguración, al principio se había conformado con convertir las noches en días, pasar los días durmiendo y hablar de sus sueños más que vivirlos. Su vida, como la de ella junto a él, era un juego de colores: verde, cuando tomaban una *crème de menthe* en el Au Rendez-vous des Mariniers en la Île Saint-Louis; rojo, cuando brindaban con un aperitivo de Cinzano y zumo de frutas en Les Deux Magots frente a St. Germain-des-Près; azul, cuando se tumbaban en los jardines de Las Tullerías mirando el cielo y bebiendo champán.

A veces, ya en su casa, cuando Fanny estaba suficientemente bebida, Aristide le mostraba sus diseños y ella siempre le decía lo fabulosos que eran. Por lo general, a él las dudas lo acosaban y ella se veía obligada a borrárselas a besos, y, cuando ella se dormía después del amor y despertaba al mediodía, él ya se había librado de sus diseños y ella no podía acordarse bien de ellos. Debería beber menos, decidía entonces, pero la vida a ella le gustaba más en verde, y en rojo, y en azul que en el gris que esos días parecía clavársele en la cabeza dolorida.

—Mira. —Théo la sacó de sus pensamientos y le tiró de la manga—. Alice di Benedetto está aquí.

Al seguirle la mirada, Fanny volvió a ver por primera vez a la actriz que la había unido a Aristide. En esa ocasión no llevaba un vestido negro, sino uno de un intenso color rojo, de caída suave. Seguía llevando el pelo rizado, pero un poco más corto.

—Ha hecho una película de mucho éxito —le susurró Théo.

Fanny no se entretuvo mucho en mirar a Alice, ya que la mujer que estaba junto a ella llamaba bastante más la atención. Llevaba el pelo cortado a la altura de la barbilla y lucía un vestido de lana con unos pliegues en los hombros y en la cadera como las togas de los antiguos romanos. Nada fuera de lo habitual, pero por eso resultaba más llamativo que estuviera bronceada.

—Imagínate. Se pasea expresamente bajo el sol sin parasol ni sombrero —explicó Théo, cuyo rostro era de una palidez casi enfermiza—. Según ella, la piel pálida solo les queda bien a los tísicos; la mujer moderna, en cambio, ha de ser sana, deportiva y bronceada.

—Es Gabrielle Chanel, ¿verdad? —preguntó Fanny emocionada.

Más de una vez había ido a su tienda de la rue Cambon 31 para admirar las prendas expuestas y dejarse inspirar ya que había vuelto a diseñar ropa. La fascinaba todo lo que veía ahí: conjuntos de dos piezas, chaquetas de corte marinero, faldas plisadas largas hasta la pantorrilla, vestidos camiseros de corte recto y camisas de lana de color crema, todo ello combinado con muy pocas joyas, a lo sumo un pañuelo, o el cuello blanco de colegiala aplicada.

Fanny pensó que el vacío dejado por Paul Poiret y que Aristide quería ocupar hacía tiempo lo había llenado Coco. El pensamiento que siguió aún fue más traicionero: qué magnífico sería poder contemplar estando sobria los bocetos de Chanel en vez de los de Aristide estando bebida.

Pero Théo, de nuevo, la apartó de sus cavilaciones:

—Sorprende que se vista como una romana de la antigüedad; de hecho, está pasando una fase rusa. Desde que vistió *Los ballets rusos* de Sergei Diaghilev apenas se la ve sin llevar cuellos de piel.

—Puede que se haya dado cuenta de que no resalta sin una barba de cabra —bromeó Fanny.

—O se ha dado cuenta de que la piel hace sudar.

Théo también sudaba sin llevar pieles; primero se abanicó con las manos para darse aire, y luego con su boa de plumas. Estuvo a punto de quitarle a Fanny de golpe el cigarrillo de la mano.

—¡Cuidado! —se quejó ella.

—¡Oh, cielos! ¿A qué espera? ¿Cuándo empezará la presentación?

Eso mismo se estaba preguntando Fanny, pero hizo como si no hubiera oído esas palabras y de nuevo señaló con la barbilla a la famosa diseñadora de moda y a la actriz italiana.

—Tal vez Gabrielle Chanel ha vestido a Alice y por eso están sentadas una al lado de la otra —reflexionó.

—Sea como sea, hablan muy excitadas. Coco es tremendamente encantadora con las actrices famosas. Sin embargo, con sus proveedores, está siempre en pie de guerra. Con ellos jura como un carretero.

—¡Pero si tú nunca has visto tal cosa!

—Todo París sabe lo caprichosa que es. De todas maneras, no debería compararla con un carretero, sino más bien con una gallina clueca.

—¡Qué maldades dices!

—No lo son. ¿Sabías que de joven ella era cantante? Se dice que solo presentó dos canciones. Una se llamaba *Qui qu'a vu Coco*. El público la acompañaba siempre cacareando: «¡Cocococococo!».

Algunos invitados —si no se equivocaba, eran diseñadores de moda famosos en París, como Madeleine Vionnet, Christoph Drecoll y Maggy Rouff, o, por lo menos, colaboradores suyos— se giraron y dirigieron miradas de desaprobación a Théo.

—¡Cococo...!

—Vamos, calla —le reprendió Fanny dándole un golpecito en un costado.

Théo fingió retorcerse de dolor.

—¿A qué viene esto? Te estoy haciendo un favor inmenso distrayéndote. Te aterra la posibilidad de que Aristide fracase sin remedio.

Fanny suspiró porque no podía negarlo.

—Posiblemente Aristide también está asustado. Será mejor que vaya a ver cómo se encuentra.

Apagó el cigarrillo a pesar de que solo se había fumado la mitad, se abrió paso entre los invitados y, poco después, encontró a Aristide en uno de los probadores. La cortina de terciopelo era del mismo azul añil del traje que él llevaba el día que se conocieron: un agradecimiento visible de que solo con ella a su lado él había sido capaz de coger fuerzas para hacer sus sueños realidad y reinaugurar el salón de moda de su padre.

Sin embargo, a diferencia de otros momentos, ese día, al verla, no se animó. En cuanto ella lo encontró, él se agazapó en el rincón más alejado del probador.

—No..., no sé si lo conseguiré —farfulló él.

Fanny se acuclilló junto a él.

—Tú ya lo has conseguido hace tiempo. Ahora solo tienes que dejar que tus invitados te feliciten. El resto es cosa de las modelos que presentarán tus diseños.

Él apoyó la cabeza en las manos.

—No sé si lo conseguiré —repitió como si no la hubiera oído.

«Yo, en cualquier caso, sí quiero conseguirlo», pensó ella con la misma determinación con que continuamente había tirado de él para que hiciera realidad sus sueños porque solo tras la estela de estos prosperarían los suyos.

De todos modos, al principio ella no había perseguido sus sueños, sino que más bien había dado tumbos en pos de ellos. Solo tras unos meses de locura había hecho acopio de fuerza de voluntad para no beber ni divertirse tanto como él, mantenerse despierta cuando él caía dormido sobre las pieles y trabajar en sus propios bocetos. Rodeada de tanto dorado, carey y mármol cada vez tenía más ganas de llevar al papel algo sencillo, auténtico, sobrio. Dibujaba muy deprisa: no se trataba solo de verter en el papel ideas rápidas y brillantes, sino de huir de la sospecha de que entre lo que Aristide decía continuamente y lo que hacía había un abismo enorme. Ella quería ser el puente que le permitiera a él el paso al otro lado y evitara su caída; quería encargarse de que él volviera a abrir el salón de moda de su padre donde, en algún momento —esa era su esperanza—, no solo se venderían las creaciones de él sino también las de ella.

Al cabo de unas semanas había conseguido que él no bebiera ni celebrara tantas fiestas y que, en su lugar, redecorara el salón de moda del padre y contratara a algunas costureras. Con anterioridad a cada una de esas fases habían pasado semanas enteras en las que él se había preguntado si debía comprarse un perro, o si a un diseñador de moda le quedaba mejor tener un gato negro, o un papagayo.

«¿Y qué tal un perro, un gato y un papagayo? —le había propuesto Fanny sin apenas poder ocultar la impaciencia—. Puede que el gato se coma al papagayo y el perro, al gato y así ya no tendrás nada que decidir».

Aristide había estado a punto de echarse a llorar ante esa idea y había renunciado a tener mascota; con todo, una noche, cuando el temor a su propia valentía lo había convertido en un manojo de nervios, él había hecho de caballo en el Moulin Rouge. La Goulue, una famosa bailarina de cancán, le había pedido que se pusiera a cuatro patas, le había colocado una silla de montar a la espalda y luego se le había subido encima para agitar sus piernas legendarias, proclamando así a todo el mundo que, aunque era demasiado mayor para bailar, sí era lo bastante joven para someter a los hombres.

A la mañana siguiente Fanny no permitió que los besos le hicieran olvidar su impaciencia, las dudas que la corroían ni su hastío por sus cambios de humor. Lo insultó, lo golpeó, y añoró sus días de lavaplatos. Ahí le bastaba con agua caliente para limpiar todos los platos y todas las copas, en cambio los deseos de Aristide se le pegaban como si fueran betún.

«Mejoraré», había prometido él. Excepcionalmente esta vez había conseguido dar dos pasos adelante y uno atrás y no al revés como había hecho hasta entonces. Su energía incluso le había permitido rechazar la ayuda que ella le ofreció para llevar a cabo su colección.

«Si encima te pidiera eso —le había dicho—, no solo me detestarías tú, sino yo a mí mismo. Voy a recorrer solo el último tramo del camino, es decir, a partir de ahora no verás mis diseños, solo los vestidos terminados».

Tras ese discurso decidido —y también porque aún se sentía dolorido de la cabalgada de La Goulue— tuvo que dormir dos días y dos noches seguidos.

Durante ese tiempo, Fanny creó sus propios diseños, más radicales que nunca. Renunció a los flecos, a los volantes, a los pliegues e incluso a los colores. Cada trazo era un puñetazo que quería evitarle; los vestidos eran tan cortos como larga había tenido que ser su paciencia con él. Y aunque no había podido renunciar a sus abrazos, sí lo haría a todo cuanto la constreñía: cuellos, mangas estrechas y cinturones.

Esos vestidos y, entre ellos, uno que ella llamaba vestidito negro, eran su obra maestra. Si Aristide tenía éxito, todo el mundo los contemplaría.

—Vamos —dijo por ello con brusquedad mientras él permanecía acurrucado en el probador—. Te has superado muchas veces a ti mismo. También lograrás dar estos últimos pasos.

Aristide levantó la mirada.

—Me temo que voy a decepcionarte tremendamente.

Ella se inclinó hacia él y le besó en la frente.

—Tonterías —dijo—, aunque las hienas de ahí fuera te devoren, siempre admiraré tu valor por presentarte ante ellos.

—Hablas muy a menudo de ser devorado. Del gato y el papagayo, del perro que se come al gato, de las hienas que me...

—¡Basta! ¡Aquí nadie devora a nadie! El papagayo le quita los ojos al gato, y el gato araña el hocico al perro, y tú vas a decirles a las modelos que se preparen para empezar. ¿O quieres que lo diga yo?

Aristide se levantó e inspiró profundamente.

—Tengo que hacerlo solo. Regresa al salón del desfile. Y..., y muchas gracias por todo.

Entretanto, Théo se había enrollado la boa de plumas como un turbante en la cabeza, provocando así la protesta en voz alta de la mujer de la barba de cabra porque le impedía ver. En ese instante Théo se iba a girar para dejarle oír algunas de las imprecaciones que en su tiempo Fanny había aprendido de Fleure; sin embargo, ella consiguió aplacarlo dirigiéndole una mirada severa. Incluso cuando las modelos —en gran parte, las mismas costureras que habían cosido la colección— aparecieron en el escenario, ella seguía clavándole la mirada para que no enturbiara el desfile.

De los labios de Théo no salió ningún otro reproche.

—Es ridículo —se limitó a decir. Fanny pensó por un momento que se refería a los diseños de Aristide y miró con espanto al escenario para darse cuenta de que lo ridículo no eran los vestidos sino esa mujer que iba de un lado a otro por el escenario con un volante en la mano, como si condujera un automóvil—. Es evidente que Aristide quiere decirnos que sus prendas son lo bastante prácticas como para ir en coche. Solo espero que la mujer que presenta la ropa de montar no lo haga subida a un caballito de juguete.

«O encima de La Goulue», se dijo Fanny mientras acudían a sus ojos las lágrimas de rabia que había vertido esa noche memorable en el Moulin Rouge.

—*Trou du cul, cochon impuissant, malotru, goujat!* —exclamó sin poder contenerse.

—Vamos, vamos —dijo Théo mientras la miraba de soslayo.

Fanny tenía la vista clavada en la modelo del volante. Llevaba el cabello cortado a lo *garçon* y un vestido gris que le caía como un saco desde los hombros. La que la seguía llevaba una falda plisada azul con medias de seda de color beis y una camisa sin volantes, solo con un escote en forma de V que destacaba a la perfección el cuello de cisne. Llevaba las mangas tan ajustadas como las medias. La tercera modelo lucía la pieza central del desfile: un vestido negro de flecos que no llegaba a cubrir siquiera la mitad del muslo y adornado solamente con unos guantes de seda negra que le llegaban por encima de los codos y un collar de perlas de varias vueltas en el cuello.

La mujer de la barba de cabra aplaudía entusiasmada; Gabrielle Chanel tenía una expresión atónita; a Alice di Benedetto el vestidito negro no le gustó tanto como el que le siguió: un vestido de noche azul de punto, a pesar de que ese tejido solía usarse para prendas de trabajo.

—*Trou du cul, cochon impuissant, malotru, goujat!* —iba repitiendo Fanny mientras las lágrimas le caían por las mejillas.

—¿Por qué lloras? —preguntó Théo con sorpresa—. Con esta colección Aristide va a tener un éxito rotundo; esto te da una posición como la de la boa de plumas que llevo enrollada al cuello: podrás exprimirle hasta la última gota.

«Pero tú no la llevas enrollada al cuello, la tienes en la cabeza», quiso replicar. No pudo. Tenía la boca demasiado seca. «Son mis diseños», quiso gritar, pero no lo dijo.

Al final no fue capaz de encontrar las palabras adecuadas para acusar a Aristide de haberle robado sus diseños. Se limitó a decir:

—Los ha devorado.

Y, como el estómago de él no toleraba ni siquiera la sopa de cebolla, ella había sido tonta y no lo había visto venir.

—Los ha devorado..., los ha robado..., me los ha robado —seguía repitiendo Fanny después de haberse refugiado en una de las salas de costura.

De hecho, ella no se había refugiado ahí, Théo la había arrastrado consigo antes de que se abalanzara hacia el escenario, arrebatara el volante a la modelo y le arrancara el vestido. No sabía que él pudiera tener tanta fuerza en las manos, ni sabía tampoco cuánta amargura podía albergar ella en su corazón.

La mirada de Théo era compasiva. Su voz, no.

—Pues claro que te ha robado los diseños. ¿Qué te piensas? —preguntó con tono solemne mientras hurgaba en los bolsillos de su traje color azul noche buscando en vano cigarrillos—. Llevaba años sin una buena idea, es posible incluso que nunca la haya tenido. ¿Por qué crees que en esa ocasión salió corriendo detrás de ti con tu libreta?

Oía las palabras de Théo, pero no las entendía. En cambio, ella a Aristide lo había entendido perfectamente cuando la había llamado artista, cuando le había dicho que, a diferencia de la guerra, el arte superaba todos los límites. Aquello le había parecido seductor, embriagador, inspirador. Lo que no había pensado es que con eso se refiriera también a los límites de la seriedad y del juego, de la verdad y de la mentira, del amor y del interés, de la fidelidad y del engaño..., y que romper esos límites a él le valiera un triunfo mientras que entre ella y ese triunfo parecía que se interponía un muro.

—¿Cómo sabes que él salió corriendo detrás de mí con la libreta? —preguntó—. No recuerdo habértelo contado.

Théo dejó de buscar los cigarrillos; en vez de eso, ocupó sus manos nerviosas en secarle a ella las lágrimas de la cara.

—Yo mismo se lo aconsejé. Mucho antes de que os conocierais yo le había hablado de tu talento.

Entonces ella lo comprendió..., comprendió muy rápido muchas cosas. En su interior algo creció y se convirtió en un nudo y ella intuyó que, si no quería que ese nudo la asfixiara, tendría que estrangular a Théo con la boa de plumas o arrancar una de las cortinas de color azul añil de los probadores. Pero se encontraban en la sala contigua y ella no quería tocar nada que fuera de ese color. Era el color de Aristide..., a ella le pertenecían el beis, el gris, el azul marino y, sobre todo, el negro. Y a ella le pertenecían la sobriedad, la autenticidad, incluso cuando le parecía que su corazón amenazaba con estallarle.

—¡Le conocías! —le gritó—. Tú llamaste su atención sobre mí.

Théo asintió.

—Además, tienes que admitirlo, los tres salimos ganando: yo, con suficiente cocaína; él, con unos diseños fabulosos, y tú, con una vida regalada.

—¡Yo no quiero una vida regalada! ¡Yo quiero ser diseñadora de moda!

—Y lo eres. Escucha cómo la gente aplaude ahí fuera. Están celebrando tu moda. ¿Qué importa si lleva o no tu nombre? ¿Qué es un nombre? Yo he tenido cientos de ellos, y ninguno significa nada para mí.

—Y es evidente que tampoco nuestra amistad significa nada para ti.

De pronto en los ojos de él asomaron unas lágrimas.

—¡No es verdad! Yo me mostré desnudo ante ti —dijo y, en esa voz temblorosa, ella percibió una confianza auténtica, un afecto cálido y un pesar profundo. Tal vez eso la ayudaría a perdonarle en algún momento, pero, aunque llegara a hacerlo, sabía que para él mostrarse desnudo ante ella no era, ni por asomo, tan embriagador como el maldito polvo que Aristide le había conseguido como agradecimiento por sus servicios de alcahueta.

—¿Sabes que yo te quería más que a Aristide? —preguntó ella en voz baja—. ¿Que sentía más afecto por ti que por él?

—No soy hombre para ti. De hecho, ni siquiera sé si soy un hombre.

—De ser mujer, te habría querido igual. Pero no como mentiroso, ni como tramposo, ni como adicto. ¡Largo!

Él se quedó quieto, paralizado.

—¡Largo! —repitió ella. Y como él aún no se había movido y sus ojos eran cada vez más vidriosos, ella salió huyendo de la sala y, sin esquivar por más tiempo el azul añil, corrió a refugiarse a uno de los probadores.

Durante un rato solo escuchó los latidos de su corazón. Luego oyó unos pasos titubeantes que se aproximaban. Seguramente, se dijo, era Aristide, que no solo le había robado sus diseños, sino también esa parte de su alma que había creído que París era una ciudad dulce y de color de rosa y él, su alma gemela. Él la había avisado de que la defraudaría... y no le había faltado razón. De todos modos, bien pensado, ella no se sentía defraudada, ni siquiera enojada. Por intensa que fuera su ira, nunca sería capaz de convertirla en un arma. Al final lo único que le quedó fue un grumo frío y sin forma caído ante sus pies y, aunque posiblemente ella conseguiría pasar por encima de él, sabía que en ese momento era incapaz de enfrentarse a Aristide, escuchar sus disculpas, verlo llorar. Decidida a salir a toda prisa para esquivarlo, descorrió la cortina de color azul añil, pero delante no se encontró a Aristide, sino a una mujer de pelo corto, vestido romano y piel bronceada.

Fanny reparó en el collar de perlas que llevaba al cuello. Por el tamaño enorme de las cuentas, no podían ser auténticas. Pero ¿qué podía haber de auténtico en una época y en una ciudad donde cada uno parecía estar representando su vida en lugar de viviéndola? En todo caso, los enormes ojos oscuros de la mujer no eran de bisutería. Por un instante le permitieron echar un vistazo brevísimo a su alma, consumida por el amor o lo que fuera que la gente considerara como tal, para inmediatamente después convertirse en dos corazas que ocultaban su interior y la hacían imperturbable a cualquier embestida.

El tono burlón de su voz no hacía de ella una mujer cercana.

—Un color horrible —dijo mirando las cortinas—. En cualquier caso, más bonito que el negro. No me malinterprete. Antes, mientras miraba el desfile, he pensado que hay un tipo concreto de mujer que puede ir vestida de negro toda la vida sin que le falte nada. Pero en una ocasión tuve la idea absurda de decorar mi dormitorio de color negro. Hice pintar las paredes y el techo de negro, puse alfombras negras, e incluso usé sábanas de color negro. —Emitió un sonido que evocaba el cacareo con el que en otros tiempos el público había acompañado las canciones de ella—. No resistí ni una sola noche en ese dormitorio, me sentía como enterrada en vida. A la mañana siguiente encargué pintarlo todo en tonos rosados. Desde entonces sé que es posible vivir bien envuelto de negro, pero que es imposible dormir en él.

De nuevo soltó un ruido que con buena voluntad se podría interpretar como divertido, aunque posiblemente en realidad era mordaz y despectivo. El hecho de que no solo vertiera esos sentimientos sobre los demás sino también sobre sí misma al menos la convertía en una mujer justa.

«Seguro que ella también ha sentido a menudo un grumo frío de impotencia, rabia y miedo existencial ante los pies», se dijo Fanny. Y le había sabido dar forma, no de espada afilada, pero sí de perlas falsas.

—¿Cómo ha sabido que los diseños son míos? —preguntó.

Gabrielle Chanel se encogió de hombros.

—He oído la discusión con su amiga, o su amigo, no sé cuál es la palabra adecuada. Sea como sea, he oído lo que hablaban. Alguien que sabe mirar las cosas con detenimiento, sabe también cómo aguzar el oído. No me gusta ver ni oír lo egoístas que son los hombres, porque se apropian de todo cuanto quieren, ni tampoco lo tontas que son las mujeres, porque les dan todo cuanto pueden.

Fanny no estaba segura de si se refería a sus diseños o a su corazón. No estaba segura de si lograría el favor de Gabrielle Chanel o, en cambio, su rechazo, si admitía que ella nunca le había regalado a Aristide el corazón; que, a fin de cuentas, ella lo había utilizado desde el principio, igual que él a ella. Sin embargo, el momento apropiado para admitir eso fue demasiado breve para aprovecharlo.

—Tiene usted un talento extraordinario —prosiguió Gabrielle Chanel—, por un momento me ha parecido que usted me robaría algo, algo que, de todos modos, no sabía que poseía.

Se acercó mucho a Fanny y de pronto ella percibió un olor fascinante. Théo le había dicho en una ocasión que las esencias del perfume que Gabrielle Chanel había puesto en el mercado últimamente no solo eran de origen vegetal, sino que además habían sido elaboradas sintéticamente en un laboratorio. A diferencia de los perfumes habituales, cuyo olor al principio era intenso, pero desaparecía pronto, Chanel N.º 5 era un perfume discreto, y no perdía intensidad ni siquiera después de varias horas, proclamando, igual que su moda, que lo sobrio, lo simple, a menudo tenía un efecto más duradero que lo estridente y colorido.

—¿Sabe? —siguió hablando Gabrielle Chanel—, hacer moda es como hurgar en una montaña de basura buscando el anillo que a uno se le ha caído del dedo. Hay que escarbar con las dos manos, más aún, hay que arrancar de cuajo todas las puntillas y los fruncidos, y también las mangas de globo y los volantes. ¡Qué cansancio después de dar con él! Es como ganar una batalla. Pero no me parece que usted sea buena para luchar. Usted es buena para correr. Usted se limita a huir de los volantes, los fruncidos, los encajes y las mangas de globo y lo que no cae por cuenta propia se desgarra cuando usted se enreda en un seto espinoso y se marcha a toda prisa, ¿no es así?

Fanny no entendía a dónde quería llegar la diseñadora.

—Y al final, pese a todo, ¿daré con el anillo?

Gabrielle Chanel ladeó un poco la cabeza y su risa se volvió todavía más torcida.

—No cuente con que yo se lo entregue. Hoy, contemplando la moda de Aristide, he sentido pavor. No basta con que nosotras, las mujeres, no nos sometamos a ningún hombre y abandonemos las faldas largas, los sombreros voluminosos y los zapatos estrechos de tacón alto que nos convierten en muñequitas desvalidas. Y no basta tampoco con alargar el cuello, mirar a los hombres a los ojos y ponernos a su altura. No. Nosotras, para que nos consideren buenas, tenemos que ser mejores; estar por encima de lo que en nosotras se considera excepcional; ser geniales para apropiarnos de una de esas esporas que ellos han obtenido con mucho menos esfuerzo y capacidad. Bien, pues yo soy incapaz de diseñar algo mejor y más excepcional que este vestido. Pero como usted es la responsable de esta prenda, puedo estar tranquila porque ahora ya sé que después de esto no habrá nada más.

Cuando Fanny se había encontrado de forma inesperada frente a Gabrielle Chanel, había fantaseado por un instante con poder trabajar para ella. Ahora sabía que la otra solo se había dignado a dirigirse a ella para anular a una competidora peligrosa y hacerle morder el polvo.

—¿Cómo puede usted estar tan segura de que no continuaré trabajando para Aristide? —preguntó Fanny obstinada.

—Como ya le he dicho, usted no lucha, usted corre. De no ser así, habría saltado al escenario y se habría enfrentado a él en lugar de esconderse aquí y lamentarse.

A Fanny le habría gustado desmentirlo, pero cuando volvió a oír unos pasos y la voz de Aristide a continuación, se escondió de nuevo en uno de los probadores. En las palabras de él se percibía claramente el anhelo con el que la había seducido y que ella había creído compartir. Pero, a diferencia de ella, el anhelo de él nunca se orientó a alcanzar lo máximo sino a ocultar lo poco.

—Aquí él la encontrará —dijo Gabrielle Chanel con tono malicioso mientras señalaba una de las ventanas.

Aparta de mí esas joyas tuyas falsas, tu perfume artificial y tus conjuros deshonestos, pensaba Fanny enfadada, pero entonces hizo exactamente lo que la otra quería. Salió del probador y se apresuró junto a ella para abalanzarse hacia la ventana. Sí, huyó ante Gabrielle Chanel de Aristide; huyó de las disculpas y las excusas de él; huyó de reconocer que ella también era responsable de su situación porque había estado ciega, porque le había parecido cómodo estar ciega, y porque Chanel tenía razón al recriminarle que no era buena para luchar, sino solo para correr.

De hecho, tampoco lo era para eso. Apenas había salido por la ventana y había dado unos pasos cuando tropezó con el adoquinado y, al verse en el suelo con la rodilla ensangrentada, tuvo la sensación de que desde ese día en que se había encontrado en la misma posición en la calle Römerberg de Fráncfort no había avanzado. La historia ciertamente parecía que se repetía. Igual que entonces en Fráncfort alguien se inclinó hacia ella, le tocó la piel desnuda y le miró compasiva la sangre.

—Desde luego es usted una persona insólita —oyó decir a una voz—. ¿Ha vuelto usted a manchar un vestido y ha huido a toda prisa por eso?

Fanny levantó la mirada y vio a Alice di Benedetto desternillándose de risa. Parecía divertida, no malévola.

—¿Puede tenerse de pie? —preguntó la actriz al cabo de un rato.

—Sí, me..., me parece que sí.

—¿Y puede andar también?

—Me parece que sí —repitió Fanny. Alice la soltó—. Puedo andar, pero no sé a dónde —añadió Fanny con tono lastimero.

Alice la recorrió con la mirada.

—¿Usted no se me ofreció entonces como doncella?

—Me dijo que no se lo podía permitir.

—Entretanto la situación ha cambiado. He rodado una película de mucho éxito.

—¿Y ahora necesita alguien que la ayude? —preguntó Fanny esperanzada.

—La verdad es que no, pero necesito a alguien que me divierta y me entretenga porque rodar películas es muy aburrido. Creo que usted podría ser la persona adecuada.

—¡Dejen paso a las dos *signorine!* —gritó el hombre y no solo se abrió camino con su expresión furiosa sino ayudándose de una porra que se había sacado del cinturón.

Fanny lo seguía con la cabeza gacha, primero por el vagón, y luego por todo el andén. Había mucha gente agolpada ahí y un hombre que acababa de bajar del vagón de tercera clase lanzó un considerable escupitajo de tabaco al suelo. El hombre de la porra la sacudió con gesto amenazador, Alice negó con la cabeza con indignación, no por el tabaco escupido sino, tal y como Fanny se dio cuenta después, por ese gesto.

—Este también es un motivo por el que no me gusta vestir de negro —susurró a Fanny—. Porque ellos también visten de negro.

Fanny no estaba segura de quiénes eran ellos, solo sabía que el hombre de la porra no era el único que, en parte, a brazo partido, intentaba poner un poco de orden en la estación y proteger a las damas de recibir codazos en las costillas. Fuera cual fuera la razón por la que Alice ponía objeciones, Fanny se sentía agradecida por eso. Ya bastante difícil le resultaba andar erguida y combatir el cansancio que la atenazaba desde hacía algunas semanas.

Aún en París había pasado la mayor parte del tiempo dormitando, generalmente en el tocador de la suite de hotel de Alice, que era más grande que el piso de Théo. La decisión de la actriz de regresar a Italia después de dar a su carrera un impulso definitivo en Francia y de que un director italiano, al cual no hacía mucho había tachado de demasiado mayor, le hubiera ofrecido un papel en una película, Fanny la había recibido despierta, pero con indiferencia.

Tras sobrellevar también con indiferencia que el hombre de la porra les abriera paso a golpes hasta un coche de caballos ella se dejó caer pesadamente sobre el cojín de crin de caballo que hacía que los baches de la calzada quedaran más amortiguados. Aun así, sufrieron bandazos y además tan fuertes que, por una vez, ella mantuvo los ojos abiertos lo suficiente como para echar un vistazo a la ciudad en la que iba a vivir en el futuro.

—Con su permiso —dijo Alice—, ante usted, Milán.

Fanny reprimió un bostezo. Cuando no se había quedado dormida en el tocador, había intentado servir a Alice del mejor modo posible: le había aplicado compresas frías en los ojos porque se le enrojecían a causa de la intensa luz de los focos bajo los que constantemente tenía que estar; con papel para rizar el pelo y rulos, había aprendido a dominar un poco su cabello espeso y oscuro; le había hecho máscaras faciales con agua y pasta de almendras; le había repasado las cejas arqueadas; le había levantado las pestañas con una pinza al efecto y le había pintado la boca en forma de corazón con el pintalabios. Antes de partir hacia Milán, había envuelto todos y cada uno de los vestidos en un *tessilsacco,* una funda transparente que los protegía de arrugas y polillas.

Luego de nuevo se había vuelto a dormir, aunque al poco rato la habían despertado unos golpes en la puerta. Théo había logrado encontrarla, no así Aristide, el cual, según le contó Théo, llevaba ya semanas buscándola sin cesar.

—Sin cesar seguro que no —le había dicho Fanny—. Seguro que entretanto necesita tiempo para dormir, emborracharse y montar a caballo a lomos de las bailarinas de cancán.

—Entonces fue la bailarina de cancán la que se montó sobre él y no al revés.

—No importa. En todo caso, Aristide solo pone medio corazón en todo lo que hace. Habla con él.

Ella no parecía tener corazón y con esa frialdad había mirado a Théo.

—Si le dices que estoy aquí, te mato —le había advertido sin más.

Théo acababa de sacar uno de los vestidos de Alice del *tessilsacco* y lo sostenía ante sí.

—¿No te parece que este me quedaría muy bien?

—Si lo manchas, te mato.

Contra todo pronóstico, Théo no había hecho ningún ademán de querer probarse el vestido, y había preguntado:

—Como aún estoy vivo, es señal de que me has perdonado, ¿verdad?

Fanny no tenía ni la más remota idea de cómo funcionaba el perdón, ya fuera con Théo, con Aristide, o con ella misma. Como se sentía demasiado cansada para pensar en eso, se había tumbado en el suelo del tocador y Théo se había recostado a su lado. Al igual que en esa cama demasiado estrecha de otros tiempos, al poco rato ella había apoyado la cabeza sobre su pecho.

—Mira, te he traído esto —había murmurado él mostrándole el chal de seda rojo—. Te lo olvidaste en casa.

Fanny acarició esa tela tan suave. En efecto, en su momento, cuando se había mudado a la casa de Aristide, no se había llevado el chal consigo y, por lo tanto, no estaba manchado de la traición de él a ella. Eso mismo, en cambio, se podía decir de la traición de ella a Georg. A fin de cuentas, ella llevaba el chal cuando abandonó Fráncfort y, con ello, a su marido. Ahora lo llevaría consigo cuando abandonara Francia.

—Seguro que combina bien con vestidos de línea simple. O con vestidos negros, grises o beis —había añadido Théo en voz baja.

Fanny llevaba un traje de chaqueta de lana de color verde oscuro que había sido de Alice.

—No sé si alguna vez volveré a diseñar ropa.

Théo se incorporó tan rápido que la cabeza de ella estuvo a punto de dar contra el suelo.

—¿Te has vuelto loca? ¡Pues claro que sí! Yo soy una persona débil, pero tú no. Yo me enredo en mis sueños, pero tú, en cambio, tienes la fuerza para hacerlos realidad. Prométeme que serás una gran diseñadora de moda.

Fanny apoyó de nuevo la cabeza en su pecho, cerró los ojos y apretó el chal rojo.

—Si no me sintiera tan cansada.

—Seguro que en Milán te espabilas. A fin de cuentas, es la capital de la moda.

Y ahora ella ya estaba en Milán y seguía agotada. Como ocultos por un velo grisáceo y fino vio vendedores callejeros que exponían su productos —pepitas de calabaza, castañas asadas o cerillas— en tableros que llevaban pendidos al cuerpo; en las villas de la ciudad vio criados apresurándose de un lado a otro detrás de enrejados cerrados de hierro forjado; vio damas y caballeros paseando bajo unos soportales en los que los escaparates se sucedían; vio las numerosas cafeterías en la plaza de la catedral donde, según dijo Alice, era posible degustar café hecho con las modernas máquinas de café expreso. Por todas partes había músicos tocando, pero sus notas se clavaban dolorosamente en los oídos de Fanny. Con todo, desistió de ignorarlos y se limitó a cerrar los ojos.

—Usted no se irá a dormir de nuevo —dijo Alice—. Se ha pasado dormida casi todo el trayecto en tren.

Fanny tenía la esperanza de que Alice no reparara en su constante cansancio, que Milán la llenara con una nueva fuerza vital y que la sospecha que la acompañaba desde hacía varias semanas no se convirtiera en certeza.

—Creo..., creo que estoy esperando un hijo —dijo sin saber qué reacción debía temer más, si la de Alice o la suya.

¿Y si Alice la arrojaba del carruaje? ¿Y si ella misma no pudiera sentir por esa pequeña criatura nada más que rabia e impotencia, y no, en cambio, la menor alegría, ni amor? En todo caso, en ese momento ella no sentía casi nada.

Alice, por su parte, hizo lo que tantas veces hacía. Se echó a reír con ganas.

—¡Un hijo! ¡Eso es maravilloso! ¡Siempre he querido tener un hijo!

Fanny volvió a abrir los ojos. A esas alturas creía conocer bien a Alice para que no la sorprendiera nada, pero desde luego no había contado con ese entusiasmo.

—Pero si quería un hijo, ¿por qué no se ha casado? —preguntó.

Alice le pellizcó en las mejillas.

—Dejemos de una vez esa tontería del «usted». Si yo necesitara una doncella sumisa no te habría contratado. Si, en cambio, necesitara alguien que me dijera continuamente lo que debo hacer, me casaría. Ya tengo suficiente con que los directores me den órdenes. Quien quiera ser libre, que no se case, y quien quiera ser feliz, que no ame a ningún hombre. Lo único que no hace daño es querer a un niño.

«El problema es que esperar uno resulta agotador», se dijo Fanny mientras reclinaba la cabeza. Sumida en una especie de letargo escuchó los planes de Alice.

—Yo me encargaré de la pequeña como si fuera mía y de ti también, no te preocupes. ¡Ah! Será una princesita. No tendrá padre, pero sí, en cambio, dos madres. Lo cual es mucho mejor y también así seremos una auténtica familia. Creo que Elisabetta sería un nombre bonito para ella.

—¿Y quién te dice que vaya a ser niña? —preguntó Fanny.

—Tiene que serlo.

—¿Y quién te dice que me guste el nombre de Elisabetta?

—¿Acaso no?

Fanny se encogió de hombros. Théo había dicho que los nombres carecían de importancia. Y desde luego el nombre no sería importante si su hijo tuviera importancia para ella... Y la tenía, ¿no? ¿No todo en su interior estaba agotado, vacío, entumecido y apático?

—Ah, lo sabía —exclamó Alice con una sonrisa radiante—. Contigo a mi lado nunca me aburriré.

Pero yo no soy un entretenimiento. Y desde luego un niño pequeño tampoco debería serlo. Sin embargo, eso solo lo pensó, no lo dijo en voz alta. Cayó dormida de nuevo antes de llegar al hotel en el que se alojarían hasta ir a vivir al nuevo piso de Alice, y no la despertaron ni siquiera los gritos agudos de una dama a la que uno de los muchos ladronzuelos le había robado las joyas.

Lisbeth

1948

En el año en que el marco alemán vio la luz, Alma murió.
Ambas cosas se sucedieron con poco espacio de tiempo
entre sí. Ella aún llegó a ver cómo el día 20 de junio se abonaban
cuarenta marcos por persona —más tarde estaba previsto que se
abonarían veinte más— y cómo de pronto las tiendas se llenaban.

—No son las tiendas, sino las cabezas, las que deberían
llenarse —criticó después de haber estado en el Zeil.

Frieda, en cambio, estaba absolutamente entusiasmada.

—¡Por fin Frau Käthe volverá a engordar!

—Últimamente Frau Käthe se ha zampado muchos ratones, ya está bastante gorda —replicó Alma siempre quejosa, a
pesar de que sentía aprecio por Frau Käthe, sobre todo cuando se le tumbaba sobre el vientre, del cual en los últimos tiempos
se quejaba de vez en cuando. Cuando, al rato, fue a acostarse y
la gata se apresuró tras ella, Lisbeth oyó a Alma decirle—: Eres
una bestia comilona, pero eres tan fuerte como nosotras, que
seguimos adelante pase lo que pase.

Ese había sido el último día en el que Alma se había mostrado fuerte. Luego no abandonó más la casa y ya no pudo

explicarle más a Frieda —confinada en la casa por la retención de líquidos de las piernas— lo que ya se había reconstruido, como los puentes del Meno o el ayuntamiento; y lo que estaba en construcción, como una calle ancha que conectaba la parte este y oeste de la ciudad. Para Frieda, claro está, todavía había sido más importante que volvieran a levantar el año anterior la pared que faltaba de su vivienda, de manera que por fin el viento frío ya no silbaba entre las rendijas y, en lugar de tener que encaramarse por el orificio de la ventana para entrar o salir, podían usar una puerta.

—Por fin estamos calentitas —decía Frieda con su peculiar acento al menos una vez al día; Alma, en cambio, de pronto empezó a quejarse del frío, incluso cuando Frau Käthe ronroneaba sobre ella.

—¿Te preparo una taza de café? —le preguntó Lisbeth una mañana de agosto.

Después de años conformándose con un sustituto del café hecho con bellotas molidas, desde no hacía mucho ya se podía volver a comprar café en grano. A Alma siempre le sabía a poco, pero esa vez hizo una mueca de disgusto.

—La verdad es que preferiría una taza de mordiente, así acabaría con esta penuria. Pero tú ahora ya no necesitas teñir ropa, ¿verdad? A fin de cuentas, Conrad te ayuda a tener tela suficiente.

—¡Tía Alma!

—¿Qué pasa? ¿Qué? Conrad Wilkes está bien. Creo que la mujer puede valerse por sí misma y no necesita a nadie que la proteja, pero él no es más que un chico adorable, así que no hay peligro de que tú te apoyes demasiado en él.

Lisbeth frunció el ceño, aunque en otros tiempos había pensado lo mismo. Su aspecto juvenil, saludable y lozano era algo que la atraía y repelía a la vez, a pesar de que sabía que detrás de esos rizos rubios y la sonrisa amable había una persona en la que se podía confiar, precisamente también porque él no hacía ostentación de ello. Ella, desde luego, no se apoyaba en él, pues era capaz de valerse por sí misma, pero era agradable saber que había alguien ahí a quien poder coger del brazo, como ese día en que había sabido de la muerte de Richard y él la había acompañado de vuelta a la casa de modas.

—No me molesta que critiques a Conrad, sino que quieras tomarte una taza de mordiente.

—Bah —dijo Alma—. La vida es demasiado corta para enfadarse y, para mi gusto, la mía podría ser más corta. Ahora lo único que está por venir es la muerte, y no tengo ningunas ganas.

Lisbeth la miró con espanto.

—Tú no puedes morirte —dijo de pronto.

—Bah —exclamó Alma—. No solo puedo, sino que además es lo que quiero y cualquiera que tenga mi edad debería hacerlo. He sobrevivido a demasiada gente joven y llena de energía. Este es ahora vuestro tiempo, no el mío. Además, como los niños han crecido y van al colegio, ya no me necesitas para que los vigile.

Lisbeth se había acostado en la cama con ella y juntas acariciaban a Frau Käthe.

—Martin, sin duda, te necesita mucho —murmuró.

Rieke había superado rápidamente la muerte de su padre. Ella hablaba de aquello con el mismo tono despreocupado con que afirmaba que, cuando un tarro de mermelada tenía moho, bastaba con quitarlo y que la mermelada de debajo se podía comer. Eso era, por lo menos, lo que afirmaba Frieda. Alma, en cambio, creía que el moho del tarro contaminaba todo su contenido y cuando de vez en cuando Martin se echaba a llorar porque no tenía mermelada en el pan y porque echaba de menos a su padre, al cual él recordaba mejor que Rieke, era Alma quien lo consolaba. Y si Lisbeth a su vez se quejaba de que un niño tan mayor no debía llorar tanto, que las lágrimas eran inútiles, sobre todo si brotaban de los ojos de un chico, Alma siempre decía: «En un mundo en el que las mujeres son hombres, está bien que de vez en cuando el chico se comporte como una chica».

Lisbeth no pensaba lo mismo, pero le alegraba que Martin hubiera encontrado una aliada en Alma, una mujer que personificaba a la vez calidez y determinación.

—Martin tiene a Rieke —dijo entonces Alma.

—Ella es más pequeña.

—Los niños de su edad son la mitad de pequeños de lo que dicen sus papeles; las niñas, en cambio, son el doble de mayores. Puedes confiar en Rieke.

—Desde luego, pero me temo que ella no podrá cargar con todas mis preocupaciones.

—Pero ¿qué te preocupa? Fráncfort está renaciendo, hay una nueva moneda y las tiendas están llenas. A la Casa de Modas König le aguarda un gran futuro.

Lisbeth se encogió de hombros. No quería preocupar a Alma explicándole que la demanda de vestidos había caído mucho desde que los nuevos grandes almacenes ofrecían ropa de vestir, del hogar y zapatos a precios ridículos. Para que la Casa de Modas König no solo presenciara, sino que sobreviviera a los nuevos tiempos, no bastaba con hacer vestidos con cualquier material que les cayera en las manos: tenían que crear algo único, algo que diferenciara sus productos de los de otros establecimientos. En cualquier caso, tenía que admitir que, aunque tenía habilidad para hacer de todo con nada, las ideas se le agotaban a la hora de dar con lo que debía hacerlos inconfundibles dentro de la abundancia.

Estuvieron acariciando a Frau Käthe hasta que la gata se durmió, luego Alma se incorporó y dijo que, con o sin ganas, tomaría una taza de café.

—Seguro que te vendrá muy bien —le dijo Lisbeth solícita y le preparó el café antes de marcharse a la casa de modas.

Cuando regresó a casa por la tarde, el encargado de la funeraria ya se había presentado y estaba negociando el ataúd con Frieda.

—Un ataúd de alquiler de suelo con trampilla bastará, ¿verdad? —preguntaba él en ese momento.

A Lisbeth le pareció que el suelo cedía bajo sus pies. Escuchó aturdida las palabras de Frieda, que decía que había encontrado a Alma doblada sobre la taza de café. Pensó aturdida: «Ojalá haya podido tomar un sorbo y disfrutarlo». Y ya no tan aturdida, más centrada, pensó: «Ojalá la taza de café no se haya roto bajo su peso. Tenemos muy pocas intactas».

Entonces dijo en voz alta:

—Alma tendrá un féretro de verdad.

—Pero no nos lo podemos permitir —objetó Frieda.

—Claro que sí —insistió Lisbeth—. Ella aún no se había gastado los cuarenta marcos.

Con ese dinero no solo pudieron pagar un féretro, sino también la comida de homenaje a la difunta para todas las amigas de Alma de su época como feminista. Apenas asistió un solo hombre. Mechthild Reinhardt vino acompañada solo por Helga, no trajo ni a Michael ni a Fritz.

A Lisbeth esto último la alivió porque siempre que veía a Michael pensaba que Richard, a diferencia de él, no había regresado de la guerra. Al ver a Mechthild pensó que, poco tiempo después del regreso de Michael, se había quedado embarazada y que hacía dos meses que había dado a luz a una pequeña llamada Ute, lo cual le provocaba no poca envidia. Cuando Mechthild fue a ayudarla en la cocina para decorar el pastel hecho de harina, posos de café y huevo en polvo con una crema hecha con natilla y leche en polvo, a Lisbeth no se le escapó el mal aspecto que tenía —las arrugas en torno a la boca parecían más profundas de lo habitual— y su envidia disminuyó.

—¿La pequeña Ute te lo pone difícil? —preguntó mientras recordaba con horror los cólicos de Martin durante su primer medio año de vida.

Mechthild negó con la cabeza.

—Con la niña me apaño. Y también con los dos mayores. Pero piensa que también tengo otro niño en casa.

—Michael —afirmó, más que preguntó, Lisbeth.

—No levanta cabeza —declaró Mechthild.

Lisbeth reprimió el estremecimiento al oír una afirmación tan dura, pero sabía que era verdad.

—A ti te lo han devuelto —replicó con énfasis.

—Lo dices como si Correos me hubiera traído un paquete. Pero, aunque así fuera, yo solo habría recibido una caja de cartón sin nada dentro.

Mechthild untaba la crema con tanta energía sobre el bizcocho que le clavó el cuchillo dentro. Todavía llevaba puesto el sombrero —ese día todos los adultos llevaban sombrero en honor a Alma—, pero el pelo de debajo no lo llevaba recogido en un moño como solían hacer la mayoría de las mujeres de su edad, sino que se había hecho una trenza desgreñada.

—¡Si por lo menos pudiera volver a trabajar! —exclamó Mechthild.

Lisbeth recordaba vagamente que en sus tiempos Mechthild había estudiado Derecho y que incluso había hecho un doctorado, pero que tras la toma del poder de los nazis ella —igual que todas las demás mujeres— no había recibido permiso para ejercer como abogado y había tenido que trabajar de secretaria.

—Antes de que Michael regresara, tenía a la vista un trabajo en el ayuntamiento —explicó entonces—. Pero, aunque es incapaz de hacer nada, sí logró hacerme un hijo. Además, ahora están volviendo a despedir a las médicas, juezas y maestras que tan necesarias fueron después de la guerra. Ellas han tenido que cederles el puesto a los distinguidos caballeros.

—No puede ser...

—¡Pues claro que sí! —la interrumpió Mechthild—. Si un veterano de guerra reclama su puesto, se lo dan, aunque el puesto esté ocupado por una mujer mejor cualificada.

Lisbeth empezó a temer por el pastel. Aunque no pasaban hambre, no quería malgastar los ingredientes. Con un gesto delicado hizo a un lado a Mechthild, le quitó el cuchillo de la mano y empezó a aplicar la crema ella.

En cuanto se quedó sin algo que hacer Mechthild calló, pero en ese momento se les acercó Klara Hartmann. Fuera lo que fuera en lo que hubiera invertido sus cuarenta marcos, no había sido en ropa ni en cambiar su atuendo de espantapájaros. Tampoco en cigarrillos auténticos: seguía fumando ese sustituto de tabaco que ella llevaba haciéndose desde hacía dos años con hojas de arce, zarzamora y roble.

—¡Menuda peste! —exclamó Lisbeth sin poder contenerse.

—¡Pamplinas! —bufó Klara Cuervo—. Si me echas, no te daré la botella de aceite de mesa que he hecho con las semillas de mis plantas de tabaco.

Lisbeth supuso que las semillas no se habían abierto y que por eso Klara Cuervo tenía que fumarse esa extraña mezcla de hierbas; no pudo evitar sentir en silencio un respeto por su talento en sacarle provecho incluso a algo que había salido mal.

—Yo jamás te echaría de la comida en recuerdo de Alma, pero deja de fumar.

Klara Cuervo aspiró imperturbable otra calada de su cigarrillo antes de volverse hacia Mechthild.

—Yo en tu lugar me divorciaría. Lo hacen muchas mujeres hoy en día, y les da igual que se las considere «asociales patológicas».

Mechthild no dijo nada.

—¡Oh, cielos! ¡No puedes divorciarte! —exclamó Lisbeth escandalizada—. ¡Tienes que estar agradecida de seguir teniendo marido! ¡De haber podido tener otro hijo!

A ella siempre le habría gustado tener tres. No, en verdad era a Richard a quien le habría gustado, pero al final daba lo mismo.

—Bueno, mejor que divorciarse es no casarse de buenas a primeras —dijo Klara Cuervo—. Si eres funcionaria y tu futuro marido también, el día de tu boda te quedas sin trabajo. Puede que incluso en la misma noche de bodas. A saber. Además, también pierdes el permiso para estudiar. ¿Sabíais que nuestro Derecho Matrimonial data aún de 1900 y que entonces había profesores de anatomía que afirmaban en serio que el cerebro de las mujeres es más pequeño que el de los hombres? Ese, por cierto, era uno de los motivos por los que Alma siempre llevaba sombrero.

Lisbeth no lo sabía; solo sabía que ya no soportaba más oír a Mechthild lamentándose de su vida, ni ver fumar a Klara Cuervo. También Frau Käthe parecía cada vez más incómoda con la desacostumbrada cantidad de gente y buscó refugio sobre el reloj de cuco. Lisbeth no se lo podía reprochar y, como ella no podía dar un salto y ponerse sobre el reloj de cuco, quiso salir a tomar un poco de aire fresco un ratito al menos. Pero antes quiso ir a ver cómo estaban los niños.

Rieke se había tomado la muerte de Alma con resignación; Martin, en cambio, había llorado. Por fortuna, las lágrimas se le habían ido agotando y en ese momento Eva le leía un cuento. A Lisbeth le pareció que su hijo ya era demasiado mayor para cuentos, pero estaba contenta de que a él le gustara Eva y a esta le gustaran los niños. Desde ese día de hacía más de un año no había vuelto a decir que era medio judía y que su sueño era bailar. Solo cuando Eva había llegado al entierro con

su chal rojo, que Alma, sin duda, habría considerado el accesorio adecuado, la había llevado a un lado y le había preguntado si era verdad que Mechthild Reinhardt era jurista y si le
podría conseguir acceso a las actas que le revelarían el destino
de su padre, y, de hecho, de toda la familia paterna.

Lisbeth le había aconsejado que le preguntara directamente a Mechthild, pero, por algún motivo, Eva lo iba apla-
zando. Afortunadamente en ese momento el pastel llegó a la
mesa y, como Helga se encargó de cortarlo en trozos, Lisbeth
pudo escabullirse fuera.

Aunque ya contaban con escalones de piedra y no tenía
que tambalearse encima de un tablón, siempre daba con cuidado los primeros pasos al salir de casa. Solo tras dar el último
levantó la cabeza y entonces vio a Conrad no muy lejos del
edificio, con el rostro vuelto hacia el sol de agosto. No parecía
tener muchas ocasiones de ponerse al sol porque su piel estaba muy pálida. No era de extrañar: además de trabajar en la
estación de radio de Oberursel tenía otras obligaciones, como
redactar artículos para el lejano *New York Times* y para el periódico local de la mañana, que había venido publicando el
gobierno militar estadounidense hasta muy recientemente. Por
otra parte, los americanos se habían fijado como objetivo rea-
vivar todas las empresas editoras de prensa alemanas que fo-
mentaban la democracia, y a ello él también había contribuido
de forma activa. Lisbeth no conocía más detalles: siempre estaba demasiado ocupada para preguntar. Además, si de vez en
cuando pasaban alguna tarde de domingo juntos, los niños
solían estar presentes y en esas pocas horas de asueto Lisbeth
no quería hablar de temas abrumadores como la guerra y la
democracia.

—¿Por qué no entras? —le preguntó—. ¿Te da miedo que
las mujeres de ahí dentro se abalancen de inmediato sobre el
único hombre?

Él levantó la mirada y sonrió, y esa sonrisa joven, des-preocupada, alegre, se clavó como siempre en ese punto de su alma en el que se encontraban toda la oscuridad y toda la luz. Ella albergaba en secreto la esperanza de que, si él permanecía sonriendo el tiempo suficiente y ella lograba responderle con otra sonrisa, esa sesgadura tal vez llegaría a ser tan profunda que arrancaría y consumiría la oscuridad. Sin embargo, en ese momento le pareció inapropiado que alguien le dedicara una sonrisa, y también alegrarse mucho de ver a Conrad. No era capaz de prohibírselo a sí misma, pero no quería demostrarlo.

—Pensaba que no querías que se fumara ahí dentro —di-jo él llevándose un cigarrillo a la boca.

—Klara Hartmann lo hace de todos modos —respondió ella ensimismada mientras se colocaba al lado de él bajo la agra-dable luz del sol.

—Siento mucho que hayas perdido a tu tía —dijo él en voz baja.

—Ella..., ella ya estaba mayor.

—Pero eso no cambia el hecho de que le tenías afecto y que ha dejado un vacío enorme.

Era curioso que él supiera eso, a pesar de que ella nunca le había hablado de Alma. Y era curioso que ella de pronto lo supiera también, a pesar de que en los días que habían seguido a la muerte no había dejado de decirse que debía conservar la compostura.

Bueno, con Conrad no tenía que hacerlo. El humo se le metió en la nariz, tosió y, cuando él le dio unos golpecitos en la espalda, tosió aún más fuerte. En algún momento, la tos pasó a ser una risa, y, en algún momento, la risa se convirtió en llanto.

Él dejó de darle golpecitos.

—¿Lisbeth? —preguntó.

Ella nunca se había vuelto a sincerar con él como en aque-lla ocasión un año atrás. Le había cosido trajes para los que ella no había tenido que tomar ninguna otra medida porque las tenía en la cabeza, le había concedido entrevistas y había hecho excursiones con él y los niños para ir a ver el cráter de la bomba en Sachsenhäuser Ufer, donde él había intentado enseñar a nadar a los niños —Rieke ahora ya sabía, Martin no—, y al zoo, donde, aunque no había animales, sí había acróbatas que mostraban sus destrezas y orquestas de baile que tocaban música.

Entonces ella espetó:

—No. No entiendo por qué hasta ahora no he vertido ni una sola lágrima por ella.

—Ahora lo estás haciendo. Y, aunque no fuera así, sé que la lloras como a una madre.

Lisbeth se secó las mejillas.

—Alma nunca fue como una madre. Yo no tengo ni idea de lo que es una madre. Fanny nunca se comportó como tal. Aunque yo llamaba *mamma* a Alice di Benedetto, no...

Se interrumpió.

—¿Alice di Benedetto? —preguntó él.

Ella sacudió la cabeza con fuerza.

—No hablemos del pasado, ni tampoco sobre Alma. ¿Sabes que hoy, por primera vez en años, he horneado un pastel? Hasta ahora no había habido motivos para ello. La gente como yo solo podemos celebrar la muerte, la vida ya no.

—¿Y por qué no celebrar ambas cosas a la vez? ¿La muerte y la vida?

Alguien capaz de decir eso no tenía ni idea de la muerte. Pero alguien que no creyera algo así, posiblemente no tenía ni idea de la vida.

—Por cierto, ¿sabías que hoy es mi cumpleaños? —preguntó ella de repente.

—¿Cuántos años cumples?

—Veintiséis.

—¡Qué divertido! Yo cumpliré los mismos en octubre.

¡Cielos! ¡Si prácticamente tenían la misma edad! Con todo, Alma decía siempre que las chicas eran el doble de mayores que los chicos y, si tal cosa también se podía aplicar a las mujeres y a los hombres, él prácticamente era un niño y ella ya una mujer mayor. Por un instante se sintió también así, pero no fue lo único. Había también otra cosa que no era el anhelo de volver a ser joven, sino simplemente el anhelo de sentirse joven. Le agarró de la mano y lo atrajo hacia ella.

—Ven —se apresuró a decir antes de lamentar la decisión—. Vamos a celebrarlo.

—¿Tu cumpleaños, o el entierro de Alma?

—Ambas cosas —dijo ella y se lo llevó lejos de la casa. Él la siguió con asombro.

—¿Y lo haremos sin pastel?

—Seguro que Klara Cuervo ya se lo ha comido.

La música «de negros» que los americanos habían traído a la ciudad se tocaba en muchos sitios, pero, para oír buen jazz, explicó Conrad, era necesario ir a uno de los dos locales que había en la Kleine Bockenheimer Straße. Como no abría hasta las nueve, fueron paseando hacia ahí por la orilla del Meno; por primera vez, Lisbeth volvió a contemplar la luz rojiza del atardecer rompiendo contra el agua sin recordar la noche del bombardeo. La guerra había terminado, el hambre había terminado y ella volvía a ser joven, o seguía siendo joven, o era joven por primera vez. Daba igual. Aunque fuera una anciana milenaria, ese día había que celebrar la muerte de Alma tal y como a ella le hubiera gustado, con su sobrina llorando de alegría, no de pena.

—Soy el mejor bailarín de Nueva York —explicó Conrad—. Y hoy te lo demostraré.

—¡Demuéstramelo ahora! Enséñame cómo bailar jazz.

—Deja que te sorprenda. Sin música no sé.

—Pero podrías contarme más cosas sobre Nueva York —dijo ella.

—¿Por qué?

«Porque Nueva York es una ciudad que aún no ha conocido la guerra», pensó ella. «Y tal vez así yo me podría imaginar que no he pasado por ninguna».

—Por lo que he oído, la gente de Nueva York no solo baila, sino que también construye rascacielos, unos colosos enormes de cientos de metros de altura hechos de acero, cristal y hormigón y que prácticamente acarician las nubes. Debe de ser bonito estar tan cerca del cielo —respondió ella.

—Oh, en ninguna ciudad el cielo parece tan lejano como en Nueva York. Los rascacielos arrojan sus sombras oblicuas sobre las avenidas, y las travesías prácticamente nunca reciben la luz del sol. Con todo, ahí la oscuridad nunca es completa, no al menos desde que se levantó la norma de mantener a oscuras la ciudad durante la guerra. Ya solo las colas de vehículos de los trabajadores dirigiéndose a diario a Manhattan son como una enorme serpiente irisada. Y en torno a la Times Square Tower funciona sin parar el *motogram,* donde se muestran las noticias del día escritas letra a letra en miles de luces.

Ni con la mejor de las voluntades Lisbeth era capaz de imaginarse lo que Conrad le contaba.

—Me han dicho que se puede ir al cine en la planta cincuenta de un rascacielos. ¿Es verdad? ¿Has estado ahí?

Él negó con la cabeza.

—Pero ¿qué te parecería ir los dos al cine aquí, en Fráncfort?

De repente ella tuvo la sensación de que era capaz. Aunque a Richard las películas le habían parecido demasiado superficiales. Aunque tras la última película que había visto tuvo lugar el primer y terrible bombardeo nocturno. Y aunque Alice di Benedetto, la famosa actriz de cine, a la que ella había llamado *mamma*, al final la había abandonado igual que Fanny.

—¿En qué piensas? —preguntó Conrad en voz baja.

—Estoy intentando imaginarme un rascacielos —respondió desviándose del tema—. Cuéntame más cosas de Nueva York.

—Mmm —reflexionó él—. Hay mucho que contar: por ejemplo, que las secretarias echan el correo por unos huecos de doscientos cincuenta metros de largo que están refrigerados con hielo para que las cartas no se quemen.

—¡No puede ser cierto!

—¡Sí lo es! Y en Keen's Chophouse, un restaurante de la calle Treinta y seis Oeste, se muestran estereoscopias en color de las comidas que se ofrecen.

—¡No puede ser cierto! —repitió ella.

—¡Sí, lo es! No se me ocurre ninguna otra ciudad en que haya tanta gente que vaya al trabajo en hidroaviones o lanchas rápidas, donde el personal de seguridad use los rayos X, donde se puedan hacer fotografías en un fotomatón.

—Suena a tomate.

—La diferencia es que un tomate no puede hacer las fotografías que hacen esas máquinas de forma totalmente automática. Y, por cierto, en color.

—Eso significa que si alguien está rojo como un tomate se puede ver —dijo Lisbeth y ambos se echaron a reír y se sonrojaron. Tal vez no como un tomate, ni como la luz del atardecer al caer sobre el Meno, pero sí como para sentir calor en las mejillas. Y así, poco a poco, llegó la hora de dirigirse a la Bockenheimer Straße.

Frieda afirmaba que esa «música de negros» debía sonar de forma similar a los cucharones y las ollas en manos de Martin y Rieke.

«Eso tú no lo puedes saber —le decía siempre Alma al oírla—. Al fin y al cabo, ya no nos queda ningún cucharón entero».

Lisbeth siempre se había mantenido al margen de esa disputa, pero, cuando entraron en el local de jazz, tuvo que darle la razón a Frieda en secreto. Los sonidos que la martilleaban no armonizaban en absoluto: las notas del piano no se ajustaban con las de la guitarra, ni las del contrabajo con las de la trompeta y ninguna de estas con los de un instrumento de viento llamado saxofón.

—Ahora solo están ensayando —le explicó Conrad—. Lo bueno de verdad empezará a medianoche.

Al principio el local estaba vacío y eso les permitió examinar la decoración, que tenía mucho en común con esos sonidos. Tampoco las sillas eran todas iguales, ni, desde luego, los cojines, algunos de los cuales estaban carcomidos por las polillas. Y la gente que, poco a poco, fueron dejándose caer en ellos tampoco tenían nada que ver entre sí, porque, entre los soldados americanos que acudían ahí a divertirse, y las chicas, que eran demasiado jóvenes para haber creído alguna vez en la victoria final pero lo bastante mayores para pintarse los labios de rojo y coquetear con los americanos, había también ciudadanos de Fráncfort de más edad, entre ellos una dama que parecía haberse puesto todas las alhajas que tenía además de una tira de espumillón, de las que se usaban para adornar el árbol de Navidad. Entusiasmada, la mujer empezó a balancearse siguiendo un ritmo que a Lisbeth le resultaba imposible de distinguir en la música.

—Parece que lleve en la sangre el *groove* y el *swing* —dijo Conrad con una sonrisa.

Lisbeth no tenía ni idea de lo que era ni una cosa, ni la otra. Temía que la cerveza que él le estaba sirviendo —templada, casi sin espuma y servida en copa de coñac— le llegara a la sangre demasiado rápido y en demasiada cantidad. De todos modos, se la bebió y, ya fuera porque ella después se sintió algo mareada o porque, como Conrad había dicho, entonces lo bueno empezó de verdad, a partir de ese instante, de algún modo, tuvo la impresión de que los músicos, en vez de enfrentarse entre sí, ahora tocaban juntos. De todos modos, no es que ahora las notas casaran mejor entre ellas. Lisbeth intentaba en vano seguir una melodía. Con todo, le asombró la entrega del saxofonista mientras tocaba. Se le doblaba todo el cuerpo, como si no solo se tratara de tocar su instrumento, sino de unirse a él y, de este modo, anular todos los límites.

—Es imposible que esto empiece —le susurró Lisbeth a Conrad—. Esta música no tiene principio ni final.

—¿Es que todo debe tener un principio y un final? ¿Acaso a veces el final no va antes del principio?

No estaba muy segura de lo que él quería decir, solo que esas palabras, igual que la música, de pronto fueron un augurio. Cuando se abandonaban todas las reglas de la armonía y las mujeres se adornaban con espumillón, ella entonces podía sentirse más joven de lo que era o, por lo menos, igual de joven de lo que era; en cualquier caso, no tan mayor como todos aquellos que, tras el gran final, recelaban de cualquier pequeño principio.

—¿No querías bailar? —le preguntó a Conrad. Conrad asintió y pidió otra cerveza, seguramente para entonarse. Luego se levantó. Parecía estar por lo menos tan mareado como ella. Sus movimientos recordaban poco un baile y mucho a Frau Käthe saltando enloquecida en círculo cuando Rieke intentaba de nuevo colocarle en el cabo de su cola un sombrerito que había hecho al ganchillo.

—¿Qué es esto? —quiso saber Lisbeth.

—Soy yo entrando en calor. Ya estoy listo.

Su baile era como la música: no parecía tener principio ni final, ni ritmo, y no seguía norma alguna. Al rato, sus cabriolas le recordaron no tanto a Frau Käthe como a una rana o una gallina clueca.

Lisbeth se echó a reír con tanta fuerza que la anciana dama adornada con el espumillón le dirigió una mirada indignada. Ella se calló al instante, pero la mujer se dirigió entonces hacia Conrad.

—He perdonado a los americanos que convirtieran nuestra ciudad en un montón de escombros y cenizas —declaró ella—. Pero quien se burle del jazz va a tener que vérselas conmigo.

Conrad se disculpó varias veces y, antes de volver a sentarse, reiteró que su intención no era hacer mofa.

Lisbeth lo miró arqueando las cejas.

—Creía que eras el mejor bailarín de Nueva York.

—Puede que olvidara añadir una palabra. Soy el mejor bailarín malo. Nunca he tenido una pareja de baile a la que no haya pisado.

Lisbeth apuró la cerveza pese que al final estaba caliente como una sopa. Aunque eso la mareó más, le llenó el estómago de un modo agradable, como si fuera comida. Después de tantos años pasando hambre, de vez en cuando comer no le sentaba bien, y a veces incluso tenía la sensación de tener piedras cayéndole en el estómago.

—¿Y quiénes eran? —preguntó ella.

—¿Quiénes?

—¡Pues tus compañeras de baile!

—Una era la hija de una buena familia que había tomado clases de euritmia en su escuela de Washington. La misma escuela de mi madre. Las chicas ahí no solo aprendían euritmia, sino también que Dios es mujer. Eso, al menos, era lo que sostenía la directora.

—¿Qué es la euritmia?

—Bueno, es algo que mi compañera de baile intentó explicarme en vano y una vez me lo enseñó. Tal vez pueda imitarla.

Conrad se levantó de nuevo, y de nuevo hizo unos gestos con tan poca gracia como frío faltaba a la cerveza. Cuando no solo la mujer de los adornos navideños sino también otros clientes levantaron las manos con gesto amenazador, Lisbeth lo asió del brazo y lo acompañó fuera del club de jazz.

—Te conviene tanto el aire fresco como un profesor de baile.

De camino hacia la calle él pisó a dos clientes y tropezó varias veces con los escalones torcidos que llevaban hacia arriba.

—Ya estoy listo —repitió Conrad y se dispuso a cruzar la calle.

Hasta hacía muy poco tiempo apenas circulaban vehículos, pero en ese momento uno dobló la esquina y Lisbeth se adelantó para agarrar a Conrad y hacerle retroceder.

—¡Déjalo! En realidad, no me apetece saber qué es la euritmia.

—Ah, ¿no?

—Preferiría saber si te enamoraste de esa compañera de baile.

Él se echó a reír.

—¡Líbreme Dios! Era una chica malcriada y muy pagada de sí misma. Ni siquiera recuerdo su cara, solo sé que tenía los pies planos.

—Bueno, si la pisaste, tal vez eso fuera culpa tuya.

—Es posible. Aunque creo que no bailé a menudo con ella. Odiaba el jazz.

—No se lo puedo reprochar.

Ella no le había soltado la mano, ni él se la había apartado. Su agarre entonces se volvió más firme, la acercó hacia él y la miró con una gravedad que, en realidad, no sentía.

—Así pues, ¿no te ha gustado?

Ella no estaba segura de si en su tono de voz se percibía cierto reproche o decepción. Daba igual: él la había visto llorar, desnuda y escuálida; la había visto ofuscada, de duelo y riéndose. Era testigo de cómo luchaba de forma incansable por sus hijos, pero también de cómo a menudo los desatendía. Sabía que a veces respondía a sus preguntas con parquedad para luego, sin que se lo pidiera, confiarle algo que antes no había dicho a nadie. Había nadado con ella y los niños en el cráter de bomba de Sachsenhäuser y se había tumbado en el césped del zoo con ellos para ver a un hombre tragafuegos. ¿Qué podía ocultarle?

—En absoluto —admitió con franqueza—. Me ha parecido horrible.

Y entonces, súbitamente, él la acercó aún más hacia sí y su rostro, que quedó justo delante del de ella, de pronto dejó de ser terso..., estaba transportado. Sí, no encontraba otra palabra para ello, aunque resultaba más propio de una misa que de una calle por la noche delante de un club de jazz.

—Gracias —espetó él de pronto.

La soltó y bajó la mirada, pero a ella no se le escapó que, en vez de decepcionado, él estaba aliviado. Se sintió confusa. Igual que con la música de antes, que parecía carecer de armonía, ella no pudo prepararse ante ese cambio súbito en el ambiente distendido, pero lo que siguió no fue una nota fuera de tono, ni tampoco una cháchara superficial.

—¿Qué? ¿Qué quieres decir? —preguntó ella.

—Gracias por decirme la verdad —respondió él.

—¿Por qué debería mentir con algo así?

Y entonces él se inclinó de nuevo hacia ella hasta quedar muy cerca, y no le cogió las manos, sino que le puso las suyas en torno a la cabeza.

—Tú, tú, mentiste a tu marido Richard... Le dijiste que te gustaba ir al teatro, y escuchar poemas de Rilke... No le dijiste que preferías ver películas de cine.

Unos pensamientos inconexos le vinieron a la cabeza. «¿Cómo es capaz...?». «¿Qué pretende...?». «No sabe quién soy y es mejor que así sea».

Pero ¿cómo podían ir de la mano esos pensamientos y formar una unidad, si en su vida había esa cisura? Estaba su primera vida, en la que ella había querido ser algo concreto: primero, una hija atenta; luego, un buen miembro de la BDM, la Liga de Muchachas Alemanas; con apenas dieciocho años, una buena esposa y, al cabo de poco, una buena madre. Y luego estaba esa segunda vida en la que ya bastante difícil era ser, independientemente de quién. Después de esas dos vidas, ¿podía haber una tercera en la que la cuestión no fuera quién se esperaba que fuera, ni quién podía ser sino, en realidad, quién quería ser ella?

Conrad no le apartaba las manos de la cabeza y las voces en su interior se volvieron aún más contradictorias.

«¿Cómo permites que te toque un hombre que no es Richard?», decía una.

«¿Qué hago aquí? Mañana estaré cansada y me dolerá la cabeza. ¿Cómo se me va a ocurrir así una buena idea para el futuro de la casa de modas?», preguntaba la otra.

Y estaba también una tercera voz, extraña, pero no por ello menos insistente. «Quiero que me bese. Quiero ser joven como él, igual de hermosa, igual de perfecta y de despreocupada».

Él hablaba demasiado para besarla: en ese momento, de sus padres, a quienes también les costaba admitir la verdad, que daban vueltas sigilosas en torno a la tumba de su hermano igual que en torno a las palabras sinceras, que en algún momento dejaron de tener algo que decirse. Él no había resistido mucho tiempo vivir bajo la sombra de esos padres, ni tampoco de los rascacielos. Y lo que menos soportaba eran las luces estridentes de Nueva York, que no querían más que desmentir a las sombras, que no iluminaban la verdad, que solo deslumbraban a quien la buscaba. Allí, en Alemania, no había esas luces. Allí había pocas paredes intactas capaces de arrojar sombras. Allí no era posible dar vueltas a hurtadillas en torno a tumba alguna, porque estaban siempre encima de una, porque el mundo entero era una tumba. Allí también se mentía (¿A qué viene este trato? ¿Cómo hemos acabado así? Nosotros no somos nazis, nunca lo fuimos...), pero ella, Lisbeth, nunca había unido su voz a ese coro de mentiras.

Ella no acababa de entender lo que él le estaba confiando; además, en su opinión, admitir que para ella el jazz era horrible no tenía la importancia que él le daba. De hecho, no tenía ninguna importancia porque, de pronto, pensó que tal vez el jazz no era tan horrible y que incluso parecía atractivo dejar oír una nota que no se ajustara a la anterior, hacer algo que contraviniera las normas, no esperar más a que él la besara y, en vez de eso, ponerse de puntillas y hacerlo de forma delicada, suave. Aunque ella tuviera callos en las manos y también en el alma, sus labios no. Decir la verdad no hacía que las ampollas explotaran, ni tampoco las endurecía; decir la verdad volvía los labios aún más finos.

Entonces el beso pasó y, a la vez, no terminó, y el principio y el final de repente fueron una sola cosa. Cuando ella se quiso soltar, él le sujetó la nuca con las manos. Entonces la atrajo hacia sí, y se besaron con ansia, con fogosidad, pararon para tomar aire y se besaron de nuevo antes de andar un rato mano con mano —a Lisbeth no le importaba hacia dónde—, y volvieron al fin a unir sus labios, con una ansiedad que hizo que sus dientes chocaran y les doliera. En vano buscaban un ritmo propio, aunque no les hacía falta para hacer su propia música, para improvisar. Las notas no daban miedo, ni las desagradables, ni las bellas, ni las rotas, ni las completas, ni las demasiado suaves, ni las demasiado estridentes.

Cuando se soltaron de nuevo, el son los abandonó. Un silencio inesperado se interpuso entre ellos; era un silencio que no era ni cálido ni permeable al aire, era de una tela parecida a la del paraguas viejo con la que ella se había hecho un vestido. Aunque se podía llevar, al sudar se pegaba a la piel y, cuando hacía frío, no protegía y parecía convertirse en una fina capa de hielo.

Ella no había oído llegar ese silencio. No, del modo como había sentido el beso, hacia el que ahora sabía que se había dirigido durante años. Ahora Conrad parecía apartarse de ella, si bien tampoco le soltaba la mano.

—¿Qué pasa? —preguntó ella—. ¡Dilo! ¿No te gusta besar?

Él se detuvo. Si él entonces hubiera dicho: «Sí, ha sido horrible, no voy a volver a besarte, me avergüenzo por haber besado a una alemana, quiero una chica cariñosa, divertida y despreocupada como yo mismo», ella habría sabido afrontarlo, porque la verdad era lo que los unía y no lo que los separaba. Pero eso no era un vínculo, era un nudo. Él le había permitido atisbar en la profundidad de su alma, pero de camino hacia allí ella había pasado por alto un secreto que no crecía en la oscuridad y que ahora se había erguido entre ellos.

—¡Dilo! —repitió con un grito que era casi de pánico.

—Lisbeth...

—Tal vez lo que no te gusta no es besar, sino besarme a mí —dijo ella abatida—. Nadie diría que los dos tenemos la misma edad. Tú eres un americano joven y elegante con un futuro por delante. Yo soy una viuda alemana amargada con dos hijos que lo ha perdido todo.

—Tú has recuperado muchas cosas. Y no estás amargada.

—Todavía salta a la vista que estuve a punto de morir de hambre.

—Pero eso no es algo de lo que tengas que avergonzarte.

—Pero sí, en cambio, de lo que me llevó a estar a punto de morir de hambre, a que mi casa fuera bombardeada, a que mi marido muriera. Eso es lo que quieres decir cuando...

—¡Cielo santo, Lisbeth! —gritó él con una fuerza que ella nunca le había oído—. No se trata de si eres digna de mí. Se trata de si yo te merezco.

La farola centelleó; en realidad, era poco habitual que de noche las calles volvieran a estar iluminadas. En todo caso, algo, su semblante, se le oscureció cuando añadió con voz ronca:

—Te he contado muchas cosas de Nueva York —murmuró—. Pero hay algo que no y que seguramente es lo más importante.

—¿De qué hablas?

Él bajó aún más el tono de voz. Lo mismo hizo con la mirada.

—¿Sabías que, aunque París y Milán se consideran las metrópolis de la moda, ahí resulta muy difícil comprar moda a buen precio?

—¿A dónde quieres llegar?

—Solo en Nueva York se pueden comprar diseños de ropa de confección de diseñadores importantes.

—Sí, ¿y qué?

—Que, a diferencia de París o Milán, Nueva York no tiene que hacer frente a las consecuencias de la guerra. Si quieres saber mi opinión, creo que pronto se convertirá en la nueva capital de la moda.

—¿Por qué me cuentas todo esto? No quiero hablar contigo ni de negocios, ni de moda.

Aunque él volvió a levantar la vista, seguía con los hombros hundidos, abrumado por algo que ella nunca había visto en él. Conrad era la viva imagen de la ligereza. ¿Por qué de pronto le costaba tanto hablar? ¿Por qué a ella le costaba tanto escucharle?

—Lo que te acabo de decir no son reflexiones mías. Son..., son de tu... madre.

Madre.

Esa palabra siempre había sido demasiado grande y había prometido demasiado como para llenarla con lo que cabía esperar de las suyas: de Fanny, su madre biológica; de Alice, que había querido ser su *mamma;* y de quienes en alguna ocasión le habían dado un hálito de cariño, ya fueran Alma, Frieda o incluso Klara Cuervo.

Pero, a la vez, era una palabra demasiado pequeña para la decepción que albergaba en su corazón desde el día en que Fanny se había marchado. Y que incluso crecía en ese momento, mientras veía a Conrad y lentamente le llegaba a la cabeza todo lo que habían escuchado sus oídos.

—Te he contado muchas cosas de Nueva York —le dijo él—, pero no te he dicho que Fanny König vive ahí. Que conoce a mis padres. Que, antes de que yo me marchara a Alemania, me pidió que cuidara de ti y que le contara cómo te iban las cosas, cómo vivías y qué pensabas.

Traición.

Esa palabra era demasiado grande para llenarla con lo que él había hecho: que no era más que, en su momento, ir hasta su casa, sostenerla cuando se cayó, aconsejarla que arrojara sal. No más que interceder cuando fue detenida, mantener el contacto con ella, acompañarla ese día en la estación. Pero, a la vez, era una palabra demasiado pequeña para designar con propiedad lo que él había hecho: mucho más, en realidad, que entrometerse en su vida, fingir ante ella que no tenía nada que ver con su pasado, que no estaba sucio por el polvo que había por doquier, que no estaba sucio por lo que ella había hecho después de que Fanny la abandonara y que ella había guardado para sí desde entonces en secreto, eso que ella aún no había confiado a nadie... y que no quería confiar a nadie jamás. Ella había buscado su cercanía porque la guerra no se veía en él, y por eso le dolía aún más que, pese a ello, no fuera a encontrar la paz en él, que él súbitamente formara parte de su vida devastada, de su familia devastada.

Y que ella fuera incapaz de hacer nada con esa devastación; ante esa devastación ella no podía más que huir.

—¡Espera, Lisbeth! Deja que te explique...

Ella no se detuvo, de pronto entendió por qué en su momento Fanny había huido de Georg, luego de Aristide y de Alice, y finalmente de ella. Ella la había despreciado, la había tachado en secreto de débil, de cobarde, de caprichosa. Ahora sentía lo liberador que podía ser correr sin más. Aunque libertad era una palabra demasiado grande, porque ella no hacía más que volver corriendo a su pequeño piso donde Alma había dejado un vacío inmenso, y, a la vez, era una palabra demasiado débil para infundirle esperanza. La esperanza de que ella, si corría lo bastante rápido, olvidaría lo que había hecho Fanny... y Conrad... y ella.

Rieke

1973

A veces también me imaginaba huyendo. De todos modos, aquella era una de las ensoñaciones menos espectaculares que tenía. Con mucha más fantasía de vez en cuando me imaginaba desgarrando montañas de expedientes y arrojándolas al sistema de climatización y esos trocitos de papel iban cayendo como una lluvia de confeti sobre el departamento de mujer. No estaba segura de que tal cosa pudiera llegar a funcionar así. De hecho, nunca comprendí cómo funcionaba el sistema de ventilación. En cambio, aprendí a analizar otras cosas y por eso no hui; en lugar de ello, me acostumbré a la sensación de estar constantemente sometida a una exigencia excesiva, igual que los empleados de la casa de modas tuvieron que acostumbrarse a verme detrás del enorme escritorio desde el que antes había gobernado el señor Heinemann.

Tramitarle a este la jubilación anticipada fue mi primer cometido en el año escaso que yo llevaba al frente de la casa de modas. El segundo fue eliminar la sección de caballeros y la de decoración y alquilar esos espacios desocupados. El tercero consistió en convencer a nuestro banco principal para que nos concediera un nuevo crédito.

Me había dicho que con eso yo ya había superado los mayores desafíos, pero al poco me di cuenta de que solo había apagado el incendio y que la mitad de la casa quemada estaba por construir.

Lo que me habría gustado construir a veces era un muro hecho con archivadores y, sobre todo, con los muchos libros que tenía sobre la mesa que impidiera que me cayera encima otra mala noticia. (De nuevo las cifras de ventas trimestrales han retrocedido detrás de las expectativas. En la calle de al lado han abierto una boutique de señoras. Nuestro proveedor más importante está en concurso de acreedores). Por cierto, los libros mencionados trataban temas tan sugerentes como el impuesto del IVA, el de tráfico de mercancías, el impuesto de la renta, el de sociedades, el impuesto sobre beneficios industriales y también el de patrimonio, y, aparte de estos, otros sobre derecho civil, derecho industrial, derecho laboral y derecho de la competencia. Cuando profundizaba demasiado en alguno de ellos, siempre tenía la sensación de que el libro me había propinado un golpe en la cabeza. De todos modos, el ejemplar titulado *Comentario exhaustivo y pertinente sobre la nueva ley de identificación textil* era demasiado fino para asestarme un golpe. De hecho, ese librito era útil sobre todo para abanicarme cuando la lectura del prólogo de *Contabilidad respecto a la teneduría de libros, los presupuestos y el cálculo mercantil* me provocaba sudores. Por no mencionar *100 ejercicios de contabilidad*, del doctor Reinhold Hardt, una obra graduada en niveles de dificultad creciente, del que yo apenas había llegado al décimo.

Una tarde, tras debatirme infructuosamente con el octavo ejercicio, decidí dictar una carta a la señora Bause, la nueva secretaria. Debajo de mi escritorio había un botón que hacía sonar una campanita en la secretaría, pero, como tantas veces, vacilé a la hora de pulsarlo ya que me resultaba muy poco personal.

—¿Señora Bause? —pedí suavemente en su lugar. No recibí respuesta.

Salí del despacho y me encontré la zona de administración desierta: la máquina de escribir estaba tapada con la funda gris que se ponía al final de la jornada laboral. No fue hasta entonces que caí en la cuenta de que le había dado permiso a la señora Bause para salir antes después de que el día anterior la maestra del parvulario hubiera dejado atado a su hijo pequeño delante de la puerta por haber llegado con retraso.

—¡Como a un perro! —había exclamado indignada la señora Bause.

La idea de que alguien se pudiera comportar de ese modo con Marlene me había provocado un sudor frío, y eso que en ese momento no estaba estudiando contabilidad.

—¿Ha llorado?

—No, se ha echado a ladrar y me ha dicho que era un perrito pequinés. Es un perrito que está de moda..., muy feo, la verdad. ¿Cómo se puede hacer tal cosa?

—¿Comprar un pequinés? —le había preguntado yo, dándome cuenta de inmediato de que ese chiste era tan malo como los que Joachim hacía últimamente cuando se le agotaban las invectivas contra Martin.

Para compensar esa salida de tono, le había dado mi palabra a la señora Bause de que ese día podía marcharse antes de su hora. No sabía si interpretar el hecho de que no se hubiera despedido como una señal de confianza —y, por lo tanto, algo de lo que enorgullecerme— o como una falta de respeto —ante lo cual se imponía la adopción de medidas urgentes—. Tampoco sabía si volver a dedicarme a mis ejercicios.

—¿Por qué te tienes que ocupar de esas cosas? —me preguntaba Joachim a menudo cuando yo me peleaba con los ejercicios en casa los fines de semana—. Para eso tienes empleados.

Sin embargo, esos empleados contaban con que yo tuviera alguna idea de lo que hacían. Que yo, sobre todo, era consciente de cómo proseguir ahora que habíamos evitado la bancarrota o, por lo menos, la habíamos retrasado. Que por fin se me ocurriría una idea brillante que haría florecer de nuevo la casa de modas en vez de esperar sentados para afrontar una crisis tras otra.

En lo tocante a estar sentada, decidí no hacerlo y abandoné de nuevo la planta de dirección para visitar cada uno de los departamentos, tal y como solía hacer. Seguía sin resultarme fácil mantener la expresión confiada de una directora, pero llegar ese día antes a casa me habría costado un esfuerzo aún mayor que el de fingir autoridad. Ese día la madre de Joachim cuidaba a Marlene.

Hasta el mes pasado, él había conseguido ocultarle que yo solía llegar a casa más tarde que él y que nos habíamos convertido en la familia que servía de ejemplo a aquel anuncio de una cadena de restaurantes que decía: «Hoy no se cocina, nos vamos al Wienerwald». Con todo, él había acabado reconociendo que sería una buena ayuda que nos viniera a echar una mano un día a la semana. La semana anterior él había logrado ocultarle que había probado a hacerse una pizza congelada de Iglo y que lo que había obtenido había sido un disco negro y duro como la piedra que se habría podido usar para jugar al *frisbee* en Jesolo. Ahí era donde, por lo menos, habíamos pasado una semana de vacaciones en verano, sobre todo porque el ADAC —el Automóvil Club de Alemania— tenía bonos para gasolina. Joachim se había pasado todos los días lamentándose de por qué no podíamos quedarnos dos semanas. Pero a su madre no le vino con lamentos y se apresuró a sacar rápidamente la bolsa de la basura con la pizza congelada carbonizada y llevarla al contenedor antes de que ella llegara. Puede que no le avergonzara tanto haberla quemado como el que yo la hubiera comprado.

De hecho, ya había muchas cosas que le incomodaban, como que su colega del trabajo, que vino a visitarnos a casa el domingo anterior —no hubo pizza, sino filete de Sajonia— hubiera preguntado:

—¿Cómo? ¿Tu mujer tiene que trabajar? ¿No ganas bastante?

A ese comentario le siguieron unas intrincadas conversaciones de cómo pedir un aumento de salario al jefe de ambos en la empresa de seguros. Su propuesta, que se perdió entre risas, consistía en que Joachim adelgazara diez kilos para así demostrar que ya nadie cocinaba para él.

Yo dejé caer el postre sobre la mesa con estrépito. Era una fuente de crema paraíso.

—Pues con esto los diez kilos se ganan más que se pierden —espeté y seguí enfadada incluso cuando el colega de mi marido hacía rato que se había marchado.

Tras aquello Joachim se apocó y, cosa rara en él, se puso a secar platos.

—Tienes que entenderlo —me dijo—. Él es incapaz de comprender la situación de emergencia en la que te encuentras. No entiende que no has tenido otra opción más que sustituir a Martin. Que estás haciendo un sacrificio tremendo.

A continuación, siguió la clásica orgía de imprecaciones contra Martin que terminó con el deseo de que alguna tormenta de arena dejara a mi hermano sitiado en algún lugar de Afganistán. Aunque, en cualquier caso, Martin no debía ahogarse en ella, Joachim tenía demasiado buen corazón para tal cosa. Su peor fantasía era que ojalá la arena caliente le pinchara un neumático del vehículo, eso, claro está, cerca de un oasis salvador para que no se muriera de sed.

Yo no sabía si en Afganistán había tormentas de arena ni oasis. En todo caso a mí a veces la oficina me parecía un oasis en el que podía refugiarme si Joachim quería tachar a Martin de irresponsable y elogiar mi altruismo. A veces, por su parte, mi casa me parecía un oasis, cuando distintos colaboradores me venían con problemas, como el señor Maier, el responsable del departamento de señoras, que en ese momento se me acercó a toda prisa en cuanto hube puesto un pie ahí.

—Las máquinas de etiquetar vuelven a no ir bien —se quejó en tono de reproche, como si yo en persona me las hubiera apropiado y las hubiera estropeado.

Sin embargo, meses atrás yo ni siquiera sabía que existiera algo como las máquinas de etiquetar. Meses atrás en una situación parecida seguramente habría agachado la cabeza con sentimiento de culpa y me hubiera apresurado a buscar un vestido con el color más parecido al del arrepentimiento. Pero entretanto había aprendido a hacer frente a las miradas de enojo.

—Pregúntele a Ralf, seguro que él le ayuda.

Ralf era un aprendiz que había demostrado una capacidad extraordinaria para resolver cuestiones técnicas. Hacía poco había reparado la máquina de escribir de la señora Bause cuando se le rompió la cinta.

Al señor Maier la sospecha de que su aprendiz pudiera ser mejor que él en algo parecía molestarle claramente. Su mirada seguía siendo de enojo cuando apuntó:

—Y encima no hemos recibido aún las carretillas de transporte que se encargaron hace tiempo.

De nuevo logré reprimir mi primera reacción, eso es, ofrecerme en persona como sustituta de las carretillas y cargar a mano paquetes de veinte kilos.

—La señora Bause llamará mañana a la empresa y preguntará por ellas —dije.

—¿Y por qué no hoy?

Iba a decirle que ese día la señora Bause iba a recoger a su hijo al parvulario, pero me contuve.

—Ahora mismo está ocupada en otro asunto.

El señor Maier se dio por satisfecho y se marchó rápidamente mientras yo me quedaba preguntándome por qué había encubierto a la señora Bause y si realmente la había encubierto a ella o a mí misma. ¿Acaso ella no tenía derecho a querer ir a recoger a su hijo puntualmente? ¿Y no tenía derecho yo a autorizárselo siempre que me viniera en gana?

Esquivé esa pregunta igual que el departamento de señoras y me encaminé al departamento de planificación de mercancías, mi favorito, porque Ute trabajaba allí y ella, de todos los trabajadores, era en quien más podía confiar. Ute, por su parte, confiaba sobre todo en Lore Schanze a pesar de que, en mi opinión, tenía una voz tremendamente desagradable. «Eso es lo mejor que tiene —me había comentado Ute en una ocasión al respecto—. Cuando pregunta por un retraso a los proveedores o al almacén central, nadie se atreve a entregar tarde».

Sin embargo, ese día no se le oía la voz y su escritorio estaba tan despejado como el de la señora Bause. ¿Se habría ido a casa? ¿Es que todo el mundo ahí hacía lo que le apetecía porque no temía ninguna represalia?

Bueno, al menos Ute aún estaba. Asomó por una esquina, cargada con una montaña de documentos.

—¡Qué bien que estés aquí! ¡Esto es un infierno!

Una de sus notas salió volando al suelo. Me incliné, esperando encontrar ahí cifras sobre la planificación de capacidades y cantidades, existencias y plazos de entregas, precios y niveles presupuestarios, porque todo eso formaba parte del área de competencia de Ute, pero mi mirada se quedó clavada en la expresión «rescisión de contrato».

—¿Qué es eso?

—El marido de Lore Schanze ha rescindido su contrato.

Me quedé mirando el escrito sin entender.

—¿Y por qué nos envía esta nota? Él no trabaja aquí.

Ute puso los ojos en blanco.

—¿No lo entiendes? Él no ha rescindido su contrato, sino el de ella.

—¿Y puede hacer tal cosa? —dije atónita.

—¿Alguna vez te has interesado en nuestro derecho de familia?

Estuve a punto de replicarle que de momento me bastaba con el derecho tributario, pero supuse que Ute no se lo tomaría a bien, ni tampoco quería dejar traslucir que ese derecho tributario a veces amenazaba con desbordarme.

—Si un hombre tiene la impresión de que la vida familiar se resiente por la ocupación profesional de la mujer, puede rescindir el contrato de ella en cualquier momento en su nombre —explicó Ute—. Eso es algo que, por otra parte, me recuerda lo bueno que es no tener a ningún tipo a mi lado.

Antes de que ella pudiera entonar el elogio habitual de la vida sin hombres, musité, sin salir aún de mi asombro, que mañana mismo me ocuparía del anuncio de empleo.

Ute dejó la montaña de notas sobre su escritorio y me arrebató la carta de despido de la mano.

—Puede que el que Lore no esté sea también una oportunidad. Últimamente ella no tenía ni idea de moda juvenil. Y a eso precisamente es a lo que deberíamos dedicarnos más.

Cuando asumí la dirección de la empresa, acepté ansiosa todos los consejos de Ute. En esa ocasión también asentí, pero más pensativa que ilusionada. Hacía tiempo que sopesaba la idea de cerrar el taller de arreglos y convertirlo en un departamento de ropa para jóvenes donde se venderían tejanos y minifaldas, pero no lograba librarme de la sensación de que aquello no bastaba para dar una nueva orientación a la casa de modas.

—¿No decías tú que los jóvenes no es un grupo de compradores con un poder adquisitivo fuerte? —repuse.

—Pero por lo menos es un grupo de compradores al que no le gusta mucho la venta por catálogo, que es nuestro máximo competidor.

—Bueno —dije—, pero hace ya un tiempo que también se ha estancado. ¿Por qué si no Quelle y Neckermann se han pasado al sector del turismo?

Aunque me había llenado los oídos desde el principio con lo de que tenía que hacer mis deberes, como ella los llamaba, esa oposición pareció irritarla.

—Yo lo que temo es que la crisis del petróleo no solo repercuta en la venta por catálogo sino también en nosotros —dijo ella con tono mordaz.

Suspiré.

—Así que harán falta aún más recortes.

—Pero eso no significa que tengas que volver a prescindir de tu salario como la última vez —dijo lanzando una indirecta—. Bastante grave es que las mujeres que se dedican a la venta ganen una media del treinta por ciento menos que los hombres de almacén. No tienes por qué aspirar a conseguir la misma discrepancia entre tu sueldo y el de Martin en su momento.

Por un instante no me pude reprimir.

—Silke no tenía ingresos —dije sin pensar—, Joachim en cambio...

Ute sacó ventaja al instante:

—¿Qué tiene que ver tu sueldo con lo que gana tu querido maridito?

Me froté las sienes para mantener a raya un rato más el dolor de cabeza que se anunciaba y me pregunté qué era mejor: si volver a escuchar una conferencia sobre la igualdad de género, o informarme sobre las cifras de ventas de esa semana. Pero Ute no parecía darle importancia ni a una cuestión ni a la otra.

—¿Y si lo dejamos por hoy y nos tomamos una cervecita?

La ocasión en que ella me había arrastrado por primera vez a ese bar para mujeres no había sido la única, pero hasta el momento no había logrado reconciliarme con la cerveza.

—Hoy no —dije y, para que no pareciera que estaba a la defensiva, añadí—: Quiero pasar por el almacén para ver si tienen carretillas viejas. Se podrían utilizar hasta que lleguen las nuevas.

—¿Te parece que esa es tarea tuya? —me preguntó Ute arqueando las cejas.

—¿No me decías que todo, absolutamente todo, es responsabilidad mía? —Por una vez, Ute no supo qué replicar—. Y luego me iré a casa. La madre de Joachim está al cargo de Marlene y siempre quiere marcharse puntual.

—Joachim también podría acabar antes alguna vez —objetó Ute.

No era la primera vez que oía eso.

—Joachim me apoya mucho —repliqué con un tono de voz más agudo del que pretendía.

—Está bien. Es tu vida. Pero no olvides ocuparte del anuncio de trabajo.

Asentí sumida en mis pensamientos. Entretanto ya sabía encargarme de asuntos como esos: sabía exactamente en qué periódicos se debían inserir los anuncios para encontrar buenos candidatos. También quedaba pendiente la cuestión, ponderada de forma desigual, sobre la reorientación de la casa de modas.

—También le daré vueltas al asunto del departamento de jóvenes —le hice saber.

—Sea cual sea tu decisión, es preciso que algo cambie y muy pronto; de lo contrario, las perspectivas de la casa de modas no serán halagüeñas. —Hizo una breve pausa—. Creo que, en su tiempo, con la introducción de la nueva moneda, tu madre también tuvo un problema parecido. De repente surgió mucha competencia y no tenía ni idea de cómo hacer de la Casa de Modas König un establecimiento inconfundible.

No era la primera vez que Ute parecía saber más de la historia de mi familia que yo misma, a pesar de que entonces yo solo era una niña. Evidentemente, no era que no supiera nada de nada. Sin embargo, después de que mencionara aquello, recordé lo abstraída que había estado mi madre en esa época. Y no solo eso. En una ocasión, me desperté de noche y la oí sonarse la nariz con fuerza. Aún a día de hoy no sé si es que ella antes había llorado y, en ese caso, por qué. ¿Por problemas del negocio?

Decidí no dejarme aplastar por ellos.

—De algún modo, seguiremos adelante —murmuré y, como tantas otras cosas a las que me había acostumbrado en el pasado año, no me pareció difícil dirigir una sonrisa de confianza a Ute.

Cuando llegué a casa, Marlene jugaba en el patio con las gemelas de los vecinos. A falta de coches que aparcaran por ahí, habían tenido que dejar de jugar con los números de matrícula y, en lugar de ello, se dedicaban a los cuadernos de la cadena de zapaterías Salamander.

Marlene me saludó con la mano, pero no me hizo más caso y yo me tuve que contener las ganas de abrazarla después de no haberla visto durante todo el día.

Tiene cinco años, pronto se valdrá por sí misma, y no hay motivos para preocuparse por que juegue en el patio, me dije. La casa semiderruida de al lado ya no estaba vacía: un grupo de jóvenes llevaba ocupándola unos meses, pero, dejando de lado que habían pintado esa ruina con colores chillones, hasta entonces no habían llamado mucho más la atención.

Cuando entré en el piso, constaté con alivio que mi suegra ya no estaba. Aún no eran la siete, pero posiblemente le había entrado el pánico de no llegar a tiempo para sentarse frente al televisor y oír el gong del telediario de las ocho, con el cual ajustaba todos los relojes de la casa. Aunque tal vez no le interesara tanto el telediario como el programa de éxitos musicales *Hitparade* que se emitía ese día, y eso que le había llevado al menos cincos años resignarse a que ese programa hubiera sustituido el *Schlagerbörse* de Hanns Verres.

Con todo, gracias a mi suegra, en el fregadero ya no estaban los platos del desayuno, que esa mañana había dejado ahí con remordimientos, pues había tenido poco tiempo para que Marlene y yo estuviésemos listas para salir. Tuve la sospecha de que las tazas no estarían en su lugar y, en efecto, las encontré en el armario encima de las cazuelas, y no junto a los platos. Por su parte, los cuencos para las mermeladas estaban en una estantería más arriba, algo que me sorprendió bastante porque yo misma tuve que ponerme de puntillas para sacarlos y Dorothea era más bajita que yo.

Estaba aún de puntillas cuando de pronto unos brazos me agarraron por detrás, me atrajeron hacia sí y noté un beso en la nuca.

—¡Joachim!

Tal y como revelaban sus dedos negros, había estado hurgando en su coche. Me volvió a besar.

—Cuidado —dije intentando mantenerme a salvo de esos dedos mugrientos.

—En este vestido oscuro no se verán las manchas de grasa.

Yo llevaba ese vestido casi a diario porque no tenía tiempo para pensar en una alternativa. Me parecía que era una prenda que encajaba perfectamente con la imagen de una empresaria, pero la verdad era que me lo había comprado para asistir a un entierro. Me volví otra vez hacia los cuencos de la mermelada.

—Antes de ir a trabajar he recogido la cocina —explicó Joachim muy orgulloso mientras se lavaba las manos.

—Pero las tazas no van encima de las cazuelas —dije.

Él puso los ojos en blanco.

—Para una vez que te ayudo, y vas tú y tienes que meter la cuchara...

—Bueno —dije mientras dibujaba una sonrisa pensada para ocultar lo cansada que estaba después de aquel día tan largo y lo desorientada que me sentía ante la sensación de no haber hecho ningún avance—. Al menos las cucharas sí están donde toca.

—Hablando de cucharas... —repuso él con una sonrisa. Se me acercó y esta vez no me besó en la nuca, sino en los lóbulos de la oreja.

En un instante sentí ese estremecimiento excitante del que me acordaba tan poco como de los días en que limpiaba y ordenaba los platos del desayuno con toda tranquilidad.

—Un momento —dije cuando tiró de mí para sacarme de la cocina. Solo quería soltarme para cerrar el estante, pero entonces mi mirada reparó en algo que había detrás de los cuencos de mermelada: dos plátanos prácticamente marrones. Los había comprado hacía unos días para prepararle un batido a Marlene, pero me había olvidado.

—¿Qué hacen aquí?

Joachim no me soltó.

—Eso no importa...

—¡Quiero saber por qué los plátanos no están en el frutero!

Tuvo que pasar un rato hasta que pude decir esas palabras porque él no dejaba de besarme. Solo paró cuando me separé de él con un gesto enérgico.

—¡Por Dios! —exclamó él enfadado—. Los he metido ahí esta misma mañana.

De pronto dejé de sentirme estremecida. Me quedé helada.

—¿Qué te pasa? —exclamó Joachim aún más exasperado. Tenía la cara roja y me di cuenta de que en su frente aún había manchas de aceite de motor.

—Tú esta mañana no has limpiado los platos del desayuno para ayudarme —constaté con voz tranquila, pero firme—, sino porque no querías que tu madre los viera.

—Maldita sea, Rieke, ¿qué...?

—Y además has escondido los plátanos a tu madre para que no se le ocurra pensar que soy capaz de dejar que la fruta se estropee sin más. Como, para tu desgracia, te resultó imposible ocultarle a la larga que yo he asumido la dirección de la casa de modas, ahora quieres ocultarle que eso me ha convertido en una pésima ama de casa.

Mi voz ya no era fría. Sentí que algo rebullía dentro de mí.

—Lo dices como si hubiera cometido un delito —musitó Joachim.

El párpado derecho le temblaba. Yo no sabía si de vergüenza o de rabia.

«No. No has cometido ningún delito —me dije—, pero sí una traición». Esa palabra se me ocurrió sin más, aunque parecía demasiado poderosa, demasiado demoledora para esa situación. A pesar de que logré reprimir el impulso de echársela a la cara, ese aguijón ya se me había clavado en la carne.

—¿Sabes? Todos estos últimos meses yo he creído que estabas a mi lado, apoyándome, pero, en realidad, solo estabas interponiéndote entre tu madre y yo.

—Pero si es lo mismo. Te ayudo, te apoyo. ¡Oh, cielos! ¡Sabes cómo es mi madre! ¡Lo tacaña que es! ¿De qué sirve que se enfade contigo otra vez?

—¿Otra vez? —pregunté con tono cortante—. ¿Por qué debería enfadarse conmigo? Seguro que también tú has observado que los plátanos se ponen marrones. ¿O es que nunca te habías dado cuenta? ¡Pero si ni siquiera sabes dónde guardamos los platos del desayuno!

«Y eso ni siquiera es culpa tuya —añadí mentalmente—, porque durante todos estos años he sido yo la que guardaba los platos del desayuno».

—A mi madre no la vas a cambiar ahora. Ella espera que planches camisas, no que las vendas.

—Pues en la casa de modas ni siquiera hay un departamento de ropa para hombre donde comprarlas —dije—, algo, por cierto, que te conté hace meses. Pero eso no tiene importancia. Lo importante es: ¿puedes cambiar tú?

—Dime, ¿a qué viene todo esto? Te defiendo ante mi madre, te defiendo ante mis compañeros de trabajo... ¿Cómo crees que me mira la gente cuando les cuento que mi mujer ha vuelto a trabajar y que además lo hace a jornada completa? Me revienta tanto como a ti que Martin se marchara sin más y que te haya cargado a ti con toda esa responsabilidad. Y naturalmente soy consciente del sacrificio que haces. Lo único que espero de corazón es que tu hermano recupere la sensatez y...

—¿Y que la piel de ocelote vuelva a estar a la venta en la casa de modas? —chillé—. Eso yo no se lo permitiría nunca más.

De repente en la mirada de Joachim hubo algo que era más que incomprensión y confusión. Más, incluso, que horror y rechazo. Era asco, como si yo hubiera estrujado los plátanos marrones con piel y su contenido se estuviera derramando. En realidad, sin embargo, lo que yo quería era quitar todas las pieles, dejar de lado todas las protecciones.

—No lo entiendes —dije en voz baja.

—¿Qué?

—Mi madre nunca quiso dejar la dirección de la casa de modas a Martin. No se opuso porque tenía muchas otras cosas en la cabeza... De hecho, aún las tiene. Como entonces, después de la guerra, cuando siempre estaba muy ocupada y tenía muy poco tiempo para nosotros. A mí eso no me afectó, pero a Martin, sí... Martin era un niño sensible.

—Por favor, Rieke. Martin solo tenía que hacer un esfuerzo y...

—La Casa de Modas König es una empresa familiar. No se dirige por obligación; se dirige porque se quiere. A Martin nunca le interesó la moda y por ello ha aprovechado la primera ocasión que ha tenido para largarse... Igual que en su tiempo hizo Fanny, porque no estaba hastiada de la moda, pero sí de su matrimonio. En mi caso...

—Yo ya no entiendo nada —me interrumpió Joachim con enojo.

Seguramente él ni siquiera sabía que mi abuela se llamaba Fanny, y menos aún la vida que había llevado. Y desde luego no sabía que en ese momento yo me decía tranquilamente que los plátanos estaban en mal estado y que no se podían comer.

Tal vez en mi matrimonio ocurría lo mismo: que le habían salido unas manchas marrones apenas visibles de las que no me había ocupado durante un tiempo con la falsa esperanza de que tal vez mañana seguiría bien.

Me giré y de pronto sentí que las lágrimas me acudían a los ojos.

—Yo era la que se interesaba por la moda. Desde pequeña. Pero mamá nunca se dio cuenta. Me ha tratado siempre como a su colección de discos de jazz.

—¿Tu madre escucha jazz?

—No, ahora ya no. Tiene una colección completa de discos, pero nunca los pone. De hecho, incluso los tiene escondidos. Hizo lo mismo con mis talentos e intereses... No. Fui yo la que hice lo mismo.

—Si hubieras dicho que te gusta el jazz...

—¡Por Dios! ¡No estamos hablando de jazz!

—Pero, entonces, ¿por qué lo has mencionado?

—Porque un disco de jazz que nadie escucha es inútil. Y porque una pasión por la moda que no se fomenta también se vuelve inútil. Pero ahora... Ahora ha llegado el momento.

Joachim clavó la mirada en mí.

—¿De poner los discos?

No sabía si él en realidad no quería entenderme. Sea como fuera, lo que dije a continuación fue inequívoco:

—No estoy haciendo ningún sacrificio por Martin. Me encanta lo que hago.

El gorjeo que él emitió apenas tenía un parecido remoto con una carcajada. Era como el chirrido de los tornillos en los que acababa de trabajar. Y, del mismo modo que sus manos habían dejado lamparones oscuros en mi ropa, aquel ruido dejó unas manchas oscuras en mi alma. Como mi vestido era negro, los lamparones no se veían, pero mi alma, en cambio... Bueno, mi alma no tenía color: era un territorio extenso y desconocido cuyos límites yo había recorrido con la mirada gacha en lugar de investigar de verdad quién era y qué quería. Mis palabras me habían sorprendido tanto a mí como a él y, sin embargo, las repetí:

—Sí. Me encanta lo que hago.

De nuevo esa risa.

—Pues hasta ahora te lo has sabido guardar muy bien en secreto. Hace casi un año que te oigo lamentarte, que dices que tu trabajo es una lucha constante, que la casa de modas está al borde de la quiebra, que ahora mismo a duras penas consigues mantenerte a flote, que tienes que ocuparte de muchas cosas que no te interesan: economía, contabilidad, yo qué sé. ¿Y ahora me vienes con que te encanta?

El problema era que yo me sentía incapaz de explicárselo, ni a él, ni a mí. Lo único que pude hacer durante un rato fue quedarme callada y desconcertada mientras el aroma dulzón de los plátanos maduros me llegaba a la nariz.

—Es algo... mío —murmuré al fin—. Es decir, es algo que quiero que sea mío. Quiero aprender todo lo necesario para llevar una tienda de ropa y, de hecho, he aprendido muchas cosas. Ya no me siento tan insegura en el trato con el personal. Y ya no tengo que fingir que los entiendo cuando me vienen con sus problemas. Y a menudo incluso se me ocurren soluciones concretas. Como también se me ocurrirá la orientación con la que guiaré el futuro de la casa de modas. Voy a renovarla por completo. Y voy a tener éxito.

Al parecer, él solo había oído la primera frase.

—¿Y Marlene y yo? ¿No somos tuyos?

—¡Claro que sí! —Busqué su mirada—. Siempre quise tener una familia, pero, bueno, no solo eso.

—¿Y ahora te das cuenta?

—Tú y yo nos conocimos siendo muy jóvenes. Claro que esperamos un poco para casarnos porque antes querías terminar los estudios. Y también con lo de tener hijos, porque antes tú querías alcanzar un cierto nivel salarial. Pero siempre tuvimos muy claro que nos mantendríamos unidos.

—¿Y ahora lo lamentas?

—No. No lo lamento. —Inspiré profundamente a pesar de que apenas podía soportar el olor dulzón de los plátanos. Habíamos llegado tan rápido a ese momento de la conversación..., y además sin motivo. De hecho, todo había empezado porque Joachim había guardado la vajilla del desayuno en el estante equivocado y había escondido los plátanos de la vista de su madre. Con todo, de pronto, ya no había marcha atrás, del mismo modo que esos plátanos se habían echado a perder y nunca más volverían a estar frescos.

—Joachim, te quiero. Siempre te he querido. ¿Sabes lo que decía mi madre cuando le hablaba de la escuela de baile y de que siempre me pisabas? «Son los mejores», decía.

—¿Los hombres que pisan?

—No, los hombres que hacen reír. El hombre que hacía reír a mamá fue Conrad Wilkes, él...

Joachim levantó las manos en un gesto de defensa.

—Por hoy me basta con haber sabido que tu madre tiene discos de jazz que no escucha. Ahora no me hables de hombres desconocidos. Eso no tiene nada que ver con nosotros.

De eso yo no estaba tan segura. Mi madre había dicho otras cosas además de que los hombres que hacían reír eran los buenos. Había dicho también —aunque no de forma abierta, sino entre líneas— que el amor no debería ser doloroso. Y yo seguí su consejo: nunca lloré por un hombre porque Joachim nunca me decepcionó, ni coqueteó con otra, ni me dejó de lado. Pero entonces..., entonces contarle lo que me ocurría era doloroso para mí.

—Todo eso sobre lo difícil que me resulta, que a veces me siento sobrepasada, que me da miedo arruinarme... es algo que exageré un poco porque creí que tenía que demostrar a todo el mundo que soy una víctima de Martin y que merezco compasión. Pero, en realidad, no necesito compasión, ni siquiera por tu parte. Quiero tu comprensión. No quiero que te dignes a ayudarme un poco con las tareas de casa. Quiero que colabores porque, a fin de cuentas, esta también es tu casa.

Joachim escuchaba con el rostro petrificado; ni siquiera le temblaba el párpado.

—¿Ya has terminado? —preguntó entonces con tono glacial.

—Ahora no te enfades conmigo por haber sido franca.

—¿Y qué te hace creer que estoy enfadado? Al parecer llevo años, imbécil de mí, sin darme cuenta de lo que sientes y lo que piensas. ¿Qué te da derecho a creer que tú, a la inversa, lo haces mejor?

Me encogí de hombros. Como no sabía qué decir, me acerqué a Joachim. Quería abrazarlo, besarlo. Él se apartó.

—Cuidado —dijo con tono seco—. Será mejor que no te me acerques. Aún tengo aceite de motor en las manos.

Pero en mi vestido negro no se verá, pensé. Sin embargo, antes de que yo pudiera decirlo él ya se había marchado de la cocina.

Fanny

1925

Se me parece? —preguntó Alice.

La pequeña hizo una mueca.

—Me da miedo.

—Vamos, Elisabetta —exclamó Alice—, conmigo no tienes nada que temer.

—Pero es que no eres tú.

Alice atrajo a la niña hacia sí con ese fervor posesivo de a quien no le importaba si se arrugaría o no el vestido de Elisabetta y que a Fanny le resultaba absolutamente inusitado. Ella no sabía si tal vez era por el pelo rubio y fino de Elisabetta, que le hacía pensar siempre en Aristide o en Georg y nunca en sus propios rizos espesos, pero desde el primer momento la pequeña le había parecido una muñeca especialmente frágil, muy lejos de esa Espantajo que había perdido un ojo y que aun así tenía un aspecto robusto.

Frágil no, pero desde luego fácil de fundir era la figura de cera que representaba a Alice y en torno a la cual la actriz giraba en ese momento con Elisabetta de la mano. El hecho de que unos grandes almacenes de Milán quisieran utilizar su imagen para promocionar su ropa era una distinción mayor aún que una de esas *Publicity Postcards,* tarjetas publicitarias, que también estaban al alcance de las actrices que solo desempeñaban papeles secundarios. Ser la modelo de un maniquí de cera pensado para animar a las mujeres de clase media a imitar a la famosa actriz en lo tocante a la ropa y el porte estaba reservado a estrellas como Francesca Bertini, Lyda Borelli o Pina Menichelli.

Alice contempló entusiasmada su *alter ego* de cera.

—¡Vaya trío de chifladas! —exclamó como solía hacer cuando atiborraba a Elisabetta con tantas golosinas que la pequeña acababa ensuciando el vestido con manchas de chocolate, o como cuando, siendo Elisabetta apenas un bebé, tuvo la ocurrencia de que había que poner fin a los pañales y vestir a la pequeña como una princesa. A Alice no le importaba que Elisabetta continuamente mojara esa ropa. «¿Para qué, si no, gano tanto dinero?», decía siempre—. ¡Vaya trío de chifladas! —repitió—. Puede que la gente piense que me sobra una hija y me falta un marido, pero yo creo que es la elección correcta. Y la gente considera paradójico que mi carrera despegara precisamente cuando la industria del cine italiano se despeñaba cada vez más al fondo del precipicio. Pero también en este caso hay que decir que de los escombros se pueden construir edificios, siempre y cuando uno no se quede delante sollozando y lamentándose por el esplendor de otros tiempos.

En los últimos años Alice había intervenido en dos grandes películas: en una ocasión había interpretado a una cíngara que maldecía a sus amantes en cuanto le eran infieles y, en otra, a una condesa del Renacimiento que en lugar de a amantes infieles se dedicaba a envenenar a papas impíos. De un modo u otro su aspecto exótico siempre se acentuaba con un maquillaje exagerado y unos grandes pendientes; lo único que quedaba mitigada era su risa intensa, sedienta de vida, que a menudo chocaba con la vida real ya que en las películas mudas solo se la veía abrir la boca, pero no se la oía.

«Quitarles la voz a las mujeres, eso es lo que les gusta a los hombres», se burlaba a menudo. En cualquier caso, ella no tenía ninguna ambición por rodar una película sonora: no solo porque las *talkies,* como se llamaban, apenas se filmaban en Italia, sino también porque ella se había acostumbrado a servirse únicamente de gestos ampulosos. La siguiente generación de actrices, decía, tendría que interpretar de otra manera. A Alice le bastaba la fama que disfrutaba aquí y ahora, y aquel maniquí de cera era un signo visible de ello.

Entretanto Elisabetta ya se había acostumbrado a la figura, pero lo que a la pequeña no le acababa de gustar era la capa blanca decorada con piel de armiño y plumas de avestruz que llevaba el maniquí.

—¿Es una liebre muerta? —preguntó dirigiendo la mirada hacia la piel y curvando hacia abajo la comisura derecha de la boca, señal inequívoca de que iba a echarse a llorar en breve, de forma copiosa y sin apenas dejar oír un ruido. Incluso Alice era capaz de advertir ese aviso. Por lo demás ella era ciega y sorda a las emociones vitales que no fueran risas y gritos; no habría sabido ni calcular cuándo Elisabetta podía volver a mojarse encima, ni siquiera cuando juntaba las rodillas y andaba patosamente como una oca. Sin embargo, cada vez que Elisabetta amenazaba con llorar, Alice rápidamente echaba mano del bolso en el que llevaba *confetti,* unos dulces típicos italianos que se repartían a los invitados después de las bodas, y que eran almendras bañadas en azúcar, pistachos, virutas de canela y semillas de cilantro. También en esa ocasión sacó un puñado, los lanzó al aire sin consideración alguna por la capa blanca y luego se arrastró por el suelo con Elisabetta para recogerlos.

Como siempre, Fanny protestaba demasiado tarde contra esas cosas y no le quedaba más remedio que asistir a ese comportamiento con la habitual mezcla de desconcierto, extrañeza y envidia, esto es, con las emociones que ya la asaltaron el mismo día en que había dado a luz a Elisabetta y Alice no solo había apretado contra sí a esa personita ensangrentada, sino que se había bañado con ella en la enorme bañera de mármol. En la actualidad seguían bañándose juntas de forma habitual y luego tomaban chocolate fundido que, además de una pizca de canela y nuez moscada, llevaba una cucharita de licor de almendras, un remedio que, según Alice, había ayudado de forma decisiva en el difícil período de la dentición.

«A mí también me dieron y no me causó ningún daño», había manifestado en una ocasión en que Fanny había protestado por el licor de almendras. Fanny no tenía esa certeza, pero sí sabía que no le gustaba interpretar el papel de institutriz severa. Lo que mejor habría hecho ella como madre habría sido retozar, consentir y no ser demasiado estricta con las normas. Pero Alice ya ocupaba ese papel, así que a ella no le quedaba otro remedio que cerrar la boca y hacerse a un lado.

También lo hizo ese día, pero no solo porque le resultara embarazoso ver a la niña arrastrándose por el suelo, al igual que esa mujer, sino porque el nuevo maniquí de cera de Alice no era el único motivo que la había llevado a esa casa de modas de Milán. Rápidamente abandonó la zona de probadores, pasó de largo el departamento con productos de encaje de todo tipo como chales, echarpes y pañuelos de cuello de seda, y subió a la segunda planta. Prácticamente todas las casas de moda de Milán eran de varios pisos, como la que había fundado Giovanni Rosa en el Palazzolo Milanese. Él, por cierto, era quien había encargado la figura de cera, y había insistido tanto en que quería pelo auténtico y que los ojos de vidrio tuvieran el efecto más humano posible que Alice al final había bromeado: «Mejor no saber lo que Giovanni hace de noche con las figuras de cera».

A Fanny, desde luego, le traía sin cuidado cómo pasaba las noches Giovanni. Y también lo que hacía de día. Sin embargo, haberlo visto colarse a hurtadillas y nervioso por ahí confirmaba que sus esperanzas se habían cumplido: ese día en el establecimiento no solo había clientela distinguida sino que estaba presente aquel diseñador de moda llamado Simone Castana que trabajaba para Giovanni y que había vestido a la figura de cera de Alice..., y con él, precisamente, era con quien quería encontrarse. Varias veces Fanny había presenciado cómo Castana trabajaba sobre uno de sus modelos en el taller de costura de la segunda planta, con una seriedad tan trascendente que parecía el mismísimo obispo de Milán transformando la hostia en el cuerpo de Cristo, solo que en este caso sin necesidad de incienso ni coros en latín. Nadie podía moverse cuando él contemplaba su obra a una distancia de dos e incluso tres metros, mientras una costurera con alfileres en la boca (como Hilde, la madre de Fanny, en su día) daba vueltas alrededor de rodillas ejecutando las órdenes de él. En algún momento, Simone Castana se cansaba de hacer cambios y levantaba la mano para contemplar el resultado. Siempre se tomaba un rato para decidir si le gustaba o no y durante ese tiempo no solo él contenía el aliento, sino que esperaba que la gente a su alrededor llegara al punto de asfixia.

Ese día, sin embargo, nadie se había ahogado aún, no al menos por haber contenido el aliento, sino, en todo caso, de enfado. Ya a lo lejos Fanny vio a Simone Castana renegando a voces; sin embargo, al acercarse constató que la mayoría de las imprecaciones, que a esas alturas conocía en italiano igual de bien que en su momento en francés, no iban dirigidas al vestido que él había diseñado sino a la mujer que lo llevaba de prueba. Su terrible delito era tener cosquillas en el vientre. Cuando la costurera le marcaba la cintura con alfileres, soltaba una risa nerviosa que los juramentos de Castana solo lograban ahogar, pero no reprimir por completo. Fanny era incapaz de saber si ese ataque de ira de Castana resultaba o no favorable para el plan que había urdido. Mientras a él la cara se le ponía como un tomate y perdía la voz a gritos, ella puso toda la carne en el asador y actuó con la misma temeridad con la que aquel otro día había manchado intencionadamente el vestido de Alice.

Con un gesto decidido se interpuso entre Castana y la modelo que reía con la costurera, convirtiéndose en el blanco de una mirada de asombro que posiblemente también el arzobispo le habría dirigido de haberse atrevido ella a avanzar hacia el presbiterio. Sin embargo, la voz de Castana se había quedado sin fuerza y, antes de que él le ordenara marcharse, Fanny empezó a avanzar de un lado a otro luciendo un vestido diseñado y cosido por ella misma que, aunque era demasiado elegante para ir a unos grandes almacenes, no había llamado la atención de Alice porque, a fin de cuentas, siempre vestía a Elisabetta con ropa de princesa demasiado delicada. Era un vestido de seda de color violeta, de corte sencillo, pero con un escote sofisticado que llevaba cosida una especie de estola que podía cubrir los hombros o ponerse sobre la cabeza a modo de capucha. Fanny lo presentó a Castana con unos gestos que había estudiado cuidadosamente en el espejo; en un momento dado la modelo calló, a la costurera se le cayeron los alfileres de la boca y Simone Castana frunció el ceño, gesto que, en su caso, sobre todo cuando no iba acompañado de ningún grito, era señal de agrado.

Fanny entretanto ya había desfilado delante de Castana, acercándose y alejándose de él. Cuando tuvo la certeza de haber captado toda su atención, se retiró a un pasillo estrecho donde estaban expuestos los bustos de algunos emperadores romanos. Puede que fueran bustos de dioses griegos, pero, en cualquier caso, la luz caía de forma oblicua por la ventana haciendo brillar el vestido.

—¡Qué elegancia! —exclamó Simone Castana entusiasmado.

Fanny se reprimió para no demostrar sus emociones; a continuación, con una voz sin apenas entonación se presentó:

—Soy Francesca Re. —Había sopesado largamente el nombre italiano que quería darse como diseñadora de moda y al final había optado por traducir el suyo propio—. Soy la responsable del guardarropa de Alice di Benedetto —añadió.

No era mentira, pero tampoco era toda la verdad: en realidad sus obligaciones con Alice consistían fundamentalmente en coser perlas y plumas, cepillarle los vestidos, plancharlos y transportarlos de forma segura, pero no diseñarlos. En cualquier caso, era imprescindible mencionar a Alice, pues en más de una ocasión había oído cómo Simone Castana le decía a Giovanni Rosa que la moda y el cine son una sola cosa. Él se había dado a conocer por primera vez cuando una actriz vestida por él no solo fue fotografiada para una revista de moda italiana, sino que además su imagen había aparecido en el *Times;* desde entonces se reescribían guiones enteros a su voluntad para que la escena decisiva, ya fuera el primer beso de la protagonista o su muerte, tuviera lugar en una casa de modas donde se pudieran ver sus diseños.

Para terminar Fanny se acercó al último emperador romano y luego volvió hacia Castana con un paso ondulante pensado para que el tejido oscilara de forma delicada. Aquel paso era el que más había ensayado mientras Alice y Elisabetta se bañaban en la bañera de mármol hasta que se les arrugaban las manos.

—¿Trabaja usted para Alice di Benedetto? —preguntó Castana para añadir, todavía emocionado—: ¡Qué elegancia!

—He diseñado este vestido para ella —explicó Fanny—. Hasta el momento todos mis vestidos han sido en exclusiva para ella.

Simone Castana sacudió la mano, no para que se fuera, tal y como temió por un momento, sino para ahuyentar a la modelo y a la costurera. Luego dio tres vueltas alrededor de Fanny para contemplarla detenidamente. A pesar de la distancia, parecía ser capaz de comprobar todas y cada una de las costuras y ahora fue ella la que, sin quererlo, contuvo el aliento, esperando que él no le encontrara ningún fallo.

—Pocas veces he visto un talento como el suyo —dijo él.

En ese momento se encontraba detrás de ella y Fanny se esforzó por volverse lentamente y de forma solemne a la vez que se apartaba la capucha con maestría.

—De todos modos, por su modo de hablar, parece extranjera —prosiguió Castana—. ¿De dónde es usted?

A menudo en Francia al decir *allemande* se había topado con el desprecio. En Italia, los alemanes no eran odiados con la misma pasión, pero le pareció que era mejor distinguirse de los demás por su moda, no por su origen.

—Soy de Sicilia —se apresuró a decir.

—¿De Sicilia? —preguntó él con asombro—. Pues su acento es bien distinto.

—Bueno, mi padre era de Tirol del Sur —explicó con rapidez.

Temió que Castana no fuera a creerse esa mentira, pero, por fortuna, mentalmente él ya estaba en otro sitio.

—Bueno, Sicilia es muy adecuado. Exactamente así es como me imagino a una muchacha que se dedica a recoger naranjas.

Fanny se irritó. No había vestido menos práctico que ese para coger naranjas. Además, lo que quería que él viera en ella era a una diosa o, al menos, a la mujer adulta en que se había convertido; no, desde luego, a una muchacha, y, menos aún, de campo.

—Jamás he cogido naranjas —replicó—. Como ya le he dicho, estoy al servicio de Alice di Benedetto, pero he pensado que, si mis diseños llegaran a un público más amplio, entonces...

—Si está usted al servicio de Alice di Benedetto, debe de estar muy ocupada —la interrumpió él.

—Pero tengo mucho tiempo para hacer otros diseños que...

—¿Está usted disponible mañana por la tarde? —la interrumpió él de nuevo—. Necesito urgentemente una mujer como usted.

—¿Cómo...? ¿De qué modo puedo serle yo de ayuda? —preguntó Fanny confusa y con la íntima esperanza de poder mostrarle más diseños.

Pero mientras desde el salón de ventas de la planta baja se oían las risas de Alice y de Elisabetta —la de Alice, estruendosa; la de Elisabetta, muy floja—, él se limitó a decir:

—Estoy planeando una revolución. Y una chica naranjera como usted me vendría muy bien.

Durante la noche que siguió Fanny apenas logró dormir. Por lo general, pocas veces conseguía descansar de verdad porque en torno a medianoche Elisabetta solía gemir en su cunita y Fanny se la llevaba a la cama a pesar de que la pequeña no se llegaba a despertar. En esos momentos, le pertenecía por completo; con todo, esos instantes no eran muy frecuentes porque en algún momento mucho antes del amanecer Alice aparecía y decía que quería dormir con ellas en la cama.

—¿No te parece que para Elisabetta es bonito tener por las noches a su mami y a la *mamma*? —decía contenta.

A Fanny no le parecía bonito, más bien apretado, pero nunca lo dijo. Tampoco sabía si Alice era la egoísta porque siempre se hacía un hueco en su cama, o lo era ella misma porque siempre huía en algún momento de ahí. De todos modos, esa noche no importaba tener o no una cama para ella sola.

«¡Qué elegancia!», había dicho entusiasmado Castana. Desde luego, ese era un inmenso cumplido. Con todo, lo había dicho con demasiada rapidez, con demasiada facilidad, y todo lo que había ido rápido y fácil en la vida de Fanny había acabado en una catástrofe. ¿Y si Castana hacía como Aristide y la engañaba con sus diseños y ella de nuevo volvía a encontrarse con las manos vacías?

Sea como fuere, al día siguiente nada fue ni fácil, ni rápido. A la hora acordada Simone Castana no hizo acto de presencia y fue solo media hora más tarde cuando se acercó por fin al piso de Alice conduciendo un Fiat Ardita; al preguntarle Fanny por la revolución que estaba planeando no dijo nada y se limitó a comentar que hacía poco que tenía coche. Su manera de conducir lo indicaba claramente. Fue un milagro que no chocaran contra alguno de los álamos que bordeaban las grandes avenidas de la ciudad y que despedían un olor acre, ni tampoco contra el caballo de bronce de la plaza de la Catedral sobre el cual cabalgaba orgulloso Víctor Manuel II. Con todo, Fanny se sintió aliviada al ver a ese rey italiano pues significaba que faltaba poco para llegar al taller de Castana, que se encontraba muy cerca de la casa de modas de Giovanni Rosa.

Sin embargo, el destino del recorrido no se encontraba en el centro de Milán. Al rato lo habían dejado atrás y pasaban por avenidas, junto a jardines de cedros y plátanos, iglesias y grandes palacios. En todo caso, su vida ya no parecía peligrar, aunque sí la de un gato que cruzó por la calzada. Castana frenó de forma tan brusca que Fanny estuvo a punto de dar contra el cristal del parabrisas; después de eso durante un rato se sintió demasiado impresionada como para hacer más preguntas. Tampoco cuando llegaron a su destino, la Fiera Campionaria, el recinto ferial de la ciudad; aunque tenía las manos húmedas de sudor, sentía la boca tan seca que fue incapaz de decir nada.

Esta vez no llevaba vestido, sino un pantalón de color azul oscuro y una chaqueta americana, y ambos estaban tan arrugados que primero tuvo que alisarlos con la mano. Cuando levantó la mirada, Simone, que no había necesitado para nada recuperarse del trayecto con el Fiat, ya se encontraba doce pasos por delante de ella.

—¡Vamos, vamos, chica naranjera! —exclamó él con impaciencia.

Antes había utilizado un tono similar para regañar al gato contra el que había estado a punto de chocar. Fanny no sabía muy bien qué pensar de que él no recordara su nombre, pero, a pesar de ello, lo siguió hacia un edificio circular cuyas paredes de ladrillo rojo, aun sin revocar, tenían una magnífica cúpula de cristal.

—La revolución se celebrará exactamente aquí —declaró Simone Castana—. Este pabellón fue inaugurado hace ya dos años, pero entonces era aún un edificio de madera provisional. Como la primera exhibición fue tan exitosa, se decidió convertirlo en algo permanente. Pero acérquese, entre en el Palazzo della Moda, el palacio de la moda.

El edificio estaba vacío, pero Simone Castana se sirvió de gestos vivos para conjurar ante ella a un grupo de invitados ilustres. No faltaban ni el acomodado comerciante de sedas de Como, ni el noble de Milán, ni el hombre de negocios estadounidense, ni tampoco el embajador británico de la Ciudad Eterna. Todos ellos, acompañados de sus esposas, se sentarían en las butacas de terciopelo rojo que ya estaban colocadas ante un escenario que podía competir con el de la ópera de Milán. Aunque Fanny nunca había pisado La Scala, quedó tan impresionada como si lo hubiera hecho.

Castana se había sentado en una de las butacas de tercio-pelo, pero entonces se volvió a levantar de un brinco y le hizo una señal con el brazo para que se acercara.

—Venga, este es su sitio —exclamó señalando el escenario.

Mientras Fanny subía ahí, se alegró de llevar pantalones.

—¿En este escenario tan grande va a presentarse moda? —preguntó ella con escepticismo.

Hasta entonces solo había presenciado los desfiles que se celebraban en los establecimientos de moda. Sabía que en ocasiones también se presentaban modelos en residencias privadas, palacios y villas fabulosas, pero en ningún lugar había tanto espacio para desfilar como en ese escenario.

—Aquí no solo se presenta moda —explicó Castana—. ¡Aquí se presenta Italia, o, mejor dicho, una Italia unida! Del mismo modo que nuestro país tiene que crecer en su conjunto, las grandes casas de moda no deberían competir más entre sí, porque, si no se permiten el triunfo entre ellas, los franceses se harán con él. Gracias a Dios, ahora existe el Sindicato dell'alta moda italiana, que aglutina a las casas de modas más compe-tentes de este país: Ferrario, Medaglia, Mordo, Sandro Radice, Ventura...

—Y la suya —le interrumpió Fanny.

—Y la mía —confirmó Castana con orgullo. Entonces él también se encaramó al escenario, se acercó mucho a ella y, de pronto, levantó el dedo índice—. ¿Qué otra cosa se puede hacer con un solo dedo que no sea apartarse el chal de seda de la cara cuando el viento lo empuja hacia ahí? Aunque solo sea para prender un alfiler se necesita otro dedo. Cuando se trata de revolucionar la moda italiana, entonces necesitamos toda la mano, y esta mano tiene que poder doblarse en un puño y golpear tan fuerte sobre la mesa que se oiga en París. Estamos orgullosos, anuncia el puñetazo, no nos escondemos de voso-tros, no hacemos desfiles pequeños en salones de moda pequeños en los que la moda se presenta con apenas una docena de modelos. No, nuestra moda la presentarán doscientas modelos y además durante dos horas enteras. —Para Fanny, un puño y la moda no eran cosas que combinaran, pero entonces Castana bajó la mano y empezó a andar nervioso de un lado a otro—. El primer desfile de moda que se celebró aquí se organizó en poco tiempo y requirió la correspondiente improvisación. Además, al principio solo las casas de moda francesas enviaron a sus mujeres para que las representaran. En cambio, este año las mujeres italianas demostrarán que no hace falta vestirse en París para estar guapa. Y los diseñadores de moda no solo hablarán italiano, sino que darán nombres italianos a su moda. Lejos quedan los tiempos en que una casa de modas de Villa D'Este pasaba a llamarse Ville D'Orléans o que Casa Primavera pasaba a ser Maison Printemps para tener más clientela. No. La industria de la moda de Italia ya no se esconde y conquistará este escenario, el escenario de moda más grande que ha existido nunca, como si fuera un ejército.

A Fanny le vino un recuerdo a la cabeza: en concreto, las palabras de Aristide cuando había afirmado que todo podía ser arte excepto la guerra, porque la guerra fijaba límites mientras que el arte iba más allá de estos. Con todo, en ese momento, la menor de sus preocupaciones era saber si Simone Castana compartía su opinión.

—Un desfile de esta envergadura debe dar mucho trabajo, ¿verdad? —dijo ella—. Hay que diseñar las colecciones, hacer la selección adecuada y, luego, ¡las pruebas! Es por eso, ¿no? Usted me necesita para eso, ¿verdad?

Él giró en torno a ella, mirándola como si le costara acordarse de por qué estaba ahí.

—¿Sabe? Nosotros no necesitamos moda de Francia, ni tampoco esas modelos francesas que están tan delgadas que parecen enfermas. Y desde luego no necesitamos a las americanas, que son altas, delgadas y deportivas, pero, en realidad, andan como caballos. No, no, las creaciones en cuyo corazón late Italia tienen que ser presentadas por alguien en cuyas venas corra sangre italiana. ¿Quién, si no, puede andar como una vestal?

Fanny no sabía qué era una vestal, imaginó que tal vez era una emperatriz, o una diosa, de los romanos. En todo caso, ella no era ni romana, ni italiana; en ese momento, sin embargo, Simone Castana le hizo una señal de asentimiento con la cabeza:

—¡Vamos, chica naranjera! ¡Ande! ¡Ande usted con esa elegancia sin par! ¡El escenario es suyo!

Fanny se quedó paralizada, mientras que, por el contrario, su pensamiento corría a toda velocidad. Saltaba a la vista que para Simone Castana una diosa o una emperatriz romana y una muchacha recogedora de naranjas eran lo mismo, no, en cambio, una mujer capaz de diseñar vestidos elegantes y otra que los presentara. A él solo le importaba lo segundo. Eso era lo que le había alabado el día anterior.

—¡Santo cielo! —dijo sin pensar, y sintió una furia como hacía tiempo que no había sentido. La mayor parte de las veces sus sentimientos acababan en un ángulo muerto en el que también proliferaba el temor por su propia hija y la indulgencia con que permitía que Alice se la apropiara y donde cualquier emoción resultaba apagada y sorda. Si en ese momento hubiera estado en el establecimiento de Giovanni Rosa, seguramente habría tirado al suelo uno de los bustos de los pedestales. Pero ahí no había nada que destrozar, ahí solo había paredes lisas e inmaculadas y ella tuvo que contentarse con gritar—: ¡Hay cientos de chicas capaces de presentar moda! ¡Muy pocas saben crearla!

Castana negó con la cabeza.

—Eso es un error —repuso—. No basta con ser bonita, también es cuestión de saber adaptarse; a fin de cuentas, hay que saber presentar tanto la ropa de noche como la deportiva. Y lo más importante es la gracia natural. No todas las chicas son adecuadas para andar del modo elegante y confiado con que lo hace usted. En cambio, muchas pueden seguir su ejemplo. Vamos, acepte. ¡Hagamos que la moda italiana y, con ella, Italia, vuelvan a ser grandes!

Fue a replicar diciendo que ella no era italiana, pero se reprimió a tiempo. La rabia la abandonó con la misma velocidad con que la había poseído y, en su lugar, se imaginó desfilando en el escenario, como si la moda de ensueño que lucía fuera suya. Aunque después del desfile tuviera que quitársela, eso le permitiría ganar algo de dinero a cambio únicamente de estar guapa y andar correctamente y sin tener que plancharle la ropa a Alice y limpiarle las manchas de chocolate. En lugar de aclarar el error, se limitó a asentir, empezó a andar y Simone Castana sonrió satisfecho.

—Tal vez pueda usted convencer a Alice di Benedetto para que ocupe un lugar en la primera fila del próximo gran desfile —dijo él.

El reconocimiento de que, más que su presunto origen y su andar elegante, había sido su confianza con la famosa actriz lo que le había llevado a invitarla a participar, tampoco le provocó a Fanny un enfado furibundo, solo apenas cierto malestar. Recorrió de nuevo el escenario, alzó la barbilla, enderezó la espalda. ¿Qué importaba si le debía o no esa oportunidad a Alice? Lo importante era cómo la utilizaría. Y decidió que no sería nada tibio ni vacilante. Tal vez como madre debía permanecer a la sombra y contemplar desde ahí a Alice y a Elisabetta. Pero como modelo el foco recaería sobre ella, solo sobre ella.

Fanny no solo participó en el gran desfile del nuevo Palazzo della Moda, sino que, por intercesión de Simone Castana, en los meses siguientes intervino también en una fiesta de moda en el hotel Continental y algunos desfiles en villas privadas. Las dudas sordas sobre si de este modo no estaría malgastando su auténtico talento se desvanecieron y la confianza en sí misma creció. Ya fuera un escenario pequeño o grande, ella dominaba a la perfección el andar pausado, igual que sabía guardar la separación exacta respecto a la mujer que tenía delante y, al terminar, girarse de forma elegante y con donaire.

—La verdad es que un escenario no es el lugar más adecuado para presentar ropa —declaró un día Isidora Colonna, una joven periodista de moda con la que Fanny había coincidido ya en varios desfiles.

—¿Y entonces dónde se supone que se debería presentar? —preguntó Alessandra Bianchi, que, como Fanny, trabajaba de modelo, aunque en realidad quería ser actriz.

Alessandra y Fanny estaban tumbadas boca arriba y —como tantas veces cuando llevaban varias horas seguidas de pie— tenían los pies apoyados contra la pared para hacer que la hinchazón bajara y el calzado les volviera a entrar. Isidora, en cambio, estaba sentada en una silla; sobre su regazo descansaba la libretita en la que tomaba bocetos rápidos de los vestidos durante el pase y les añadía observaciones.

—Creo que las modelos deberían estar más cerca del público. Un escenario equivale a un mundo distinto y creo que la moda debería emanar de la vida. Yo me inclino más por una pasarela larga que pase en medio del público.

—Yo lo veo de forma distinta —objetó Fanny—. La moda no debe ser una parte sin más de la rutina, sino que ha de representar un sueño cuyo atractivo radica precisamente en que parece inalcanzable.

La nostalgia se apoderó de ella por no vivir su propio sueño y no haber cumplido su esperanza de acercarse a él. Se sentía como un mendigo al que, estando delante de la *latte-*

ria de la plaza de la Catedral y ver la *crostata al limone* desaparecer en otras bocas, el estómago le rugía de un modo todavía más implacable que cuando desplegaba su refugio nocturno en un rincón sucio repleto de excrementos de paloma.

De todos modos, se apresuró a decirse, había destinos peores que pasarse el día llevando ropa bonita y charlando con Isidora y Alessandra, y no solo sobre escenarios y pasarelas sino sobre la hija de Víctor Manuel III, de la que se decía que estaba en tratamiento contra la anorexia.

—La pobre ha tenido mala suerte —dijo Isidora—. Se ha pasado el tiempo intentando imitar a las frágiles francesas y ahora estas ya no están de moda. De pronto es importante estar sana y fuerte para construir una nueva Italia sobre las ruinas de la antigüedad y, si es preciso, ir a la guerra por ella.

A Fanny no le gustaba que en una misma frase se hablara de moda y guerra. La creciente autoconfianza de los diseñadores de moda italianos la inquietaba sobre todo porque apuntaba a su secreto, esto es, a que no era de Sicilia, sino de Alemania. Pero en Alessandra, al menos, se podía confiar. Los temas densos la aburrían; para ella, igual que para la hija del rey, lo importante era pesar poco.

—¿Qué dieta habrá hecho? —caviló mientras se esforzaba por mantener sus formas en los puntos adecuados y, a la vez, no aumentar ni un gramo de más.

—Puede que mascase tabaco —sugirió Isidora—. Al menos eso es lo que he oído decir que hacía una modelo para no pasar tanta hambre.

—Mmm —dijo Alessandra de mal humor—. Pero eso pone los dientes amarillos.

—También podría haberse tragado una tenia —apuntó Isidora.

—¡Qué asco! —exclamó Fanny, aunque se propuso contarle esa historia a Elisabetta, menos interesada en modos categóricos de perder peso que en las tenias que habitaban en los intestinos de las personas.

—En ese caso, mejor me quedo como hasta ahora y sigo comiendo solo pomelos por la mañana y por la noche —declaró Alessandra mientras se levantaba para ver si el zapato le volvía a caber.

Fanny no le habló a Elisabetta ni de tenias ni de pomelos porque en los días siguientes no solo se sucedieron más pases de moda, sino que además la fotografiaron para la revista de moda *La Donna*, y no simplemente en el cuarto de atrás de un diseñador de moda, como era lo habitual. No. La retrataron en una puesta en escena extraordinaria donde ella, cual Venus de Botticelli, salía también de una concha, aunque no iba desnuda, sino luciendo un vestido de baile brillante de color azul. Además, Simone Castana había requerido también los servicios de Fanny tras saber que un diseñador de moda francés no solo dibujaba sin más sus diseños, sino que los desarrollaba drapeando la tela sobre el cuerpo de la modelo. Castana, cómo no, no había querido rebajarse a usar las manos y había preferido dar órdenes a una costurera; tardó mucho rato hasta sentirse contento del resultado y Fanny llegó a casa más tarde que nunca.

Elisabetta hacía horas que dormía; últimamente se acostaba directamente en la cama de Alice. Fanny no sabía en qué momento preciso la actriz había decidido tal cosa, pero era consciente de que a esas alturas era demasiado tarde para protestar. Por eso se contentó con preguntar asombrada por qué Elisabetta llevaba un par de calcetines en las manos.

—Ah, es un juego nuevo —dijo Alice—. Elisabetta representaba con los calcetines a dos perritos, y yo, con los míos, a unas serpientes que se los querían comer. Naturalmente, no lo han conseguido. No te puedes imaginar cómo ha llegado a reírse.

En efecto, no podía. Elisabetta no solo era una niña callada, era absolutamente silenciosa; Fanny no lograba quitarse de la cabeza la sospecha de que Alice le arrebataba a la pequeña toda manifestación vital intensa igual que a ella su maternidad. De todos modos, Fanny tenía que admitir que ella también había abandonado bastante rápido. No le había incomodado ni siquiera que durante su embarazo Alice se hubiera alegrado más por la llegada de la niña que ella misma. Le había cedido su papel de madre de más buena gana que cuando la maquillaba o la peinaba. Nunca se le habría ocurrido enfundarse las manos con calcetines y jugar con ellos a perritos y serpientes. Y aquella noche había llegado a casa cuando Elisabetta ya hacía rato que dormía.

Cuando Alice le preguntó por qué se le había hecho tan tarde, no se disculpó ni se justificó, se limitó a responder con obstinación:

—Sí, ya sé, ya sé: estoy abandonando mis deberes como doncella. Si quieres, ahora mismo te haré encantada una mascarilla facial.

La expresión de Alice, por lo general tan fácil de interpretar, era tan impenetrable como si llevara ya puesta una de esas mascarillas.

—He vivido mucho tiempo sin doncella así que aún me valgo sola y, si no es así, puedo contratar otra. Pero Elisabetta no necesita solo a su *mamma*, también necesita a su mami.

Aunque estuviera en lo cierto, eso no hacía que sus palabras fueran menos hipócritas.

—Pero tú prefieres tenerla solo para ti —saltó Fanny—. ¿Por qué, si no, te la has llevado a tu cama?

—Porque la tuya estaba vacía y fría.

—No, lo has hecho porque, aunque ella debe tener a su *mamma* y a su mami, a ti tiene que quererte más que a mí.

Contra todo pronóstico, de nuevo la expresión de Alice se volvió impenetrable e incluso renunció a usar el gesto melodramático con el que indicaba que se le había roto el corazón.

—No es culpa mía que apenas la veas —señaló con tranquilidad.

Y de nuevo volvía a tener razón, y de nuevo a Fanny aquello le pareció una hipocresía y pasó al contraataque, por infantil que le pareciera incluso a ella.

—¿Acaso tienes envidia de que me hagan fotografías a mí en lugar de a ti? —exclamó—. Antes revistas como *La Donna*, *Lidel* o *Sovrana* solo retrataban a actrices de cine mientras que ahora prefieren a las modelos.

—¿Y qué? —repuso Alice con no menos furor—. Posar es casi tan agotador como filmar películas. ¡Dios me libre! —Soltó un suspiro teatral—. Ni siquiera me dedicaría a lo segundo de no ser porque necesito dinero, un dinero con el que me ocupo de ti y de Elisabetta.

—Yo ahora me gano el mío —insistió Fanny—. No quiero ser tu esclava por más tiempo.

—¿Mi esclava? —La garganta de Alice dejó escapar la habitual carcajada grave y amenazadora, aunque esta vez resultó más amarga que nunca—. ¿Cuándo te he tratado yo como a una esclava? Tú para mí eres como una hermana, y Elisabetta es mi hija. Y, aunque fueras mi esclava, dime, ¿de verdad es mejor estar en sus cadenas que en las mías?

Fanny no supo a quién ni a qué se refería.

—¿Qué quieres decir con eso?

Alice arqueó las cejas y, por un momento, pareció asqueada.

—Lo que quiero decir es que quizá la próxima vez te debería saludar con un *Eja, eja, alalà!*

No era la primera ocasión que oía estas palabras, y, por supuesto, sabía a quién se saludaba y se despedía con ellas: a esos hombres que solían estar sentados entre el público y que no llevaban pantalón simple, corbata y levita sino camisa negra, pantalón también negro hasta la rodilla, botas brillantes, cinturón ancho de cuero y gorra con borlas.

E per Benito Mussolini
E per la nostra Patria bella
Eja eja alalà. Eja eja alalà.

—Los fascistas quieren fortalecer la industria italiana. —Fanny repitió las palabras que había oído decir varias veces a Simone Castana—. Y la industria de la moda forma parte de ella. A mí eso me parece bien, pero eso no significa que yo sea uno de ellos.

Alice frunció los ojos.

—Pero, en cambio, llevas su ropa.

Fanny bajó la vista para mirarse. Llevaba un vestido de seda blanca ribeteada en dorado, uno de los pocos que habían dejado que se quedara después de un desfile.

—No hay nada en este vestido que sea negro.

—Pero, en cambio, todo cuanto tiene evoca al imperio romano que Mussolini quiere volver a instaurar —dijo Alice con voz aguda—, y, además, entretejida de forma muy discreta en la tela, está la M de su nombre. Este es un vestido que no deja que la mujer sea mujer, sino que la eleva a la categoría de diosa. Igual que el hombre no puede ser solo un hombre: tiene que ser un héroe.

—¿Y qué hay de malo en eso?

—Bueno, la persona que deja de ser individuo es incapaz de distinguir por más tiempo entre el bien y el mal, no puede discernir qué vida quiere o no llevar. Su ropa deja de ser la expresión de su propia personalidad para convertirse en expresión de la ideología.

¡Cielos! ¿Era posible explicarse de un modo más complicado?

—Estoy demasiado cansada para esta charla —dijo Fanny. Se dispuso a pasar por delante de Alice, pero esta la detuvo.

—Mussolini quiere liberar las ruinas de la antigua Roma de estructuras superpuestas posteriores y revestirlas con nuevas construcciones fascistas. Y eso precisamente es lo que planea hacer también con los italianos. Retirará con cincel y martillo todo cuanto no sirva al objetivo de construir una gran Italia, y luego constreñirá a la persona en un corsé y le colgará hilos de marioneta. Que todo el mundo sea bello, fuerte, y que sean héroes y dioses no significa otra cosa más que son reemplazables.

—¡Por Dios! —exclamó Fanny mientras intentaba en vano librarse de la mano de Alice—. ¿Qué tiene que ver todo eso contigo?

—Tú, como yo, siempre has buscado la libertad. Como diseñadora de moda es algo indispensable. Tú quieres extender las alas y volar y no ponerte un uniforme y avanzar al mismo paso...

—Pero ¿cuándo me has apoyado tú como diseñadora de moda? Puede que el Duce quiera que las italianas engendren niños. Pero el servicio más importante que te he hecho yo ha sido dar a luz a Elisabetta y cedértela.

Miró furiosa a Alice y ella le devolvió la mirada con expresión no menos enojada. Fanny nunca supo en qué habría derivado esa discusión si en ese instante Elisabetta no se hubiera despertado y hubiera llamado a su *mamma*. Puede que llevara un rato escuchándolas porque tenía la cara bañada en lágrimas. Alice se apresuró hacia su cama y, cuando Fanny la siguió, Alice ya la había consolado con un ladrido.

—No, tú no haces de perrito. Yo soy el perrito —se quejó Elisabetta.

—Entonces yo soy una serpiente y no solo me comeré al perrito, sino que también te comeré a ti, con pelo y todo —dijo

Alice, se subió a la cama con la pequeña y la abrazó con fuerza como si realmente se la fuera a comer.

Elisabetta se rio de ese modo silencioso tan suyo. Fanny se quedó quieta junto a la cama.

—Vamos, ven —dijo Alice—. Túmbate con nosotras.

Levantó la manta y cuando Fanny se metió debajo no pensó que ese vestido blanco y dorado con la letra M entretejida fuera a arrugarse.

Alice la abrazó con los dos brazos.

—No nos peleemos. Las tres tenemos que seguir juntas.

Lisbeth

1949

*L*isbeth rodeó el viejo maniquí de costura que había encontrado entre las pertenencias de Alma. Al parecer en otros tiempos había sido propiedad de Hilde, su hermana, la abuela de Lisbeth. El maniquí había estado relleno de fibras de coco, pero durante o después de la guerra alguien lo había abierto de cuajo y le había sacado el relleno. Lisbeth era una persona con muchos recursos, pero no se le ocurría qué uso se les podría haber dado a unas fibras de coco. En todo caso, ella había vuelto a rellenarlo con retales de ropa —para entonces había tanto tejido a la venta que no hacía falta ahorrarla— y deseó que le diera inspiración suficiente para nuevas creaciones.

Todavía no se había iniciado un período floreciente para la casa de modas porque el fin de los años de escasez gracias al cambio de moneda significaba que había demasiadas flores levantando la cabeza hacia el sol y haciéndose sombra entre ellas. Cada día se abrían tiendas nuevas y muchas de ellas vendían ropa; ahora más que nunca no se trataba de sacar algo de la escasez, sino de escoger algo especial de la abundancia.

Tal vez fuera erróneo establecer como punto de partida la manera de hacer florecer el negocio. Tal vez era preferible dar con la manera de hacer florecer a las clientas, mujeres que se aplicaban colorete en las mejillas con empeño y se ondulaban el pelo, pero que seguían estando terriblemente flacas.

Tomó un rollo de tela, envolvió el maniquí con él; prácticamente tuvo que forzarse a malgastarlo casi por completo para hacer un solo vestido y que la falda cayera de forma ampulosa a veinte centímetros del suelo.

—¿Qué te parece? —preguntó Lisbeth volviéndose hacia Mechthild, que visitaba con frecuencia la casa de modas; para ella cualquier pretexto era bueno con tal de escapar de su piso, o, mejor dicho, de su marido. Por su parte, su hija pequeña, Ute, aprovechaba cualquier ocasión para hacer diabluras. De hecho, momentos atrás, se había apoderado del cojín alfiletero y había estado a punto de meterse las agujas en la boca. «Como mi abuela Hilde», se dijo Lisbeth. Eso, al menos, era lo que le había contado Alma, así como que Hilde Seidel era *corsetière* y que había tenido su propia corsetería. Mechthild no sabía nada de Hilde, pero el vestido también le hizo pensar en corpiños.

—La última vez que se llevaron cinturas tan estrechas fue durante la Gran Guerra, cuando las crinolinas de guerra estaban de moda —dijo con desaprobación—. ¿Pretendes obligar de nuevo a las mujeres a llevar corsé? ¿Y a ponerse vestidos de flores?

Hacía falta imaginación para ver flores en unos topos rojos sobre fondo azul. Antes de que Lisbeth pudiera objetar algo, Mechthild prosiguió:

—A mí me parece que hace ya demasiado tiempo que las mujeres tienen que vivir en espacios muy constreñidos. ¡Libéralas de la ropa apretada!

—Pero esta falda no es para nada estrecha, al revés. Cae tanto que parece una rosa abriéndose.

Mechthild soltó una risita triste. Hacía un tiempo que se había hecho cortar el cabello hasta la barbilla, pero, igual que cuando llevaba moño, aún le caían algunos mechones sobre su cara enjuta.

—Pues con un vestido así les sacas a las mujeres todas las espinas.

—¿Y qué? Eso no las marchita. Este vestido es precioso y las mujeres quieren volver a sentirse hermosas por fin.

—Femeninamente hermosas, quieres decir, para que aprendan de nuevo cuál es su sitio. Una falda ancha hace que olviden lo que tienen debajo de la cintura, y la cintura estrecha, que pueden aspirar el perfume de la libertad. El pecho, en cambio, se resalta para fomentar el apetito de los hombres o aplacar el hambre de los bebés.

Lisbeth no recordaba si Mechthild le había dado el pecho a Ute. En cualquier caso, la pequeña estaba bien nutrida, aunque en ese momento empezaba a meterse el alfiletero en la boca. Se lo quitó rápidamente y, a cambio, la obligó a retirar de nuevo la tela del maniquí.

—Tal vez podría ir a jugar con Rieke —dijo irritada—. Está con Eva en el salón de la tienda.

La presencia de Ute ahí no favorecía especialmente las ventas, pero últimamente entraban muy pocas clientas. Necesitaban dar con una buena idea para atraer a más. Lisbeth volvió a drapear la ropa en torno al maniquí.

—Un vestido de flores como este siempre será mejor que la moda de antes de la guerra. Entonces se marcaban tanto los hombros de las mujeres que parecían boxeadoras.

—Si hubieran usado sus puños...

—¡Por Dios! Ya hemos tenido bastante violencia y destrucción. Basta de telas ásperas y rasposas. Satén, tafetán, terciopelo, ¡estas son las telas que las mujeres quieren llevar!

—Mientras prescindas de volantes y frunces, adelante. Tu madre, Fanny, detestaba el exceso.

Lisbeth se sobresaltó por dentro de forma imperceptible y clavó con fuerza los alfileres. A veces olvidaba que Mechthild Reinhardt no solo guardaba un parentesco muy indirecto con Richard, sino que además había conocido a Alma y a Fanny. Sin embargo, lo que nunca olvidaba, lo que la carcomía en todos los instantes de su vida, era que Fanny hubiera encargado a Conrad que cuidara de ella.

Se sentía traicionada por los dos: aunque Fanny había actuado movida por la preocupación, no tenía derecho a preocuparse, no después de todo lo que había hecho en Milán, ni lo que luego había ocurrido en Fráncfort.

Conrad, por su parte, después del concierto de jazz, el beso y la revelación de por qué había aparecido por su casa, había intentado hablar con ella en varias ocasiones, pero ni su sonrisa, ni sus intentos por explicarse, ni sus ruegos para que le perdonara habían logrado compensar su desengaño. Lo que había hecho su relación tan especial se había ensuciado y así quedaría. Él la había visto desnuda, pero eso no tenía importancia si Fanny, mucho antes que ella, le había abierto a él su interior, y le había contado muchas cosas sobre sí misma. Era como si, antes de que ella se hubiera quitado la ropa voluntariamente, él ya hubiera visto fotografías obscenas de su cuerpo desnudo, como esas que circulaban aquellos días en forma de baraja. Y tanto si ella ahora era la dama de picas o la sota de corazones, Fanny, y no ella, había jugado la primera carta. Era imposible vivir en un castillo de naipes porque se derrumbaba con el primer soplo de aire.

«Déjame tranquila», le había increpado a Conrad, refiriéndose, en realidad, a Fanny.

Él la obedeció y no había vuelto a aparecer, y eso la había enojado mucho porque le recordaba dolorosamente que en su tiempo también Fanny se había retirado sin ofrecer resistencia. ¿Por qué Conrad, igual que su madre, permitía que le obligara a huir una simple palabra de rechazo? ¿Y por qué ella era tan tonta de esperar más de él, ese jovencito guapo que caminaba con paso firme entre los escombros sin ensuciarse?

Conrad al menos no había regresado a Nueva York, aunque ese había sido su temor secreto. Al oírle hablar en una ocasión por la radio, Lisbeth había sabido que él seguía trabajando para la emisora de Oberursel. Cuando su voz se dejó de oír, no se sintió traicionada ni por él ni por Fanny, solo por sí misma, porque su corazón había pegado un brinco alegre, y porque no había pensado que él la había espiado, sino solo que la había besado.

Al recordar todo eso, Lisbeth apretó los labios rápidamente y ciñó aún más la tela en torno a la cintura. O eso, al menos, era lo que pretendía, porque notó que alguien tiraba del otro lado y era justamente la pequeña Ute.

—¿No la has llevado con Rieke? —preguntó Lisbeth con disgusto a Mechthild. Esta contemplaba a su hija en silencio. La solía tratar como si no le importara—. Así no puedo trabajar.

—Yo tampoco —declaró Mechthild con amargura—. Sin embargo, apenas hay puestos de funcionarios para mujeres y con una niña pequeña no me darán ninguno. Si al menos Michael pudiera ocuparse de Ute...

No era la primera vez que entonaba aquella letanía lastimera, y no era la primera vez que a Lisbeth le hubiera gustado recordarle lo feliz que debería estar de la vuelta de su marido. Pero considerando que ella había besado a Conrad y que en secreto lo echaba más de menos que a Richard, eso la habría vuelto una hipócrita. Así que no quiso entrar en la discusión.

—¡Vamos, llévala con Rieke! —le pidió a Mechthild. Esta tomó a su hija en brazos y entró en la zona de la tienda para, al cabo de un momento, regresar otra vez... con Ute.

—Rieke no está —dijo Mechthild.

Lisbeth frunció el ceño. Al salir de la escuela, Rieke iba todos los días a la casa de modas, a veces con Martin.

—¿Y Eva? —preguntó Lisbeth.

—Eva tampoco.

Aquello era aún más extraño. Dejando aparte que Eva jamás habría abandonado la tienda sin avisarla, apenas salía a la calle. En una ocasión, había dicho solemnemente al respecto que, después de tantos años viviendo en el sótano, ella prefería los espacios cerrados. Lisbeth sospechaba en cambio que no quería disfrutar de su libertad, sino castigarse por haberla perseguido alguna vez. No lo habían hablado nunca. Desde el día en que había tenido noticia de la muerte de Richard, nunca habían vuelto a mostrar su vida interior de forma tan descarnada. Lo único importante era que ella podía confiar en Eva.

—Eva... ¡Ella nunca desaparecería sin más!

Mechthild se encogió de hombros.

—Puede que tenga que ver con los documentos que le he entregado.

—¿Qué documentos? —preguntó Lisbeth sin entender nada, mientras sostenía con firmeza la tela de la que Ute había vuelto a tirar en cuanto su madre la había dejado en el suelo.

—Eva se me acercó el día del funeral de Alma —explicó Mechthild—. Me preguntó si podía ayudarla y averiguar cosas sobre su familia. Saber si realmente habían muerto todos, dónde murieron y de qué modo... Como si a estas alturas no se supiera lo suficiente al respecto o, por lo menos, no se pudiera saber si se quisiera...

Lo cierto era que Lisbeth nunca había querido profundizar en ese asunto. Aflojó un poco su agarre y Ute por fin arrancó la tela del maniquí. Cuando Lisbeth fue a recuperarla, Mechthild prosiguió:

—Por desgracia, no pude serle de gran ayuda y no logré averiguar el paradero de su familia. Pero, al menos, de la documentación se puede ver qué fue del negocio de Schlomo Gold.

Lisbeth se quedó petrificada.

—¿Schlomo Gold? —preguntó.

—Así se llamaba el padre de Eva. Tenía una tienda de ropa que fue destruida por completo en el 33. En los papeles se dice que sufrió un incendio después de recibir el impacto de un rayo. ¡Tonterías! Si realmente fue un rayo, debía de tener la misma forma que el distintivo de las SS, aunque entonces no eran SS sino SA...

—Schlomo Gold... —dijo Lisbeth casi sin voz. Sentía la boca tan seca que apenas pudo pronunciar el nombre.

—Luego tuvo otra tienda en la Hasengasse —prosiguió Mechthild—. Pero, claro, no por mucho tiempo. ¿Hubo algún judío en Fráncfort que no fuera expropiado?

—Schlomo Gold —repitió Lisbeth por tercera vez. Conocía el nombre, aunque nunca lo había oído de la boca de Eva. Ella ni siquiera había mencionado su apellido; con todo, aunque ella se hubiera presentado como Eva Gold..., Lisbeth no habría caído en la cuenta. Había muchos judíos apellidados Gold. Había muchos judíos que tenían tiendas de ropa. Pero solo había una en la Hasengasse—. Dios mío —susurró a la vez que se apoyaba pesadamente en el maniquí.

Ute se echó a reír con tono triunfante y empezó a envolverse con la tela.

—¿Qué te ocurre? —preguntó Mechthild—. Ya sabías que Eva era medio judía, ¿verdad?

Lisbeth asintió.

—Y seguro que no se te habrá pasado por alto que a los judíos los deportaban.

Su voz rezumaba cinismo. Lisbeth asintió de nuevo.

—Y eso de que antes habían sido expropiados no es la primera vez que lo oyes.

—¿Qué..., qué dicen exactamente los documentos que has entregado a Eva? —preguntó Lisbeth con voz temblorosa.

—La verdad es que solo les he echado un vistazo por encima.

—Pero Eva los ha leído, y a fondo... Y ahora conoce la verdad..., y ha desaparecido con los niños.

Con cada palabra su voz parecía más jadeante, estridente.

—¿La verdad? —preguntó Mechthild sin comprender—. ¡Cielos, Lisbeth! ¿Por qué te marchas tú también ahora? ¿A dónde vas?

Cuando salió a toda prisa del taller de costura para dirigirse a la tienda no lo sabía con exactitud. Eva debía de haberse marchado de pronto: en el suelo, hecho un ovillo, había un vestido que seguramente había querido colgar. Eso no era propio de Eva, era siempre cuidadosa con la ropa... y con los niños. Lisbeth le había confiado con toda naturalidad tanto una cosa como la otra... No sabía que Eva era la hija de Schlomo Gold, igual que Eva no había podido saber lo que ella le había hecho a Schlomo Gold. No, al menos, hasta ese día. Lo debía de haber descubierto en los papeles y había abandonado la tienda con los niños, y los niños no habían protestado porque confiaban en Eva.

Mechthild se le acercó a toda prisa.

—Lisbeth, dime qué...

—Tengo que encontrar a los niños... Tengo que encontrar a Eva... Tengo que explicárselo todo, aunque no haya nada que contar. Quédate en la tienda por si vienen clientes...

No se tomó siquiera el tiempo para pedirle que rescatara la tela de las manos de Ute antes de que la ensuciase o la rompiese, y salió a la calle a toda prisa.

Únicamente conocía el hotel cercano a la calle Schäfergasse donde vivía Conrad por la fachada. Era un edificio sencillo, de solo dos plantas, que se había salvado de las heridas de la guerra. En una ocasión en que había acudido ahí con los niños para recogerlo e ir juntos al zoo, Rieke había querido ver su habitación, pero Lisbeth le había dicho que no era apropiado.

Como si hubiera algo de malo en que una mujer con dos niños visitara la habitación de un amigo. Ahora no le parecía mal presentarse en su habitación incluso sin los niños, a los que llevaba buscando desde hacía varias horas. No sabía si Conrad era un amigo, pero era la única persona de la que esperaba recibir ayuda.

Tras algunas vacilaciones, una mujer joven —tal vez la que se negaba con insistencia en limpiarle el dormitorio— le indicó el número de habitación con las cejas arqueadas. En ese instante Lisbeth se encontraba frente a la puerta y la golpeaba de forma enérgica. El temor a que tal vez él ya no estuviera ahí anulaba cualquier otra sensación, ya fuera el bochorno de necesitar su ayuda, o la desesperación de que tal vez esa ayuda fuera insuficiente.

Entonces la puerta se abrió, ella se echó a llorar y él la hizo pasar a su cuarto, que era tan diminuto que no tenía otro lugar para sentarse que no fuera la cama. Ella se desplomó ahí, apoyó pesadamente la cabeza en los brazos y sintió que las piernas le dolían de tanto andar. Cuando se le secaron las lágrimas, fue capaz de mirar a Conrad y, al verlo, sorprendentemente no sintió amargura, solo alivio... Y agradecimiento también, porque él siempre la había ayudado. El día en que ella había sabido de la muerte de Richard. Antes, cuando les traía a los niños las cajas de ayuda CARE. Luego, cuando pensaba actividades para apartarla de vez en cuando de la rutina monótona. Puede que también lo hubiera hecho porque Fanny se lo había pedido, pero no había sido solo por eso.

Lo que para ella había perdido cualquier importancia, para él seguía teniéndola.

—Siento..., siento mucho lo ocurrido —murmuró Conrad—. En principio el objetivo era saber si seguías con vida. Ese fue el motivo por el que me encontraba delante de tu casa aquella vez. No estaba previsto que hablara contigo: solo debía preguntar a los vecinos por ti, por tu marido, y ver si tenías hijos. Pasó mucho tiempo hasta que la carta que escribí a Fanny con esa información llegó a su destino y más aún hasta que recibí su respuesta. Ella quería que me ocupara de ti, pero sin que supieras que ella se encontraba detrás de todo, y por eso yo intervine cuando supe por casualidad que te habían detenido. Lo que te dije entonces de que quería entrevistarte no era una excusa: estaba realmente interesado en ti, en tu vida. Y luego me maravilló ver cómo salías adelante, y lo despiadadamente sincera que puedes llegar a ser.

Mientras hablaba, ella había vuelto a bajar la vista. Entonces reparó en la meticulosidad con que él se había hecho la cama donde ahora estaba sentada. No había ni una arruga, ni en la sábana, ni en la manta. Bueno, lo impecable era su especialidad.

Sintió entonces la necesidad de destrozar esa cama, pero en lugar de ello apenas logró decir:

—¡Despiadadamente sincera! ¿Desde cuándo? Esa tarde en la casa de modas no os lo conté todo ni a ti, ni a Eva.

Él se acuclilló ante ella.

—Lo siento —repitió—, siento no haberte dicho antes que Fanny...

—Déjalo —le interrumpió ella dejando de lado la disculpa—. Tú a mí no me has ocultado tanto como yo a Eva.

Solo entonces Conrad cayó en la cuenta de que ella no había acudido ahí por Fanny.

—¿Qué...? —empezó a decir él.

Lisbeth se lo contó todo, no solo que llevaba horas buscando a los niños porque Eva había desaparecido con ellos, sino también que Eva tenía todos los motivos para odiarla porque esa tarde había descubierto la verdad. ¿Y si se vengaba? ¿Y si pretendía hacerse con lo más preciado que tenía? A fin de cuentas, ella en otros tiempos se lo había arrebatado.

—¿De qué hablas?

En un gesto inconsciente, Lisbeth se apretó los dedos contra la boca, como si quisiera bloquear ahí dentro el secreto, pero cuando Conrad dejó de preguntar y se la quedó simplemente mirando, lo contó todo:

—Yo..., yo tengo la culpa de que Schlomo Gold perdiera su negocio. Un día fui a verlo a su tienda, me hice pasar por una clienta y me probé dos o tres vestidos. Y luego acudí a la policía y lo denuncié diciendo que él me había seguido al probador y que me había mirado estando desnuda. Nada de eso era cierto, pero...

Pero en esos años mentir era muy fácil. Era muy fácil hacer daño a alguien. Muy fácil hacer que expropiaran a alguien si era judío. Y muy fácil eliminar la competencia indeseada.

Al menos, ese era el motivo que se le ocurría a Conrad.

—Tú querías ayudar a tu padre haciendo eso, ¿verdad?

—Sí, también —dijo Lisbeth con voz ahogada—. Pero en realidad tenía que ver con mi madre. Quería hacerle daño, hacerle pagar por lo que ella...

—¿Tu madre conocía a Schlomo Gold?

—En realidad no, pero no se trataba de eso, se trataba de que... ¡Ah! ¿Qué importa mi madre? Los niños no están, Eva los tiene. Tengo que encontrarlos, y...

De nuevo Conrad la miró fijamente a los ojos.

—Fuera lo que fuera lo que le hiciste a Schlomo Gold y el porqué de aquello —dijo—, seguro que tú a Eva no le arrebataste lo más preciado para ella. En su caso era el baile y eso primero se lo prohibió su padre y después los nazis lo hicieron imposible. Que luego fuera demasiado tarde para empezar desde el principio no tiene nada que ver contigo.

—Demasiado tarde —repitió ella—. También es demasiado tarde para confesar voluntariamente que fui yo quien denunció a Schlomo Gold, quien se encargó de que la Casa de Modas König tuviera un competidor menos y además más espacio de venta... ¡Ah! Yo no sabía que él era su padre.

Conrad seguía acuclillado ante ella. En su expresión Lisbeth no veía el menor asomo de desprecio. De haberlo mostrado, ella le habría replicado con obstinación que él no tenía derecho a eso. Bueno, pensó entonces, ella tampoco tenía derecho a esperar ayuda de él... Ni comprensión. Pero, con o sin comprensión, él la atrajo hacia sí y, como estaba acuclillado, perdió el equilibrio y de pronto se encontró en el suelo con ella a su lado, y entonces posó la mirada en las pelusas de debajo de la cama. Ella estornudó y se rio por dentro: por pulcro que fuera Conrad, por lisa que tuviera la cama, en Fráncfort era imposible librarse del polvo. Su media risa pasó a ser llanto.

—¿Dónde voy a encontrarlos?

Él se levantó, la ayudó a alzarse y luego se frotó el hombro dolorido.

—Eva no les haría nada a los niños. Lo sabes.

—En este mundo no hay muchas cosas de las que uno pueda estar seguro. Tampoco yo sospeché que Fanny te hubiera enviado.

—Ella no me envió. Me envió el *New York Times,* ella solo...

—Eso no importa ahora. Debemos encontrar a Eva y a los niños.

Él asintió.

—Tengo una idea de dónde podrían estar.

—¿Dónde?

Cuando se lo dijo, ella se sintió tonta por no haberlo pensado. Eva estaba allí, no podía ser de otro modo. Como no podía ser de otro modo que Conrad la tomara de la mano y no se la soltara mientras recorrían en silencio el camino hacia la Hasengasse donde en otros tiempos había estado la tienda del marido de Alma, luego la imprenta que ella había montado y, de nuevo, algo más tarde, los negocios de distintos arrendatarios. Finalmente, Alma había vendido el local a Schlomo Gold, pero él no lo había podido conservar mucho tiempo por culpa de la mentira de Lisbeth. Y así era como al final allí había habido un almacén que pertenecía a la Casa de Modas König.

De todo eso solo quedaba un montón de escombros y cenizas. Eso era, por lo menos, lo que Lisbeth se había encontrado delante la última vez que había pasado por ahí. Ahora había una casucha cuyo único sentido parecía ser apuntalar las paredes de las casas que había a derecha e izquierda. En una había un zapatero, en la otra, se vendían artículos de menaje. La clientela entraba y salía, solo Eva permanecía inmóvil frente a ese cuchitril, con el chal rojo al cuello y los niños a derecha e izquierda cogidos de su mano.

—¿Podemos volver por fin a casa? —preguntaba Martin.

Rieke parecía más paciente, pero cuando vio a Lisbeth se soltó de la mano de Eva y corrió hacia ella.

—¡Mamá! Eva nos ha contado un cuento muy largo y...

Lisbeth se soltó de la mano de Conrad y abrazó a su hija, hundiendo la cara en su pelo castaño. Siempre había tenido el convencimiento de que era el color de pelo de Richard, aunque en realidad seguramente era el de Fanny.

—¿Y de qué iba ese cuento? —preguntó—. ¿De Rumpelstiltskin, el enano saltarín, o de unos gigantes? ¿Cómo es que lleváis tantas horas sin aparecer?

Eva apartó la mirada de la casucha, como si despertara de un letargo largo y oscuro como el tiempo pasado en el sótano.

—¿Horas? —preguntó sin comprender.

—Tengo ganas de ir al baño —gimió Martin mientras apretaba las piernas. Antes de que Lisbeth se pudiera mover, Conrad se acercó al pequeño.

—Ven, vamos a buscar un sitio donde puedas aliviarte.

Rieke tomó la mano de Lisbeth y la acercó a Eva.

—Eva nos ha enseñado dónde vivía antes —explicó.

Eva asintió con un gesto mecánico.

—He estado con ellos en la casa en la que crecí, y también en la casa donde estuve escondida, y en la primera tienda que tuvo mi padre. Y en esta tienda de aquí, que él consiguió muy barata de tu tía Alma antes de que los nazis se la expropiaran.

Lisbeth se preguntó con qué cuentos habría disfrazado Eva esas palabras, qué personajes fantásticos habrían asomado en ellos, cuántas hadas malévolas.

—¿Sabes? —dijo Lisbeth en voz baja—. Los papeles que Mechthild te ha dado...

Hasta entonces Eva había tenido la mirada perdida en la lejanía, ahora se volvió hacia ella.

—Mechthild no ha averiguado nada sobre el paradero de mi padre. Todo lo demás ya lo sabía... Me lo figuraba. ¿Por qué crees que después de la guerra busqué refugio en la Casa de Modas König? ¿Por qué arranqué la única cortina que quedaba y la usé de manta? ¿Por qué no me marché sin más cuando volviste a inaugurar la casa de modas? Porque era el mínimo que me correspondía.

—Pero ¿por qué te has ido con los niños sin avisar?

En la mirada de Eva había la misma expresión que en aquella ocasión, cuando Lisbeth había sabido de la muerte de Richard: la que te queda tras perder la costumbre de la compasión mientras que lamentas haberla perdido.

—¿Creías que me había llevado a los niños para asustarte? ¿Para vengarme?

La voz de Eva reflejaba tanta incredulidad como ridículo le pareció a Lisbeth haber sospechado exactamente eso. Eva volvió a apartar la mirada.

—Mechthild no ha averiguado gran cosa, pero entre los papeles había algunas cartas comerciales antiguas, incluso un retrato de mi padre. Eso me ha dado el valor para visitar los lugares más importantes de su vida, aunque no el coraje suficiente para hacerlo sola. No sabía lo que sentiría..., si rabia contra él o contra mí, amor, odio, dolor o indiferencia.

—¿Y qué has sentido?

Eva se encogió de hombros.

—Un poco de todo. Un exceso y una falta de todo. Nada que vaya a resultar más fácil de soportar si hablo de ello. Así pues, volvamos a casa.

Eva se giró para marcharse, también porque en ese momento Conrad regresaba con Martin, pero Lisbeth se interpuso.

—Y durante todos estos años tú has sabido que tu padre fue expropiado porque...

—¡Oh, Lisbeth! ¡No seas tan inocente! Si Georg König, tu padre, no hubiera especulado con los almacenes y no nos hubiera denunciado, lo habría hecho otro. Durante años los grandes establecimientos judíos de la ciudad estuvieron expuestos a todo tipo de cortapisas. Primero se promulgaron normativas ridículas por las que dejaron de poder ofrecer refrescos a sus clientes. Luego tuvieron que ceder una cuarta parte de su patrimonio. Y finalmente todas las empresas fueron sometidas a lo que se conoció como arianización. Mi padre jamás tuvo ninguna posibilidad de conservar su negocio... ni su vida. Y yo nunca tuve posibilidades de ser bailarina. ¿De verdad crees que te culpo por lo que hizo Georg König? ¿O que hago a tus hijos responsables de ello?

—No..., no fue culpa de mi padrastro el que fuerais expropiados. Yo...

Conrad intervino de repente.

—Este ha sido un día muy largo. —La interrumpió con un tono tan cortante que no le permitió añadir nada más—. Los niños están agotados y quieren irse a casa.

—Yo los acompañaré a casa con mucho gusto —dijo Eva—. Seguro que todavía tienes cosas que hacer en la casa de modas. Siento haberte distraído del trabajo, sé muy bien que estás buscando con urgencia una nueva idea de negocio.

Eva no esperó a que ella le diera permiso, tomó a Rieke con una mano y a Martin con la otra y, como los niños estaban acostumbrados a regresar a casa de la mano de otras mujeres porque su madre estaba muy ocupada, siguieron a Eva sin vacilar.

Lisbeth vio a los tres alejarse hasta que desaparecieron al final de la Hasengasse; luego se quedó mirando un buen rato el cuchitril cuya madera de color marrón parecía gris bajo la luz del final de la tarde.

—Lisbeth... —Conrad la sacó de su ensimismamiento.

Regresaron en silencio a la casa de modas. Ella no sabía por qué no había rebatido a Eva: le resultaría imposible concentrarse ahora en la ropa. Tampoco sabía por qué había estado tan enfadada con Conrad solo porque al principio él hubiera actuado por encargo de Fanny y no se lo hubiera dicho durante mucho tiempo. Se sentía contenta de tenerlo a su lado.

—¿Por qué? ¿Por qué has impedido que le contara a Eva la verdad? ¿No era mi sinceridad despiadada lo que más te impresionaba de mí?

Habían entrado en la sala de costura. Lisbeth se encontraba junto a la mesa de cortar y cogió sin darse cuenta la cinta métrica que había encima. Era una cinta métrica de verdad, no un trozo de hilo con nudos.

—¿Y qué haría Eva con esta sinceridad tuya tan despiadada? —preguntó Conrad—. ¿De qué le serviría conocer la verdad? Eres su amiga, y está bien que así sea.

—¿Desde cuándo mentir es bueno?

—No digo que mentir sea bueno, pero a veces el silencio sí puede serlo. La moda no puede ser un disfraz, pero tampoco puede desnudar a la persona. Creo que con la verdad ocurre lo mismo. Con eso no quiero decir que siempre haya que mentir y que callar. Por lo menos el mayor deseo de tu madre es poder desahogarse contigo.

Cuando él se acercó a ella, ella se sentó en el tablero y lo miró desde arriba.

—¿Tú crees que debería escribirle? ¿Pedirle que vuelva a Alemania?

—¿Y por qué no viajas tú a Nueva York? Me han ascendido y pronto tendré un cargo nuevo y regresaré a casa. Yo... ya no quiero huir por más tiempo de mi madre, que me amaba más que a Johnny, ni de mi padre, que me amaba menos que a Johnny. Tú me has enseñado que a veces hay que arremangarse, apartar las ruinas, revolver entre escombros hasta encontrar algo útil con que hacer ropa nueva, o dar con una vida nueva para encontrar el amor.

—Pero lo que yo siento por mi madre no es amor —dijo ella con voz ronca.

—Tampoco debes ir a Nueva York por amor a tu madre. Podrías ir a Nueva York por amor a mí.

Súbitamente él la atrajo hacia sí, le puso las manos en torno a la nuca y la besó. Y el beso fue como el de aquella vez después del concierto de jazz: tan embriagador como reconfortante, entregado y exigente a la vez; ansioso y delicado.

La guerra y el hambre me han hecho olvidar el amor, quiso decir Lisbeth, pero tuvo la sospecha de que eso era mentira porque ella había encontrado un tipo especial de amor después, y no antes. Lo que ella había sentido por Richard había sido un respeto y un agradecimiento profundos por haberle ofrecido apoyo y haberla rehabilitado después de que ella misma se hubiera perjudicado. Conrad, en cambio, la hacía sentir joven, y no solo le permitía olvidar un período oscuro que había dejado atrás, sino que alimentaba la esperanza de que el tiempo que estaba por venir sería ligero, fácil.

La moda, había dicho él, no debía ser un disfraz, pero tampoco podía desnudar a las personas. Su amor, en cambio, no les obligaba a representar un papel, pero sí exigía que ambos se desnudaran. De pronto, Conrad le quitó la ropa y ella se la quitó a él y puso tanta pasión en ello que la tela se desgarró. ¿Qué importaba? Ella le podía coser un traje en cualquier momento, recordaba sus medidas, las tenía grabadas en su mente y en su corazón. ¿Para qué necesitaban ropa intacta para cubrirse el cuerpo si sus besos ya se encargaban de eso? ¿Para qué necesitaban ropa cálida para calentarse el cuerpo y el alma si su pasión ya se encargaba de eso?

Rieke

1973

*L*a blusa que llevaba la mujer del catálogo —por cierto, con unos girasoles en el pelo— me despertó el recuerdo del saco de yute con el que en otros tiempos mi madre me había hecho una camiseta interior. Aunque picaba, me gustaba llevarla, tal vez porque era una de las escasas prendas que había cosido para mí. La mayoría de lo que hacía era para vender y esa faldita amarilla que yo tenía en torno a 1949 no la había hecho ella sino Eva. Ella me llamaba margarita, aunque yo habría preferido ser una rosa. Pero la tela roja en esos días era muy escasa. Decidí volver a escribir a Eva, pero antes tenía que estudiar el catálogo. No parecía probable que a esa mujer la blusa le picara porque sonreía de oreja a oreja.

—Vaya, vaya —oí que decía la voz de Ute—, ¿espiando a la competencia?

Yo asentí vacilante.

Desde la discusión que había tenido con Joachim habían pasado varias semanas y no dejaba de darle vueltas a todos los aspectos de mi vida. Joachim mantenía una actitud correcta, pero se mostraba inabordable. La primera noche la pasó en el sofá, pero el dolor de espalda le obligó a regresar al lecho conyugal. Ahí, sin embargo, permanecía tumbado en el borde de la cama y a menudo me sentía muy tentada de propinarle un empujón para que cayera y se diera cuenta de lo ridícula que era su conducta. No lo hice nunca porque darle un empujón habría implicado tocarle y eso me parecía un error, lo cual, a su vez, no era ridículo, pero sí triste. Solo nos decíamos lo imprescindible, pero nada acerca de las expectativas que teníamos sobre nuestra vida. Expresé la mía dejando de comprar plátanos. En cuanto a la casa de modas, seguía a flote gracias al alquiler de una parte de nuestra superficie y del crédito que nos había ayudado a obtener. Por desgracia, seguía sin tener una idea deslumbrante con la que poder cambiar los trajes de chaqueta de color azul marino y dar un toque inconfundible a nuestra casa.

Dudaba mucho que la mujer de los girasoles con la camisa descolorida pudiera ser de ayuda; con todo, le mostré la revista a Ute.

—¿Te parece que probemos algo así?

Ute se limitó a echarle un vistazo antes de sentarse en la silla que tenía delante del escritorio. Esa había sido una de las primeras medidas que había adoptado: colocar un asiento para que nadie más tuviera que permanecer de pie delante de mí como un escolar ante un profesor severo. Ute, sin embargo, no se conformaba con tomar asiento, sino que a menudo ponía los pies sobre la mesa. Como siempre, eso me molestó, y como siempre, no se lo dije.

—¿Ropa ecológica? —preguntó arrastrando las sílabas.

—¿Por qué no? Fráncfort tiene fama de ser una ciudad muy respetuosa con el medio ambiente. Cada vez hay más gente que renuncia a usar el coche.

—Pero eso solo es por culpa de la crisis del petróleo, no porque quieran.

—Y también está esa iniciativa popular que quiere convertir el Zeil en una zona libre de coches.

—Esa gente se compra la ropa en tiendas de segunda mano.

Suspiré. Sabía muy bien que las tiendas de segunda mano estaban apareciendo como setas por todas partes. Eran otra competencia peligrosa además de la venta por catálogo y los grandes almacenes. No me apetecía nada dar vueltas a eso también. Bastante malo era lo que Ute anunció en ese momento:

—Por cierto, hay un problema: Kerstin Knopp se ha despedido.

Kerstin Knopp era una vendedora y, cosa rara, no tenía la actitud severa de las otras, que parecían haberse formado en las mismas escuelas elitistas inglesas que las institutrices de los príncipes de Windsor. Aunque posiblemente incluso estas debían de ser más indulgentes; de lo contrario una de esas revistas femeninas no habría chismorreado recientemente que, en vez de casarse, el príncipe Carlos iba de flor en flor y eso que —¡escándalo!— ya tenía veinticinco años. Claro que, a esa edad, yo ya llevaba dos años casada, es decir, el próximo año sería nuestro décimo aniversario de boda, el primero que tal vez no celebraríamos juntos...

—¡Eh! ¿Me estás escuchando? —preguntó Ute con tono enérgico.

Me sobresalté.

—Pues claro que sí. Kerstin Knopp ha dimitido.

—Porque está embarazada.

—Bueno, al menos es de esas mujeres que no dejan el trabajo en cuanto se casan o cuando su marido rescinde el contrato en su nombre. Algo es algo.

Ute puso los ojos en blanco.

—Es un escándalo que en este país no exista el permiso de maternidad retribuido. Eso sería un comienzo. De todos modos, con solo eso no cambiaría en nada la opinión de que para la labor de madre no hay sustituto que valga.

—¿Dice eso el marido de Kerstin Knopp?

—No, Franz-Josef Wuermeling.

A Joachim le gustaba hacer un juego de palabras con el apellido de ese político: de Wuerm a Wurm. Franz-Josef Gusanito.

—Pero hace tiempo que ya no es ministro de Familia.

—Con todo, sigue en vigor el principio de que la mujer solo puede trabajar si es capaz de compaginar su empleo con sus obligaciones hacia el matrimonio y la familia.

—Bueno... —me limité a decir.

Mientras Ute se explayaba con indignación, yo iba pensando en mi propia familia, que recientemente se había ampliado de un modo inesperado. En una de las escasas postales de Martin, escrita no sé si desde la India o Bután —por cierto, Ute se había puesto hecha una furia cuando admití que confundía ambos países—, él me anunciaba que Silke había tenido un bebé. Cuando se lo conté a Joachim, él, de forma excepcional, me habló un poco más que de costumbre, sin limitarse a frases del tipo: «¿Me acercas la cafetera, por favor?».

«Es increíble que esa Volkswagen aún tire», comentó sorprendido.

«No dice nada de la furgoneta. Puede que a estas alturas ya vayan en elefante». Me costaba imaginar que Silke hubiera tenido un bebé y que, según Martin, le diera el pecho a todas horas. Cuando intentaba imaginármela, no podía evitar que me viniera a la cabeza la imagen, malévola, de una cría de lagarto. Silke, por supuesto, tal vez ya no se parecía a un reptil sin vida y tal vez estaba bronceada, vestía sari y llevaba pintado en la frente un puntito rojo. Yo, en cambio, ahora era la frialdad en persona, la que permanecía más tiempo del necesario en el despacho y postergaba la hora de llegar a casa.

—Y bien —dije interrumpiendo las disertaciones de Ute acerca de los derechos de la mujer—, ¿qué opinas sobre el tema de la moda ecológica?

—Me parece que tal vez podríamos añadir al surtido un par de prendas, pero que, por lo demás, es un producto de nicho demasiado definido.

De nuevo solté un suspiro. ¿Qué estilo podía tener cabida en un espacio mayor al de un nicho? En otras épocas siempre había un estilo de ropa que prevalecía: los vestidos *à la garçonne* de caída suelta de los años veinte; las cinturas estrechas y las grandes hombreras que evocaban uniformes en los años treinta; o el estilo corola, con unas faldas muy amplias, que dio fama a Christian Dior en los cuarenta. Respecto a este último, Ute sostenía que mi madre, sin conocerlo, ya había diseñado vestidos parecidos antes que él o de forma simultánea. Yo era incapaz de valorar tal cosa porque poco después mi madre había dejado de diseñar. En todo caso, a los vestidos corola les habían seguido las faldas *petticoats*, anchas y ampulosas. De hecho, incluso en los tiempos en que iba a la escuela de baile, todas las chicas vestíamos de forma similar. Sin embargo, ahora había miles de tendencias distintas y ninguna destacaba lo bastante como para imponerse en la sociedad. Y, aunque Ute celebrara que la moda ya no conocía límites, las prendas de noche se distinguían tan poco de las de día como yo diferenciaba la India de Bután; por mucho que las faldas pudieran ser cortas como nunca y los tejanos ya no estuvieran mal vistos, a mí me habría gustado trazar por lo menos un límite claro entre la competencia y yo.

Me levanté.

—Vamos al bar a seguir hablando.

—¿Cómo? ¿No quieres volver a casa junto a tu marido divino?

No le había hablado de mi discusión con Joachim, pero seguramente me mostraba a menudo tan abatida que ella debía de sospechar algo.

—Mi suegra hoy vuelve a estar en casa para cuidar de Marlene. Así él podrá pasar un ratito agradable con ella.

Esta vez no siguió el sermón habitual. Ute se me quedó mirando con las cejas arqueadas antes de declarar con voz elogiosa:

—Rieke, empiezas a ser tú.

Con todo, no quitó las piernas de la mesa.

—¿A qué esperas?

—Me gustaría salir, pero no al bar. Me parece que hoy mereces conocer otra cosa.

—¿Qué es?

—Vamos a ver a mi grupo de mujeres.

Alguno quiere la tierra entera.
Y se pone a ello, zumba que zumba.
Quien se cavó, astuto una trinchera
solo cavaba su propia tumba*.

Ese era el texto que recitaba la mujer del escenario, aunque, de hecho, no era un escenario de verdad. Simplemente habían juntado unas cuantas mesas de distintos tamaños y formas, muy parecidas, por lo tanto, a aquellas sobre las que después de la guerra se había celebrado el primer desfile de la Casa de Modas König. Sin embargo, ahí no se presentaba un desfile, sino una obra de teatro, en concreto, *Madre Coraje y sus hijos*, de Bertolt Brecht.

---

* Bertolt Brecht, *Vida de Galileo. Madre Coraje y sus hijos.* Trad. de Miguel Sáenz. Alianza Editorial, Madrid, 2012. *[N. de la T.]*

Aunque no tenía muy presente el contenido de la pieza, estaba convencida de que ese título podía aplicarse también a mi madre, incluso, tal vez, a Alma, aunque ella nunca hubiera dado a luz. La mujer que recitaba el texto parecía —a diferencia de Alma— saber exactamente lo que era alumbrar un hijo. Mientras recitaba gemía y se contorsionaba como si tuviera contracciones, algo que supe adivinar con relativa rapidez; en cambio, me llevó un rato más entender que el terciopelo rojo del fondo —mi madre habría matado por uno así después de la guerra— representaba un útero sobredimensionado.

—Esa mujer no solo está pariendo un hijo, sino prácticamente a sí misma —me explicaba emocionada Ute la interpretación—, a la vez que el útero se convierte en una tumba —prosiguió—, tanto suya como de los hijos que pueda tener. Ella se la cava a sí misma porque tiene derecho a matarse a ella misma y a sus hijos.

—Ajá —dije yo. Lentamente empezaba a echar de menos esa cerveza caliente.

—¡Ven conmigo! Las del grupo de teatro están ocupadas. —Ute tiró de mí y pasamos junto a otras salas. En una había unas mujeres sentadas con el torso desnudo palpándose los pechos.

—¿Y aquí se trata de criarse una misma y a los hijos que se puedan tener y del derecho a envenenarse a sí misma y a esos hijos utilizando leche materna? —pregunté.

Ute me miró con desaprobación.

—Aquí se trata de prevenir el cáncer. No es nada de lo que uno deba hacer mofa.

Las mujeres de la sala siguiente iban vestidas con ropa de trabajo y tenían ante sí un motor, que en ese momento montaban, o tal vez desmontaban, era incapaz de saberlo.

—Este es un curso de reparación del automóvil —explicó Ute.

—A Joachim le gustaría.

—Esto es cosa nuestra, es decir, aquí nada de hombres.
—Me dirigió una mirada inequívoca.

—¿De veras? —pregunté inocente—. Pues no me había
dado cuenta. Al ver esos pechos desnudos me ha parecido vislumbrar alguno masculino.

—Aquí estamos luchando por personas como tú, ¿y te
burlas? —me reprendió Ute.

Lo cierto era que yo no estaba para risas. De hecho, tenía
la sensación de que, independientemente de dónde me encontrara —ya fuera con mi familia, en la Casa de Modas König o
ahí, en esa casa semiderruida cerca de Eschenheimer Turm ocupada por el grupo de mujeres—, yo me sentía fuera de sitio o,
en el mejor de los casos, una mera observadora. Si mi vida
hubiera sido un vestido, en ese momento habría estado en un
probador esforzándome desesperadamente por abrochármelo
bajo una luz estridente y un ambiente asfixiante. Y mientras
yo contemplaba con agobio las numerosas arrugas que ese vestido me hacía en el culo, una vendedora amable solo en apariencia habría exclamado: «¡Le sienta a usted de maravilla!».
Yo habría sabido que era mentira, pero también habría sabido que no me quedaba mucho tiempo para encontrar el vestido adecuado.

—Ven, vamos —dijo Ute y me llevó a otra sala donde
había unas mujeres sentadas en círculo debatiendo textos políticos elegidos, en ese momento, al parecer, *El segundo sexo*,
de Simone de Beauvoir, y *Política sexual*, de Kate Millett. No
pude evitar recordar a las mujeres del garaje de Vera que fumaban y discutían sobre orgasmos vaginales; me pareció que ellas
tenían más estilo y agudeza que sus hermanas alemanas, las
cuales parecían esforzarse al máximo por poner freno a cualquier asomo de excentricidad con unos pantalones de peto
desgastados.

La voz de la que en ese momento estaba leyendo un extracto del texto sonaba un poco como si ahí también se estuviera montando un motor y un tornillo se estuviera resistiendo de manera obstinada al destornillador.

Ute, al parecer, lo veía de otro modo. Estaba emocionada.

—Es Brigitte, es miembro del Consejo de mujeres de Fráncfort —dijo con un murmullo—. Antes era activista del movimiento estudiantil, pero ya sabes: la mayoría de los estudiantes solo querían a sus colegas femeninas para que les hicieran café, pasaran a máquina las octavillas y se encargaran de los niños en las acciones públicas. Durante las reuniones apenas se les permitía hacer uso de la palabra y se burlaban de ellas de forma indulgente. Las mujeres tuvieron que hacerse valer por sí mismas. Brigitte participó en el lanzamiento de tomates.

—¿Lanzamiento de tomates? —pregunté sin comprender.

—Oh, vaya, es que no te enteras de nada. ¿En qué cueva has estado escondida durante los últimos años?

—¿En un útero, tal vez?

Ute puso los ojos en blanco, pero luego me explicó que el lanzamiento de tomates fue un acto dirigido contra un compañero masculino para reclamar más derecho de participación en el movimiento estudiantil. Dicho eso, se quedó en silencio y escuchamos el llamamiento para liberarnos de todas las estructuras totalitarias e implantar una formación antiautoritaria y una postura liberal respecto a la sexualidad.

En algún momento aquello resultó aburrido incluso para Ute y empezó a hablar con ganas de la primera gran fiesta para mujeres que ella había organizado con Brigitte.

—Para que finalmente las mujeres aprendan que los hombres no hacen falta para pasarlo bien —me susurró—. Y para que por fin nos podamos mover sin tener que pensar constantemente en el efecto que tenemos en ellos. Aunque todavía nos lo pasamos mejor, claro está, cuando protestamos contra las elecciones de misses.

—¿Arrojasteis tomates a las misses?

De nuevo me encontré con una mirada inmisericorde.

—Estás sentada cómodamente en un caballo muy grande y bonito mientras nosotras nos doblegamos y allanamos el camino sobre el que tú alguna vez cabalgarás.

—Creía que el objetivo era divertirse y no doblegarse.

—El hecho es que lo que divierte a los hombres para nosotras suele ser una amargura extrema.

Cuando Joachim bromea nada es amargo, pensé, y eché de menos el delicado sentido del humor con el que él conseguía crear sin problemas un ambiente distendido. En efecto, lo que más añoraba no era tanto hablar con él sino reírme con él.

Ute no me dedicó mucha más atención porque en ese instante surgió una discusión confusa. Una marxista ortodoxa —así, al menos, la llamó Ute— tachó de inútil la lucha entre hombres y mujeres si no era a la vez una lucha de clases. Otra, que Ute tildó de feminista radical, opinó en cambio que ella en principio rechazaba a todos los hombres, fueran o no capitalistas. La tercera que intervino fue la que me pareció más sensata, y puede que por eso Ute no le dedicara ningún epíteto. En cualquier caso, la mujer dijo que no debían rechazarse ni los hombres ni las posesiones, sino que la cuestión era que hubiera justicia en el reparto.

—¿En el reparto de propiedades o de hombres? —dije en voz alta incapaz de reprimirme. Aquello no solo me valió una nueva mirada de disgusto de Ute, sino que toda una fila de mujeres me mostró también su repulsa.

La marxista aprovechó la ocasión para dar un breve discurso:

—La división clasista de la familia con el hombre como burgués y la mujer como proletaria, como señor y sirviente, implica la función objetiva de los hombres como enemigos de clase. Todos los hombres son también explotadores de una familia o de grupos asimilados a esta, de forma que la represión en la vida privada no es de carácter privado, sino que está condicionada por motivos político-económicos.

Cuando por fin logré medianamente descifrar esas palabras en mi cabeza, hacía rato que el tema había pasado. Entretanto se debatía acerca del artículo 218, el de la penalización del aborto, y mientras yo primero pensaba que en ese tema las mujeres se declararían de forma unánime a favor de su abolición y, por consiguiente, a favor de la legalización del aborto, la vecina de asiento de la marxista se negaba a participar en una manifestación que se había planificado.

—Solo es una acción pequeñoburguesa —criticaba.

La feminista radical arremetió contra ella de inmediato, y declaró el artículo 218 como la pantalla de proyección, esto es, el escenario, donde salían a relucir los roles tradicionales, entonces ya algo resquebrajados, del hombre y la mujer, así como un conflicto de género enquistado por diversos motivos.

—¡Cielos! Eso no lo entiende nadie —se me escapó.

Lo cierto era que yo contaba con ser inmune a las miradas despiadadas, pero cuando de nuevo todas se volvieron hacia mí y me miraron de arriba abajo —de hecho, seguramente mi obligada falda negra y la blusa blanca en sí mismas ya eran toda una provocación—, me revolví en mi asiento.

Sea como fuera, la pragmática acudió en mi ayuda:

—¿Podrías concretar un poco tu crítica?

Yo fui a abrir la boca, pero Ute se me adelantó.

—Por supuesto que no. ¿Cómo podría? No tiene ni la menor idea de lo que es el feminismo, esto es, que va más allá de un convencimiento político, que es una nueva forma de vida que debemos conquistar paso a paso.

Sentí cómo me sonrojaba. «Bueno, si necesitáis tomates, por mí, ya podéis arrojarme contra los compañeros», me dije.

Pero de nuevo mi rescate vino desde un lado inesperado, esta vez, la marxista.

—Precisamente por eso no podemos ofrecer nada y darlo por terminado, lo cual, a su vez, significa que todos los puntos de vista están permitidos.

—Y esto incluye mantener el principio del cariño entre las hermanas —completó la pragmática—. A ver, ¿qué quieres contarnos?

Era evidente que a Ute no le quedaba mucho cariño y de nuevo puso los ojos en blanco. Por desgracia, su réplica se limitó a ese gesto. En lugar de entrometerse o de sacarme de la sala aguardó, como las demás, mi respuesta. Yo me encogí de hombros sin saber qué hacer.

—No entiendo mucho de política.

—¿Podrías definirnos política? —preguntó otra mujer.

La mujer que se sentaba a su lado la secundó.

—En sí una persona no puede ser apolítica. Además, todas opinamos que lo privado es político. Ya solo contándonos tu vida haces una declaración política.

Mis ganas de hablarles sobre mi vida eran escasas, quizá también porque mi vida parecía un remiendo deshilachado y no un rollo de tela con el que coser algo delicado. Un poco esposa, un poco madre, un poco empresaria, y un poco Rieke, que en situaciones tensas reaccionaba con humor y obstinación.

—Es realmente importante que hablemos de forma franca entre nosotras —apuntó otra mujer—. No solo es cuestión de teoría. Se trata de reflexionar sobre los propios miedos para entenderlos, no de forma individual sino colectiva. Interpelo sobre todo a las miembros recién inscritas. Cuéntanos lo que sientes y nosotras compartiremos nuestras experiencias. Luego las analizaremos todas y haremos una abstracción de ellas.

De nuevo todas las miradas se posaron en mí y, como no eran severas, sino más bien compasivas, me resultó aún más difícil articular palabra. Nunca jamás podría decir lo que sentía.

—¿Existe algún protocolo para hacer estas cosas? —dije por bromear mientras me daba cuenta de que ahí eso nadie lo encontraría divertido, ni siquiera yo.

Puede que a Joachim le hubiera hecho gracia, pero hacía tiempo que no bromeaba con él, y pensar en eso me entristecía y anulaba mi risita nerviosa.

—Aquí puedes decirlo todo —oí que me susurraba una voz cerca del oído—. Por qué no te sientes cómoda. Qué te hace sentir mal. Qué te hace sufrir. Será cuando lo tratemos en común cuando podamos reflexionar sobre dónde se pueden sentar las nuevas bases.

No se me ocurrió ningún chiste; no se me ocurrió nada en absoluto. La piel se me cubrió de manchas nerviosas, de pronto sentí la punta de la nariz absolutamente entumecida. ¡Gracias a Dios que se podía contar con la marxista!

—Antes de que esto degenere en una gran sesión de terapia, ¿no sería mejor centrarnos de nuevo en el proceso revolucionario? —preguntó con tono mordaz.

—Abrir el alma es la acción más revolucionaria que existe —explicó una mujer que me pareció capaz de desempeñar a la perfección el papel de Madre Coraje.

—Pero eso solo se lo puede permitir quien no tiene preocupaciones existenciales —rebatió la marxista.

—Hacer terapia no debería ser un privilegio de ricos.

—Ojalá.

El enfrentamiento verbal aumentaba en acritud y eso me permitió levantarme rápidamente y mascullar que tenía que ir al baño.

Me apresuré por el pasillo en cuyas paredes la pintura violeta se desconchaba. Las mujeres que hacía un instante se tocaban los pechos desnudos hablaban ahora del tema tabú de la incontinencia. La palabra apropiada, me dije antes de encerrarme en el baño. Las paredes ahí aún estaban en peor estado que en el pasillo y el asiento estaba roto. Pero posiblemente eso no molestaba a nadie porque a las mujeres les encantaba mear de pie. Mi mirada se detuvo en el espejo que estaba tan empañado que solo permitía ver contornos. Me subí la falda y me agaché sobre el inodoro.

—¿Rieke? ¿Dónde estás?

Ute me llamaba y yo, entretanto, buscaba en vano el botón de la cisterna.

—¿Por qué te marchas siempre?

No había botón de cisterna, solo una cuerda de la que tirar. Las posibilidades de que al hacerlo el espejo cayera eran altas. Aun así, lo hice y un reguero fino y marrón bajó por el váter.

—Eres como tu madre, Lisbeth —se lamentó Ute—. En cuanto se pone el dedo en la llaga, te cierras como una ostra.

—¿Con o sin perla? —murmuré sin saber si Ute me oía.

Abrí el grifo. Cinco gotas. Algo es algo.

—Tu abuela Fanny también se largaba siempre que la situación se ponía difícil.

Me pasé las manos húmedas por la falda y abrí la puerta. En realidad, tenía tendencia a retroceder ante Ute, pero, de haberlo hecho ahí, habría ido a parar sobre el asiento roto del váter. Así que avancé hacia ella con la barbilla levantada de forma tan decidida que, por una vez, fue ella la que dio un paso al lado.

—La vida que llevaran mi abuela y mi madre, en cualquier caso, es cosa mía, no tuya.

—Y también es cosa tuya la vida que llevas tú —contestó Ute mosqueada—. En todo caso, se pueden oír consejos. Y yo te aconsejo que asumas la responsabilidad de decidir finalmente qué quieres hacer con tu vida.

—No —repliqué en un tono más enérgico del que pretendía—. No tengo que decidirme en absoluto. Ni tampoco puedo juzgar a mi abuela ni a mi madre. La una buscaba el éxito; la otra, el amor. Pero yo..., yo quiero ambas cosas. No quiero llevar pantalones de peto, pero tampoco un vestido azul marino con cuello de ocelote. Quiero algo que esté en el punto medio.

Ute me recorrió el cuerpo con la mirada.

—¿Algo así como esa blusita blanca tuya?

—¿Por qué no? Es simple, igual que esta falda negra. Evidentemente, podría vestir un poco más elegante, pero con la vida que llevo, entre el trabajo y la familia, es importante que la ropa no solo sea bonita, sino que resulte práctica.

—¿Sabes a qué suena eso? A una solución intermedia. Y con soluciones intermedias no se puede hacer una revolución.

—Pero yo no quiero revolucionar la moda, eso ya lo hicieron las generaciones anteriores. Ahora se trata de escoger, entre la enorme cantidad de posibilidades, aquellas que faciliten la vida a las mujeres. Tal vez esta sea precisamente la mayor revolución de todas, buscar el punto medio entre los extremos: entre los pantalones de peto y la piel de ocelote; entre textos políticos para los que hace falta un diccionario de extranjerismos y las intimidades que se confían a completos desconocidos; entre un pastel de negritos de merengue y unos plátanos pasados; entre la bancarrota y el éxito. Tal vez tú eres distinta, pero a mí me basta con el punto medio. Y voy a ofrecer moda para este centro.

Ute me miró con escepticismo.

—¿Y cómo se supone que va a ser?

Estuve a punto de decirle que no tenía ni idea. Pero habría sido mentira. Una parte de mí siempre había sabido más que la otra: sabía que yo envidiaba a Martin por dirigir él solo la casa de modas, que yo quería trabajar, y que disfrutaba con ello a pesar de todas las dificultades. Y ahora sabía lo que se tenía que hacer.

—Tengo una idea —murmuré—. Tengo una idea que distinguirá a la Casa de Modas König en el futuro.

—¿Y es...? —murmuró ella alargando las vocales y con un tono todavía escéptico.

—No te lo diré —contesté con tono cortante—. Tú eres la responsable de la planificación de mercancías, yo soy la gerente. Pronto averiguarás lo que tengo pensado.

Ella puso los ojos en blanco. Cuando me vio marchar, sin embargo, tuve la sensación de que en su mirada había cierta aprobación.

Fanny

1929

Elisabetta hacía la maleta minuciosamente. Fanny no tenía ni idea de dónde había podido aprender ese modo tan preciso de plegar los dobladillos de los vestidos, en todo caso no hacía ni la menor arruga. A Alice no le habría preocupado que hubiera alguna, pero para Elisabetta era importante que sus vestidos de princesa no se arrugaran ni se ensuciaran; de hecho, incluso a última hora de la tarde llevaba las trenzas tan bien hechas como por la mañana. Bueno, con ese pelo fino y rubio que tenía, que a Fanny le recordaba más a Georg que a Aristide, lo tenía más fácil que su madre y sus rizos tan difíciles de domar; en cualquier caso, a Fanny le extrañaba el sentido del orden de Elisabetta. Del mismo modo que a menudo Alice parecía robarle a ella todo el amor de madre reclamando a la pequeña para sí de un modo muy intenso, también parecía arrebatarle a la pequeña toda inclinación hacia el desorden; no obstante, sus dos víctimas, lejos de aliarse entre ellas, eran extrañamente parcas en palabras cuando Alice no estaba.

Fanny hizo hasta tres intentos antes de formular por fin la pregunta de por qué Elisabetta estaba preparando las maletas.

Apenas hacía una semana que habían regresado de Bellagio, en el lago de Como, donde Alice no se había contentado con dar paseos, ir de vez en cuando en góndola por el lago, ni recorrer en tren la orilla en dirección hacia Lecco. No, se le había metido en la cabeza hacer como las mujeres pescadoras del lugar y asar unos cuantos *agoni,* unos arenques pequeños, sobre las brasas de un fuego de campamento. Aunque prácticamente todos quedaron chamuscados, eso no le había impedido a Alice metérselos en la boca. Elisabetta, en cambio, sin mancharse la ropa, había raspado discretamente la piel hasta dejar solo las espinas y luego, de forma no menos discreta, las había arrojado al lago.

—Esta vez no vamos a Bellagio —repuso Elisabetta sin más.

Fue entonces cuando Fanny reparó en el tamaño de la maleta y se dio cuenta de que había tanto ropa de verano como de invierno.

—¿Y a dónde entonces? —preguntó confundida.

Elisabetta levantó la cabeza un momento.

—*Mamma* dice que de ahora en adelante vamos a vivir en un palacio de porcelana.

Algo así solo podía ocurrírsele a Alice. Pero tal vez una cosa así también la habría podido decir Elise, la abuela de Fanny, fallecida hacía muchos años y que, por cierto, había sido el motivo por el que la pequeña se llamaba Elisabetta, tal y como había querido Alice. Sin embargo, Fanny no sabía si Elise conocía el cuento de la princesa del mirto. En realidad, esta princesa era un arbolito de mirto que unos reyes habían elegido como hija después de que la vida no les hubiera concedido una de carne y hueso. Pero entonces un príncipe se enamoró del arbolito, quiso sacarlo de su lugar y plantarlo en una maceta de su palacio de porcelana. Para Elisabetta, no era una mala idea.

—Alice cree que la princesa del mirto puede vivir en cualquier sitio —dijo entonces—. Y yo también.

—Pero ¿ese cuento no termina cuando las otras nueve princesas que también viven en el palacio cortan en pedazos a la princesa del mirto porque le envidian el amor del príncipe?

—El cuento no termina así —replicó Elisabetta furiosa—. Con la madera rota el príncipe obtiene un nuevo árbol.

—Entiendo —dijo Fanny, pero en realidad no entendía nada, solo que Elisabetta tenía las raíces en Milán y que ella no iba a permitir que fuera trasplantada ni despedazada.

Dejó a Elisabetta haciendo las maletas y entró en el dormitorio de Alice donde en ese momento la actriz daba instrucciones a la nueva doncella.

—Las botas altas irán al fondo de todo, luego se pone el calzador y luego... ¡Ah, Fanny! ¡Qué bien que estés aquí! Así podrás empezar a empaquetar.

Fanny hizo una señal con la cabeza a la doncella para que se retirara y esta desapareció rápidamente, no sin antes poner en la mano de Fanny el calzador de las botas altas. Aquello la hizo sentirse ridícula. Y, además, tonta por no haber sabido antes los planes de Alice.

—He..., he recibido una oferta —explicó la actriz con el rostro resplandeciente de alegría—. De la Paramount. ¡Nos vamos a Hollywood!

Fanny tomó aire. Así pues, el palacio de porcelana estaba en Estados Unidos. Sabía que la mayoría de los grandes estudios cinematográficos, no solo la Paramount, sino también la 20th Century Fox y la Warner Bros, tenían filiales en Italia y estas, a su vez, tenían el encargo de dar a conocer las estrellas de cine americanas en el país. Pero para ella era una novedad que también hicieran ofertas a estrellas de cine italianas para que fueran a Estados Unidos.

—Hollywood... —empezó a decir pasmada.

Alice asintió emocionada.

—¡No te puedes imaginar lo que llegan a ganar las estrellas de cine ahí! ¡Hasta sesenta mil dólares para una única película!

—Pero tú aquí no te ganas mal la vida.

—Desde el punto de vista técnico, los americanos están mucho más avanzados. Ningún *film parlato* nuestro puede compararse con los suyos.

—¿*Film parlato*? ¿Una película sonora? Pero si tú solo querías hacer películas mudas.

—Con o sin películas mudas, la industria cinematográfica italiana está en crisis.

—¡Hace años que lo está!

—Y ahora me afecta a mí. ¿Podrías por favor dejar a un lado ese trasto?

Fanny necesitó un rato para entender que Alice se refería al calzador, y lo dejó sobre una cómoda. Lo que todavía no entendía, lo que no quería comprender, era lo que llevaba a Alice a América. En ese momento esta se puso delante del espejo oval y le pidió que se acercara.

—Mírame.

—Pero...

—Vamos, mírame.

Fanny contempló el espejo y vio en él lo que siempre veía al contemplar a Alice: una mujer hermosa de un pelo rizado más difícil de dominar incluso que el suyo, ojos grandes y un maquillaje quizá algo excesivo que siempre estaba un poco emborronado.

—¿Lo ves? —preguntó Alice señalando la mejilla.

Fanny se quedó mirando un rato la imagen del espejo y luego directamente la cara de Alice.

—Si temes las arrugas, no, no veo ninguna. Y aunque tuvieras alguna y temieras estar pronto demasiado mayor para hacer películas, eso rige tanto en América como en Francia o Italia.

—Arrugas, ¡qué va! —exclamó Alice ruidosamente—. El problema no es mi edad, el problema es... esto de aquí.

Seguía señalándose la mejilla. Si Fanny hubiera tenido aún en la mano el calzador posiblemente lo habría blandido de impaciencia contra Alice.

—¿Qué diablos quieres decir?

—Quiero decir que, gracias a las numerosas máscaras de almendra que me pones en el rostro, mi piel sigue tersa y posiblemente seguirá así durante un tiempo, pero jamás será clara.

A eso se refería: al tono aceitunado de su piel.

—¿Y qué? —repuso Fanny—. ¿No dices siempre que precisamente por eso te dan papeles de mujeres exóticas? ¿Por tener los ojos oscuros, el pelo oscuro y no ser pálida?

Alice se quedó mirando la imagen del espejo, aunque parecía ver algo más que a sí misma.

—Vas saltando de escenario en escenario, y no te enteras de lo que pasa en el mundo. Llevas ropa que no es tuya y no piensas por tu cuenta.

—Y, según tú, ¿en qué debería pensar? ¿En los resultados de las elecciones?

A Fanny no se le había pasado por alto que recientemente se habían celebrado unas. Incluso Isidora, la periodista de moda, hablaba continuamente de eso. Ya en años anteriores se había lamentado de que no se permitiera la edición de publicaciones no fascistas y sostenía que con esas elecciones Italia había pasado a ser por fin una dictadura.

Fanny no sabía exactamente qué era una dictadura, pero tampoco lo había preguntado nunca.

—¿Y qué? —exclamó entonces—. El mismísimo papa lo ha dicho: Mussolini es el hombre que nos ha enviado la providencia. Y, aunque da la impresión de que tú, en cambio, pienses que viene directamente del infierno, ¿qué tiene que ver eso con tu color de piel? ¿O con que de pronto quieras marcharte a América?

—Hace meses que se pide a las modelos que hagan el saludo romano antes de cada desfile. ¿Y quieres decirme que no tienes ni idea de política? Llevas meses en que no solo presentas ropa que favorecería a cualquier diosa antigua sino uniformes con los que la gente pueda trabajar para el estado fascista. ¿Y haces como si no te fuera nada en ello?

Para entonces Alice ya gritaba.

—Los fascistas han decidido favorecer las empresas de moda italianas y desde luego estas están floreciendo —objetó Fanny—. Supongo que, si los fascistas decidieran fomentar la industria cinematográfica, también esta florecería. ¿No será que, simplemente, estás celosa?

—¿No será que, simplemente, eres tonta? Los fascistas ya determinan quién aparece en pantalla; se trata, en concreto, de mujeres italianas de piel clara, no las que tienen aspecto árabe o africano y, por lo tanto, de razas inferiores. Antes, cuanto más exótica fuera una actriz, mejor. Hoy en día debe representar a la mujer italiana media, y eso yo nunca lo he sido, ni lo seré.

Fanny, disgustada, oscilaba de un pie a otro.

—¿Y qué tiene eso que ver conmigo?

Alice se le acercó tanto que sintió su aliento cálido.

—¿Por qué crees que recientemente te aconsejaron que te cortaras el pelo y te hicieras una melena bob? Era solo para que no se te vieran tanto los rizos.

Involuntariamente Fanny se llevó la mano al pelo. Era cierto, lo llevaba corto como nunca y había sido, en efecto, Simone Castana quien se lo había aconsejado, pero eso no tenía nada que ver con la política.

—Si quiero seguir con mi carrera, tengo que ir a América —continuó Alice—. Y aunque fracase ahí, al menos no tendré que soportar a esos estúpidos camisas negras.

Avanzó por la habitación pasando junto a Fanny e hizo lo que nunca había hecho: empaquetar ella misma sus cosas, aunque sin plegarlas con el esmero de Elisabetta.

—Tu carrera aquí ha terminado, pero no la mía —exclamó Fanny con obstinación.

—¿De qué carrera estás hablando? —repuso Alice mientras metía un vestido en la maleta—. No eres diseñadora de moda, eres modelo. Y a las modelos les pasa igual que a los soldados: cuando cae una, aparece otra. Son todas reemplazables.

—Simone Castana dice que hay pocas mujeres tan versátiles como yo, que anden con tanta elegancia...

—Es fácil aprender a marchar al compás. Y en el futuro la mujer no necesitará ser versátil. ¿Hoy seductora elegante y mañana tenista orgullosa? ¡Ni hablar! Que sequen al hombre el sudor de la frente y que no rechisten: eso es lo que aún se les pide a las mujeres. Y empieza de una vez a hacer la maleta. Tal vez en América tengas una nueva oportunidad. He oído que ahí se diseñan vestidos exclusivos para las películas, y no para el día a día. Yo podría encargarme...

—No me fío —la interrumpió Fanny—. A ti mis sueños nunca te han preocupado.

Alice se detuvo y levantó la mirada.

—¿Acaso en estos últimos años has luchado por tus sueños?

Aunque la respuesta sincera a esa pregunta solo podía ser negativa, eso no aplacó el enfado de Fanny.

—A ti te da igual si te acompaño o no. Tú lo que quieres es a mi hija, no a mí. Pero te lo juro: Elisabetta solo irá a América si yo lo decido, y no porque tú lo digas sin preguntarme. Aquí, en el dormitorio, y en el baño, en la bañera de mármol, Elisabetta tiene una *mamma* y una mami, pero no ante la ley. Elisabetta no es tu *principessa*. Se llama König, que significa rey en alemán, y es, por lo tanto, una reina.

A Alice le tembló el párpado derecho.

—Ese es el apellido de tu marido. Y él no es el padre de Elisabetta.

De nuevo Fanny era incapaz de rebatir aquello, así que contempló en silencio cómo Alice seguía metiendo vestidos en la maleta y cómo, en cuanto terminaba de hacerlo, los volvía a sacar y los colocaba de nuevo solo para tener las manos ocupadas.

Fanny se preguntó si acaso su vida no funcionaba del mismo modo, si tal vez ella llenaba el baúl de sus sueños con objetos inútiles porque lo importante era que no estuviera vacío. De todos modos, aquello a lo que se aferraba no era un sueño: era producto de la casualidad, de un malentendido, concretamente, de la mentira de que ella era de Sicilia. Esa mentira, y no la perseverancia, era lo que la había llevado al escenario de las modelos y en él se había instalado como alguien que, buscando la sala de baile en un castillo, había acabado en la habitación más austera de la torre y, al contar esta con vistas a un jardín de cipreses, mirtos y magnolias, se había convencido de que ese sitio era mejor que una cocina donde fregar platos.

—Es cierto —dijo, aunque con la voz tan baja que Alice no la oyó—. Me llamo König solo por mi marido. El nombre de Francesca Re me lo he dado yo a mí misma. Pero ese era el nombre con el que quería ser conocida como diseñadora de moda, no como modelo.

Se dio la vuelta, fue a su habitación y empezó a recoger sus cosas. Al cabo de un rato, cuando Alice fue hacia ella, la actriz, creyendo que había cedido, sonreía satisfecha.

—Aprendiste francés muy rápido y luego italiano. Estoy segura de que pronto hablarás inglés.

A continuación, se preparó un baño completo. Fanny logró impedir que Elisabetta se bañara con ella pidiéndole que le enseñara a doblar la ropa de esa forma tan precisa. La pequeña accedió de buen grado; a continuación, Fanny tomó con una mano la maleta en la que había guardado todas sus cosas y con la otra atrajo a la niña hacia sí.

—¿A dónde vamos? —preguntó Elisabetta con sorpresa.

—Aún tenemos que comprar un libro de cuentos para ese viaje tan largo.

—Ya tengo uno que cuenta la historia de la princesa del mirto.

«Y yo evitaré que a ti, como a ella, te arranquen de raíz», pensó Fanny. Luego dijo en voz alta:

—Pero aún no conoces el cuento de la Cenicienta. A la pobrecita se le murió la madre y entonces tuvo una madrastra horrible.

—¿Qué es una madrastra?

—Eso es algo que no hace falta que sepas, porque tú ya tienes madre.

—Incluso dos —dijo Elisabetta con seriedad.

—Incluso dos —repitió Fanny, convencida de que así sería también en el futuro.

Al final, Alice cedería y preferiría sacrificar su carrera en América a renunciar a Elisabetta; aceptaría la idea de que de ahora en adelante Fanny mantendría la familia... y que ahora el escenario le pertenecía.

Encontraron refugio en casa de Alessandra, la modelo que comía pomelos para desayunar y cenar, e Isidora, la periodista de moda. Ambas compartían un piso que se encontraba encima de un burdel; para esquivarlo, tenían que entrar en la iglesia que había dos casas más allá, encaramarse a la azotea desde el campanario y luego entrar por la sala de estar. Fanny dormía con Elisabetta en una *chaise longue* antigua. Tenía la tela raída por las polillas; para ser de utilidad, Fanny prometió tapizarla de nuevo y que, tras remendar los agujeros del tejido viejo, le haría un vestido a Alessandra.

Durante los primeros días eso la tuvo lo bastante ocupada como para distraerla. Además, tuvo que dedicarse a consolar continuamente a Elisabetta, que, aunque solo preguntó una vez por Alice, preguntaba a cada hora cuándo tendría el nuevo libro de cuentos. Fanny esquivaba la pregunta e incluso llegó a contarle el cuento de Cenicienta en la versión de su abuela Elise; sin embargo, cada vez que llegaban al momento en el que al príncipe le cortaban el talón por haber sido tan ciego y no reconocer a Cenicienta, Elisabetta empezaba a llorar a su modo, en silencio, pero bañada en lágrimas. Y cuando las lágrimas se agotaban hacía lo que de niña había hecho tan a menudo después de que Alice le retirara los pañales de lana de oveja y la vistiera con vestidos de princesa: mojarse encima. Elisabetta solo tenía la ropa que llevaba puesta y en su maletita solo había vestidos, así que Fanny le hizo otra muda con la tela de brocado vieja de la *chaise longue* mientras colgaba a secar la otra en la azotea.

Elisabetta se quejó de que esa tela era demasiado áspera y Alessandra dijo que el párroco de la iglesia vecina les había prohibido tender ropa interior en la azotea.

—Pues vas a tener que llevar estas, te guste o no —reprendió Fanny a Elisabetta y, cuando la niña empezó a llorar otra vez, lamentó mucho haberle hablado con tanta brusquedad.

Alessandra sintió lástima por las dos y ofreció ir a tomar una copita de *limoncello* con el párroco para apaciguarlo. Isidora, por su parte, prometió mantener la boca cerrada ante Alice en caso de que le preguntara por el paradero de Fanny y Elisabetta. Fanny le había contado a la periodista la disputa que habían tenido. De todos modos, al parecer, Alice no había iniciado ninguna indagación.

—Seguramente cuenta con que regresarás arrepentida en cuanto te des cuenta de que ella tiene razón —explicó Isidora.

—¿Que ella tiene razón? —preguntó Fanny con enojo—. Bueno, tal vez en lo referente al final de su carrera, sí, pero no de la mía.

Isidora enarcó solo la ceja derecha, un gesto muy habitual en ella.

—El Consorzio Industriale quiere construir un nuevo palacio de la moda en Milán —dijo Fanny—. Y próximamente en el Grand Hotel Excelsior del Lido de Venecia se celebrará un gran desfile de moda. Las modelos, las buenas modelos, ahora están más buscadas que nunca.

—Pero ya debes de saber que el Consorzio Industriale está financiado de forma exclusiva por fascistas, ¿verdad? Y tal vez has oído decir que hace poco estos han excluido de los desfiles a todos a los fotógrafos que no sean italianos. Por otra parte, cuando recientemente se iba a presentar un traje de baño hecho de uno de esos tejidos sintéticos modernos e incluso con cremallera, entonces...

—No me dirás ahora que los fascistas tienen algo en contra de inventos tan prácticos como la cremallera.

—No, pero sí en contra de los bañadores. Según ellos, es una prenda demasiado frívola para la mujer italiana.

—Vaya —intervino Alessandra—, me parece que hoy en día Francia es un lugar más divertido. ¿Verdad que hablas francés? ¿Me enseñas?

Fanny puso los ojos en blanco y, sin querer, se limitó a decir:

—*Fils de pute.*

—¿Eso qué significa?

—Eso es lo que le dices a un hombre al que amas.

—No —intervino Isidora—, eso es lo que le dices a un hombre después de que te engañe. Mejor si además le tiras encima la piel del pomelo. Por cierto, Elisabetta se acaba de volver a mojar encima.

—*Putain de merde!* —exclamó Fanny.

Como la braguita que había colgado antes fuera aún no estaba seca, envolvió a su hija en un paño de lino y la sentó en el suelo de piedra por si volvía a mojarse.

Elisabetta lloraba sin hacer ruido; ya no reclamaba el nuevo libro de cuentos, sino que no dejaba de repetir, una y otra vez:

—Quiero ir con *mamma*. Quiero ir con *mamma*.

—Luego —le decía Fanny sin saber qué hacer—. Luego.

Era cuestión de tiempo, se decía para convencerse a sí misma. Tenían que aguantar un poco más. Solo así Alice se daría cuenta de que había subestimado a Fanny y no al revés.

Pasaron dos semanas e Isidora y Alessandra seguían sin volver a casa con la noticia de que Alice había pedido desesperada que las encontraran. Fanny decidió no ocultarle por más tiempo su paradero, así que pidió a Alessandra y a Isidora que le dijeran dónde vivía. Pero pasó otra semana sin que Alice, como esperaba, apareciera en su casa con el rostro cubierto de lágrimas e implorando la reconciliación. Fanny, por su parte, no se animaba a ir a la casa de la actriz, pero sí le pareció que había llegado el momento de ir a visitar a Simone Castana mientras Isidora cuidaba de Elisabetta y preguntarle si iba a contar con ella para el gran desfile de Venecia.

En el taller de costura de Castana reinaba el trajín habitual, pero en lugar de mujeres altas enfundadas en vestidos elegantes, solo había jovencitas con blusas blancas, corbatas negras y faldas hasta la altura de la rodilla. Castana, según supo por una de las costureras, había recibido un gran encargo: diseñar el uniforme de la Piccola italiana, el grupo juvenil fascista en el que participaban niñas de ocho a catorce años.

«La persona que deja de ser individuo es incapaz de distinguir por más tiempo entre el bien y el mal, no puede discernir qué vida quiere o no llevar. Su ropa deja de ser la expresión de su propia personalidad para convertirse en expresión de la ideología». Se acordó entonces de aquellas palabras de Alice.

Fanny las ignoró, igual que a la desazón que se apoderó de ella.

—Seguro que Castana también viste a mujeres mayores de catorce años —dijo con tono mordaz.

La costurera indicó con la barbilla el taller donde Castana estaba dando instrucciones desde la distancia habitual de dos metros. En efecto, estaba trabajando en un diseño para una mujer adulta, que llevaba un vestido plateado brillante, reforzado en algunos puntos con metal, sobre el cual caía una capa negra hasta la cadera.

«El negro solo se debe llevar si realza la figura, no si la oculta», se dijo Fanny. Sin embargo, también apartó de sí ese pensamiento y se aclaró la garganta. Aunque Castana no apartaba la vista del vestido plateado, al parecer la había visto.

—Francesca Re, ¡qué maravilla! Se decía que la tierra se la había tragado.

—Soy indigesta, incluso para la tierra —explicó Fanny con la esperanza de que su voz no sonara demasiado nerviosa y que, en cambio, se apreciara en ella la seguridad en sí misma que había demostrado como modelo—. El caso es que estoy de vuelta y estoy lista para pasar ropa. —«Y, si hace falta, incluso para llevar una capa negra», añadió mentalmente de mala gana. Castana seguía sin volverse hacia ella, y se limitó a pedir que subieran un poco más arriba el dobladillo. «Aun así, sigue siendo demasiado largo», pensó Fanny. Sin embargo, en voz alta solo dijo—: He oído comentar que en el Lido se va a celebrar un gran desfile.

Castana se limitó a levantar la mano y la costurera se acercó a toda prisa con un cinturón.

—Y también en el hotel Excelsior —añadió Fanny.

—Mmm —musitó Castana mientras comprobaba el cinturón. Era demasiado ancho para ese vestido plateado, pero tal vez fuera esa la intención.

—¿Y entonces cuándo podré...? —empezó a decir Fanny.

Castana volvió a levantar la mano, esta vez un gesto inconfundible para que se callara.

—Ni por un instante creí que a usted se la hubiera tragado la tierra —dijo—. Más bien contaba con que había regresado a su país.

Entonces él sí se volvió hacia ella. Fanny conocía muchas de sus caras: la entusiasta cuando evocaba la grandeza de Italia y de su moda; la impaciente cuando daba instrucciones de lejos a las costureras; la nerviosa cuando el pánico estallaba antes de un desfile. Pero esa cara carecía de expresión.

—¿A mi..., mi país? —farfulló Fanny mientras la desazón iba en aumento y se le posaba sobre los hombros como si ella, y no la modelo, llevara esa capa negra—. ¿Qué se me ha perdido a mí en Sicilia?

Una sonrisa asomó de pronto en los labios de Castana, ácida como las naranjas de las que había hablado en su primer encuentro.

—Lo que se le ha perdido a usted en Sicilia no lo sé, sobre todo porque usted no es de allí, sino de Alemania. Tal vez en su país usted le pueda explicar al *buffone* cómo se gobierna un país.

—¿B-b-*buffone*? —preguntó Fanny sin comprender nada. Lo único que sabía es que esa palabra significaba payaso.

—Se dice que el *signor* Hitler se esfuerza mucho en imitar a nuestro Duce —dijo Castana sonriendo de forma maliciosa—. De todos modos, lo hace con la misma torpeza que una vaca andando detrás de una grácil modelo.

Fanny no sabía quién era ese *signor* Hitler. En todo caso, no era italiano, como ella tampoco lo era. Y Castana lo sabía.

—Alice di Benedetto ha tenido la gentileza de informarme de que ni usted es de Sicilia, ni su padre proviene de Tirol del Sur —siguió diciendo Castana—. Hoy en día en los grandes desfiles de moda solo desfilan mujeres italianas. Ocurre lo mismo que con los fotógrafos: solo los italianos pueden disparar fotografías.

Para él, asunto resuelto, así que se volvió de nuevo hacia la modelo y le ordenó abrir y volver a cerrar la capa. La plata y el color negro se fundieron ante la mirada de Fanny.

«Me llamo König solo por mi marido», le había dicho a Alice cuando discutieron. «El nombre de Francesca Re me lo he dado yo a mí misma».

Y Alice había destruido a Francesca Re. De este modo no solo había demostrado su influencia, sino también lo que había querido hacerle ver continuamente a Fanny: que hacía tiempo que los fascistas tenían demasiado poder y que no cabía esperar nada bueno de ellos, ni para Fanny, ni para ella.

De pronto, Fanny tuvo la sensación de que no solo llevaba una capa pesada, sino también un cinturón ancho, y no en la cintura, sino en el cuello, y que la ahogaba cada vez más.

Lo que estuvo a punto de asfixiarla no fue tanto la perspectiva de no poder trabajar más como modelo, no, al menos, en Italia, sino darse cuenta de que la amistad con Alice, o lo que fuera lo que las había unido, había terminado. Puede que Alice contara con que ella ahora regresaría a su lado, con la cabeza gacha y musitando disculpas con la voz apocada, pero Fanny nunca había sido buena en regresar corriendo, solo lo era en huir corriendo.

Primero se limitó a salir a la carrera del taller de Castana, pero cuando llegó a su actual hogar tras pasar por la torre de la iglesia y la azotea y se encontró con que Alessandra la esperaba con dos noticias —que Elisabetta había mojado la *chaise longue* y la había arruinado de forma definitiva y que un mensajero de Alice di Benedetto había traído dos billetes de barco para América— se dijo: «Nunca más».

—Por cierto, te ha dejado también unos billetes de tren —siguió diciendo Alessandra—. A fin de cuentas, tú y Elisabetta tenéis que llegar de algún modo a Génova, que es de donde parte el barco a América.

Barco... Barco... América... América... Génova... Génova... Esas palabras resonaban en la mente de Fanny. Le vino entonces a la cabeza un recuerdo, el de esa Nochevieja en la que encontró el chal rojo en el arcón de Hilde, su madre, mientras oía hablar del destino de su prima Martha que, buscando la fortuna en América, había ido a parar a un burdel de Génova.

«Genial», se dijo Fanny. «Bueno, al menos, no he ido a parar a un burdel, sino que estoy encima de uno».

—¿Cuándo os marcháis? —preguntó Alessandra, cuyo mensaje, aunque intentaba esconder la impaciencia de su voz, era evidente. Tras echar a perder la *chaise longue* no podían permanecer ahí mucho más tiempo.

—Pronto —murmuró Fanny a pesar de que no sabía a dónde podía ir si no era a Génova o a América—, pronto.

Aunque aún estaba húmeda, Fanny se dejó caer en la *chaise longue* con un suspiro. Su prima Martha había buscado la libertad y el amor y no había conseguido ninguna de las dos cosas. Y ella misma, que no había conseguido nada ni como diseñadora de moda, ni como modelo, tampoco podía permitirse por mucho más tiempo la libertad. En cuanto al amor, había creído que, tras su desengaño con Aristide, se habría mantenido al margen de eso. Pero en aquel momento se dio cuenta de que, de un modo extraño, también había amado a Alice, por lo menos lo suficiente como para considerar una traición lo que le había hecho y hacerla estallar en lágrimas.

—¿Por qué lloras? —preguntó Alessandra—. No solo te ha enviado los billetes para el viaje, sino también dinero para que puedas comprarte comida. Yo que tú le compraría ropa interior a Elisabetta. Y pañales.

—¡Pero si tiene casi siete años! —exclamó Fanny entre sollozos.

Alessandra se encogió de hombros.

—Por cierto, Alice me ha pedido que te diga que te ha perdonado.

«Yo a ella no la perdono», pensó Fanny. «Y no solo porque me ha traicionado, sino porque me ha mentido. Dijo que era posible ser feliz sin un hombre y ahora ella se comporta como si lo fuera, y debo doblegarme ante ella, en lo posible, con actitud sumisa. Georg, en cambio, nunca me quiso sometida. Él solo quería que estuviera para él, nada más».

—¡Vamos! —dijo Alessandra—. Coge el dinero y compra algo de ropa para Elisabetta. Ahora no sé cómo voy a sacar de aquí la *chaise longue*. Veo difícil arrastrarla por la azotea, y desde luego será imposible hacerla pasar por el campanario.

—¡Regálasela al burdel! Así los clientes borrachos podrán dormir en ella —murmuró Fanny.

—O la tiramos por la ventana.

Fanny recordó a su prima Martha, que se había arrojado por la ventana y se había roto las dos piernas; un desenlace parecido al de la princesa del mirto, a la que se le habían cortado las raíces. Bueno, al menos ella conservaba intactas ambas piernas, podía marcharse y, tal vez, en algún momento, podría volver a echar raíces.

Le quitó la ropa mojada a Elisabetta.

—Todo irá bien —murmuró.

—Quiero ir con la *mamma* —se lamentó la pequeña casi en silencio, solo articulando las palabras. Su voz apenas se oía.

—No te puedo ofrecer una *mamma,* solo una abuelita. Y una tía loca.

Elisabetta se resistió un poco, pero cuando Fanny le puso unas bragas suyas, le hizo un nudo a derecha e izquierda para estrechárselas y le dijo que parecía una mariposa, en los labios de Elisabetta asomó una sonrisa.

En la tienda que había sido de su madre, Hilde, ya no se vendían ni corpiños ni corsés, sino únicamente chocolate Stollwerck y té indio, y, en lugar de Hilde, había una mujer desconocida que les explicó, con un cierto tono respondón, que hacía ya cinco años que se había quedado con la tienda, que Hilde Seidel se había mudado y que creía que poco después había muerto, pero que eso no era asunto suyo.

—Tengo hambre —dijo Elisabetta en italiano clavando una mirada golosa en el chocolate.

Apenas sabía un par de palabras en alemán, porque Fanny le había hablado muy pocas veces en su idioma.

—Te daré un trocito si os marcháis de la tienda de inmediato —dijo la mujer que, aunque sin duda no sabía italiano, le bastó con mirar a Elisabetta para entenderla.

Se acercó a Fanny y a Elisabetta con el chocolate en una mano y un trapo húmedo para lavar en la otra. La pequeña se había vuelto a mojar encima.

Fanny olvidó disculparse cuando se vio forzada a salir; Elisabetta olvidó dar las gracias por el chocolate mientras se lo metía en la boca.

«Mamá ha muerto», pensó Fanny. Y esa idea le pareció muy extraña, posiblemente porque durante todos esos años no había dedicado ni un pensamiento a Hilde. Por otra parte, había escrito pocas veces a Alma y cuando esta, con incluso menos frecuencia, le había contestado, solo había sido para hablarle de la moda de sombreros, de los derechos de la mujer o de la posición, cada vez más enfrentada, entre las socialistas y las comunistas, pero nunca sobre Hilde.

—Vamos a visitar a la tía Alma —anunció Fanny procurando que su voz sonara decidida.

Tomó consigo a Elisabetta, que tenía la boca sucia de chocolate y llevaba la ropa mojada, pero cada paso le provocaba una vacilación mayor que el anterior. Cuando Alma no escribía sobre sombreros o política, lo hacía para lamentarse sobre las madres solteras que seguían viviendo realquiladas en su casa y sospechaba que su tía no vería con buenos ojos que Elisabetta se sentara en el saco de carbón de su dormitorio, siempre y cuando tal cosa reemplazara aún la silla.

Fanny alteró decidida ese destino por otro. En vez de dirigirse al piso de Alma, que estaba cerca de la iglesia Katharinenkirche, se encaminó hacia un edificio próximo a la calle Kornmarkt.

—¿La tía Alma vive aquí? —preguntó Elisabetta cuando se quedaron de pie frente a la casa de varias plantas y la magnífica fachada de estuco.

—No —contestó Fanny.

—¿Y quién vive aquí?

Se encogió de hombros.

—Un tal señor König —repuso finalmente.

—¿König? ¿Ese señor es rey? ¿Con una corona de verdad?

—No, no —dijo Fanny—. Pero es un señor muy amable.

No sabía si tal cosa era cierta. No sabía si él sería amable con ella. Solo sabía —Alma por lo menos lo había mencionado en una ocasión— que no había ninguna mujer en su vida.

Al ver que la persona que les abrió la puerta no era él, sino una mujer oronda de piernas bastante gruesas, en un primer momento Fanny creyó que Alma se había equivocado, pero luego, al reparar en el delantal blanco almidonado y la pequeña cofia, aún más rígida, que llevaba prendida en el pelo gris, se dio cuenta de que era la doncella.

—¡Pero qué niñita tan monina! —exclamó la mujer en dialecto hessiano cuando su mirada se posó en Elisabetta. Ignoró a todas luces la boca sucia de chocolate, y en cambio se entusiasmó al ver su pelo delicado y rubio y su carita, aún más fina, y los ojos azules tan abiertos. Fanny se quedó en el umbral esperando, Elisabetta cruzó la puerta de forma espontánea—. Vaya, estás temblando —comentó la doncella mientras acariciaba la cabeza de la pequeña.

Fanny supuso que Elisabetta esquivaría el contacto, pero la pequeña dejó hacer a la mujer. También supuso que la doncella la echaría de inmediato en cuanto pronunciara su nombre.

—Soy Fanny... Fanny König —dijo presentándose.

La mujer, sin embargo, le permitió pasar mirándola mientras fruncía el ceño.

—Estás temblando —repitió la doncella dirigiéndose de nuevo a Elisabetta.

—Ella... apenas entiende el alemán —se apresuró a decir Fanny.

La mujer no dejaba de acariciar la cabeza a la pequeña.

—Bueno, de todas maneras —siguió hablando en dialecto a la pequeña—, al menos podrías decirme cómo te llamas.

Antes de que Fanny pudiera abrir la boca, la pequeña abrió la suya y, con una voz más firme de la que cabía imaginar, dijo:

—Elisabetta.

—¡Un nombre muy largo para una niñita tan pequeña! —comentó la doncella; parecía más enojada por eso que por el hecho de que dos desconocidas aparecieran en la puerta de su casa sin avisar. Elisabetta volvió a dibujar una sonrisa. En ese instante a Fanny le habría gustado salir huyendo de pura incomodidad, pero entonces detrás de la doncella corpulenta asomó una silueta delgada.

—Dice que es Fanny König —explicó la doncella con su particular acento; no parecía irritada, solo desconcertada.

—En efecto, así es —dijo Georg.

A él no le había costado reconocerla, aunque llevaba el pelo mucho más corto y en su cara se reflejaban los casi diez años que habían pasado desde la última vez que se habían visto. A ella, en cambio, le resultó más difícil reconocer en ese hombre menudo al Georg de otros tiempos. No llevaba barba y su cara era algo más redonda. Sin embargo, eso no le hacía más atractivo, sino que le daba una apariencia más desnuda y desprotegida, como en esas noches en que él sufría pesadillas y se apretaba contra ella entre sollozos. Fanny no había conseguido librarlo del lodo de sus recuerdos, del barro de las trincheras; había sido incapaz de imaginar las atrocidades que había vivido.

En cambio, ahora sí podía intuir lo que él sentía, sobre todo la incomodidad detrás de la que se agazapaban unas emociones mordaces.

—Georg —dijo. A pesar de que ya había asumido todas las derrotas, fue al pronunciar su nombre cuando ella se dio cuenta de que nunca lograría vivir sus sueños.

Fanny volvió a abrir la boca, pero no pudo volver a pronunciar su nombre. Los años pasados eran muchos. Las palabras que ella podía decir para superarlos siempre serían demasiado escasas. Ni siquiera había sido capaz de ser para él un puente sobre las trincheras.

Tal vez habrían permanecido para siempre el uno frente al otro sin saber qué hacer de no ser porque en un determinado momento la doncella declaró con tono enérgico:

—Se debería hacer algo con la pobre niñita. Va mojada, tiene sed y está cansada. Y encima con ese nombre tan largo.

Posó las manos en los hombros de la pequeña y la acercó a Georg. Al principio él permaneció inmóvil, pero, cuando ambos quedaron uno frente al otro, él se agachó. La pierna derecha no dejaba de temblarle, y la mano izquierda también, pero tenía la mirada fijamente clavada en la pequeña y en ella se advertía algo de la cordialidad y la franqueza con la que en otros tiempos había sabido convencer a Fanny para ir a tomar chocolate caliente.

—¿Te gustaría llamarte Lisbeth? —preguntó él.

—Apenas entiende el alemán —repitió Fanny, acercándose un poco más hacia él, aunque no tanto como Elisabetta.

Georg no le hizo caso; Elisabetta, en cambio, asintió con la cabeza.

—¿Te apetece una sopita caliente y luego un trocito de corona de Fráncfort? —preguntó la doncella.

Fanny no dijo nada, Elisabetta volvió a asentir.

—Seguro que Frieda también te puede hacer una taza de chocolate caliente —apuntó Georg. Mientras la doncella se llevaba consigo a Elisabetta, él se incorporó—: Tu madre también puede tomar chocolate caliente —añadió. Aunque la niña ya no le podía oír, de haber podido, no le habría entendido. Pese al temblor en la rodilla derecha y la mano izquierda, su voz no tembló al dirigirse a Fanny—: Todavía tienes la maleta delante de la puerta. Métela. —Ella obedeció en silencio y dejó la maleta en el vestíbulo—. Quítate el abrigo —le indicó luego.

Ella lo hizo sin decir nada tampoco. No solo se quitó el abrigo, sino también el chal de seda rojo. En su momento, cuando se había marchado de Fráncfort, el chal había tapado los huevos y, hasta ese instante, al regresar, le había cubierto los hombros. Ambas cosas le parecían frágiles.

—Mi madre murió —murmuró ella.

—Lo sé. Yo me ocupé de su entierro.

Cada palabra era un arma. Pero su voz débil dejaba entrever que él no quería, o no estaba en condiciones, de apuntar esas armas contra ella. Georg se dio la vuelta en ese momento, y la dejó en el pasillo con la maleta llena y el corazón vacío.

Fue la doncella Frieda la que luego decidió en cuál de los tres dormitorios haría la cama para las dos. También fue ella la que bañó a Elisabetta y le puso el vestido de marinera que Georg había encargado que le trajeran de una tienda. Aunque la niña estaba muy delgada, le costó abrocharlo.

—Le va muy estrecho por el cuello —dijo Fanny con intención de intervenir.

—*Lo porto* —replicó Elisabetta con una voz sorprendentemente firme. Lo llevaré.

Frieda le adornó el pelo con una peineta en forma de mariposa que parecía enorme en su pequeña cabecita.

—Le va demasiado grande —dijo Fanny.

—*Lo porto* —afirmó Elisabetta de nuevo. Lo llevaré.

—Pero, Elisabetta...

—*Mi chiamo Lisbeth* —dijo.

Esas fueron sus últimas palabras en italiano. En los meses que siguieron apenas habló y, cuando lo hizo, solo fue en alemán.

Lisbeth

1949

Estaban tumbados sobre la mesa de corte, lo cual al cabo de un rato empezó a resultar incómodo. Como no querían acercarse mucho al dormitorio de Eva, Lisbeth extendió varias telas sobre el suelo e hizo un ademán con la cabeza a Conrad para que se sentara ahí encima.

—¿Y si se arrugan y se ensucian? —preguntó él. Ella se encogió de hombros—. A tus ojos, ¿no debería ser todo útil? ¿Y sentarse y hablar no carece de utilidad?

Ella se volvió a encoger de hombros, y se sacudió de encima la incomodidad que, por un momento, había asomado al estar de nuevo de pie, algo entumecidos, el uno frente al otro, haciéndose cada uno de nuevo con dificultad a su ropa y —más difícil aún— a su propio cuerpo, su alma y su vida, después de haberse fundido en uno por un instante. Pero, igual que ella entonces no admitía la vergüenza ni el asombro, tampoco admitía la idea prosaica de que todo cuanto no abrigaba o llenaba era superfluo.

Era agradable malgastar la tela para sentarse encima. Era agradable tomar una calada del cigarrillo que Conrad fumaba. Después no hablaron ni de la vida de ella, ni de la de él, sino de Fanny.

—¿Dónde vive en Nueva York?

La vez que Conrad le había hablado de la ciudad que nunca duerme a ella le había parecido como un enorme país de las maravillas. Sin embargo, para Fanny vivir ahí era un suplicio. No podía dormir porque las luces nunca se apagaban y porque los recuerdos y la soledad le cortaban el alma de forma aún más penetrante.

Conrad no le habló de ningún hombre a su lado, solo le contó que al principio de establecerse en Nueva York había vivido en un destartalado bloque de pisos del Lower East Side; luego, cuando tuvo éxito, se había ido a vivir a Yorkville, con los alemanes, en un apartamento con baño propio y agua corriente, y al final incluso había llegado a poder permitirse un apartamento diminuto en Manhattan.

«Un apartamento diminuto en el que solo hay sitio para una persona», se dijo Lisbeth, y su sospecha se confirmó. Puede que Fanny hubiera tenido alguna aventura, pero nunca se había casado, ni había tenido más hijos.

Se intentó imaginar el apartamento de Fanny en Nueva York, pero lo único que de pronto le vino rápidamente a la cabeza fue la casa en la que Georg König había vivido con Frieda, que entonces era la doncella y la persona de confianza de él, no de Lisbeth, y en la que un día, Fanny, la esposa huida, había aparecido con una niña mojada y sucia de chocolate que se llamaba Elisabetta.

—A mí... siempre me había parecido una persona generosa —dijo ella de forma espontánea mientras clavaba la vista en los anillos de humo que subían hacia lo alto.

—¿De quién hablas? —preguntó Conrad con la mente aún en Manhattan.

—De mi padre, bueno, mi padrastro, de Georg König. Me parecía una persona muy generosa porque no solo había vuelto a acoger en su casa a mi madre sino también a la hija de ella.

—Pero lo era, ¿no es cierto? —preguntó Conrad que la contemplaba con aspecto distraído.

Ella apartó la mirada de los anillos de humo y la posó en el maniquí de costura en el que había prendido con alfileres un vestido de flores esa mañana.

—El vestido que he diseñado esta mañana también tiene un corte que se supone generoso. Pero, en cambio, en la cintura —en eso Mechthild tenía razón— es muy estrecho. Para sentarse habría que meter la barriga y no se podría respirar bien.

Ella no sabía cuánto le había contado Fanny a Conrad sobre Georg König; fuese como fuera, él preguntó:

—¿Acaso tu padrastro no te quería?

—Sí, desde luego —admitió ella vacilante—. Nos sentimos muy próximos al momento. Yo era una niña callada y tímida y, tras llegar a Fráncfort, estaba marcada por la pérdida: de Alice, y del mundo que yo había conocido. Realmente no podía apoyarme en Fanny. Cuando pienso en mis primeros años de vida la veo siempre ataviada con esos vestidos hermosos delante de mí y a la vez infinitamente lejos. No recuerdo haberme sentado nunca en su regazo. Tampoco en el de Georg, pero para eso yo ya era demasiado mayor entonces. En cualquier caso, él se pasaba horas leyéndome cuentos, enfundado en su traje oscuro y a menudo con las manos temblorosas. Eso Fanny nunca lo pudo soportar. Yo sí. Me gustaba estar con él y a él le gustaba estar conmigo. Tal vez porque yo entonces me sentía más fuerte que él y él también se podía sentir más fuerte que yo. O porque ambos nos permitíamos ser débiles.

Conrad dio una calada al cigarrillo.

—Me cuesta imaginar que tú fueras débil alguna vez.

—Siempre supe disimularlo. Y Georg también. Su orgullo, su rabia secreta, no se los mostraba a nadie. Yo pienso que el motivo que le movió a acogernos de tan buena gana, sobre todo a mí, fue que quería castigar a mi madre. Quería echarle en cara a diario la injusticia que ella había cometido al abandonarlo, y lo mucho que ella entonces dependía de su generosidad. Este desequilibrio se dio desde el primer día en que reemprendieron su matrimonio como si esa interrupción de casi diez años nunca hubiera sucedido. Él se recreaba en su papel de bienhechor, de indulgente, sin darse cuenta, y cuando lo hizo ya era demasiado tarde, de que Fanny no era una mujer a la que le gustara estar en segundo plano. Al principio, ella tuvo que reprimirse y no decir nada porque no le quedaba otra opción; sin embargo, ningún matrimonio puede ir bien cuando uno de los cónyuges tiene que mantener la boca cerrada.

—Entonces no se pueden besar —susurró Conrad mientras besaba a Lisbeth en la sien.

Ella sintió un estremecimiento en la espalda, suspiró complacida pero luego añadió con tristeza:

—Nunca los vi besarse ni abrazarse, a pesar de que volvieron a compartir la misma cama, y probablemente Fanny estaba agradecida por la seguridad que él le ofrecía. Tal vez por eso yo nunca esperé de Richard otra cosa que no fuera seguridad y no necesariamente cariño ni comprensión.

Conrad se había inclinado para volverla a besar, pero se echó atrás, como si le pareciera una arrogancia interponerse entre ella y el recuerdo de Richard.

Lisbeth decidió cambiar de tema:

—En los años treinta Fanny no se marchó a América porque Alice la invitara a ir ahí. Por lo que sé, no había hecho una gran carrera como actriz en Hollywood, pero obtuvo muchos papeles secundarios, sobre todo, de *mamma* de gánsteres italianos, que aparecían en prácticamente todas las comedias. No sé si Fanny llegó a encontrar refugio en casa de Alice ni por qué al final fue a parar a Nueva York.

Ella apoyó la cabeza en el hombro de él mientras él le contaba lo que sabía, esto es, que al parecer Fanny no llegó a ir a Hollywood, sino que se quedó en Nueva York. No mencionó exactamente por qué ella decidió hacer eso. Lisbeth podía imaginarse la respuesta: seguramente Alice solo la había invitado porque quería tener a la pequeña de Fanny a su lado y, sin ella, Fanny carecía de valor. En todo caso, estaba muy decidida a no fracasar en el Nuevo Mundo y a labrarse una existencia, y empezó a trabajar para unos grandes almacenes neoyorquinos que vendían sobre todo copias de los vestidos que llevaban las estrellas de Hollywood. Tal y como Conrad le había explicado en otra ocasión, en esa época en Nueva York se vendía menos alta costura y más moda de confección.

—¿Fanny al final fue diseñadora? —preguntó Lisbeth.

—No, pero estos grandes almacenes, Macy's, fundados por Charles James, tenían entre sus clientas a la señora Vreeland y a la señora Condé Nast.

—Me temo que nunca he oído estos nombres.

—Una era la redactora jefa del *Harper's Bazaar*, y la otra era la esposa del editor de *Vogue*.

—Así pues, ¿trabajó para alguna de estas revistas?

—No, pero como cada vez se hacían más fotografías de moda para estas revistas las modelos profesionales estaban muy solicitadas. Y así surgieron muchas empresas intermediarias de modelos. Como Fanny tenía experiencia en este campo, fundó una agencia. Aunque no fue tan grande ni famosa como la de Eileen Ford...

—... sí le permitió tener un apartamento diminuto en Manhattan —concluyó Lisbeth. Aunque no sabía en qué planta vivía su madre, se la imaginó en lo alto de un rascacielos. Ella intentó saludarla con la mano, pero no solo las separaba un océano, sino también las nubes... y un arcoíris cuyos colores se habían desteñido hacía tiempo.

—¿Por qué te envió? ¿Por qué no vino ella en persona?

La voz de Lisbeth de pronto se volvió quebradiza. No esperó lo que Conrad tuviera que decir, ella misma se contestó.

—Lo cierto es que lo sé. La última vez que hablamos, cuando nos peleamos, ella me dijo que yo tenía que dar el primer paso. La pregunta es: ¿por qué debería hacerlo? ¿Y por qué precisamente ahora?

Él la atrajo hacia sí.

—¿Y si vienes a Nueva York, no para ir en pos de tu madre, sino para vivir conmigo? ¿Y si empiezas una nueva vida ahí y así pones fin a tu vida anterior?

Aquellas palabras le evocaron una imagen nítida: ella en lo alto de un rascacielos; no se veía ningún arcoíris, solo había un cielo azul y claro.

«¿Cómo se supone que voy a aprender a soñar en una ciudad que nunca duerme?», se preguntó. Pero también se dijo que, en realidad, ya no le hacía falta aprender a soñar. Había empezado a hacerlo en una ciudad que parecía dormir siempre porque se había salvado, por muy poco, de la destrucción.

—¿Y la casa de modas? —preguntó señalando el maniquí de costura—. Por fin tengo una idea de cómo debe ser la nueva moda.

—¿Y por qué no te llevas esa nueva moda al Nuevo Mundo?

Las palabras le surgían más rápidas que los pensamientos.

—Podría ceder la casa de modas a Eva. A modo de compensación por todo lo que hice.

Todo parecía encajar tan bien, todo resultaba tan fácil de arreglar, era como si la vida no hubiera estallado en mil pedazos, como tan a menudo pensaba, sino tan solo en unos cuantos cristales cuyos bordes, aunque agudos y afilados, podían pegarse fácilmente. Solo hacía falta un poco de pegamento para que el nuevo recipiente resistiera y eso lo ponía Conrad. En contra de lo que siempre había pensado, él no estaba demasiado intacto para su mundo, sino que era justamente el único capaz de recomponerlo.

Se volvieron a besar antes de volver a quererse sobre los retales de ropa.

El cielo estaba rojo cuando Lisbeth regresó a su casa y, como aquella vez en que había paseado con Conrad junto a la orilla del Meno, ese color no le evocó los recuerdos de la noche del bombardeo, sino que era una promesa de calor y belleza. Aunque el día ya terminaba, todavía había vida en la calle, sobre todo en torno a los negocios que recientemente se habían abierto en el Zeil y las calles Kaiserstraße y Neue Kräme. Por primera vez Lisbeth se permitió alegrarse de ello en vez de temer la competencia. Por primera vez pudo ignorar las ruinas y las barracas que todavía existían y dirigir la mirada hacia lo que se había construido, como la casa de Goethe o la iglesia Paulskirche.

Un indicio aún más claro de que la guerra había quedado atrás eran las ortigas que crecían delante de la casa. Al verlas, sonrió: dos días atrás Martin se había caído encima y se había quejado amargamente.

—Deberías alegrarte de que vuelvan a crecer —le había dicho ella—. Hacía mucho tiempo que no se veían ni ortigas ni dientes de león.

—¿Por qué?

—La gente tenía tanta hambre que arrancaba las hierbas para hacerse sopa de ortigas o de diente de león. Además, yo las ortigas también las usaba para teñir la ropa. Ahora ya no hace falta.

Aquello no había impresionado mucho a Martin, que había clavado una mirada ofendida a esas plantas. Lisbeth ahora en cambio se arrodilló y acarició cuidadosamente una mata.

Aunque picaba, era aquel dolor soportable que acompaña la curación, y no una herida.

Cuando se iba a incorporar, Frau Käthe salió a su encuentro a toda velocidad. Eso, de por sí, asombró a Lisbeth: el animal llevaba meses sin salir a cazar ratones, y prefería reposar en el regazo de Frieda. Fue aún más asombroso que desoyera las llamadas de Lisbeth para acariciarla y que siguiera andando y se escondiera debajo de una barraca.

—Pues ahí te quedas, tontita —se lamentó.

Cuando entró en el piso, aliviada, como siempre, por poder usar la puerta y no tener que encaramarse a la ventana, estuvo a punto de chocar con Martin, que se encontraba sentado delante con los ojos abiertos de espanto.

—¡No me lo digas! ¡Le has gastado una jugarreta a Frau Käthe! —dijo Lisbeth con tono severo—. Si te ha arañado, seguro que es porque lo tienes bien merecido.

Mientras Rieke antes había intentado de forma incansable coser o hacerle a ganchillo un gorrito al cabo de cola de Frau Käthe para que estuviera más guapa, a Martin no se le ocurrían más que tonterías como atar una lata vacía de *corned beef* a la cola del gato, y, aunque Lisbeth se lo tenía estrictamente prohibido, no tenía la certeza de que él no lo hubiera probado.

Martin no respondió, ni siquiera parecía haber advertido su presencia, clavaba la vista de forma obcecada en una dirección; cuando Lisbeth le siguió la mirada, vio una maleta.

—¿Acaso pretendías meter el gato en la maleta? —preguntó con un tono disgustado, a la vez que, de pronto, intuyó que Martin no merecía una reprimenda. Intuyó de pronto también que esa maleta era ajena.

—No es culpa de Martin que Frau Käthe se asustara —exclamó Rieke echándose a reír como solía reír. Tal vez porque estaba contenta, tal vez porque se esperaba de ella que estuviera contenta y no diera problemas.

Una maleta desconocida no era un problema. Un pensamiento se deslizó por su mente. ¿Por qué debía tener miedo Frau Käthe? ¿Y Martin? ¿Y ella misma?

En cualquier caso, no le daba miedo la maleta, pero sí lo que la aguardaba cuando lentamente apartó su mirada de ella y la dirigió a la mesa de la cocina. Sentado a la mesa de la cocina había un hombre, con una taza de café delante que aún no había tocado.

—¡Qué suerte la tuya, cariño! —dijo Frieda.

Su voz, con ese acento tan marcado, sonaba tan jovial y poderosa como ese día en que, siendo aún doncella de Georg König, le había quitado las braguitas mojadas, se las había lavado y luego le había puesto un vestidito de marinera. Y, además, le había dado un trozo de corona de Fráncfort. Lisbeth recordaba perfectamente cómo se había sentido ese día, confusa, perdida y, a la vez, aliviada al ver de nuevo que había alguien que la acogía, que le daba una pizca de calor.

¿Por qué era incapaz de sentir calor ahora? ¿Por qué no podía apartar la vista de ese hombre, su marido, Richard, y se sentía aún más confusa y más perdida que entonces?

Rieke

1973

Era bien entrada la noche y yo seguía en la oficina, adonde había ido tras discutir con Ute. Excepto por la señora de la limpieza, que estaba pasando el aspirador por las zonas de venta, el edificio parecía desierto; sin embargo, aquel silencio no me amedrentaba, ni tampoco el cansancio me impedía ir pasando hojas sin parar, y no de libros de contabilidad, finanzas o derecho fiscal, ni tampoco de ningún catálogo de ventas por correo; hojeaba las revistas de moda francesas que Vera me enviaba de vez en cuando y en las que ella salía, ya fuera disfrazada de corzo, de astronauta o de mujer beduina. Entre otras cosas, en esas publicaciones también se podía ver la moda de Yves Saint Laurent, y eso era lo que me interesaba especialmente ese día después de haber tenido la gran ocurrencia. Tras examinar esas publicaciones francesas, me dediqué a las revistas de moda alemanas, prestando una atención especial sobre todo a la ropa para mujeres y chicas jóvenes de Sonia Rykiel, que años atrás había creado una marca de moda con su propio nombre. Para terminar —con el cuaderno de notas ya repleto de anotaciones— eché un vistazo a las revistas de moda americanas que me había pasado Ute.

—La moda de la marca Anne Klein es genial —me había dicho—, sobre todo la de una diseñadora suya, Donna Karan.

Yo no sabía si alguna vez lograría crear una marca propia. En cualquier caso, sus diseños me sirvieron de inspiración y también me despertaron algunos recuerdos porque varias modelos salían fotografiadas en distintos escenarios de Nueva York. No era que yo hubiera estado allí nunca. Pero mi madre a veces me había hablado de la ciudad que nunca dormía y decía que era una capital de la moda, no solo de la alta costura que se diseñaba en París y Milán, sino también de la moda de confección.

Suspiré sin querer.

Lisbeth, pensé, no solo había tenido que renunciar a Conrad —al que, a diferencia de la ciudad, prácticamente nunca mencionaba— porque mi padre hubiera vuelto de la guerra, sino también a sus planes de empezar de nuevo en Nueva York fundando tal vez ahí un negocio de moda propio y vendiendo ropa práctica y asequible. Yo no sabía si ella habría tenido éxito. Lo único que sí tenía claro es que yo ya no quería llevar por más tiempo falda negra y blusa blanca; unas prendas correctas, formales, muy adecuadas para un entierro y que, en cierto modo, eran como el matrimonio de mis padres. Solo porque vistiendo así era imposible desentonar no significaba que realmente fueran convenientes. Y solo porque mi madre se sintiera agradecida de que mi padre hubiera regresado no significaba que realmente fuera feliz a su lado.

Volví a suspirar, incapaz de concentrarme por más tiempo en las revistas ni en los planes que hacía para marcar el devenir de la Casa de Modas König. De hecho, me preguntaba cómo afrontar el regreso a casa, donde yo me sentía como una extraña y Joachim se comportaba como un desconocido. ¿Acaso nuestro matrimonio era como tener que llevar un vestido viejo y gastado que ya no queda bien? ¿O bastaba con hacerle algunos retoques, coserle el dobladillo o estrecharlo o, simplemente, ponerle algún accesorio?

En todo caso, seguí sentada ahí sin marcharme aún a casa, y antes de verme forzada a levantarme y apagar la luz, oí de pronto unos pasos. Me sobresalté. Pensé que podía ser la señora de la limpieza o tal vez un ladrón, aunque ella ya había limpiado las estancias de arriba y un ladrón saquearía la planta inferior. Sin embargo, alguien se acercaba a la puerta del despacho de dirección. No era, como creí por un momento, Ute. Era Joachim.

Durante un rato permanecimos de pie uno frente a otro. Yo me había levantado, pero no había salido de detrás del escritorio, cuyas patas enormes parecían tan poderosas como nunca antes. Joachim, por su parte, se había acercado a la mesa, pero manteniendo aproximadamente un metro de distancia. Sin poderlo evitar, me vino el recuerdo de mi conversación con Walter Heinemann y de cómo él ni siquiera me había ofrecido una silla para comunicarme, sin decir palabra, que ese era su reino y yo, una simple invitada. Entonces me había enfadado con él, ahora entendía lo que él había sentido.

«Este es mi reino. Tú aquí solo eres un invitado».

Pero Joachim era, sobre todo, un marido bastante enfadado.

—¿Qué estás haciendo aquí? —me increpó.

—Lo mismo podría preguntarte yo. Y, sobre todo, ¿dónde está Marlene?

—La he llevado a casa de la señora Berger.

La señora Berger era nuestra vecina, la madre de las gemelas.

—¡A estas horas! —dije sin pensar.

—Quería ver qué te había pasado. Me he preocupado.

—Trabajo aquí.

—¿Y por qué hasta tan tarde? Pronto será más de medianoche y no podrás coger el metro.

Miré el reloj con disimulo, pero no quise admitir que había perdido la noción del tiempo.

—Ese es mi problema, no el tuyo, ¿no te parece?

—Tal vez no sea un problema —me dijo él con ese deje mordaz con el que generalmente salpicaba sus chistes y que, sin embargo, al carecer de humor, solo rezumaba reproches, incomprensión y frustración—. Tal vez lo hayas dispuesto todo para no poder coger el metro, quedarte a dormir aquí y esquivarme.

Deslizó la mirada por mi escritorio con desconfianza; tal vez le molestaba no solo encontrarme ahí, sino comprobar además que era mucho mayor que el suyo.

—¿Dormir aquí? —pregunté—. ¿Y dónde se supone que debo dormir? ¿Cojo un abrigo y lo extiendo en uno de los probadores?

—¡Ah, vaya! —dijo él con tono cínico—. No lo haces porque no tienes sofá. Pero no niegas que me esquivas.

—¿Yo te esquivo? ¿Quién es el que solo habla conmigo lo estrictamente necesario? ¿Quién es el que no deja de hacerme reproches?

—Si solo digo lo estrictamente necesario, entonces no puedo hacerte ningún reproche.

Suspiré. Así no podíamos seguir. ¿Qué decir que no pareciera una excusa sino una explicación? ¿Cómo encontrar las palabras adecuadas cuando toda la familia, sobre todo mi madre, parecía saber más de guardar silencios que de hablar?

—No estoy aquí para esquivarte —dije con tono algo más conciliador—. Estoy aquí porque tengo una nueva idea de negocio y porque...

Era demasiado tarde para hablar, él ni siquiera me estaba escuchando.

—Bien, pues no hace falta que duermas aquí si quieres esquivarme —me interrumpió Joachim—. Te puedes quedar con nuestra casa. Toda para ti. Yo me marcho.

Y de nuevo un silencio. Un silencio ni muy grande, ni sublime. Un silencio escuálido, ponzoñoso. En él, a diferencia del de mi madre, no se advertía el eco de ninguna gran renuncia, solo el reproche sordo que decía: «No me entiendes».

—¿Te has vuelto loco? —dije casi sin pensar.

Él negó con la cabeza.

—La que se ha vuelto loca eres tú. Tú, que de pronto te las das de mujer de negocios, y ahora todo gira únicamente en torno a la Casa de Modas König.

—Martin hacía lo mismo. Pero tú solo lo tomaste por loco cuando se compró un trasto viejo y se desentendió de sus obligaciones.

—Eso es totalmente distinto.

—¿Por qué? ¿Porque él es un hombre?

—No me vengas ahora con discursos de emancipadas.

Sentí una alegría maliciosa imaginándomelo en el grupo de mujeres: las mecánicas emprendiéndola con él con los alicates, él ahogándose en el útero sobredimensionado y la feminista radical y la marxista largándole un discurso. Pero mientras que seguramente ninguna de las dos le habría dejado decir nada ni una sola vez, yo me demoré demasiado en replicar y él añadió:

—Ya no eres la mujer con la que me casé.

—¡No te pongas melodramático! La gente cambia. ¡Siento que mi trabajo no sea solo un sacrificio, y que también sea un placer!

—El problema es mucho peor.

—Ah, ¿sí?

—Siempre creí que habías salido a tu madre, pero tú, en realidad, has salido a tu abuela.

La indignación me dejó sin habla. Lisbeth y Fanny, las dos, formaban parte de mi historia. Y a pesar de que, o por el hecho de que, yo hablara poco de ellas y ni siquiera pensara a menudo en ellas, él no tenía derecho a hacer una lanza de esa historia y atacarme con ella. Con todo, se atrevió a continuar:

—Tu madre me dijo una vez que Fanny König solo pensaba en sí misma. Abandonó a su marido, y él tuvo que criar a Lisbeth solo.

Recuperé el habla. Pero la que salió no era mi voz de verdad, la mía no era tan estridente.

—Igual que tú, pobrecito, que tienes que criar solito a Marlene, ¿verdad? —dije mordaz.

Su expresión reflejaba indignación y también otra cosa: desconcierto, prácticamente espanto. Entonces fue cuando me di cuenta de que había gritado a Joachim como nunca antes lo había hecho. Nuestro amor nunca había sido ruidoso. ¿Cómo era posible que la rabia fuera tan estridente? Salí de detrás del escritorio, y, a pesar de encontrarme justo delante de él, no pude evitar tener la sensación de que se había abierto entre nosotros la línea del frente.

—Es posible que mi abuela se equivocara por completo al no luchar por su matrimonio, ni al principio ni más tarde. Y tal vez mi madre lo hizo demasiado bien porque ella se aferró al suyo. Hagámoslo un poco bien y un poco mal y... tal vez entonces todo pueda solucionarse.

—No es tan fácil —murmuró él y entonces me di cuenta de lo cansado que parecía estar—. Siempre he querido tener una gran familia, pero no es posible quedarse solo un poco embarazada, y tú no quieres otro hijo, ¿verdad?

De pronto yo también me sentí cansada, demasiado como para guardar las apariencias.

—Así es —admití—. Soy incapaz de imaginarlo, no, por lo menos, en este momento.

Permanecimos un rato mirándonos fijamente. En aquel silencio el tictac del reloj sonaba como un trueno. Me acudieron a la cabeza pensamientos banales. «¿Cómo ha llegado hasta aquí si ya no hay metro?». «Si ha cogido el coche, ¿dónde lo habrá aparcado?». «¿Acaso cuenta con que ambos volvamos juntos a casa a pesar de que tiene la intención de seguir su propio camino en el futuro?». «No pensará mudarse en medio de la noche, ¿verdad?».

De pronto me sentí inconsolable e incapaz de soportar ese silencio por más tiempo. Me abalancé hacia Joachim, lo apreté contra mí, lo besé y, aunque fue un beso silencioso, resultó muy sonoro. Lo que sentía por mi marido no era un amor silencioso, era un amor que hacía daño a pesar de que (o tal vez precisamente porque) iba unido a una gran ira. Eso era exactamente lo que siempre había querido evitar: la lucha, el conflicto, la pelea, la disputa. Entonces tuve una noción de cuánta pasión podía provocar todo aquello, sobre todo, el miedo a perderlo.

Tal vez ese sería nuestro último beso y precisamente por eso fue apasionado como nunca, ávido, parecía infinito. En algún momento nos quedamos sin aliento, yo por lo menos. A Joachim le quedó el suficiente para decir:

—Lo único que necesitamos es darnos un poco de espacio.

No, no necesitamos espacio, gritaba una voz en mi interior, necesitamos cercanía, una cercanía mayor a la que hemos sentido nunca. Necesito tu apoyo, más que nunca. Quiero tenerte a mi lado cuando ponga en práctica mis planes. Pero no dije nada.

Cuando se marchó, me dejé caer sobre el asiento y sentí cómo las lágrimas acudían a mis ojos, emborronando los trajes pantalón de Yves Saint Laurent y los diseños de Donna Karan.

Apoyé la cara contra los brazos, y de pronto tuve la certeza de que seguiría ahí sentada la mañana siguiente, incapaz de moverme. En ese caso, sin embargo, seguramente Ute me encontraría y afirmaría satisfecha: «Ya decía yo que no se puede confiar en los hombres». Yo no estaba dispuesta a darle esa satisfacción, posiblemente porque no era realmente una satisfacción, sino solo una decepción.

Me incorporé insegura. No podía contar con el consejo de Ute, pero sí tal vez con el de mi madre. Hacía tiempo que debería haberle confiado lo que me preocupaba. Ciertamente desde la apoplejía de mi padre ella estaba muy ocupada, pero sabía lo que era luchar por el futuro de la casa de modas. Y también lo doloroso que podía llegar a ser el amor.

Fanny

1933

La carta llegó con el correo de la tienda, pero se distinguía claramente del resto de la correspondencia, no solo por el sobre amarillento y algo manchado, sino también por sus sellos de colores. Además, era gruesa. Muy gruesa.

Cuando la vio Fanny estaba sentada en el escritorio. No en el de la casa de modas, sino en el que había en el piso de la calle Kornmarkt ya que Georg solía trabajar desde ahí. Aunque él afirmaba que eso le permitía estar más tiempo con su familia, esa no era la verdad.

La verdad era que él solo quería pasar más tiempo con su hija. Aunque, en rigor, Lisbeth no era hija suya, eso carecía de importancia. Tanto para Lisbeth, como para él. Fanny, por su parte, tenía la sensación de volver a encontrarse en un ángulo muerto donde nadie la veía, pero desde donde estaba obligada a verlo todo: en otros tiempos, a Alice atiborrando de dulces a la niña y, ahora, a Georg conquistando el afecto de Lisbeth con su actitud tranquila, reservada y siempre amable. Ella sabía que debía sentirse agradecida y aliviada de que su hija fuera querida, pero la podían la vergüenza y la rabia por no ser ella la que otorgara ese amor, porque Alice le había robado la hija en el instante en que la llamó Elisabetta y Georg, en cuanto la llamó Lisbeth. Y ella, en vez de agarrar a su hija con ambas manos, lo había permitido, porque siempre había necesitado tener al menos una mano desocupada para diseñar, para coser, más tarde para maquillarse para los desfiles, o bien —como ocurría desde que había regresado a Fráncfort— para ocuparse de la correspondencia de la tienda.

Primero se había dicho que de ese modo quería demostrar su agradecimiento a Georg por haberlas acogido a ella y a Lisbeth. Sin embargo, entretanto, tenía que admitir que había asumido para sí la dirección de la casa de modas porque, aunque había renunciado al sueño de convertirse en una gran diseñadora de moda, no había abandonado la esperanza de poder definir el estilo de la Casa de Modas König y, con ello, el de las mujeres de Fráncfort. Con todo, tampoco había conseguido eso de verdad: de hecho, había fracasado en cuestiones secundarias, como incorporar a la oferta un pantalón de esquí para mujeres porque Georg había rechazado sin más la idea.

—Ya sé —le había dicho Fanny con enojo al proponérselo— que te parece una frivolidad y que las mujeres decentes llevan falda incluso en la pista de esquí.

—Esa no es la cuestión, lo que sucede es que en Fráncfort hay muy pocas montañas altas. En Múnich hay demanda para eso, pero aquí, no.

A pesar de que tuvo que darle la razón, aquello al principio la había molestado. Aún discutió más tiempo con él sobre las prendas que ya hacía tres años que volvían a venderse mucho y que resaltaban el pecho, la cintura y las caderas.

—¿Y para cuándo la vuelta del corsé? —se había lamentado ella.

—Las mujeres están hartas de ir con vestidos camiseros de corte recto como niñas pequeñas.

—Elisabetta, Lisbeth, nunca ha llevado vestiditos sueltos, siempre ha llevado vestidos de princesa. Y no, las mujeres no están hartas de este tipo de vestidos. Los hombres temen que las mujeres que no se visten como tales puedan llegar a hacer más que ellos.

—Tal vez tú conoces mejor la moda que se lleva en París y Milán. Pero yo conozco mejor a las mujeres de Fráncfort.

En algún momento, ella dejó de oponerse a que en la Casa de Modas König se vendieran blusas con unas ampulosas mangas farol que, no solo estaban hechas con cantidades ingentes de tejido, sino que además iban reforzadas con unas pequeñas hombreras que hacían que los hombros resultaran aún más anchos. Además, las faldas con vuelo que se llevaban a juego no solo tapaban la rodilla, sino también la mitad de la pierna. Con todo, ella no se había desentendido del negocio y había logrado que la ropa de invierno se pagara ya en verano, con cheques o al contado, en el momento del encargo. Había negociado precios y mejores descuentos con los proveedores, había mandado instalar espejos de pared nuevos y modernos; había encargado la renovación de la iluminación; había pegado cartelería publicitaria en las columnas de anuncios y había publicado anuncios en los grandes periódicos de Fráncfort. Que las cuentas fueran ahora mejores que las de años anteriores no le daba la satisfacción que le habían proporcionado los diseños de ropa, pero para ella era un alivio considerar todas las atenciones que Georg tenía con ella y con su hija no como una limosna sino como un sueldo bien ganado. Aunque no había cumplido consigo misma ni con sus grandes sueños, sí al menos había cumplido respecto a él y habría podido vivir con eso, por lo menos hasta el día en que tuvo en las manos aquel sobre grueso de color amarillento y con sellos de colores.

En vez de abrirlo de inmediato, lo ocultó bajo el resto de la correspondencia y lo dejó ahí durante todo el día.

«Porque no tengo prisa por abrirlo», se dijo a la mañana siguiente.

«Porque tengo demasiado miedo a abrirlo», se dijo ya de noche, tumbada en la cama junto a Georg, oyéndole respirar sin poder conciliar el sueño.

Vivían de nuevo como marido y mujer, como si no se hubieran perdido una década. Solo en una única ocasión cometió el error de preguntar a Frieda, la doncella, qué había hecho él durante ese tiempo; la mujer la miró como al suelo sucio de madera que solía barrer y encerar. «Él cumplió con sus obligaciones», había repuesto la mujer con su peculiar acento, no tanto para alabarle a él sino para criticarla a ella, a Fanny, que había obrado de forma distinta.

Georg empezó a gemir un poco en sueños. Como tantas otras veces, Fanny salió de la cama. Muchas veces se tumbaba con Lisbeth, pero esa noche se refugió en el despacho, fue hacia el escritorio, sacó el sobre y lo abrió.

La carta era corta y el periódico que contenía era grueso. Todos los artículos estaban en inglés, y ella apenas entendía una palabra. Los nombres de las actrices no le decían nada, los de las grandes productoras —Metro-Goldwyn-Mayer, Paramount Pictures o Warner Bros.— no mucho más. Pero las imágenes hablaban su propio idioma. Eran imágenes de mujeres que no eran solo humanas, sino diosas, y que dominaban a la perfección el papel que tenían asignado: la del ser etéreo de mirada inocente, la *femme fatale* de mirada soñolienta, la diva excéntrica que hacía enloquecer a cualquiera con sus cambios de humor. Tal vez en Italia la moda y la política fueran de la mano; en cambio en Hollywood, donde las mujeres no solo representaban un papel, sino que lo vivían, lo iban la moda y el cine.

«Todo modisto de alta costura que se precie tiene a su propia estrella de cine», escribía Alice y decía también que en Los Ángeles había más diseñadores y costureras trabajando para Hollywood que para las casas de moda. Afirmaba, por otra parte, que era ya demasiado mayor para convertirse en una de esas grandes estrellas, pero que había suficientes papeles secundarios para ella, y que vivía en una casa en Pacific Drive. Terminaba diciendo que Fanny y Elisabetta siempre serían recibidas en esa casa.

Las líneas no destilaban rabia, ni un «¡Cómo te atreviste!», ni una súplica, ni un «Te lo ruego, perdóname por haberte destrozado la carrera».

Fanny se había preparado para ambas cosas, pero no para el anhelo que conjuraban las palabras de Alice; el anhelo por un mundo en el que los pantalones de esquí para mujeres no se consideraban frívolos. Aunque, por lo que sabía, en Los Ángeles tampoco había montañas donde esquiar, solo mar, un mar de color azul intenso, brillante, infinito y extenso que Fanny no había visto nunca con sus propios ojos y del cual de pronto tuvo una certeza: que le permitiría respirar libremente, que destensaría a Lisbeth, siempre tan rígida, que el mar incluso podía salvar a Georg. Las masas de agua inundarían las trincheras fangosas de su alma, y ella no necesitaría ningún puente para llegar al otro lado porque podría nadar.

Pero ella no sabía nadar y Lisbeth, tampoco. Y también ignoraba si Georg sabía. Su única certeza era que él nunca abandonaría Fráncfort, ni cerraría el negocio, ni se marcharía con ella a América a vivir a la casa de Alice en Pacific Drive. Y que ella no podría marcharse sin más por segunda vez, abandonarlo a él y a la casa de modas. Ella justificaba su primera huida porque entonces él apenas era capaz de quitarse el pijama y ponerse su traje negro. Pero ahora él era el hombre que le había quitado el vestidito sucio y mojado a Lisbeth.

Fanny cogió el periódico y la carta, metió ambas cosas en el sobre e intentó cerrarlo. Ya no pegaba. Lo humedeció con saliva, pero no funcionó; lo humedeció con lágrimas, pero tampoco lo logró. Al final, lo apretó con las dos manos, puso la cabeza encima y se durmió sobre él entre sollozos hasta que el día siguiente amaneció y Georg la despertó.

—¡Fanny! —exclamó él—. ¡Fanny!

Ella dio un respingo y se apresuró a cubrir el sobre con las manos para que él no viera los sellos de colores. Pero Georg no había reparado en el sobre, él no tenía la mirada clavada en ella sino en la mujer que lo había seguido hasta el despacho. De hecho, con su sombrero negro de punta y la ropa sucia y andrajosa que llevaba, más que una mujer parecía un espantapájaros.

Klara Hartmann. La amiga de Alma, que en algún momento estuvo casada con un francés con el que había vivido en Höchst, entonces ocupada, y que había ayudado a Fanny en su camino hasta París. No la había visto desde entonces. Seguramente Klara sabía por su tía que ella estaba de vuelta en Fráncfort.

—¡Alma! —exclamó Klara—. Han detenido a Alma.

Él era solo un *buffone,* un payaso, ¿no? Todo aquello no era sino una alucinación. Seguramente los carteles que había junto a la sidrería —«¡LOCAL DE NACIONALSOCIALISTAS!»— pronto desaparecerían. Eso, al menos, era lo que esperaba desde esos días de marzo, aunque en secreto sospechaba que en Alemania el marrón era un color que lo engullía todo, igual que el negro en Italia. Pero esta vez, se intentaba convencer, por lo menos no la afectaría.

Nadie la sacaría del escenario de las modelos porque hacía tiempo que no subía a ninguno. Y el hecho de que la ropa de la Casa de Modas König fuera anticuada, y que las mujeres que se vestían ahí se parecieran a las de antes de la guerra, que se movieran igual, y posiblemente, como aquellas, que pensaran y sintieran lo mismo, no tenía nada que ver con la política. El único motivo en realidad era que Georg añoraba su juventud, la única época de su vida en que había tenido rizos rubios, sueños dorados y una sonrisa pícara.

Él mismo en persona había dado dos vueltas a la cerradura del piso cuando después de que a principios de enero unos hombres de las SA izaran la bandera con la cruz gamada en el Römer, la sede del ayuntamiento, se hubieran producido algunos disturbios. Alma, en cambio, había contado con orgullo que un grupo de mujeres socialistas les habían arrojado huevos. A Georg no le hacía gracia ninguna de las dos cosas, ni las banderas, ni los huevos. Hacía tiempo que ya no tomaba huevo crudo para fortalecerse.

Ya fuera con o sin huevos, a finales de enero el partido se vio reforzado cuando el *signor* Hitler, tachado de payaso por el Duce, fue elegido canciller, cuando los camisas pardas se agruparon para una procesión de antorchas y cuando en el mercado de abastos se produjeron altercados con los comunistas y estos últimos fueron sometidos. Incluso la propia Alma esa noche se había refugiado en su piso, aunque Fanny no sabía si había dado dos vueltas a la cerradura. De hecho, sabía poco de Alma. Tras su regreso a Fráncfort, apenas la había querido ver; se sentía incapaz de leerle en la cara lo que ella había tenido que admitir ante sí misma no sin vergüenza, esto es, que había caído estrepitosamente del árbol al que se había encaramado, después de subir más alto que las demás mujeres de su familia. Era alguien que había estado a punto de alcanzar la manzana más jugosa, y ahora un gusano le corroía el alma.

Sin embargo, si había algo en lo que Alma nunca podía fallar era en que la mitad de todas sus conversaciones la ocupaba con arengas políticas y la otra la usaba para lamentarse de las mujeres a las que subalquilaba habitaciones y de sus hijos; de hecho, cuando Fanny finalmente la había ido a visitar con Lisbeth el ruido de los pequeños resultó ser una contrariedad mayor que el fracaso de Fanny. El hecho de que Lisbeth, por su parte, estuviera tan agradablemente callada —algo que Alma no habría tolerado nunca en una mujer adulta— hizo que la niña la conquistara.

—¿Por qué? ¿Por qué han detenido a Alma? —preguntó Fanny a Klara Hartmann.

—Pregunta equivocada —gruñó la interpelada—. La pregunta correcta es por qué la detienen ahora. ¿Y por qué a mí no?

—¿Y cuál es la respuesta? —intervino entonces Georg, que contemplaba a Klara Hartmann con una extrañeza que solo pudo reprimir dirigiendo la mirada hacia Fanny. Sus ojos reflejaban desorientación, como diciendo: «Yo, a vosotras, las mujeres, no os entiendo», y también un poco de desdén.

—Me he escondido en un saco de carbón vacío. Si no, ¿por qué iba a estar tan negra?

En efecto, tenía la cara llena de tizne, algo que a Fanny no le causaba la menor sorpresa. Klara siempre había vivido de forma evidente para todo el mundo según la convicción de que una mujer era libre de verdad cuando no temía ni a la ropa sucia ni tampoco al alma sucia.

—En fin —prosiguió Klara Hartmann—, me buscaré un mejor escondite. No temáis, no necesito vuestra ayuda para eso. Solo quería informaros sobre Alma.

Se dio la vuelta para marcharse, pero Fanny se levantó de golpe, se interpuso en su camino y la agarró.

—¿Qué? ¿Qué se supone que debo hacer ahora?

—Luchar o huir, no hay otra.

Cuando Klara Hartmann se hubo marchado, Fanny no hizo nada de eso. Se sentó abatida a la mesa del comedor, que Frieda ya había preparado para el desayuno. Café molido para

Georg, chocolate caliente para Lisbeth... Frieda solía olvidarse del té, pero en ese momento a Fanny no le importó.

Se sentía apesadumbrada no solo por el motivo por el cual habían detenido a Alma. También la abrumaba la pregunta: «¿Cómo he podido estar ciega tanto tiempo?». Había oído decir que ya en febrero muchos judíos y socialdemócratas que trabajaban en la universidad y en la administración habían sido despedidos, entre ellos incluso el jefe de la policía de Fráncfort; que el alcalde Ludwig Landmann, que describía Fráncfort como la avanzadilla de la democracia, era a menudo objeto de amenazas; que ya antes de las nuevas elecciones de marzo se había prohibido la prensa contraria; y que, después de las elecciones, los camisas pardas no solo habían izado sus banderas en el Römer, la sede del ayuntamiento, sino también en la estación central, el teatro y en la oficina central de Correos del Zeil. Más de una vez Alma se había quejado de que la Bund Deutscher Frauenvereine, esto es, la federación de asociaciones de mujeres alemanas, se había disuelto y, con ella, el movimiento feminista. Las defensoras de los derechos de las mujeres habían sido denunciadas en su conjunto como comunistas o judías. «Aunque eso no es una ofensa», había explicado Alma y hasta hacía poco había organizado, junto con la Jüdischer Frauenbund, la liga de mujeres judías de Alemania, visitas guiadas a las sinagogas para oponerse al antisemitismo. A la última visita no había acudido nadie.

Un leve tintineo sacó a Fanny de su ensimismamiento. Georg removía abstraído su taza de café.

—¿Por qué es incapaz de mantener la boca cerrada? —murmuró él. En ese momento Fanny empezó a buscar su taza, no tanto para beber de ella, sino para tener algo en las manos—. Creo que todo se arreglará —añadió Georg con la voz un poco más alta—, pero por el momento me parece que sería mejor renunciar a las provocaciones.

Fanny asió el tablero de la mesa.

—No se arreglará —dijo también ella en voz baja, sintiéndose entonces como debió de haberse sentido Alice cuando la advirtió de los fascistas mientras ella seguía convencida de que era posible lucir su ropa sin vender el alma. Georg, en cambio, no quería otra cosa que vender ropa; a fin de cuentas, hacía tiempo que él tenía el alma enterrada debajo del lodo. Él siempre afirmaba que eso no era lo peor para el negocio—. Claro está —prosiguió Fanny y su voz fue más afilada— que a la gente como tú les conviene que se boicoteen los negocios de los judíos; entre ellos muchos son casas de moda.

Él se encogió de hombros.

—Nunca he estado a favor del boicot.

—Pero cuando el 1 de abril les embadurnaron las tiendas con palabras como «judío de mierda» o «cerdos judíos» tampoco hiciste nada.

Él soltó la cuchara y levantó la mirada.

—¿Y tú sí? —preguntó alargando las vocales.

Fanny se levantó sin soltar el tablero de la mesa.

—Yo ya subestimé una vez a los fascistas pensando que la moda no tenía nada que ver con la política. Nunca más cometeré el mismo error.

En el instante en que fue a retirarse de la mesa del desayuno, su mirada reparó en Lisbeth. La pequeña permanecía sentada a la mesa con la espalda encorvada y las puntas de sus trenzas casi rozando el chocolate caliente.

—¿Qué pretendes? —preguntó Georg que también permaneció sentado con la espalda encorvada, aunque sin trenzas y ni siquiera barba.

—Voy a averiguar a dónde se han llevado a Alma. Voy a luchar para que la liberen.

Entonces Georg se puso de pie.

—¿Te has vuelto loca?

—Tiene que haber leyes... y personas que las cumplan.

—No en el restaurante Zur Post —replicó Georg. Era evidente que había hablado sin pensar porque se mordió los labios. Bajo la mirada interrogante de Fanny, añadió con voz apocada—: Se dice que las SA llevan a los judíos a un edificio conocido como la Casa Parda. Es la sede de los nazis en Fechenheim. Se encuentra en el edificio de atrás del restaurante Zur Post.

¿Por qué Georg sabía eso y ella no?

—¿Crees que Alma está ahí?

Él se mordió los labios.

—No lo sé. Creo que a las comunistas y a las socialistas se las llevan a distintos lugares: a la escuela Klingerschule o al antiguo hospital de Bockenheim. No tengo la menor idea de lo que ocurre ahí dentro exactamente. Lo único que se dice es que es fácil entrar, pero difícil salir. Tu tía es una mujer obstinada. Sabía que se la jugaba y, aun así, no pudo tener la boca cerrada.

Fanny tampoco pudo. De nuevo dirigió la mirada hacia Lisbeth, la niña que siempre callaba, que nunca hacía ruido, que lloraba en silencio, y que, sin embargo, en ese momento no tomaba su taza de chocolate. En otra época, en la cafetería de Liebfrauenberg, Fanny tampoco pudo terminarse su taza. Georg se la tomó después, no porque le gustara, sino porque había temido a ese camarero severo y no había querido malgastar. De pronto, Fanny sintió desprecio por él, un desprecio más profundo que el malestar respecto a sus debilidades.

—Tú, en cambio, eres muy bueno callando, ¿no? —preguntó ella con amargura—. Nunca has hecho nada. Haces como si nada fuera contigo. Dejaste que el emperador te usara como combustible de guerra y luego te quedaste postrado en la cama; dejaste que tu esposa te batiera huevos crudos y luego no hiciste nada cuando te abandonó. No la buscas, pero luego dejas que te encuentre, permites que te convierta en padre sin tú haberlo decidido de forma expresa. Esta supuesta generosidad tuya no es otra cosa más que comodidad y cobardía.

Cuanto más hablaba, más evidente resultaba que, por mucho que ella diera bien en el clavo, este sobresaldría torcido de la pared y no se podría colgar ningún cuadro de él, ya fuera bonito o feo. El clavo, de hecho, caería y dejaría un agujero oscuro que no serviría de nada. Porque la debilidad que ella recriminaba a Georg —haciendo como si nada fuera con él en lugar de ser dueño de su propio destino— solo era el reflejo de su propio fracaso por construir la vida que siempre había soñado.

Con todo, ella no dejó de golpear con el martillo.

—Si tuvieras agallas, no me habrías aceptado. No habrías permitido que asumiera una gran parte de tu trabajo. No habrías permitido que Lisbeth te llamara papá.

Entretanto Lisbeth aún se había encorvado más y las trenzas, tan bien hechas, se hundieron definitivamente en el chocolate caliente. De todos modos, en cuanto oyó su nombre, se incorporó. De las trenzas le cayeron unas gotas, y en el mantel blanco se extendieron unas manchas marrones. Seguro que Frieda no la reprendería por ello. Ella nunca ponía reparos a nada de lo que hiciera Lisbeth, solo de vez en cuando regalaba a Fanny una de esas extrañas sonrisas que no podían evitar que la mirada resultara ponzoñosa.

Georg no tenía nada de ponzoñoso, a él no le temblaba nada, ni siquiera la pierna derecha como en otras ocasiones.

—Me puedes reprochar todo, pero mi aprecio por la niña no es una debilidad.

Ella no se lo podía negar. De hecho, esa era su mayor fortaleza, algo que incluso ella le envidiaba. De hecho, ella misma no solo había permitido que unos desconocidos se apropiaran de su hija, sino que, en cierto modo, se la había vendido, igual que en su momento en París había vendido esa joya de

Alma para poder pagarse una habitación en el hotel Napoléon Bonaparte.

Cambió rápidamente de tema.

—Voy a buscar a Alma y la traeré de vuelta a casa —declaró con tono decidido.

Georg no se mostró de acuerdo, pero tampoco le llevó la contraria. Permitió que se marchara y esa partida fue parecida a una huida. De nuevo, su matrimonio era como un terreno gris y fangoso en el que la gente permanecía agazapada en trincheras. Eran conscientes de que tal vez lograrían mantener el territorio conquistado, pero también de que no conseguirían hacerse con un palmo más.

Durante los tres días que siguieron Fanny fue una y otra vez a la sede territorial del NSDAP, el Partido Nacionalsocialista Obrero Alemán, de la Gutleutstraße, pero nadie le dijo nada acerca del paradero de Alma. El cuarto día no fue sola. Acudió acompañada por Mechthild Brunner, una compañera de lucha de Alma, porque Michael Reinhardt, su prometido, había sido apresado cuando las SA habían asaltado las casas de los sindicatos de las calles Wilhelm Leuschner y Allerheiligen.

—De hecho, Michael estaba allí por mi culpa, a él la política no le interesa mucho —dijo Mechthild mientras se pasaba nerviosa la mano por el moño severo en que se había recogido el pelo, haciendo que se le soltaran algunos mechones. Mechthild Brunner era, en realidad, doctora en Derecho. El año anterior había terminado sus estudios de doctorado y quería obtener el permiso para dar clases en la universidad. Sin embargo, entretanto, eso a las mujeres se les había prohibido. Su plan era ejercer como abogada; pero a las mujeres no las dejaban. Había conseguido un puesto de secretaria y trabajaba con un juez que se había apuntado a tiempo en el registro del partido. Con los ojos tristes añadió—: Michael y yo queríamos casarnos en verano.

—Hay esperanzas de que al menos eso sí será posible —intentó consolarla Fanny.

La mirada de Mechthild siguió siendo triste, tal vez porque no compartía esa esperanza, o tal vez porque para ella no era consuelo conseguir marido y no el trabajo que ella quería.

De todos modos, entró en las dependencias no solo con mucho aplomo, sino que además despertó interés al mencionar el nombre del juez para el que trabajaba. En todo caso, no tuvo que afrontar la sonrisa despectiva que le dedicaban a Fanny cuando mencionaba el nombre de Alma.

—Haremos lo que podamos, señorita Brunner.

—Doctora Brunner —corrigió Mechthild.

Entonces sí hubo sonrisas, no despectivas, pero sí de superioridad.

—Como desee, señorita Brunner.

Mechthild no volvió a corregir al hombre.

Al día siguiente Alma, o la parte que los nazis habían dejado de ella, apareció delante de la puerta de Fanny. Aunque solo había estado detenida unos pocos días, había perdido peso, cabello y dientes. Con todo, nada era tan atroz como la mirada vacía en la que Fanny buscó en vano la certeza de que, como mujer, era posible permitírselo todo y que a cualquier prohibición había que responder con un: «¡Sí, se puede!».

—¡Santo Dios! —exclamó Georg y dio un paso atrás. Fanny no le recriminó ese espanto, pero se acercó a Alma con gesto decidido y la agarró antes de que cayera al suelo.

—Está bien que puedas ocuparte de ella —dijo Georg mientras se apartaba con horror—. Y por supuesto Alma de momento puede quedarse aquí. Pero procura que Lisbeth no la vea así. Es demasiado joven. No deberíamos exponerla a una visión como esta.

Lisbeth

1949

Richard. Su marido. Estaba vivo. O, mejor dicho, aún vivía. ¿Por qué no soportaba verlo? ¿Por qué el tiempo nunca acababa de transcurrir y caía gota a gota, lentamente, como si se escapara de un grifo obstruido? Si se ponía un recipiente debajo, se tenía que esperar mucho para llenarlo y siempre con el temor a que la fuente se agotara. Pero el tiempo no se agotaba, aunque Lisbeth clavaba la vista en Richard, como si el segundo en el que ella lo había visto y reconocido fuera una cárcel y estuviera obligada a permanecer así para siempre.

En algún momento, Frau Käthe regresó, arqueó el lomo al ver a Richard, pero dejó de huir de él. Acarició las piernas de Lisbeth con la esperanza de que, de ser preciso, la protegería de aquel desconocido, y al ronroneo se unió la voz de Frieda. Puede que hubiera estado hablando todo el rato y Lisbeth simplemente no la hubiera escuchado. Después de repetir de nuevo lo feliz que debía de sentirse Lisbeth —«¡Jamás me hubiera imaginado que tu hombre regresaría!»—, empezó a hacer preguntas a Richard, y en algún momento también recibió respuestas. Lisbeth las escuchaba, incapaz de entender nada, no por lo menos mientras estas salían arrastrándose de la boca de él. Solo cuando Frieda repetía sus respuestas —de hecho, comentaba en principio todos y cada uno de los eventos vitales— estas le penetraban en la cabeza.

—Michael, Michael... —se oyó farfullar de pronto—. Él dijo que habías muerto.

De no ser porque la voz le salió tan ronca, en su tono se habría detectado cierto reproche. ¿Cómo Michael había podido afirmar que estabas muerto? ¿Cómo puedes afirmar que vives? A fin de cuentas, eso no era pedir un imposible, ¡no podía serlo! Como Frieda decía, ella debía, estaba obligada a sentirse dichosa.

Lisbeth intentó dar un paso hacia Richard, pero no lo logró. Era incapaz incluso de sostenerle la mirada, tan solo constató que seguía teniendo las cejas pobladas, pero que no tenía pelo en la cabeza y que la tenía repleta de cicatrices, arañazos recientes y llagas. Deslizó la mirada más abajo, le contempló las manos; él había tenido unas manos bonitas y delicadas. Bueno, por lo menos conservaba todos los dedos, pero los tenía callosos, deformados, no parecían suyos... Como las piernas sobre las que ella se erguía, tampoco eran suyas. Si lograba dar un paso adelante, simplemente cederían. Cayó de rodillas y, para no dar la impresión a los niños de que se había venido abajo, acarició a Frau Käthe.

—¡Salid fuera! —dijo en voz baja y, al ver que los niños no se movían, ordenó—: Rieke, ¡llévate a Martin fuera!

Rieke no objetó nada, cogió a Martin de la mano y se lo llevó fuera. Richard tampoco se opuso.

Cuando se hubieron marchado, él comentó con voz débil:

—Hacía mucho que no los veía.

Fueron las primeras palabras que ella comprendió sin que Frieda se las tuviera que repetir.

—Michael —repitió—, Michael dijo que arrojaron tu cadáver del vagón antes de que llegarais al campo...

Las manos de Richard reposaban tranquilas sobre las rodillas, pero estas le temblaban. Las llevaba cubiertas por unos andrajos, y a la altura de la pantorrilla había un rasgón enorme. Voy a tener que coser ese rasgón, se dijo Lisbeth, y volvió a acariciar a Frau Käthe.

Richard habló. Las palabras le salían tan lentamente que ella volvió a pensar en un grifo atascado del que era difícil llenar un vaso de agua. Ella, en cambio, tenía que asimilar muchas cosas, y además muy rápidamente.

Que Richard todavía estaba con vida cuando fue arrojado fuera del vagón. Que los rusos se dieron cuenta y lo volvieron a meter en el tren, pero en otro vagón. Que entonces él fue a parar a un campo distinto del de Michael, o tal vez fuera el mismo, pero en otro barracón. Y que, en realidad, eso no suponía una gran diferencia porque en todos los barracones había muchas chinches. Y que para protegerse de ellas los hombres se ponían los calzoncillos en la cabeza y solo dejaban abiertos unos orificios para ver. Y que, así, un hombre apenas se distinguía de otro..., no, un hombre, no, una criatura que se rascaba hasta sangrar y que apenas se distinguía de otra.

De ahí las cicatrices en esa cabeza sin pelo. La mirada de Lisbeth se quedó atrapada en los ojos castaños de Richard. Ya no reconocía al Richard de otros tiempos, pero sí a un ser humano que era más que una criatura que se rascaba hasta sangrar.

«Ya no lleva calzoncillos en la cabeza», se dijo. Seguramente a Rieke esa idea le parecería divertida. A Lisbeth le parecía triste, pero no se permitió estar triste. Había recuperado a su marido, el luto por él había sido en vano, absurdo, inútil.

Como inútil era también sentir recelo hacia él. Se levantó y se le acercó; por fin lo logró. Él también se levantó, dio un paso hacia ella, pero no lo logró. Al momento se tuvo que apoyar pesadamente en el respaldo del asiento y ella lo tuvo que sostener para que el asiento no cediera.

«Yo te aguanto», pensó. «Yo te aguanto igual que tú me sostuviste a mí en su momento, cuando patinábamos. No te voy a poder enseñar a hacer el ángel, porque yo misma tampoco sé hacerlo. Pero no es necesario que hagas el ángel ni que vueles. Es suficiente con que te mantengas de pie».

Él tampoco podía hacer eso por mucho rato.

—¡Vuélvete a sentar! —dijo ella en voz baja, ayudándole a sentarse. Él se sentó, encorvó la espalda, parecía haberse encogido, y siguió hablando, más rápido esta vez. Del pantano en el que tenían que trabajar, de los alisos y los abedules que tenían que talar, de los tocones de raíz que tenían que arrancar y del agua que luego tenían que acarrear a la cocina. En la cocina se hacía sopa de harina de centeno, que a veces era muy fina y a la que siempre le faltaba sal.

—Me inventaba diccionarios para mantener la mente despierta —murmuró.

¿Hasta qué letra habría llegado?

Alma le había contado en una ocasión que, en su época, cuando Fanny había querido aprender francés, solo había llegado a la F.

Ella, que quería aprender inglés, no había llegado siquiera a la B. Conrad, a fin de cuentas, sabía alemán.

Conrad.

Un nombre demasiado grande para un espacio demasiado pequeño. Ella lo apartó de sí, o tal vez fueron las palabras de Richard, que llenaban por completo la estancia. En la cerca del campo había unos altavoces de radio, y no paraban de emitir programas soviéticos. Había intentado aprender algunas palabras en ruso, pero no lo había conseguido. Al final, había firmado una admisión de culpa en alemán, había confesado todos los delitos posibles para no recibir un golpe en la nuca con el canto de la mano y no ser metido en lo que se conocía como la celda de hielo, un lugar de confinamiento sin calefacción. Los rusos, a fin de cuentas, recibían un premio con cada admisión de culpa.

—¡Les conté unas historias que no te creerías!

Lisbeth no sabía si había empleado mucha imaginación para ello o ninguna. Solo sospechaba que estas historias, igual que el diccionario inventado, habían mantenido entretenida su mente, que centelleaba detrás de aquellos ojos castaños opacos. Richard alzó la mano, era evidente que quería tocarle el pelo, pero no logró siquiera alcanzarle la cara antes de que la mano volviera a caer sobre la rodilla.

—¡Basta por hoy de historias siniestras! —intervino Frieda con su peculiar modo de hablar—. Ahora por fin tomarás sopa de rabo de buey.

«Ni siquiera se ha acabado el café», pensó Lisbeth. Pero no dijo nada, se limitó a mirar ofuscada cómo Frieda, a la que le costaba ponerse en pie, se acercaba con facilidad a la cocina, servía sopa en un plato y regresaba con él a la mesa sin verter ni una gota. Richard, en cambio, sí vertió bastante al acercarse la cuchara a la boca. Apenas le llegó un poco a los labios y luego se le volvió a salir. Se sacó un pañuelo de la chaqueta que, igual que los pantalones, estaba llena de rasgones. El pañuelo, a su vez, era apenas un harapo sucio.

«Tengo que coserle la chaqueta», se dijo Lisbeth. Pero no hizo nada.

«Tengo que darle de comer», se dijo. Pero no hizo nada.

La siguiente cuchara fue a parar a la boca, las siguientes gotas de sopa cayeron en el pañuelo. Sin embargo, él no dejaba de comer..., mejor dicho, de intentar comer, y el tiempo empezó a gotear de nuevo, en lugar de transcurrir, y en algún momento el plato de sopa quedó medio vacío. O medio lleno. Lisbeth no estaba segura de qué era lo más apropiado en ese caso, ni sabía tampoco si la envoltura lamentable de lo que quedaba de Richard estaba medio vacía o medio llena.

Los niños volvieron a entrar. Martin tenía la mirada clavada en el suelo; al principio, Rieke contempló a su padre con desconfianza, luego con curiosidad. Al parecer para ella era una envoltura medio llena, no medio vacía. Antes había tenido mucho miedo de los que regresaban de la guerra, pero su padre no le daba miedo. Martin, en cambio, procuraba hacer como si él tampoco le tuviera miedo, pero la comisura de los labios le temblaba de forma traicionera.

—Vamos, pórtate como un niño grande —le dijo Frieda con severidad.

A Lisbeth le pareció como si en secreto la doncella hubiera añadido: «Pórtate como una buena esposa». Pero Frieda, claro está, no dijo tal cosa en voz alta. Tenía todos los motivos para suponer que Lisbeth era una buena esposa, porque, de hecho, nunca había sido de otro modo, nunca había querido ser otra cosa.

Por fin ella se sentó a la mesa, le quitó a Richard la cuchara de la mano y le dio de comer para vaciar el plato por completo y para que él se quedara lleno. Y aunque no lo consiguiera del todo, ella le metió la cuchara en la boca con tanta energía que le golpeó los dientes con fuerza.

Eso, por lo tanto, significaba que él conservaba los dientes, igual que todos los dedos. Era un comienzo. Y ya no se le escapaba tanta sopa fuera, tan solo una gota fina le caía por la barbilla, y ella se la secó, no con ese pañuelo harapiento, sino con el suyo, que estaba entero.

Después de que hubiera comido, ella lo tomó del brazo, le hizo levantarse y lo llevó a la cama. Y cuando se hubo tumbado, ella lo tapó. Él empezó a temblar de nuevo, y ella lo abrigó con otra manta. No sabía si así había dejado de temblar, pero al menos ya no era posible verlo. Luego se acercó a la maleta con la que Richard había regresado a casa; encontró en ella objetos nuevos, a todas luces proporcionados por la Cruz Roja: una maquinilla de afeitar, una muda limpia; y además de esos objetos nuevos, encontró algo antiguo, un librito fino de tapas rojas que se habían vuelto grises. Las páginas, por su parte, ahora amarilleaban, pero el texto aún se podía leer. De forma casi espontánea Lisbeth se puso a leer en voz alta, antes incluso de caer en la cuenta de que los poemas de Rilke habían sobrevivido a la guerra, tal vez una prueba de que el amor de Richard por la poesía, los conciertos y el teatro también había sobrevivido.

Bestias de silencio se arrancaron a la clara
selva liberada de nidos y guaridas;
fue manifiesto entonces que ni la astucia
ni el miedo las amansaban de ese modo,

sino el oído. Rugidos, bramidos, gritos
empequeñecieron en sus corazones...*

Ella creía que Richard dormía. Pero no, él escuchaba, escuchaba los tonos apagados bajo los rugidos, los bramidos, los gritos.

—¡Qué bonito! —murmuró—. ¡Qué bonito!

—Sí —dijo Lisbeth, que jamás había sabido qué hacer con Rilke, ni con la poesía y la ópera y los conciertos, ni siquiera con el jazz, donde ninguna nota se ajustaba a la otra—. Sí —repitió, porque solo esa palabra casaba con las de Richard—. Sí, es bonito.

Y siguió leyendo, y Richard siguió escuchando, y ella se preguntaba cuándo se quedaría dormido por fin, y ella se pre-

---

* Rainer Maria Rilke, *Sonetos a Orfeo*. Trad. de Carlos Barral. Lumen, Barcelona, 1996. *[N. de la T.]*

guntaba cuándo se volvería a despertar. Después de la guerra Georg, su padre, su padrastro, no se había podido levantar de la cama durante mucho tiempo, y Fanny no le había leído ningún poema en voz alta, había huido de él. Porque ella era joven y egoísta..., o porque ella era joven y había querido vivir..., amar. Pero ¿a quién había amado Fanny como ella amaba a Conrad?

Conrad.

Esta vez no pudo apartar ese nombre de sí tan fácilmente; Conrad, a fin de cuentas, era quien la había apoyado cuando ella había tenido noticia de la muerte de Richard. Pero como la muerte de Richard había sido mentira, ese apoyo seguramente ya no importaba, ni tampoco ese amor. Richard había sido el primero en sostenerla cuando, en su período oscuro, ella se había sentido sola y culpable; la había amado el primero, y había sido el primero en hablar de su futuro juntos. ¿Qué importaba que los sentimientos que albergaba por él fueran menos cautivadores que los que albergaba por Conrad?

Siguió leyendo y de pronto dejó de oírse: «¡Qué bonito!», para dar paso a tan solo un gimoteo. Richard parecía precipitarse en un abismo. Ella se aprestó a tumbarse junto a él en la cama, algo que seguramente su madre nunca había hecho con Georg cuando soñaba con las trincheras.

—Chsss —le dijo—. Estoy aquí. Estoy a tu lado.

Rieke

1973

Hacía tiempo que mis padres ya no vivían en el casco antiguo de Fráncfort. Aunque Frieda murió un año después de que mi padre regresara de la guerra, mi madre siempre había dicho que les faltaba espacio. De todos modos, tuvo que esperar aún varios años a que la casa de modas diera suficientes beneficios como para permitirse comprar una casa pareada de color verde en la Eisenbahnsiedlung, una urbanización muy próxima al río Nidda y al bosque de Niedwald. Nunca pude entender por qué a mi padre le gustaba tanto el bosque: él era más bien un hombre dado al pensamiento y no a la naturaleza, y mientras fue prisionero de los rusos además tuvo que talar muchos árboles. Pero tal vez no solo a mi madre le resultaba demasiado estrecho vivir entre paredes levantadas de escombros, y en el bosque él podía respirar con más libertad.

En cualquier caso, hacía años que él ya no salía al bosque. Y hacía años también que, cuando yo iba a visitarlo, ya no me lo encontraba dedicado a otro ritual al que se hubiera aficionado. Antes cuidaba de su Opel Rekord con auténtica devoción, y eso que él y mi madre solo hacían desplazamientos largos muy de vez en cuando: para ir a comprar al centro, porque en los almacenes Hansa las salchichas eran más baratas que en la carnicería, o luego, después de que se prohibiera al tráfico la entrada en el Zeil, para ir al cercano Main-Taunus-Zentrum, el primer gran centro comercial de la República Federal de Alemania, en donde, aunque las salchichas no eran baratas, sí había mucha competencia a la que observar.

En cualquier caso, mi padre había sido siempre más cariñoso con su Opel Rekord que con sus hijas —como mucho, alguna vez le había acariciado la mejilla a Vera— y más cariñoso también que con mi madre, que a veces contemplaba desde la ventana cómo él abrillantaba su coche. La primera vez que la vi mirándolo llegué incluso a sospechar que ella sentía envidia del Opel y de los cuidados que él le prodigaba. Luego caí en la cuenta de que quizá para ella era preferible que él dispensara un trato cariñoso al vehículo a que no se lo dispensara a nadie. Ella sabía que la displicencia de mi padre no se debía a que él fuera frío y desalmado, sino a que, tras su regreso a casa, ella lo trató durante años como si fuera de porcelana y él, en algún momento, se lo creyó y empezó a proteger su delicada persona de porcelana con una muralla cada vez más gruesa.

Desde que, hacía algunos años, mi padre había sufrido un ictus y se encontraba más o menos atado a la cama, mi madre lo había empezado a cuidar igual que después de la guerra: le daba la comida, le limpiaba los labios, le miraba pocas veces a los ojos y, aunque de vez en cuando se tumbaba con él en la cama, solo lo abrazaba con los brazos manteniendo las caderas y el vientre a distancia.

La mañana después de pelearme con Joachim la contemplé mientras le metía un trocito de tortilla en la boca.

Yo había pasado una muy mala noche. Me habría gustado haberme escapado allí directamente a última hora del día anterior, desde la casa de modas, pero tenía que recoger a Marlene, que estaba pasando la noche en casa de la señora Berger, nuestra vecina. No me había atrevido a entrar en el dormitorio, no sé si por miedo a encontrarme a Joachim allí, o por miedo a que no estuviera. En cualquier caso, dormí en la sala de estar, con el despertador puesto a las cinco y media, pues Joachim se levantaba siempre a las seis. Tras despertarme puse en una bolsa lo más imprescindible y me lavé la cara antes de apresurarme hacia la parada de taxi más cercana con Marlene, aún adormilada, cogida de una mano y la bolsa en la otra.

«¿Vamos a la guardería tan temprano?», preguntó Marlene cuando nos sentamos en el asiento trasero del taxi. Cuando yo le contesté: «No, vamos a casa de la abuela», ella ya se había vuelto a dormir.

Mi madre acababa de descorrer la cortina de ganchillo de la ventana de la cocina cuando el taxi llegó delante de su casa: la misma ventana desde la que en otros tiempos miraba a mi padre pulir su Opel Rekord. Pero, igual que entonces nunca llegó a preguntar por qué él dedicaba tantas horas al cuidado de un coche que usaban muy pocas veces, tampoco preguntó ahora por qué yo malgastaba el dinero en un taxi. Ni siquiera me atosigó preguntándome por qué había ido ahí.

Cuando le estaba dando de comer a mi padre mientras yo permanecía quieta en el umbral del dormitorio con una taza del café que ella me había hecho sin decir palabra, pero no me había ofrecido, dijo por fin:

—¿Y esa pinta que traes?

Noté que el pelo me caía desgreñado sobre la cara; tenía los ojos hinchados porque había dormido poco y además había llorado, aunque, en realidad, no lo suficiente, de forma que mi dolor seguía agazapado en algún punto entre el cuello y el pecho y no conseguía hacerlo bajar a fuerza de grandes sorbos de café caliente.

—Marlene ha salido con la señora Winkler —murmuré—. Han ido a pasear con el perro.

La señora Winkler vivía en la casita pareada de color verde contigua y cuando Marlene iba de visita a casa de los abuelos no solo la invitaba a pasear con ella, sino también a jugar. Adoraba las ranas de cristal de todo tipo y estas ocupaban por completo su trozo de terreno; en aquel jardín mágico Marlene se sentía mucho más a gusto que en el de mi madre, que tenía el césped siempre primorosamente cortado y en el que nunca había plantado flores, tan solo un ciruelo que daba unos frutos de un tamaño no mayor que el de las cerezas. Por desgracia, aquellas ciruelas no eran dulces como las cerezas ni se podían comer directamente del árbol, tampoco se podían usar para hacer pasteles. Solo valían para hacer mermelada cuando se les añadían cantidades ingentes de azúcar para que su sabor fuera más o menos aceptable. Siempre que tomaba esa mermelada no podía evitar compararla con el matrimonio de mis padres. Aunque mi madre no lo había colmado de azúcar para hacer más llevadera la acritud, tanto con él como con el ciruelo no había podido recoger lo que había plantado, algo que, por otra parte, no significaba que no hubiera la voluntad de obtener al final algo aprovechable de ahí. El sabor daba igual, lo importante era que no terminara acabando en el compostador.

—Seguramente la señora Winkler llevará a Marlene a la fuente de Selzerbrunnen, en el bosque —murmuró mi madre—. Dice que cada día se toma un vaso de su agua sulfurosa, algo que hace mucha gente de por aquí. Asegura que los que lo hacen llegan por lo menos a los noventa.

Me pareció detectar cierta burla sorda en sus palabras.

—Antes tu padre también bebía agua sulfurosa, pero jamás llegará a los noventa.

Lisbeth suspiró, pero por lo menos evitó pronunciar las palabras que había dicho sin pensar después de que él sufriera el ictus. «Apenas tiene sesenta años. No tiene edad para morir, ni tampoco para quedarse postrado en la cama».

El siguiente trozo de tortilla fue de un lado a otro en la boca de él; al menos, esa mañana mi padre hacía el gesto de masticar. Antes él me había visto y me había sonreído, pero yo nunca tenía la certeza de que su sonrisa en realidad no fuera más que una contracción de la comisura de la boca. De hecho, nunca había sabido interpretar sus expresiones, tampoco cuando estaba sano.

—Tal vez luego Marlene le puede dar un Toffifee —dijo mi madre.

—¿Qué es un Toffifee?

—Es un dulce nuevo de caramelo, praliné y avellana. A mí, no me dice nada.

«Si no te gusta el dulce —me pregunté—, ¿por qué echas siempre tanto azúcar a las ciruelas que saben mal?».

Pero no dije nada. Me alegraba que Marlene y su abuelo se lo pasaran bien cuando ella le daba de comer. Yo de niña también lo había hecho cuando él tuvo que guardar cama durante mucho tiempo. Aquellos fueron los escasos momentos en los que él había sido mi padre de verdad y no un extraño. Martin, en cambio, nunca se había atrevido a acercarse a la cama y en las semanas que siguieron al regreso a casa de nuestro padre solo se dedicaba a tirar de vez en cuando del cabo de la cola de Frau Käthe. Una vez le propiné un bofetón por hacerlo; creo que aquello me asustó más a mí que a él y que por eso nunca pegué a Vera —nacida tres años después del regreso de mi padre—, aunque a veces tuve auténticas ganas.

Mientras mi madre daba de comer a mi padre, recorrí la habitación con la mirada. Antes aquel había sido el dormitorio común; ahora mi madre ocupaba el cuarto de invitados que estaba debajo del tejado. Ahí guardaba sus discos de jazz, que había escondido en el desván mientras mi padre tuvo salud.

En cualquier caso, nunca los ponía. En el cuarto de enfermo de mi padre no había discos de jazz, pero sí grandes cantidades de libros: la obligada enciclopedia Brockhaus de la A a la Z, así como clásicos, como Schiller y Goethe, y sus adorados libros de poesía. De vez en cuando mi madre leía en alto con una voz monótona que ya en sus tiempos no había servido ni siquiera para que los personajes de los cuentos cobraran vida. En cualquier caso, yo de pequeña me quedaba dormida escuchándola, pero puede que esa fuera su intención.

En ese momento mi padre cerró los ojos sin que nadie le hubiera leído nada en voz alta y a pesar de que apenas había comido un poco de tortilla. Mi madre miró con un suspiro el plato, tal vez preguntándose si luego lo calentaría o cómo podía hacer con esa tortilla algo apetitoso para Marlene o para mí. Seguramente al final acabaría terminándose el plato para no malgastar nada, de pie y con unos bocados rápidos. Si hubiera sido de las que tiran restos de comida, se habría muerto de hambre, pero así se veía obligada a la ingesta mínima de alimentos.

Se quedó sentada y contempló cómo mi padre dormía; entretanto yo seguía con la taza de café en la mano bajo el dintel de la puerta.

—No levanta cabeza —dijo de pronto con esa voz seca que yo conocía muy bien, pero con una frialdad que me extrañó. En los últimos años siempre había afirmado que él se recuperaría pronto, pero entonces añadió—: Sin duda, es demasiado joven para eso. Pero lo cierto es que nuestra generación nunca fue joven.

La comisura de los labios le tembló, igual que antes había temblado la de él; con todo, era imposible que ella fuera a admitir algo más, como, por ejemplo, que a menudo se sentía completamente agobiada y agotada. Desde el ictus de mi padre nunca la había visto llorar; solo en una ocasión reparé en el modo como arrancaba las margaritas que crecían en aquel césped tan bien cuidado. Lo había hecho con una rabia que, en mi opinión, las margaritas no merecían.

«¡Pero si son unas flores muy bonitas!», le había dicho yo.

«Sí, pero apestan», había replicado ella, y las margaritas acabaron en el compostador.

—No levanta cabeza —repitió.

Estuve a punto de objetar algo, decirle que tuviera paciencia, que en algún momento papá no solo daría algunos pasos de vez en cuando, sino que podría andar, por lo menos hasta la fuente Selzerbrunnen, donde tomaría agua sulfurosa y llegaría a los noventa. Pero entonces pensé que tal vez ella no deseaba que él cumpliera los noventa. Yo dudaba de si alguna vez lo admitiría de forma abierta, pero entonces tuve el valor de sincerarme.

—Me parece..., bueno, me parece que tampoco mi matrimonio levanta cabeza —murmuré. Mi madre levantó la vista y se lo conté todo. Le hablé de los plátanos marrones que Joachim había escondido. De la primera pelea que eso había provocado. Y de la segunda, la de la noche anterior. Posiblemente, le dije, en ese momento él se estaba mudando de casa, o no, no, en ese instante no. Lo más probable era que en ese instante estuviera yendo al trabajo como siempre y por la tarde, a última hora, cuando yo llegara a casa, él seguramente ya se habría marchado. No sabía si temer o sentir alivio al encontrarme el piso vacío. De todos modos, difícilmente podría soportarlo—. En todo caso —concluí angustiada porque ella seguía sin decir nada—, al menos conozco al doctor Rechenberger.

—¿Quién es el doctor Rechenberger? —preguntó mi madre con voz tranquila.

—Es un abogado especializado en divorcios. En el despacho de la secretaria aún tiene colgado a Konrad Adenauer.

Todo cuanto le había contado sobre mi matrimonio no había provocado el menor asombro en mi madre. Pero esa

mención a Konrad Adenauer, que posiblemente la había llevado a imaginarse a Adenauer colgando de una soga en el despacho de la secretaria de un abogado de divorcios, le hizo ar-
quear la ceja derecha. Con todo, no insistió en preguntar, no
dijo nada, ni una palabra de ánimo, ni una palabra de consuelo.
Era buena sopesando un asunto de forma desapasionada. Era
buena haciendo vestidos con poca tela, o con algo que se pudiera usar como tal. Aquellas prendas nunca habían sido bonitas, solo llevables. Y sus consejos no debían demostrar amor
ni calidez: solo tenían que ser útiles.

—¿Lamentas haber asumido la responsabilidad de la casa
de modas? —preguntó en voz baja.

—Yo..., bueno, no tuve otra opción después de que Martin... —empecé a decir, pero me interrumpí. No quería que tras
tantas palabras auténticas lo que siguiera fuera una mentira. No
obstante, tampoco era capaz de decir la verdad en voz alta. Que
me gustaba trabajar, aunque todo resultaba muy difícil. Que no
quería renunciar a ello, aunque a veces había tenido la tentación
de echarlo todo por la borda. Que tenía una idea brillante para
conducir hacia el futuro la casa de modas, pero que la pelea con
Joachim me tenía paralizada.

Al final no tuve que decir nada porque mi madre adivinó
lo que me pasaba por la cabeza.

—Eso era lo que me decía justo después de la guerra: que
no tenía otra opción que llevar yo sola la casa de modas. Pero
claro que siempre tenemos elección: habría podido cruzarme
de brazos y morirme de hambre. Sin embargo, no somos mujeres que se cruzan de brazos y se dejan morir de hambre... Eso
es algo de lo que nos podemos sentir orgullosas. Por lo menos,
la tía Alma siempre estuvo orgullosa... y también lo estaría
de ti.

—Ese trabajo de entonces... —musité—. Cosías noches
enteras, incluso con poca luz porque no había buenas bombi-

llas. Y hacía frío y siempre tenías las manos rojas. ¿Lo hacías todo porque debías o también un poco porque... te gustaba?

Me miró confusa, igual que ese día en el que le dije que las margaritas eran bonitas, que no tenía que arrancarlas.

Era evidente que nunca se lo había planteado así; en ese momento me preguntó:

—¿Aún quieres a Joachim?

Me sobresalté. Nunca había hablado con ella de mis sentimientos hacia Joachim. Lo conoció mientras aún íbamos a la escuela de baile y solo en una ocasión comentó que era un muchacho agradable que me hacía reír. Nunca había expresado su aprobación a nuestra relación con otras palabras. Yo, por mi parte, no sabía con qué palabras podía expresar mis sentimientos encontrados.

—El problema no es quererle —dije al fin—. Sin embargo, quererle significa también tener que decidir en contra de la casa de modas. —Hice una breve pausa, eché un vistazo a mi padre que dormía—. Igual que en su momento amar a papá significó para ti tener que decidir en contra de Conrad —añadí en voz baja.

Aquel nombre me salió con naturalidad, como si no lo hubiera contenido durante décadas. El rostro de mi madre se iluminó con una vitalidad ajena a las arrugas, a las manchas de la edad y al cabello descolorido, como si no llevara décadas reprimiendo cualquier pensamiento hacia él. Sus emociones no se prolongaron mucho rato, ya que al instante su mirada volvió a endurecerse.

—Yo no tomé ninguna decisión entonces. Cuando tu padre regresó, lo natural para mí fue quedarme con él. No vacilé ni un solo instante.

—Es posible —dije—, pero a mí no podrás convencerme de que de vez en cuando no has pensado en Conrad, que no has imaginado cómo habría sido tu vida de haber permanecido a su lado.

Mi madre se levantó de forma brusca; sostenía el plato de la tortilla tan lejos de sí como yo mi taza de café. Como si fuera un arma. O un escudo protector.

—Claro que a veces lo he pensado. Pero nunca le he dado mucha importancia. ¿Qué sentido habría tenido lamentarme? ¿De qué me habría servido? Lo único que habría conseguido sería complicarme la vida. Las cosas fueron como fueron. Tú, en cambio, tienes que pensar muy bien lo que quieres, y además lo tienes que hacer ahora, y en eso me temo que no voy a serte de ayuda.

Con un gesto decidido me quitó de la mano la taza de café para llevarla abajo con el resto de la tortilla, y yo abandoné al momento la batalla por la taza y también por hacer que sacara lo que yo intuía: dolor, compasión, aflicción tal vez. De todos modos, aunque ella me hubiera manifestado esos sentimientos, era yo, en efecto, quien tenía que tomar en última instancia una decisión.

En lugar de seguirla, crucé el umbral del dormitorio. Con mi madre presente, me sentía agobiada estando junto al lecho de enfermo de mi padre. Al estar a solas con él, me acordé de la época en que le daba de comer. Y, aunque eso ahora se lo había cedido a mi madre, o a Marlene, que disfrutaba dándole dulces, tuve otra atención con él. Cogí el libro que había en la mesita de noche, lo abrí y leí:

Bestias de silencio se arrancaron a la clara
selva liberada de nidos y guaridas;
fue manifiesto entonces que ni la astucia
ni el miedo las amansaban de ese modo,

sino el oído. Rugidos, bramidos, gritos
empequeñecieron en sus corazones...*

---

* Rainer Maria Rilke, *Sonetos a Orfeo, op. cit. [N. de la T.]*

Sabía que aquel era su poema de Rilke preferido, aunque no entendía bien por qué. Yo nunca lo había comprendido realmente, tan solo intuía que entre esos versos se vislumbraba un presagio, el presagio de que el silencio —a diferencia del mutismo abrumador que había a menudo entre él y su esposa— era promesa de sosiego.

Repetí esos versos y surgió ese silencio sosegado, que no era un mutismo abrumador, y en ese silencio resonaron de pronto unas palabras de una nitidez sorprendente que no se habían oído de labios de mi padre desde hacía eternidades.

—Si te gusta tu trabajo, sigue trabajando. Si quieres a tu marido, sigue con tu matrimonio. Pero no te sacrifiques. Bastante se ha sacrificado ya tu madre.

La voz ya se había apagado cuando levanté la mirada de los versos. Mi padre aún tenía la boca abierta y los ojos ya cerrados como si durmiera. Pero yo sabía que él no dormía, igual que no lo había hecho antes, cuando asomó el nombre de Conrad. Por un instante lamenté haberlo mencionado con tanta ligereza; sin embargo, me di cuenta de que, tras aquel rostro medio paralizado y medio desfigurado, no había ningún reproche, tan solo el mismo dolor, la misma compasión, que yo había percibido en mi madre.

—Papá...

Soltó unos chasquidos con la lengua, pero no articuló más palabras. No obstante, las que había dicho seguían resonando, una y otra vez. «Pero no te sacrifiques. Bastante se ha sacrificado ya tu madre».

Me quedé inmóvil junto a su cama, consideré por un momento acariciarle el rostro, pero no había otro gesto capaz de provocar más cercanía que sus palabras. Así que volví a leer en voz alta el poema de Rilke y, cuando su respiración empezó a ser regular y ligeramente sibilante, dejé el librito sobre la mesilla de noche y me levanté para ir al piso de abajo. Tras dar un paso, me quedé paralizada. Ante la puerta abierta del dormitorio estaba mi madre, todavía con el plato de la tortilla en una mano y la taza de café en la otra. Tenía la cara bañada en lágrimas y su mirada ya no era contenida, como antes, sino que sus ojos parecían dos heridas anegadas.

Yo no la había visto llorar desde... entonces. No la había oído hablar con una voz tan áspera como... entonces.

—¡Dios mío! —dijo—. Pensaba que él no lo sabía... ¡Oh! Él no debería haber sabido lo difícil que fue para mí que...

Se interrumpió porque la voz le temblaba. Y las manos, de pronto, también. Me apresuré a cogerle el plato y la taza.

Bajamos la escalera juntas. Eché el café frío al fregadero y arrojé la tortilla fría a la basura, mientras ella, igual que entonces había llorado por Conrad, lloraba ahora por mi padre, al cual, aunque no había perdido, tampoco había ganado. Lloraba por todo lo que habrían podido ser si hubieran roto ese mutismo, si hubieran hablado con franqueza: él, sobre los años en Rusia; ella, sobre los años en Alemania.

La abracé y dejé que llorara hasta que me empapó el hombro. Nunca me había parecido tan frágil, y yo nunca me había sentido más fuerte en comparación con ella.

Cuando se soltó, sacó rápidamente un pañuelo del bolsillo, se sonó con fuerza y yo le dije:

—Marlene se puede quedar con vosotros hoy y los próximos días, ¿verdad?

Mi madre asintió.

—Vas a ir a hablar con Joachim para ver cómo seguís adelante.

—No —dije—. Voy a la casa de modas para buscar el mejor modo de poner en práctica mi idea de negocio.

Antes de partir hacia la casa de modas, me encaminé hacia el parque de juegos del bosque y a la fuente para explicarle a

Marlene que ella se quedaría en casa de los abuelos y que luego yo la iría a recoger. No sabía si llegaríamos a pasar la noche en casa. En cualquier caso, durante el día yo me centraría en el modo de salvar la casa de modas, no mi matrimonio.

Apenas había dado unos pasos de vuelta cuando vislumbré algo por el rabillo del ojo que me hizo detenerme. Algo rojo. Rojo intenso. Un color que desentonaba por completo en ese lugar, donde prácticamente todas las casas eran de color verde, sobre todo cerca del jardín de mi madre en el que no había ninguna flor de colores intensos.

Pero estaba ahí..., era el rojo del chal de seda que en su momento había pertenecido a Fanny König y que Vera en París me había mostrado con orgullo como un regalo de aquella.

—Cuando llevas mucho tiempo alejada de este sitio, te olvidas de lo provinciano que es —oí decir a la voz de mi hermana.

Bajo el chal rojo llevaba un vestidito corto de cuero amarillo, que parecía completamente adherido a su piel, y unas botas amarillas a juego con suelas de plataforma. Me pregunté cómo era capaz de andar con eso sin romperse una pierna y cómo podía respirar metida en un vestido tan estrecho. Pero sobre todo me pregunté por qué Vera —vestida con una ropa tan ligera en esa mañana tan plomiza— no temblaba ni sentía la necesidad de buscar refugio en el calor del hogar paterno. Parecía llevar de pie un buen rato mirando hacia mí, pero no hizo el menor gesto de acercarse ni abrazarme. Yo, en cambio, lo hice de forma natural, aunque la solté de inmediato para contemplar más de cerca la ropa que llevaba. ¿Era tal vez de alguna sesión de fotografías de moda? Y, de ser así, ¿qué papel había representado Vera en ella? ¿Tal vez el de flor de prímula?

—¿Qué haces aquí? —pregunté.

—Eso mismo te iba a preguntar yo. He ido primero a tu casa y he llamado a la puerta, pero no había nadie.

Vera no parecía tener frío, solo daba la impresión de estar cansada. Nunca le había visto unas ojeras tan oscuras bajo los ojos, pero tal vez fuera solo rímel corrido.

—¿Has venido directamente desde París?

—En realidad, desde Nueva York.

—¿Nueva York?

Desde mi visita a París ella me había ido enviando con regularidad revistas en las que aparecía bajo el nombre de Vero Reine y las acompañaba con unas notas rápidas sobre sus recientes éxitos. Yo no recordaba que hubiera ninguna de Estados Unidos, pero era posible que hubiera estado demasiado ocupada como para prestarles la atención suficiente.

—¿Y qué diablos hacías tú en Nueva York?

—Pues ¿qué va a ser? —replicó con tono respondón—. Me ha salido la oportunidad de firmar un contrato con Eileen Ford.

—¿Eso es una marca de automóviles?

—No digas tonterías. Eileen Ford es una de las agentes de modelos más importantes de Nueva York.

—¿Y no te ha aceptado? —le pregunté regodeándome un poco con su fracaso.

Ella esquivó la pregunta igual que antes había evitado un abrazo más cordial; en vez de responder soltó una avalancha de palabras, todas ellas en un tono bastante teatral.

—La vida de modelo en Nueva York es terriblemente estresante. Bueno, la vida de una modelo en París no es precisamente placentera, pero lo de Nueva York es otra cosa. Imagínate: tienes que coger tú misma la ropa en las tiendas y luego, después de las pruebas de fotografía, llevarla primero a la tintorería y luego devolverla a la boutique. Hacerlo exige ya pasarse horas en la calle. Y a eso hay que sumar el trayecto a la agencia, donde tienes que recoger las citas del día siguiente.

Fue entonces cuando reparé en la maletita que llevaba consigo. Era diminuta y eso significaba que no había sitio para la máquina de escribir verde. O estaba en el garaje de París, o ya la había regalado a sus amigas feministas.

—Y nadie hace la vista gorda si te retrasas —prosiguió—. Hay que ser puntual al minuto. En este sentido los franceses son más tolerantes. Los franceses además también dan importancia a la *joie de vivre;* para los americanos todo es *money, money, money.*

Vera entonces tembló un poco y yo consideré la posibilidad de cubrirle los hombros con mi chaqueta de abrigo. Pero no tenía ganas de resfriarme. «La culpa es tuya por ir por ahí con un vestidito de cuero amarillo», me dije.

—Pero, al final, ¿Eileen Ford te ha contratado, o no?

De nuevo ella esquivó la pregunta.

—Y además las chicas teníamos que maquillarnos solas. Es decir, que, durante esos largos trayectos de un lado a otro, hay que cargar además con innumerables tubos, cajitas y pestañas postizas.

Recordé vagamente que ya entonces en París ella me había querido convencer sobre las pestañas postizas y que al día siguiente a duras penas logré abrir los ojos.

—Pobrecita —dije sin ninguna compasión.

—Y después de maquillarte, viene el fotógrafo y comprueba el resultado. Mira incluso detrás de las orejas.

—¿Acaso hay que pegar ahí pestañas postizas?

Vera ignoró mi comentario.

—A veces tienes que desmaquillarte por completo y empezar de nuevo.

—Pobrecita —repetí.

Por primera vez su mirada se fijó en mí durante más tiempo y tuve la impresión de que también por primera vez me miraba como hermana y no como muro de las lamentaciones.

—¡Te burlas de mí!

—Siento que tu carrera de modelo no haya acabado bien —dije fingiendo compasión.

—Pero ¿quién dice que no ha acabado bien? Comentaban que tenía mucho talento. Mucho más talento que otras europeas. ¿Sabías que en Estados Unidos están de moda los gestos definitivos y no, en cambio, la afectación de Francia?

Yo no sabía qué quería decir ella con gestos definitivos y afectación. Era evidente que, se quisiera o no, con un vestidito de cuero tan estrecho como aquel y unas plataformas tan altas como las que llevaba era imposible hacer movimientos innecesarios.

—Me contrataron muchas veces para sesiones fotográficas de moda. A sesenta dólares la hora.

—¿Y te parecía poco?

—No. La comida es lo que me parecía poco. Eileen Ford decía que debía adelgazar cinco kilos por lo menos, que solo podía comer huevos duros. No resistí eso mucho tiempo. Me provocaba gases y...

—En serio, no necesito tantos detalles.

Lo importante era que ella se había cansado de su carrera de modelo y que había vuelto a casa, aunque yo no sabía si era buena idea que, después de esa aventura, Vera apareciera en casa de mis padres vestida de esa guisa. Era mejor que antes me la llevara conmigo, aunque, de hecho, yo no tenía intención de ir a casa, sino a la casa de modas, y difícilmente le podía ofrecer un traje de chaqueta de color azul marino para que se cambiara. Por otra parte, tal vez Vera podía serme de ayuda a la hora de llevar a cabo mi idea, porque incluía, entre otras cosas, la organización de un desfile de moda.

—¿Cómo dices? —pregunté de pronto.

Estaba tan absorta en mis pensamientos que apenas la había escuchado mientras seguía hablando; sin embargo, en ese momento ya no hablaba ni de huevos duros ni de gases sino de... Fanny. Por lo menos, me pareció que había pronunciado ese nombre.

—¿Por qué crees que estoy aquí? —exclamó Vera—. De hecho, mi intención era regresar de inmediato a París. Tal vez me ponga a estudiar. De todos modos, tampoco fui a Nueva York para presentarme a Eileen Ford, sino porque Fanny me había invitado. En otros tiempos ella también tuvo una agencia de modelos. ¿Lo sabías? Y...

—Y ¿por qué entonces has venido a Fráncfort?

—Bueno, Fanny no quería viajar sola.

—¿Está aquí?

—Para ser precisos, está en un hotel. Pensé que por lo menos se alojaría en el Frankfurter Hof. Creo que cuando alguien ha tenido una agencia propia es de esperar que...

—¡Vera!

—Sí, sí, ya lo sé. La moda no te interesa especialmente.

—¡Lo que nunca me ha interesado especialmente son las modelos!

—El caso es que Fanny está aquí. Incluso me ha pagado el vuelo hasta Europa. Y se me ocurrió que no me puedo presentar aquí con ella sin más. Antes debería prevenir a mamá, ¿no crees?

Vera se interrumpió. Parecía no saber muy bien qué hacer. Aunque por lo que decía y su modo de hacerlo daba la impresión de querer mostrarse como una egoísta sin escrúpulos para la que cualquier asunto familiar era una insolencia, yo sospechaba que la verdad era muy distinta y que ella realmente deseaba acompañar a Fanny.

La aparté de la casa con gesto decidido.

—Creo que mamá por hoy ya se ha ocupado bastante del pasado y que tal vez le debemos conceder un descanso. Tú, con este vestido de cuero amarillo, y Fanny, en un hotel de Fráncfort, sois claramente demasiado para ella.

—¿Qué tienes en contra de mi vestido? ¿Te haces una idea de lo que ha costado?

—No me apetece nada saberlo. Pero me parece que deberíamos pensar muy bien el modo de acercar a mamá y a Fanny. ¿Te ha contado por qué se marchó de Fráncfort en su momento?

Vera se encogió de hombros.

—Bueno, si es cierto lo que dice, y la verdad es que no veo motivos para creer que miente, tuvo que ver con la tía Alma y su arresto y, sobre todo, con que, antes de la guerra, nuestra querida madre no tenía nada mejor que hacer que...

—¡Para! —la interrumpí porque me dio la sensación de que esa mañana también yo, y no solo mi madre, me había ocupado bastante del pasado—. Este no es el lugar adecuado para contarme todo esto.

—¿Y a dónde se supone que debemos ir?

—Ahora vendrás conmigo a la Casa de Modas König. Allí me lo contarás todo sobre Fanny y mamá, y pensaremos el modo de acercarlas. Y, además, me ayudarás a organizar un desfile de moda.

—¿Y qué tiene que ver eso con Fanny König?

—Nada. Pero, en cambio, sí tiene que ver con el hecho de que ahora yo soy quien dirige la Casa de Modas König.

Tenía la certeza de que había escrito a Vera al respecto, pero me miró con la misma estupefacción que si le hubiera propuesto que nos intercambiáramos la ropa.

—¿Cómo? ¿No lo sabías? —pregunté—. Pero sí que sabías que Martin ha abandonado Fráncfort, ¿verdad?

De nuevo se encogió de hombros.

—Sí, está recorriendo Azerbaiyán.

—No, Afganistán. Aunque me parece que ya no está ahí, sino que se ha ido a la India y...

—¿No has dicho hace un momento que era mejor que no siguiésemos charlando aquí? Necesito urgentemente una copa de champán.

—¿Ahora? ¿A media mañana? —exclamé horrorizada. Vera levantó las cejas con un ademán provocador y entonces reparé en que una de las pestañas postizas se le había extraviado por ahí. No le llamé la atención al respecto, la tomé por el brazo, la acerqué a mí y, a pesar de las suelas de plataforma, avanzó más rápido de lo que creía—. En fin —dije con una sonrisa—. No puedo ofrecerte champán, pero antes de ir a la ciudad vamos a ir a la fuente de Selzerbrunnen. Tal vez un sorbo de agua sulfurosa sea lo más conveniente para ti.

Fanny

1934

No sé qué quieres hacer, ni tampoco lo que harás, pero hay algo que sí puedes hacer: marcharte.

Esas fueron las palabras de Alma. Y a continuación entregó a Fanny el dinero que había obtenido de la venta de la tienda de su difunto marido. La había vendido por un importe bastante inferior al de su valor. De haberla arrendado, se habría podido asegurar unos ingresos de por vida. Pero Alma había renunciado a eso de buena gana por Schlomo Gold, a quien conocía de la época en que ella ofrecía visitas guiadas a las sinagogas. Le había dado la tienda a cambio de un precio irrisorio porque a él los nazis le habían arruinado su propio establecimiento. Y también por Fanny y Lisbeth, para que se compraran con ese dinero un billete a Estados Unidos.

Primero Fanny dijo que no aceptaría el dinero de ningún modo. Luego insistió en que no quería volver a huir, que eso ya lo había hecho demasiadas veces en la vida.

—Pero jamás ha habido un motivo tan bueno como ahora —dijo Alma y su voz sonó como nunca antes: desanimada, sin esperanza, marcada por experiencias que no había contado a su sobrina y que callaría para el resto de su vida.

—Y, entonces, ¿por qué quieres quedarte aquí, en Fráncfort? —preguntó Fanny.

—Porque ya no soy joven y he luchado demasiado.

—Yo tampoco soy muy joven y he luchado demasiado poco en la vida.

—Pero no estás destrozada. Y hoy en día eso es lo único que cuenta.

—Tú tampoco estás destrozada —contestó Fanny y entonces hizo algo que no había hecho en el año transcurrido desde la detención y liberación de su tía porque Alma se mostraba tan susceptible que interpretaba cualquier caricia como una bofetada: la abrazó y le repitió que no estaba destrozada, pero no llegó a creérselo, porque entonces no solo vio, sino que además notó, lo frágil que estaba.

Alma apenas comía porque le faltaban varios dientes y, cuando lo hacía, solía vomitar porque en su cuerpo, siempre frío, el calor parecía no tener cabida. No había renunciado a llevar sombrero, pero ya no los llevaba decorados con flores de tela y se los calaba para ocultar la cara —que ahora no solo tenía más arrugas que antes, sino también más cicatrices—, como si quisiera esconderse.

—Bueno —dijo Alma soltándose—. Puede que no esté destrozada por completo, pero no me negarás que ya no soy la que era. Y tú, por tu parte, puede que ya no seas tan joven, pero Lisbeth sí lo es, y mucho. Seguro que en Estados Unidos aprenderá a hacerse las trenzas un poco más sueltas y a aflojar por fin la boca.

—Creí que te gustaba que los niños no alborotasen.

—Pero tu hija ya no es una niña. Tiene doce años y la mirada de una mujer adulta. Ahora solo le hace falta la voz.

En efecto, en una época en que, contra toda esperanza, la libertad en Fráncfort se iba ahogando lentamente, Lisbeth había dado un auténtico estirón. No solo había crecido mucho y su cuerpo se había vuelto algo más desgarbado: en su mirada había una firmeza que no había tenido en los tiempos en que continuamente se mojaba encima. Ya no gemía por las noches, o eso, al menos, era lo que Fanny suponía, ya que Lisbeth insistía en dormir sola, igual que se hacía la cama con pulcritud.

Para alivio de Fanny, cuando, poco después de esa charla con Alma, le dijo que debían hacer las maletas, Lisbeth empezó a doblar la ropa con no menos pulcritud. «Cuando alguien dobla la ropa con tanta minuciosidad, no es una huida», se dijo Fanny. Y no era traición marcharse sin despedirse, no, por lo menos, si el hombre del que se alejaba llevaba un año diciendo que habría sido mejor que se hubiera callado, aludiendo con ello a su intervención en favor de Alma y a los amargos reproches que le había hecho a él.

Sí, Georg se tenía bien merecido que lo volviera a abandonar..., por lo menos más de lo que él merecía a Lisbeth.

—Gracias —dijo Fanny cuando tuvo la maleta lista, y luego añadió con voz vacilante—: ¿Te acuerdas aún de Alice, tu *mamma?*

Su hija se estremeció, un gesto que resultó aún más llamativo porque, por lo general, no solía hacer gesto alguno. Luego, se quedó inmóvil en su sitio por un instante y finalmente sacudió la cabeza, aunque era imposible saber si asentía o decía que no.

—Vamos, ahora empaqueta tus cosas —le indicó Fanny, a la que no se le había escapado que Lisbeth solo había preparado su maleta.

Lisbeth no hizo nada.

—¿De dónde has sacado el dinero para el viaje? —preguntó.

—De la tía Alma. Ha vendido a Schlomo Gold la tienda de la Hasengasse. Pero da lo mismo. ¡Ahora es más importante que empaquetes tus cosas de una vez!

De nuevo un estremecimiento recorrió el cuerpo de Lisbeth, seguido ahora por un centelleo de ojos. Y esta vez fue evidente que negaba de forma enérgica con la cabeza.

—¿Qué? ¿Qué significa esto? —preguntó Fanny estupefacta.

—¿No creerás en serio que voy a ir?

Lisbeth se dio la vuelta, fue al armario, sacó del fondo el chal de seda de color rojo de Fanny, que estaba hecho un ovillo, y lo metió en la maleta; era la única prenda que no estaba primorosamente doblada.

—Pero me temo que Alice no va a recibirte con los brazos abiertos. Solo lo haría por mí.

En aquellas palabras había tanta rudeza, tanta frialdad, que Fanny se quedó sin palabras.

—Así que..., bueno... Así pues, te acuerdas de ella —farfulló incapaz de decir nada más.

El dolor, que crecía en su interior desde algún punto situado entre el estómago y el pecho para convertirse en una bestia colosal, era incontrolable y apenas podía respirar. A Lisbeth no le importaba ese dolor, ni tampoco el dolor que Fanny en su momento había infligido a Alice, ya fuera por rabia, por egoísmo o por desconcierto, al llevarse a su hija consigo.

Esta la miraba con desprecio con los brazos cruzados.

—Por mí, Alice puede irse al diablo. Es como tú. Solo piensa en sí misma. De lo contrario, habría luchado por mí.

—Pero Lisbeth...

—Sois unas mujeres horribles, muy superficiales. Y, sobre todo, no sabéis cuál es vuestro lugar.

—¿Y cuál es? ¿Cuál se supone que es nuestro lugar?

—El hombre es el organizador de la vida, la mujer es su ayudante. —Cada palabra era una estocada y, además, hecha con un filo cortante.

—¿Quién dice esas cosas? —dijo Fanny apretando los dientes—. ¿Georg?

Lisbeth puso los ojos en blanco.

—Por supuesto que no. Lo dice Joseph Goebbels, y con razón.

Fanny se decía desesperada que la que hablaba no era su hija. «Es como un campesino que para defender su tierra y su propiedad alza la horquilla del estiércol contra el enemigo. Pero eso no significa que luego se acueste con ella en la cama. En cuanto el objetivo se ha cumplido, la vuelve a hundir en el estercolero y deja que el gallo picotee por allí».

Entonces se dio cuenta de que Lisbeth no llevaba ningún arma, que, tal y como se le mostraba delante, ella misma era el arma. Ningún mechón fuera de sitio. Ninguna arruga en la falda ni en la blusa blanca. El cuello almidonado le venía demasiado estrecho, pero no le importaba. Posiblemente habría llevado sin problema uno de esos corsés de Hilde.

—No sabes lo que dices —susurró Fanny.

—Sé que el gran mundo pertenece al hombre y el pequeño, a la mujer. El campo de batalla de él se halla en las fronteras de nuestra patria, que garantizan la seguridad de nuestra nación, y el de la mujer es el puerperio, que garantiza el futuro de la patria.

Fanny, desesperada, seguía intentando convencerse de que lo que decía esa boca era imposible que la cabeza lo creyera, ni tampoco —aún más importante— que lo sintiera el corazón.

—¡Es imposible que creas esas cosas! ¿Quién te ha dicho eso? ¿Frieda? Me encargaré de que sea despedida de inmediato si las tonterías que...

—Tú aquí no tienes nada que decir. Tú te marchas —la interrumpió Lisbeth con tono gélido—. Ni siquiera hace falta que te despidas de papá. Ya se lo explicaré yo todo. Sin ti seguro que él estará mejor.

—¡Eso no es cierto! ¡Tiene mucho que agradecerme! En los últimos meses yo sola he llevado la casa de modas.

—¡Más vergüenza te debería dar volver a abandonarlo ahora! Pero está bien así. Ya le ayudaré yo con el negocio en tu lugar.

—Creía que el sitio de las mujeres estaba en la cocina o junto a la cuna, y no en una casa de modas —replicó Fanny con voz estridente, contenta por un instante al vislumbrar algunos cambios en la máscara inexpresiva de Lisbeth, al atisbar tras esta el fulgor de una persona cuya alma no estaba impregnada por las proclamas que la boca reproducía con tanta imprudencia. Con todo, cuando Lisbeth repuso que a ella no le importaba en absoluto cómo pensaba llevar su vida en el futuro, sintió un gran pesar.

Su hija..., ¿dónde estaba su hija? Esa hija que nunca había sido completamente suya, que siempre había tenido que compartir. Y, sin embargo, ¡qué tontería sentir envidia de rivales como Alice, tan caótica y desquiciada, o Georg, tan precavido y pusilánime! ¿Qué importancia tenía que ambos se hubieran aferrado a su hija? Lo peor era que ahora Lisbeth se aferraba aún con más fuerza a algo de lo que no sería posible apartarla sin romper algo... en Lisbeth, en ella misma.

Fanny se asustó ante el desprecio que su hija sentía por ella y se asustó más aún ante el desprecio que sintió en su interior cuando exclamó con un chillido:

—¡No tienes ni la menor idea de cómo llevar una casa de modas! ¡Fracasarás!

—Como tú siempre has fracasado.

—No en los últimos años. Yo...

—Tú no has conseguido nada, no al menos por tus propios medios.

—¡Debería darte vergüenza hablarme de este modo!

—¿Y por qué? ¿Acaso es mentira?

A Fanny le costaba respirar. La mirada de Lisbeth era gélida. ¿De qué servía dar vueltas sobre una placa de hielo? Si quebraba, lo único que conseguiría sería hundirse en aguas aún más frías y siniestras.

—Puede que yo no sea una buena esposa —admitió—. Y puede que no sea una buena madre. Pero no por eso tienes que creer a los nazis. Ellos torturaron a tu tía Alma.

—¡Bah! —dijo Lisbeth—. ¿Qué hizo ella sino proclamar lo que un judío le susurró al oído? ¿Y encima venderle la tienda a alguien así?

—¿Y qué gran cosa has hecho tú que no sea mojarte encima?

Fanny apretó los labios. No podía decir algo así..., no debía. Bastante malo era que la muchacha que tenía delante ya no fuera esa Elisabetta silenciosa. Peor sería si tampoco existiera la antigua Fanny que, pese a todas las flaquezas que se le podían achacar, nunca había sido malvada y nunca había hecho daño a nadie de forma expresa. No quería iniciar una guerra. No contra Georg, que entonces se escondería en su trinchera. Y desde luego no contra Lisbeth, que no se escondería en ninguna parte, sino que abriría fuego.

De todos modos, en la mirada de su hija no había fuego, solo vacío, cuando afirmó:

—Yo todavía soy joven. Tú no. El valor del trabajo humano no se basa en si sirve a un individuo, sino en si sirve a todo el pueblo. Tú no has hecho nada de tu vida, y, lo que es peor, nunca has hecho nada para tu país. También a él las cosas le irán mejor sin ti.

Fanny no podía rebatir esa afirmación y al admitir aquello se quebró su resistencia a entender que Lisbeth era perfectamente capaz de prescindir de ella sin problemas. ¿Qué más podía ofrecerle que no fuera arrastrarla de nuevo por el mundo, como ya había hecho en una ocasión? ¿El mejor favor que le podía hacer, su máxima demostración de amor, no sería poner fin inmediato a esa batalla, capitular y confiar en no irse a pique con los pagos de reparación, y conservar fuerzas para empezar de nuevo?

—Me marcho —se oyó decir de repente—, pero es la última vez que lo hago. Luego no haré otra cosa más que esperar. Te esperaré.

Lisbeth no contestó nada, se limitó a volverse para cerrar la maleta.

—¡No! —exclamó Fanny asiéndola de la mano para retenerla.

Lisbeth la retiró con un gesto brusco y se cruzó de brazos.

—Guárdate el chal, llévalo —le pidió Fanny casi con tono implorante mientras sacaba aquella tela fina y sedosa de la maleta y la sostenía ante la cara de Lisbeth.

Esta seguía con los brazos cruzados.

—Márchate de una vez —dijo Lisbeth sin moverse y, aunque la primera reacción de Fanny fue colocarle el chal sin más, al final se contuvo por temor a que se lo arrojara a la cara como todo ese desprecio, todo ese odio, toda esa desilusión que, aunque habían surgido de forma sigilosa, eran muy poderosos.

Fanny se apretó el chal contra el pecho, miró fijamente a Lisbeth a los ojos, y vio en ellos una certidumbre obstinada: «Yo seré mejor alemana que tú..., mejor madre..., mejor esposa».

—¡Adiós! —dijo Fanny antes de inclinarse para recoger la maleta—. ¡Adiós!

Fanny deambuló por las calles con la maleta en la mano. Tenía mucho frío, y se abrigó el cuello con el chal de seda rojo, ese chal que Lisbeth no había querido y que ella misma no merecía. A fin de cuentas, aquella prenda representaba sus sueños, y estos se le habían escapado de las manos, igual que su hija. No podía, no debía, llevar ese chal.

Su andar errático la llevó hasta la Hasengasse, a la tienda que Alma había vendido por un precio ridículo a Schlomo Gold porque hacía poco los nazis le habían destruido su propio establecimiento, y se encaminó hacia la muchacha que bailaba en la calle delante de esa tienda. Le recordó a Lisbeth porque era igual de desgarbada. Sin embargo, tenía el pelo más oscuro, los ojos más vivos y sonreía. ¡Cómo bailaba! ¡Qué ligereza, qué pasión, qué belleza! No oía ni siquiera a su madre, que había sacado la cabeza por la ventana y le decía: «¡Deja ya de bailar, Eva!».

Fanny entendía a la madre. ¿Cómo bailar en ese mundo? Pero, a la vez, no la comprendía. ¿Por qué no bailar cuando eso era lo único que le quedaba?

—Mira —dijo sin más a la chica—, voy a regalarte algo.

La pequeña Eva se dio la vuelta y contempló lo que Fanny le ofrecía con desconfianza, con algo de aprensión y finalmente con turbación. No parecía acostumbrada a que le dieran algo que ella antes no hubiera reclamado a gritos.

—De verdad. Te puedes quedar el chal.

—¿Por qué? —preguntó la muchacha.

—Combina muy bien con tu pelo.

—Con el tuyo también.

Fanny se llevó la mano a los rizos. Llevaba un año sin cortárselos.

—Es posible, pero yo voy a emprender un largo viaje y quiero llevar el mínimo equipaje.

No hizo ningún ademán de empezar ese viaje. Se dejó caer sin fuerzas en los escalones que conducían a la tienda y Eva se sentó a su lado, aunque no había hecho ningún gesto de aceptar el chal.

—¿A dónde te llevará ese viaje? —preguntó Eva.

—¿Sabes el cuento de las princesas bailarinas? Ocurre en un palacio subterráneo en el que cada día las doce hijas de un rey bailan con once príncipes encantados.

—¿Doce princesas y once príncipes? Pero entonces hay una princesa que sobra.

—O un príncipe que falta. Sea como sea, siempre habrá alguien que falte o sobre. Pero, claro está, también es posible que la princesa número doce no necesite ningún príncipe porque aun así ella se siente como una reina.

La muchacha asintió, y de pronto dibujó una sonrisa vacilante en los labios.

—A fin de cuentas, también es posible bailar solo.

—Exacto —dijo Fanny—, y yo soy una reina, a pesar de que hace tiempo que no tengo un rey a mi lado.

«Ni una princesa».

—¿De verdad? —preguntó la muchacha vacilante.

—Bueno —admitió Fanny—, solo soy reina por apellido porque me llamo Fanny König. Eso es todo. Y realmente no voy a vivir en un palacio bajo tierra sino en un país lejano. Pero lucharé por mi sueño igual que tú debes luchar por el tuyo.

Por fin Eva cogió el chal, y este ondeó con el viento. Más para sí que para ella, Fanny musitó:

—Mi sueño ya no es ser una gran diseñadora de moda. Mi sueño es que algún día mi hija Lisbeth y yo nos reencontremos. Y que ya no me desprecie. Que se sienta orgullosa de mí. Quiero demostrarle que una mujer no tiene que seguir a ningún Führer para sentirse fuerte y segura de sí misma. Y esto significa que tengo que labrarme una nueva vida. Aún no sé cuál. Aún no sé cómo. Solo sé que no voy a dejarme llevar nunca más, que no voy a confiar nunca más en nadie salvo en mí misma, que yo sola llevaré las riendas de mi vida.

Hacía rato que Eva ya no la escuchaba. Se había levantado para empezar a bailar de nuevo, ensimismada, susurrando una melodía que Fanny no había oído antes, dejando que el chal ondeara al viento. Sus pasos eran ligeros como las plumas, y al poco rato lo fueron también los de Fanny cuando se levantó y siguió avanzando. Solo sintió el peso de su maleta y de su corazón en cuanto dejó de ver el chal rojo y no oyó más la melodía de Eva.

Lisbeth

1949–1950

El último día de 1949 en Fráncfort se celebró la Nochevieja, pero ella no la celebró en casa, donde Richard se había acostado pronto, sino en la casa de modas, donde se había refugiado para mantener viva la tradición de sus antepasadas, que siempre cosían en Nochevieja. En realidad, Elise, su bisabuela, no cosía, sino que se dedicaba a tomar aguardiente, y su tía abuela Alma se ejercitaba en el pirograbado. Lisbeth no sabía lo que Fanny, su madre, hacía en Nochevieja. Había pasado mucho tiempo desde la última vez que la había visto y la temible discusión que precedió a su precipitada partida a Estados Unidos no solo había emponzoñado el tiempo posterior transcurrido, sino también todos los recuerdos anteriores a ese momento.

—Fui injusta con ella —murmuró Lisbeth. En contra de sus planes, no cosía, sino que estaba sentada con Eva en el salón de ventas.

—Por muchas vueltas que le des, ella te dejó plantada —dijo Eva, pero en su voz no había ninguna recriminación, ni hacia ella ni hacia Fanny.

—Es posible. Pero el hecho de que abandonara a mi padre por segunda vez también fue culpa de él. Estaba tan ciego. Y mudo. Nunca me habló de ella; en las semanas después de que ella lo abandonara se apartó por completo del mundo. Estuvo prácticamente a punto de caer en bancarrota, porque él había dejado de ocuparse del negocio y antes había sido mi madre la que se encargaba de todo. Yo intenté llenar el hueco que ella había dejado, y aprendí lo más rápidamente posible todo lo que pude sobre cómo llevar una casa de modas. Al final yo...

Se interrumpió y añadió sin más:

—Fui yo.

—¿El qué? —preguntó Eva sin mirarla a los ojos.

Lisbeth reconoció lo que ya había admitido ante Conrad; explicó a Eva su visita a la tienda de Schlomo Gold y la mentira malévola que luego había difundido, le contó que tras la expropiación de Gold había convencido a su padre para que comprara esa tienda y la usara como almacén.

—Sabía que Alma había vendido la tienda de su marido a Schlomo Gold por un precio ridículo, y que gracias a ese dinero Fanny se había podido costear el billete a Estados Unidos. Y aunque le dije que se podía ir tranquila, que aquí nadie la necesitaba, yo me sentía tremendamente furiosa con ella. Y también estaba muy furiosa con la tía Alma, e incluso con Schlomo Gold. Aunque él no se lo merecía, me encargué de neutralizar a un competidor indeseable. No lo hice por mi padre, aunque intenté convencerme de ello, ni tampoco para salvar la casa de modas. Lo hice para vengarme de Fanny.

—Pero no había sentido ninguna satisfacción, tan solo vacío. Lisbeth estaba decidida a que aquella confesión no quedara en nada—. La Casa de Modas König... te pertenece. Sé que tu gran sueño fue siempre ser bailarina y no diseñar y vender vestidos. Evidentemente, no puedo hacer realidad ese sueño, solo puedo intentar reparar un poco mi injusticia. Vamos, acepta las riendas de la casa de modas y condúcela tú hacia una nueva era.

Eva se había procurado una botella de champán, pero aún no la había abierto ni tampoco parecía tener muchas ganas de celebrar el nuevo año, el cual, esa vez, inauguraba también una nueva década. Tampoco entonces lo hizo y, en lugar de ello, dijo algo con lo que Lisbeth no había contado. Ni un reproche, ni una palabra de perdón, ni siquiera las gracias.

—¿De verdad pretendes vender estos vestidos?

Eva contempló las piezas que Lisbeth había diseñado y cosido durante los últimos meses y que ahora colgaban primorosamente planchados de las perchas, listos para la venta: un vestido de flores, uno de lunares, uno consistente en una falda de color verde oscuro y parte superior de color beis que mostraba el comienzo de los hombros. Los miraba igual que antes Klara Hartmann y Mechthild Reinhardt: con cierto desdén, con cierto desprecio, pero, en todo caso, no de forma detenida. Mechthild estaba distraída porque acababa de presentar su petición de divorcio. Klara Cuervo, por su parte, en su última visita a la casa de modas se había despedido de Lisbeth para siempre. Dijo que ya había vivido suficiente tiempo en Fráncfort y que ahora iba a regresar a Francia. Lisbeth no la creyó. Era muy posible que se sintiera vieja y enferma, que no quisiera que nadie la viera morir, y que, de hecho, considerara la posibilidad de encargarse de ello en soledad, del mismo modo que había sobrevivido siempre.

—Estos vestidos me recuerdan las crinolinas de guerra que se llevaban durante la Gran Guerra —murmuró Eva.

Aunque Mechthild había afirmado lo mismo, Lisbeth negó con la cabeza.

—Exageras. Admito que para que caigan bien hay que tener una cinturita de avispa y, preferiblemente, llevar enaguas, pero al menos no hace falta corsé.

—Y esas enaguas tiesas...

—Son las que dan la forma adecuada a los vestidos.

—¿Y por qué tienen que ser tan largos?

—Porque las mujeres quieren parecer mujeres.

—No. Porque las mujeres han de volver a vivir como mujeres. En casa, con los niños y en la cocina mientras el hombre gana dinero.

—Te acabo de regalar la casa de modas.

—No pienso aceptar ese regalo.

Eva negó con la cabeza cuando Lisbeth fue a objetar algo, no dijo nada más y tiró por fin del corcho de la botella de champán, pero no se oyó el pop del descorche. Eva tiró con más fuerza mientras Lisbeth se hacía a la idea de que la bebida no solo caería sobre los vestidos, que parecían enormes corolas, sino también sobre algo que vendían desde hacía poco: las medias de nailon y de perlón, fabricadas por Hans Thierfelder con unas antiguas máquinas Cotton de Estados Unidos. Hacía poco una de las revistas de moda había organizado un concurso llamado «¿Quién es la reina de las piernas de Alemania?».

Lisbeth no sabía qué pensar de eso, pero cuando en su momento Alma las había convencido, primero a ella y después a Rieke, de que eran unas reinas, eso no tenía nada que ver, en absoluto, con tener unas piernas bonitas.

El corcho se soltó sin que el champán se derramara sobre los vestidos. Eva se llevó la botella a los labios y bebió como en otros tiempos lo había hecho con una botella de vinagre de manzana.

Cuando la volvió a bajar y se la pasó a Lisbeth, le preguntó:

—¿Cómo estás?

Lisbeth tomó un trago y notó un cosquilleo en el paladar y la garganta.

—Él..., él se esfuerza —musitó—. Nunca nos haría nada malo, quiero decir, no como Michael, que pegaba a menudo a Mechthild y a las niñas. Él aprieta continuamente los puños, pero a escondidas, en los bolsillos del pantalón. Se sobresalta al menor ruido. Y duerme mal. —Tomó otro trago—. Martin le tiene miedo. Pero ¿de quién no se asusta ese chico? Rieke usa la maleta que la Cruz Roja le dio a Richard para guardar la muñeca.

Volvió a tomar otro sorbo de la botella antes de que Eva se la cogiera de la mano.

—He preguntado cómo te va a ti, no a Richard.

¡Qué vacío en las manos sin la botella! Sin querer, Lisbeth empezó a arrugarse el dobladillo del vestido.

—¿Y cómo me va a ir? Tengo suerte, más de la que merezco. Muchas mujeres se pasarán toda la vida solas porque sus maridos no regresaron y porque hay muy pocos con los que casarse. Mi familia, en cambio, ha sobrevivido intacta. Estamos todos sanos, volvemos a tener suficiente comida. ¿Por qué diablos no quieres encargarte de la casa de modas? ¿Por qué diablos no me reprochas lo que te hice?

Eva la miró y le dirigió esa sonrisa tan suya, que Lisbeth llamaba sonrisa quebrada, porque en medio de su cara pálida los labios parecían una hendidura ensangrentada.

—¿No creerás que, de no ser por ti, mi padre habría podido seguir con su negocio sin más y vivir tranquilo en Fráncfort? No seas ridícula, y no conviertas tu delito en algo peor de lo que fue. De acuerdo, querías hacer daño a tu madre y apuntaste mal. Pero cuando a alguien le llueven palos por doquier, apenas siente el cachete flojo de una muchachita. No te reprocharé lo que hiciste. Ni te reprocharé tampoco lo que vas a hacer. ¡Ah! Lo sé muy bien. Como no permitiré que me impongas la casa de modas, vas a ser una buena chica y le cederás la dirección a Richard. ¿No es así? A fin de cuentas, de alguna cosa tiene que vivir y es el hombre quien tiene que alimentar a la familia, no la mujer. —Su voz rezumaba burla—. No sé si

Richard sabe de moda ni qué exactamente, pero creo que se dedicará a vender faldas largas y ampulosas, y tú serás su mejor clienta. Pero eso es asunto tuyo, no mío. Yo no me quedo aquí. Yo... me marcho a Estados Unidos.

Lisbeth no esperaba que la mención de un nombre, y menos aún el de un país, pudiera provocar tantas cosas. De pronto a su mente asomaron imágenes que nunca había visto: edificios altísimos que tocaban las nubes, aparatos que fotografiaban sin intervención humana, huecos para el correo refrigerados con hielo para impedir que las cartas se quemaran. De pronto algo se encendió en su interior y sintió calor en las mejillas.

—¿Con Conrad? —masculló.

Aquel nombre no conjuraba ninguna imagen, solo emociones. Su risa junto al oído. Sus labios en los de ella. Su cuerpo tomándolo y dándolo todo.

Eva la miró compasiva, pero eso era soportable. La compasión, a fin de cuentas, no iba al fondo, se mantenía plana e incolora.

—Me ha ofrecido que lo acompañe y me ayudará a empezar. Mañana mismo nos vamos de Fráncfort.

La noticia no la cogió por sorpresa. ¿Para qué iba él a quedarse ahí después de que ella lo expulsara de su vida tras el regreso de Richard? Después de no haber sido capaz de mirarlo a los ojos tras la última conversación. Después de haberle revelado que ya no era una mujer viuda sino una mujer casada. Para ella, con eso estaba todo dicho; para él con eso no bastaba. Le había buscado la mirada y le había querido coger la mano y, aunque ella había conseguido evitar ambas cosas, no había podido ignorar las palabras ahogadas que él había pronunciado: «Pero si nos queremos».

Y con una frialdad de la que en ese día carecía, ella había respondido: «Si me quieres, no me obligues a volver a verte».

Lo sabía: si lo convertía en lo que él era a ojos de su padre, esto es, en una presencia insolente por el mero hecho de seguir vivo, ella lograría ahuyentarlo.

Aquellas palabras le habían afectado profundamente. Se dio cuenta cuando él se alejó. Solo entonces Lisbeth había levantado la mirada y lo había visto marcharse absorbiendo todos y cada uno de los detalles para luego enterrarlos profundamente en la memoria, para que nada de eso pudiera asomar. Aunque tampoco era necesario, porque sabía que estaban ahí, que podía coserle un traje en cualquier momento, que recordaría sus medidas para siempre, y que siempre las llevaría en el corazón.

Entonces volvió la mirada hacia Eva, preguntándose algo que nunca se había planteado, esto es, si Conrad encontraría también un lugar en lo más profundo del corazón de ella o ella en el de él. Ambos no solo se conocían desde hacía años, sino que hacía muchos que se habían sincerado profundamente, y tal vez se parecían más que Lisbeth y Conrad. Porque, mientras que Conrad no era un héroe y Eva no era bailarina, el dolor de Lisbeth no se debía a no poder ser algo, sino a ser demasiadas cosas. Una madre, una esposa.

Con todo, no quería admitir que eso era una carga, y menos aún ante Eva.

—Eso es bueno —dijo mintiendo descaradamente— para los dos.

Eva se encogió de hombros.

—Seguramente en la ciudad que nunca duerme los sueños no te persiguen, ni los sueños bonitos que alguna vez tuviste acerca de la vida, ni la pesadilla en que esta se ha convertido.

Esas últimas palabras fueron amortiguadas por las campanadas que anunciaban el nuevo año. Mientras repicaban, Eva se dirigió hacia el taller de costura que durante mucho tiempo había sido su único hogar y regresó con el chal rojo.

—La mujer que me regaló este chal rojo porque yo bailaba tan bien era tu madre. Creo que cuando vaya a Nueva York se lo devolveré.

Lisbeth se quedó mirando fijamente el chal. La luz era demasiado débil como para que el rojo resaltara. Su memoria debía de ser igual de débil porque no fue hasta entonces que tuvo la impresión de que Eva podía estar en lo cierto; que, en efecto, ella había visto a Fanny llevar ese chal y que ella misma se lo había metido en la maleta en el curso de aquella disputa horrible.

—¿Vas... a verla?

—¿Quieres que le diga algo de tu parte?

El chal colgaba liso en las manos de Eva, pero, cuando Lisbeth posó la mirada en él, le pareció que un nudo se formaba en su interior. Conrad también le había insistido en que hiciera las paces con Fanny, y, con él a su lado, ella lo habría conseguido. Pero no había futuro con Conrad, no había futuro en Nueva York. ¿Por qué entonces Fanny debía tener un futuro con ella, con Lisbeth?

—Fanny no podía saber lo que iba a ocurrir —dijo en voz baja—. Si no le hubiera pedido a Conrad que cuidara de mí, yo nunca lo hubiera conocido ni amado. Y si ella no hubiera abandonado a Georg König, no me habría jurado a mí misma no hacerle algo así a mi marido nunca en la vida.

Su voz penetró en esa zona frágil que amenazaba con romperse en pedazos y, con ella, el dique que contenía su llanto. Sin embargo, llorar era inútil. Como inútil era, desde luego, culpar a su madre de su dolor. Aunque podía ser responsable de muchas cosas —de que ella nunca hubiera conocido a su padre biológico; de que Alice desapareciera de su vida; de que Georg, a pesar de sentir un afecto sincero, al final la hubiera usado para sentirse superior a Fanny—, no lo era de que ella ahora tuviera el corazón roto por haber perdido a Conrad. En cualquier caso, Fanny no merecía más de lo que Lisbeth le anunció en ese momento a Eva. Que pronto le escribiría y que le enviaría retratos de los niños.

Luego se levantó rápidamente, dejó a Eva con la botella de champán medio llena y el chal rojo y abandonó también los vestidos en forma de corola y las medias de nailon. Se apresuró por Fráncfort pasando junto a la gente que celebraba la nueva década, pero, sobre todo, que habían terminado los tiempos de tener que ocultarse en sus ruinas y barracas con la llegada de la oscuridad. Ese día podían imaginarse un poco que Fráncfort, como Nueva York, no dormía, y que sus sueños no tenían límites, lo que significaba que tampoco los tenían sus pesadillas.

A Lisbeth la acechaban ambas cosas, y ambas también la aguardaban al llegar a su casa. Él estaba ahí donde se encontraba el día en que la localizó, pero no le reveló su secreto, comportándose simplemente como un desconocido solícito que quería protegerla de una posible caída.

—Conrad —dijo con voz áspera.

Él llevaba abrigo sobre el traje gris, un abrigo muy oscuro. «No deberías llevar negro, no te queda bien», pensó ella, pero no lo expresó en voz alta.

Él permaneció en silencio un rato antes de contestar:

—Solo quería desearte un feliz año nuevo. —Hizo una breve pausa y añadió, vacilante—: Y despedirme.

A ella las lágrimas seguían sin salirle. Se acercó a él, leyó en su rostro el dolor que ella también sentía y el temor a incrementarlo. Pero, aunque eso ocurriera, tal vez fuera necesario para poder enterrar sus recuerdos aún más profundamente en su corazón. Aunque luego les echara tierra encima, a partir de entonces ella se convertiría en algo que Eva ya era: una bailarina muerta. Pero quizá de vez en cuando ese baile llegaría a parecerle hermoso.

Le rodeó el cuello con los brazos, se apretó contra él y sintió sus rizos cosquilleándole la frente. Lo besó y lloró y no dejó de besar ni de llorar, aunque las lágrimas se les colaban por la boca y en algún momento a ella le pareció que se quedaba sin aire. No sabía si se ahogaría con las lágrimas o el beso. Pero estaba dispuesta a arriesgar ambas cosas.

Finalmente él retrocedió. La última mirada que ella le dirigió era borrosa. Ni siquiera podía distinguir los escalones de su casa. Se tropezó, él la sujetó, y luego le dio otro beso, aunque más delicado, en la frente. No un beso con el que ahogarse.

—¡Adiós! —le dijo ella—. ¡Adiós!

Cuando entró en la casa, aún le cayeron más lágrimas. Y, aunque se las secaba, no podía parar. No importaba, estaba oscuro, Richard dormía, Frieda dormía, Martin dormía, incluso Frau Käthe dormía. Cuando Lisbeth se sentó a la mesa de la cocina sollozando y sacudiendo el cuerpo, una mano se posó de pronto en su espalda.

—¿Mamá?

Detrás de aquella cortina de lágrimas, Lisbeth apenas podía distinguir a Rieke, pero intuyó que la pequeña los había visto a ella y a Conrad. Aquello no le provocó ningún temor, solo alivio de saber que alguien conocía lo que ella había enterrado en lo más profundo de su alma, de que alguien la ayudaría a echar una y otra vez paladas de tierra nueva encima e incluso a que algún día brotara algo de ahí.

Se secó las lágrimas. Los hombros aún se le sacudían, pero el llanto se apagó.

—Lo que has visto... y que yo he llorado —murmuró con voz ahogada— tiene que ser un secreto. Nuestro secreto. Prométeme que no se lo contarás a nadie.

Rieke

1973

El día del desfile de modas con el que yo tenía la intención de abrir un nuevo capítulo de nuestra empresa todo amenazaba con salir mal. Hasta entonces había creído que el mayor desafío sería quitarle a Vera de la cabeza todas sus ocurrencias disparatadas. Por ejemplo, había propuesto con toda seriedad celebrar el desfile en una fábrica desocupada o en un hangar y, después de que yo desestimara ambas cosas, había exclamado decidida:

—¡Entonces, que sea en un concesionario de automóviles!

—Pero ¿qué tiene que ver un concesionario de automóviles con la moda?

Ella se encogió de hombros; no lo sabía.

—Pero sería muy *cool*.

Al final me mantuve firme en el plan original, esto es, que el desfile de modas se celebraría en la zona de tienda, cosa que no le impidió hacer otras propuestas.

—De acuerdo —había admitido—, pero entonces deja que empecemos a medianoche.

—No. —Me negué de forma obstinada—. Tiene que terminar antes de las 18:15. Un desfile de modas está sujeto a la ley de horarios comerciales, porque debe considerarse como una relación comercial con clientes.

Vera puso los ojos en blanco, exasperada.

—Las expresiones del tipo ley de horarios comerciales te resultan irresistibles, ¿verdad?

En todo caso, y a pesar de que yo le había ido quitando de la cabeza todas sus ideas, siguió mostrándose dispuesta a ayudarme en la organización y demostró tener buena mano a la hora de escoger las modelos adecuadas y ensayar el desfile con ellas. En cambio, las prendas que debían lucir las modelos eran responsabilidad mía y por eso no pude culpar a nadie cuando, al desempaquetar las prendas que se iban a exhibir, descubrí que eran grandes, demasiado grandes. Aunque había hecho el pedido muchas semanas atrás, recibí la mercancía en torno al mediodía. Y a esas alturas no había tiempo para evitar tener que enfrentarme a un dilema. La zona de ventas se estaba decorando y ya se estaba instalando una pequeña pasarela.

—¿Qué voy a hacer? —exclamé horrorizada.

Vera se me acercó.

—¿Y si invitamos a las chicas a una ronda de costilla con repollo para que rellenen la ropa? —me propuso.

Le dirigí una mirada sombría que, en cuanto volví a contemplar la ropa, pasó a ser de desesperación.

—Estoy convencida de que encargué la talla 36. La 42 es demasiado grande. A las chicas no les va a quedar bien. Me temo que voy a tener que cancelar el desfile.

Vera no parecía inquieta en absoluto.

—Puedes decir que ha habido un aviso de incendio —dijo con tono solemne—. O también puedes echar mano de tu querida ley de horarios comerciales. Tal vez alguno de sus párrafos prohíbe los desfiles de modas en las zonas de venta.

—Esto no es para tomárselo a risa.

—Pero tampoco es una catástrofe —dijo entonces una voz.

Me volví y vi que nuestra abuela Fanny se acercaba. De hecho, llevaba un buen rato en la casa de modas. Yo me había ofrecido a traerle algo de beber, pero ella se había negado haciendo un gesto con la mano. «¡No te preocupes por mí!», había dicho, y luego había tomado asiento en la última fila.

—En un momento se pueden estrechar los vestidos o bien, si no hay más remedio, sujetarlos con alfileres. ¿Cuánto tiempo tenemos?

Consulté el reloj.

—Solo dos horas.

—Lo conseguiremos —aseguró y, antes de que yo pudiera negarme con un ademán de cabeza añadió con tono enérgico—: Ni hablar de anular el desfile. Tú ahora no vas a hacer como tu abuelo Aristide Goudin. Entonces, en los años veinte, él también organizó un desfile de moda y, poco antes de empezar, estuvo a punto de echarse atrás. Claro que, en aquel caso, habría sido mejor que lo hubiera hecho, pues me había robado los diseños. Pero tú no tienes motivo para inquietarte.

El aspecto de Fanny König no permitía adivinar que en los años veinte ella ya era una persona adulta y que, por lo tanto, ahora rondaba los ochenta años. Era menuda, delicada, y llevaba siempre consigo un bastón —un modelo de aspecto antiguo con una cabeza de lobo— en el que apenas se apoyaba, pero que usaba como accesorio. En las fotos antiguas que Vera me había enseñado su pelo era rizado y castaño, pero ahora ya era blanco, aunque con un cierto brillo violeta. No le pregunté si aquello obedecía a alguna intervención por su parte, pero, fuera como fuera, ese tono le daba un aire excéntrico del que su ropa carecía. Hasta el momento no la había visto llevar otra cosa más que vestidos negros, que ella combinaba de forma magistral con bisutería o chales. Con todo, el chal rojo que Eva le había devuelto a Fanny en su momento en Nueva York y que más tarde Fanny le había enviado a Vera a París no se encontraba entre ellos. La única que lo llevaba era Vera, y también ese día.

Lo más impresionante de Fanny König eran sus ojos: eran grandes y despiertos y le daban un aire juvenil. Lejos de quedarse quietos en algún momento, parecían absorberlo todo con curiosidad; en ese instante, en concreto, aquellas prendas demasiado grandes.

—A ver, ¿dónde está el costurero? —preguntó—. Lo mejor será que vistamos a las modelos para así poder ajustar mejor.

—Yo me encargo de que cada chica lleve la ropa que toca —dijo Vera—. Pero no contéis conmigo para coser. No tengo habilidad para eso.

—Las dos solas no lo lograremos nunca —exclamé desesperada—. Hay que estrechar casi veinte vestidos.

Pese a la determinación de instantes atrás, Fanny entonces se encogió de hombros sin saber qué hacer y Vera hizo lo mismo. Suspiré. ¿Cómo podía haber cometido ese error? ¿Cómo era posible que fracasara al llegar a la recta final?

Entonces se oyó otra voz inesperada:

—Yo puedo ayudar.

No podía creer que la estuviera viendo ahí. Pero sí, en efecto, nuestra madre acababa de entrar en la casa de modas.

Fanny vivía en un hotel desde su llegada a Fráncfort. Vera me la había presentado el mismo día de su regreso y desde el primer momento me sentí fascinada por esa mujer, capaz de contar tantas cosas asombrosas de su vida y, sobre todo, de Nueva York. Sin embargo, me resultaba difícil pensar en ella como mi abuela o —algo prácticamente imposible— ver en ella a la madre de Lisbeth. Precisamente por ello esquivé con insistencia la pregunta de cuándo y en qué ocasión Fanny se reencontraría con su hija. Vera, en cambio, no se andaba con rodeos y un día preguntó directamente cuándo le íbamos a contar a nuestra madre que Fanny estaba en Fráncfort y cuándo la acompañaríamos a su casa. Y de pronto algo en los ojos de Fanny, en lugar de hacerla parecer joven y curiosa, la hizo anciana y resignada. Todavía recuerdo exactamente la conversación.

«Decidle sin más que estoy aquí —dijo con suavidad—, pero no voy a atosigar a Lisbeth con mi presencia. En nuestro último encuentro prometí que la esperaría y me mantengo en lo dicho, no solo pese a que ella nunca dejó entrever que quería un reencuentro entre ambas, sino precisamente por ese mismo motivo. He venido a Fráncfort a conocer a mis nietas. Lisbeth no tiene que verme si no quiere».

Yo no tenía prisa por saber lo que mi madre pensaba de aquello. Pero, de nuevo, Vera no falló. Esas cosas eran su especialidad. Dos días después se presentó a cenar en Nied sin avisar y, mientras nuestra madre preparaba la comida, espetó sin más preámbulos:

—Fanny König está en Fráncfort.

Sonaba raro, pero ¿qué se suponía que tenía que decir? ¿Tu madre está en Fráncfort? ¿Nuestra abuela está en Fráncfort? ¿La única que todavía conserva el nombre de la casa de modas, aunque nunca la ha dirigido, está en Fráncfort?

En un primer momento mi madre no reaccionó. En ese instante estaba a punto de cortar unos rábanos, cogió el salero con toda la calma del mundo y le explicó a Marlene que la sal les quitaba la acidez. Las palabras que pronunció de pronto a continuación pretendían eliminar el carácter sensacionalista de la noticia de Vera.

—En los cincuenta le escribí un par de veces —dijo con tono frío—. Por ejemplo, cuando Vera nació. Pero luego nos escribimos con menos frecuencia y, en algún momento, deja-mos de hacerlo. Seguramente, si la hubiera invitado a venir a Fráncfort, habría venido, pero...

Se interrumpió. «Pero no lo hiciste —pensé—, y Fanny lo respetó».

—Seguro que a ella le gustaría mucho verte —musité.

Nuestra madre estaba cortando los rábanos en discos muy finos y les volvió a echar sal, tanta que, aunque ya no supieran ácidos, seguramente no se podrían comer.

—Imposible —replicó de pronto—. No quiero que venga a Nied.

—¿Y quién quiere venir a Nied voluntariamente? —in-tervino Vera con tono irónico—. ¡Si está en el quinto pino!

—¡Vera! —exclamé reprendiéndola antes de volverme hacia Lisbeth—. Podríais encontraros en un sitio neutral, por ejemplo en la casa de modas. A fin de cuentas, tienes pensado venir al desfile, ¿verdad? La señora Winkler puede vigilar a Marlene y atender un poco a papá, y seguro que Fanny no dejará escapar la ocasión...

Nuestra madre negó vehementemente con la cabeza, co-gió sin pensar el cuchillo y empezó a cortar los rábanos aún más pequeños. En algún momento no quedaría nada de ellos, mientras ahí había demasiado de... Sí, ¿qué era eso? ¿Rabia contra la madre por haber actuado a menudo de forma tan egoísta? ¿Malestar por no haberse comportado ella misma siempre del modo correcto? ¿Temor por no saber cómo presen-tarse ante Fanny? ¿O tal vez pesar, porque había sido solo por ella que Lisbeth había conocido a Conrad... y luego lo había perdido?

Finalmente, nuestra madre dejó el cuchillo a un lado.

—Chicas, me alegra que la hayáis conocido —dijo con algo más de templanza—. Y creo que debería asistir sin falta al desfile porque se lo merece. Para mí la moda fue un modo de sobrevivir, pero para ella fue una pasión. Sin embargo, yo... no puedo asistir. —Hizo una pausa y repitió en voz baja—. Imposible.

Vera fue a abrir la boca de nuevo, pero yo le propiné un codazo para indicarle que no tenía sentido contradecirla. Para que la duda sorda que se percibía en la voz de nuestra madre aumentara, era preciso que la dejásemos a solas con ella. Y por eso durante la semana siguiente no volví a mencionar a Fanny. De vez en cuando mi madre preguntaba cómo iban los preparativos y yo le confiaba mis temores de haber querido ir demasiado rápido y de que las colecciones que había encargado no fueran a llegar a tiempo.

Y ahora en cambio, a pesar de que todos los vestidos habían llegado a tiempo, eran demasiado grandes. Por el contrario, nuestra madre, que también había llegado, parecía haberse vuelto más pequeña.

Aunque repitió su ofrecimiento de ayudarnos, se quedó en la entrada titubeante. Como era de esperar, de nuevo había renunciado a arreglarse para la ocasión. Iba vestida con uno de sus conjuntos de falda y chaqueta de color gris y zapatos planos; desde hacía ya tiempo llevaba el pelo, antes largo y rubio, peinado en un práctico corte corto. Había que observarla detenidamente para darse cuenta de que en otra época había sido una mujer tremendamente hermosa y quien las hubiera visto, a ella y a Fanny —por primera vez después de décadas bajo un mismo techo—, no habría creído que eran madre e hija. Con todo, en ambas, a pesar de la apariencia algo frágil de una y el cansancio y desgaste de la otra, se vislumbraba la misma fuerza, derivada no tanto de la confianza en sí mismas como de su osadía. Una fuerza que, a pesar de todo, proclamaba que, pasara lo que pasase, la vida seguiría adelante; y tal vez yo no lograra sacarle el máximo partido, pero alguna cosa seguro que sí. Y que, cuando los vestidos son demasiado anchos, entonces se tienen que estrechar.

Nadie había hecho aún el menor gesto para ponerse a coser.

Vera se quedó mirando fijamente a su madre con la boca abierta antes de constatar lo más evidente:

—Al final has venido.

Fanny, que acababa de hacerse con uno de los vestidos demasiado grandes, lo dejó caer sin más, se tambaleó y se apoyó en el bastón, el cual, por primera vez, dejó de ser un accesorio excéntrico para convertirse en un apoyo necesario. Con todo, las piernas le seguían temblando y seguramente eso hizo que mi madre se le acercara de pronto. No obstante, en vez de sostener a Fanny, se detuvo a tres pasos de ella. Aunque al principio tenía la vista clavada en mí, ahora contemplaba a su madre con reticencia.

—Elisabetta —susurró esta.

Lisbeth apretó los labios y, por un momento, creí que iba a replicarle con reproche que no se llamaba así. Pero solo logró decir un breve:

—Madre...

Miró más atentamente a Fanny, ya sin tanta reticencia ni confusión. Los ojos oscuros de Fanny se ahogaron en lágrimas; entonces se hizo evidente el parecido de ambas. No era su fuerza, era su pesar, más aún, su aflicción.

—Cuarenta años —dijo Fanny.

—Sí —reconoció nuestra madre—. Sí.

Sabía lo que querían decir con eso: que cuarenta años eran muchos para recuperar todo lo que se había perdido. Lo que no sabía era qué seguiría a esas palabras. ¿Lograría mi madre salvar por fin esa última distancia y abrazaría a Fanny? ¿Fanny lo aceptaría, o se apartaría?

—Es evidente que ahora lo apropiado sería una conversación larga y tendida —intervino Vera de repente—. Pero ¿os importaría dejarlo para luego, por favor? Lo dicho. Soy muy mala cosiendo. Así que vais a tener que prescindir de mí y es mejor que empecéis ya mismo.

Por un instante pareció que ninguna de las dos la había oído, pero a continuación ambas se sobrepusieron a la vez. Nuestra madre se inclinó para recoger el vestido que Fanny había dejado caer, se lo dio y, al hacerlo, se le acercó más que nunca. Luego se volvió hacia mí con un semblante casi inexpresivo, en el que solo le temblaba la comisura de los labios.

—¿Dónde está el costurero?

Yo tenía la boca seca.

—Pero ¿por qué has venido?

El temblor en la comisura de la boca se convirtió en una sonrisa melancólica. En lugar de responder, se limitó a repetir:

—¿Dónde está el costurero?

En efecto, no era momento para una conversación larga y tendida. Alfileres, agujas, hilo... ¿Dónde podían estar? Estaba distraída y tropecé al entrar en el almacén, que provisionalmente habíamos pasado a llamar el *backstage* (así, al menos, era como lo llamaba Vera). Allí no había ningún costurero, solo tocadores para maquillaje, más vestidos, botellas de champán en frío y bandejas con los canapés que se servirían después del desfile. En una de las bandejas había trocitos de queso con pepinillos; el papel de celofán se había soltado, y en ese momento alguien lo estaba volviendo a cerrar.

—Si no, los pepinillos se secan.

De pronto intuí por qué mi madre había cambiado de idea.

—Joachim —murmuré.

Él seguía ocupado con la bandeja, aunque ya hacía rato que los bocaditos de queso volvían a estar tapados con papel de celofán.

—He apelado a la conciencia de tu madre, y la he convencido de que no podía perderse el espectáculo solo por miedo a reencontrarse con Fanny.

—Entiendo. Y ella entonces ha apelado a tu conciencia y te ha convencido de que no puedes perderte el espectáculo solo por miedo a encontrarte conmigo.

Joachim se giró lentamente y me sostuvo la mirada.

—No tengo miedo. No sabía si me querías aquí.

«Pues claro que quiero», estuve a punto de decir, pero me contuve... Aún no.

—Un costurero —me limité a farfullar—. Necesitamos un costurero. Ayúdame a encontrarlo.

Joachim había cumplido su amenaza y se había ido de casa hacía algunas semanas; yo, como no soportaba el piso vacío, vivía desde entonces en casa de mis padres. En lugar de ir a la guardería, Marlene estaba al cuidado de la señora Winkler y dormíamos en la que había sido la habitación de Vera cuando era una adolescente, en tanto que mi hermana había aceptado encantada mi ofrecimiento de que se alojara en mi casa. A fin de cuentas, aquel lugar a ella no le despertaba ningún recuerdo triste: de hecho, el puf rojo le parecía incluso *chic*.

En las últimas semanas Joachim había venido a recoger dos veces a Marlene para ir de excursión: una, al zoo Opel, y la otra, para visitar a su hermana, que vivía en Marburgo. En ambas ocasiones mi madre había acompañado a nuestra hija hasta la puerta de la casa mientras yo lo miraba todo desde la ventana de la cocina, del mismo modo que Lisbeth en otros tiempos miraba en secreto a nuestro padre cuando él se dedicaba devotamente a su Opel Rekord. Me había conmovido ver cómo en cada ocasión Joachim le abrochaba el abrigo a la niña y le daba otra vuelta a la bufanda en torno al cuello. Pero esa emoción no había sido suficiente como para abrir la ventana y dirigirle, al menos, unas palabras de despedida.

«Me pregunto cómo le habrá explicado a su hermana que irá solo con Marlene», le había dicho luego yo a mi madre. «Él nunca admitiría de forma franca que se ha ido de casa».

Cuando regresé junto a las dos mujeres con el costurero ya no sentía nada de la amargura que había impregnado aquellas palabras entonces, tan solo una gran reticencia a hacer frente a Joachim. Por ese motivo me puse manos a la obra con fruición; sin embargo, en cuanto la primera prenda quedó modificada, me topé con la mirada severa de mi madre.

—¡Por Dios! ¡No dejes al pobre dando tumbos por el almacén! Nos las podemos apañar muy bien sin ti un cuarto de hora.

La miré sin saber qué hacer y, aunque ya no dijo más, en su mirada el mensaje quedó muy claro: «Si yo lo he superado, tú también». Y, para demostrarme la presunta facilidad con que ella era capaz de vencerse a sí misma, se volvió hacia Fanny y le dijo sin más:

—Háblame de Nueva York.

—¡Oh, sí! —exclamó Vera, que estaba dispuesta a echar una mano enhebrando agujas—. Me interesa un montón cómo era eso en los cincuenta.

Cuando regresé al almacén, Joachim seguía delante de los bocaditos de queso.

—Así que hoy es tu gran día —dijo tras un breve silencio.

Asentí.

—¿Nerviosa?

Asentí de nuevo.

—Vera me ha hablado sobre vuestros preparativos.

Por fin recuperé el habla.

—¿Así que no solo has hablado del desfile de moda con mamá sino también con Vera? —exclamé sorprendida.

—Hace poco fui a casa y me la encontré allí. Ella, igual que tu madre, también me invitó a venir.

En su voz no noté ningún reproche. «¿Por qué no me invitaste tú?». «¿Por qué no me dijiste que Vera vivía en casa?». Lo único que percibí era una sorda decepción por no habernos encontrado en esa ocasión ni a mí ni a Marlene.

—Es curioso —dije impresionada—. No me imagino que Vera tenga ningún interés en que nos reconciliemos. A fin de cuentas, para ella el matrimonio es un modelo caduco. Además, en ese caso, ella debería volver a vivir en Nied.

Joachim dio un paso hacia mí.

—¿Y tú? ¿Tienes algún interés en que nos reconciliemos?

Me estremecí de forma casi imperceptible y él pareció darse cuenta de que se había adentrado demasiado en un terreno muy resbaladizo y además de forma demasiado precipitada.

—De hecho, contaba con que Vera en persona desfilara por la pasarela vestida de corzo o de astronauta —bromeó entonces con una sonrisa cautelosa en los labios—. Pero, al parecer, no está previsto.

—Si desfilara, lo haría con un volante en la mano.

—¿Un volante?

—De hecho, quería que celebrásemos el desfile en un concesionario de coches. Y le parecía una gran idea que una de las chicas desfilara por la pasarela con un volante. Fanny le contó que, en una ocasión, en los años veinte, una modelo desfiló de esa guisa. Por cierto, que Vera quería pedirte el volante. Creía que alguien que vende seguros de coche debía de tener colgado en el despacho un volante a modo de trofeo.

—En cambio, lo único que tengo ahí es la cabeza disecada de un corzo —dijo Joachim con una sonrisa burlona; fui incapaz de reprimir la risa, pero recuperé la compostura rápidamente—. Bueno —continuó—, debería haberle pedido el volante a Martin. Seguro que en el trasto en el que viaja el volante se le habrá salido de sitio varias veces.

—Yo, por lo menos, todavía no he oído decir que el asiento haya cedido bajo su peso, y eso que tú estabas convencido de que sucedería.

—Sí, bueno, parece que me equivoqué —dijo él bajando la mirada.

Me aclaré la garganta, di otro paso prudente hacia él, y decidí poner por fin el dedo en la llaga.

—Es verdad. No esperabas que él pudiera cruzar el desierto con ese cacharro. Igual que no esperas que nuestro matrimonio resista si yo trabajo tanto.

—Nunca te compararía con un coche viejo, ni a ti ni a nuestro matrimonio.

—Pero ¿no te parece que es un poco como si nos hubiésemos perdido por el desierto?

—¿Un poco? —preguntó él levantando la mirada y volviendo a sonreír precavido.

—O, si lo prefieres, en el Antártico. ¿No propusiste en una ocasión tapizar la pared con papel pintado con una fotografía de icebergs y pingüinos en lugar del lago de Garda?

Él sonrió.

—¿Sabes que los pingüinos se guardan absoluta fidelidad? —Negué con la cabeza—. En cuanto la hembra pone los huevos, sale a pescar y el pingüino macho se queda incubando. Durante ese tiempo él puede llegar a morirse de hambre.

Estuve a punto de exclamar: «¡Pobrecito!», pero lo que fuera que estaba creciendo entre nosotros todavía no era lo bastante sólido como para soportar las sacudidas de esa burla sorda. Aunque fueran muy discretas.

—Temo que si te ofreces para incubar un huevo mientras yo salgo a pescar no traeré de vuelta ni siquiera un pececillo dorado —dije yo.

—Y a mí me da miedo no ser bueno incubando. A lo sumo de vez en cuando podría cocinar un huevo frito.

¡Santo Dios! Si no parábamos, con esos juegos de palabras llegaríamos a un nivel muy bajo. De todos modos, aquello había tocado a su fin porque de pronto Joachim inspiró profundamente y dijo:

—Te echo de menos. Os echo de menos... Quiero que volvamos a vivir todos juntos en casa.

—¿Y luego? —pregunté.

—Diría que lo primero es echar a Vera de casa. Creo que por lo menos en eso los dos estamos de acuerdo: que ella no puede vivir de forma permanente con nosotros. Se lo tenemos que decir.

—Eso es demasiado poco.

—¿El decírselo sin más? —me preguntó guiñándome un ojo—. ¿Crees que deberíamos llamar a la policía, como ocurre con los okupas del barrio de Westend?

—No creo que Vera tenga intención de quedarse mucho tiempo en Fráncfort. Lo más probable es que pronto regrese a París, e incluso se ponga a estudiar. Pero me parece demasiado poco que solo estemos de acuerdo en este asunto.

Joachim dio un nuevo paso hacia mí.

—Se me ocurre otra cosa. Nos gusta ver juntos el programa *Tatort*.

—Eso sigue siendo demasiado poco.

—Hace siglos que no nos emborrachamos con ponche de Lambrusco.

Me fue imposible no responder a su sonrisa.

—Nunca nos emborrachamos de verdad.

—¿Te parece que lo hagamos?

¿Deberíamos convertir un matrimonio silencioso en algo más ruidoso? Pero tal vez nosotros no teníamos por qué ser ruidosos, ni gritar para que los demás nos oyeran.

Me aparté y me acerqué a los percheros con los vestidos.

—No pienso abandonar mi trabajo —dije—. Y no te puedo prometer que más adelante tengamos otro hijo. ¿No crees que deberíamos estar de acuerdo en este asunto?

Él se me acercó por detrás sigilosamente, y de pronto noté sus labios en ese punto sensible de detrás del oído. Eso me encantaba. Lo quería.

—Rieke... —dijo él con voz ronca.

Me aparté antes de que pudiera besarme de nuevo.

—Lo digo en serio. No quiero ser como mi abuela, que quería hacer carrera y abandonó a su marido por ello. Pero tampoco quiero ser como mi madre, que llevó durante años la casa de modas y luego se la cedió sin más a mi padre en cuanto él regresó. Ni siquiera creo que mi padre quisiera eso. Aunque él conocía el negocio porque mi abuelo era proveedor de la Casa de Modas König, me parece que a él le habría gustado estudiar literatura. Nunca lo dijo de forma explícita. Pero tampoco mamá dijo nunca claramente lo que deseaba en su fuero interno. No deberíamos cometer esos errores, debemos ser sinceros siempre.

—¿Lo ves? En eso estamos de acuerdo. De ahora en adelante ya no nos callaremos nada, no nos guardaremos secretos. ¿No te parece que eso ya es un comienzo?

Seguía sin estar segura de que aquello bastara. De todos modos, tampoco estaba segura de si el primer paso que iba a dar ese día llevaría a la Casa de Modas König hacia el futuro, ni de si mi idea de reorientación del negocio era realmente tan prometedora como creía. ¿Por qué no conformarme esa tarde con que Joachim y yo diésemos también un primer paso lleno de esperanza, ni más ni menos?

Lo miré durante un buen rato, y finalmente asentí porque no hacían falta más palabras.

—Pero ahora tengo que ir a ayudar a las demás a estrechar vestidos.

—¿Hay algo que pueda hacer?

Era incapaz de imaginarme a Joachim con una aguja y un hilo.

—¿Tú? —pregunté sin pensar.

—Hace poco me cosí un botón del traje.

—¿Y te salió bien?

—No —admitió con una sonrisa—, pero no me importaría volver a intentarlo.

Terminamos a tiempo, antes de que, aproximadamente media hora antes del desfile, llegaran los primeros invitados —varios proveedores, periodistas, clientas de la casa y, algo que me alegró especialmente, muchas mujeres jóvenes que yo estaba segura de que no habían frecuentado la tienda hasta el momento. Estuve ocupada saludando a todo el mundo y por eso no tuve tiempo de ponerme nerviosa. Mi pulso empezó a agitarse en cuanto Vera me llevó a la zona de *backstage* provisional donde las modelos, ya vestidas y maquilladas, esperaban para salir entre cuchicheos.

—¿Qué pretendes hacer con eso? —pregunté señalando el bastón de Fanny que Vera sostenía en las manos.

—Me lo ha prestado la abuelita. Lo necesito como advertencia para que las chicas no tropiecen.

—¡Vera!

—Bueno, vale. En realidad, no me lo ha prestado, simplemente se lo he cogido, y Fanny ni siquiera se ha dado cuenta. Imagínate: ahora ella y mamá ya no hablan solo de Nueva York sino de París, y sin la incomodidad del principio. Mami nunca ha estado en París. Creo que debería invitarla por fin.

—¡Vera!

—Tú podrías ocuparte de papá unos días, ¿no?

—¡Vera!

—¿O crees que yo debería encargarme de él y tú viajar con mamá a París?

La agarré por el brazo.

—Ya hablaremos de eso luego. Estamos a punto de empezar.

Vera dirigió de nuevo una mirada severa a las modelos antes de acercarse al tocadiscos y que el sonido de la música de jazz llenara la casa de modas. Subí a la pasarela con el corazón desbocado; el foco con el que el técnico especialmente contratado para la ocasión me iluminaba era demasiado fuerte. De todos modos, logré distinguir a Lisbeth y a Fanny en primera fila y a Joachim al final del todo, y todos me animaron con ademanes de cabeza antes de empezar con el breve discurso que me había preparado.

—Me alegra mucho que hayan venido aquí todos ustedes. Antes de pasar a presentarles el futuro de la Casa de Modas König con nuestra colección más novedosa, me gustaría echar una mirada al pasado. Como seguramente saben, nuestra empresa existe desde hace casi cien años, y mi familia puede considerarse con razón una dinastía de la moda. Mi abuela, mi madre y yo misma hemos asumido en algún momento por un tiempo la dirección de la casa de modas y creo que lo que todas nosotras tenemos en común es que somos creativas y osadas, aunque de forma bien distinta. En París mi abuela diseñó vestiditos cortos de color negro porque quería liberar a las mujeres de los volantes y los frunces innecesarios. Mi madre, por su parte, tras la guerra, hizo vestidos con albornoces viejos y tela de paraguas, porque en esa época todo era escaso, sobre todo el tejido. Yo, en cambio, llevo el negocio en una época en la que se supone que somos libres y que podemos escoger entre una gran variedad; sin embargo, esto no significa que no quiera tomar nuevos derroteros. Mejor dicho: no nuevos, distintos. Porque cuando todo ya ha existido en algún momento, es imposible inventar nada nuevo. Aun así, lo que sí se puede hacer es combinar lo antiguo de un modo novedoso, y este, precisamente, es mi objetivo. Quiero combinar cosas de forma poco convencional, sobre todo aquellas que se podría pensar que no combinan. En la vida de una mujer parece que la familia y el trabajo son excluyentes entre sí. En la moda ocurre lo mismo con la ropa elegante y la ropa cómoda. Pero yo me pregunto: ¿por qué no combinar ambas cosas? ¿Acaso una mujer que busca lo primero no tiene especialmente derecho a lo segundo? En efecto, esta es la moda que a partir de ahora tendrá nuestra tienda: ropa para la esposa y madre que trabaja, que debe estar preparada para enfrentarse a todas las situaciones y los retos de la vida.

Me hice a un lado, el volumen de la música subió y las modelos conquistaron la pasarela vestidas con trajes pantalón de color oscuro parecidos a los esmóquines de Yves Saint Laurent y que, igual que aquellos, no estaban diseñados para hombres, sino para mujeres. Al fin y al cabo, ¿por qué las mujeres que se dedicaban a trabajos propios de hombres no debían llevar también ropa de hombre? ¿Por qué considerarlo todo ropa masculina excepto los trajes de falda y chaqueta y las faldas de vuelo que se llevaban con zapatos de salón de tacón alto? ¿Por qué era normal para las mujeres llevar pantalones en su tiempo de ocio y no durante el trabajo? A las mujeres, los trajes pantalón les quedaban igual de bien por lo menos, y estos no tenían que ser necesariamente de color negro o gris; podían ser de cualquier color, tal y como se podía ver en ese momento: amarillo, verde, naranja... Podían estar hechos con cualquier tipo de tejido y estos se podían combinar libremente. Y es que quien tenía el convencimiento de que las obligaciones domésticas y las profesionales combinaban de algún modo llevaba también vestidos de ganchillo, faldas pitillo oscuras con chaquetas de punto, blazers con vestidos de lana y americanas con tejanos.

Al principio yo tenía la mirada clavada en las modelos y fue solo al cabo de un rato que me atreví a observar la reacción del público. Lisbeth y Fanny parecían orgullosas y, a la vez, nostálgicas; Joachim hizo un gesto de asentimiento con la cabeza y de pronto, no muy lejos de él, vi también a Ute, que estaba de pie. En las últimas semanas había mantenido las distancias conmigo. Ahora sonreía y, con buena voluntad, se podía decir que incluso lo hacía con simpatía.

Respiré con más alivio cuando descubrí esa misma sonrisa cada vez en más rostros. Al final la luz se intensificó y ya no pude ver a nadie más. De ahí que el aplauso que puso fin al desfile sonara aún más fuerte. Aunque yo era la única que estaba en pie sobre la pasarela haciendo inclinaciones, tuve la sensación de que el aplauso no era solo para mí, sino para todas las reinas, las mujeres König.

—¡Lo hemos conseguido! —exclamó Vera agarrándome por el cuello—. ¡Lo hemos conseguido! Bueno, en realidad, tú lo has conseguido.

Estábamos en el espacio provisional para el *backstage* y, después de que ella me soltara, fui yo quien la abracé.

—Nunca lo habría logrado sin tu ayuda.

—Ni la de la abuela, ni la de mamá.

—Sea como sea..., aún está por ver si la reorientación de la casa de modas va a tener una buena acogida.

Vera me dio una palmadita en la espalda.

—No seas agorera. Mañana ya volverás a ser una mujer de negocios, ahora toca celebrar. —Se inclinó y agitó suavemente una botella de champán—. Necesitas con urgencia un trago para que por fin te puedas relajar.

En efecto, todavía me sentía tensa.

—¿Y la copa? —pregunté.

—¿Para qué necesitas una copa? ¡Bebamos de la botella!

La miré estupefacta, pero luego estallé en una carcajada. Antes de abrir la botella, Vera se quitó el chal rojo que llevaba al cuello y lo puso en torno al mío.

—Ahora lo llevarás tú —declaró.

—Pero si Fanny te lo regaló a ti.

—¿Y qué? —dijo—. A mí el rojo nunca me ha quedado bien. —Me hizo un guiño—. Pero como vas a tener que llevar la ropa que se va a vender de ahora en adelante en esta tienda, creo que ya puedes ir a empezando a acostumbrarte un poco a algo más de color.

Y esta, querida Judy, es la historia de mi abuela, de mi madre y también la mía.

Ha tenido usted mucha paciencia esperando a que llegara al final y eso que hay muchas cosas que en el día en que pongo fin a esta historia no hacen más que comenzar. Mi madre, Lisbeth, y el padre de usted, Conrad, hubieron de tener todavía más paciencia para volver a empezar, aunque, por la edad de ambos, era a la vez un final. Pero tal vez es tontería hablar de principios y de finales. Tampoco en un vestido es posible saber qué puntada fue la primera y cuál la última.

Por mi parte tengo muchas ganas de leer la historia que usted me contará. Ya me ha escrito que Conrad fue periodista durante toda su vida, y que la madre de usted, Eva, aunque no fue la bailarina que siempre quiso ser, fue profesora y que ambos se unieron en Estados Unidos y tuvieron un matrimonio largo y dichoso. Me resulta fácil imaginar eso porque ambos tenían muchas cosas en común, más que el simple recuerdo de su época en Fráncfort. Eva no podía evitar sentirse culpable por seguir con vida cuando recordaba a su padre fallecido, y a

Conrad le pasaba lo mismo cuando se encontraba ante el suyo, que aún vivía, y pensaba en su hermano caído. Lo sabían todo el uno del otro, y como no hay cosa de la que yo esté más convencida de que el suyo fue un buen matrimonio basado en la sinceridad y no en los secretos, pienso que incluso el hecho de que Eva supiera del amor de Conrad por mi madre no fue carga sino algo que reforzaba el vínculo entre ellos.

Pero, como ya he dicho, me tiene usted que contar más detalles cuando nos encontremos. Ahora me gustaría referirme de nuevo a nosotras las König, las reinas.

No para todas nosotras la moda tiene importancia. Yo continúo al frente de la Casa de Modas König, aunque me parece que pronto llegará el momento de ceder esa responsabilidad, y mi hermana es periodista especializada en moda. Marlene, en cambio, no ha salido a la familia. Ella es veterinaria y posiblemente sabe explicar a la perfección qué es un ocelote. Hasta hace poco pensaba que mi nieta Lilly era como ella porque no demostraba mucho interés en la moda, pero, cuando hace poco hablaba yo con mi madre sobre el viaje a Estados Unidos que tenemos planeado, tuvo una intervención sonada.

Pero vayamos por partes. Conrad y Lisbeth llevan tres años intercambiándose correspondencia después de que él en su momento le escribiera para informarle del fallecimiento de Eva, su madre. De todos modos, si usted, querida Judy, no hubiera invitado a mi madre a Nueva York, posiblemente a ella no se le habría ocurrido que esas cartas podrían llevar a un reencuentro. Ella accedió a viajar con una rapidez sorprendente, aunque a condición de que yo la acompañara. Así pues, su temor parece mayor que su ilusión.

—Pero tú siempre soñaste con volver a ver a Conrad —le dije hace poco, en una ocasión en que nos reunimos toda la familia en Nied para tomar café. Hace cuatro años que Joachim y yo vivimos en la casita pareada de color verde de la Eisen-

bahnsiedlung y mi madre, en una residencia para personas mayores de Eschborn.

—Sí, claro —dijo, pero no parecía contenta, sino más bien inquieta y pensativa.

—¿Lamentas que hayamos aceptado la invitación de Judy Wilkes? —pregunté—. Si ella tuviera alguna reserva por que el gran amor de Conrad no fuera su madre, Eva, sino tú, entonces...

Mi madre me hizo callar con un breve gesto.

—No es eso —dijo ella.

—No entiendo por qué no viajaste antes a Nueva York —continué—. La abuela te invitaba a menudo, pero siempre fue ella la que tuvo que viajar a Fráncfort para verte.

Fanny hacía ese viaje una vez al año antes de que —aproximadamente siete años después del desfile de moda— muriera de forma inesperada. «Muy propio de ella —comentó mi madre, que no quería demostrar su pesar—. Poner pies en polvorosa a toda prisa fue siempre uno de sus mayores talentos». Ellas dos no lograron establecer una relación realmente cercana —Vera era a todas luces quien tenía una mejor relación con Fanny—, pero tampoco quedó nada pendiente entre ambas. Y hasta esa tarde yo estaba convencida de que tampoco habría nada más que se interpusiera entre Lisbeth y Conrad. Mi padre, Richard, había muerto mucho antes que Eva, en 1982.

Pero ella repitió:

—No es eso, pero...

—¿Crees que eres demasiado mayor? —pregunté.

Debo admitir que lo habría entendido. Conrad, el padre de usted, y mi madre rozan los ochenta. Seguramente ya no tienen mucho en común con las personas que fueron medio siglo atrás. Y, a veces, los sueños son bonitos cuando se sueñan, pero no cuando se viven.

Sin embargo, mi madre negó con la cabeza y, antes de que yo pudiera decir algo, Lilly se nos acercó.

—*¡Mirad qué me he encontrado! ¿Me lo puedo quedar?*

Mi nieta tiene ocho años y es una muchachita muy despierta. Cada quince días pasa una tarde en casa, lo llamamos el «día de los abuelos», aunque creo que en realidad lo deberíamos llamar el «día del abuelo» porque está más unida a Joachim que a mí. A fin de cuentas, él se ha jubilado hace poco y tiene más tiempo para ir con ella hasta la fuente Selzerbrunnen y beber su agua sulfurosa, que, según se dice, hace que la gente de Nied sea muy longeva.

Sin embargo, en esa ocasión Lilly no le mostró a él, sino a nosotras, lo que había descubierto en el armario ropero: el chal de seda rojo que en su momento Fanny había regalado a Vera y que esta me había regalado a mí después de mi primer desfile de modas. Pocas veces me he atrevido a lucirlo porque para mí no es un simple accesorio, sino un recuerdo muy preciado.

—*El chal de mi madre* —*murmuró Lisbeth acariciándolo. Fue la única ocasión en que la he oído referirse a Fanny como su madre.*

—*Entonces* —*preguntó Lilly*—, *¿me lo puedo quedar?*

—*Lilly* —*repuse yo con tono serio*—, *no puedes hurgar sin más en los roperos y...*

—*Sí, puedes quedártelo* —*respondió Lisbeth con tono enérgico*—, *pero todavía no. Lo necesito.*

De repente el rostro se le había iluminado. Tomó el chal y se envolvió el cuello con él.

—*De hecho, cuando viajemos a Estados Unidos debo ir elegante* —*dijo*—. *Hasta ahora no tenía ni idea de cómo presentarme ante Conrad. A mí el negro nunca me ha sentado tan bien como a Fanny; el gris siempre ha sido el color de él y empezar de pronto con esos conjuntos tan llamativos que se venden en la Casa de Modas König... Ah, no sé. Pero este chal rojo combina muy bien con mi vestido de punto azul oscuro, ¿verdad? ¿Sabes que, de hecho, nunca he llegado a estrenarlo?*

Solté una carcajada.

—¡No me digas! ¡Lo único que temes de volver a ver a Conrad es no tener el vestido adecuado, y no que te sientas mayor!

Mi madre bajó la mirada.

—En su tiempo le cosí un traje muy elegante; y todavía me acuerdo de sus medidas. Quiero llevar algo elegante cuando lo vuelva a ver.

—En cualquier caso, el chal rojo es algo especial —dije.

Lilly estaba decepcionada.

—Pero, cuando volváis de Estados Unidos, me lo podré quedar, ¿verdad?

Ya ve, querida Judy, no hay nada que se oponga a un viaje en breve, y mi nieta ha salido a la familia. No sé exactamente qué buscará en la vida, ni lo que encontrará: amor, libertad, fortuna, carrera profesional... Tal vez un poco de todo. Pero creo que para ella siempre será importante llevar la ropa adecuada en cada ocasión.

Reciba un saludo muy cordial, querida Judy, de una de las «reinas König».

Este libro se publicó
en el mes de enero de 2020